ON A SAUVÉ LE MONDE

Dominique Fernandez est né à Paris en 1929. *Porporino ou les Mystères de Naples* lui a valu le prix Médicis en 1974, et *Dans la main de l'ange* le prix Goncourt en 1982. Dominique Fernandez a été élu à l'Académie française en 2007.

Paru dans le Livre de Poche :

L'ART DE RACONTER
AVEC TOLSTOÏ
LA COURSE À L'ABÎME
JÉRÉMIE ! JÉRÉMIE !
NICOLAS
PISE 1951
SIGNOR GIOVANNI
TRANSSIBÉRIEN

DOMINIQUE FERNANDEZ
de l'Académie française

On a sauvé le monde

ROMAN

GRASSET

ISBN : 978-2-253-06857-0 – 1re publication LGF

Man is what he read

(lu sur la berge de l'Arno à Florence)

Contre la Russie je n'arrive à éprouver aucune haine, ni humaine, ni même politique. Son désir d'expansion a quelque chose d'instinctif, d'élémentaire et d'indiscutable, comme l'étirement et l'appétit d'un géant. Le cher Occident m'inspire beaucoup plus d'antipathie. Je le sens, en effet, humainement coupable.

(Thomas Mann, lettre à Alexander Eliasberg, 14 novembre 1914)

Nous sortons trop de l'ordre commun pour que notre sang refleurisse après nous.

(Chateaubriand, *Les Aventures du dernier Abencérage*)

LIVRE I

1

Rebelle

Ne me demande pas où je suis né, où j'ai grandi. Je hais mon pays d'origine, au point que son nom même m'est odieux. Excellents lycées, universités de haut niveau, famille qui a favorisé mes études, oui, concerts, théâtres, cinémas à volonté, oui, conversations brillantes, remuement d'idées glanées aux quatre coins de la planète, sentiment d'être au centre du monde, oui encore, mais négation de ce qui touchait au fond même de mon être. Musellement, mépris, mise au ban de ma vraie personnalité. J'ai grimacé le temps qu'il a fallu pour obtenir mes diplômes et m'assurer une carrière, mais, d'avoir dû me contrefaire ainsi jusqu'à vingt, vingt et un ans, explique sans doute les voies tortueuses que j'ai suivies ensuite. Ce déni de justice subi pendant les années décisives, cet ostracisme dont j'ai été frappé si longtemps ont orienté le reste de ma conduite.

Tout enfant, avant même de savoir contre qui je me dressais, au nom de quelles exigences, ce que j'espérais de ma rébellion, j'ai cherché au moyen de quels actes stigmatisés par l'opinion je pouvais entrer en dissidence. À dix ans, je volai une pomme chez le fruitier ; à douze ans, un album sur l'art grec chez le libraire ; à quinze ans, je trichai à mon premier examen, habitude que j'ai gardée le reste de ma vie étudiante, jusqu'au concours de sortie. J'aurais très bien pu acheter la pomme, j'avais assez d'argent de poche pour payer le libraire. Quant aux épreuves, je m'y étais si bien préparé que, par mes propres moyens, j'aurais obtenu les mêmes notes que celles que m'a procurées la fraude. J'avais besoin de voler, besoin de frauder, besoin d'affirmer ma haine et mon mépris du système par lequel je me sentais haï et méprisé.

Qui nous gouvernait, grands dieux ! Dans une composition pour le professeur de français, en réponse aux questions posées : « Qu'est-ce qu'être pour vous un bon citoyen ? Comment concevez-vous vos rapports avec les autorités ? Y a-t-il des circonstances où vous envisageriez de leur désobéir ? », j'avais écrit (alors que M. Lacaze nous demandait de prendre position sur les coups d'Etat et l'installation de régimes autoritaires en Italie et au Portugal, événements qui bouleversaient alors l'opinion) : « Si je suis obligé, sous la pression d'une loi faite à sens unique et injuste, de renoncer à une action qui pour moi est juste, si on me condamne à m'abstenir de ce qui m'est dû, j'obéis par force aux autorités de mon pays, je suis forcé de leur obéir, mais dans mon for intérieur je fais opposition à cette injustice. »

Mon français était mauvais, lourd, embrouillé, tout ce qu'on veut, mais ce style ne péchait point par la faute qui lui fut reprochée. Mon professeur, marié et père de trois enfants dont le plus jeune était mon camarade de classe, barra d'abord les deux verbes « faire », la répétition de « juste », « injuste » et « injustice », la redondance d'« obéir par force, forcé d'obéir », puis, saisi de fureur devant l'accumulation de ces redites, raya d'un trait de plume la phrase entière. Il se défoula dans la marge, par ce qui lui parut être une leçon de bonne langue.

« 1° Le verbe "faire" est à éviter dans la mesure du possible. Vous deviez écrire : "une loi édictée, votée à sens unique", "je m'oppose à cette injustice".

2° Rien n'est plus fastidieux pour le lecteur que de voir répéter en peu de lignes le même terme exactement. Par trois fois vous êtes tombé dans ce travers. Le style, c'est la variété ; la variété ne s'acquiert que par l'étude des synonymes. Pour chaque notion la langue française a toujours deux ou trois nuances : "inique" change heureusement de "injuste", "édicter" pourrait se dire avec autant de pertinence "décréter", "promulguer", "établir par un règlement", "prescrire". Quelle abondance de vocables pour une pensée identique ! »

Le cuistre ! Shakespeare a mis trois fois « beauté » dans le deuxième des *Sonnets*, deux fois « musique » dans le premier vers du huitième, Michel-Ange quatre fois « feu » dans un sonnet à Tommaso Cavalieri, Stendhal six fois « haine » ou « haïr » dans trois pages de *Le Rouge et le Noir,* quatre fois « affreux » dans une seule page de *La Chartreuse de Parme*. Et quant au verbe « faire », mon petit bonhomme, voici ce que j'avais trouvé dans une édition des *Fleurs du mal* augmentée des variantes. Baudelaire avait d'abord écrit :

Un ciel peint de rose et de bleu

puis :

Un ciel teint de rose et de bleu

pour aboutir à :

Un ciel fait de rose et de bleu.

Bien sûr, quand je parle de l'oppression que j'ai subie dans mon pays d'origine, je ne pense pas à ces vétilles. Tout se tient pourtant : si ma mère me marqua son mécontentement pour la mauvaise note obtenue à ce devoir des « faire », c'est qu'elle ne savait pas comment intervenir dans un autre domaine où elle n'avait que des soupçons et aucun moyen de « corriger » ce qui lui paraissait suspect chez son fils.

Et le professeur ? L'aurait-il pris de si haut avec moi s'il n'avait deviné que ces « fautes » de vocabulaire en cachaient de plus graves ? Fut-il intrigué par ma façon de détourner les questions ? « Être obligé de renoncer à une action juste », « m'abstenir de ce qui m'est dû », n'est pas du tout l'équivalent de « désobéir aux autorités ». « Désobéir » est une action frontale, une sorte d'attaque contre la société. « Renoncer », « s'abstenir », implique dissimulation, refoulement, ajournement contre son gré. Autant « désobéir » libère par la franchise du refus, autant « renoncer » laisse insatisfait, frustré, habité du désir de revanche. Je ne savais pas de quelle nature était la revanche que j'aurais à prendre, mais je savais que j'aurais à la prendre, sous peine de manquer ma vie. Je me savais condamné à la ruse et au mensonge, je ne savais pas de quelle nature ils seraient, mais j'étais sûr que j'aurais à vivre obliquement. En même temps, l'idée que je n'arriverais jamais à être moi-même, si je n'avais pas le courage de suivre ma vérité, me remplissait de dégoût et d'effroi.

À quelles « actions » craignais-je d'être obligé à « renoncer » ? Quelles lois « à sens unique », faites dans « mon pays », pouvaient-elles m'empêcher d'être moi-même ? Pourquoi, dans quelles circonstances, à quelles occasions ce qui m'était « dû » me serait-il refusé ? M. Lacaze me demandait de réagir à des événements politiques européens d'une extrême gravité, et je semblais ne m'intéresser qu'à mon sort personnel. Ma réponse bizarre, sans qu'il sût exactement à quoi je faisais allusion, la mit-il en rapport avec quelque chose qui le dérangeait dans ma conduite ? Quelque chose, mais quoi ? Je ne me trompe peut-être pas en supposant que la rature dont il zébra ma copie était la gifle symbolique qu'il aurait voulu appliquer sur ma joue.

« Reste à ta place, mon garçon ! Ne te mêle pas de savoir ce qui est bon ou mauvais dans les lois sous lesquelles tu es né ! Raisonner sur les lois, a-t-on idée, quand on a quinze ans ! À cet âge, ce qui est juste et ce qui est injuste, le sait-on, pour se permettre de critiquer la société ? »

2

Mort, pâmoison, extase

Où je suis né ? Quand ? Il n'importe. Mon baptême a été un tableau de Nicolas Poussin découvert au Louvre, lors de mon premier voyage à Paris, quand j'avais dix-huit ans, l'âge des naïvetés sublimes. À évoquer ce moment, je tremble encore, d'émerveillement, de stupeur – une telle peinture, comment est-elle possible ? Pourquoi me l'avait-on cachée jusque-là ? –, mais aussi d'une émotion plus profonde. Ce jeune homme étendu devant moi, ce corps montré dans une posture d'abandon d'autant plus mystérieuse que le lieu de la scène n'est pas un intérieur protégé du regard mais le plein air d'une forêt, ce nu allongé sur l'herbe dans la floraison d'un décor végétal, c'était mon frère, c'était mon double. Pour la première fois un tableau ne me parlait pas seulement d'art, de beauté, d'essences élevées et spirituelles : il descendait de son cadre pour entrer dans ma vie privée. La compréhension, le soutien que j'avais attendus en vain de mon entourage, une œuvre d'art me les apportait.

Écho et Narcisse, dit aussi *La Mort de Narcisse*. Écho ? Le tableau porte ce titre dans les catalogues, mais, franchement, cette nymphe n'y figure que par

Poussin, *Écho et Narcisse,* vers 1627, Paris, Louvre.

conformité à la fable. Amoureuse de Narcisse, amoureuse repoussée, le dédain du jeune homme – parti chasser dans la forêt, comme l'indique sa lance plantée dans le sol – changea la malheureuse en pierre. Poussin l'a peinte dans le fond, à moitié fondue dans le rocher, être pâle aux traits insignifiants. Pour moi – et pour le peintre également, rien de plus sûr –, Narcisse est le seul personnage du tableau. Il est couché, au premier plan, sur le côté, en sorte qu'on voit son corps de face : débarrassé de ses vêtements, qu'il a jetés en tas près de sa lance, n'ayant gardé qu'un linge qui lui couvre le ventre et le haut des cuisses ; nu, les jambes légèrement écartées, un bras en travers du ventre, l'autre allongé sur le sol dans le prolongement du corps. Large, plate, imberbe, la poitrine est d'un athlète par l'ampleur, d'un éphèbe par la peau blanche et lisse. Pas même de poils à l'aisselle. Mort de Narcisse : il est à l'agonie, payant la faute d'avoir éconduit les femmes éprises de sa beauté. Aucune n'a trouvé grâce à ses yeux. Insensible à tout autre que lui-même, il n'est amoureux que de sa propre image. Impuissant à la saisir, il se meurt d'insatisfaction, d'inanition, d'épuisement, d'inaptitude à la vie. Autour de sa tête commencent à pousser les narcisses au cœur d'or et aux pétales blancs qui ont rendu le mort immortel par les fleurs qui portent son nom.

Une sorte de bébé ailé – angelot, chérubin, cupidon, celui que mes histoires de la peinture, consultées le soir même, désignent sous le nom de *putto*, figure obligée des tableaux romains – brandit sous un arbre une torche allumée, dont l'utilité, en plein jour, est rien moins qu'évidente. Le ciel, au loin, est orageux, à part une bande plus claire au ras de l'horizon.

Tel est le « sujet » du tableau. Or, je ne suis pas du tout « narcissique », je ne m'occupe que médiocrement de moi, je me crois sans vanité, je n'ai pas de glace chez moi, en dehors de celle, nécessaire au rasage, achetée à la Standa et accrochée au-dessus du lavabo dans la salle de bain. L'œuvre de Poussin a donné lieu à d'innombrables gloses – dont les miennes, puisque je suis devenu un spécialiste de ce peintre. Mais la première fois que je me suis trouvé en face du tableau, c'est libre de toute idée préconçue. Je ne songeais à m'interroger ni sur les cultes de l'eau dans l'Antiquité ni sur le mystère de cette torche brandie par le *putto* ni sur la symbolique du miroir. Narcisse n'était qu'un garçon comme un autre. Il s'appelait Narcisse par hasard, comme moi j'avais mon nom. Il gisait devant moi, les membres écartés, la tête abandonnée au milieu des fleurs : une vision si bouleversante que j'eus peur de me trahir en restant trop longtemps devant le tableau.

Pendant une semaine – la durée de mon premier séjour à Paris – je revins tous les jours, en choisissant les heures où la salle était vide.

— Avertissement aux familles ! me disait le gardien intrigué par mon assiduité. Le père fait la sieste après le pique-nique. La mère attend qu'il se réveille. Pendant ce temps leur gamin s'amuse avec la torche allumée. Il pourrait mettre le feu aux branches de l'arbre ! Ah ! Ces parents d'aujourd'hui !

Que d'énigmes à déchiffrer ! Un chasseur qui a soif se déshabille-t-il avant de se désaltérer ? Est-ce qu'on se met nu dans la nature pour mourir ? Un rocher, des arbres, une prairie, une source, des fleurs, une lance plantée dans le sol : et, au milieu de ce décor, *lui*. Mourant ? Mort ? Pâmé ? Surpris dans je ne sais quelle extase ? Je regardais, je regardais. Il était seul. Le *putto*, croyais-je comprendre, brandit la torche pour écarter les curieux. Autour de cet agonisant, il faut la plus profonde solitude. À moins que le geste de l'enfant ne soit une invitation à la joie. J'avais vérifié que chez les Anciens on plaçait près du défunt une torche allumée mais tournée vers le bas, en signe de deuil ; plusieurs fresques de Pompéi illustrent cette coutume. Ici la flamme brûle vers le haut. Elle est orientée dans un sens contraire à celui de la mort.

J'eus soudain l'intuition de ce qui fait le génie de Poussin et que j'appellerais plus tard son « double langage » : l'art de peindre une chose et son contraire.

Il laisse autant d'indices que Narcisse est mort, que de signes prouvant qu'il se repose, ou dort, ou rêve, ou flotte dans un état second, ou... Mort, Narcisse ? Le gardien n'était pas si idiot que cela. Il avait très bien vu que le jeune homme regarde par ses yeux mi-clos, qu'il respire par sa bouche entrouverte. Et s'il me regardait, moi ? S'il me tendait cette bouche ? Le bras replié sur son ventre pose un cadenas sur son sexe, mais le bras allongé sur l'herbe derrière sa tête ouvre son corps au désir. De ses lèvres pâlies s'exhale un soupir qui ne sera certainement pas le dernier. Double langage : respecter la convention du sujet en peignant une apparence de mort et, *en même temps,* sans que la seconde image oblitère la première, subvertir le sujet, montrer la défaillance d'un corps alangui, peindre une extase qui ressemble à la mort, et la peindre assez adroitement pour que cette seconde image reste invisible à qui ne souhaite pas l'apercevoir.

C'est un trou de verdure où chante une rivière.
....
Un soldat jeune, bouche ouverte, tête nue,
Et la nuque baignant dans le frais cresson bleu,
Dort ; il est étendu dans l'herbe, sous la nue,
Pâle dans son lit vert où la lumière pleut.

Les pieds dans les glaïeuls, il dort...

Arthur Rimbaud, à Charleville où il habitait encore, ne pouvait connaître le tableau de Nicolas Poussin. Et pourtant son poème a été écrit, j'en étais certain, pour ce tableau. D'instinct j'avais inventé la méthode à laquelle mes confrères se sont ensuite opposés. Que comprendre à la création d'un artiste, sans la curiosité de mettre en regard les siècles, les cultures, les nationalités, les genres, les styles, indépendamment et parfois au mépris de la vraisemblance historique ? On reste à la surface de l'œuvre si on se cantonne dans les archives, on manque l'essentiel à ne s'en tenir qu'à ce qui est prouvé. De ce chevauchement hasardeux, de cette confusion réprouvée par les érudits émerge la seule lecture féconde.

Objection n° 1 : Narcisse chassait dans la forêt quand il découvrit la source, ce n'était pas un soldat. Objection n° 2 : le jeune homme peint n'a pas « deux trous rouges au côté droit ». Oui, mais : le soldat tué n'en « dort » pas moins, « les pieds dans les glaïeuls », comme l'autre la tête au milieu des narcisses. Quand on est si beau, on ne meurt pas, on ne fait que dormir, entouré de fleurs. Mort, pâmoison, extase : j'avais dix-huit ans, je ne pensais pas qu'il y eût des sensations plus vives que celles exprimées par ces mots. Ces trois mots composaient dans ma tête une sorte d'héroïsme à rebours.

3

L'hippocampe

Cette passion pour l'art, comment vous est-elle venue ? On me pose souvent la question. Assortie, quelquefois, d'un « maestro » qui m'horripile, sauf s'il est prononcé avec un accent ironique où je reconnais le salutaire persiflage des grades et des honneurs. On ferait mieux de me demander : « Mais la politique, pourquoi y êtes-vous entré, impromptu pour ainsi dire, alors que, jusque-là, rien ne vous disposait à lui faire une place dans votre vie ? Pourquoi, ensuite, vous y êtes-vous engagé avec si peu de jugement, ou tant d'imprévoyance, que… » Pauvre Arturo, tu en es désespéré. Tu ne comprends pas que j'aie pu sacrifier ma réputation à une aventure où je n'ai ramassé que des coups.

Quelle main infernale a flétri ma vie ? Pour toi comme pour la plupart des gens sensés, l'histoire de l'art et l'engagement politique sont difficilement compatibles. Entre la noblesse, le désintéressement, l'impartialité nécessaires à l'étude et les compromissions qui résultent fatalement de l'intrigue, comment ne pas choisir ? En politique, on ne peut que s'accommoder, biaiser, mentir ; en art, qu'aspirer à la vérité. Le talent de louvoyer fait l'homme politique ; le scrupule de l'exactitude fait le savant. Le premier travaille au jour le jour ; il doit se tenir chaque matin au courant de ce qui est arrivé la veille ; le présent et l'avenir l'occupent seuls. Le second déchiffre un tableau plusieurs siècles après qu'il a été peint. La religion de l'intemporel relègue au second plan le soin de l'actualité. Le même esprit ne saurait abriter les deux dispositions à la fois. Que j'aie associé deux activités exclusives l'une de l'autre, de manière si étroite qu'elles se sont influencées réciproquement, que j'aie mené de front deux existences opposées sans respecter aucune ligne de partage, cette contradiction difficile à admettre me fournit le principal titre pour raconter ma vie.

Une aventure de mon enfance ne sera pas inutile à mentionner. Chaque étage de notre immeuble comprenait deux appartements : trois pièces à gauche, six pièces à droite. Nous habitions à gauche ; une famille « de la meilleure société » à droite : père, mère, deux garçons, deux filles. Un coursier déposait chaque matin le journal de la Bourse sur leur paillasson qu'une vache copiée sur un tableau du Hollandais Paul Potter ornait de sa masse jaunâtre pâlie avec les années et usée par le piétinement – ma première rencontre avec l'art classique, qui ne fut pas décisive. Épaulé par une épouse dont il récompensait le dévouement par le cadeau annuel d'un nouveau bijou, M. Doris servait dans une banque importante. Bientôt, donnait-on à entendre dans les journaux économiques, cet homme « à gravir les échelons », comme l'appelait ma mère, accéderait au poste de vice-directeur adjoint. Même le dimanche, quand il allait à la campagne avec ses enfants, je ne l'avais jamais vu sans veste ni nœud papillon.

Nous appartenions nous aussi à la bourgeoisie, mais logée à une enseigne plus modeste. Le père nous avait abandonnés : ce manquement aux codes nous conférait un petit air *bohème* pour les uns, douteux pour les autres – nous n'étions pas *comme il faut.* Deux garçons élevés par une mère seule – voilà qui donne *un genre.* Aucune bonne chez nous, pour des raisons à la fois financières (revenus trop maigres), morales (refus de nous faire servir) et idéologiques (droit au travail pour les femmes, mais sans les humilier par la spécialité du « ménage »). Je soupçonne la raison financière d'avoir primé sur les deux autres, et les deux autres de n'avoir servi qu'à habiller dignement notre relative pauvreté.

J'étais invité avec mon frère une fois l'an à goûter avec les quatre enfants de M. et Mme Doris. Toujours le même jour, celui de l'Épiphanie. Un prolongement des fêtes de Noël, mais sans obligation de cadeaux. On tirait les rois dans la salle à manger – une pièce réservée à cet usage, alors que nous mangions à la cuisine. C'était toujours la même galette, achetée chez le même pâtissier, servie dans les mêmes assiettes – à liseré d'or pour les parents, de faïence plus grossière pour les enfants. La même couronne, découpée dans du carton doré. La fève changeait d'une année à l'autre : en forme tantôt de cœur, tantôt de gondole, tantôt de soleil. La frangipane m'écœurait toujours autant. Je feignais de l'excitation, pour obéir à ma mère. Je m'ennuyais, dans ce décor correct et froid.

Les rideaux étaient disposés de manière invariable, en sorte que le motif principal de la broderie, un hippocampe à queue rebiquée, à gorge rebondie, à crinière rouge, apparût juste au-dessus de l'embrasse, sur une partie bombée de l'étoffe, entre deux plis, comme le blason de la famille. D'une année à l'autre je retrouvais l'hippocampe, curieux de voir s'il avait bougé. Il n'avait pas bougé. Pendant que Mme Doris découpait la galette en parts égales, son mari la taquinait. Elle était d'un tempérament si calme et d'un esprit si méthodique, lui disait-il en riant, que, la maison eût-elle pris feu, elle aurait encore eu le scrupule de vérifier que tout fût laissé en ordre avant de s'enfuir.

La cruelle prophétie s'avéra. J'avais dix-sept ans en 1928 lorsqu'un incendie se déclara chez nos voisins. Mme Doris, au premier cri de la domestique, courut à la salle à manger où le feu avait pris, vérifia la position du rideau, assujettit plus fermement la cordelière. Ce geste était risqué. Il lui donna, j'imagine, la satisfaction de voir l'hippocampe disparaître en beauté dans les flammes. Elle prit encore le temps de remettre à leur place les bibelots poussés de côté la veille pour une réception. Cette manie de ranger aurait pu lui être fatale. Elle se brûla aux cheveux et aux doigts en courant dans le corridor en feu. Étourdie par la fumée, suffoquant, elle ne gagna qu'à grand-peine la sortie. Son mari, ses enfants l'attendaient sur le palier, anxieux de ce qu'elle était devenue. Elle les gronda d'avoir craint pour elle. Ma mère, mon frère la félicitèrent pour son courage.

J'entrevis dans sa conduite un sens plus profond. Tout le mesquin qui s'était incrusté dans son âme et lui faisait honte en secret, elle s'en débarrassait par cette bravade. Sans doute, à dix-sept ans, ne pouvais-je être aussi affirmatif que je le suis à soixante-dix. Ce n'était pas seulement de courage que Mme Doris avait fait preuve : dans son geste passait l'impulsion qui pousse l'esprit le plus plat à racheter par un acte suicidaire un destin médiocre. À la lueur des flammes, devant le glorieux embrasement de son décor quotidien, elle avait éprouvé le remords d'une vie trop ordonnée. Vision soudaine du gouffre au fond duquel se trouve une vérité plus grande que dans les succès d'une carrière. Je n'exclus pas que l'ait saisie, dans un éclair de folie rédemptrice, le désir de se jeter dans l'incendie et de s'anéantir avec son rideau. Fascination du désastre où s'engloutit l'effort d'une vie.

L'appartement n'avait été qu'endommagé. M. Doris fit restaurer les parties calcinées, repeindre la salle à manger, Mme Doris acheta des meubles aux Grands Magasins de l'Élégance et commanda de nouveaux rideaux, une nouvelle cordelière, un nouvel hippocampe. Mais ce n'était plus le même hippocampe, et elle ne montrait plus le même empressement à le mettre en valeur au-dessus de l'embrasse.

Quelque chose dans son âme s'était fissuré. M. Doris revenait de la Bourse de plus en plus pessimiste. « La crise est imminente », disait-il en venant s'asseoir à table après la lecture des journaux. Elle était si solidaire de son mari, il incarnait à ses yeux avec une telle évidence le modèle de la réussite sociale, que l'affaissement des cours et l'incendie du rideau l'alarmèrent par leur concomitance. Deux malheurs à la fois, c'était un signe prémonitoire.

Elle ne se trompait pas. L'hippocampe avait symbolisé la fierté d'une classe au faîte de sa puissance. Sa destruction préfigurait la crise et le bouleversement d'un ordre si patiemment édifié.

4

Rome

L'année 1930 était depuis peu passée, et les remous causés par le krach de Wall Street encore sensibles en Europe, quand je m'installai à Rome. Bien qu'il n'y eût dans cette ville, du moins à ma connaissance, aucun tableau de Poussin ni du Lorrain, comment ne pas vouloir habiter là où ces deux peintres avaient vécu ? Où tout ce qui a compté en art pendant deux siècles avait trouvé l'inspiration et le génie ?

Mon frère essaya de me dissuader.

— Rome, capitale de l'ennui, a dit Chateaubriand.

Malgré la dissemblance de nos tempéraments, nous nous entendions bien. Seul mon secret dressait un mur entre nous. Me confier à lui eût été impossible ; impossible et même impensable ; pas plus qu'au reste de mon entourage, il ne me serait venu à l'esprit de révéler à mon propre frère ce que l'époque m'obligeait à cacher. Il ne soupçonnait rien. Ayant embrassé une carrière différente de la mienne, il misait sur le développement de l'agroalimentaire.

— Tu vas te sentir écrasé par les siècles !

Lui était véritablement « de notre temps ». Il lisait les journaux *in extenso*, écoutait les nouvelles à la radio, militait pour le droit de vote des femmes. Inscrit à un club sportif, il jouait au tennis, courait dans les stades, soulevait des haltères, partait en vacances avec des collègues dans des camps mixtes de plongée sous-marine – habitude qu'il avait conservée après son mariage. Nous avions été élevés de la même façon, dans les mêmes principes, l'absence du père nous avait marqués tous les deux, nous avions souffert du même manque, notre mère avait pris soin de compenser le vide paternel par une pédagogie sévère appliquée également à tous deux. À vingt ans, nous étions pourtant si opposés de caractère, de goûts, d'inclinations, qu'il semblait impossible que nous fussions sortis d'un même moule – du moins si l'on prête foi à certains experts en psychologie qui expliquent par la situation familiale l'orientation des enfants, et soutiennent qu'ils ne sont ce qu'ils sont que par identification ou opposition à leurs parents. Si ces opinions avaient un semblant de vérité, Robert Louis et moi aurions dû réagir pareillement à une conjoncture identique. Les mêmes causes auraient dû produire les mêmes effets. De deux frères aussi dissemblables malgré une éducation commune on ne peut conclure qu'à l'inanité de la théorie des « complexes » et des « traumas ». Jamais deux destins partis pour être analogues n'ont autant divergé. Les parents proposent, les enfants disposent.

En m'embrassant sur le quai de la gare, il me prédit que j'épouserais une jolie Italienne, puis me recommanda de lui raconter en détail ce qui subsistait à Rome des stades, des cirques, des gymnases, des thermes de l'Antiquité.

— J'aimerais savoir comment ils se préparaient pour les jeux. Le sport était leur seul côté moderne.

Au début de mon séjour, et jusqu'à ce que je fusse guéri de cette myopie si répandue à l'époque, je n'avais d'yeux que pour les trois premières strates de la civilisation romaine – Antiquité, Moyen Âge chrétien, Renaissance. Je m'arrêtais au seuil du dix-septième siècle, ne me distinguant guère en cela des jeunes étrangers qui débarquent à Rome pour la première fois, bien qu'il me semblât les surpasser par l'ardeur de ma curiosité. Levé à six heures du matin, je ne rentrais que le soir, fourbu, pour me jeter sur le petit lit de la chambre mise à ma disposition par l'*Istituto d'Arte*. Églises, basiliques, couvents, musées, villas, palais, temples, mausolées, hypogées, grottes, champs de fouilles, jardins archéologiques, j'entrais partout, en portant une attention particulière, pour en faire la description à mon frère, aux palestres et aux thermes. Sur un calepin acheté à la Standa, je faisais un relevé minutieux des motifs ornementaux : mosaïques, fresques, frises, chapiteaux, plaques votives, linteaux sculptés. Je prenais note des pierres tombales encastrées dans le pavement des absides, des hiéroglyphes gravés sur les obélisques, des inscriptions à demi effacées sur les stèles.

À la pinacothèque du Vatican j'eus la surprise de découvrir le seul Poussin, croyais-je alors, resté à Rome, *Le Martyre de saint Érasme*, signé « *Nicolaus Pusin fecit* ». Signature qui me donna à rêver, par la distorsion volontaire du prénom et la faute d'orthographe, non moins délibérée, sur le patronyme, comme si le peintre avait voulu se mettre à distance de son pays d'origine. Modifier son nom après qu'on s'est fixé à Rome est presque une déclaration de guerre à sa patrie.

La clarté qui inonde le tableau jure avec la cruauté de la scène. Dépouillé de sa mitre et de sa chasuble, attaché nu sur un chevalet, renversé en arrière, saint Érasme fut vidé, par une brèche ouverte dans son ventre, de ses intestins qui furent enroulés sur un treuil à manivelle et tirés comme un câble à mesure qu'ils sortaient de la cavité abdominale, sous l'œil de bourreaux qui, dans le tableau de Poussin, semblent plus curieux qu'indignés. Ils s'empressent autour du tréteau pour ne pas perdre un détail de l'opération. Un soldat sur son cheval paraît s'amuser du spectacle. Érasme contracte son visage pour cacher qu'il souffre, tandis que deux *putti* agitent gaiement des palmes dans le ciel. Un sujet bien étrange pour un Normand, homme de la terre, esprit posé. Le tableau est du jeune Nicolas, si enivré de la lumière romaine qu'il en aura oublié l'atrocité de ce qu'il peignait. Je ne connaissais l'œuvre que par la médiocre copie en mosaïque placée dans le transept droit de Saint-Pierre.

J'utilisais des raccourcis pour arriver plus vite à la chapelle Sixtine. Que d'heures passées sous le plafond ! À six heures moins dix, les gardiens sifflaient la fermeture. Fasciné par les *Ignudi*, je sortais le dernier. Dans la cour du Belvédère, je m'arrangeais pour m'attarder encore devant l'*Apollon*. À la sortie, je ne manquais pas d'acheter pour l'envoyer à Robert Louis une carte postale de l'*Apoxiomène* de Lysippe ou du

Discobole de Myron. Incapable d'y entendre malice, il ne verrait dans le choix de ces beaux athlètes que mon désir fraternel de compléter sa galerie de champions. Devenu, moi aussi, expert dans le double langage, je n'avais pas besoin de lui donner le change par quelque *Vénus de Cnide* ou *Ariane endormie*.

Une raison supplémentaire pour moi de m'isoler derrière les murs du Vatican, c'est que j'y trouvais un refuge contre la guerre idéologique où mes camarades de l'*Istituto* essayaient de m'entraîner. Chacun des deux camps me sommait de le rejoindre.

— Tu dois prendre parti !

La ville était couverte de chantiers ; on défonçait, on creusait, on excavait partout. Mussolini voulait débarrasser Rome des bicoques et des masures nichées entre les arcades des amphithéâtres ou dressées à l'emplacement d'édifices enfouis. À la capitale de l'Italie, il entendait rendre l'éclat, le prestige, la majesté de l'Urbs.

— Rome à nouveau éblouira le monde entier : vaste, ordonnée, puissante, impérissable, comme elle le fut au temps d'Auguste.

— *Impérissable !* Ridicule forfanterie, honteuse propagande, puisque, justement, elle a *péri, dépéri, périclité* pendant tant de siècles !

Je pus assister, juché sur une borne au coin de la Maison dorée, à l'inauguration, fort pompeuse et retransmise par des dizaines de haut-parleurs, de la via dell'Impero. Pour percer, remblayer, aplanir ce boulevard de neuf cents mètres de long et trente de large, on avait jeté bas quatre mille cinq cent quarante-sept taudis en sorte que le Colisée (dont le nom italien

Colosseo indique mieux la masse gigantesque) se pût admirer dès la place de Venise.

Ces travaux soulevaient autant de polémiques que de dithyrambes. Les savants déploraient la perte de vestiges précieux, de témoignages irremplaçables, détruits par les pelleteuses ou balancés à la voirie pour hâter le déblaiement. Il n'était pas rare qu'une construction parasitaire reposât sur un soubassement du premier siècle. Mes camarades les plus engagés insistaient sur l'aspect social de la question. Premièrement : où les familles expulsées seraient-elles relogées ? Dans quelles conditions ? Deuxièmement : les ouvriers employés aux fouilles avaient été recrutés à Naples, en Calabre, dans les Pouilles, en Sicile ; pourquoi, sinon parce que le régime tablait sur la misère du Sud pour les payer à vil prix ? Plus qu'en ouvriers, ils étaient traités en esclaves.

La presse vantait l'énormité des efforts, couronnés par une réussite éclatante.

Educazione fascista : « Chaque ruine du Forum romain dressera aux yeux du voyageur éclairé, non pas d'inanimés débris de marbre, mais les fragments d'un monde qu'on devine en voie de renaître par la volonté d'un homme impatient de lui rendre son âme. »

Au club de l'*Istituto* les discussions allaient bon train, plus ou moins vives selon que les élèves se sentaient en sécurité ou surveillés par des espions. On me mettait en garde contre la rhétorique officielle ; Mussolini jetait de la poudre aux nigauds.

— Cette via dell'Impero répond à un but utilitaire. Tu parles de ressusciter l'Antiquité ! Il manquait à

Rome une voie *triomphale* pour permettre aux troupes de défiler et aux cortèges de parader.

À l'écart de ces luttes, je ne me mêlais que malgré moi aux discussions. La conscience politique me manquait encore. Sans compter que ma qualité d'étranger m'eût obligé à la prudence.

5

Romain

Comme je me sens banal, gauche et impropre à évoquer mes premières émotions romaines ! Quelle que soit notre ambition d'être le seul à pouvoir saisir la beauté d'une œuvre ou d'un lieu, il est inévitable que des édifices, des statues, des peintures, des sites trop connus et visités par des centaines de milliers de gens avant nous, ne nous inspirent que de fades exclamations ou des platitudes sentimentales.

L'enseignement que j'avais reçu m'interdisait toute curiosité au-delà de l'année 1600. Nous étions barrés par le dégoût qu'on nous avait inculqué des formes postérieures à la Renaissance. Pas plus que je n'avais remarqué, à Santa Maria del Popolo, les toiles de Caravage qui me deviendraient si chères une fois que j'aurais brisé le carcan où mes maîtres m'avaient enfermé, je ne trouvais rien d'extraordinaire, en longeant le bas de la place d'Espagne, à ce qu'une barque en train de prendre l'eau et de couler tînt lieu de fontaine, extravagance contraire à tout bon sens. Place Navone, devant la fontaine qui en occupe le centre, faite de blocs de pierre à peine dégrossis, même flaccidité de réaction. Je ne m'étonnais pas que le bassin regroupât un lion, un crocodile, un tatou des Indes, un serpent, un cheval sauvage de Hongrie, ni qu'un palmier jaillît d'une roche près d'une tiare, ni que l'obélisque d'un poids si énorme reposât, par un défi insensé à la statique, sur du vide. Je ne m'étonnais pas de ces inventions géniales tout simplement parce que je ne les *voyais* pas. Je passais à côté de la fontaine en pensant que c'était une fontaine comme les autres.

Sans compter les anges de Bernin, il y aurait eu, partout à Rome, entre les tritons, les conques, les abeilles, les étoiles, les colonnes torses et les gloires dorées, pour un esprit un peu entreprenant, maint sujet d'être ravi. Celui qui se croit le plus libre ne voit que ce qu'il a été programmé pour voir : il faut du temps pour apprendre à se servir de ses propres yeux.

Mon frère m'avait prévenu : Rome offre peu d'endroits que n'écrase un souvenir. Aussi, quand j'étais las d'avoir pris des notes et emmagasiné des connaissances, avais-je envie de retourner dans un quartier où peu de visiteurs s'aventurent. C'est, près du Tibre, au sud de la ville, un ensemble de terrains qui rebutent parce qu'ils entourent les abattoirs. Vers le soir, sur un monticule curieusement bossu, dit Testaccio, les garçons de boucherie s'exercent à cru sur des chevaux à moitié sauvages dont le vent soulève les crinières. La forme bizarre du monticule est produite par l'accumulation et l'entassement de débris en terre cuite qui proviennent du débarcadère voisin : on y déchargeait, du temps où l'Urbs commerçait par le Tibre avec l'ensemble des pays méditerranéens, les vases d'amandes siciliennes, les amphores d'huile grecque, les cratères de vin sarde, les jattes de miel turc. Les poteries cassées étaient jetées l'une sur l'autre au petit bonheur, jusqu'à former ce tertre haut de trente-cinq mètres.

De savoir l'Antiquité piétinée par des chevaux et leurs cavaliers, ignares centaures aux blouses tachées de sang, augmentait mon plaisir. De rares touffes d'herbe, poussées dans les interstices, mettaient des taches vertes sur ce tas de tessons. Je crois que j'ai pris, en m'interrogeant sur la vie des abattoirs et les conditions d'existence des équarrisseurs, dont les passe-temps se bornaient à monter une bête vivante après en avoir dépecé des centaines, mon premier goût de la politique.

Arturo, toi qui aimes le *beau style*, tu te désoles de me voir penser si sèchement et te dicter des phrases aussi peu ornées.

— Ah ! comme j'aime ce « centaures » ! Le « vent qui soulève les crinières » m'a plu aussi. Enfin ! Pourquoi n'avez-vous pas continué sur votre lancée ? Un « tas de tessons », est-ce plat ! Écrivez plutôt : « émaillaient de taches vertes ce désert de tessons ». Nous sommes à Rome, *perbacco* !

— L'émail n'a rien à faire ici. Le Testaccio n'est pas un désert. Si c'est un tas, j'écris : « un tas ».

— Mais à Rome, des métaphores, il en faut ! Des envolées lyriques ! Un petit air de violon par-ci, un coup de trompette par-là ! Cela ne vous coûterait rien, et à nous, vos lecteurs, plairait tant !

Pour rentrer, je devais encore escalader l'Aventin, longer les jardins du prieuré de Malte, contourner les groupes de pèlerins qui faisaient la queue pour regarder par le trou de la serrure du prieuré la coupole de Saint-Pierre, redescendre vers le Circo Massimo, dépasser le temple rond de Vesta, m'ouvrir un chemin entre les cabanes lépreuses dont les bulldozers dégageaient le théâtre de Marcellus.

J'aurais abrégé mon retour, si l'attrait d'une forme idéale, dont un instant suffit à prendre la mesure, ne m'avait poussé une fois de plus vers le Panthéon. « On s'arrête devant le portique ; on fait quelques pas, on voit l'église, et tout est fini. » Le plaisir de me répéter cette phrase, une des plus parfaites de la langue française, faisait partie de mon bonheur. « Tout est fini » : on ne peut le dire que devant la mort ou la beauté.

Enfin, dans ma chambre, recru d'émotions, étourdi, exalté, n'envisageant plus de vivre ailleurs que dans cette ville, il me parut que nul acte symbolique ne m'y associerait davantage et ne me détacherait plus de mon pays que de changer de prénom. Je cherchai dans ceux « romains » : Auguste, Jules, Antonin, Fabius, Septime. Tous devenus impossibles. Mais pourquoi pas : Romain ? Romain est aussi un prénom. Un prénom double, qui amalgame, réconcilie et fond « le Romain des grands siècles » et « l'habitant de la Rome d'aujourd'hui ». Composé et somme de tout ce que je voulais être : contemporain de Poussin, et citoyen de mon temps ; historien d'art, mais sans me couper de ce que je voyais occuper si tenacement mes camarades.

6

J'apprends le mot *manganello*

« Romain d'aujourd'hui… » Eh ! je n'avais pourtant pas envie de virer au fasciste, lorsque j'entendais Fortunio, qui m'avait déjà entrepris, me vanter les mérites du Surhomme. Il me félicita d'un choix qui avait été celui du Duce pour son troisième fils, baptisé « Romano », en hommage à la latinité dont il se voulait la réincarnation et l'emblème. Le petit n'avait que cinq ans, il n'était jamais apparu sur la scène publique, on l'avait envoyé grandir en province, j'ignorais qu'il existât, je ne savais rien de cette coïncidence de prénoms, mais Fortunio, qui touchait à peine au dessert pour éviter de prendre du ventre et de présenter une image insuffisamment virile du fascisme, ne me crut pas et continua à vouloir m'enrôler. Lui et ses amis Raf et Aldo n'hésitaient pas à travestir la vérité, allant jusqu'à prétendre que le Héros avait fait son entrée à Rome, le 29 octobre 1922, à cheval, botté et casqué, sous un arc de triomphe antique.

Cette fois, je protestai.

— Vous répétez les mots d'ordre de la presse !

— Oui, concédèrent-ils, faussement penauds, il est arrivé de Milan par le train de nuit, allongé sur une couchette de wagon-lit. Ce détail a-t-il la moindre importance ? Chaque révolutionnaire utilise les moyens de son temps. Lénine aussi est arrivé à Petrograd par le train. Le peuple italien se sent allégé de ses peines et à demi tiré de sa pauvreté, s'il peut croire que son Sauveur a traversé l'Italie à cheval, comme César à la tête de ses légionnaires.

L'*Istituto* accueillait des étudiants aussi bien étrangers qu'italiens ; parmi ceux-ci, un sur deux avait la carte du Parti ou songeait à s'y inscrire. Les autres ne critiquaient que par sous-entendus, et, entre eux, ne parlaient qu'à voix basse. Ils restaient silencieux après le bulletin radiophonique diffusé par l'appareil du club et bruyamment commenté par les sympathisants du régime.

Bartolomeo était le seul à montrer un peu de courage. Je me liai avec lui, moins par sympathie politique, au début, que parce qu'il m'épargnait toute gêne par son abord franc, cordial, ses manières sans façon. Il m'enveloppait de sa bonhomie encombrante. Sa jovialité eût fait fondre un caractère encore plus fermé que le mien. Originaire de Syracuse, il recevait de sa mère des friandises à la pâte d'amande, aussi délectables au goût que périlleuses pour l'embonpoint. Je le trouvais bien imprudent de s'impatienter quand un fasciste survenu à l'improviste le forçait à ravaler ses critiques contre le gouvernement. « Tous les malheurs de la Sicile, m'expliquait-il ensuite, viennent de ce que nous gardons pour nous ce que nous avons sur le cœur : c'est l'*omertà*, la loi du silence. » Il débordait d'une vitalité chaleureuse qui n'était vulgaire que du peu qu'il fallait pour me mettre à l'aise. Le bonnet de laine enfoncé jusqu'aux yeux lui servait à dissimuler une calvitie précoce. Ayant horreur de la mer, il m'arrêta au premier mot que je lui dis sur la beauté des côtes au bord desquelles il avait grandi : « Nager, c'est bon pour les fascistes. » Il débitait des absurdités qui me rendaient sa compagnie amusante. Ses camarades me soutenaient qu'il n'était pas du tout représentatif de son île, où ceux qui y avaient voyagé avaient trouvé les habitants taciturnes. Ses blagues, rien moins que fines, offraient l'avantage au timide que j'étais de le faire entrer de plain-pied dans la gaieté italienne. Il se moquait de tout et pour commencer de lui-même, dont il trouvait le physique par trop désavantageux. Son profil était sans finesse, ses sourcils épais, son nez camus, ses doigts courts et gros. Il n'avait rien de la beauté grecque si répandue autrefois à Syracuse, que les médailles retrouvées lors des fouilles ont rendue fameuse. Mais justement, le caractère relativement commun de ses traits me permettait de n'éprouver aucun embarras à me promener avec lui.

Fortunio le fasciste était aussi dégingandé, sec, osseux, crispé, que Bartolomeo l'antifasciste était rond, gras, débridé, expansif, deux morphologies à contre-emploi, me semblait-il, si je tenais compte de l'ambition du régime de présenter l'image d'une Italie sportive, épanouie, florissante, et l'aspiration contraire des opposants à se cantonner dans une protestation digne, austère, hautaine, vertueuse. Tu vois, par ces considérations hors de propos, à quel point, étranger à la politique, je n'avais de la situation qu'un aperçu superficiel.

Bartolomeo m'emmenait dans les rues en compagnie de son ami Pietro et me forçait à regarder les affiches collées sur les murs. J'étais passé cent fois devant sans en faire cas. Rome était tapissée de portraits de Mussolini.

Il était partout, le Duce, le César, le Héros, le Père, en redingote, en uniforme, en cavalier, en aviateur, en plongeur sous-marin. Il sautait des obstacles, concourait à la Targa Florio au volant de son bolide, fauchait des champs de blé, reboisait la Calabre, dressait des lions, jouait au tennis, grimpait à la corde avec des alpinistes, arrachait la lance des mains du sapeur-pompier, caressait des enfants, haranguait des veuves, partageait la soupe des carabiniers, s'attablait à l'*osteria*, buvait un verre de frascati avec des maçons en blouse blanche, dansait avec des paysannes lors des fêtes de village, remontait à bicyclette pendant qu'on lui jouait de l'accordéon.

Son regard, sombre, ardent, généreux, sévère, pénétrait partout, examinait tout, vérifiait tout : dans les boutiques, si les opérations derrière le comptoir se déroulaient avec l'honnêteté nécessaire ; à la banque, si le change officiel était pratiqué ; chez l'apothicaire, si les doses délivrées respectaient l'ordonnance ; dans les restaurants, si les prix payés par le client correspondaient à ceux affichés sur la carte ; dans les bureaux de tabac, si n'y étaient vendues que des marques nationales ; dans les gares, si les trains partaient et arrivaient à l'heure. Le Chef était partout, surveillait tout, rénovait à fond son pays, omniprésent, omnipotent, les prunelles fixées avec détermination, la forte mâchoire tendue en avant, traquant sans relâche ceux dont les convictions fascistes n'étaient pas assez solides pour éradiquer les mauvaises herbes du passé. Soit : les nostalgiques de l'ancienne Italie, les apôtres du libéralisme, les abstentionnistes de l'Aventin, les suppôts de la démocratie, les professionnels de la corruption, les sceptiques, les planqués, les roublards.

— Et si tu as envie de rire, ajouta Bartolomeo en gonflant les joues et en soulignant par l'emploi d'une majuscule ironique l'emphase grotesque du régime, *Il* te foudroie de son œil formidable. Dans quelque direction que tu essaies de t'enfuir, tu ne peux *Lui* échapper. *Il* te rattrape, *Il* t'empoigne par le regard, *Il* te fait les gros yeux, *Il* contracte ses maxillaires, te donnant l'impression qu'*Il* va marcher droit sur toi pour te couper les oreilles.

Une fois où il s'était lancé dans une parodie encore plus mordante, il se tut soudain, en voyant approcher des camarades dont il n'était pas sûr. Cette obligation de cacher ses pensées ne m'embarrassait en rien, moi que la force des choses avait entraîné à raser les murs pour d'autres raisons que les raisons politiques ; mais cela, ni Bartolomeo ni aucun des opposants au régime ne pouvaient le soupçonner, et ils s'étonnaient quelquefois, après avoir constaté que je partageais leurs idées, que je n'eusse pas à souffrir, pendant mon séjour en Italie, de devoir dire à haute voix une chose tout en pensant le contraire. S'ils avaient su ! Depuis l'adolescence, sous la menace des stigmates qu'on m'aurait immédiatement imprimés, j'étais habitué à la prudence, à la dissimulation, à la vie double.

Pietro, qui, étant d'un naturel plus sérieux, combattait le penchant de Bartolomeo à la plaisanterie et ramenait toujours la conversation à ce qu'il appelait le « débat », attira mon attention sur une affiche truquée où la *Vénus* de Botticelli était représentée vêtue.

— Eh ! tu voulais te rincer l'œil, mon vieux, c'est raté ! lui dit Bartolomeo.

— Idiot ! Analyse plutôt le message : la politique familiale exige qu'on retouche les chefs-d'œuvre. Il faut sacrifier l'art pour accroître la natalité. Les Madones à l'enfant, oui. Les femmes nues et maigres, non !

Nous étions arrivés place Sant'Eustachio.

— Tiens, leur dis-je, voici le bar où les camarades me certifient qu'on fait le meilleur café du monde. Tous les camarades, et pas seulement les fascistes, avec leurs rodomontades !

— C'est vrai, me dit Pietro en riant. On est sûr que l'*espresso*, ici, a été « énergique » bien avant que l'obligation de l'être n'ait été imposée à n'importe quelle production ou activité nationale.

Indépendamment de l'excellence du café, j'aimais beaucoup le quartier, la petite place, coincée entre le Sénat et l'Université, mais isolée de ces institutions imposantes, aussi paisible et silencieuse, avec son église de village ornée sur la façade d'une tête de cerf, que si on se trouvait à la campagne. Un homme en bleu de travail, plus très jeune, apparut avec une échelle qu'il appliqua au mur de l'église. Il y colla une affiche appelant les Italiens au prochain plébiscite. Des consommateurs, assis à la terrasse du bar, le félicitèrent de ce geste qu'ils qualifiaient d'« acte civique de résistance ».

— Résistance ? Le plébiscite va donner pleins pouvoirs à Mussolini !

— Ils sont pourtant des nôtres, m'affirma Pietro. Depuis les accords du Latran et la réconciliation de l'Église et de l'État, il est interdit de se servir du mur des églises et des autres monuments religieux pour des affiches de propagande politique. Le pape a obtenu cette mesure qui complète la reconnaissance de l'indépendance du Vatican. Le bonhomme n'est pas au courant de l'interdit, ou fait exprès de le braver.

C'était plutôt un pauvre hère, à mon avis, à qui on avait dit de coller ses affiches sur les premiers murs venus. Il avait aperçu un mur vide, et ne s'était pas trop soucié de savoir s'il avait le droit de l'utiliser. Deux gars en chemise noire armés de matraques noires débouchèrent de la place Capraretti et, de loin, lancèrent une bordée d'imprécations et d'injures.

— Ah ! c'est ainsi que tu respectes la volonté du Duce ? Tu veux rallumer la guerre avec l'Église ? Bandit ! Crapule ! *Cornuto* ! Ennemi du peuple ! Ordure !

Ils se ruèrent sur le malheureux. Les barreaux de l'échelle furent brisés, les montants disjoints, le pot de colle renversé sur le sol, enfin le vieux jeté à terre et bastonné à coups de ce que j'appris être le *manganello*. Les clients qui avaient encouragé son initiative auraient pu, à dix contre deux, essayer de calmer les nervis. Aucun ne bougea. Jamais le soin de tourner le sucre au fond de leur tasse ne les avait autant absorbés.

Bartolomeo – qui n'avait pas fait un geste pour venir au secours de la victime – me poussa à l'intérieur du local.

— *Il* peut ainsi se vanter de faire l'unanimité. On ignore à l'étranger la sauvagerie des méthodes qui lui permettent d'obtenir ce résultat. Pourquoi êtes-vous si indulgents envers Mussolini ?

— Et vous, lui dis-je, pourquoi avez-vous assisté sans réagir à cette scène ?

— *Tutti buffoni, gli Italiani ! E Bartolomeo, buffone numero uno*, tu ne l'as pas encore compris ? s'écria-t-il en enlevant pour la première fois son bonnet. Son crâne chauve était parsemé de petites protubérances violettes.

Pietro, qui entendait engager une conversation politique, reprit la parole.

— Vous pourriez l'arrêter encore. Bientôt il ne sera plus temps. À force de le ménager, de le flatter… Un journal anglais a titré l'autre jour : « Mussolini, l'homme de la Providence ».

— L'homme de la Providence, parce qu'il est censé être le plus solide rempart en Europe contre Staline et le péril communiste.

— Pur prétexte ! Justification vertueuse, pour masquer des calculs bassement intéressés ! Chamberlain soigne Mussolini, parce qu'il a besoin de lui pour sa politique à Corfou et au Proche-Orient. Pierre Laval proclame la nécessité de nouer avec la « sœur latine » des liens plus étroits. Si tu veux mon opinion, les Anglais et les Français devinent les ambitions coloniales de Mussolini et craignent de ne plus être les seuls maîtres en Afrique. Ils le flattent pour mieux l'étrangler ensuite. Si tu as des amis en Angleterre ou en France, mets-les au courant de ce que tu as vu.

N'est-il pas affreux que de grandes démocraties continuent à appuyer un bandit ?

Le vieux gisait à terre, dans une flaque de sang. Le patron du bar passa entre les tables pour dire qu'il avait appelé l'ambulance du *Pronto Soccorso* et préparé une note à l'intention de la police sur le « regrettable accident de la circulation » survenu devant son établissement. Il invitait ceux qui avaient pu être témoins à apposer leur signature au bas de cette note. La totalité des clients signèrent. Presque tous avaient applaudi à l'« acte civique de résistance ».

7

Le lion et les brebis

En sortant du bar, nous tombâmes sur l'efflanqué Fortunio, dont la maigreur, comme j'ai dit, n'était pas une réclame pour la prospérité fasciste. Il m'arracha à Bartolomeo et m'entraîna derrière le Panthéon. De quoi paraissait-il si furieux ? Il brandissait un livre sur Rome, écrit par un Français. Un prétendu « témoignage », alors que ce n'était qu'un ramassis de mensonges et de calomnies.

— Mais tu le connais, le français, n'est-ce pas ? C'est la langue devenue internationale, qui a usurpé la place qui revenait à notre italien. Encore un coup bas de ces chiens de voisins, qui n'en finissent pas de nous manger la laine sur le dos. L'infâme Clemenceau ne nous a-t-il pas dépossédés de notre victoire en nous refusant la Dalmatie ?

Nous nous assîmes sur le rebord d'une fontaine, place de la Minerve, sans que je fusse surpris d'avoir au-dessus de moi un obélisque juché sur le dos d'un éléphant. Fortunio avait établi la liste des sobriquets, offensants pour Mussolini, qu'il avait relevés dans le livre et notés sur la page de garde.

« Un sicaire des Borgia qui se prend pour un émule de Cavour. »

« Un parvenu qui se croit l'héritier des Césars. »

« Un *pagliaccio* gonflé en Napoléon. »

« Un gendarme au service des industriels lombards. »

— Au service ! Au service ! Lui qui commande à tout le monde et ne reçoit d'ordres de personne !

Et son œuvre, son régime ! Le travail magnifique accompli ! De quels noms injurieux, grotesques, n'étaient-ils pas qualifiés !

« Le succès d'un usurpateur sans scrupules. »

« Un 18 Brumaire de boy-scouts. »

— Boy-scouts ! Ne sait-il pas, *questo figlio fottuto di puttana*, que nous sommes *giovani esploratori*, *balilla*, *avanguardisti* ?

« Un cocktail de discipline républicaine et d'arrogance antidémocrate. »

— Cocktail ! Cocktail !

Fortunio écumait.

— Son incompétence est telle, à ce bâtard, qu'il ignore que nous avons banni les anglicismes. *Football* est interdit, c'est *calcio* qu'il faut dire. *Parcheggio*, et non *parking*. *Campeggio*, et non *camping*. Tu t'imagines nos gaillards plantant leurs tentes sous un drapeau aux couleurs anglaises ? *Pane imbottito* et non *sandwich*. *Pane imbottito* : à flairer l'odeur de la tomate et du basilic dans le pain frotté d'huile, tu as tout de suite l'eau à la bouche. Est-ce que *looping* te dit quelque chose ? Tandis que si tu fais avec ton avion un *giro di morte*, tu le sens, le péril, tu le frôles, l'accident mortel, et tu comprends que Balbo n'est pas une mazette, sacré nom ! qu'il n'est pas une mazette, Italo Balbo.

Nous passions justement devant un grand magasin d'une chaîne baptisée *Standa*, où l'on trouve de tout, produits alimentaires, articles de vaisselle, accessoires de bureau, fournitures ménagères, pièces de lingerie, petit outillage pour la maison, etc. J'y achetais mes sous-vêtements, mes cahiers, mes crayons, un paquet de biscuits pour les petites faims. Ce nom m'intriguait. Fortunio saisit au vol ma perplexité et se rengorgea.

— C'est une des victoires du régime que d'avoir soustrait le magasin où tous les Italiens vont s'approvisionner à la cupidité des Anglo-Saxons, des Juifs et des francs-maçons. La chaîne s'appelait *Standard* jusqu'au jour où le Chef prit sa baguette magique. En ôtant deux seules lettres à ce terme insultant, il a permis aux Italiens d'être à nouveau fiers d'aller faire leurs courses en famille.

Il ajouta, comme nous débouchions sur la place du Panthéon :

— Tiens, je t'offre un Martini à la Rotonda, tu verras ce que c'est, un vrai bar fasciste.

« Ici, le pourboire est sévèrement défendu », était-il écrit derrière le comptoir, sous le portrait de Mussolini en capitaine de navire. Ouvriers du chantier voisin, collecteurs de bouteilles de lait, colleurs d'affiches, facteurs en tournée, adolescents en chéchia, dactylos pendant la pause, demoiselles de magasins entre deux livraisons, placeuses de cinéma, un public jeune, populaire, remplissait le petit local d'un bavardage affectueux, qui restait *tenu* et bon enfant. Du vin pour les adultes, en quantité modérée, des boissons gazeuses pour les moins de vingt ans. Je fus frappé par la réserve observée entre les sexes, le contraire de cette grossièreté « machiste » signalée par les anciens guides. Les garçons, plus nombreux, agglutinés dans une moitié du bar, laissaient tranquilles les filles regroupées de l'autre côté. Ils avaient suffisamment à faire entre eux. Quand une fille entrait ou sortait ils émettaient un petit sifflement, sans s'approcher d'elle, sans l'importuner. Ils restaient lointains et polis.

L'incident survint quand Fortunio voulut payer. Il jeta sur le comptoir une poignée de menue monnaie. Le patron, debout sous l'œil implacable du Chef, souleva dédaigneusement les pièces et les rendit au mauvais citoyen.

— Elles n'ont plus cours, *compagno*. Regarde, elles datent de 1920, et montrent le roi qui regarde *vers la droite*, tête et cou nus, désarmé, paisible, rêveur, comme si tout allait pour le mieux dans le meilleur des mondes, et, au dos, une abeille, qui s'en va butinant, tout aussi modeste, insouciante, inutile, bonne à rien. Un roi indifférent à l'humiliation infligée à l'Italie par les traités de Versailles et de Rapallo qui nous ont refusé l'annexion de Fiume et de la Dalmatie, un souverain ignare des hautes destinées de son pays, un prince sans énergie, dépourvu d'ambition, c'est du passé, tout cela, ça date d'avant la Révolution. 1920, l'année de toutes les hontes !

Confus de cet impair commis dans un bar « vraiment fasciste », sous le regard du Chef qui clignait vers lui des yeux furibonds, Fortunio retourna ses poches et en sortit des pièces plus neuves.

— À la bonne heure, *compagno* ! Au premier coup d'œil tu te rends compte qu'elles ressemblent beaucoup plus, celles-ci, à des médailles antiques qu'à de la ferraille copiée sur le modèle anglo-saxon. En voilà une de 1923, je veux dire de l'an I : le roi, vêtu en général, regarde maintenant *vers la gauche*. Ce n'est pas une mince différence. C'est de la gauche, de l'extrême gauche, que viennent les dangers, c'est à gauche qu'il faut regarder, pour se préparer à la lutte, affronter l'ennemi et gagner les victoires. Michel-Ange l'avait déjà bien vu : son *David* s'appuie sur le côté droit et tourne la tête vers la gauche, prêt à combattre le danger. De la gauche viennent tous nos maux. Au dos de la pièce, à la place de l'abeille, tu vois une hache levée qui émerge d'un faisceau dont tu peux compter les verges. Explique cela à ton ami, qui n'a pas l'air d'être d'ici. La hache qui tranche a remplacé l'aiguillon qui pique. L'autorité qui décide a supplanté la velléité qui bâille.

J'étais épaté qu'un patron de bar pût citer Michel-Ange. Approuvé par les habitués qui s'étaient rapprochés du comptoir, il fit le geste de brandir une hache.

Fortunio étala sur le marbre les pièces qui lui restaient : leur histoire résumait les dix dernières années de l'histoire italienne. Tous les deux ou trois ans le modèle changeait. 1926 : un aigle s'empare du faisceau et traverse la foudre avec son butin. 1928 : le quadrige de la gloire monte jusqu'au soleil conduit par une Italie aux bras chargés de faisceaux. 1930 : les lauriers impériaux se mêlent aux faisceaux du licteur républicain. 1932 : sur la plus récente, une pièce de vingt lires en argent mat, le roi apparaît casqué, la hache est devenue énorme, l'ambition nationale est soulignée par une devise gravée en italique : *Meglio vivere un giorno da leone che cent'anni da pecora.*

— Mieux vaut vivre un jour comme un lion que cent ans comme un mouton, me dit Fortunio en français, pour être sûr que j'avais mesuré quelle énergie indomptable bandait la volonté du Chef.

— Mais *pecora*, ajouta-t-il, est un mot féminin. Les Français ont une triste idée de la virilité. Appeler d'un nom masculin, mouton, le symbole de la résignation et de la soumission est typique d'un peuple esclave. Vos moutons ne peuvent être pour nous que des brebis.

Je l'assurai que j'avais fort bien compris la nuance, et que dans mon pays la question de la bête rampante était tranchée. On recourait à une espèce hermaphrodite : l'escargot.

8

Giulia

Opposants ou inscrits, tous les étudiants italiens avaient « la fiancée ». Les « fiançailles » pouvaient durer longtemps ; nul terme n'était fixé. Elles n'autorisaient aucunes privautés aux garçons. Les filles ne commençaient à octroyer quelque chose – très peu de chose – qu'après la *dichiarazione*, faite en bonne et due forme. La « déclaration », c'était l'offre d'épouser, assortie de cadeaux en gage du sérieux de la promesse. Plus les cadeaux avaient de consistance, plus l'engagement était jugé sûr. Sans déclaration, de chastes promenades sous les arbres du Pincio constituaient le maximum de ce qui était consenti. Les quelques variantes autorisées ne bouleversaient guère le protocole : arpenter le Corso, de la place du Peuple à la place de Venise et de la place de Venise à la place du Peuple, monter et descendre l'escalier de la place d'Espagne, tourner en rond autour de la place du Peuple, une fois dans le sens des aiguilles d'une montre, l'autre fois dans le sens contraire.

La plupart de mes camarades bornaient leur ambition à ces promenades et ne songeaient même pas à modifier le circuit. L'important, c'étaient les « fiançailles », qui, même si elles tournaient court au bout de deux ou trois ans, avaient donné au « fiancé » un brevet de moralité à faire valoir auprès de sa famille et un brevet de civisme à faire valoir auprès du régime. Lui-même, par cette assiduité chevaleresque, s'était procuré un certificat de « virilité » à exhiber devant ses camarades.

Je compris vite que si je ne me pliais pas à mon tour au rite des « fiançailles », je serais exposé à des soupçons que je voulais à tout prix éviter.

— Il te faut la *ragazza,* me disait Bartolomeo. Comme ça, les fascistes te laisseront tranquille. Ne choisis surtout pas une Sicilienne ! Elle te forcerait à l'épouser.

Les filles élèves de l'Institut – internes ou externes – étant presque toutes jolies, je ne pouvais éluder plus longtemps ce conseil sans exciter la médisance. Le fascisme avait une structure grégaire : il fallait ressembler à tout le monde. Se singulariser était dangereux. On commençait par des insinuations. Le risque était grand qu'on ne fît à mon sujet l'hypothèse fatale. Mon cas serait transmis au directeur de l'Institut, et par le directeur à l'autorité de tutelle. La loi ne badinait pas là-dessus. C'était mon renvoi assuré.

Mon choix se porta sur Giulia Falconieri. La suite de ce récit montrera que j'étais guidé par un instinct ami de mon bonheur. Giulia était grande, mince, élancée, brune – de traits si réguliers et si nobles que nos camarades la surnommaient « Minerve ». Celui qui aurait dégagé son profil dans l'onyx d'un camée n'aurait rien eu à modifier ni dans son visage ni dans son port de tête. Elle avait une façon toute spéciale de marcher. Au lieu de poser d'abord le talon puis le reste du pied, elle posait le pied à plat, la plante du pied, tout entière, d'un seul coup, comme les déesses sur les bas-reliefs antiques. Même quand elle portait des souliers à talon, elle paraissait chaussée de sandales. Elle s'avançait d'un pas mécanique, qui chez toute autre eût paru forcé, mais qu'elle rendait naturel par la noblesse d'une démarche toujours calme, toujours égale.

Cette singulière jeune fille, dont le nom complet était *Giulia de' Falconieri*, appartenait à une très ancienne famille de l'aristocratie romaine, dont le type a été souvent sculpté dans le marbre. Cependant, l'origine patricienne de Giulia, je n'en fus informé que plus tard, après être tombé amoureux. Amoureux, oui, amoureux à ma façon, mais amoureux.

J'aimais sa fierté altière, son assurance, sa certitude d'être un objet d'admiration et d'envie, son indifférence à la cour de ses soupirants – Raf en avait fait les frais –, l'immobilité de ses traits. Comme elle parlait très peu, nous nous contentions de déambuler dans les allées du Pincio, en nous accordant, quittes à faire quelques entorses au protocole, des pointes dans le *Giardino del lago*, enclave de la villa Borghese. Là, au bord du petit lac, nous faisions halte sur un banc de pierre entouré d'une forêt de bambous. Un décor « romantique », si ce mot eût convenu à l'atmosphère glaciale de nos tête-à-tête. Un petit temple rond occupait l'îlot au milieu du lac. Si encore il avait été consacré à Vénus ! Une statue d'Esculape en était le seul ornement. Quoique baptisé *tempietto*, avec ce génie des Italiens pour les diminutifs affectueux, il n'invitait à aucune intimité particulière. Tout gracieux qu'il était, avec ses colonnettes cannelées et ses chapiteaux ioniques, l'édicule circulaire ne pouvait servir de repère dans la carte du Tendre. Le dieu de la médecine placé là, ce ne pouvait être qu'une incitation à se méfier des conséquences d'un amour imprudent.

Je ne parlais pas beaucoup moi non plus, en partie à cause de l'obstacle de la langue, en partie parce qu'il me paraissait inutile de rompre notre pacte fait de respect et de mutisme réciproques. Mon bonheur venait surtout de ce que je savais, en ayant observé les mœurs de mes camarades, que nos rapports n'avaient aucune chance d'aller au-delà de ces entrevues quasiment silencieuses. « Avoir la fiancée » dispensait de tout effort pour lui plaire, et je trouvais ce système infiniment supérieur à celui en vigueur dans mon pays d'origine, où les sentiments sont soumis chaque jour à vérification.

Giulia était très belle, et, comme toutes les belles Romaines, elle se contentait d'être belle. Quant à faire un effort pour créer avec son compagnon un lien plus personnel, elle n'y pensait pas. Elle se laissait adorer, comme une idole par son fidèle. Une idole s'abaisse-t-elle à faire un signe de connivence ou d'amitié ? La belle Romaine est une sorte d'autiste, murée dans la conscience de sa perfection. Raphaël en a donné une bonne image dans le portrait de la *Fornarina*. Une *fornarina*, ce n'est pourtant qu'une boulangère, attachée à son four (*forno*), une femme du peuple, à laquelle on supposerait une figure plus ouverte, plus gracieuse, que ce visage de bois. Et encore, la jeune personne peinte par Raphaël passe pour avoir été sa maîtresse, et il l'a représentée, par une exception unique dans sa galerie de portraits féminins, les seins nus. Le tableau de Raphaël qui rendrait le plus fidèlement justice à Giulia est celui d'Urbino qu'on a surnommé *La Muette*. Muette à plusieurs titres : par ses lèvres pincées, par sa pâleur de cire, par son œil éteint, par son regard absent, par son détachement du monde. Très belle, mais incapable de communiquer quoi que ce soit.

— Elle fait sa renchérie, pour qui se prend-elle, ta Minerve ? disaient mes camarades, agacés par l'air difficile et dédaigneux qu'elle leur montrait. À mon avis, la fatuité n'entrait pour rien dans cette attitude lointaine. Giulia me fascinait par ce que j'appellerais sa *compacité*, qui se manifestait jusque dans un trait anatomique. Elle avait de très beaux ongles. Je m'en aperçus le jour où, appuyés sur un coin de la margelle qui borde la place du Peuple, nous nous reposions du va-et-vient sur le Corso. Elle avait posé ses mains sur le muret, bien à plat, et les regardait fixement, sans rien dire. Le plus remarquable dans ces mains était la jointure entre les doigts et les ongles. En général, on observe une ligne de démarcation entre la partie charnue et la partie cornée. Chez Giulia, cette ligne n'existait pas, je n'aurais pu dire où finissait le doigt et où commençait l'ongle. Le doigt se transformait en ongle, la peau en corne sans solution de continuité. Rien, pensais-je, n'est impossible dans les merveilleuses modifications de la substance humaine, Giulia le prouve par cette particularité physique. Je voulus orienter la conversation sur l'inexplicable et invisible transformation d'une matière en une autre, mais elle se méprit sur l'obstination de mon regard attaché à ses mains. Croyant que je la critiquais pour avoir les ongles de la même couleur et de la même texture que les doigts, sans rien offrir de distinctif à la vue, elle me dit :

— La prochaine fois, je me les teindrai.

Promesse qu'elle tint, en les couvrant d'un vernis violet qui les rendit affreux.

Elle s'était inscrite à l'*Istituto d'Arte*, plus par tradition familiale que par vocation particulière. Elle n'avait nulle envie de poursuivre des études sérieuses, se montrait d'une ignorance crasse en matière d'art, mais je ne fus pas long à m'apercevoir qu'elle n'avait pas plus de connaissances dans les autres domaines et s'accommodait fort bien d'être inculte. Elle prenait Salazar pour un sultan oriental, et s'indignait que le prix Nobel eût été fondé pour « anoblir » frauduleusement des écrivains sans blason et sans quartiers. L'ignorance non seulement ne lui pesait pas, mais lui paraissait un privilège de naissance, à sauvegarder soigneusement. C'était pour elle comme une preuve que son aristocratie et sa beauté lui suffisaient. A-t-on besoin d'un complément, quand on possède sa fin en soi ? Affirmer placidement son être au monde suffit aux élues du ciel. Giulia manquait de conversation à un point invraisemblable. En sorte que, si je trouvais mon compte dans la réserve qui m'était imposée par sa froideur, elle, de son côté, était enchantée d'avoir affaire à un garçon qui ne lui demandait rien et pouvait passer une heure, assis à côté d'elle, dans le *Giardino del lago*, à regarder les concierges de la proche via Veneto jeter des miettes de pain aux cygnes du lac.

— Chiche que tu n'arriveras jamais à l'embrasser ! disaient encore mes camarades, qui se vengeaient, en me taquinant, de leur propre incapacité à dépasser le stade platonique. Elle lève les yeux au ciel pour ne pas te répondre, nous la voyons d'ici, la mijaurée ! Essaie de lui faire une caresse : elle te dira que pour se donner tout entière à toi en esprit, elle ne veut pas interrompre cet élan par le plus timide contact physique.

C'était vrai, mais que m'importait un baiser ? Le premier baiser des amants n'est que l'interprète des prières échappées à leur âme pendant leurs heures de séparation. J'aurais pu aussi bien être seul à jouir de l'air pur dans le petit jardin. Le cri des oiseaux, le tremblement des feuillages dans la lumière du couchant romain suffisaient à mon bonheur. Giulia partie pour rentrer dans son palais, je m'attardais de longs moments encore. Elle ne voulait pas être raccompagnée. « Mon père ne me pardonnerait pas d'être vue *hors circuit* en compagnie d'un inconnu. » Je me laissais pénétrer de ce que les poètes italiens que je lisais en marge de mes études appellent « les tendres harmonies du soir ». Quelquefois un coup de brise salée qui venait de la mer évoquait pour moi, plus concrètes que « les célestes consonances » de Leopardi, les plages où je rêvais d'aller m'étendre auprès de mes camarades à la belle saison.

Un jour, sur le petit banc au milieu des bambous, je m'enhardis à lui prendre la main. J'avais envie de la toucher, cette main, de sentir le grain de la peau et de communiquer à Giulia un peu de l'amour que je croyais éprouver pour elle. Elle m'abandonna sa main, se tourna lentement vers moi, et me dit d'un ton aussi calme que si nous n'avions pas la posture d'un couple réfugié à l'abri des regards dans le fouillis de la végétation :

— Depuis combien de temps avons-nous fait connaissance ? N'est-ce pas un peu tôt pour que vous songiez à la phase préliminaire de la *dichiarazione* ? La règle veut qu'il s'écoule au moins trois mois entre le premier regard et la *presa di mano,* puis trois autres mois entre la *presa di mano* et la *dichiarazione.* Vérifiez s'il vous plaît si le compte est bon.

Les Falconieri, vieille souche gibeline, obéissaient aux directives de Mussolini, pour qui le voussoiement était une marque de distinction sociale et une preuve de patriotisme fasciste. Cette distance entre nous, je l'aimais aussi ; elle me rassurait, elle m'était nécessaire. Le tutoiement m'eût inquiété.

— Cara Giulia, dis-je, je voulais simplement vous conduire jusqu'à la carriole du glacier, dont j'entends la sonnette piazza di Siena.

À ce mot de « glacier » elle s'anima soudain, se leva sans attendre et, aussi vite que le lui permettait sa façon de marcher si curieuse, se précipita dans la direction que je lui avais indiquée. Posant ses pieds à plat sur le sol, elle courut à petits pas saccadés, en sorte que le reste du corps, d'habitude si droit et pétrifié, était agité de secousses. Cette fille de glace ne se réchauffait qu'avec l'espoir de sucer une boule de crème glacée.

Une foule d'enfants mal élevés, excités, braillards, assaillait la carriole. Je crus qu'elle s'en irait aussitôt, dégoûtée. Au moins exigerait-elle d'être servie la première. Elle oublia sa fierté, sa réserve. Pour une fille qui avait dit du pauvre Raf, tenté un moment par sa beauté : « Cet homme n'est pas de mon ciel », elle se montra d'une humilité surprenante, acceptant de faire la queue et de se faire bousculer par des galopins. Ses yeux vides s'allumèrent, le sang afflua à ses lèvres qui, de ternes, devinrent brillantes. Quand son tour fut arrivé, elle ne se contenta pas de choisir trois boules en discutant sur chaque parfum et sur chaque couleur, mais épilogua avec le glacier sur la meilleure façon d'utiliser le lait d'amande. Nous nous éloignâmes sous les pins. Si j'avais tenu à son baiser, j'aurais été jaloux de sa prestesse à laper. Quel coup de langue !

9

Le palais

Giulia finit par m'inviter chez elle. Je la remerciai, un peu inquiet que cette démarche n'aboutît à un engagement qui ne m'était apparu dans mes songeries que comme une promesse nébuleuse dont le flou me rassurait. J'étais amoureux de Giulia, mais comme Dante avait été amoureux de Béatrice. Il ne l'avait aperçue que deux fois, et de loin, sans même oser lui adresser la parole – ne la saluant que d'un geste muet –, quitte à l'idéaliser ensuite pour le restant de sa vie, en écrivant en son honneur et pour la glorifier les cent chants et les quatorze mille deux cent trente-trois hendécasyllabes de *La Divine Comédie*.

Je relisais le soir, dans ma chambrette, Dante et les poètes du *dolce stil nuovo*, et cette façon d'aimer à distance, sans avoir ni à entrer dans les nuances psychologiques de deux caractères, ni à céder aux compromissions nécessaires à la vie de couple, ni même à tenir compte de la personnalité de Giulia, était la façon d'aimer qui me convenait le mieux. Dès le treizième siècle, avaient été formulées les règles d'un culte excluant toute régularité dans les rendez-vous, toute intimité, toute proximité. Tu dois contrôler jusqu'à ton regard. Embarras, crainte, stupeur impuissante, patience résignée, timidité contemplative, il faut t'en tenir à cette adoration lointaine pour plaire à la femme aimée.

Si noble est-elle qu'on ne peut imaginer
Qu'il y ait hommes au monde assez hardis pour la
[regarder
Sans qu'aussitôt ils doivent baisser leurs yeux
[tremblants.

« Noble » pour traduire le mot italien *gentile.* « *Ella si vede tanto gentile...* » Le français a gardé « gentilhomme », mais l'ambiguïté entre « aimable » (c'est-à-dire accessible) et « noble » (c'est-à-dire hors de portée) a disparu pour les femmes.

Gentildonna : telle je voyais Giulia, telle je la voulais, proche mais inabordable, située si haut qu'elle ne pouvait être atteinte, moins camarade qu'idole. Pour qu'il soit pur, absolu, digne de celui qui l'éprouve et de celle qui le suscite, l'amour, me disais-je, doit se contenter de rêver et d'attendre, l'amour dans sa forme la plus haute, dit justement « courtois », où la « valeur » de la femme est telle que, rendant vain à l'avance tout effort de conquête, elle dispense l'homme d'agir. L'homme non seulement ne regrette pas ce rôle pensif et passif, il se réjouit d'y être astreint. La *presa di mano*, quelle grossièreté ! Étranger au désir de possession, exempt de jalousie comme de convoitise, l'amour courtois se résume à une muette dévotion sans espoir ou avec seulement un faible espoir de retour. On reste de glace tout en se croyant de feu.

Oserais-je l'avouer, maintenant que j'ai fait mon éducation politique et rejeté en bloc le fascisme ? Si, au début, je me trouvais si bien en Italie, c'est que, après Guido Cavalcanti, après Dante, après Pétrarque, qui avaient inventé l'amour courtois, Mussolini l'avait remis à l'honneur, par diverses mesures qui tendaient à rétablir des mœurs « à l'antique » et ramener le pays au puritanisme des premiers Romains. Une forte amende punissait le baiser en public.

Je me promettais d'étudier si la même préoccupation n'avait pas guidé Poussin. Était-ce fausser la lecture du *Narcisse* que de repérer une première profession d'« amour à distance » dans mon tableau préféré ? La nymphe Écho, changée en pierre pour avoir cherché à raccourcir cette distance, paie la faute d'avoir méconnu la grandeur du sentiment platonique. Avoir cru plaire à Narcisse en lui tendant les bras l'a reléguée au rang des amoureuses vulgaires. En même temps est proposée en exemple la solitude ombrageuse de Narcisse, jeune homme qui a tous les avantages de son côté et leur récompense à portée de main, mais dédaigne la chance d'une conquête facile.

Je voyais à ce trait combien Poussin s'était italianisé. La peinture française, après lui, ce seraient Watteau, Lancret, Boucher, Fragonard, des tableaux où l'on s'embarque pour Cythère, où l'on pousse le verrou quand se présente l'aubaine, où l'on profite du va-et-vient de la balançoire pour surprendre ce qui ne demande qu'à être vu. Le siècle de Diderot ne comprendrait plus que l'homme ne cherche pas à supprimer la distance et à courir au but. Séduire par la persuasion la femme qui passe à portée, l'obtenir par la ruse ou la saisir par la force, voilà ce qui serait désormais, loin du souci de cette gloire qu'on n'obtient que par la privation, la marque de l'amour à la française.

L'adresse que m'avait donnée Giulia était prestigieuse : via Giulia, ouverte par le pape Jules II à l'époque où Michel-Ange peignait les voûtes de la chapelle Sixtine, Raphaël les Chambres et les Loges du Vatican, bordée des plus beaux palais de Rome et restée la rue principale jusqu'à la fin du seizième siècle. Je ne m'attendais pourtant pas à trouver au palais Falconieri tant de magnificence. Deux grands bustes de femme à tête de faucon (*falco*), en saillie sur des consoles, jaillissent de sa façade. L'édifice, monumental et compact, semble fait d'un seul bloc. Je dois être d'un caractère singulier, car la vue de ce palais produisit sur moi l'effet opposé à celui qu'il aurait produit sur tout autre. À l'idée que les propriétaires ne pouvaient être qu'à des années-lumière des gens de mon rang et de ma condition sociale, j'aurais dû renoncer à une visite pour moi décourageante. Je me sentis au contraire rassuré par l'épaisseur de ces murs et tiré d'affaire par ce que je supposais de richesses accumulées à l'intérieur depuis tant de siècles. « Tiré d'affaire » : quel aveu ! De toute évidence le monde des Falconieri n'était pas fait pour moi ; je n'y avais pas ma place ; et précisément la certitude que je n'y avais pas ma place m'ôta la peur de m'y aventurer. C'est avec hardiesse que je soulevai le lourd marteau de fer qui retomba avec fracas.

À l'intérieur, pas un bruit. Je me reculai de trois pas, pour ne pas avoir l'air d'écouter à la porte quand on me l'ouvrirait. Mme Doris, un jour où elle m'avait trouvé debout sur son paillasson, m'avait appris que c'était « meilleur genre » d'attendre un peu en retrait. Personne aux fenêtres, pas le plus léger signe de vie derrière cette muraille. C'était une de ces vieilles demeures du quartier patricien qui s'étend derrière le palais Farnese. Semblable à une forteresse plus qu'à une résidence de plaisir, elle rappelait les temps héroïques où chacun ne comptait que sur soi. Les familles du Cinquecento s'y enfermaient pour soutenir un siège contre une famille rivale. La façade altière et revêche, la porte massive hérissée de clous, les fenêtres du rez-de-chaussée grillagées, eussent intimidé le plus brave. Pas la moindre fantaisie, aucun balcon, rien pour introduire une variation dans la rigidité de ces lignes et rompre la symétrie de ces angles droits.

Je me faisais l'effet d'être un nain, au pied d'un rempart hermétique.

Ce palais n'est pas le seul qui présente cet abord abrupt. En descendant de l'*Istituto d'Arte* vers la via Giulia, j'en avais longé de semblables. Leur masse impressionne d'autant plus que, par suite de l'étroitesse des rues sans trottoirs qui ne permet pas de s'en éloigner de plus de cinq ou six mètres, on n'a pas de recul pour les contempler. À quoi servirait un recul ? Ils n'offrent rien de particulier. Ils ne sont agrémentés d'aucune loggia, ne présentent aucun détail pittoresque. C'est à croire que le Quattrocento et le Cinquecento avaient préparé pour Poussin le décor où il se sentirait le plus à l'aise, lui dont le génie, comme l'a dit son ami Philippe de Champaigne, « avait beaucoup d'ouverture pour le solide », et dont les figures, selon Delacroix, « sont purement et parfaitement ce qu'elles doivent être ». Pas de meilleure définition pour les palais romains, plus imposants que jolis : l'impression de « solide » l'emporte sur celle de « beauté », et ils ne sauraient être autrement qu'ils ne sont, étant dépourvus d'ornements. Les palais se suffisent à eux-mêmes, comme les personnages de Poussin pourraient être détachés du tableau et se tenir tout droits devant nous.

Le jeune Normand, déjà entraîné à la discipline du dessin et à la rigueur du trait par l'étude des gravures tirées des peintures de Raphaël, dut éprouver, en arrivant à Rome, cette secousse que provoque la coïncidence soudaine et parfaite entre ce que l'esprit a médité et ce que les yeux reconnaissent. Il semble qu'il y ait eu, dans cette identité entre une ville et un peintre, un de ces miracles dont on ne connaît pas d'autre exemple, à moins de voir quelque similitude entre le relief déchiqueté de Tolède et les corps désarticulés du Greco.

10

La famille

J'entendis un bruit de barres qu'on tire et de chaînes qui tombent. La porte tourna sur ses gonds en grinçant. Un portier en livrée apparut sur le seuil. Il semblait m'attendre. Sans me demander ni mon nom ni le but de ma visite, il me fit entrer dans une pièce humide et sombre où étaient garées des bicyclettes. Il s'esquiva ensuite, me laissant dans l'obscurité. Peu après un valet muni d'une lampe torche vint me chercher. Il me précéda dans un escalier aussi monumental que la façade puis dans une galerie de portraits. Ils recouvraient les murs sur trois rangs. Sous chaque tableau, une plaque en cuivre portait le nom de l'ancêtre. « Fabio de' Falconieri, vir nobilis. » « Sigismondo della Gherardesca, vir nobilis. » « Giulia de' Gonfalonieri, mulier nobilis. » Tous « nobles », d'une race rendue encore supérieure par l'emploi du latin. Après la galerie, commençait une enfilade de salons dont la plupart des fauteuils et des canapés étaient recouverts de housses de toile grise. Je me dis qu'ils étaient d'un bois trop « noble » eux aussi, ou recouverts d'étoffes trop précieuses, pour être laissés à l'air libre.

Une lumière pâle entrait par les jalousies soulevées. Des fresques devenues presque illisibles décoraient les murs écaillés. Des scènes de chasse, ou de bataille, se devinaient sous la patine. Des faucons étaient brodés sur les rideaux, imprimés sur le tissu des housses, gravés dans le socle des statues. Des guirlandes peintes, des palmes, des cornes d'abondance ornaient les plafonds, décolorées par l'humidité. Le pied doré d'un fauteuil cassé gisait dans un coin. Un angelot de marbre perché sur une colonne de porphyre était resté manchot des deux bras. Une psyché à la glace ternie, un lustre de Venise aux pendeloques de cristal dont la moitié manquaient, une harpe sans cordes d'un superbe modèle attestaient la grandeur et l'antiquité des Falconieri. J'écarquillais les yeux. Ce mobilier, ce décor surpassaient en luxe mes prévisions. J'étais assez candide pour croire que leur décrépitude, accentuée par une forte odeur de moisi, n'était due qu'à leur âge. Le valet, qui avait hâte de me faire traverser les pièces, se bouchait le nez et m'encourageait par une pantomime cynique à en faire autant. La famille se tenait tout au bout de l'enfilade, près d'une cheminée où les bûches posées sur des chenets à tête de faucon brûlaient d'un feu vif, sans réussir à réchauffer plus d'une dixième partie de l'immense salon.

Moins naïf, je me serais avisé que les Falconieri n'avaient plus les moyens d'entretenir leur palais. Mais, déjà intimidé par la magnificence des lieux, par le prix des meubles, par la beauté des fresques et des tapisseries, par la marque de famille imprimée sur les accessoires, j'avais besoin de croire que les propriétaires étaient restés très riches. Ainsi pouvais-je me figurer Giulia comme une jeune fille encore plus inaccessible qu'elle ne m'avait paru jusque-là.

Le comte s'avança de trois pas dans ma direction et s'arrêta pile au milieu de la pièce. Après avoir hésité entre la poignée de main traditionnelle et le salut fasciste, il garda les mains dans son dos.

— Monsieur, me dit-il en français, notre fille nous a parlé de vous dans les termes les plus flatteurs.

Je m'inclinai en silence, embarrassé de savoir si je devais l'appeler « Monsieur » ou « Monsieur le comte ».

— C'est une recommandation qui était nécessaire, car il m'est revenu d'un autre côté que votre ignorance, excusable, de notre pays vous fait commettre des impairs. Les amis que vous choisissez, monsieur, ne sont pas toujours de très bon ton. Il y en a un en particulier dont les manières dépourvues de distinction par leur origine méridionale se ressentent des mœurs de sa province et d'une éducation nécessairement incomplète.

Giulia, assise près de la table aux liqueurs sur un tabouret de tapisserie, parut gênée pour moi de la froideur de son père. Désireuse de mettre un peu de lien entre nous, elle lui demanda de m'appeler par mon prénom.

— Nous étudions ensemble à l'Institut. C'est un bon camarade.

— L'usage n'est pas d'appeler une personne aussi familièrement la première fois que nous avons le plaisir de la recevoir.

— Vous pourriez faire une exception, Palmiro, intervint la comtesse. Ne soyez pas si formaliste pour une fois. Ce jeune homme semble être d'une très bonne famille. Ida, qui l'a vu se promener sur le Corso en compagnie de notre fille, nous a fait un rapport élogieux sur sa conduite. Ne croise pas les jambes, dit-elle à Giulia, je t'ai mise cent fois en garde contre cette mode importée d'Angleterre.

La discussion continua sur ce ton, comme si je n'avais pas été là, bien que j'en fusse le centre. Je ne savais si je devais rester debout, les bras ballants, ou me diriger vers un fauteuil. Assis, il m'aurait été plus facile de me donner une contenance. Giulia me fit signe de venir m'installer à côté d'elle. Le tabouret de tapisserie pouvait accueillir trois personnes. Le comte s'aperçut qu'il aurait dû m'inviter à m'asseoir. Pour ne pas reconnaître qu'il s'était montré impoli, il ne chercha pas à s'excuser. Changeant de conversation, il revint au sujet dont la famille débattait avant mon arrivée.

Il semblait que leur seule préoccupation fût de récupérer la partie postérieure du palais, celle qui donne sur le Tibre. Un siècle après la construction des deux premiers étages, le grand architecte Borromini avait posé sur le toit, du côté du fleuve, un belvédère de trois arcades à fines colonnettes. On le voyait de loin, élégamment dessiné sur le ciel. Bartolomeo me l'avait montré des jardins de la Farnesina. Étage supérieur et loggia étaient à présent le siège de l'Académie de Hongrie, auquel on accédait par l'ancienne remise aux carrosses. On aurait cru, à entendre le comte dénoncer le préjudice dont il s'estimait victime, réclamer justice et s'indigner contre les Hongrois, que ceux-ci les lui avaient volés.

— Mais Palmiro, protestait faiblement la comtesse, vous oubliez que votre oncle Onofrio, en reconnaissance de l'œuvre de redressement national menée par l'amiral Horthy, leur a loué pour cinquante ans cette partie du palais.

Le comte, sans écouter sa femme, se livrait à des calculs diplomatiques dont la réussite amènerait, selon lui, un bouleversement des alliances en Europe, et, pour sa famille, la restitution de la précieuse loggia.

— Le gouvernement français soutient Mussolini. Est-ce bien logique, monsieur ? Les fascistes ont suffisamment montré en quel mépris ils tiennent les démocraties et leurs petites intrigues parlementaires. Vous savez ce que je pense ? Je voudrais que les fascistes durcissent encore leurs positions, que Mussolini se mussolinise davantage, afin de décider M. Daladier à réagir et que la brouille entre les deux pays devienne inévitable. Suivez-vous mon raisonnement ? (Ahuri, je ne suivais rien du tout.) Les Hongrois haïssent les Français, vous le saviez, ça ? Clemenceau leur a ôté par le traité de Trianon les deux tiers de leur territoire pour les donner à la Roumanie. Je compte sur le durcissement du régime fasciste et sur l'indignation de M. Daladier, monsieur. Pourquoi ? Parce que les Hongrois avides de revanche se rapprocheront alors de l'Italie par haine des Français. L'alliance de l'Italie leur est nécessaire s'ils veulent rentrer en possession des territoires dont ils ont été spoliés, comme nous de la Dalmatie. Pour premier gage de leur bonne volonté, en signe d'amitié politique, ils trouveront un autre siège pour leur Académie et me restitueront la loggia. La loggia de Borromini, vous vous imaginez ?

On ne peut quand même pas la laisser occuper par des gens qui mangent des carpes, farcissent les champignons et mettent du paprika dans les sauces !

Après cette leçon de politique internationale et de bienséance culinaire, le comte me posa quelques questions au sujet de mes études. Il écouta distraitement mes réponses. Sa fille, me dit-il, préparait un mémoire sur les cadres dorés des anciens trumeaux vénitiens. (Je me rendis compte que j'ignorais ce que Giulia étudiait ; je n'avais jamais pensé qu'elle pût préparer un mémoire.)

— Mais vous, déjà ? Ah oui, c'est la peinture. Mes ancêtres traitaient en domestiques les peintres attachés à leur maison. Ils les logeaient à l'étage du personnel, avec les cuisiniers et les cochers.

Sur ce, le père et la mère se retirèrent, d'un air à me faire entendre qu'ils m'avaient accordé un grand honneur en m'introduisant dans un palais vieux de quatre siècles, qui avait soutenu en 1548 un siège contre les barons de Monteguido.

Je restai seul avec Giulia. Elle me tendit une assiette de biscuits secs et me versa un verre d'une liqueur rosâtre qu'elle me dit avoir été fabriquée dans leur maison de campagne près de Viterbe. Ils possédaient des domaines de plusieurs hectares, mais c'étaient des landes qui rapportaient peu, depuis que la France avait augmenté les droits d'entrée sur la mozzarella, par rétorsion contre les taxes italiennes sur l'importation de foie gras.

— Les bufflonnes vont se trouver au chômage, dit-elle en croyant faire un mot d'esprit.

— Giulia, comme vous êtes amusante !

Elle posa le verre sur un plateau qu’elle plaça entre nous sur le tabouret, puis se ravisa, ôta le plateau et me donna le verre de la main à la main. Son col un peu long lui permit de pencher la tête dans une attitude charmante. Par une légère inflexion de ses lèvres elle se laissa aller à un demi-sourire.

J’essayai de croquer un biscuit. Il était si dur que j’eus peur de me casser une dent.

— Vous n’avez pas froid ? me demanda-t-elle.

— Cette pièce est si grande !

— Il faudrait remettre des bûches… Quelle heure est-il donc, pour que Vittorio ait quitté son service ? À moins que nous ne passions dans mon salon particulier ?

— Non, non, me hâtai-je de dire. Ce n’est pas la peine, Giulia. Nous sommes très bien ici.

Je crus l’entendre soupirer. Je me poussai un peu plus loin d’elle vers l’extrémité du tabouret.

— Mon frère étudie l’agronomie à Milan. Il nous dit que c’est une ville laide, mais qu’on y vit plus confortablement.

— L’agronomie ?

— Pour surveiller nos métayers. D’une année sur l’autre, nos rentrées sont en baisse. Ils nous volent.

— Ce doit être un jeune homme excessivement sérieux.

— Il va à l’opéra, bien qu’il n’ait pas sa loge et doive s’asseoir au parterre.

— Il se console comme il peut de ne plus habiter des lieux aussi magnifiques, m’écriai-je en lui montrant le feston de lis de Florence, de palmes et de tournesols peint sur le plafond.

— Que pensez-vous de notre collection de tableaux, vous l'expert du Seicento ?

— J'avoue que j'espérais trouver des tableaux de Gaspard Dughet, le beau-frère de Poussin, dont beaucoup de palais romains conservent des paysages qu'il peignait dans la campagne autour de Rome.

— Ah ! le beau-frère de Poussin, fit-elle, en élevant son verre de liqueur qu'elle regarda longuement avant d'en prendre une gorgée.

Puis elle se tut, ayant épuisé les quelques sujets de conversation dont elle disposait. Nous regardâmes les bûches se consumer dans l'âtre. Nul autre bruit, dans la pénombre silencieuse, que le tic-tac du cartel posé sur la cheminée. Au bout de dix minutes je me levai et pris congé.

Loin d'être déconcerté par cet accueil, je me sentis encore plus amoureux. Giulia resta en haut des marches et me salua d'un signe de tête. Je descendis l'escalier en me forçant à les compter, pour garder, tant qu'elle me suivrait du regard, une contenance réservée. J'avais adoré cette visite. J'en aurais sauté de bonheur. Ce n'était pas du snobisme, car je me moquais complètement des titres et de l'ancienneté de cette famille. Ce n'était pas non plus pour les tableaux, les portraits de la galerie n'étant que des croûtes.

— Veinard, me disais-je sans savoir exactement ce que je mettais sous ces mots, tu es tombé sur la *fiancée idéale*.

Le domestique referma derrière moi la lourde porte et, tandis que je m'éloignais en sautillant sur les pavés, je l'entendis remettre les chaînes et tirer les barres dans mon dos.

11

Wanda

Une autre élève de l'*Istituto* avait remarqué, en nous observant au réfectoire et dans les allées du Pincio, que Giulia ne me témoignait pas une chaleur exceptionnelle. Cette élève n'était pas italienne, mais originaire d'un pays slave. Elle devait être polonaise, d'après son nom : Wanda. D'allure beaucoup plus libre que ses camarades italiennes, on voyait bien qu'elle n'obéissait pas aux mêmes codes. Elle arrivait dès le matin, au petit déjeuner, dans un décolleté voyant, le visage gras des pommades dont elle s'enduisait pour dormir. Elle ramenait sans cesse une étoffe de gaze sur ses seins, manège qui mettait en valeur le galbe de leurs globes. Elle serrait les mains, ce qui était contraire à l'idéal fasciste du salut à la romaine, déclaré par Mussolini plus esthétique, plus hygiénique, plus bref. Et surtout, elle passait pour n'être point farouche avec les garçons. On lui prêtait même quelques aventures – à mi-voix évidemment, sans pouvoir certifier l'exactitude de racontars qui ne semblaient nullement la troubler. Autant Giulia était renfermée, les traits figés dans une pureté sculpturale, sans qu'aucune ligne de son masque ne trahît d'émotion, autant Wanda montrait un visage mobile, débordant d'une joie expansive et sensuelle. Jusqu'aux mèches désordonnées de son épaisse chevelure blonde qui contrastaient avec la frange noire, stricte, de la « Belle Romaine ».

Je serais injuste si je n'achevais pas le portrait de Wanda en soulignant l'étendue de sa culture, la variété de sa conversation, la pluralité de ses dons. Elle était gaie, vive, espiègle, mais capable aussi de recueillement quand elle jouait sur le piano du club un nocturne de Chopin. D'une nature plus curieuse que nos camarades masculins, elle partait explorer Rome un cahier de dessins sous le bras, et rapportait de ses promenades des croquis insolites. Je regrettais qu'elle ne fût pas un homme. Wanda avait vu et étudié à Cracovie *La Dame à l'hermine* et se proposait de faire une analyse comparée des portraits de femmes de Leonardo. Si ses gestes, ses attitudes, ses aguichements, un appel constant aux sens, une provocation permanente ne m'avaient forcé à me tenir sur le qui-vive, à espacer nos rencontres et à éviter son contact, je me serais attardé à l'écouter parler sur l'art. Elle concentrait dans sa façon de bouger, de s'habiller, de rire, de mettre en avant les rotondités de sa gorge l'essence de la féminité – ou de certaines caractéristiques que je rangeais sous ce nom. Elle changeait de coiffure chaque semaine, de robe jusqu'à trois fois par jour. Le nombre de ses robes était impossible à compter. Ses parents, expatriés avec leurs bijoux, disposaient de revenus importants.

Soit qu'elle me plaignît d'avoir pour *fidanzata* une fille aussi peu avenante que Giulia, soit qu'elle voulût mettre à l'épreuve un garçon à qui le jeûne prolongé semblait ne pas déplaire, ou qu'elle éprouvât pour moi un réel désir, elle commença à me faire des avances qui devinrent vite embarrassantes. Je ne pouvais pas les repousser trop sèchement, sous peine de paraître un nigaud ; mais ne pas m'en défendre m'eût vite placé dans une situation périlleuse. Par ses agaceries elle me mettait dans l'obligation de la fuir, ce qui soulevait chez mes camarades des sourires narquois et ravivait le danger auquel j'avais cru échapper en faisant la cour à Giulia.

Bref, les choses devinrent en peu de temps très difficiles pour moi. Wanda me marquait une préférence chaque jour plus insistante. Au dessert, elle approchait de mes lèvres une bouchée de son gâteau et me forçait à écarter les dents. Je me trouvais dans la position du « garçon qui ne peut pas refuser l'aubaine inespérée qu'on lui offre ».

— Pardonnez-moi de vous interrompre. Mais le code d'honneur fasciste ? Le puritanisme imposé par Mussolini ? Sans compter la vieille morale catholique ? Qu'y avait-il de difficile à repousser les avances d'une effrontée, dans un pays qui condamnait le libertinage ?

— J'aurais bien aimé me retrancher derrière la « vertu » prônée par le régime. Mais en Italie, cher Arturo, tu sais bien qu'il existe plus d'un moyen de se permettre ce qui est défendu. Rien ne s'opposait, dans le code d'honneur fasciste, à ce que le « fiancé » d'une Italienne couchât avec une étrangère…

— Vraiment ?

— Surtout une Slave, dont la race était méprisée par les descendants de César et d'Auguste. L'étymologie leur donne raison, prétendent-ils. « Slaves » égale « Esclaves ».

— En sorte que…

— En sorte que tout retard à « m'exécuter » me rendait plus suspect.

Mes camarades, en effet, trouvaient invraisemblable que je ne profitasse pas d'une occasion dont ils rêvaient tous.

Devant Bartolomeo, l'antifasciste, qui me poussait à dégonfler l'hypocrisie du régime, je me sentais dans une posture de plus en plus fausse. Un jour, avec son sans-gêne ordinaire, il me mit en demeure de « me faire la Wanda ».

— Vas-y ! Mais vas-y donc ! *Fatti la Wanda.* Quand la poire est mûre…

— Ce n'est qu'un jeu pour elle. Au dernier moment, elle se dérobera, et j'aurai l'air fin !

— Tu parles ! Ce n'est pas gentil de la faire lanterner. Et puis, si tu ne te décides pas…

— Eh bien ?

— On va jaser à ton sujet.

— Mais Giulia, je l'aime ! et dans mon pays la fidélité est sacrée.

— Tu te vois la ramenant chez toi comme épouse ?

— Il n'est pas question de cela, répondis-je vivement.

— Elle t'a pourtant invité chez elle ?

— Oui…

— Et tu n'as pas compris ?

— Compris quoi ?

— Que c'était, de sa part, l'équivalent d'une *dichiarazione* ?

— Tu es fou ? Comment veux-tu qu'une fille de la haute aristocratie puisse s'abaisser jusqu'à un pauvre chercheur en histoire de l'art, sans nom, sans fortune…

Ce jour-là il ne poursuivit pas la conversation. Je sentais que, pour me ménager, il ne m'avait pas tout dit.

Je m'arrangeais maintenant pour prendre mon petit déjeuner très tôt, avant que Wanda, paresseuse et qui traînait toujours avec elle une odeur de lit, ne descendît dans le réfectoire. Puis j'allais attendre Giulia devant son palais. La borne dressée à côté du portail contre laquelle je m'appuyais était percée d'un entonnoir où autrefois les cochers enfonçaient les torches des carrosses. Nous partions nous promener, mais non plus au Pincio. Je n'avais pas envie d'y croiser Wanda. Nous traversions le Tibre par le pont Sisto derrière le palais Spada, et allions nous asseoir dans les jardins de la villa Farnesina ou derrière le palais Corsini, dans l'*Orto botanico* dont les allées s'arrêtent au pied du Janicule. Le public ne fréquente pas ces jardins, les enfants encore moins, et aucun glacier n'y passe avec sa carriole. Aussi Giulia, si peu communicative d'habitude, me marquait de l'humeur ; et nous quittions le domaine des fleurs rares et des arbres exotiques pour nous diriger vers la place Navona où je me sentais obligé, malgré l'exiguïté de mon budget, de lui offrir un *tartuffo* au chocolat à la terrasse des Tre Scalini.

Bartolomeo nous y surprit un après-midi.

— Tes affaires vont bon train ! me dit-il au dîner. La visite aux parents, la glace à la terrasse du café le plus chic de Rome…

— Pourquoi dis-tu « la visite aux parents » ? Giulia voulait me faire voir où elle habite…

— Tu ne comprends décidément pas ?

— Qu'y a-t-il de si extraordinaire à ce qu'un étudiant en histoire de l'art soit invité à visiter un palais privé où jamais il n'aurait eu la possibilité d'entrer par ses propres moyens ? J'y ai vu des trésors artistiques. Les fresques sont peut-être d'un élève de Raphaël. J'ai cru reconnaître une statue de Canova. Le comte m'a montré une lettre autographe de Machiavel.

— *Poverino !* Il faut que je t'ouvre les yeux. Les Falconieri ont beau être d'une antique souche romaine, ils sont fauchés. Leur palais tombe en ruine. Tu ne t'en es pas aperçu ?

— Ils ont pourtant un portier, un valet…

— Qu'ils engagent à l'heure pour les visites et ne paient d'ailleurs pas. Vieux rapports de clientèle…

— Mais quelle allure ces nobles romains réussissent à garder ! C'est merveilleux pour moi de les avoir connus. Tu ne peux pas comprendre cela, toi, il n'y a qu'en Italie qu'on trouve encore une telle classe.

— Et chez de jeunes étrangers une telle crédulité. Giulia, sache-le, n'est pas facile à marier. À Rome, il faut une dot pour trouver preneur.

— Et alors ?

— Elle ne dégotera personne dans son milieu. Et alors ils guettent le jeune étranger idéaliste pour lui faire épouser leur fille. Ils ont mis le grappin sur toi. C'est la tactique de ces vieilles familles : embobiner la dupe par la somptuosité apparente d'un palais dont il ne voit pas ou ne veut pas voir l'état avancé de décrépitude, puis lui refiler la demoiselle.

— C'est faux, protestai-je. Le comte a été plutôt désagréable avec moi. Il m'a traité de haut, en me faisant sentir que nous n'étions pas du même monde. Il ne m'a ni tendu la main ni offert un siège.

— Évidemment ! Il est furieux d'être forcé de donner sa fille à un roturier. Tu n'es pour lui qu'un péquenot, excuse-moi. En lui se combattent le désir de sauver sa fille du célibat et le mépris atavique de sa race pour quiconque n'est pas *né*. Ces familles avant la crise vivaient en autarcie ; on se mariait entre aristos ; elles formaient un bataillon serré pour ne laisser entrer ni sortir personne. Mussolini, qui flatte la noblesse tout en la haïssant, lui promet de classer leurs palais « monuments historiques », label qui leur vaudrait des avantages fiscaux et des subventions.

— Giulia n'a même pas profité de ce que ses parents nous avaient laissés seuls pour se rapprocher de moi sur le tabouret.

— La demoiselle joue à la prude et à la distinguée pour impressionner le pigeon (je ne te vexe pas, au moins ?), alors qu'elle ne rêve que de sauter à ton cou. Elle connaît son Dante, son Pétrarque, et tout le galimatias qui fait fantasmer les étrangers.

Je me retirai dans ma chambre, abasourdi par ce que je venais d'entendre. Et mon amour ? Chose curieuse : au moment même où, selon les dires de Bartolomeo, j'aurais pu *avoir* Giulia, le plus officiellement du monde, je cessai d'éprouver le moindre sentiment pour elle. Elle m'était devenue, d'un coup, parfaitement étrangère ; et pas seulement par dépit d'avoir été berné par l'étalage de ce que j'avais pris pour du faste et qui n'était que les restes d'un patrimoine décati. Ce motif fut très secondaire dans ma décision de rompre. Giulia devenue *accessible* ne m'intéressait plus, voilà la vérité. Si son palais, fantasmé par moi comme une forteresse gardée par deux faucons intraitables, n'était qu'un logis délabré dont elle brûlait de s'enfuir, et si, loin d'être une farouche héroïne du *dolce stil nuovo*, ma « fiancée » avait déjà sa valise prête, toute la construction imaginaire que je m'étais bâtie s'effondrait.

« Elle est à toi ! Elle est à toi si tu veux ! » J'entendis ces mots au milieu du cauchemar que je fis cette nuit. Bartolomeo avait pris la place du portier. Il m'attendait sur le seuil du palais Falconieri, puis, en costume de bedeau, une masse à la main, un bicorne sur la tête, il me précédait, aux sons d'une marche nuptiale, dans l'escalier couvert d'un tapis rouge puis dans la galerie où les ancêtres, descendus de leurs cadres, faisaient la haie sur mon passage en ricanant.

12

Romano

Ils parlaient beaucoup de femmes, mes camarades, mais sans courir de risques. Au-delà des paroles, s'étendait une zone pour eux interdite. Bras dessus bras dessous, arpentant le Corso, ils se contentaient de loucher sur les femmes du trottoir opposé. Un œil glissé de côté, un petit rire entendu, une appréciation plus ou moins détaillée de leurs avantages anatomiques, mais jamais le courage de traverser la rue. L'estimation, sans être triviale, prenait rarement en compte ce qui était au-dessus de la ceinture. « Quelles jambes ! Quelle croupe ! » Lorsque, par une transgression de la bienséance lexicale, ils étaient allés jusqu'à s'exclamer : « *Che culo !* », ils ne croyaient pas qu'on pût aller plus loin dans la hardiesse. Parfois, entrés derrière une étrangère dans un bar, ils buvaient un café, accoudés au comptoir, le plus lentement possible, à petites gorgées précautionneuses, pour avoir le temps d'apprécier ses charmes sans être contraints de l'aborder.

Leur couardise, ils se la pardonnaient en invoquant les mille liens qui entravent à Rome les mouvements d'un jeune homme et rendent impossible un Casanova moderne : la *mamma* à épargner, toujours jalouse, les cousines amoureuses à ménager, la surveillance du père à déjouer, la réputation de virginité (oui, même masculine) à défendre, pour le jour où la question du mariage se poserait, les études à poursuivre, les examens à réussir, la situation matérielle à assurer – et, pour eux, à l'intérieur de l'Institut, la peur du conseil de discipline, s'ils enfreignaient le règlement.

— Mais toi, qui n'es soumis à aucune de ces contraintes, quelle excuse as-tu pour ne pas faire ton « devoir » avec Wanda ?

Fascistes et antifascistes, tous finirent par me tomber dessus. La belle occasion qui m'était offerte et que je n'avais qu'à saisir ! Pourquoi tergiverser ? Ils avaient décidé que j'étais libre, en ma qualité d'étranger, d'avoir une aventure, puisque je me trouvais loin de ma famille, sans attaches dans la ville. Sur un anonyme, aucun regard ne pèse ; ni *mamma* ni vieil oncle gardien de l'honneur ; il n'a de comptes à rendre à personne ; ce qu'il fait ne l'engage pas. Qu'il y aille donc ! Qu'est-ce qu'il attend ? Il repartira bientôt ; l'aventure sera pour lui sans lendemain ; sans lendemain, c'est-à-dire sans l'affreuse obligation d'envisager un mariage.

— L'autre atout que tu possèdes en étant seulement de passage, c'est que la police, n'ayant aucun intérêt à mettre tes faits et gestes en fiche, te la fiche, la paix. Tu peux donc être tranquille de ce côté-là. Rien de ce qui t'arrivera ne tirera à conséquence.

— La Polonaise est d'ailleurs riche, ajoutaient les cyniques. Vise un peu toutes les robes que lui filent ses parents. Elle ne te traînera pas dans les magasins pour se faire payer des fringues.

Au fond, comme je leur rendais service ! Ils avaient en moi un merveilleux alibi. Souligner, dénigrer, railler mon peu d'empressement à coucher avec Wanda leur évitait de s'interroger sur leur propre lâcheté. Me rendre coupable de fuir une aubaine aussi généreusement offerte les dispensait d'avoir honte de leur poltronnerie. La Polonaise n'était pas l'unique fille abordable. Il y en avait plus d'une qu'ils auraient pu *avoir*, même des Italiennes, tranquillement, sans les suites redoutées, mais ils s'encombraient de fausses raisons pour ne rien entreprendre et faire retomber sur moi seul le ridicule de la chasteté. *Chiavare*, comme ils disaient : aucun d'eux ne le faisait, moi non plus, mais ils s'abritaient derrière des prétextes qui m'étaient refusés.

Je notais une autre de leurs contradictions : tout en professant un respect *sacré* pour le mariage, reconnu par les accords du Latran comme la clef de voûte de l'Église, ils admiraient que Mussolini collectionnât les maîtresses et se vantât de les collectionner. Il fallait être monogame devant la loi mais cavaleur devant l'opinion, puritain dans le cœur mais *viril* dans l'action. La religion, dannunzienne et fasciste, du *superuomo* entrait en conflit avec le culte catholique de la fidélité conjugale.

Fortunio, Aldo et Raf, les fascistes le plus déclarés, furent les premiers à m'appeler « Romano ». Comme tous les Italiens, ils n'arrivaient pas à prononcer les nasales. *Ain*, *in*, *en*, *un*, *on* : dans la bouche de mes camarades, une bouillie. Pour Giulia, j'étais « Romaïn » ; elle mettait sur mon nom un tréma pointu. Pour les autres, cela donnait plutôt : « Romaine », et ils étaient fâchés de ce féminin. Je feignais d'en être offensé.

Ils changèrent donc « Romain » en « Romano », par commodité, me dirent-ils, mais je ne fus pas long à saisir leur arrière-pensée. Quand ils m'appelaient « Romaine », ils me provoquaient, en quelque sorte, attendant de voir de quelle façon je réagirais à un nom de femme. Comme je réagissais « bien », par un air outré, ils voulurent me donner un brevet de virilité qu'ils ne discuteraient plus. Mon prénom italianisé, latinisé, serait la garantie de mon « honneur » et me dicterait ma conduite. Pour me pousser vers les femmes, ils avaient trouvé ce stratagème. L'impératif que j'avais fui en venant m'installer à Rome me revenait sous forme d'injonction à peine dissimulée.

— Tu seras désormais *Romano*, pour être plus complètement des nôtres, me dit Fortunio. *Un vero Romano*, un *Romanus* authentique, selon le modèle que Mussolini nous a proposé quand il a choisi ce prénom pour son fils. Plus qu'un homme, un *vir*, dans la plénitude du terme. Un Latin, quelqu'un de fort, d'énergique. Dans la lignée de César et d'Auguste. *Romanus* tu seras, pour que tu puisses t'indigner avec nous de la cession de la Dalmatie à la Yougoslavie par l'infâme traité de Rapallo. Le Duce veut nous rendre à la latinité de nos origines, citoyens du *Mare nostrum*, membres de cette communauté qui a donné la civilisation au monde.

— Tu as fait du latin ? demanda Raf.

— Ne trouves-tu pas, reprit Fortunio, que c'est une langue plus complète, plus riche que toutes les langues modernes ? Le latin savait mettre des nuances qui ont disparu aujourd'hui, en italien comme dans les autres langues.

— Vraiment ?

— Prends le mot italien « *uomo* ». Il vient du latin « *homo* ». Mais l'« *homo* » latin n'était qu'une partie de l'homme. L'« *homo* » latin avait une contre-partie, un double, qui n'était rien de moins que le « *vir* ». Entre « *homo* » et « *vir* », la distinction était capitale.

Aldo prit le relais.

— « *Homo* » n'indique que l'appartenance à l'espèce humaine. *Homo sum, humani nihil a me alienum puto. Pax omnibus hominibus bonae voluntatis.* La qualité d'« *homo* » n'implique aucun mérite particulier. Un démocrate français, un nègre d'Éthiopie sont également des hommes. Un sous-homme a droit au titre d'« *homo* ». Tu es un « *homo* » comme tu as deux poumons et un nez au milieu du visage. « *Vir* », au contraire, souligne ce qui te distingue de la masse. Le « *vir* » se détache de l'« *homo* », autant que le personnage jouant un rôle dans la cité se détache du citoyen passif. « *Vir* », c'est l'homme complet, le mâle au-dessus des hommes, celui qui combat, qui commande. Graine de soldat, de chef. « Romano », c'est le *vir* par excellence.

Et Fortunio de conclure :

— Laisse l'« homme », l'« *homo* », à la Société des nations, aux « humanistes », ces pauvres types responsables de la décadence occidentale, et entre, par ton prénom latinisé, dans la peau du *vir*. Connais-tu beaucoup d'humanistes qui soient vraiment virils ?

Je savais fort bien que *homo*, en latin, n'a rien à voir avec le préfixe « homo » de « homosexuel », préfixe qui vient du grec et signifie « même ». On le retrouve dans « homogène », « homologue », « homonyme », etc. Mais le moyen d'être sûr qu'ils n'avaient pas employé exprès un mot à double sens, non seulement pour me tester, mais comme dernier avis avant condamnation ? « Tout ce qui n'est pas *vir* est *homo.* » J'avais si peur d'avoir été découvert que je me jurai de redoubler de prudence – quitte à m'interdire toute vie privée. Je me voyais condamné à la chasteté perpétuelle. J'excluais catégoriquement l'idée d'une aventure à l'intérieur de l'Institut, où ceux qui s'y seraient peut-être prêtés étaient astreints à la même prudence, sous peine d'être frappés d'ignominie et chassés. Si j'avais des semblables, il leur était impossible de me le signaler, pour la même raison que je devais leur cacher mon désir. Un geste, un sourire, un seul regard nous auraient trahis. En ville ? J'aurais été tout de suite repéré. D'ailleurs, où aller ? L'hôtel était exclu, les étudiants romains n'auraient pu me recevoir dans leur famille. Les jeunes gens d'une figure aimable ne manquaient pas à Rome, mais je les évitais, je les fuyais. Ceux que j'aurais soupçonnés d'être des nôtres s'affichaient avec des filles. À l'Opéra, où nous étions allés en petit groupe entendre *Norma,* nous lûmes dans le programme : « Vincenzo Bellini était beau, *s'il est permis d'appliquer cette épithète à un homme.* » (C'est moi qui souligne.) Cette incise passa inaperçue de mes camarades, si puissante est l'habitude de rapporter tout ce qui est joli, plaisant, désirable à un support féminin.

La peur exagérée du danger faillit me dénoncer pour de bon. Un jour où un garçon bouclé qui semblait descendu d'une fresque de Filippino Lippi nous aborda pour nous demander son chemin, je rougis si violemment que Fortunio et Raf, avec qui je revenais d'une promenade sur le Palatin, me regardèrent, intrigués.

13

Salutaire dérision

La bibliothèque de l'Institut, bien fournie évidemment en ouvrages sur l'art, s'était enrichie de la collection complète des « Livres d'acier » publiés à l'initiative du comité milanais des « Avanguardisti ». Ces jeunes gens, issus des rangs des « Balilla », fanatisés et agressifs, entendaient stimuler le « peuple italien » par des publications aux titres belliqueux, *La Guerre du blé, Les Prouesses de nos athlètes, La Lutte contre le gaspillage, La Défense de la lire, Sus aux anophèles*. Ils ne disaient pas « stimuler » mais « galvaniser », verbe qu'ils avaient mis à la mode par fierté du savant de Bologne dont ce mot dérive. Ce vocabulaire nationaliste, ronflant et batailleur ne faisait guère recette à l'Institut, en dehors de quelques excités. On préférait des livres d'écrivains, des signatures, que ce fussent des noms déjà connus, Pirandello, Ungaretti, ou plus neufs, Montale, Malaparte.

Ce dernier, dont on n'arrivait pas à savoir s'il était fasciste ou antifasciste, gagnait du terrain, précisément parce que, en ce temps d'affirmations tranchées et de slogans péremptoires, on n'était pas fâché de savoir que les jeux de l'ambiguïté et l'espèce caméléon n'avaient pas disparu. L'intelligence se réfugiait dans les faux-fuyants de ce rodomont. Sa chevelure lissée en arrière et gominée à la manière des danseurs de tango argentins, ses duels dont il envoyait les photos à la presse, la liste de ses maîtresses qu'il avait la goujaterie de rendre publique, l'audace avec laquelle il manipulait les journaux, l'effronterie publicitaire de ses communiqués, les ceintures rouges de torero dont il sanglait sa taille pour faire admirer son ventre plat, le pseudonyme insolent qu'il s'était choisi, toutes ces provocations cachaient autant de courage que de forfanterie. Qu'il ait renié son père et son vilain patronyme allemand, Suckert, on l'en aurait loué davantage s'il n'avait opté, en se naturalisant italien, pour la « mauvaise part » de sa nouvelle patrie. Son dernier essai, très brillant, *Technique du coup d'État*, interdit en Italie, circulait sous le manteau.

En revanche, je constatai que les nouveautés du mussolinien D'Annunzio n'étaient plus attendues, même de la plupart des étudiants fascistes. Embarrassés par la surenchère verbale et l'enflure ampoulée de celui qui donnait, au moment où elle revenait au premier rang des nations, une image caricaturale de l'Italie, ils auraient voulu, disaient-ils, un ton plus « responsable ». En réalité, sans en être conscients, ils souhaitaient, jaloux de cette grandiloquence, que la déclamation et l'emphase, innées dans le pays de Cicéron et prisées comme des vertus civiques, fussent réservées au Duce, comme la marque de fabrique de ses discours, l'apanage oral et flamboyant de son autorité, le complément savant, exalté, magnétique, hypnotisant de ses exhibitions en tenue de sportif ou de militaire au balcon du palais de Venise.

Un écrivain que nous aurions dû haïr parce qu'il nous prenait, nous les dévots de Raphaël, de Michel-Ange, de Titien, pour têtes de Turcs, nous réjouissait par ses clowneries futuristes. Aussi bien chez les fascistes que chez les antifascistes, le poète Marinetti avait la cote. Personne ne prenait au sérieux ses imprécations contre Florence et Venise, qui faisaient rire, puis réfléchir, enfin, aussi bizarre qu'il paraisse, exerçaient sur nous un effet salutaire. À notre âge, nous sentions bien que cette dévotion à l'art qui était notre credo et nous fournirait notre gagne-pain risquait de nous enfermer dans un passéisme précoce. Aussi, quel bonheur de nous entendre traiter d'avortons rancis, de flanelles invertébrées, de croquemorts vermoulus. On s'en prenait plein la pomme. « Oui, oui, enfonce le clou, vieux fol ! » Quelle jubilation de lire qu'une automobile de course, avec son capot hérissé de tubes de métal serpentins qui lancent des flammes comme des gueules de dragon, est plus belle que la *Victoire de Samothrace* ! Ce cinglé proclamait que ce serait une excellente initiative que d'assécher le Grand Canal de Venise et de le remplacer par une autoroute, seul espoir d'installer dans cette ville putréfiée, au moyen de projecteurs braqués dans la nuit, la « divine Lumière électrique », en lieu et place du sempiternel clair de lune imbécile. Il claironnait aussi que le campanile de Giotto à Florence fournirait une excellente tour de contrôle pour les aéroplanes « rugissants ». Bien entendu, nous nous serions tous révoltés si ces projets avaient reçu un début d'exécution ; mais, pour absurdes qu'ils fussent, ils nous déculpabilisaient, en quelque sorte, de notre révérence excessive envers le Musée.

La « gangrène fétide de professeurs, d'iconographes, d'archéologues, de cicérones et d'antiquaires » dont Marinetti voulait libérer l'Italie, mûrissait dans les salles de cours de l'*Istituto d'Arte*, mais en même temps, du seul fait qu'elle était dénoncée, cette infection, cette lèpre se trouvait non seulement guérie mais absoute. « Admirer un tableau ancien équivaut à verser notre sensibilité dans une urne funéraire, au lieu de la projeter au loin, dans de violents gestes de création et d'action. » Ah ! que ces paroles, dont l'outrance nous empêchait d'y adhérer tout à fait, nous apportaient le réconfort d'un avertissement ironique !

Marinetti lui-même, revenu des bravades iconoclastes de sa jeunesse, n'en avait gardé que sa moustache en bataille, son port de tête arrogant et son œil artificiellement dilaté. Entré à l'Académie d'Italie récemment fondée par Mussolini, il portait désormais l'habit à l'antique, les décorations officielles et le chapeau à plumes vitupérés jusque-là. Ces contradictions ne gênaient pas mes camarades : ils se sentaient d'autant plus libres de s'adonner à l'art et exclusivement à l'art que quelqu'un s'était chargé pour eux d'invectiver contre les gondoles, les tours penchées, les Vénus de Milo, les Joconde, les Madones et les Saint Sébastien. On ne pourrait plus les accuser d'être dupes, puisque, tel un bouffon de Shakespeare qui lance des paradoxes où la vérité est dite mais sans exiger d'être cru, un farceur avait désacralisé leur profession, la rendant par là même plus sacrée.

14

Hannibal

Cependant, le roman le plus demandé à la bibliothèque était l'œuvre d'un débutant, Alberto Moravia. Il l'avait écrit, disait-on, à l'âge de dix-neuf ans, cloué au lit dans un sanatorium par une maladie des os, à laquelle il devait aussi bien son talent précoce que la noirceur de sa vision. Jamais auteur aussi jeune n'avait montré un tel pessimisme ni une telle audace dans l'analyse du mal social. Du jour au lendemain, cette peinture crue, brutale, impitoyable d'une famille de la bourgeoisie romaine l'avait rendu célèbre. Fortunio, qui lisait peu, voulut en prendre connaissance, curieux de vérifier les rumeurs contradictoires et de prendre parti dans les polémiques soulevées par ce tableau peu flatteur des mœurs dans l'Italie d'alors. Les uns en vantaient le réalisme et la franchise, d'autres en désapprouvaient le parti pris détracteur, la philosophie défaitiste ou l'acrimonie excessive. Raf y avait lu des scènes choquantes pour la pudeur et de toute façon, ajoutait-il comiquement, inopportunes en pleine *bataille* pour l'assèchement des marais Pontins. Tous, pour l'en louer ou pour l'en blâmer, y voyaient une attaque à peine déguisée contre le régime. Il était certain que le livre, loin de se conformer à la « ligne politique », propageait une image négative de la « révolution » mussolinienne, en brocardait les prétentions, en dénonçait les mensonges, en dénigrait les résultats. La commission gouvernementale de censure s'apprêtait à l'examiner. La hiérarchie catholique, elle, n'avait pas attendu : par la voix du cardinal Romero, *L'Osservatore romano* avait déjà condamné cette « complaisance à remuer la boue » et à se rouler dans « l'immoralité la plus vile ».

Les premiers chapitres laissèrent Fortunio indécis ; il ne distinguait pas où cet écrivain voulait en venir, ni pourquoi il avait choisi comme titre : *Les Indifférents*.

Un soir, il sortit brusquement de sa chambre, dévala en trombe l'escalier et entra furibond dans le club où nous fumions une cigarette en attendant le dîner, confortablement installés dans les fauteuils de cuir que la direction venait d'acheter pour remplacer les vieilles chaises de rotin. Celles-ci, jugées, dès l'an I du fascisme, peu conformes aux ambitions du nouveau régime, avaient été déclarées, en l'an X, pour son dixième anniversaire, indignes de meubler un établissement d'État.

Fortunio claqua la porte derrière lui et nous força à l'écouter.

— C'est une honte ! *una vera vergogna* ! s'écria-t-il en pointant du doigt un passage dans le livre qu'il avait gardé ouvert à la page incriminée. À quoi pense donc le ministre de la Jeunesse et des Sports, pour nous laisser calomnier, salir par des contrevérités aussi flagrantes et des insinuations aussi grossières ?

Le portrait psychologique, esquissé dans cette page, de Michele, le protagoniste, avait révélé à Fortunio la signification du titre et confirmé ses soupçons sur le caractère pernicieux du roman. Ce jeune homme, « soi-disant de notre temps », était un contre-exemple pour les nouvelles générations et une injure pour les centaines de milliers de jeunes Italiens dévoués à Mussolini. Il se mit à nous lire, avec une indignation croissante, les quelques paragraphes qui pouvaient, selon lui, exercer une action particulièrement délétère.

Derrière son épaule, je notai la page : 233. Déformation professionnelle de celui qui se doit d'être le plus exact possible.

« Foi, sincérité, sens tragique de la vie n'existaient pas pour Michele ; à travers son ennui tout lui paraissait pitoyable, ridicule, faux ; il comprenait d'ailleurs le danger d'un tel état d'esprit : il aurait fallu se passionner, croire à ce qu'on fait, couper court aux hésitations, prendre son élan, agir, souffrir, surmonter cette faiblesse, cette pitié, cette fausseté, ce sens du ridicule ; il aurait fallu être tragique, entier, sincère. Il aurait fallu... Mais c'était impossible. »

Fortunio, étranglé par la colère, s'interrompit une première fois :

— Ce pauvre type, ce minable est censé représenter la jeunesse italienne avec les sentiments qu'elle éprouve aujourd'hui. Une certaine presse que nous n'avons pas encore réussi à mettre au pas s'est hâtée d'accréditer cette image et en a profité pour saluer le « courage » de l'auteur. Mais vous, dites-moi, vous reconnaissez-vous dans cette loque ? Quelqu'un d'assez veule, passif et amorphe pour se planquer derrière un scepticisme facile qui lui permet d'ironiser sur les manifestations d'énergie ne mérite que notre mépris.

— N'exagère pas, dit Bartolomeo, approuvé par une partie de l'assistance. Michele n'a que dix-huit ans, son caractère n'est pas encore formé.

— Ah ! j'exagère ? Ne voyez-vous pas l'entreprise de désinformation politique qui se cache là-dessous et cherche à discréditer notre effort de rénovation nationale ?

« Comme le monde devait être beau, pensait Michele avec un regret persifleur, lorsqu'un mari trompé pouvait crier à sa femme : "Femme scélérate, paie de ta vie le prix de ta faute", et, mieux encore, ne pas se contenter de parler ainsi, mais ensuite y aller à fond, tuer femme, amant, parents et tutti quanti, et rester sans punition comme sans remords ; lorsqu'il y avait enchaînement entre l'offense et le châtiment ; lorsqu'à la pensée succédait l'action : "Je te hais" et tac ! un coup de poignard : voilà l'ennemi étendu à terre dans une flaque de sang. »

Sans remarquer les sourires qui échappaient à plusieurs d'entre nous qui avaient reconnu dans cette apologie de la vengeance, du couteau, du sang, du spasme, une parodie de D'Annunzio, l'écrivain préféré de Mussolini et le grand homme du régime, Fortunio suspendit une seconde fois sa lecture pour nous préparer à entendre la conclusion du passage et à nous révolter avec lui de cette peinture, qui en réalité la diffamait, de la jeunesse italienne.

« Comme le monde devait être beau, quand on ne perdait pas de temps à penser, et que la première impulsion était toujours la bonne ; quand la vie n'était pas ridicule comme maintenant, mais tragique, et qu'on mourait vraiment, et qu'on tuait, on haïssait, on aimait pour de bon, et qu'on versait de vraies larmes sur de vrais malheurs, et que tous les hommes étaient faits de chair et d'os et qu'ils étaient attachés à la réalité comme les arbres à la terre. »

Fortunio referma rageusement le livre.

— Ce qui voudrait dire que l'Italie d'aujourd'hui serait incapable d'agir, que les jeunes Italiens, traînant une existence sans but, n'éprouveraient que lassitude et dégoût. Car ce roman se passe aujourd'hui, je vous le rappelle, non pas dans l'Italie décadente de Vittorio Orlando et de ces démocrates faisandés qui ont laissé les traités de Versailles et de Rapallo étrangler notre patrie. Voilà le crime de cet auteur : décrire les jeunes Italiens actuels comme si l'exemple de Mussolini ne les avait pas régénérés.

Il reprit haleine avant de se lancer dans la péroraison.

— Qui a cessé de trouver ridicule la vie ? Qui a mis fin à toute cette rhétorique du « à quoi bon » dégoûté ? Qui a réclamé pour l'homme le devoir de combattre, de souffrir, de se sacrifier pour ses idées ? Qui a fait se succéder l'action à la pensée ? Tac ! Tac ! Moquez-vous donc, avortons, mort-nés, engeance de mollusques et de larves ! Accusez par vos moues stupides votre propre impuissance ! Qui, une fois sa décision prise, est venu droit à Rome, remplacer le débile parlement corrompu par un pouvoir fort et rédempteur ? Notre Duce n'est-il pas le seul homme à avoir relevé le défi de Jules César et repris à son compte le fameux *Veni, vidi, vici* ? Nous sommes aujourd'hui exactement le contraire de ce Michele qui se déclare incapable d'agir et se complaît dans une lâche et abjecte nausée de l'existence. Nous agissons, nous croyons dans l'action et dans la victoire de l'action, nous sommes passionnément attachés à l'existence que nous forçons à se plier à notre volonté. Nous franchissons le Rubicon, nous prenons Rome.

Filippo, garçon discret, mince, beau, silencieux, spécialisé dans l'étude des monnaies antiques, intervint alors dans la discussion. C'était un de nos rares camarades à échapper au classement politique. Ni les fascistes ni les antifascistes ne pouvaient le compter au nombre des leurs. Sa passion était l'histoire ancienne. Il ressemblait à Alcibiade. Je fantasmais sur ses cheveux bouclés, son visage fin et régulier, ses manières désinvoltes, sur la concordance de ses traits avec ceux du compagnon de Socrate, mais, craignant de me trahir si je le regardais avec trop d'insistance, j'appliquais avec lui la tactique prudente dont je m'étais fait une loi. Pour éviter de me trouver dans la bibliothèque en même temps que lui, j'avais repéré les heures où il la fréquentait. Nous étions des inconnus l'un pour l'autre. Sans doute ne m'avait-il même pas remarqué.

— Rome n'a pas impressionné Mussolini, c'est un fait, dit-il.

L'ironie perceptible dans son accent fit que tous se tournèrent vers lui pour l'écouter.

— Il est allé droit au but ; il s'est emparé de Rome sans un moment d'hésitation : un exploit, selon toi. L'*alea jacta est* des temps modernes. Mais n'est-il pas permis de rêver à une autre espèce de conquérants, moins résolus ou moins chanceux ? On trouve dans l'histoire de l'Italie des cas où une main mystérieuse a arrêté en route celui qui voulait s'emparer de la capitale du monde, *Caput Mundi.*

— Les mains mystérieuses n'existent pas pour les bons fascistes.

— Il s'en est trouvé une pour freiner le grand Hannibal, continua Filippo sans se décontenancer. Il venait de gagner les batailles du Tessin, de la Trébie et du lac Trasimène, il était venu à bout de la formidable armée romaine, l'Italie ne pouvait plus lui résister. Rome, dégarnie de soldats, était offerte à son ambition : il n'avait qu'à y faire son entrée. Or, il contourna la ville et se retira dans le Sud, renonçant volontairement à exploiter ses victoires. Ensuite, malgré sa supériorité militaire, jamais plus il ne tenta de prendre Rome. Après la bataille de Cannes, où il écrasa Paul Émile et Varron, il refusa de poursuivre les vaincus retranchés dans la ville qui lui était offerte pour la seconde fois. Quelque difficulté que nous ayons à admettre une telle abdication de la part du général carthaginois, nous devons reconnaître qu'il avait pris volontairement un parti, et que ce parti était celui d'échouer. Échouer, oui, un choix inconcevable de prime abord. En est-il resté moins « grand homme » pour autant ? Aucune raison objective ne s'opposait à sa victoire, qui lui était livrée sur un plateau. De quelle défaillance psychologique a-t-il été victime ? Peur du succès ? Pressentiment qu'un désir assouvi n'a d'autre résultat que de faire apparaître la vanité de l'ambition ? Entrer vainqueur dans Rome, c'eût été la réussite absolue, le couronnement de sa carrière

— Les bons fascistes, rétorqua Fortunio, ne reculent pas devant le succès, ils ne connaissent pas les défaillances psychologiques, cet alibi des lâches, ils ne se laissent pas atteindre par des angoisses de femmelette. C'est en quoi Mussolini est appelé à sauver le monde. Regardez-le un peu, comme il balaie par son exemple les billevesées à la mode ! Il ranime les cœurs et fait honte aux sceptiques de leur inertie. Que de réalisations grandioses, que d'entreprises victorieuses à porter à son compte ! De quoi réduire à néant ces idéologies capitulardes où le manque de confiance, le doute, la complaisance dans l'échec, la démission, le renoncement sont présentés comme des valeurs.

— *Valori un cazzo*, mes amis, conclut Raf.

15

Énigme en voie d'éclaircissement

Le soir même, j'empruntai une *Vie d'Hannibal*, que je lus avec passion jusqu'à une heure avancée de la nuit. Tout ce que j'avais entendu dire sur « le vrai courage » me ramenait à la honte de ma propre lâcheté. Que l'idéal qui consiste à « foncer » et « saisir » soit celui des fascistes n'autorise pas à le rejeter en bloc. Entre la prédation brutale et le couard renoncement, que de possibilités offertes au désir…

« Filippo te plaît, me disais-je. C'est vraiment moche de te montrer si timoré. Ne te décideras-tu pas à tenter ta chance ? »

Mais aussitôt, devant les obstacles qu'il aurait fallu surmonter, les risques à courir, je devinais que je n'en ferais rien. De ses goûts, de ses inclinations, je n'avais pas la moindre idée. L'aborder comme par hasard, au détour d'un corridor ? Engager la conversation sur un sujet anodin ? L'inviter dans ma chambre ? Puis, peu à peu… ? Mais comment ? Comprendrait-il même le sens de mes avances ? Ou, s'il se rendait compte de mes intentions, ne reculerait-il pas, horrifié ? Enfin, il pouvait me dénoncer, me rendre la risée de mes camarades, me faire mépriser de Giulia, de Wanda, dont l'estime m'était nécessaire. Le scandale serait remonté jusqu'à la direction.

À quelle solitude sans remède l'opinion, les lois, la morale du régime, la police intérieure de l'Institut, la peur des conséquences, ma poltronnerie me condamnaient !

Le lendemain soir, quand elle est déserte, j'éprouvai le besoin d'aller me promener dans la ville. Avec celui d'Hannibal, l'exemple de Poussin présente une curieuse ressemblance. Je m'étais souvent interrogé sur une des énigmes – elles sont nombreuses – de la vie de mon peintre. Pourquoi avait-il temporisé si longtemps avant d'arriver jusqu'à Rome, bien qu'il en eût ressenti très jeune le besoin ? Avant d'atteindre, à l'âge de trente ans seulement, le but si longuement convoité, il avait fait deux tentatives qui avaient échoué l'une et l'autre.

À vingt-six ans, il partit de Paris, parvint jusqu'à Florence, mais, dit Delacroix, « la mauvaise fortune l'y attendait encore. Son dénuement le força de rétrograder et de revenir à Paris, chassé par l'impossibilité absolue de vivre dans un pays où il n'était pas connu ». Bellori, son premier biographe, avait dit seulement : « Sans passer plus outre, à la suite de quelque accident, il retourna en France. » Un accident ? Quel accident ? On eût compris que, fasciné par le passé artistique de Florence, il y eût dépensé le pécule mis de côté pour la suite du voyage. C'eût été une imprévoyance, non un accident.

Nouveau départ l'année suivante, mais cette fois le jeune homme s'arrêta dès Lyon. Les uns attribuent cet échec à une intempérance qui aurait poussé l'imprudent dans un cabaret où il aurait dilapidé ses économies avec des voyous de rencontre, les autres, fidèles à l'image d'un peintre sérieux, responsable, imputent à une maladie inopinée l'interruption du voyage. Delacroix avance une troisième explication, dans un passage trop verbeux, mais qui présente le mérite d'intégrer Poussin à la famille des grands novateurs que leur audace condamne à l'insuccès.

« Que dire de cette fortune bizarre qui se jouait ainsi d'une vocation si noble et d'une ardeur si persévérante ! Quel retour ne feront pas sur eux-mêmes tant de lauréats auxquels nous voyons de faciles succès d'école aplanir toutes les routes vers les heureuses contrées où fleurit la suprême beauté, et où il semble qu'ils n'ont qu'à s'élancer pour atteindre à la perfection ! »

Traduisons : c'est parce que Poussin ne voulait pas peindre comme tout le monde (les « faciles succès d'école ») qu'il ne recevait ni commandes ni argent, en sorte que les moyens lui ont manqué d'arriver jusqu'à Rome. Ainsi, des hasards de fortune, peut-être de santé, mais toujours des causes extérieures, auraient été les seuls obstacles ayant empêché Poussin d'atteindre son but.

Il se peut, mais en rapprochant l'indécision de Poussin du flottement d'Hannibal, j'esquissai une psychologie de ce type d'hommes qui ne parviennent pas, ou hésitent, à réussir, parce qu'une force inconnue d'eux-mêmes les arrête au moment où l'objet de leurs désirs va être atteint.

— Tu n'essayais quand même pas de justifier ta lâcheté devant le beau Filippo ?

— Moi, c'est l'environnement, le préjugé hostile, l'obstacle légal qui m'arrêtaient. Pour Hannibal et sans doute pour Poussin l'obstacle n'a été que mental. Quel mot d'ordre fut déposé mystérieusement dans leur esprit ? Quel veto les a inhibés ?

Au sujet d'un peintre jugé aussi « rationnel » que Poussin, il semble qu'un tel recours à l'inconscient ne puisse être retenu. Peut-on admettre qu'une fêlure dans son système intérieur l'ait paralysé à un certain moment ? S'il y a un artiste qui a toujours su ce qu'il voulait faire, et qui n'a fait que ce qu'il a voulu, n'est-ce pas lui ? Passe encore pour un Greco, pour un Caravage, pour un Goya, pour un Van Gogh, qu'on invoque à leur sujet l'action de pulsions obscures. Poussin n'a-t-il pas toujours gouverné les siennes en philosophe et en sage ?

C'est ici que le parallèle avec Hannibal bouleversait ma réflexion.

Pourtant, entre un peintre et un général, comment établir la moindre ressemblance de caractère ? Un stratège, et un stratège qui a gagné tant de batailles, n'est-il pas doté d'un esprit positif et d'un sens pratique qui excluent toute défaillance inopinée ? Rome, et Rome seule, me révélait la parenté psychologique unissant Poussin et Hannibal, Rome qui était pour les artistes du dix-septième siècle ce qu'elle avait été pour les chefs de guerre de l'Antiquité : l'ambition suprême d'une carrière, le couronnement d'un parcours, le certificat de la gloire, le pinacle sur lequel il fallait se hisser pour être, chacun dans son domaine, le premier. Hannibal avait calé ; Poussin avait calé. Le plus grand général de l'Antiquité et le plus grand peintre des temps modernes avaient senti fléchir leur volonté au seuil d'une possession à portée de leur main.

Poussin se sentait-il trop petit pour rivaliser avec Michel-Ange, avec Raphaël ? Trop français pour entrer en compétition avec les maîtres de la Renaissance italienne ? Avait-il peur de faire *brutta figura* à côté de ces géants ? Rien n'autorise à croire qu'il ait craint leur voisinage. Jamais, dans ses lettres de Rome, il ne s'est comparé à personne, ni pour se vanter de lui être supérieur, ni pour rougir de lui être inférieur. Il était si sûr que le bon peintre n'a pour devoir que d'extraire de la nature son essence, qu'il se souciait seulement de tracer le contour juste, d'obtenir le dessin juste, de préparer la couleur juste, afin d'accomplir une œuvre qui contînt en elle-même sa vérité, sa beauté. Il voulait qu'elle valût en soi, indépendamment de la place qu'elle occuperait dans l'histoire de la peinture.

Ma promenade, au lendemain de la discussion au club de l'Institut, avait un but précis : repérer les endroits où Poussin avait habité, afin de tirer si possible quelque argument pour l'hypothèse que je commençais à mûrir. Il s'était logé d'abord sur le Pincio, c'est-à-dire à l'entrée nord de Rome, par laquelle il était arrivé en venant de Florence et de Sienne. La ville, ceinturée par la muraille d'Aurélien, commençait là au dix-septième siècle : juste après la Porta del Popolo, tout près de l'octroi et du bureau de contrôle sanitaire. Ce nom de « Popolo » lui avait sans doute plu : on savait encore, à cette époque, que « *popolo* » ne désigne pas le peuple, mais le peuplier. Piazza del Popolo, au pied du Pincio, était, jusqu'au début du dix-neuvième siècle, avant que la modernisation du quartier en eût fait oublier l'origine campagnarde, la « place du Peuplier », plantée encore d'un de ces arbres restés chers à son cœur de Normand.

Jusque-là, rien d'étonnant à se loger à l'entrée de la ville. Montaigne avait commencé par descendre au coin de la rue de l'Oie, à l'auberge de l'Ours, choisie pour sa commodité géographique par les étrangers qui hésitaient à s'engager tout de suite dans le dédale des ruelles, jugé malsain et dangereux. Mais ensuite ? Jamais Poussin, au cours de ses divers déménagements avant l'installation définitive, n'a appartenu à d'autres paroisses qu'aux trois plus voisines du Pincio, San Lorenzo in Lucina, San Nicola in Arcione, Santa Maria del Popolo. Marié, il se fixa via del Babuino, qui s'appelait alors via Paolina, « de Paolo, Paul », un nom fait pour lui, qui peindrait par deux fois *Le Ravissement de saint Paul*. Adresse exacte de la via del Babuino, selon les calculs les plus récents : le 79, un peu plus loin que la muraille d'enceinte, mais encore, pour ainsi dire, à la périphérie nord de Rome. Pendant vingt huit ans, jusqu'à sa mort, il habita à l'entrée de la ville, sans essayer de se loger plus au centre. C'était le quartier des peintres, soit. Mais un détail me prouve qu'un tel choix avait une autre raison que professionnelle. Par ce goût de rester en marge, il continuait à avouer sa timidité devant Rome. Ce passionné d'Antiquité aurait pu profiter de ses promenades pour explorer d'autres quartiers, trouver des décors pour ses tableaux. Or, il n'en fit rien, dédaignant le Capitole et la statue de Marc Aurèle apportée du Latran par Paul III, ignorant le Quirinal, où il n'y avait pas encore l'obélisque mais déjà les *Dioscures* de Praxitèle installés par Sixte Quint, négligeant la Porta San Paolo malgré le nom de Paul, et la tombe de Caius Cestius en forme de pyramide.

Castor et Pollux, fils jumeaux de Zeus, un empereur romain, un saint apôtre, des souverains pontifes, un goût d'ancienne Egypte : cet amalgame continuel du monde païen, du monde biblique et du monde chrétien, trait constitutif de Rome, ce mélange hétérogène des siècles et des civilisations, Poussin ne l'a-t-il pas intégré à sa vision esthétique ? La substitution de Jésus à Adonis dans deux tableaux peints coup sur coup, la même année, révèle cette connivence improbable. Poussin les a représentés, le dieu grec et le Christ morts, dans une pose parfaitement semblable, la poitrine nue, la tête renversée en arrière, vêtus du même linge autour des reins, pâmés sous l'œil d'une femme en pleurs qui est aussi bien Vénus que Madeleine.

Si le peintre ne voulait pas s'éloigner autant de son domicile, il avait, à une demi-heure de marche, le Campo Marzio, la place Navona, anciennement stade de Domitien, dont elle a gardé la forme ovale et les dimensions, le Panthéon d'Agrippa, le théâtre de Pompée, le mausolée d'Hadrien, les colonnes de l'Argentina. D'après le témoignage de Bellori, il n'allait prendre l'air, après sa journée de travail, que rarement ailleurs qu'au Pincio.

Poussin, *La Mort d'Adonis,* 1626, Caen,
musée des Beaux-Arts.

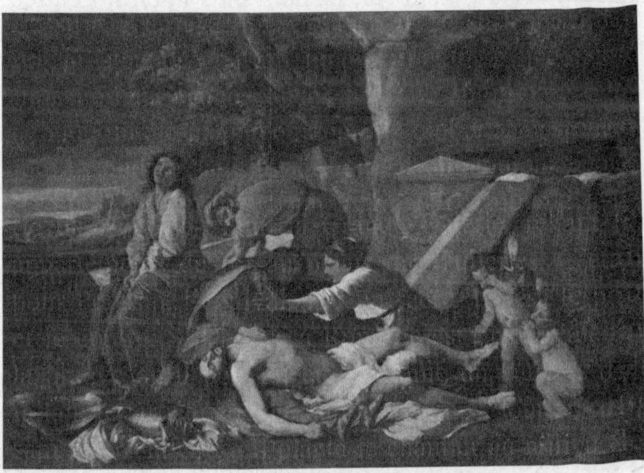

Poussin, *La Lamentation sur le Christ mort,* 1626, Munich,
Alte Pinakothek.

« Nicolas avait accoutumé de se lever matin, et de faire quelque exercice, une heure ou deux, se promenant quelquefois à travers la ville, mais presque toujours sur le mont de la Trinité qui est le mont Pincio, non éloigné de sa maison, auquel on atteint par une brève pente, délicieuse d'arbres et de fontaines, d'où se découvre la plus admirable vue de Rome et de ces amènes collines, qui ensemble avec les édifices font scène et théâtre. »

Il n'entrait donc pas dans Rome, il ne *pénétrait* quasiment jamais dans la ville qu'il avait poursuivie d'un désir violent mais combattu par une force contraire qui en empêchait l'exaucement. Il se contentait de la contempler du haut de la colline, comme on s'extasie devant la Jérusalem céleste dont on s'interdit l'entrée.

Son cas diffère de celui d'Hannibal. La crainte du succès ne s'était pas mise en travers de ses vœux, puisque, le succès, il l'avait cherché et obtenu assez vite. En me souvenant de l'origine du peintre, je crus avoir éclairci l'énigme. Je me souvenais de la campagne normande que j'avais visitée en traversant la France, de la vallée de la Seine, du village des Andelys, du hameau de Villers, des fermes, des mares, des vaches, de l'environnement agreste. Quel contraste impossible à gérer ! Lui, le fils d'un provincial, d'un paysan, se trouver de plain-pied avec l'Urbs ? Être sorti de ce qui ne devait être guère plus qu'une chaumière pour fouler les pavés de la cité impériale ? Passer sous les arcs de triomphe, arpenter les allées du Forum, accéder aux thermes, aux nécropoles, aux basiliques, aux souterrains de la première ville du monde, en explorer les sept collines et les vingt-deux catacombes, en déchiffrer les stèles, les sarcophages, les obélisques gravés d'inscriptions millénaires, quand le voyage familial jusqu'à Rouen, en carriole, représentait déjà une expédition ? Non, impossible, c'eût été un sacrilège. La peur de dépasser le père, d'arriver là où le père n'était pas arrivé et n'aurait jamais pu arriver, m'expliquait ses tergiversations quand il était jeune, puis son attitude distante et craintive au sommet de sa réussite artistique. Il avait choisi de vivre à Rome pour les besoins de son art, convaincu qu'il n'est possible de réussir, pour un peintre, que dans l'intimité morale et au voisinage concret de Michel-Ange et de Raphaël, mais cette nécessité entrait en conflit avec une résistance plus puissante, le respect dû à la mémoire d'un père qu'il avait le sentiment de trahir en se lançant dans l'aventure et les bénéfices de la gloire.

La plupart des hommes d'action obéissent au désir d'aller plus loin que leurs devanciers ; mais les artistes puisent à des profondeurs où se tient la source de leur génie, zone d'obscurité et de silence qu'ils savent d'instinct ne pas devoir échanger contre les mirages de l'ascension sociale.

16

Qu'est-ce que l'art ?

Cette peur de Rome, ce « complexe » – ah ! le mot affreux ! mis à la mode par Freud, celui qui, justement, après Hannibal et Poussin, par une de ces répétitions qui, éparpillées de siècle en siècle, établissent une loi psychologique vérifiée sur des types d'homme aussi différents, avait plusieurs fois rebroussé chemin avant d'atteindre Rome, avide de connaître la Ville éternelle mais frappé du même effroi sacré qui avait paralysé le général et retardé le peintre –, cette reculade de Poussin, caractère pourtant posé, solide, courageux, volontaire, avec qui en discuter ? En Italie, au début des années 1930, la nécessité de prendre parti pour ou contre Mussolini obnubilait mes camarades au point que l'art n'existait pour ces futurs historiens ou conservateurs de musée que par rapport à leurs engagements politiques.

Pour Fortunio, Aldo, Raf et les fascistes, le programme d'études était tracé d'avance. Occupés exclusivement de ce qu'ils jugeaient susceptible de consolider le régime, ils ne s'intéressaient qu'à l'art de leur époque, l'art en train de se faire, parce qu'il était le seul, disaient-ils, sur lequel on pût agir. L'architecture en chantier, les peintures et les sculptures destinées aux monuments publics seraient l'enseigne du nouvel idéal. Invités à ne plus travailler qu'au rayonnement de l'État et à la gloire du Duce, les créateurs assumeraient des responsabilités politiques et seraient fiers de leur nouveau rôle dans la cité. En somme, la frontière qui avait toujours existé entre l'art et la propagande tendait à disparaître. La valeur interne et formelle d'un tableau passait au second plan. Les seules questions étaient de savoir : ce tableau sert-il la Cause ? Rapprochera-t-il le peuple de son Chef ? Bien qu'il fût hors de question pour moi d'emboîter le pas aux fascistes et de dénigrer ce que je tenais pour sacré, je les trouvais logiques avec leurs convictions. Peut-être me serais-je opposé avec plus d'énergie au dogmatisme du « politiquement utile », si je n'avais pressenti que le problème des rapports entre l'art et la propagande mérite un examen plus attentif que le simple rejet. Ce problème nous toucherait tous dans un jour prochain, et moi en particulier.

J'étais plus déçu par Bartolomeo et les antifascistes : entrés à l'Institut dans l'intention de poursuivre des recherches sur l'art, classique ou moderne, ils se demandaient de plus en plus (et m'en voulaient d'hésiter à les suivre dans leur perplexité) s'ils n'avaient pas choisi la solution facile en s'isolant dans une bulle en marge de l'histoire. S'en tenir aux « grands noms », aux gloires « indiscutables », n'était-ce pas, comme ils s'en faisaient le reproche, favoriser indirectement, par le refus de s'engager dans l'actualité politique, ceux dont ils critiquaient la capitulation devant la dictature, la servilité envers Mussolini ? En fait, ils se laissaient piéger par les fascistes, puisqu'ils n'avaient pas le courage d'affirmer que l'œuvre ne naît pas du contexte social et politique, mais de la solitude et de l'ignorance du monde. On ne crée qu'en descendant au plus profond de soi-même. L'homme prisonnier d'une chambre aux fenêtres fermées voit plus loin que celui qui s'éparpille dans l'observation de la vie autour de lui. L'esprit n'atteint son maximum d'acuité qu'en faisant la nuit autour de soi. Tel était du moins le credo que je défendais alors, sans me douter que, par un revirement dont ce récit sera le fidèle compte rendu, j'accorderais un jour autant de légitimité à l'opinion contraire.

Je n'ai pas encore parlé des communistes. Sans aucun doute, il y en avait à l'Institut, mais clandestins, invisibles, impossibles à repérer depuis l'interdiction de leur parti. Des mains anonymes glissaient la nuit dans nos casiers des tracts que nous trouvions au petit matin sans réussir à en identifier les auteurs. Ils ne se découvraient jamais, personne ne pouvait leur donner un visage. Traqués par la police après l'attentat contre le Duce qu'on attribuait à tort ou à raison aux « hommes de Moscou », ils prenaient soin de ne donner aucun indice qui les pût signaler.

En tête de chacun de leurs tracts était recopiée la phrase célèbre de Lénine, dont le ton moins péremptoire m'eût convaincu plus vite : « La liberté de l'artiste dans une société bourgeoise n'est qu'une servitude déguisée vis-à-vis du capitaliste et de son sac d'argent. »

Suivaient les divers composants de leur programme artistique : chose qui me paraissait curieuse, ils campaient sur des positions à peu près semblables à celles des fascistes, comme en faisaient foi les slogans du Proletkult soviétique transcrits et commentés dans leurs tracts.

Poussin, *L'Enlèvement des Sabines*, vers 1637, Paris, Louvre.

Poussin, *Moïse sauvé des eaux*, 1638, Paris, Louvre.

« L'écrivain qui écrit un roman sans se soucier de son public, sans même se poser la question : "Qui va me lire ?", le peintre qui ne suit que le caprice de sa fantaisie, l'artiste qui poursuit son œuvre sans prendre en considération les intérêts, les besoins, les aspirations du peuple, forment une caste d'oisifs et d'égoïstes qui ne méritent que notre mépris. Les millions de paysans et d'ouvriers qui assurent la prospérité économique de notre pays ne resteront pas longtemps à la porte de la littérature et de l'art. Dès que le prolétariat aura établi les priorités artistiques, l'art pour l'art aura définitivement vécu. »

Qu'est-ce que l'art ? J'étais arrivé à Rome avec l'idée, empruntée à celui de Poussin, d'une entité autonome, pure, se suffisant à soi-même, indépendante des contingences, sans rapport avec l'actualité, étrangère au temps, n'existant que par la cohérence et la force du style ; d'un monde où le tumulte provoqué par l'enlèvement des Sabines rentre dans l'ordre et se soumet à la discipline d'un décor architectural rigoureux scandé par des palais d'un seul bloc, des façades rectilignes, des rangées de colonnes ; où le sauvetage de Moïse n'apparaît pas plus pathétique que si on avait retiré le bébé du fleuve après lui avoir fait prendre un bain ; où la rencontre de Rébecca et d'Éliézer, événement qui a donné naissance aux douze tribus d'Israël et à la souche du Christ, se réduit à une galerie de jeunes femmes debout près d'une fontaine ; impassibles, elles s'appuient négligemment à la vasque ou soulèvent des amphores dont le poids semble léger à leurs épaules.

Plus proches de Poussin, contemporains du peintre, les troubles de la Fronde et la violence de la guerre civile en France ne lui avaient inspiré que le *Coriolan*, superbe contrepoint de bras tendus et de lances brandies mais plus voisin d'un jeu de formes que d'une émotion politique. Et voilà que, au sortir de cette nébuleuse d'images quintessenciées où des épisodes cruciaux dans l'histoire de l'humanité n'avaient soulevé chez le peintre ni l'horreur angoissée ni la stimulation joyeuse qu'on attend d'une calamité ou d'un miracle, j'étais tombé au milieu de polémiques incessantes où chacun ne prenait de l'art que ce qui pouvait convenir à ses engagements politiques. La plupart de mes camarades, les uns par haine du communisme, les autres par peur d'être compromis, déchiraient les slogans du Proletkult. Un petit nombre seulement les mettaient pliés en quatre dans leur poche.

Amilcar de Bosis, un des premiers compagnons de Mussolini, se tua dans un accident d'automobile – dont il était responsable, et qui avait provoqué la mort de deux autres personnes. On organisa un enterrement somptueux à celui que sa téméraire imprudence dictée par la religion fasciste de la vitesse avait transformé en héros ; le cortège défila sur la via dell'Impero, survolé par les avions du ministre de l'Air Italo Balbo ; la police dispersa des manifestants. Un jour de deuil national fut décrété, et de grandes photographies des obsèques furent placardées sur les façades des monuments publics.

Comment Poussin aurait-il traité le sujet ? Je me rappelais *Les Funérailles de Phocion*, ce glorieux général athénien vainqueur des Macédoniens dans la Chersonèse : on voit le cadavre enveloppé d'un drap et porté sur un brancard par deux hommes en tunique échancrée, jambes et pieds nus ; aucun cortège ; pas une seule personne derrière les deux portefaix. Isolés, pauvres, hâves, le teint cireux, peinant le long d'un étroit chemin, ils ploient sous leur fardeau, figurants anonymes perdus dans la solitude d'une campagne immense qui absorbe l'attention du spectateur. Le tableau ne s'appelle d'ailleurs pas *Les Funérailles de Phocion*, mais *Paysage avec les funérailles de Phocion.* C'est le paysage qui compte, les étendues de prés et d'eau, les temples sous les arbres, le troupeau de moutons près de leur berger, la montagne dans le lointain, le ciel, les nuages. La mort, simple accident dans la marche indifférente de l'univers, ne tient ici qu'un rôle secondaire.

Ce tableau n'aurait pu être peint dans l'Italie fasciste où la mort ouvrait grandes les écluses à la pompe et à l'emphase. Si l'artiste doit rester, comme je le pensais d'après l'exemple de Poussin, à distance du sujet qu'il traite, si l'histoire ne doit l'atteindre qu'après un recul de plusieurs siècles, la peinture indépendante devient impossible dans un pays où les passions exacerbées réclament des prises de position immédiates, des programmes nets, des opinions tranchées, des engagements spectaculaires. J'avais beau défendre mon idée de l'art, je me sentais de moins en moins sûr, en discutant avec mes camarades, qu'elle fût valable universellement. Comment me tenir à l'écart de l'actualité, quand les harangues du Duce, vociférées par la radio, me poursuivent jusque chez moi ? Intervenir dans les débats, c'est une priorité aujourd'hui pour quiconque exerce une activité publique. L'historien de l'art comme le peintre n'ont-ils pas l'obligation de se conduire d'abord en citoyens ? Le public continuera-t-il à s'intéresser à des œuvres sans date, détachées d'un contexte chaque jour plus envahissant ?

Et pourtant je ne devais pas céder au doute si je voulais poursuivre mes recherches sur Poussin et croire à ce que je me préparais à en écrire. Ce climat de suspicion et de disputes, ces rumeurs sur ce qu'il convenait de faire ou de ne pas faire, ces pressions qui me sommaient de prendre parti entamaient jusqu'à la confiance que j'avais dans le bien-fondé de mes études.

Nous étions tous, d'ailleurs, secoués par un événement récent qui avait eu un retentissement national. Parmi les douze professeurs d'université (sur mille deux cents) qui avaient refusé de prêter, en 1931, le « serment fasciste » d'obéissance au régime, se trouvait le grand historien de l'art Lionello Venturi, auteur du célèbre *Goût des primitifs*, que nous admirions pour ce qu'il nous avait appris sur les origines de la peinture vénitienne, sur Giorgione, sur Léonard de Vinci, mais dont l'acte de rébellion divisa encore plus profondément les deux camps de l'Institut. Peu après, le ministre donna l'ordre de l'expulser d'Italie. Aucun de nous ne croyait que cette menace serait mise à exécution. Un matin d'avril, nous apprîmes qu'il venait d'émigrer à Paris avec toute sa famille. Vive émotion des élèves : le maître fut pleuré, le traître conspué.

Cet épisode, et les querelles qu'il enflamma au sein de l'Institut, me confirmèrent que la traditionnelle conception de l'art et de l'histoire de l'art n'avait plus cours sous un régime totalitaire. À personne ne restait permis de se consacrer en paix à son travail. Il fallait ou servir ou braver les autorités, avec détermination et publiquement. De tous les pensionnaires de l'Institut, aucun ne se trouvait dans une situation aussi délicate que celui qui travaillait sur un peintre caractérisé par son choix de sujets intemporels.

La vie de Poussin comporte par bonheur un événement que je fis valoir à mes camarades. Désireux de restaurer et d'étendre les maisons du Roi, en particulier le Louvre dont la décoration était à refaire, Richelieu pensa au premier peintre de France pour diriger ce programme ambitieux. Mais Poussin, qui séjournait depuis quinze ans à Rome, n'avait aucune envie de quitter sa petite maison de via Paolina. Il fit la sourde oreille aux propositions du cardinal. Louis XIII, alors, lui adressa en personne une lettre des plus flatteuse, où il lui protestait la haute estime en laquelle il le tenait, et le pressait d'entrer à son service. La lettre est datée du 15 janvier 1639. Poussin regimba, atermoya, traîna encore deux ans avant de se rendre à l'ordre du roi. Il ne partit de Rome, contraint et forcé, que le 28 novembre 1640. Malgré les égards qu'on lui marqua, les faveurs de la protection royale, une maison dans le jardin des Tuileries, les avantages financiers du séjour, il cessa de se plaire à Paris. Moins de deux ans après son arrivée, il prit le premier prétexte pour rentrer à Rome, d'où il ne bougea plus.

Bartolomeo, Pietro et les antifascistes m'écoutaient en silence.

— Mesurez-vous sa liberté, son audace ? La partie du Louvre à décorer n'était rien de moins que la galerie du Bord-de-l'Eau, la Grande Galerie, reliant les appartements du roi au palais des Tuileries. C'était, pour Poussin, l'équivalent d'un sacre. Il pesa le pour et le contre. S'il rentra à Rome, c'est qu'il avait fait la preuve qu'il pouvait être, comme un autre, s'il le fallait, un artiste engagé dans son temps, tout en refusant d'être inféodé. Il planta le chantier au milieu des travaux, osa désobéir aux volontés de son souverain. N'est-ce pas un bel exemple, dis-je pour conclure, de résistance au pouvoir ? Mon peintre ne se tenait pas à l'écart du monde, il se mêlait aux affaires en cours, il prenait parti. Aujourd'hui, il aurait déniché dans un épisode de l'histoire romaine une incitation à combattre le fascisme – par exemple la révolte de Spartacus contre les légions romaines.

Pietro, que j'avais intéressé à mes recherches et qui suivait mes travaux, répondit pour tous. Sa riposte fut aussi sèche que ma supposition avait été hasardeuse :

— Engagé dans son temps, celui dont la tragédie de Galilée n'a pas trouvé un seul écho dans son œuvre ? En 1633, il peignait la *Bacchanale devant une statue de Pan*, avec une désinvolture d'autant plus incroyable que, la même année, s'ouvrait à Rome le procès où le grand savant, blâmé, condamné, humilié, dut abjurer l'« hérésie » d'avoir dit que la Terre n'était pas le centre du monde. Poussin a continué à ne peindre que d'après l'histoire ancienne ou l'histoire sainte, tandis que le martyr de l'Inquisition agonisait. À croire que, complice de l'Église, il voulait détourner l'attention de ce crime.

LIVRE II

17

Sainte Vitesse

Je l'avais croisé dans l'escalier et dans les couloirs de l'Institut, entraperçu au réfectoire, à la bibliothèque, reconnu de loin sous les arbres de la villa Borghese, çà et là dans Rome, mais sans faire attention à lui, négligence qui, le jour de notre véritable rencontre, me parut surprenante, mais cette surprise s'effaça par la suite et cette indifférence me parut naturelle. On se protège, on fuit ce qui fascine, on invente mille subterfuges pour ne pas se rendre tout de suite, par instinct de sauvegarder sa tranquillité, ses habitudes, que l'approche d'une passion met immédiatement en péril. Et puis, dans mes fantasmes amoureux, j'avais toujours pensé que celui dont je rêvais se présenterait à moi comme le Narcisse de Poussin.

Moins que jamais, d'ailleurs, le climat politique de Rome, en ces années de croisade pour la morale et la famille, m'autorisait quelque espoir. Deux semaines plus tôt, les journaux avaient annoncé en gros titres : « Son Excellence Augusto Turati, atteint d'une maladie nerveuse, vient d'être hospitalisé dans une clinique ». Stupeur générale : Augusto Turati était un pilier du régime. Membre du Grand Conseil et secrétaire national du Parti fasciste, il occupait ce poste clef en récompense des résultats exceptionnels obtenus en Lombardie quand il était le *ras* de Brescia. Froid, calculateur, autoritaire, il s'était si bien acquitté de cette tâche, mettant au pas les dissidents, terrorisant les transfuges, obligeant les récalcitrants à s'inscrire, que la « maladie nerveuse », chez un caractère de cette trempe, parut à tous improbable.

Et, de fait, peu après son « hospitalisation », on sut par les journaux étrangers pourquoi celui qui l'avait défini comme « le plus beau, le plus fort, le meilleur des fils de notre Mère Italie », l'avait brusquement limogé. Turati se livrait dans sa villa de Moncalieri à des « actes illicites » avec des avant-gardistes âgés de dix-huit à vingt et un ans. « La pédérastie a été le motif de sa disgrâce », précisait un journal antifasciste de Paris. Or, à dix-huit ans, me disais-je, on n'est plus un enfant, le terme « pédérastie » est donc impropre. Si même la presse étrangère, la presse d'un pays démocratique, l'emploie à dessein, c'est qu'elle s'en prend à l'homosexualité dans son ensemble et cherche à la déshonorer par un amalgame qui la stigmatise aux yeux du public. Paris, capitale du pays des « droits de l'homme » ? On ne le dirait pas, si le peuple qui a pris la Bastille apporte à ceux-ci des restrictions que lui impose une opinion restée majoritairement hostile.

Je me doutais bien que Fortunio serait le dernier à défendre Turati.

— Qu'on le mette en prison, dit-il, indigné. Il salit la nation italienne.

Je demandai leur avis à Bartolomeo et à Pietro, dans l'espoir que des antifascistes étendraient la notion de liberté au-delà du domaine politique. Ils se réjouirent que le « vice » d'un haut dignitaire du régime eût été démasqué et que la chute du secrétaire national du Parti portât un coup sévère à l'« idéal fasciste », mais, sur le fond du problème, leur intolérance me parut encore plus radicale. Si un élève était convaincu de cette turpitude, ils demanderaient son expulsion. « L'antifascisme est aussi une école de morale, nous ne transigerons pas là-dessus. » Pietro renchérit : « Nous devons donner l'exemple en tout. » Il me prédit qu'à Berlin, où les « pédérastes » (lui aussi) s'affichaient impunément, le spectacle de cette débauche quotidienne pousserait les citoyens allemands à voter pour Hitler, et qu'on ne pourrait leur donner tort. « La gauche a l'obligation de se montrer irréprochable. »

Le scandale Turati, l'internement d'un homme qui par sa position paraissait intouchable, l'alignement de la gauche sur la droite la plus butée, la coalition des préjugés, la confirmation que le monde entier est prêt à jeter l'opprobre sur quiconque enfreint la loi de Moïse, le sentiment d'être un paria sous toutes les latitudes m'avaient appris à me tenir encore plus soigneusement sur mes gardes, quand le destin mit ma prudence en défaut.

La rencontre eut enfin lieu, mais dans des circonstances bien différentes de celles auxquelles j'avais songé : ni cadre rustique ni herbe fleurie à la Poussin, mais un accident de la circulation en pleine ville, à l'heure de sortie des bureaux, au milieu de la cohue des employés, dans le vacarme du trafic automobile.

Bordée de banques et de compagnies d'assurance, lourds immeubles pompeux, la via Nazionale, qui descend de la gare au monument de Victor-Emmanuel, est la rue la plus encombrée, la plus bruyante, la plus laide de Rome.

J'étais passé devant le Palais des expositions, où l'on préparait, pour le dixième anniversaire du régime, la *Mostra della Rivoluzione fascista*. Des camions déchargeaient d'énormes caisses devant le portail gardé par deux miliciens en tenue de combat. Plus bas, sur la droite, se dressait le palais Colonna, quatre fois plus grand que le palais Falconieri, propriété d'une famille qui avait su conserver sa fortune et dont la collection de tableaux, à en juger par le catalogue imprimé par Alinari, prouvait une ancienne et longue familiarité avec l'art des meilleurs peintres. Je voulais me renseigner auprès du portier sur les possibilités de visite et sur le nombre de parrains à fournir, la galerie Colonna ne s'ouvrant que sur rendez-vous et à des visiteurs pourvus de lettres de recommandation. Parmi d'autres « trésors inestimables », elle renfermait des « paysages de Poussin ». Je me doutais bien que cet inventaire n'était pas fiable, et que l'authenticité de chaque œuvre n'avait pas été vérifiée avec le scrupule nécessaire. Le peintre mentionné sous le nom de Poussin ne devait être que Gaspard Dughet, son beau-frère, appelé souvent Gaspard Poussin, pour faire monter sa cote. Le plus faible doute demeurât-il (qui s'évanouit par la suite, quand j'eus enfin la permission de visiter la galerie), je devais m'assurer qu'un des nombreux tableaux perdus de Poussin n'avait pas échoué au palais Colonna.

Un fracas de tôles et de verre cassé m'arracha à mes chimères. À l'angle de via Nazionale et de via 4 Novembre, un autobus venait de percuter une voiture. L'autobus devait rouler trop vite, pour répondre à l'impératif fasciste martelé sur les murs : « Nous devons rattraper le temps perdu ! » Il avait défoncé le capot d'une Millecento, robuste modèle de la Fiat.

Un jeune homme se précipita hors de l'autobus et courut au secours d'une femme coincée derrière le volant. Elle paraissait mal en point. Le jeune homme la fit étendre sur le trottoir et pratiqua sur elle quelques massages qui la rendirent à la vie. Elle soupira.

« *Non è nulla, signora. Soltanto un po di paura. Sia attenta a respirare bene.* »

Il parlait avec un accent étranger, roulant les *r* avec plus de force mais aussi plus mélodieusement que les Italiens. Son italien était pur et légèrement vieilli (le *Lei* de politesse, l'impératif subjonctivé, qui me donnait tant de fil à retordre). Comme l'ambulance arrivait, il se releva, m'aperçut et s'exclama : « Romano ! » Il me tendit la main, je serrai la sienne, il la garda un moment, le temps de me voir rougir sous cette pression inhabituelle. Puis il continua à s'occuper de l'inconnue. Un altruiste, vraiment, le contraire du Narcisse qui excitait mon imagination. Il s'assura qu'elle était placée sur le brancard et installée confortablement dans l'ambulance par les infirmiers dont la corporation était réputée à Rome pour la brutalité de leurs interventions.

Il s'apprêtait à remonter dans l'autobus, peu endommagé, quand deux fourgons de police débouchèrent de la place de Venise et vinrent piler devant les badauds.

À la vue des agents il prit peur, contourna l'autobus et se cacha derrière le kiosque à journaux. Je fus alors témoin d'une scène que je n'aurais pas dû voir. Se croyant à l'abri des regards, il tira un papier de sa poche, le déplia, le lut attentivement, remua les lèvres, ferma les yeux un moment, relut le papier, remua à nouveau les lèvres. Puis, à ma stupeur, il le roula en boule, le mit dans sa bouche et l'avala. Sans doute, me dis-je, n'est-il pas en règle avec les autorités et craint-il le contrôle sur les étrangers, de plus en plus tatillon et soupçonneux. Telle fut ma première pensée. Quant à la seconde… Eh bien, il n'y eut pas de seconde pensée, car à peine m'eut-il aperçu qu'il vint à moi en courant, me prit les deux mains, s'écria : « Il y a longtemps que j'avais envie de te connaître ! » Le reste de la journée s'écoula comme un rêve, où la scène de la feuille de papier apprise par cœur, roulée en boule et avalée fut complètement oubliée. Il me demanda où je voulais aller. Son apparition, sa beauté m'avaient causé un tel choc, que je ne pensai même plus au palais Colonna.

— J'avais l'impression que tu me fuyais, reprit-il en me regardant dans les yeux.

— Te fuir ? bredouillai-je. Mais pourquoi ?

— Tu as toujours l'air si pressé quand tu me croises dans l'escalier de l'Institut !

— Mais non ! Comme je suis toujours en retard pour les cours…

— Un matin où tu sortais dans le couloir, tu m'as aperçu qui venais dans ta direction, et tu es rentré précipitamment dans ta chambre.

— J'avais oublié mes notes et devais me dépêcher pour arriver à l'heure.

— Ah ! tu t'en souviens donc ! J'avais bien vu que tu cherchais à m'éviter.

Je devins rouge. Pour me mettre à l'aise, il me dit :

— Ne t'excuse pas, va, tout ça, c'est du passé. N'en parlons plus.

Je trébuchai sur le pavé. Il me saisit par la manche.

— Si cet imbécile de conducteur avait roulé moins vite, nous ne nous serions peut-être jamais parlé !

Je dus répondre par une idiotie du genre de : « À quoi les meilleures choses ne tiennent-elles pas ! », mais lui, déjà, comme s'il avait attribué ma gêne à l'étrangeté des circonstances qui nous avaient rapprochés, me prenait familièrement par le bras et m'entraînait par la petite rue des Saints Apôtres vers le Panthéon. L'itinéraire était bizarre. Je me dis qu'il voulait éviter la place de Venise et le commissariat de police installé au rez-de-chaussée de la résidence de Mussolini.

— Je t'invite à déjeuner, reprit-il. Je connais un tas de restaurants sympathiques.

Les élèves de l'Institut n'allaient jamais au restaurant. Comme mes camarades, je me contentais de la nourriture du réfectoire, qui nous était fournie à un prix forfaitaire très bas. Il dut s'apercevoir qu'il avait commis un impair, car il ajouta, par un repentir auquel sur le moment je n'attachai aucune importance mais dont je compris le sens le jour où il dut s'expliquer sur l'origine de ses revenus :

— Enfin, je ne connais qu'une ou deux petites trattorias. Elles ne sont pas chères, tu sais. Une *pasta* est encore à la portée d'une bourse d'étudiant.

Nous cheminâmes quelque temps en silence. Je n'osais ni le regarder ni lui parler. Il me posa des questions auxquelles je répondis à peine. Il me semblait que tout ce que j'aurais pu dire eût risqué de lui déplaire. Nous empruntâmes des rues que je ne reconnus pas, bien que je les eusse prises cent fois. Tout me paraissait nouveau. Je transpirais, malgré la fraîcheur de l'air que le soleil de midi commençait à peine à réchauffer. L'instant d'après, j'étais glacé. Mes jambes m'obéissaient à peine. Je laissais à chaque minute tomber la conversation, tout en éprouvant une affreuse gêne de mon impolitesse. Sa nature volubile suppléa heureusement à mon embarras.

18

Page

Place du Collège romain, il me demanda :

— Toi, tu travailles sur Poussin, n'est-ce pas ? Ce n'est qu'un nom pour moi, excuse mon ignorance. Qui est-ce au juste ?

— Un peintre français du dix-septième siècle, qui a passé presque toute sa vie à Rome.

— Poussin ! Un nom dont on a envie de rigoler... Oh pardon ! Moi, mon domaine est encore plus ancien. Je travaille sur les icônes. Au siècle de ton Poussin, les Russes en étaient toujours aux images pieuses. L'Église avait le monopole des arts, elle obligeait les peintres à ne représenter que des sujets religieux, sans s'éloigner de règles très strictes. Ils se transmettaient depuis le Moyen Âge des recettes auxquelles ils n'avaient le droit de rien changer, ni en ajoutant ni en retranchant, à part d'infimes nuances qui forment l'objet de mon étude. La tête de la Madone devait être penchée toujours du même côté, seul le degré d'inclinaison était laissé à l'initiative du peintre. Les anges devaient se présenter trois par trois, les nimbes répondre à un modèle immuable, l'enfant Jésus obéir à des proportions rigoureusement définies.

Ma pensée était ailleurs. Je me disais : « Il ne m'a pas invité à déjeuner pour me faire un cours sur les icônes ! » Les sensations de chaud et de froid dans mon corps me portaient aux pointes extrêmes de l'imagination.

— Tu es croyant ? lui demandai-je.

C'était bien ma chance, d'être tombé sur un calotin.

Il éclata de rire.

— Mais non ! Des centaines de Russes se sont fixés ici après la Révolution et y ont apporté leurs icônes. J'ai un sujet en or, sur lequel il n'y a qu'une courte bibliographie, et aucun spécialiste italien. Seul mon père peut m'aider.

— Ton père ?

— Il est parti de Saint-Pétersbourg quand j'avais quatre ans. Avec une importante collection d'icônes dont il a dû vendre les plus belles mais nous en connaissons les nouveaux propriétaires, et ils m'invitent chez eux. D'ailleurs, celles qu'il a gardées suffiraient presque à mon étude.

— Tu es donc Russe ! m'exclamai-je.

La curiosité me paraissant tout à coup légitime, j'osai le regarder plus attentivement. C'était un garçon mince, élancé, aux traits fins, aux cheveux blonds taillés court, aux yeux entre le vert et le bleu, aux pommettes saillantes. Il correspondait à l'idée qu'on se fait des Russes en Occident : grands, solides, de race européenne avec une touche d'exotisme et le charme de l'Orient. Je ne pus prendre de son visage qu'un aperçu fugitif, car, interceptant mon regard, il me sourit de manière si affectueuse et engageante que pour cacher mon trouble je dus baisser les yeux.

— C'est vrai, Romano, tu ne sais même pas comme je m'appelle. Moi, je connais ton prénom mais toi, tu ignores le mien.

Il me tendit à nouveau la main et me dit :

— Igor.

— Tes parents ont émigré ?

— Mon père, gouverneur de la forteresse Pierre-et-Paul, portait un nom, habitait un palais et occupait une position trop en vue pour ne pas être un des premiers visés par les bolcheviques, bien qu'il fût lui-même d'idées libérales et eût accordé des avantages substantiels aux paysans de ses domaines. Il venait de m'inscrire au corps des pages, lorsque nous fûmes contraints de nous expatrier.

— Au corps des pages ? fis-je surpris, car il me semblait plus jeune que moi.

— On entrait à quatre ans chez les pages, tu sais, avec tous les privilèges réservés aux adultes. Petite injustice, parmi les énormes abus que se permettait la noblesse.

S'il avait dans les quatre ans en 1917, c'est qu'il était né vers 1913, quelque deux ans après moi. Avait-il seulement vingt ans aujourd'hui ? Robuste, malgré sa gracilité, avec des épaules larges et une taille étroite, il n'avait rien de l'éphèbe, et cette constatation, je ne sais pourquoi, me plut et me rassura. Ce mot de « page » me faisait rêver, bien que les images de délicatesse et d'élégance associées aux adolescents de Carpaccio, de Filippino Lippi, ne pussent s'appliquer à un enfant de quatre ans. En même temps, je superposais au garçon qui marchait à côté de moi les gondoliers de la *Légende de sainte Ursule* de

Venise, arc-boutés à l'arrière des embarcations dans des grègues serrées bicolores, ou l'ange qui dans la chapelle Brancacci à Florence prend saint Pierre par la main et le libère de captivité.

— Nous l'avons payé cher, cet abus et les autres. Mais comment dénier toute légitimité à la Révolution, sans être assez égoïstes pour ne pas nous en sentir en partie responsables ? Si tu me fais l'amitié de venir un jour chez mes parents et de regarder les photos de leur palais, tu auras une idée du fossé entre les classes dans l'ancienne Russie. Ils louent à présent une maison en bois de quatre pièces derrière la gare de marchandises du Transtévère.

Notre camaraderie était devenue tout de suite si chaleureuse, après une demi-heure de marche, que je ne pensai pas à m'étonner d'une invitation aussi prompte : parler déjà de notre « amitié » et me proposer de m'amener chez lui et de me présenter à ses parents ! Une chose m'avait frappé : il avait parlé des « abus » de la noblesse, du « fossé entre les classes », alors que chez les émigrés russes on récrimine contre les Soviets.

— En attendant, reprit-il, alors que nous arrivions place de la Minerve, entrons dans cette trattoria. Tiens ! Je vois qu'elle a changé de nom. Je la connaissais sous celui d'Otello, elle s'appelle maintenant Garibaldi. La façade vient d'être repeinte, la couleur est encore fraîche, l'enseigne a été changée, le Maure de Venise enlevé. Pourvu que le nouveau propriétaire ait gardé le cuisinier qui confectionnait lui-même le *pesto* pour les pâtes. Le *pesto* vert, c'est banal, lui, il en préparait du rouge, avec de la pulpe de tomate, de la *grana padana*, de la noix de cajou et du vinaigre balsamique, tu m'en diras des nouvelles !

Igor connaissait beaucoup mieux Rome que moi, s'il y habitait depuis plus de dix ans. Avant de pousser la porte du restaurant, il se retourna vers la place :

— Quel beau soleil ! Connais-tu l'épigraphe gravée sur le socle de l'éléphant ? Elle a l'air d'avoir été écrite à l'usage des étudiants.

Je remarquai enfin ce curieux monument, devant lequel j'étais passé tant de fois sans m'arrêter. L'éléphant dressé sur un bloc de granit porte sur son dos un obélisque. Ce mélange de brut et de raffiné ne détonne pas. Igor déchiffra pour moi l'épigraphe, dictée par le pape Urbain VIII : « Il faut un esprit solide pour soutenir une sagesse robuste. »

— Tu sais comment les Romains appellent ce bizarre quadrupède, plus gros et replet qu'un éléphant ordinaire ? Apprécie l'humour populaire. C'est le contrepoids de la gravité ecclésiastique. Ils l'appellent *il pulcino*, le poussin. En réalité, ils l'appelaient au début *il porcino*, le petit porc, par un sobriquet plus approprié à l'espèce et au volume de la bête, mais ils ont trouvé ce surnom trop irrévérencieux pour le pape Urbain VIII qui avait fait cadeau de l'obélisque et dicté l'épigraphe. Du *porcino* ils ont glissé au *pulcino*, le poussin… Poussin ! Ah ! je parie que tu ignorais la réincarnation en pachyderme du peintre sur lequel tu travailles !

19

À bas les pâtes !

L'hôte, gras, rond, rubicond et jovial, dont la face épanouie et luisante était à elle seule une réclame pour la qualité de sa cuisine et un avertissement sur les risques du surpoids, nous salua en étendant le bras à la romaine. Geste qui nous agaça tous les deux, mais Igor me fit signe de ne pas me braquer et de feindre de l'approuver par un hochement de tête cordial. Lui-même entreprit de rendre à l'hôte son salut, mais avec si peu de conviction que son bras se souleva à peine et retomba avant d'arriver à l'horizontale comme l'exigeait le code fasciste des salutations. Je m'expliquai assez mal sa conduite : le salut à la romaine n'était pas obligatoire. Ou bien on le faisait complètement, ou bien on ne le faisait pas du tout. Igor le faisait si gauchement, si mollement, que j'avais l'impression qu'il l'aurait évité s'il n'y avait été contraint par une arrière-pensée qui m'échappait. J'étais plutôt heureux de le voir manquer à ce point d'entrain pour un geste ridicule et servile, mais pourquoi donc avait-il cru nécessaire de l'esquisser ?

— Mastro Galluzzo ! cria du fond du restaurant un habitué.

L'hôte ordonna à son garçon de nous apporter la carte. Au bout de cinq minutes il revint vers nous et nous demanda si nous avions fait notre choix. Par la fenêtre ouverte en face de nous, le soleil entrait à flots jusqu'à notre table.

— Permettez-moi de vous recommander le saumon de l'Alaska en sauce Mars ou la bécasse au Monterosa en sauce Vénus, spécialités de la maison.

Igor, qui de nous deux parlait le mieux l'italien, lui dit que les plats proposés devaient être fort bons, mais que nous aurions préféré de classiques spaghettis, à la sauce tomate ou bolonaise, mieux encore, accommodés au fameux *pesto rosso*, qu'il avait si souvent apprécié ici.

— Comment se fait-il que les spaghettis ne soient même pas indiqués sur la carte ?

— Leur présence va de soi, dis-je. Inutile de les mentionner.

— Détrompez-vous, *signori miei*, répliqua l'hôte en prenant tout à coup un air grave. Ici, foi d'Amilcare Galluzzo, vous ne mangerez jamais ni spaghettis, ni lasagnes, ni pennes, ni macaronis. Je devine à votre accent que vous êtes russe, ajouta-t-il d'un ton soupçonneux, ce qui explique peut-être votre ignorance des usages nouveaux.

— J'ai grandi dans le Transtévère, avec mes parents qui continuent à parler russe à la maison, quinze ans après leur départ de Russie.

— Ils étaient donc de la première émigration ? C'étaient des Russes blancs ? Ils fuyaient les affreux bolcheviques ?

L'hôte parut rassuré, mais sans cesser de porter sur mon camarade un regard méfiant.

— Ils sont partis dès 1917.

— À la bonne heure ! Vous voyez ce grand soleil ? Il annonce et illustre par ses rayons méditerranéens la nouvelle campagne pour l'Aéronautique décidée par le Duce, que vous avez entendu déclarer hier à la radio : « C'est un astre trop beau pour éclairer la flotte aérienne des bandits bolcheviques ! Nos avions sont prêts à écraser Moscou sous un tapis de bombes ! »

Igor approuva le discours de Mussolini, ou feignit de l'approuver, puis, reprenant la carte et secouant la tête après avoir épluché la liste des plats :

— Pas de pâtes ? demanda-t-il. C'est bien la première fois que j'entends une chose pareille. Pas de pâtes ? Alors que d'habitude, même quand il n'y a rien d'autre dans un restaurant, on en trouve toujours d'excellentes !

— Eh ! mes jeunes amis, la grande bataille alimentaire et sportive commencée par le Duce doit être menée jusque dans les cuisines. Qui ne la livre pas devant ses fourneaux n'est pas un bon fasciste. Nous portons la guerre à l'intérieur des marmites, nous la gagnerons au fond des poêles à frire. La victoire sur les amylacés, la défaite des glucides, la débandade du gluten, la déroute des lipides ne seront pas complètes tant qu'un seul ustensile ne sera pas mis au service de la Révolution nationale.

— Mais en quoi les spaghettis…

J'aurais voulu que la discussion durât longtemps, parce qu'elle me donnait la possibilité de regarder, sans qu'il s'en aperçût, le jeune Russe, qui pointait à nouveau le doigt sur chaque plat de la carte en demandant des explications. J'avais peur, si je le dévisageais en face, de me trahir par une expression trop appuyée. Il eût été de la dernière imprudence de lui laisser deviner que j'étais tombé amoureux. En même temps, je sentais qu'une attitude neutre n'était pas la meilleure tactique.

Tel est le supplice du commencement de l'amour, quand on redoute autant de se découvrir à contretemps que de laisser croire à l'autre qu'on lui est indifférent. Un mot, un geste, un regard trop osés peuvent le mettre en fuite, mais feindre le détachement, se montrer froid, expose au risque de décevoir celui qui n'attend peut-être qu'un signe pour se déclarer. Notre vie se joue sur un seul moment, le fameux *kairos* des Grecs, aussi fugitif si on le laisse passer que favorable si on s'en empare à temps. Cette minute, opportune entre toutes, était-elle venue pour moi ? Cette fraction infinitésimale de temps à laquelle Eschyle suspend le destin des humains ? La *fortuna*, il faut la « saisir aux cheveux », précise Plutarque, mais en se gardant de la brusquer.

— Les spaghettis, répondit l'hôte à la question que, perdu dans mes pensées, je n'avais pas entendue jusqu'au bout, sont un aliment contre-révolutionnaire. Lisez plutôt ce qui est écrit là.

Il nous montra une grande ardoise suspendue à une poutre, où était recopié le « Manifeste de la cuisine futuriste » lancé par Marinetti, le poète qui amusait les élèves de l'Institut par des extravagances que Mastro Galluzzo prenait au sérieux.

« Nous sentons le besoin d'empêcher l'Italien de devenir cubique et poussif, et de s'empêtrer dans une lourdeur opaque par un tour de taille antidynamique. Préparons des corps agiles pour les trains extra-légers d'aluminium de l'avenir, qui remplaceront les trains pesants de fer et d'acier. Les sorbets mous, les glaces déliquescentes, les tiramisù spongieux, les sauces flasques, les gélatines glaireuses sont à proscrire. Nous proclamons avant tout nécessaire l'abolition de la pastasciutta et des condiments traditionnels, absurde religion gastronomique italienne. Les spaghettis à la sauce tomate qui nous enserrent de leurs méandres font obstacle à l'esprit vivace, à l'âme généreuse, intuitive et passionnée des enfants de César et d'Auguste. Les défenseurs de la pâte et des torpeurs où elle nous englue veulent détruire la race italienne, comme les archéologues qui n'aiment de notre pays que ses ruines. »

— Hélas ! reprit l'hôte en tambourinant comiquement sur son abdomen. Mon embonpoint est un exemple vivant et le modèle détestable de ce qu'on devient si on est resté sourd trop longtemps au clairon de la Révolution nationale. Je me suis laissé entortiller dans les sinuosités traîtresses des spaghettis et des tagliatelles. Les attraits perfides des raviolis et des tortellinis, les sortilèges funestes des cannellonis farcis à la viande ont mis fin à l'ambition que j'avais à seize ans de courir le cent mètres en moins de douze secondes, comme notre grand Bulgheroni aux Jeux olympiques de 1928.

Pendant qu'il se dirigeait vers une autre table, je dis tout bas à Igor :

— Allons-nous-en, ce type déraille. Et puis, tu as vu les prix de son saumon et de sa bécasse ?

Igor hocha la tête pour me signifier qu'il était d'accord avec moi, mais qu'une raison supérieure lui interdisait de partir. Mon bras était posé sur la table. Il mit sa main sur la mienne et la pressa avec l'air de me dire : « Je sais pourquoi j'agis comme j'agis », mais ce geste pouvait avoir un autre sens, que je n'osais m'avouer.

Au lieu de donner le signal du départ, il se cala plus confortablement dans la banquette et poursuivit sa conversation avec l'hôte. La banquette était étroite, nos jambes se touchaient.

— Le saumon de l'Alaska, pourquoi pas ? Comment l'accommodez-vous, Mastro Galluzzo, si vous proscrivez les sauces traditionnelles ?

— Celles qui font prendre du poids, oui, je les mets au ban de la civilisation romaine et fasciste. Désormais, ne seront admis que les ingrédients qui donnent des calories et des vitamines sans apporter avec eux ces graisses qui causent un tort grave à notre idéal. Puisés dans les ressources du *Mare nostrum* et choisis dans le respect de nos paysages, ces ingrédients ne dépareront pas l'harmonie originelle du goût méditerranéen.

Il se rengorgea.

— Pour le saumon de l'Alaska, pas d'autre assaisonnement que des œufs durs hachés issus des poules de la campagne romaine, le filet d'un anchois pêché au large de Livourne, du basilic de Sicile, de l'huile d'olive de Toscane. Pour la bécasse en sauce Vénus…

— C'est bon, je vous fais confiance…

— J'ai aussi deux recettes de poisson ultraextrémistes, la torpille supramarine à base de chair de langouste et de foie de lotte, et la gymnote aéropoétique…

— Prends la torpille, je prends le saumon, dit Igor.

Il continua à interroger l'hôte, et j'étais de plus en plus interloqué qu'il lui montrât autant de considération, presque de la déférence.

— Dites-moi encore, Mastro Galluzzo, pourquoi vous avez changé le nom du restaurant.

— Je l'ai acheté à un traître qui s'est enfui en France et a grossi les rangs de ces *fuorusciti* qui calomnient notre patrie et tentent de la déshonorer à l'étranger. Et traître, on aurait pu deviner qu'il l'était de naissance, puisqu'il avait donné à cette trattoria, située en plein cœur de Rome, à égale distance de deux de nos monuments les plus sacrés, l'église qui enchâsse le Christ de Michel-Ange, et le Panthéon où Raphaël dort de son dernier sommeil, entre ces deux temples de la civilisation méditerranéenne, le nom d'un nègre. Othello, voyez-vous ça ! Quand nous nous apprêtons à aller les rosser en Éthiopie !

— Oui, dit Igor, Garibaldi, c'est plus digne de la nouvelle Urbs régénérée par le Duce !

Stupéfait de le voir renchérir sur la rhétorique officielle, je commençais à me demander si je n'étais pas tombé sur un vrai fasciste, lorsqu'il me rassura par une nouvelle pression de la main. Constater qu'il faisait de moi son complice dissipa à l'instant mes préventions. Nous dégustâmes le saumon et la torpille, non sans complimenter l'hôte qui venait de temps en temps s'enquérir, d'un air faussement craintif, si nous étions satisfaits. Il avait mis une assiette entre nous pour nous permettre de mélanger nos plats et d'échanger des bouchées. Je l'aurais embrassé, moi, cet homme.

20

Le péril russe

Le soleil inondait la place. Igor s'adossa au socle de l'éléphant, s'étira contre la pierre, ferma les yeux. Le voir s'abandonner au soleil, étaler ses membres sur le granit chaud du piédestal, relever ses longs cils pour me dire de venir le rejoindre, accrut mon trouble. Je restai debout à faire les cent pas. Il se redressa et me dit, pendant que nous nous acheminions en direction du Panthéon :

— Il te tarde, n'est-ce pas, de me demander des éclaircissements ?

— J'ai du mal à te comprendre, en effet.

— C'était une feinte.

— Une feinte ?

— Une feinte nécessaire, par les temps qui courent. Les Russes sont de plus en plus mal vus.

— Mais pas les Russes émigrés, pas les Russes blancs !

— Mussolini vient de lancer une croisade contre le bolchevisme, ce type nous l'a confirmé, tu l'as entendu comme moi. Les fascistes prétendent que les démocraties occidentales sont assez lâches pour pactiser avec l'URSS et fermer les yeux sur la dictature stalinienne. Selon eux, ce sera l'honneur de l'Italie que d'être le seul pays à dresser un rempart contre Moscou.

— Histoire de mettre en prison les derniers communistes italiens.

— Pas seulement. Le régime, dans plusieurs domaines importants, a manqué à ses promesses. La campagne lancée avec le slogan « Une paire de souliers pour chaque enfant » a échoué. Quarante pour cent des moins de quinze ans à Naples, en Sicile, dans les Abruzzes, marchent pieds nus, selon l'enquête de l'Organisation internationale du travail. Ils n'ont pas de souliers, mais gardent leurs guenilles. La « bataille du blé » est perdue : il faudra encore cette année importer je ne sais combien de milliers de tonnes. Autre fiasco : la politique de fécondité, l'aide aux mères, promise solennellement dans un discours tenu sur la place du Capitole, devant la Louve aux six mamelles. « Femmes d'Italie, rappelez-vous Rémus et Romulus : que la nativité vous soit chère, que l'allaitement vous soit sacré ! Mettez les bouchées doubles, donnez-nous des jumeaux. » Des paroles, du vent. La Louve, il a même fallu la mettre à l'abri dans le musée, pour la protéger des graffitis obscènes charbonnés chaque nuit sur ses flancs. Dans tout le pays, la pauvreté augmente. Les mères rechignent à laisser enrégimenter leurs bambins une fois par semaine. Vêtus d'une chemise noire et coiffés d'un béret à gland noir, ils sont si vaniteux de leur costume et fiers de la discipline à laquelle on les soumet, qu'ils exigent de leurs parents que ceux-ci les imitent, marchent au pas dans l'appartement et chantent « *Giovinezza* » en passant la serpillière. Pour faire oublier ses échecs, le régime a besoin de mobiliser le peuple contre un ennemi, n'importe quel ennemi. Aujourd'hui, par exemple, il en a inventé un : le péril russe.

— Tu te fais des idées ! Toi, tu n'as rien à craindre.

— De quel œil le bonhomme me regardait ! Ça ne m'étonnerait pas qu'il appartienne à la police ou que la police l'ait chargé d'espionner ses clients.

— Mais, puisque tu ne donnes aucune prise au soupçon…

— Pour eux, un Russe qui ne montre pas clairement et publiquement qu'il adhère sans réserve au fascisme est d'emblée suspect. Ma famille est dans une situation matérielle difficile. Mon père n'a pas réussi à trouver une place fixe ni un salaire convenable. Il travaille à la maison, dessine des maquettes de présentoirs pour les cigarettes Italia, de quoi ne joindre qu'à grand-peine les deux bouts. J'ai un frère et une sœur plus jeunes qui restent à élever. La police peut se demander si je n'ai pas été infiltré par des agents soviétiques. Est-ce une supposition invraisemblable ? Les émissaires de Staline ont des moyens de pression. J'ai vingt ans. Il n'y a pas tant de gens à Rome qui parlent le russe couramment. On peut me promettre, à moi et à mes parents, soit directement de l'argent, soit des conditions avantageuses pour retourner en URSS. Je dois à tout prix prouver que je suis inaccessible, incorruptible. Ce mouchard ira déposer à la police, il témoignera de l'enthousiasme avec lequel j'ai proclamé que le Duce avait *régénéré l'Urbs*.

L'explication semblait plausible. Cependant, j'eus un doute sur la sincérité d'Igor. J'avais lu les prix sur la carte. Serait-il resté au Garibaldi, beaucoup plus cher que l'ancien Otello, s'il n'avait eu pour ressources que la maigre bourse de l'Institut ?

Ce qu'il ajouta accrut ma perplexité.

— Romano, je t'emmènerai un de ces jours dans une trattoria dont le propriétaire, un ami dont je suis sûr, est antifasciste. Je n'aurai pas besoin de faire toutes ces simagrées devant lui. Il a dû hausser ses prix car des nervis viennent de temps en temps lui casser sa vitrine et son mobilier. Ils en arrivent maintenant à asperger d'insecticide ses provisions. La prochaine fois, ce sera le *manganello* et l'huile de ricin. Raison de plus pour aller chez lui et l'aider. L'augmentation nécessaire de ses prix lui coûte une partie de sa clientèle.

À nouveau l'idée qu'il disposât de sommes relativement importantes, alors qu'il m'avait décrit avec franchise la situation de son père, cette idée me troubla.

Je me demandai d'abord s'il n'était pas impliqué dans quelque trafic de contrebande. Son père travaillait pour la marque de cigarettes d'État Italia, mais les Romains s'approvisionnaient de préférence au marché parallèle. Les vendeurs à la sauvette étalaient à même le sol dans les passages souterrains les paquets d'américaines sur des bâches qu'ils roulaient et emportaient sur leur dos, à peine entendaient-ils leur complice siffler pour les avertir que deux *carabinieri* approchaient. (Comme les bonnes sœurs, ils allaient toujours deux par deux.) Les lois étaient devenues plus sévères, pour faire d'une pierre deux coups : moraliser le peuple, doper l'économie nationale.

Puis l'hypothèse la plus folle me passa par l'esprit, d'autant plus cruelle pour moi que, si elle s'avérait, elle m'ôterait tout espoir. Les épouses des hiérarques s'ennuyaient dans leurs grands appartements blancs, c'était une chose connue. Leurs maris les trompaient publiquement. Ils leur laissaient les enfants à élever, et allaient s'installer avec une maîtresse. Beaucoup de ces femmes abandonnées suivaient par désœuvrement des cours d'histoire de l'art. L'une d'elles avait-elle remarqué le jeune Russe ? S'étaient-ils rencontrés dans une exposition ? Revus ? Entendus ? Abouchés ? Igor s'était-il *fatto l'amante*, selon l'horrible expression des Romains ? Il pouvait l'avoir choisie très riche, pour aider ses parents à finir le mois, et éventuellement les protéger de la police. Dans ce cas, pour éviter de la compromettre, il devait afficher une dévotion inconditionnelle à Mussolini. Dans cette ville où les commérages allaient bon train, claironner une admiration factice pour le régime devenait une nécessité.

Rêvais-je ? Il fallait bien qu'il tirât son argent de quelqu'un. À l'idée qu'il pût *aimer les femmes*, tu devines de quel découragement je fus saisi.

21

Saint-Louis-des-Français

Nous étions arrivés par la rue Palombetta à la place S. Eustachio. Craignant qu'il ne me faussât brusquement compagnie, fantasque comme j'imaginais tous les Russes, je lui fis observer, pour gagner du temps, un détail curieux sur la façade.

— Tu vois cette tête de cerf, qui porte une croix entre ses cors ? On l'a mise en souvenir de celui qui s'appelait Placide avant de se convertir et de prendre le nom d'Eustache… Pendant une chasse il avait eu une vision… Saint Eustache est ainsi devenu le patron des chasseurs…

Igor jeta un coup d'œil vague sur cette tête fort quelconque, puis me regarda avec l'air de me dire : « Mais pourquoi me raconter tout ça ? »

Décontenancé, je profitai de ce que nous étions devant le bar où l'on sert le meilleur café de Rome. Cependant, même en vidant lentement, très lentement, *alla romana*, une tasse minuscule, ce n'étaient que cinq petites minutes de gagnées.

Il abandonna son air distrait dès que nous fûmes entrés à Saint-Louis-des-Français. Il s'extasia devant les trois tableaux de Caravage, et, quand la lumière s'éteignit dans la chapelle, tendit une pièce au sacristain pour qu'il rendît l'éclairage. C'était la première fois que je regardais ces tableaux avec un peu d'attention.

— Tu l'aimes, ce peintre ? me demanda-t-il.

— Pas trop. Poussin a dit de lui : « Il est venu au monde pour détruire la peinture. »

— Était-ce une condamnation ?

— Que veux-tu que ce soit d'autre ?

— Une sorte d'hommage, plutôt. Il n'aurait pas dit ça d'un médiocre. Il avait trouvé un adversaire à sa mesure, et relevait le défi : Caravage a détruit la peinture, je la rétablirai.

Igor m'épatait. Lui qui s'y connaissait très peu en peinture occidentale, qui avait rarement vu un tableau classique et ne savait rien ni de Caravage ni de Poussin, avait tout de suite flairé un double sens dans une phrase où les « spécialistes » n'en voient qu'un : Caravage a détruit la peinture, c'est donc un mauvais peintre. Telle était ma propre opinion, dont je pris soudain honte. Je faisais partie moi aussi, hélas ! de ces spécialistes qui ont le nez rivé sur leur peintre et répètent des lieux communs. Puisque Poussin avait peint dans un style, avec des méthodes, selon un idéal radicalement opposés à ceux de Caravage, il était impossible que Poussin ne trouvât pas détestable un art que son art combattait. Sottise que de raisonner ainsi ! Je songeai que Vélasquez aurait pu dire la même chose de Greco : Greco est venu au monde pour détruire la peinture, je la rétablirai. Greco est immense, je serai aussi grand.

— Et ces fresques, comme elles sont belles aussi !

Nous étions entrés dans une autre chapelle, recouverte par Dominiquin des *Histoires de sainte Cécile*. Je les déchiffrai pour lui : « Sainte Cécile distribue ses vêtements aux pauvres », « Elle joue de l'orgue », « Elle convainc son fiancé païen de respecter sa virginité », « Un ange la couronne avec son mari », etc. Au lieu de me trouver bien pédant, il s'exclamait à mesure : « Quelle variété ! Quels coloris ! Quelle imagination ! » Puis, sous la voûte de la nef centrale :

— Et ce plafond, il me plaît beaucoup également !

Sous le rayon de soleil qui éclairait une partie de la nef sombre, il pencha la tête en arrière et ouvrit ses grands yeux sur la fresque tourbillonnante qui prolifère d'une abondance de détails pour moi excessive.

— Comme c'est intéressant, cette peinture où on est libre, où aucun modèle n'est imposé au peintre, aucun impératif ne le bride. Je termine mon mémoire sur les icônes, mais après, j'aimerais changer de domaine. L'art religieux russe, quelle barbe en fin de compte ! Aucune variété, aucune échappée pour l'imagination. *Basta* de cette uniformité ! Sur les six cent cinquante « Vierge à l'Enfant » que j'ai répertoriées, une seule tourne la tête dans le sens inverse de la direction prescrite. J'en ai marre de mesurer le diamètre des nimbes, de compter les plumes sur les ailes des anges et de vérifier si le vent qui secoue les arbres le soir de la mort du Christ souffle du bon côté.

Il se frotta la nuque, endolorie par la torsion, exécuta deux ou trois mouvements avec le cou, puis, de but en blanc, sans m'avoir préparé à une offre aussi miraculeuse, me suggéra un programme auquel dans mes rêves les plus fous je n'aurais jamais osé prétendre.

— Tu sais, je dois rendre à la fin de l'année un mémoire annexe. On me laisse le choix du sujet. Toi qui as l'air de connaître si bien les églises de Rome, ne pourrais-tu me signaler quelque peintre pas trop étudié encore ? J'aimerais tellement que tu me serves de guide et d'initiateur.

L'église étant redevenue fort sombre, après qu'un nuage eut caché le soleil, il ne put lire sur mon visage. Je devais être tout pâle. J'enfonçai mes mains dans mes poches pour les empêcher de trembler.

— Ce Batoire, comment as-tu dit ? il était français, comme Poussin ?

— Natoire. Charles-Joseph. Peintre de deuxième zone, pas du tout pour toi. Ce plafond représente l'apothéose du roi de France saint Louis, à qui l'église est dédiée. Tiens, voici le monument funéraire de Claude Lorrain, un autre peintre français, génial et très célèbre celui-là, contemporain de Poussin. Mais je ne te conseille pas de le choisir, tu aurais des dizaines de thèses à te taper, avant d'avoir le droit d'écrire un mot. Le tombeau est de Paul Lemoyne, sculpteur parisien.

Je m'appesantissais sur des détails inutiles, par crainte de rester muet. Je le précédais dans l'église, il me suivait en silence. Mon cœur battait à se rompre. Cette visite n'était que le début d'une aventure qui donnerait une légitimité à d'innombrables promenades communes. À l'idée que nous irions tous deux explorer l'immense patrimoine artistique romain, dans la complicité que favorisent la pénombre des collatéraux et l'obscurité des absides, plus rien ne me paraissait impossible. Sous le prétexte de chercher des tableaux à regarder ensemble, qui sait s'il ne poursuivait pas un autre but ? *Mais non ! Tu rêves ! Tu délires ! Arrête tes chimères ! Tu vas étouffer de bonheur ! Ah ! si Mussolini a peur du péril russe, ces deux mots ont pour toi un sens tout différent.*

22

Premiers pas dans la passion

Je ne sais comment je rentrai à l'Institut, ni même si Igor m'y accompagna ou profita de la fin de l'après-midi pour rendre visite à ses parents qui célébraient ce jour-là l'anniversaire de la mort d'un oncle fusillé à Moscou par les Rouges. Un brouillard enveloppa pour moi le reste de la journée et les jours qui suivirent. Je me souviens seulement d'avoir manqué de bon sens en plusieurs occasions. Je comptais dans la rue les enfants qui marchaient sans souliers, ce qui me rapprochait deux fois d'Igor, puisqu'il m'avait parlé de ces va-nu-pieds et qu'il s'était plaint d'avoir eu à « compter » indéfiniment les plumes sur les ailes des anges. Comme il m'avait parlé aussi de la Louve, je me rendis au musée du Capitole, où j'assistai à ce spectacle cocasse d'une demi-douzaine de restaurateurs affairés, les uns à tenter d'effacer les graffitis, les autres à recouvrir d'une peinture couleur bronze ceux qui résistaient au dissolvant.

Il va sans dire que je retournais sans cesse dans *nos lieux*, place de la Minerve, Panthéon, bar de la place S. Eustachio. Je voulais y revivre les moments passés avec lui, les installer en moi, en goûter plus profondément le bonheur maintenant que je n'étais plus dans le trouble et le désarroi de sa présence. Je m'attardais dans l'église Saint-Louis-des-Français, où, avant de le connaître, je n'appréciais que les fresques du Dominiquin, parce que Poussin les avait admirées. Le plafond de Natoire, que je jugeais jusque-là surchargé, commença à me plaire, et, devant les Caravage, en me rappelant l'enthousiasme du jeune Russe, je sentis tomber une partie de mes préventions.

J'avais envie de lui apporter un cadeau, mais, entre garçons, se fait-on des cadeaux ? Le geste pouvait lui paraître bizarre, l'intention louche. Un livre d'art ? Il connaissait l'exiguïté de mes ressources. Je me décidai pour un petit album sur l'église, à peine plus qu'un dépliant illustré, en vente à la sacristie. Même ce présent modeste, je n'osai le lui donner tout de suite, tant je craignais une initiative déplacée. Il ne le reçut que bien après, lorsque nous n'avions plus besoin d'échanger des gages. Pour le moment, je le cachai entre mes livres.

Ce qu'il m'avait demandé occupait mon esprit, et je ne cessais d'y réfléchir. Quel peintre, italien ou français, qui eût laissé assez de travaux à Rome, pourrais-je lui proposer d'étudier ? Une ou deux semaines plus tard, le nom s'imposerait tout seul. Je m'étonnerais alors de ne pas l'avoir trouvé tout de suite, puisque, outre un génie indiscutable et une chapelle entièrement décorée de sa main, il présentait pour moi l'inappréciable avantage d'appartenir au cercle élargi de Poussin.

Je pensais sans cesse à Igor, mais devant lui, en sa présence, je me comportais non seulement aussi maladroitement que possible, mais de manière à le décourager. Crainte de l'effaroucher ou reste de pusillanimité, je n'osais ni aller frapper à sa porte ni l'inviter chez moi. Dans les couloirs de l'Institut, s'il venait à ma rencontre, je bredouillais en m'esquivant un « Tu m'excuseras… » qui augmentait ma confusion. Il haussait les épaules, me suivait un moment des yeux, déçu que je ne lui aie pas encore trouvé un sujet de mémoire. Il me proposa une fois de me montrer dans sa chambre une icône rapportée de chez ses parents. Je déclinai son offre avec une sécheresse qui le dissuada de recommencer. C'était pourtant une grave imprudence que de l'éviter aussi brusquement devant nos camarades. Au club, il me sembla qu'ils m'avaient percé à jour, incités d'ailleurs par cette goule de Wanda qui, incapable de s'expliquer l'insuccès de ses charmes, potinait sur le peu de goût que je paraissais montrer des femmes.

Au réfectoire, on mangeait serrés sur des bancs autour de longues tables. Tantôt je pensais qu'il fallait m'asseoir à côté d'Igor si je ne voulais pas manquer le *kairos*, qui se présente à l'improviste et veut être saisi aussitôt. Un geste, un objet suffisent pour créer l'occasion, le sel qu'on se passe, le morceau de pain qu'on partage, le dessert dont on se fait cadeau, une serviette tombée sous la table qu'on se baisse pour ramasser. Le lendemain je me disais que ce serait une folie que de rechercher une proximité physique qui m'amènerait fatalement à me trahir. Sentir sa jambe contre la mienne et feindre de rester impassible ! Ne pas descendre du tout au réfectoire eût été encore plus sot.

Lui, tranquille et désinvolte, se contentait de me sourire de loin sans essayer de m'approcher, mais j'avais le sentiment qu'il me surveillait et attendait le moment juste pour reprendre notre conversation et nos projets. Je lisais dans ses yeux que je comptais pour lui, malgré le décousu de ma conduite. Peut-être avait-il deviné pourquoi je le fuyais, et, patiemment, sans tenir compte de mes rebuffades, préparait-il le terrain où nous nous retrouverions. Enfin, il frappa un matin à ma porte, et, l'ayant poussée de quelques centimètres, m'annonça par l'entrebâillement qu'il avait retenu deux couverts au restaurant de Peppino Pozeddu, son ami antifasciste. On avait de nouveau brisé sa vitrine, pour le punir d'être né dans le même village sarde que Gramsci, le fondateur du PCI.

À y repenser aujourd'hui, je me dis qu'il devait être bien sûr de mon assentiment, pour ne m'avoir même pas consulté sur le jour.

Pourquoi n'était-il pas entré dans ma chambre ? J'envisageais trois hypothèses. Ou bien ça ne l'intéresse pas du tout de voir où je travaille, comment j'ai disposé mes affaires, quels livres je garde sous la main, quelles reproductions j'ai punaisées au mur – indifférence totale, dont l'idée me brisait le cœur. *Ta vie quotidienne m'est égale.* Ou bien, ayant aperçu un jour, par ma porte entrouverte, exposés au-dessus de mon bureau, le *Narcisse* de Poussin, le *Saint Sébastien* de Guido Reni repéré au musée du Capitole, *La Mort de Hyacinthe* de Tiepolo, dont je m'étais fait envoyer du château de Stadthagen, en Allemagne, une reproduction qui m'avait coûté très cher, il me suppose, d'après les tableaux que j'aime, des goûts qui ne l'incitent pas à faire plus intimement connaissance – hypothèse non moins déchirante. *Je ne suis pas du tout pour toi. Cesse d'y penser.* Ou bien il attend exactement ce que j'attends, mais juge prématuré de créer, dans l'isolement d'une chambre dont il eût repoussé la porte dans son dos, une occasion de nous dévoiler l'un à l'autre. *Ni l'un ni l'autre ne sommes encore prêts.*

Ô illusion qu'il eût deviné mon secret et temporisât jusqu'à ce que la situation fût mûre !

Quelques jours plus tôt, avait eu lieu un énorme scandale à l'opéra de Bologne. Arturo Toscanini, le chef mondialement connu, l'orgueil musical de l'Italie, avait refusé de faire exécuter par l'orchestre, avant le spectacle, l'hymne fasciste, formalité prescrite par décret ministériel. À la sortie du théâtre, des brutes en chemise noire attendirent le *maestro*, et, en pleine rue, l'injurièrent, lui arrachèrent son chapeau, le souffletèrent, lui crachèrent à la figure. Toscanini donna le lendemain une interview dans un des derniers journaux indépendants. « Je quitte l'Italie, tombée aux mains de nervis et devenue le pays de la honte, j'émigre aux États-Unis, où je n'aurai à servir que la musique. »

Après quoi, le gouvernement avait lancé une campagne « nationale » contre ce qu'il stigmatisait sous le nom d'*esterofilia* (sympathie pour l'étranger). Les radios vociféraient en boucle ce message : « Sont *esterofili* et donc coupables d'*antitalianità* les artistes italiens que la vanité gonfle jusqu'à leur faire oublier que l'interprète n'est que l'esclave utile mais non nécessaire du génie créateur. Exemple : le chef d'orchestre Arturo Toscanini qui a placé le souci de sa carrière personnelle au-dessus du prestige de sa patrie. Il a renié par opportunisme l'hymne national, en prévision de ses tournées dans les pays en décadence qui au plus grand mépris de la vérité et par pure jalousie calomnient la révolution fasciste. »

Suivait une liste de mots français ou anglais que le ministre de la Culture déclarait indésirables, en indiquant les équivalents italiens qu'il convenait de leur substituer : « *guidapalato* » (guide-palais, guide-bouche) au lieu de « maître d'hôtel, chef de cuisine » ; « *mescitore* » (qui mélange, qui verse) au lieu de « barman » ; « *pasticcio* » au lieu de « flan » ; « *peralzarsi* » (avant-de-se-lever) au lieu de « dessert » ; « *polibibita* » (multiboisson) au lieu de « cocktail » ; « *pranzoalsole* » (repas-au-soleil) au lieu de « pique-nique » ; « *quisibeve* » (ici-on-boit) au lieu de « bar » ; « *traidue* » (entre-les-deux) au lieu de « sandwich » ; et quantité d'autres inepties.

Hilarité générale. Nous réjouit plus que tout la recette qui était suggérée d'une *polibibita* « spécialement aphrodisiaque et utilement fécondatrice », baptisée du nom suggestif de « *guerrainletto* » (guerre-dans-le-lit).

23

Premier test d'antifascisme

La trattoria antifasciste où Igor m'emmena était dépourvue d'enseigne et rien, du dehors, ne laissait supposer un restaurant. La vitrine, fendue dans un coin, avait été réparée tant bien que mal avec du papier kraft. Peppino Pozeddu, maigre et sec quinquagénaire, dont le visage énergique semblait taillé à la serpe, salua Igor d'un signe de tête et nous installa au fond de la salle près du casier où les abonnés rangeaient leur serviette passée dans un coulant de bois numéroté. Igor avait interpellé gaiement son ami : « Ciao Peppino ! », mais l'autre, contracté, sombre, n'avait pas répondu.

Les Chemises noires avaient mis à sac l'établissement, brisé les ampoules, cassé les chaises, défoncé la porte de communication avec la cuisine. Le propriétaire avait mis du papier journal sur le marbre des tables rongé par l'acide, et remplacé par des couteaux et des fourchettes en plastique les couverts de métal volés. La liste des plats n'était pas imprimée sur une carte mais griffonnée à la craie sur une ardoise. Je ne déchiffrai pas moins de quinze variétés de pâtes, sans compter les *gnocchetti alla sarda*, qui sont de pomme de terre, soulignés de deux traits. Une seule espèce de viande, le *vitello tonnato*, façon de préparer le veau la plus commune, figurait au menu du jour.

Plusieurs hommes seuls entrèrent derrière nous. Je m'aperçus que Peppino leur adressait le même salut particulier et silencieux qu'à Igor. Sa manière d'incliner la tête sans leur tendre la main, le bras abaissé le long du corps et les doigts tendus dirigés vers la terre, devait être comprise de ses clients, car chacun d'eux lui rendait le même salut avant d'aller prendre sa serviette. Il mit sur le phonographe le dernier mouvement de la *Neuvième Symphonie* de Beethoven dirigée par Toscanini.

Au-dessus du phonographe, dans la partie la plus sombre du restaurant, pendaient côte à côte un portrait de la Madone peint dans un goût sentimental affreux, et une photo d'homme aux traits virils et décidés, les yeux cerclés de lunettes rondes sous une épaisse chevelure couleur de charbon : Antonio Gramsci, le *compaesano* de Peppino Pozeddu. Un sous-verre orné de la palme des martyrs protégeait la photo. L'hommage pouvait être rendu aussi bien à la victime de la persécution fasciste qu'au doctrinaire du marxisme. Beaucoup d'Italiens, sans être communistes, ou même beaucoup d'Italiens adversaires de Mussolini mais anticommunistes, qui ne voulaient prendre pour modèle « ni Rome ni Moscou », selon le titre d'un livre célèbre publié par un antifasciste exilé à Paris, se sentaient solidaires du prisonnier, déjà gravement malade, enfermé dans la maison d'arrêt de Turi, connue pour être une des plus dures. Les mauvais traitements infligés à un *figlio di mamma* porteront toujours à la compassion un peuple plus sensible aux souffrances individuelles qu'aux abstractions idéologiques.

Igor, pour dérider son ami, s'écria :

— Eh ! *Guidapalato*, qu'est-ce que tu as à nous servir ? On ne veut pas d'un *pranzoalsole*, tiens-le-toi pour dit. Très peu pour nous les *traidue*. Tu peux parler devant lui, ajouta-t-il en me désignant. C'est un ami, quelqu'un de sûr.

En même temps, il guettait les nuances sur mon visage, et j'eus le sentiment qu'il voulait me mettre à l'épreuve. La moindre remarque que j'eusse émise sur le danger de railler le gouvernement dans un lieu public, le plus léger doute que je ne fusse pas complètement des *leurs*, sans aucune réserve, sans être prêt à partager leurs risques, l'eussent refroidi à mon égard. Nous nous connaissions si peu qu'il ne savait pas avec certitude dans quel camp me ranger. L'antifascisme qu'il m'avait entendu professer pouvait ne lui être apparu que comme une opinion de surface, un genre que je me donnais, le désir, dépourvu de vraie conviction politique, de me faire bien voir des étudiants les plus sympathiques. N'avait-il pas en partie raison ? Or, il semblait chercher en moi un allié pour une cause si secrète qu'elle nécessitait un test probatoire.

La première idée qui me passa par la tête était qu'il appartenait à un réseau de résistance pour lequel il était en quête de recrues. L'antique esprit des carbonari renaissait en Italie à mesure que le régime se durcissait. Le parapet sur le Tibre devant lequel le député socialiste Giacomo Matteotti avait été assassiné recevait chaque jour l'hommage de fleurs anonymes. Le réseau d'inspiration chrétienne « Patrie et Liberté » venait d'être démantelé. La police, alertée par la direction de l'Institut, cherchait à identifier les élèves qui glissaient des tracts soviétiques dans nos casiers.

Je notai qu'Igor m'avait amené à la trattoria par un dédale de ruelles où je n'aurais pu tout seul me retrouver, comme s'il avait voulu, par précaution, m'égarer avant de m'amener chez un homme qui affichait un portrait de Gramsci. Bien qu'attristé de sa défiance, j'avais trop envie de lui être indispensable pour me vexer. Je me mêlai à leur conversation. Ils passaient en revue les moyens de contrecarrer les mensonges de la propagande au sujet de « l'autarcie alimentaire », nouvelle vantardise du régime.

— Tu vois, disait Peppino avec le fort accent de son île, je n'ai pu m'approvisionner en poisson aujourd'hui. Les produits de notre pêche sont vendus à l'étranger en échange du blé qui nous manque.

Igor nota sur un calepin le tonnage des dorades exportées.

Jusqu'où allait leur entente politique ? Jusqu'à embrasser le communisme et poursuivre l'œuvre de Gramsci ? Impossible, et pour plusieurs raisons. Le Parti communiste italien n'existait plus. Ses membres que la prison n'avait pas éliminés de la scène publique s'étaient dispersés en Europe ou réfugiés en URSS. Les socialistes et les démocrates-chrétiens représentaient les seules forces d'opposition encore valides. Enfin, si l'idée qu'Igor exerçât une activité clandestine prenait de la consistance dans mon esprit, comment suspecter un Russe blanc de pactiser avec ceux qui avaient spolié ses parents et exterminé la partie de sa famille qui n'avait pu s'enfuir ?

24

Les Sermalov

Aux trois quarts désaffectée, la gare du Transtévère ne servait plus qu'au transport de la viande. Ce jour-là, on chargeait sur un train de marchandises des quartiers de bœufs. De l'abattoir situé sur l'autre rive du Tibre, juste en face, la viande arrivait sur des barques. Du débarcadère à la gare, une coulée de sang maculait le sol. Igor s'excusa de m'amener chez lui par ce raccourci.

— Toute cette viande, pouah !

— Ça te dégoûte ?

— Moi non, mais chez nous, à cause de ma mère, on est devenus végétariens. Elle pourrait s'évanouir devant un morceau de viande rouge.

— Pourtant, en Italie, les bouchers aplatissent la viande, et ensuite, on la fait trop cuire. Il est presque impossible de manger de la viande rouge.

— C'est égal. Ma mère ne supporte pas la vue de la viande, crue ou cuite, rouge ou blanche, bœuf ou veau. C'est physique. Mon père s'est résigné à se passer des chachliks qu'il aimait tant. Tu ne peux rien faire contre une phobie. Peut-être faudrait-il en rechercher les causes au-delà de l'objet qui la provoque. Ma mère a les nerfs fragiles. À part cela, mes parents s'entendent très bien, et je suis heureux de te montrer une famille où on ne se trompe pas comme dans les familles italiennes.

— Plus on exalte la famille, les valeurs familiales, plus on est sûr que celles-ci ne sont pas respectées.

— Les slogans politiques nous renseignent sur ce qui cloche dans un pays. Quand tu entends à la radio : « Jamais l'Italie n'a compté autant de travailleurs enthousiastes », cela signifie : « Jamais les salaires n'ont été plus bas. » Je me suis renseigné sur les chiffres du chômage. On n'est pas loin d'atteindre les dix pour cent. Les chiffres sont encore plus élevés à Naples et en Sicile. Lorsqu'on aura fini de déblayer les forums et que le mausolée d'Auguste sera entièrement dégagé, tu verras qu'à Rome même le nombre des sans-travail va être multiplié par deux.

Il prenait donc le temps de compulser les statistiques et les recensements. Il se documentait avec soin. Sa remarque, naguère, sur le pourcentage des enfants sans souliers m'avait déjà averti, mais je l'imaginais dans l'ensemble plus vague, plus rêveur. L'antifascisme, chez lui, n'était pas seulement sentimental. Il s'intéressait de près aux questions économiques et sociales. Avec de telles préoccupations, concluais-je tristement, il doit reléguer au second plan les problèmes de la vie privée, ou, s'il ne nie pas complètement leur importance, il partagera les idées de la gauche. « La gauche doit se montrer irréprochable », avait décrété Pietro.

— Une récente grève des mineurs a été réprimée sauvagement, reprit-il.

— Apprends-moi plutôt, aurais-je voulu lui dire, comment faire pour que tu saches que je t'aime.

Paroles impossibles à prononcer. Ni à présent, ni jamais, peut-être.

Tous ces derniers temps, j'étais resté emprunté avec lui, gauche, sur la défensive, sans réussir à dépasser la cordialité d'une bonne camaraderie. Je ne l'évitais plus, je me promenais avec lui, mais sans trouver le moyen de parvenir à des rapports moins superficiels. « Peut-il, lui, m'aimer ? » Question doublement angoissante, puisque je craignais autant de l'offenser par une avance directe que de le rebuter par mon silence. Parler, me taire : les deux partis étaient aussi risqués. Aucune des deux possibilités ne m'offrait d'issue. Dans un cas je perdais tout, dans l'autre je n'obtenais rien.

La conversation en chemin s'était réduite à comparer les calendriers de nos examens respectifs. Après un détour sur l'Aventin dont les rues sinueuses encaissées entre deux jardins, les vieilles églises romanes, les pins parasols inclinés par le vent, les oliviers qui débordent des murs de pierre sèche composent un décor romantique pour une promenade qui hélas pour moi, condamné à marcher silencieusement près d'Igor, ne l'était pas, nous étions arrivés, sans que j'eusse fait un geste ou dit un mot qui aurait pu le mettre sur la voie, devant la clôture démantibulée de la gare. Il me fit traverser des quais envahis par l'herbe et contourner des wagons, de vieilles locomotives, des hangars, des tas de charbon. Nous débouchâmes de l'autre côté des rails dans la zone de Monteverde, zone suburbaine où le logement coûte moins cher.

À mi-hauteur de la colline, dans une ruelle isolée qui montait entre deux palissades, Igor agita une clochette et poussa une porte dans une barrière à laquelle manquaient plusieurs lattes. Au bout d'un jardin envahi de chiendent et de ronces, le pavillon en bois de ses parents ne semblait pas en meilleur état. Le prince Sermalov apparut sur le perron. De haute taille, corpulent en proportion, tranquille, débonnaire, bienveillant, majestueux sans affectation, empreint d'une grandeur naturelle, il me tendit la main et me pria d'entrer. Ayant commencé à Paris son exil et pris la nationalité française, naturalisation étendue à toute sa famille, il s'exprimait dans un excellent français. Il me précéda dans la maison, sans même me demander qui j'étais, ni s'enquérir de mes nom et prénom, accueil et confiance qui m'émerveillèrent, moi qui étais originaire d'un pays où je ne pouvais amener un ami à la maison sans avoir été interrogé sur son identité, sa famille, son caractère, les raisons de notre amitié, le *profit* qui pourrait me revenir de la sienne. *Crois-tu vraiment utile de l'amener ici ? Ne va-t-il pas te faire perdre du temps ?* Être ami de son fils était une qualité suffisante pour le prince, qui, à peine nous eut-il fait entrer, se rassit à la table de la salle à manger et, sans sc préoccuper du nouvel hôte, reprit tranquillement son travail, qui consistait, comme son fils me l'avait dit, à confectionner avec une règle, un compas, une paire de ciseaux et un pot de colle des présentoirs en carton pour les cigarettes Italia.

Igor me montra les quatre pièces qui composaient l'habitation. La collection d'icônes, dans leur cadre dédoré, même privée des plus rares, restait impressionnante par le nombre et la qualité. Peu de meubles en bon état, beaucoup de tapis disparates, de bibelots la plupart sans valeur entre un samovar et des plats en argent noirci sauvés de la Révolution. Un sabre cosaque dans son fourreau damasquiné pendait au mur par une chaînette accrochée à un clou. Il émanait de ce bric-à-brac vétuste comme du délabrement de la maison ce charme que dégagent les lieux à l'abandon. Ce n'était pas seulement par incurie que les Sermalov prenaient si peu soin de leur pavillon : la négligence paresseuse allait de pair chez eux avec un sentiment poétique de la vie.

Quand Igor dormait chez ses parents, le dimanche, il partageait la chambre de son jeune frère, qui couchait alors par terre pour lui céder le lit. Sa sœur, obligée chaque matin de replier les draps et les couvertures, dormait sur le canapé de la salle à manger, le prince et sa femme dans ce qui avait dû être le salon. Ils avaient donné la quatrième pièce, la plus grande, celle orientée à l'est, la chambre tournée vers la patrie perdue, à la vieille nounou avec laquelle ils s'étaient enfuis de Russie, et qui avait pensé à coudre dans sa robe les diamants de ses maîtres, dont la vente les avait entretenus pendant deux ou trois ans.

Sans parler un mot d'italien au bout de dix ans de vie romaine, Tania, à présent voûtée mais aussi alerte qu'autrefois, s'était fait aimer des commerçants du voisinage. Elle s'occupait des courses, du ménage et veillait, aussi dévouée que discrète, au bien-être de la famille. À l'insu de la princesse, elle ajoutait du bouillon de bœuf à la soupe, car les enfants, disait-elle, ne peuvent grandir ni devenir forts sans être nourris à la viande. On entendait ses pas menus courir en tout sens dans l'appartement. Elle ne s'accordait un moment de repos que pour aller se signer devant l'icône placée au-dessus de son lit sous un cierge qui brûlait en permanence.

— Selon le serment des Russes en exil, me dit Igor, l'image sainte de Serge de Radonège, patron de la Russie, ne doit jamais demeurer sans lumière. Mon père lui a proposé de remplacer le cierge, qu'il faut sans cesse surveiller et nettoyer, par une ampoule électrique, mais elle a crié au sacrilège et ma mère a fait chorus avec elle.

Pendant qu'il me conduisait à travers les pièces et me racontait la vie de la maison, la mère et ses deux enfants plus jeunes revinrent du commissariat de police où elle avait dû pointer. Sergueï était un joli garçon de quatorze ans, Sonia, sa sœur jumelle, une adolescente déjà formée. Les deux enfants essayaient de distraire leur mère, qui portait sur son visage le masque d'une neurasthénie chronique. Elle supportait moins bien que le prince leur exil, leur pauvreté, le délabrement de la maison, la vétusté du mobilier, la promiscuité d'un logement trop étroit, les visites régulières au commissariat, les tracasseries policières. Elle ôta son chapeau d'où pendait une voilette à la mode d'Alexandra Feodorovna, la dernière tsarine, regarda les découpures de carton et les rognures éparpillées sur la table, poussa un profond soupir et se laissa tomber sur une chaise. Sonia se tint debout derrière elle et caressa ses cheveux roulés en natte. Je craignais d'être de trop dans cette scène et m'apprêtais à partir, lorsque

Sergueï courut vers Igor et lui montra le bâton qu'il avait trouvé dans la rue.

— Moi aussi, je l'ai, le *manganello* ! s'écria-t-il en l'agitant fièrement, à la manière des jeunes fascistes qu'on voyait dans Rome faire des moulinets avec leur gourdin. À l'occasion, ils assommaient un vieux monsieur trop lent à se découvrir devant un défilé de balillas.

Igor gifla son frère, lui arracha le bâton des mains et le jeta par la fenêtre.

— Où as-tu pris ça, idiot ?

Le prince, comme s'il n'avait rien vu ou qu'il estimât sans importance, après l'ouragan qui avait dévasté son pays, les petits soubresauts du capitalisme occidental, ramassa cartons et outils, les transporta sur le lit du salon et déclara que viendraient déjeuner les cousins Lopoukhine, mari et femme, avec une de leurs connaissances qu'ils voulaient lui présenter, plus une vieille demoiselle, leur voisine, accompagnée de son neveu en vacances, enfin le joueur d'échecs pour sa partie hebdomadaire. La princesse se releva et, dignement, sans se plaindre, aidée de Sonia, sortit du buffet une pile d'assiettes, aligna sur la table les petits verres à vodka, emporta les raviers à la cuisine d'où elle revint avec un assortiment de hors-d'œuvre.

Nous serions onze si je restais. Je m'avisai que cette table était de forme ovale, à la différence de la table, rectangulaire, de la salle à manger de mon enfance. Autour d'un ovale, on peut mettre un nombre indéfini de personnes, ce qui n'est pas possible avec une table rectangulaire. Chez moi on ne recevait que des gens invités plusieurs jours à l'avance. Leur nombre était limité à six. Exceptionnellement, grâce à la rallonge, on pouvait être huit. Tous les convives annoncés par le prince s'étaient invités le matin même, avec une désinvolture impensable chez nous. Mais non, le mot « désinvolture » n'est pas approprié, il suggère un code de civilités et de politesses étranger à ce couple, qui recevait sur un pied d'égalité et à l'improviste parents, voisins, amis de leurs enfants, parasites, inconnus, avec une libéralité inversement proportionnée à ses ressources.

25

L'idée russe

La gravure d'un palais au bord d'un fleuve attira mon attention. Les atlantes du portail, les caryatides du premier étage, les pots à feu de la corniche rehaussaient d'une décoration fastueuse l'édifice déjà imposant. Le prince suivit mon regard.

— C'était chez nous, à Saint-Pétersbourg. Nous en avions un autre, à Tsarskoïe Selo.

La princesse soupira.

— Je ne regrette pas cette époque, reprit-il, il fallait que ce soit ainsi.

— Il fallait ! Il fallait ! Jamais je ne te comprendrai, Sacha ! Tu acceptes que nous ayons tout perdu, que la Russie ne soit plus la Russie, que Saint-Pétersbourg soit devenue Leningrad, la sainte Russie la maudite Union soviétique, tu dis ça tranquillement. Non ! Non ! Je ne peux pas entendre une chose pareille. Je ne m'y résignerai jamais. La Russie aux mains des barbares ! Tu me rends folle avec ton fatalisme. Il fallait ! Il fallait !

Elle sortit de la pièce et s'enferma dans leur chambre, suivie de sa fille. Sergueï courut dans le jardin à la recherche de son bâton. Igor dit à son père, en me désignant :

— Raconte-lui l'histoire de Boris et de Gleb, sinon il ne comprendra pas, lui non plus.

Le prince se carra dans son fauteuil. Tel un ancien conteur de bylines, qui narre une légende sans craindre les répétitions, d'ailleurs aimées de l'auditoire, il me fit un récit qu'Igor avait dû entendre cent fois, mais qu'il écouta avec une attention extraordinaire, comme s'il y cherchait un encouragement. De quelle idée à laquelle il n'était pas sûr encore de devoir souscrire voulait-il la confirmation ?

— Boris et Gleb étaient deux princes de Kiev, deux frères. Fils légitimes du prince Vladimir, ils auraient dû, lorsque celui-ci mourut vers la fin du dixième siècle, se partager sa succession, mais un fils bâtard de Vladimir la réclama pour lui seul. Il s'appelait Sviatopolsk. Devant le danger d'une guerre civile, les deux fils légitimes décidèrent de se sacrifier. L'armée de Sviatopolsk s'avança au-devant de leur armée. Boris et Gleb sortirent des rangs de leur armée et s'avancèrent, seuls et sans armes, au devant de l'armée de Sviatopolsk. On entendit chanter Boris, le livre de psaumes à la main : « Seigneur, que mes adversaires sont nombreux ; nombreux à se lever contre moi. » Gleb enchaîna : « De nombreux taureaux me cernent, des bêtes de Bashân m'encerclent. » Puis, tous deux en chœur : « C'est du Tout-Puissant que nous recevrons la couronne. » Ils baisèrent l'icône du Seigneur accrochée à leur cou et dirent encore : « Seigneur Jésus-Christ qui es apparu sur terre sous cette forme humaine, qui t'es laissé volontairement clouer sur la croix et as subi ta Passion à cause de nos péchés, rends-moi digne de subir la mienne. » Ils avaient ôté leur cuirasse et présentèrent aux flèches des archers leur poitrine couverte d'une simple chemise. Ainsi périrent-ils, sans défense, heureux de périr pour éviter une guerre civile et assurer à la Russie un développement sans heurt ni désastre sanglant.

— Tu oublies de dire, papa, que tu descends en droite ligne de Boris.

— Comme tu es impatient, mon fils ! La précipitation te perdra. Sviatopolsk organisa pour ses frères la cérémonie des obsèques. Elles furent splendides et dignes du sacrifice des martyrs. Boris était l'aîné des deux princes légitimes. Tiens, va prendre l'icône des saints martyrs Boris et Gleb.

— N'est-ce pas, Romano, me demanda Igor, que papa ressemble à Boris ?

L'aîné des frères avait les cheveux courts et une barbe très courte. Il offrait une certaine ressemblance avec le prince Sermalov, bien que le père d'Igor n'eût pas de barbe et fût d'une stature plus imposante. Par la régularité des traits, le calme de l'expression, la majesté impassible, on reconnaissait la parenté, si on voulait. Je fus beaucoup plus frappé par la ressemblance d'Igor avec Gleb, le cadet : même visage doux et imberbe, même gravité sous l'air juvénile, avec cette différence que les cheveux de Gleb étaient noirs et tombaient en deux longues nattes jusque sur ses épaules.

— Boris était déjà marié, dit le prince, et père d'un enfant qui se trouve être mon ancêtre direct. Mon grand-père et mon père m'ont transmis la légende des deux saints fondateurs de la Russie et enseigné comment la lire. La Russie a pour fondement de son existence le sacrifice de mon ancêtre Boris et de son frère Gleb. Le sacrifice est la condition même du progrès historique de la Russie. Pour sauver la Russie de la guerre civile, pour permettre le développement historique de la Russie dans de bonnes conditions, Boris et Gleb ont encouru volontairement le martyre. Pour faire le salut de la Russie, ils ont voulu mourir en victimes. Quand ils ont appris que l'armée de Sviatopolsk marchait contre eux, ils se sont mis en état d'immolation. Ils savaient qu'ils allaient mourir, ils décidèrent de ne pas s'opposer à leur mort. L'envoyé de leur frère leur avait dit : le glaive tranchant vous prendra votre vie. Ils répondirent : nous sommes déjà sous le couteau. Puis, quand les deux armées furent en présence, voyant que les flèches allaient percer leur poitrine, ils se mirent d'eux-mêmes sous les flèches du sacrificateur. Celui qui ne sait pas se sacrifier n'est pas un vrai Russe. Le vrai Russe…

Igor montrait des signes de plus en plus vifs d'impatience. Il interrompit son père pour reprendre avec lui une discussion qui visiblement leur était familière.

— Achève ta pensée, papa. Dis-le donc, que la révolution d'Octobre était nécessaire !

Le prince marqua un temps d'hésitation.

— Non, dit-il, jamais je ne dirai ça.

— Tu dois pourtant admettre, si tu es fidèle à la leçon des saints Boris et Gleb, que le sacrifice de notre classe était nécessaire au développement historique de la Russie.

— Sans doute, mais…

— Nous n'avions pas démérité, mais nous devions nous sacrifier, abandonner nos palais, nos prérogatives, notre luxe. Saint-Pétersbourg devait devenir Leningrad. Tu es d'accord ?

— Il le fallait.

— C'est ce que maman ne comprend pas. « Nous n'étions pas coupables ! » proteste-t-elle. Elle croit que nous avons été punis injustement. Elle ne comprend pas la nécessité du sacrifice. Est-ce que Boris et Gleb étaient coupables ? Ils eussent été coupables de ne pas se sacrifier. Sviatopolsk le bâtard valait-il mieux que Lénine ? Le sacrifice n'a de sens que si les meilleurs s'y soumettent. Les meilleurs bloquent la société. Gogol a jeté au feu la seconde partie des *Âmes mortes* pour que la littérature russe ne s'arrête pas aux aventures de Tchitchikov, expression complète du génie littéraire russe. La suite des *Âmes mortes* publiée, c'était la fin du roman russe. On s'étonne que Pouchkine se soit fait tuer en duel à trente-sept ans. Il avait compris qu'il le fallait. Sans cette immolation volontaire, il eût fermé à la poésie russe la possibilité de se développer après lui. En politique c'est la même chose. Pour passer outre à ce qui a été, il faut que l'ancien disparaisse. Plus la victime a de valeur, plus son sacrifice a de prix.

— Nous devions nous sacrifier, reprit pensivement le prince. Nous le devions. Mais pas pour céder la place à n'importe qui.

Puis, contrarié d'avoir ébranlé les nerfs de sa femme, il la rejoignit dans leur chambre.

— Tu n'exagères pas un peu ? dis-je à Igor. L'obliger à reconnaître la nécessité de la Révolution russe, n'est-ce pas le provoquer inutilement ? Il est déjà si large d'esprit, si généreux, pourquoi lui déplaire par une idée profondément choquante ? Tu condamnes toi-même la dictature de Staline, n'est-ce pas ?

— Oui, si ce qu'on en dit n'est pas faussé par le parti pris... J'attends de vérifier... De toute façon, la Russie, c'est mon pays. Je lui reste attaché, à la Russie, telle qu'elle est et quoi qu'elle devienne.

Puis, sautant d'une idée à l'autre :

— Serioja, lui, est tenté par le fascisme.

— Il n'a que quatorze ans.

— Mussolini se pose en rempart contre le bolchevisme. Mais le bolchevisme, c'est l'expression actuelle de la Russie. Condamner en bloc le bolchevisme, ce serait renier mon pays. Et puis, ne déforme-t-on pas ici l'image de Staline ? Dictature, c'est vite dit. Quelle foi accorder à la presse ? Que savons-nous au juste de ce qui se passe en URSS ? Ah ! si mon père, au lieu de rester enfoncé dans le passé, pouvait m'aider à voir clair dans tout cela !

Il prit un molossol dans le ravier et le mâchonna nerveusement.

— Romano, nous avons tous les deux, du fait de notre orientation professionnelle, une conception esthétique de la vie. Nous devons la compléter, la contrebalancer par un sens des responsabilités politiques. La situation est loin d'être parfaite en URSS, nous savons que le régime y est sévère et ne recule pas devant des répressions injustes. Mais nous savons aussi que des millions d'hommes et de femmes se sacrifient là-bas pour bâtir les assises d'un monde meilleur, qui n'a rien à voir avec l'assèchement des marais Pontins.

« Le communisme, continua-t-il avec une exaltation croissante, n'est pas seulement une idée économique et une promesse matérielle, c'est une croyance, elle fera beaucoup de victimes, mais elle nous débarrassera de ce que nous observons ici et dans tous les pays de l'Occident. L'égoïsme, l'individualisme à outrance, la concurrence déloyale, la course au profit fratricide, l'écrasement du plus faible par le plus fort, la misère sociale, l'inégalité monstrueuse entre les riches et les pauvres, tout cela sera éradiqué. « *Stirb und werde* », a dit Goethe, l'esprit le plus libéral que l'Europe ait produit. « Meurs et deviens. » L'idée russe est porteuse de vérité et de justice pour tous les peuples de l'univers. Enfin, je ne sais pas, on ne dit là-dessus que des lieux communs. La mauvaise foi des journalistes de droite est évidente, mais je n'accorde pas plus de crédit à la presse communiste. Il faudrait aller voir soi-même, observer, se rendre compte de ses propres yeux.

— Tu ne songes quand même pas à faire le voyage ? Aucun Russe blanc de l'émigration ne tomberait dans ce piège.

— Nous devons nous défier d'une vision idyllique de la Russie actuelle, mais il ne serait pas moins sot de la condamner sur le témoignage des reporters occidentaux. Mon père, sans le savoir, est communiste, puisque l'essentiel du communisme russe est dans le renoncement volontaire aux biens dont on jouit en Occident. Quand tu vois les kolkhoziennes conduisant en fichu des tracteurs, tu te dis qu'une Wanda n'aurait pas sa place là-bas. Avec sa garde-robe, on pourrait habiller deux douzaines de ces femmes !

L'image de Wanda juchée sur un tracteur nous fit rire.

L'arrivée des convives interrompit notre conversation. La plupart ne parlant que le russe, je fis signe à Igor que je préférais m'éclipser. Il me raccompagna dans le jardin jusqu'à la barrière.

— Ne sois pas triste ! On se revoit ce soir.

Je descendis la pente au pas de course, léger et confiant. Ses dernières paroles, si inattendues, signifiaient tant de choses ! Un certain bien-être de ne plus le sentir à côté de moi atténuait le regret de l'avoir quitté. En sa présence, je tremblais de lui déplaire. Jamais je n'eus tant de bonheur à me promener seul. Tout ce qui avait été dit dansait dans ma tête, et surtout l'injonction affectueuse : « Ne sois pas triste ! » qui écartait l'affreux soupçon d'indifférence.

26

Chien errant

La visite à ses parents n'eut pas de suite. Elle ne nous rapprocha en rien. Igor cessa de faire à Monteverde des visites aussi fréquentes que par le passé. Il supportait mal sa mère ; ou plutôt il n'aimait pas reconnaître qu'il tenait de sa mère ce quelque chose d'instable, de fragile, de fiévreux, qui s'opposait en lui à l'hérédité paternelle, la combattait et en diminuait le bienfait. Une nostalgie névrotique empêchait la princesse Sermalov de s'adapter à sa nouvelle condition. Elle s'habillait et se coiffait comme on s'habillait et se coiffait autrefois à la Cour, avec ce résultat de se sentir encore plus misérable dans leur pavillon, au milieu de leurs vieilleries orientales.

Igor prit l'habitude de s'absenter souvent ; ce n'était pas pour aller chez lui ; car un jour où il était sorti, son frère se présenta à l'Institut, porteur d'un message de sa mère. Ne trouvant pas Igor, Sergueï me fit demander. Je descendis dans le hall.

— Maman doit être opérée à une main. Oh ! Rien de grave. Mais elle aimerait qu'Igarichka vienne faire réciter ses leçons à Sonia.

Je promis de transmettre le message. Igarichka ! Connaîtrais-je un jour le bonheur de pouvoir l'appeler ainsi ? Je rappelai Sergueï qui partait déjà en courant et lui mis dans la main des pièces de monnaie. Vexé d'être traité en enfant, il me remercia à peine.

Igor ne reparut que le surlendemain soir, vêtu de son pantalon le plus vieux, de sa chemise la plus élimée, de sa veste de travail. Rien ni dans sa tenue ni dans sa physionomie, dure, froide, pensive, ne laissait supposer qu'il revenait d'une *buona fortuna*, comme on disait à l'Institut. Il n'avait l'air nullement épanoui, mais sous le poids de quelque responsabilité grave. Nos camarades italiens, après un exploit de leur « virilité », auquel ils s'étaient préparés par un soin particulier apporté à leur toilette, étalaient une satisfaction éloquente et une fatuité enfantine. Exhiber leur succès était pour eux plus important que le succès. Même un Russe, pourtant plus discret par nature et jaloux de sa vie intérieure, eût laissé filtrer quelque chose de son aventure. À moins que… L'hypothèse de la maîtresse fasciste riche et des précautions à observer revint me frapper de plein fouet. Elle m'expliquait les absences répétées d'Igor, l'ostentation de pauvreté du jeune homme, sa mine volontairement soucieuse. Ce vêtement négligé, ce refus de laisser éclater son bonheur, c'était le déguisement nécessaire pour protéger l'incognito de la dame. Quelle dupe je faisais ! Igor me trompait doublement.

Avec moi, il n'avait pas changé, ou je ne m'aperçus pas tout de suite du changement. Il continuait à me traiter avec cette gentillesse distante qui me faisait d'autant plus souffrir que j'étais plus épris. Que faire ?

Continuer à attendre ? Rompre ? Cesser de rechercher sa présence ? C'eût été au-dessus de mes forces. Il me disait de temps en temps : « Alors, tu l'as trouvé, ce peintre italien ou français ? » J'étais si déprimé que j'interprétais tout de travers cette question. Au lieu de comprendre qu'il me tendait une perche, je n'y voyais qu'un reproche à mon incompétence ou le dépit devant mon peu d'empressement. J'étais nul à ses yeux. Le « Tu ne l'as pas trouvé ? » se transformait en : « Tu es donc incapable de le trouver ? Ça t'est égal de me laisser en rade ? » Je ne cherchais même plus. Je la laissais échapper, cette occasion unique de resserrer nos liens. « À quoi bon ? pensais-je. Il n'a plus confiance en moi pour l'aider, et s'apprête à se passer de mes services. »

Je m'attendais, d'un jour à l'autre, à l'entendre m'annoncer :

— *Il Professore* (X ou Y) m'a proposé un sujet de mémoire qui m'a l'air intéressant. Qu'en dis-tu ? Je crois que je vais accepter.

Accepte ! Donne-moi le coup de grâce ! Dans ma stratégie défaitiste, j'allais jusqu'à envisager une solution radicale : ne plus résister aux avances de Wanda. Elle continuait à me poursuivre, à m'aguicher, à me provoquer, étant de ces femmes qui ne mettent jamais en doute leur pouvoir de séduction – assurance qui leur permet d'arriver à leurs fins. Elle eut plusieurs liaisons à l'Institut, de courte durée, exemptes de sentimentalisme. Les bontés qu'elle accordait ici ou là étaient de notoriété publique. Cette réputation de fille facile ne la gênait pas. Avec moi, elle était sur le point de réussir, bien que son mérite n'eût pas augmenté à mes yeux, ni ses charmes opéré plus qu'avant : c'était moi qui, à force de me déprécier, me jugeais prêt à n'importe quelle lâcheté. Et puis, autant rompre tout de suite avec Igor, en m'embarquant dans une aventure peu reluisante, sous l'œil du jeune Russe qui ne me la pardonnerait pas.

Wanda voulut m'intéresser à certains travaux auxquels elle se livrait, et qui devaient, selon elle, retenir l'attention de « l'amateur de dessins artistiques » que j'étais. Bien que la flatterie m'indisposât et que ses arrière-pensées me fussent claires, je ne pus lui refuser d'aller examiner dans sa chambre le carnet des croquis qu'elle rapportait de ses promenades dans Rome. Elle dessinait assez bien, ma foi. Un « joli coup de crayon », comme on dit. Des colonnes, des ruines, des fontaines, des pins parasols, comme n'importe quel touriste, mais, ce qui me parut plus original, beaucoup d'animaux aussi : chats du Panthéon, du Colisée, du théâtre de Marcellus, corbeaux du château Saint-Ange, rats çà et là, chiens errants. Le ministre de l'Intérieur venait d'émettre un décret contre *i cani randagi*, avec ordre de les capturer et de les tuer. Les Romains approuvaient cette mesure : les Méditerranéens, avais-je eu l'occasion d'observer, sont durs envers les animaux. Ils n'en ont pas chez eux. L'animal « domestique » n'existe pas à Rome. Les chats et les chiens qu'on voit dans les ruines sont des bêtes sauvages, nées au coin des rues. Ayant inventé l'« humanisme », les Latins n'ont de cœur que pour l'« humain ». La chasse aux corniauds avait commencé. Wanda montrait de la compassion pour eux. Ce trait me la rendait plus sympathique.

Je me sentais moi-même « chien errant », puisque celui à qui j'aurais sacrifié dix ans de ma vie à condition de l'avoir pour maître ne m'accordait pas plus d'attention qu'à n'importe quel autre de nos camarades.

Certains de ses dessins, elle en fit de petits tableaux, qu'elle réussissait à vendre dans les magasins de souvenirs. Sans être des œuvres de valeur, elles témoignaient d'une intention louable. L'argent qu'elle retirait de ce commerce était reversé, disait-elle, à l'Œuvre de protection des animaux, dirigée par un groupe de bénévoles auxquels l'État refusait les subventions. Un de nos professeurs lui acheta une aquarelle. Elle installa son pliant via della Scrofa, devant le monastère de Sant'Agostino, pour dessiner le bas-relief de la truie qui a donné son nom à la rue. Deux bâtards aux yeux jaunes vinrent lui lécher les mains. Ce spectacle, qui me toucha, me décida à seconder son initiative.

Je mis Igor au courant des activités de Wanda. Pour le convaincre de venir avec nous, et dans l'espoir que quelque occasion heureuse née au hasard de nos marches dans Rome nous rapprocherait (fou que j'étais, de garder quelque espoir !), je lui dis qu'il pourrait profiter de l'occasion pour capturer un chien et le rapporter à son frère : moyen de l'occuper plus dignement que les rodomontades fascistes et le maniement étourdi du *manganello*.

Ayant appris de son père à dessiner, il accepta. Bien que le projet de fournir une distraction à Sergueï pour le soustraire à l'influence de ses camarades n'eût pas de suite, il prit goût à nos promenades. Entre lui et

Wanda, c'était une rivalité pour savoir qui des deux me montrerait le plus joli dessin. Je n'avais rien à craindre de leur émulation, la nature exubérante, enjôleuse, féminine jusqu'à l'excès, de Wanda, étant sans prise sur le tempérament réservé du jeune Russe. Du fait qu'ils n'avaient aucune illusion l'un sur l'autre, ils n'en étaient que meilleurs camarades.

Ils poussèrent le zèle jusqu'à se rendre au zoo : triste jardin, très peu visité, très mal fourni, reflet de l'hostilité des Romains. Un lion à la crinière mitée, un yack pelé, voilà pour la faune exotique. Des chèvres des Dolomites, des chamois des Abruzzes, des renards de Calabre constituaient l'attraction principale. Des cages vides portaient encore l'étiquette de l'ancien pensionnaire. Notre trio, après avoir pesté contre le prix d'entrée exorbitant pour cette caricature de paradis animalier, prit le parti d'en rire.

Wanda montra vite qu'elle s'intéressait moins aux animaux qu'au prétexte qu'ils lui fournissaient pour m'intéresser à elle. Elle se plaçait à côté de moi, me priait de lui prêter mes crayons. Si j'avais besoin de sa gomme, elle m'obligeait à la prendre dans le creux de sa jupe. Elle comparait sans cesse mes dessins aux siens, me consultait pour une retouche, enfin manœuvrait en sorte de se frotter par tous les moyens à celui qu'elle n'avait pas renoncé à séduire. Igor observait ces manèges avec une indulgence qui me blessa. Dans les ruines du Colisée, il nous installa sur une pierre si étroite que Wanda en profita pour m'embrasser dans le cou. Lui-même, pendant ce temps, faisait l'ascension des gradins. Du dernier étage, il nous héla joyeusement et nous envoya des baisers semblables à ceux qui saluent, devant les églises, le couple qui part en voyage de noces.

Fallait-il qu'il méconnût à ce point mes dispositions, et piétinât notre amitié, pour favoriser une passade qui ne pouvait que me dégrader à ses yeux ? Ou avait-il en tête quelque idée bizarre ? Il eût échafaudé un plan où Wanda aurait son utilité qu'il n'eût pas montré plus de cynisme.

J'étais si désespéré de sa conduite que l'idée d'une liaison minable revint m'obséder avec force. Une coucherie – car il savait que je n'aimais pas Wanda – le détacherait définitivement de moi. Ainsi mettrais-je fin au supplice de l'attente. M'ayant vu céder aux agaceries d'une *traînée*, il me rabaisserait au rang vulgaire des coureurs de filles. M'étais-je assez moqué avec lui des *donnaioli* italiens ! Wanda me déclasserait à jamais ; et dans ce déclassement, n'ayant plus d'illusions à me faire, je trouverais la délivrance.

27

La bête mystérieuse

Un événement inattendu mit en émoi l'Institut. Il y avait déjà une semaine ou deux qu'on avait aperçu dans les parages une limousine noire, aux pneumatiques blancs, conduite par un chauffeur en livrée. Assis à côté de lui, également en livrée, un domestique semblait étudier dans une carte le plan du quartier. Rôdant ici et là, la voiture suscitait notre curiosité, à la fois par le luxe de sa carrosserie, la prudence de ses allées et venues, le mystère de sa destination. Elle stationnait quelquefois à une certaine distance de l'Institut. Cette distance se raccourcit peu à peu. On vit un jour la voiture stopper à cent mètres de la porte. Puis, à cinquante mètres ; enfin, devant l'entrée. Les sièges en cuir noir, le tableau de bord en acajou, les poignées de portière en nickel serti d'or, les leviers intérieurs en agate, la vitre coulissante électrique qui séparait de l'habitacle la banquette du chauffeur et du domestique : chaque accessoire ajoutait à notre épatement. Le domestique entra dans l'Institut, se pencha à l'oreille du concierge. Cinq minutes après, sous nos yeux ébahis, il ouvrit la portière à Wanda. Elle monta dans la voiture qui démarra en direction de la Porta Pia.

L'énigme fut peu à peu éclaircie, grâce à l'habileté et à la ruse, voire à la témérité de ceux de nos camarades qui se mirent en chasse et nous informèrent de détails dont la précision convainquit les plus incrédules. Les premiers renseignements furent faciles à obtenir. Ils durent ensuite distribuer des pourboires, soudoyer des gardiens, forcer des serrures, escalader des grilles, ramper sous des buissons, épier par la fenêtre.

1° La limousine aux pneus blancs appartenait à l'Excellence Pasquale Filiberti, secrétaire d'État aux Écoles de chasse et de bombardement, dans le ministère de l'Aéronautique dirigé par le maréchal Italo Balbo.

2° La voiture emmenait Wanda dans la villa privée du secrétaire d'État.

3° La villa Paganini, résidence de l'Excellence, s'étendait au nord de Rome, non loin de la villa Torlonia, résidence de Mussolini – voisinage qui dénotait une faveur plus haute que celle accordée d'habitude aux secrétaires d'État.

4° Un parc planté de grands arbres, dont une armée de jardiniers ratissaient les allées, autre indice de la considération où il était tenu, entourait la villa de Pasquale Filiberti.

5° La chambre conjugale occupait l'angle du premier étage de la villa, mais le secrétaire d'État, marié depuis vingt-cinq ans, avait fait aménager, au rez-de-chaussée et du côté opposé à la chambre conjugale, une sorte de boudoir où il recevait ses maîtresses, pendant que sa femme dormait.

6° Une lampe à gaz alimentait en permanence, dans ce boudoir, au-dessus du lit du secrétaire d'État, une flamme bleutée, dite *fiaccola* dans la rhétorique fasciste, et destinée à rappeler sans cesse leurs devoirs aux plus hauts dignitaires du régime. Cette flamme ne devait être éteinte sous aucun prétexte. Placée au choix dans l'une ou l'autre pièce de leurs appartements privés, elle était garante à la fois de leur moralité et de leur dévouement à la patrie.

7° Une antilope, ou un gnou, en tout cas quelque animal extraordinaire, avait surgi d'un bosquet, et Bartolomeo, aux aguets près de la fenêtre, avait eu si peur qu'il n'avait eu que le temps de bondir de côté et se cacher derrière le tronc d'un ficus magnolia, en sorte qu'il n'avait pas bien distingué la bête. Elle était mouchetée, nous dit-il, et d'une race supérieure, avec un cou très long et la tête portée haut.

— Il l'aura volée au zoo ! dirent les antifascistes en conclusion de son récit.

— Mais non, protestaient Fortunio et Raf, c'est un trophée, rapporté d'Afrique.

— Où il se rend sans dépenser une lire, dans des avions payés par l'armée !

— Notre secrétaire d'État est très fort à la chasse. Comme il a de la bonté dans le cœur, il préfère capturer les bêtes que les tuer.

Cependant, on s'intéressait plus à Wanda qu'à la bête mystérieuse laissée en liberté dans le parc de la villa.

— Eh oui ! disait-on avec d'infinis commentaires, Wanda est devenue la maîtresse de Son Excellence.

On blâmait Wanda. On la félicitait. Les félicitations l'emportaient sur le blâme. On riait de la flamme allumée au-dessus du lit. Le ministre, disait-on, aurait pu se contenter, comme ses confrères du gouvernement plus jésuitiques, de placer la flamme dans l'entrée, en prévision d'une visite inopinée du Duce. Son aplomb étonnait. Dans la chambre à coucher ! Les uns admiraient la hardiesse de ce choix, les autres en dénonçaient le cynisme. Faire brûler la torche symbolique au-dessus de l'alcôve, en éclairer ses débauches, quel panache, ou quelle effronterie ! Se prenait-il pour le dieu Jupiter, inondant d'une pluie d'or ses ribambelles de Danaé ? Ses défenseurs faisaient valoir qu'il n'était pas donné à tout le monde de superviser les écoles de chasse et de bombardement, après avoir été soi-même un as du piqué. Après tout, les avions, qu'on fût pour ou contre Mussolini, étaient l'orgueil de la nation, l'aéronautique l'indiscutable réussite du régime. L'armée de l'air, créée par Italo Balbo, forte d'appareils pouvant atteindre 300 kilomètres à l'heure, n'était-elle pas la plus cotée en Europe ? L'honneur fait à Wanda rejaillissait sur l'Institut tout entier.

J'étais si candide que je m'imaginais débarrassé de la Polonaise. Par une inconséquence de ma passion qui ne demandait qu'à s'enflammer à nouveau, je crus avoir retrouvé intactes toutes mes chances avec Igor. Wanda casée avec un ministre, c'était mon innocence prouvée au jeune Russe. Revenu de l'erreur dans laquelle ma conduite équivoque l'avait fourvoyé, il ne me mépriserait plus.

S'était-elle jamais intéressée à moi ? Elle donnait le change en me draguant, n'importe qui à ma place aurait fait l'affaire, elle orientait ses manœuvres dans n'importe quelle direction. Maintenant que celles-ci étaient couronnées de succès, je n'étais plus rien à ses yeux. Je n'avais jamais été un gibier pour elle, c'est par pur hasard qu'elle avait jeté son dévolu sur moi.

— Elle ne me courra plus après, dis-je à Bartolomeo.

— Idiot ! Ses assiduités vont redoubler. Ne sais-tu pas que le secrétaire d'État est marié ? Comme tous les Italiens, il a une femme qu'il a épousée vierge et dont il s'est lassé après l'avoir baisée trois fois. Elle lui colle comme de la poix et l'entortille dans une vie conjugale qui l'horripile. « *Carino, un bacio per la tua bambina, ancora un bacio.* » La *bambina* a cinquante ans passés et pèse quatre-vingt-dix kilos. « *Ti prego, carino. Un bacetto, un solo bacetto per la tua piccina.* » La *piccina* a trois enfants et douze petits-enfants ! Vise un peu l'exaspération du ministre ! Il ne veut surtout pas d'une maîtresse fixe. Pour un homme comme lui, rien de plus crispant qu'une fille à la glu. Plus elle le trompera, plus il l'appréciera. Attends-toi à ce qu'elle te force à coucher avec elle, pour qu'elle puisse se vanter auprès de l'Excellence d'avoir « eu » le plus brillant des étudiants étrangers.

28

Peinture italienne, peinture française

Un jour, au début de l'après-midi, après le déjeuner, dans l'escalier qui montait aux chambres :

— Qu'est-ce qui distingue, me dit Igor, un peintre italien d'un peintre français ? Montre-le-moi, sur des exemples. Je n'arrive pas à me faire une idée nette.

Je fus si surpris qu'il revînt de lui-même au problème évoqué naguère, que je ne devinai pas à quoi tendait sa question. Sur le moment, je crus qu'il ne pensait qu'au sujet de son mémoire. Comme il devait le rendre à la fin de l'année, il était grand temps pour lui de s'y mettre.

Pour la première fois, il entra dans ma chambre. Le cœur me battait fort, mais je ne nourrissais aucune illusion. Je craignais trop une nouvelle déconvenue, pour attribuer sa démarche à un autre but qu'*utile*. D'ailleurs il avait choisi, pour se faire endoctriner, un laps de temps restreint, compté d'avance. Comme il avait cours à trois heures, notre tête à tête ne pouvait être que bref. La constatation m'était amère, mais je devais m'accommoder de mon sort. Nous n'aborderions qu'une question scolaire, neutre. En contrepartie, je trouverais peut-être l'occasion de l'aider à deviner qui j'étais et ce que j'attendais de lui. *Prendre des risques*, en aurais-je le courage ?

Pendant que je sortais les albums de l'étagère, il prit une chaise qui était poussée contre le mur et la mit à côté de la mienne, devant mon bureau. Il s'assit à ma gauche. J'eus soin de maintenir entre nous une distance de plusieurs centimètres. Un ton froid, didactique, me parut convenir, qui avait le double avantage de lui montrer que je ne profiterais pas de la situation, et de m'ôter à moi-même l'embarras d'une fausse position et le chagrin d'une espérance trompée.

Guercino, *Les Bergers d'Arcadie*, 1618, Rome, Galleria Nazionale d'Arte Antica.

— Soit le thème des « Bergers d'Arcadie », commençai-je. Des bergers, habitants de ce pays idéal que les Anciens appelaient Arcadie, découvrent, en conduisant leurs troupeaux dans la campagne, un tombeau qui leur rappelle que la mort existe et que leur bonheur n'est qu'éphémère. Regarde comme un peintre italien et comme un peintre français traitent le même sujet.

« Commençons par Giovanni Francesco Guercino, de l'école bolonaise. Son tableau est au palais Barberini, nous pourrons aller le voir si tu veux. (Pas de réaction de sa part, ni positive, ni négative.) Les deux bergers découvrent par hasard un crâne déposé sur une pierre. Volumineux, blanc, éclairé par une réverbération lunaire, le crâne est d'une taille et d'une pâleur qui accentuent, au milieu de la nature colorée et florissante, l'aspect sinistre de la mort. De stupeur, ils s'appuient sur leur bâton et se penchent vers le crâne. Ils marchaient, ils s'arrêtent. Leur corps est encore en mouvement. Tu lis dans leur corps, dans la disposition diagonale de leur corps penché en avant, l'arrêt brusque du mouvement, comme tu lis dans leurs yeux le choc que leur a causé cette vue. Une tête de mort en pleine campagne ! Jamais, avant cet instant, ils n'avaient pensé à la mort. Un air de doute flotte sur leur visage. Mais l'horreur, l'épouvante dominent, avec, chez le plus jeune, celui de gauche, une nuance de compassion.

« Le plus important, c'est de remarquer que le peintre a choisi le *moment* de la découverte, cette minute fugitive où ce qu'on a dans le cœur se lit sur la figure, sans possibilité de *composer* celle-ci. Guercino a saisi une seconde de pure émotion. Ce ne sont pas des portraits qu'il a peints. Il n'a pas cherché à étudier leur caractère, à creuser leur psychologie. Distraits soudain d'eux-mêmes par un incident imprévu, il est probable qu'ils ne tarderont pas à retrouver leurs moutons et à reprendre leurs occupations sans penser plus à la mort après cet incident qu'ils n'y avaient pensé avant. L'instant qu'ils auront vécu dans un moment de surprise, de panique passagère, sera rayé de leur mémoire, effacé, oublié, *comme s'il n'était pas advenu.* Le tableau n'aura rendu compte que d'une anecdote fortuite, d'un épisode sans lendemain.

« Regarde maintenant, sur le même thème, le tableau français, de Nicolas Poussin.

Poussin, *Les Bergers d'Arcadie*, vers 1638, Paris, Louvre.

Pour prendre et mettre entre nous le catalogue du Louvre, qui était à ma droite, Igor étendit son bras et frôla ma poitrine. Je me reculai un peu brusquement.

Il me regarda et sourit. Je m'empressai de poursuivre ma démonstration.

— Ce qui nous frappe, d'abord, c'est l'aspect sculptural des personnages. Ils sont là, devant nous, tels qu'en eux-mêmes l'éternité les change, pour parodier un vers fameux. Les trois hommes pourraient être copiés sur un bas-relief. Ils ne marchent pas, ils ont fait halte, ils sont depuis un certain temps arrêtés. La femme qui est avec eux ressemble à une statue. Elle en a l'immobilité, la rigidité, la noblesse compassée. Tu notes la disposition frontale du groupe, le plan unique sur lequel ils sont alignés, comme s'ils étaient taillés dans la pierre. La diagonale, qui exprime le mouvement, c'était pour Guercino. Le transitoire, le fortuit, l'accidentel, c'est l'affaire de la peinture italienne.

« Les trois bergers sont à moitié nus. Ce ne sont donc pas de véritables bergers. On ne se tient pas nus dans la campagne. Compare-les avec les bergers de Guercino, qui portent des habits de bergers, des blouses rustiques, un bonnet de paysan. Pourquoi Poussin a-t-il choisi pour ses bergers ces attitudes sculpturales, ces bouts de draperies, ces costumes antinaturels ? Parce qu'il a voulu situer son tableau hors du temps.

« Le peintre italien peint l'instant, le peintre français l'intemporel. Le peintre italien peint le mouvement, le peintre français l'immuabilité. Le peintre italien dramatise, le peintre français philosophe. Le premier met en scène un roman, le second tire une leçon. Cette règle est universelle. Le meurtre d'Abel, la décollation de saint Jean Baptiste, l'assassinat d'Holopherne, la décapitation de Goliath sont des sujets qui fascinent les peintres italiens, parce qu'Abel, saint Jean Baptiste, Holopherne, Goliath sont *au mieux d'eux-mêmes*, si je puis dire, dans *l'acte d'être tués*. Pour cette même raison, les peintres français ne s'intéressent pas à ces sujets. Un événement dont ils ne peuvent se mettre à distance ne les inspire pas. Un événement trop événement, un moment trop fugitif, à saisir exclusivement dans la seconde où il se produit, n'est pas dans leurs cordes. Certaines des plus célèbres œuvres d'art italiennes, peintures ou sculptures, illustrent un *fait divers*, rapt, métamorphose ou illumination : Pluton qui enlève Proserpine, Daphné qui se transforme à vue en laurier, saint Paul qui tombe de cheval. Une seconde plus tard, le tableau ou la statue ne serait plus possible : Proserpine aurait disparu au centre de la terre, la nymphe serait devenue plante, saint Paul se serait relevé chrétien.

« Le fait divers répugne au peintre français. Il lui faut un événement qui prenne du temps, qui ne se réduise pas à un éclair, qui s'étale dans la durée, qui s'étende en dehors des limites du tableau. Un événement dont la signification ne s'épuise pas dans l'instant. Les peintres français privilégient les thèmes statiques : Narcisse allongé dans l'herbe (je décrochai du mur celui de Poussin pour le lui mettre entre les mains), saint Sébastien attaché à l'arbre, Hyacinthe agonisant sont des figures privées de mouvement, passives, pétrifiées, inactuelles, des figures sur lesquelles le regard se *pose*, qui vous laissent le temps de les regarder. Elles invitent à la contemplation.

En le voyant regarder fixement le *Narcisse*, puis reporter les yeux sur le *Saint Sébastien* (de Guido Reni, un Italien pourtant !) et sur le *Hyacinthe* (de Tiepolo !) restés accrochés au mur, il me sembla que je venais de l'entraîner dans un domaine où je m'étais interdit de l'amener. Comment, devant ces beaux corps déshabillés, pâmés, offerts, que je l'invitais à admirer, ne comprendrait-il pas ? Jamais plus il ne me consulterait sur un problème de l'histoire de l'art s'il pouvait penser que j'en profitais pour lui adresser un message personnel. Je m'étais découvert étourdiment. En même temps, si je ne me découvrais pas maintenant, ne serait-il pas trop tard un autre jour ? Qui sait si sa question sur la peinture n'avait pas été un prétexte pour voir ma chambre, mes livres, et me forcer à livrer mon secret ? J'avais autant de chance de le choquer par la suggestion de ces nus que de le décevoir si je laissais passer l'occasion.

Me ressaisissant, je repris :

— Revenons aux bergers d'Arcadie. Guercino et Poussin traitent le même thème ; mais en apparence seulement. Le premier prend pour sujet la rencontre brutale de la mort, le second la méditation sur la mort. Les bergers de Guercino sont surpris, confondus, bouleversés, les bergers de Poussin considèrent la mort avec recul, de loin, comme une matière philosophique dont ils peuvent discuter. Il y a un détail qui différencie radicalement les deux tableaux. Regarde bien.

— Chez Poussin, il n'y a pas de crâne.

— En effet. Les bergers de Poussin ont trouvé dans la campagne une sorte de stèle, avec une inscription qu'ils s'appliquent à déchiffrer. « *Et in Arcadia ego* ». Le mort commémoré par cette stèle avertit les passants : « Moi aussi, j'ai vécu en Arcadie. En Arcadie aussi, la mort existe et met fin au bonheur de vivre. » Mais tandis que chez Guercino la mort apparaît sous la forme immédiate, horrible, d'une tête de mort blanchie, elle ne se manifeste chez Poussin qu'à distance, par le biais d'une stèle et d'une inscription. Les bergers de Poussin ne *voient* pas la mort, ils ne la reçoivent pas de plein fouet, ils *lisent* la mort. Ils en ont une approche *intellectuelle*, une approche apaisée. La mort n'est pour eux qu'un sujet de réflexion ; ils peuvent y penser à loisir. L'absence de crâne leur épargne ce choc émotif éprouvé par les bergers de Guercino.

« Qu'est-ce qui distingue un peintre italien d'un peintre français ? me demandais-tu. Le peintre italien s'attache à rendre l'émotion, l'instant unique de l'émotion, le peintre français saute à l'étape suivante, l'étape de la pensée, du raisonnement. Les bergers de Poussin n'ont pas peur de la mort ; ils l'ont intégrée dans leur vision du monde. Aucun des trois ne donne le moindre signe d'effroi. Ils ne sont même pas troublés, même pas étonnés. Certains commentateurs ont émis l'hypothèse que la femme serait la Mort elle-même. Ce serait elle qui prononcerait les mots : « *Et in Arcadia ego* ». « Même en Arcadie je suis là. » Si on adopte cette hypothèse, on est encore plus surpris que Poussin ait peint une figure allégorique de la Mort, une femme drapée à l'antique, dans une toge romaine, de préférence à une tête de mort. Une figure allégorique n'a rien d'épouvantable. *De la mort* : on dirait un dialogue de Platon ou de Cicéron. La mort est là, devant nous, mais noble, mais digne, *à distance*, sans rien de macabre ni de sinistre. C'est la Mort, avec un M majuscule, ce n'est pas la mort particulière, la mort qui frappe soudain, qui tue. Cette femme est si peu macabre que les savants ne sont pas tous d'accord qu'elle soit la mort, plutôt qu'une bergère, une camarade des bergers.

« Devant un crâne, le doute n'est pas possible. Tu *subis* le crâne, mais tu *domines* la pensée de la mort. Jamais un Italien ne se fera à la mort. Elle sera toujours pour lui objet de scandale et d'épouvante. Le Français, dès le jour de sa naissance, sait qu'il doit mourir. Il s'y prépare, elle ne le surprend pas. Toute la différence des deux tempéraments, l'italien et le français, tient dans la place que le crâne occupe dans les deux cultures, l'italienne et la française...

Je m'arrêtai de parler. J'avais été trop long. Depuis combien de temps ne m'écoutait-il plus ?

Il avait gardé entre ses mains le *Narcisse.* En contemplation devant le tableau, il dit :

— Je ne suis pas d'accord avec toi. Il y a plus d'émotion chez Poussin. Beaucoup plus d'émotion.

Entendre parler d'*émotion* au sujet de Poussin, qui passe souvent pour grave et froid, et surtout entendre un Russe vanter son art de toucher le cœur ! C'était si inattendu que je crus avoir mal compris.

— Plus d'émotion chez Poussin ?

— Ce tableau nous fait plus rêver que tout le reste de la peinture italienne. Je n'en connais pas qui ouvre plus grand les portes de la seconde vie.

— Tu trouves ?

— Mais toi aussi tu es de cet avis !

Il me sourit encore, avant de se lever pour aller à son cours. Il raccrocha lui-même la reproduction au mur, et, comme elle penchait un peu de côté, tapota les bords pour la mettre droit.

Je ne pouvais pas le laisser partir sur des paroles si ambiguës.

— Pourquoi m'as-tu dit ça ? lui demandai-je.

Debout dans mon dos, il m'ébouriffa les cheveux.

— Est-ce si difficile à deviner ?

Je bredouillai :

— Je t'assure…

Et lui, d'un ton sévère :

— Ce n'est pas le moment d'en parler, Romano.

Puis il sortit.

Je restai confondu. Ainsi, il avait compris pourquoi je gardais ce tableau sous mes yeux et pourquoi je l'avais choisi comme exemple pour le mettre sous les siens. *Il savait ce qu'il signifiait pour moi et soupçonnait ce que j'en attendais pour nous, mais sans me donner la moindre indication sur ce qu'il comptait faire.*

29

La fête

En tête, les balillas, petits bonshommes de huit à quatorze ans, au pas de course, jambes nues, précédés de deux hérauts en culotte courte qui déployaient au-dessus de leur chéchia noire une bande noire de tissu où ils affichaient en lettres rouges leur profession de foi (« ne plus nous agripper peureusement aux jupons de nos mères mais nous battre et mourir pour la patrie ») ; puis les avant-gardistes, en culotte de golf marron, de quatorze à dix-huit ans, pénétrés de leur mission, graves ; puis les jeunes filles, en jupe de la même couleur ; puis les anciens combattants, en uniforme ; puis les fils de morts à la guerre ; puis les médailles d'or ; puis une députation de Littoria et une autre de Sabaudia, villes nouvelles implantées par l'« héroïsme » des colons dans les marais Pontins asséchés ; puis des escouades de gymnastes des deux sexes, en tenue de sport. Venaient ensuite : des représentants des Groupes universitaires fascistes, en chemise noire, baudrier de cuir et fez, parmi lesquels nous reconnûmes Fortunio à sa silhouette maigre et sèche, Aldo, qui essayait en vain de dissimuler dans le creux de sa main une cigarette, sous l'œil courroucé de ses camarades, et Raf, qui transpirait et trottinait sur ses jambes courtes pour suivre comme il pouvait le train rapide du défilé ; les dirigeants des syndicats ouvriers et paysans ; les secrétaires des Corporations, trouvaille du régime pour substituer à la « stérile et fratricide » lutte des classes la collaboration « fraternelle et enthousiaste » de toutes les catégories de travailleurs ; les administrateurs de l'Œuvre nationale des loisirs populaires ; les brigades de la Milice, en chemise et pantalon noirs, casque pendu à la ceinture, mousquet au poing ; les états-majors des trois armes ; enfin les cadres du Parti, les quadrumvirs et les hiérarques, en longue vareuse militaire, ceinturon de cuir et bonnet de police.

Entre les différentes délégations, des chorales s'époumonaient à chanter « *Giovinezza* » sans réussir à couvrir le roulement ininterrompu des tambours.

La parade organisée pour la Fête de Rome, « Rome capitale du monde », était partie de la place du Peuple et remontait vers le palais de Venise par le Corso pavoisé de drapeaux tricolores. Oriflammes et bannières, enseignes et gonfalons, portraits de Mussolini à cheval ou aux commandes de son biplan, blasons des diverses provinces d'Italie, pancartes où la devise « Croire, Obéir, Combattre » s'étalait en lettres géantes ondulaient au-dessus du cortège. Sanglé dans une veste militaire noire et coiffé d'une casquette noire, le Duce saluait du haut de son balcon. Le cortège obliquait par la via dell'Impero et continuait jusqu'au Colisée.

Des avions du maréchal Balbo passaient trois par trois en déployant de longues banderoles où le nom de Benito Mussolini apparaissait en lettres rouges, blanches et vertes. Des avions de chasse du secrétaire d'État Filiberti rasaient la foule en lâchant des traînées de fumée noire. Des chômeurs qui avaient été recrutés pour distribuer gratuitement le journal officiel se faufilaient dans la cohue pour placer de force entre les mains des badauds un exemplaire du *Popolo d'Italia*.

Debout devant le monument de Victor-Emmanuel, réfugiés sur une borne, nous regardions, Igor et moi, défiler en rang cette multitude. L'encadrement était parfait. Une âme unique fondait ces dizaines de milliers d'hommes et de femmes dans une compacité liturgique. Chacun jouissait de l'impersonnalité que procure l'uniforme. Ce respect de l'ordre et cette rigueur dans la discipline exprimaient l'*armonico collettivo*, but suprême de la religion fasciste, laquelle ne conçoit l'individu que comme une matière première à remettre dans les mains du Chef pour qu'il la brasse, la malaxe et la façonne à sa guise.

— Tous les totalitarismes se ressemblent, murmurai-je. N'est-ce pas ce qui se passe en Russie également ? Le dévouement total de l'individu à une entité supérieure, l'idée que la révolution n'est pas seulement économique et sociale mais s'apparente à une résurrection mystique, le mythe du Surhomme ne sont-ils pas le fondement de l'idéologie soviétique comme de l'idéologie fasciste ? Entre le socialisme communiste et le corporatisme fasciste, où est la différence ? Mussolini comme Staline veulent souder la nation en réalisant l'unité morale et spirituelle des masses autour d'une figure iconique.

— Tu es fou ! Il n'y a rien de commun entre ces deux pays. En Italie la Réforme n'a jamais pris. La Contre-Réforme et le coup d'arrêt porté au développement historique y ont brisé pour toujours la révolution protestante d'où sont issus dans le reste de l'Europe l'examen objectif des faits, l'exercice de la pensée critique, l'amour des libertés individuelles, la prise de la Bastille, l'esprit républicain, la démocratie, le socialisme, le communisme. Catherine II a fait venir à Saint-Pétersbourg Diderot, Napoléon a apporté en Russie les valeurs de la Révolution française. Pouchkine, qui était persécuté par Nicolas Ier, avait le buste de Napoléon sur son bureau. Le fascisme n'est que l'aboutissement de la Contre-Réforme. Il ne pouvait s'imposer que dans un pays où Voltaire et Rousseau restent à l'Index, où le pape est le véritable souverain, où l'habitude de se soumettre et d'obéir, qui est propre à l'éducation catholique, règle toutes les manifestations de la vie politique et sociale. Une foule soviétique est virile, consciente de ce qu'elle fait, elle n'obtempère pas, elle n'adhère qu'en connaissance de cause au programme qu'on lui propose. Cette foule-ci est une foule femelle, une foule veule, une foule servile, une foule amoureuse, qui se donne comme une chienne. Rentrons.

Il regagna sa chambre, je me dirigeai vers la bibliothèque et sortis des rayons un livre sur l'art dans la Russie contemporaine. Les similitudes avec l'art fasciste me troublèrent.

1920 : photomontage d'une tête colossale de Lénine, incrustée, pétrie, formée de milliers de petites têtes de ses sujets réduites à un grain. À l'image de l'État soviétique qui accapare, absorbe, dilue, fond dans une volonté unique la masse des individus, cette tête symbolise la cohésion nationale fondée sur l'anéantissement des volontés singulières.

1932 : affiche gigantesque de Mussolini, gratifié du même pouvoir d'absorption et d'annihilation des personnalités individuelles. Le Duce incline le menton et baisse des yeux pensifs, alourdis par le poids des responsabilités, sur sa poitrine habillée d'une vareuse à col dur dont l'étoffe est faite de milliers de citoyens italiens pas plus gros que des têtes d'épingle, indistincts les uns des autres, annihilés dans une existence minuscule.

Les deux images se superposaient si bien, la négation de l'individu et l'exaltation du cannibalisme d'État étaient si évidentes dans un cas comme dans l'autre, que je restai interdit. Parlerais-je à Igor de ce que je venais de découvrir ? Lui ouvrirais-je les yeux sur ce qu'il s'obstinait à nier par des sophismes sur la Contre-Réforme et l'absence de protestantisme en Italie ? En Allemagne, Adolf Hitler organisait aussi des parades. Il s'apprêtait à prendre le pouvoir, dans un pays profondément marqué par la pensée de Luther mais aujourd'hui fanatisé par des slogans aussi grossiers que les devises fascistes. Ce fut ma première lâcheté que de garder mes réflexions pour moi.

Je craignais tant de braquer Igor par ce qu'il eût appelé une « russophobie primaire » que je fis un geste qui me paraît à présent honteux. Je pris sous le bras le livre sur l'art soviétique et, profitant de ce que la rue était vide et le quartier désert à cause de l'afflux de population sur le passage du cortège, j'allai sans être vu le jeter dans une décharge, afin de lui éviter de reconnaître que les affiches de propagande russes et les affiches de propagande italiennes usent du même procédé pour diviniser le chef et l'autoriser à faire de son peuple une poussière d'atomes condamnés à une pullulation informe.

30

Le daim

Parmi les livres sur l'art français ou sur l'art italien que je lui donnai à lire, Igor dévora le Vasari, s'assimilant avec une rapidité et un profit extraordinaires des notions que j'avais mis beaucoup plus de temps à acquérir. Les *Vies* de Raphaël et de Michel-Ange parurent avoir sa préférence. Je le voyais en relire certains passages. Le génie de ces deux maîtres eût suffi à expliquer son engouement. Je notais pourtant qu'il refermait le livre avec un sourire inexplicable sans quelque arrière-pensée. À l'entendre, le sculpteur de la chapelle Médicis comme le peintre de *L'École d'Athènes* avaient non seulement dépassé tous les autres artistes mais apporté la démonstration que beaucoup d'idées sur l'art ne sont que des idées reçues.

Je ne savais ce qu'il voulait dire par là.

Il tomba malade, d'une maladie rendue singulière par un dégoût et un rejet complet de la nourriture. Il maigrit affreusement. Le médecin du Centre hospitalier universitaire, mandé par la direction de l'Institut, me fit une impression des plus favorable. Bien qu'inscrit au parti fasciste, il n'indiqua pas comme remède la foi dans le Duce. Il ausculta Igor, prit la tension, le pouls, regarda la langue, rangea ses appareils dans sa trousse et déclara que ce n'était ni du surmenage ni un trouble organique, et qu'aucun des médicaments qu'il pourrait prescrire n'aurait le moindre effet. Ayant diagnostiqué ce qu'il appelait de l'*acédie* – ce fut un de ses deux seuls emprunts, dont il parut s'excuser, au langage incompréhensible des savants –, il conseilla à Igor de lire des ouvrages sur les maladies nerveuses, allant jusqu'à lui recommander Charcot et Freud, car, disait-il, on observe, chez les jeunes surtout, des maladies qui ne relèvent pas de la science positive. La personnalité du patient subit une crise profonde, qui le dépouille de ce qu'il était, pour le préparer à renaître. C'est un effondrement de ses défenses naturelles, une mort symbolique, dont il ressort plus mûr, plus solide.

— Le caducée, attribut symbolique des médecins, est orné de deux serpents ; jamais l'art de guérir n'a été mieux illustré que par cet animal dont la mue signifie la nécessité de changer de peau pour se rétablir. Vous n'avez donc rien à craindre de votre *inappétence* passagère, signe d'une volonté inconsciente de renouvellement.

Igor se rétablit au bout de deux semaines. Avide de recouvrer la santé, il mit les bouchées doubles au réfectoire, se resservant d'œufs durs et de pâtes.

Wanda continuait à me relancer. Elle prit un air mystérieux pour me demander si je voulais savoir le nom de cette bête qui avait surgi dans les jardins du ministre sous les yeux de Bartolomeo et avait causé une telle frayeur au gros garçon.

— Une antilope ? Un gnou ?

Elle éclata de rire en secouant les boucles de sa belle chevelure blonde, geste qui faisait partie de son attirail de séduction.

— Mais non, un simple daim !

Tout l'Institut fut bientôt au courant. Son Excellence avait un daim dans son parc, et, cette fois, il était hors de doute qu'il l'eût volé au zoo, où la cage marquée « daim » était vide.

Fortunio déclara que c'était une calomnie destinée à rejaillir sur le Duce. Une double calomnie, puisque non seulement on accusait le ministre de vol, mais on lui ôtait la gloire d'un trophée rapporté d'Afrique.

— Prouve-nous, dit-il à Wanda, que c'est véritablement un daim.

J'aurais cru qu'elle se refuserait à fournir cette preuve, par respect du haut personnage dont elle était devenue la poule et par crainte qu'il n'usât de représailles. Elle fut très contente au contraire de nous montrer qu'elle avait gardé son indépendance. Il ne fallait pas la prendre pour une « amoureuse » comme on en trouve dans les romans de D'Annunzio. C'était une femme libre, restée lucide sur l'homme avec qui elle couchait. Ne savait-elle pas d'ailleurs que Son Excellence recevait chaque jour une fille différente ?

Désormais, elle emportait avec elle, dans la limousine qui venait la chercher une fois par semaine, son carton à dessins, et revenait le lendemain avec des croquis du daim. L'animal était dessiné dans toutes les postures, tantôt galopant sur les pelouses du parc, tantôt aux arrêts sous un arbre, tantôt broutant sa ration de fourrage sous la fenêtre de la fameuse chambre du rez-de-chaussée.

— Pourquoi ne cherches-tu pas à les vendre ? lui demandèrent plusieurs d'entre nous.

Nous ne mettions aucune malice dans cette suggestion. Le genre animalier était en vogue à Rome, depuis que des artistes amateurs avaient eu l'idée de planter leur chevalet place Navone et de dessiner à l'usage des touristes les bizarres statues de la fontaine des Fleuves. Seulement, en comparaison du lion, du crocodile, du cheval marin et du tatou des Indes, le daim faisait piètre figure. Wanda ne réussit à vendre qu'un seul dessin pendant le premier mois.

Igor eut alors cette idée, dont je ne compris que plus tard l'intention.

— Écoute, Wanda. Le daim en soi n'intéresse personne. Mais si tu faisais savoir, ou si tu nous permettais de faire savoir, que ce daim appartient à Son Excellence Pasquale Filiberti, secrétaire d'État à l'Aéronautique, je suis sûr qu'il trouverait une foule d'acheteurs, à qui tu vendrais tes dessins bien plus cher.

Wanda hésitait. Elle céda, par solidarité entre Slaves.

Un magasin de gravures et d'estampes, via Zanardelli, non loin de la place Navone, se chargea de commercialiser les dessins. Le succès fut immédiat. Le daim apparut sur les cartes de Noël, orna les faire-part de mariage, illustra les calendriers. On en fit des décalcomanies qu'on imprima sur les tasses et dans le fond des assiettes. Les fascistes portaient aux nues l'homme qui avait doté l'Italie d'escadrilles de chasse et de bombardement, les antifascistes faisaient passer leur patriotisme avant leurs convictions politiques.

— Le daim de Wanda est une belle réussite, dis-je à Igor.

— Ce n'est pas le daim de Wanda.

— De qui, alors ?

— C'est le daim du ministre.

— Explique-toi.

— Le dessin n'a pas changé en soi depuis que Wanda ne réussissait pas à le vendre.

— Ah oui, je comprends.

— N'est-ce pas ? Le prix qu'on attache à une œuvre ne dépend pas toujours de sa valeur artistique.

— Voilà de quoi nous rendre sceptiques, ajoutai-je, sur le bien-fondé de nos estimations.

— C'est notre futur métier qui est en jeu.

— N'est-ce pas généraliser un peu vite ?

— Wanda a le même talent, avec ou sans ministre. Mais un daim sans ministre ne vaut pas un kopeck ; avec ministre, il augmente la garde-robe de ta Polonaise.

— Ma Polonaise… Ma Polonaise…

Igor me taquinait souvent à propos de Wanda. Mais il aimait bien cette fille, en tout cas il continuait à nous accompagner dans nos promenades.

— Que dis-tu, reprit-il, de l'affaire du faux Pérugin ?

— Tout le monde en parle. Les journaux en font leur une – ce qui serait d'ailleurs impossible dans un autre pays que l'Italie.

Les experts avaient déclassé un tableau de la galerie Borghese. Il n'aurait été qu'une copie de celui conservé au musée Pouchkine de Moscou.

— Elle était bien belle, cependant, cette *Madonna con bambino*, soupira Igor d'un air rêveur.

— Est-elle moins belle si elle n'est pas l'original ?

— Pas pour toi ni pour moi. Mais pour le public, elle ne vaut plus rien. Je suis retourné au musée. Les gens, qui s'attroupaient autour du tableau, ne s'arrêtent même plus devant. Un coup d'œil au cartel qui vient d'être corrigé, « attribué à Pietro Vannucci dit le Pérugin », et hop ! ils passent au tableau suivant. Pauvre *Madonna con bambino*... C'est le même tableau, et ce n'est plus le même ! Les experts de la génération précédente l'avaient authentifié, ceux d'aujourd'hui le déclassent, ceux de demain le réattribueront peut-être. Quelle drôle de chose que l'histoire de l'art ! Toi, avec Poussin, tu as de ces problèmes ?

— Certains de ses tableaux prêtent au doute... Original ou copie, il est souvent difficile de décider.

— Avec les petits maîtres, dont l'œuvre est moins documentée, les attributions doivent être hasardeuses.

Insensiblement, il m'entraînait sur le terrain où il voulait m'amener.

— Toi, reprit-il, tu te fies aux experts ?

— Ils sont rarement d'accord.

Le plus intéressant est de se demander si le Pérugin a fait lui-même une copie de son tableau, ou s'il l'a fait faire par un élève.

— En général, les peintres se déchargeaient sur leurs élèves de ce genre de travail.

— Si la copie n'est pas de la main du Pérugin, deux cas de figure sont possibles.

— Le tableau sera de toute façon un faux.

— Mais pas le même faux. Pas un faux au même degré.

— Je ne comprends plus.

— Ou bien le Pérugin a fait savoir que ce n'était qu'une copie d'élève...

— Évidemment !

— Ou bien, pour la vendre plus cher, il a feint d'en être l'auteur.

— Impossible ! C'eût été une escroquerie !

— On n'avait pas alors un sentiment de la propriété artistique aussi développé qu'aujourd'hui.

— Un peintre se devait d'être fidèle à son nom, à sa réputation.

— Il arrivait au Pérugin de peindre une série de tableaux à peu près semblables.

— C'est vrai.

— Sa petite tricherie, on n'y aurait vu que du feu.

— Mais du point de vue moral, Igor…

— Il avait une commande à honorer. Pressé par le temps…

— Tu l'excuses, alors ?

— Il se sera amusé d'avoir fait une bonne blague.

— Une blague ? Mais c'était une fraude !

— Une fraude n'est pas toujours condamnable.

J'étais estomaqué. Lui, si pur, si droit, soutenir une pareille énormité ! Était-ce une boutade, un *scherzo* à l'italienne, un dénigrement humoristique du métier de conservateur, un point d'interrogation sur notre avenir, un prétexte pour sonder mon sens de l'honneur ?

31

Frauder

À quelque temps de là, excité par l'affaire du faux Pérugin, Igor me proposa de nous exercer à quelques petits tours de passe-passe, non par goût de la supercherie, s'empressa-t-il d'ajouter, mais pour démasquer l'incompétence des experts. D'ailleurs, précisa-t-il, il ne s'agirait pas de faire des bénéfices sur des faux, car son intention était de dévoiler aussitôt la tromperie aux acheteurs éventuels et de leur restituer les sommes reçues. Ou même, si je gardais des scrupules, nous nous contenterions de soumettre nos faux à des antiquaires et à des directeurs de musée, et de leur demander un avis désintéressé avec l'espoir qu'il tournât à leur confusion.

— Ce sera un sport, qui nous permettra d'être plus vigilants le jour où nous serons appelés nous-mêmes à authentifier une œuvre d'art.

Cet argument, pédagogique, me parut valable. Il en produisit un autre, qui aurait achevé de me convaincre, si la peur de perdre le jeune Russe ne m'eût pas suffi.

— Andrea del Sarto était sans doute un excellent peintre, mais ce n'était pas Raphaël. J'ai lu dans

Vasari cette histoire savoureuse. Le duc de Mantoue admira un jour au palais des Médicis à Florence un portrait du pape Léon X par Raphaël. Il s'extasia de telle sorte qu'Ottaviano de Médicis, son hôte, forcé de respecter les lois de la courtoisie en vigueur à l'époque, s'empressa de lui faire cadeau du portrait. Il fut convenu que le tableau serait expédié à Mantoue, à peine un cadre plus digne de ce chef-d'œuvre aurait-il été posé. Le duc de Mantoue reparti, Andrea del Sarto fut convoqué au palais des Médicis. Ottaviano lui ordonna de faire une copie aussi exacte que possible du portrait, qui serait envoyée à Mantoue, à la place de l'original qui resterait au palais. Andrea del Sarto obéit. En huit jours il eut terminé. Ottaviano, qui s'y connaissait en peinture, déclara qu'il ne voyait aucune différence entre l'original et la copie. Jules Romain, élève de Raphaël, fut lui aussi incapable de les distinguer.

— Et aujourd'hui, on a tranché ?

— Aujourd'hui, un de ces tableaux est à Florence, l'autre à Naples. Ils sont si semblables que les experts se disputent encore. Les uns tiennent que celui de Naples est l'authentique, les autres le dénoncent comme la copie de l'original conservé au palais Pitti. En réalité, Romano, toute cette histoire ne prouve qu'une chose, c'est que la valeur d'un tableau ne dépend que de la réputation de son auteur. Il n'y a pas de beau en soi, il n'y a pas de vérité en soi. Pourquoi n'admirerait-on pas autant deux tableaux identiques ? Pourquoi celui qui est de la main de Raphaël serait-il plus précieux que l'autre, si cet autre est si parfait que tout le monde le prend pour le vrai ?

— Ce n'est pas une raison, objectai-je, pour fabriquer des faux.

— Voici un autre exemple, pris dans la vie du grand Michel-Ange en personne. Il avait sculpté un *Amour endormi* inspiré de l'art romain. Le duc de Florence, qui protégeait le jeune artiste, trouva l'œuvre de son goût mais lui suggéra de l'enfouir pendant un certain temps dans la terre, puis de feindre de l'avoir découverte lors d'une fouille. « Ne manque pas non plus de l'écorner çà et là pour lui conférer l'air d'un antique, tu le vendras beaucoup plus cher. » Michel-Ange accepta et recula de quinze cents ans la naissance de sa statue. Il la vendit à un cardinal romain pour la somme très élevée de deux cents ducats d'or, par l'intermédiaire d'un marchand qui ne lui en versa que trente, en gardant le reste pour lui. Outré, Michel-Ange se dénonça au cardinal et lui avoua la supercherie. Celui-ci lui rendit la statue, et lui dit de garder les trente ducats en récompense de son honnêteté. Le marchand, lui, dut restituer au cardinal ce qu'il lui avait filouté. Sans la ladrerie de ce marchand, le faux n'eût jamais été démasqué. Encore une preuve qu'en matière d'art il n'y a pas de vérité, puisque la même œuvre n'est pas appréciée de la même façon, selon qu'on la croit moderne ou qu'on la prend pour un antique.

— Le piquant, c'est qu'aujourd'hui une statue de Michel-Ange a mille fois plus de valeur qu'un antique… N'importe, je ne me serais pas attendu à voir ce grand homme en faussaire.

Il haussa les épaules.

— Tromper un cardinal est pour un artiste une façon de prendre sa revanche sur le pouvoir.

— À tes yeux, il peut donc y avoir des cas où un homme se déshonore *légitimement* !

Mais pour nous, Igor me l'avait promis, la farce serait sans conséquences. En passant devant une brocante de la via dei Coronari, j'avisai un méchant petit tableau de « Saint Jean Baptiste avec son mouton ». L'œuvre était moderne, peut-être de la fin du dix-neuvième siècle. J'y reconnus une copie maladroite de Bernardo Cavallino, peintre napolitain du dix-septième siècle mentionné, non sans mépris, dans la correspondance de Poussin. Les musées n'en recherchaient pas moins les œuvres de cet artiste, pour organiser des expositions thématiques et reconstituer une époque, comme ils disaient. Le seul fait que notre Saint Jean Baptiste fût lisse, sans craquelures, indiquait qu'il avait été fait récemment.

— Ne pourrait-on le vieillir, me demanda Igor en aparté, pour en faire un vrai Cavallino ?

— C'est à voir.

Réponse ambiguë, qui le détermina à acheter le tableau. Il ne lui en coûta que quelques centaines de lires.

Pour duper les connaisseurs, il fallait leur présenter le faux Cavallino sur un support de bois et une toile d'époque. J'exposai à Igor les difficultés de l'opération. Pour la toile d'époque, nous devions y renoncer. Il m'écouta, puis me dit qu'un ami de son père, qui gagnait sa vie en reconstituant des bibelots cassés, se chargerait de coller le tableau sur un vieux châssis et d'en rabattre la toile sur les bords de manière à créer l'illusion.

— Dans ce cas, dis-je, pris au jeu, nous devons trouver un châssis un peu plus petit que le tableau, afin de pouvoir rabattre les bords de celui-ci et les passer ensuite au blanc de céruse pour les effacer.

Nous trouvâmes dans la même brocante une marine du dix-septième siècle, une vraie croûte, dont le boutiquier nous fit cadeau par-dessus le marché. L'ami du prince Sermalov arracha la marine de son support et utilisa celui-ci pour fixer le faux Cavallino de la façon indiquée par nous. Les canaux percés par les vers dans le bois accréditeraient l'ancienneté du tableau.

Nous voilà donc en possession d'un Saint Jean Baptiste qui reproduisait un modèle ancien, mais qui ne pouvait passer pour autre chose qu'un pastiche moderne, dans le goût pompier des années 1880.

— Maquillons-le, me dit Igor. Je vais acheter des couleurs et des pinceaux. Dommage que nous ne puissions utiliser les talents animaliers de Wanda pour faire ce mouton moins bête.

Pour la réussite de notre plaisanterie, nul ne devait en être informé. Pendant la journée, je cachais le tableau dans ma penderie. Nous ne travaillions que la nuit, dans ma chambre, avec un maximum de précautions. Moi qui avais tant rêvé, pour les premières nuits passées ensemble, de m'enfoncer avec lui dans l'excitation des ténèbres ! Je dus allumer la lumière crue du plafond ; et tous deux, astreints à des gestes si minutieux qu'ils nous absorbaient entièrement, de veiller jusqu'à une heure du matin sans nous distraire du travail. Ma consolation était de me dire que notre fraude relevait du code pénal. Il y avait donc entre ce que je faisais et ce que j'aurais voulu faire (et aurais eu peur de faire) une parenté secrète qui faisait trembler ma main. C'était déjà beaucoup pour moi que d'être enfermé avec lui dans une chambre et d'y tourner la loi par une activité clandestine.

Plusieurs problèmes durent être résolus tant bien que mal.

— Ces pinceaux nous trahiront, lui dis-je. Une seule soie de porc trouvée lors de l'examen de notre tableau dénoncerait la contrefaçon. Mets-toi en quête de blaireaux.

Puis, il y avait la question des couleurs. Aucune des couleurs qu'on trouvait dans le commerce ne correspondait à celles qu'on employait autrefois. Les ocres et les terres brûlées avaient disparu. Le lapis-lazuli étant trop cher pour nous, ne restait que le choix entre l'outremer artificiel et l'indigo synthétique. Il aurait fallu, pour obtenir le carmin d'époque, faire bouillir de la cochenille. Nous ne pouvions pas non plus, pour avoir du noir authentique, broyer du charbon ! Nous naviguions à vue, décidés à tabler sur l'impéritie des connaisseurs plus que sur l'habileté de nos procédés.

J'avais confiance dans le vernis dont je recouvris la toile, mais alors une nouvelle difficulté surgit, presque insurmontable. Le tableau verni était encore plus lisse, plus luisant. Nous consultâmes des livres pour savoir s'il n'y aurait pas un moyen de raccourcir le temps de durcissement qui était jadis de cinquante ans, et obtenir ainsi une surface dure sur laquelle il nous serait aisé de faire des craquelures. Nous découvrîmes qu'un chimiste américain d'origine belge, Leo Hendrik Baekeland, avait inventé en 1907 une substance composée de liquides synthétiques qui donnaient une résine très dure. La « bakélite », ainsi nommée du nom de son inventeur, était un composé carbonique, à base de phénol et de formaldéhyde. En mélangeant du phénol et du formaldéhyde à de l'huile essentielle, il était possible, selon nous, de conférer à la couche de peinture et de vernis l'extrême dureté indispensable pour y pratiquer des fissures.

— Mais, s'inquiéta Igor, je ne pense pas que le phénol et le formaldéhyde étaient connus à l'époque de Poussin !

Nous tournâmes l'objection en tablant sur la nullité des experts.

— Faisons une fausse signature, pour achever de les convaincre, suggéra Igor. « Cavallino » ne doit pas être difficile à contrefaire.

— Voilà l'erreur à ne pas commettre. En ce temps-là, les peintres ne signaient pas. Poussin n'a fait que trois exceptions : pour le Saint Érasme de Rome, parce que c'était pour un peintre étranger et si jeune un honneur tellement rare que de recevoir une commande pour Saint-Pierre qu'il voulut le faire savoir publiquement, ensuite pour ses deux autoportraits, peints comme cadeaux à des amis à qui il les envoyait comme une lettre.

Le résultat obtenu nous parut satisfaisant ; la toile, enduite d'un excès de substance durcissante, se fendilla au bout de quelques jours, après que nous l'eûmes pressée au verso. Pour compléter l'illusion, nous versâmes dans les craquelures de la poudre d'encre de Chine, afin que ceux qui s'intéresseraient à l'œuvre y retrouvassent « la poussière des siècles », annonçai-je pompeusement à Igor.

Tout se passa au-delà de nos espérances. Un seul des experts consultés nous félicita du pastiche. Plusieurs antiquaires de la via Giulia examinèrent avec soin le tableau et conclurent qu'il n'y avait aucune raison pour douter que ce ne fût un Cavallino. Le directeur de la galerie Borghese, plus méfiant, voulut savoir l'origine du tableau. Nous avions prévu la question et monté une fable, selon laquelle les princes Lopoukhine, cousins du père d'Igor, avaient emporté en exil, sur un bateau parti d'Odessa, le principal de leur collection. Comme ils étaient connus pour avoir possédé dans leur palais des environs de Moscou une des plus belles pinacothèques de Russie, l'explication fut admise. Le directeur nous demanda si nous étions disposés à lui vendre ou à lui laisser en dépôt le tableau.

— Non, non, dit aussitôt Igor. C'est un bien de famille, nous voulions juste avoir confirmation de sa valeur par un éminent spécialiste du dix-septième siècle.

Le jeune Russe avait été loyal. À peine dans la rue, je l'en remerciai.

— Au fond, me dit-il le lendemain, pourquoi ne pas le lui vendre ? Ce directeur serait complètement et publiquement ridiculisé…

— Je ne veux pas me faire complice d'un mensonge.

— Nous aurions fait la preuve que le vrai et le faux, le juste et l'injuste, le permis et l'illicite sont des notions relatives.

— Mais au prix d'une mystification indigne.

— Idiot ! Tu ne comprends pas que je plaisantais ?

Il se saisit du tableau confectionné avec tant de soin et le lacéra à coups de couteau.

J'eus le sentiment qu'il n'avait monté cette machination que pour évaluer les limites de ma résistance à la malhonnêteté. Ce n'était qu'une vague impression, et de toute façon, s'il avait fait ce calcul, les raisons m'en échappaient.

32

Je trouve enfin le peintre

Ayant rêvé que mon amour était *voué* à l'échec, je me réveillai en sursaut.

« Mais le peintre qu'il me demande, je l'ai trouvé ! Comment n'y avais-je pas pensé auparavant ? *Voué*, Vouet, Simon Vouet ! Immense artiste, mais relativement méconnu, surtout pour ce qui est de ses années italiennes ! »

Je courus frapper à sa porte. Il sortait dans le couloir, pour le petit déjeuner.

— Une chance pour toi ! La seule monographie récente – datant déjà de presque dix ans – est celle d'un Allemand, Hermann Voss, publiée seulement en allemand. Au confluent de deux cultures, ce peintre a combiné le style français et le style italien. Comme coloriste, il a des traits qui rappellent Véronèse et Palma, tandis que par sa maîtrise du dessin, son sens des attitudes, la noblesse de ses figures, la spiritualité de son univers, il s'apparente à Poussin.

— Il n'a peint que des sujets religieux ?

— Ça ne veut rien dire. Seuls les papes, les cardinaux, les chapitres avaient de l'argent, commandaient des tableaux – toujours religieux – et seuls aussi ils disposaient d'endroits où les exposer – les églises –, puisqu'il n'y avait pas de galeries privées. Les peintres étaient forcés de servir leurs clients mais s'arrangeaient pour ne le faire qu'en apparence. En réalité, ils les trompaient. Tout en feignant d'illustrer une scène de la Bible ou des Évangiles, ils s'ingéniaient à en détourner le sens, pour exprimer ce qui leur tenait à cœur, souvent des choses très personnelles. Quelquefois si subversives qu'elles ne pouvaient être exprimées qu'avec l'alibi du sujet.

— Ce n'est pas comme les icônes !

— On était plus libre en Occident. La « double lecture » était d'un usage courant.

— Par exemple, les *Ignudi* de Michel-Ange ?

Était-ce l'occasion à saisir ? Je ne voulus pas me compromettre en acquiesçant trop rapidement. Sa question pouvait être innocente.

— Il a travaillé à Rome, ton peintre ?

— Avant de retourner à Paris où se déroulerait le principal de sa carrière, il a séjourné sept ans à Rome où plusieurs de ses œuvres sont restées. Nous pourrions partir à leur recherche. Comme il ne jouit pas, heureusement pour toi, d'une renommée aussi grande que celle de Poussin ou de Lorrain, leur localisation demeure incertaine. Ce sera une aventure que de retrouver ses tableaux !

Et de me dire en moi-même : *il y aura des quartiers nouveaux à visiter, des églises à explorer, des chapelles à peine éclairées, des échafaudages où nous nous tiendrons par la main, des sandwichs à manger sur le pouce, une excitation à partager... Églises, palais, musées, débarras, recoins, ténèbres... Autant d'occasions de nous rapprocher, autant de chances de devenir plus intimes...*

Je redoutais que l'insuffisante notoriété du peintre ne le décourageât. Enchanté par ma proposition, il renchérit sur le calembour en improvisant ce quatrain en français :

Si mon Vouet à Rome
De l'étudier me somme,
J'accours, je lui suis tout dévoué,
Je me voue à Simon Vouet.

Moi qui me défiais de la psychanalyse et de son application à la critique d'art, qui n'accordais aucune importance aux rêves et à l'exploitation qu'en avait faite Freud, qui me raillais de la *Traumdeutung* et de sa grille scolaire d'équivalences (rêver d'une épée, d'un fusil égale rêver à son père ! rêver de dents trahit une angoisse de castration !! d'un entonnoir la nostalgie de l'utérus !!!), je reconnus que le nom qui m'était apparu en songe avait débloqué magiquement une situation sans issue. J'aurais pu rêver que j'étais « destiné » ou « condamné » à l'échec, mais non, j'avais bien entendu « voué ». Le rêve m'avait amené au seul nom capable de m'apporter un démenti. Il est donc vrai, pensai-je, que l'inconscient apporte la solution à laquelle fait barrage l'effort de la trouver dans l'état de veille.

Notre première visite fut pour le *David avec la tête de Goliath* que les propriétaires du palais Cambiaso à Gênes avaient prêté au palais Barberini pour une

Vouet, *David avec la tête de Goliath*, 1621, Gênes, Palazzo Blanco.

exposition. C'était pour moi un test : ou Igor analyserait froidement, en historien, ce jeune homme peint en buste, presque nu, sa chemise défaite, une épaule et un sein découverts, ou il se trahirait. L'émotion esthétique devant les nus n'est jamais pure, elle passe par l'excitation sexuelle. J'avoue que même un Saint Sébastien ou un Ganymède de deuxième zone me touchent, et que je suis prêt à trouver belle une simple académie de convention. Le *David* de Simon Vouet n'entre pas dans cette catégorie : c'est une œuvre magistrale, bien équilibrée, complexe, dont Igor pourrait, soit ignorer le pouvoir érotique, soit se montrer troublé.

Assez maladroitement, je lui exposai le double style de Vouet : le côté « fait divers », tête coupée, main sur la poignée de l'épée, désordre du vêtement, voilà qui était « italien » ; mais la tête déjà coupée, avant le tableau, c'était le côté « acte accompli », le côté « français ». Ceci également : la tête était tournée vers la gauche, alors que le buste esquissait un mouvement vers la droite. *Contrapposto*, italien. Poussin n'aurait pas choisi cette distorsion. Il aurait opté pour la vision frontale. Et encore : l'éclairage. Un coin dans l'ombre (le pathétique « italien »), un coin en pleine lumière (la clarté « française »).

Il m'écouta parler, puis, comme si j'avais chanté, me demanda tranquillement :

— Le tableau a-t-il une signification politique ?

Pris de court, je bredouillai :

— La victoire du plus faible sur le plus fort est toujours encourageante pour les victimes des injustices.

— Que dirait mon père si je comparais le géant Goliath à la pieuvre capitaliste qui encercle l'URSS ?

Admettrait-il que l'URSS, c'est David, c'est la jeunesse du monde, qui coupe la tête au monstre ? Oh ! je constate que cette hypothèse te choque, toi.

— Pas du tout ! m'écriai-je, trop content de lui être agréable.

Il me regarda longuement, comme pour peser ma sincérité, puis inspecta le tableau, sans que son visage laissât paraître ni blâme ni approbation. Je me sentis exclu de son examen. J'avais opiné lâchement à une pensée dont il savait très bien que je n'y avais souscrit que pour lui plaire.

Qu'il était beau ce David, avec sa chevelure noire crépue, ses lèvres épaisses entrouvertes, son élan juvénile, sa vigueur plébéienne !

Igor allongea soudain le bras, pointa son doigt sur la poitrine, et dit, comme s'il prononçait quelque chose d'on ne peut plus naturel :

— Je n'ai jamais vu téton aussi bien formé. Cette touche de couleur rose a été mise avec amour. Le fait qu'un seul sein soit découvert monopolise l'attention sur le téton.

Je n'osai cette fois abonder dans son sens, de peur d'être trop explicite. Quelle folie que l'amour qui n'ose pas dire son nom ! Il avalise une opinion politique qui lui est complètement égale, mais impose silence à ce qui le touche de plus près.

33

La chapelle Alaleoni

Il y a des endroits auxquels nous sommes liés pour la vie : non qu'ils présentent quelque chose d'exceptionnel et qu'il n'y en ait pas cent autres plus excitants. Mais nous nous y sommes trouvés dans des circonstances décisives. Des événements y ont eu lieu, qui ont bouleversé de fond en comble notre existence. Sans l'atmosphère, l'impondérable, le charme particuliers à ces endroits, rien ne serait advenu. Peut-être même sont-ils dépourvus de tout charme : nous ne pouvons saisir le *kairos* que là où rien ne nous en distrait.

Je savais qu'à San Lorenzo in Lucina Simon Vouet avait décoré une chapelle dite « Alaleoni ». On disait que c'était son chef-d'œuvre à Rome, et le seul de ses ensembles, avec le maître-autel de Saint-Nicolas-des-Champs à Paris, à n'avoir pas été dispersé ou détruit, mais je n'avais jamais eu la possibilité d'entrer dans cette chapelle, toujours fermée, voilée par des bâches, interdite au public et en apparence condamnée pour longtemps. Pour lui montrer le tombeau de Poussin et essayer de l'intéresser à mes propres recherches, j'entraînai Igor dans cette église où j'étais allé tant de fois. Surprise ! La chapelle Alaleoni était ouverte, on venait de restaurer le plafond et les grilles, l'inauguration officielle des parties restaurées avait eu lieu le matin même. Les projecteurs installés pour l'occasion et restés en place étaient encore allumés, avant que tout ne retombât dans l'obscurité pour une nouvelle période de fermeture.

Le sacristain, qui boitait, nous voyant curieux de cet artiste dont personne ne lui avait jamais promis un pourboire pour découvrir les peintures, nous apporta en claudiquant le registre de l'église. L'acte de mariage de Simon Vouet y était conservé. Il avait épousé, devant l'autel au pied duquel nous nous tenions, Virginia dei Vezzi, le 21 avril 1626. (Tiens ! deux ans après l'arrivée de Poussin à Rome ! Celui-ci avait-il assisté à la cérémonie ?) Deux témoins, le père Silvestro Ocono et le père Bernardo Printo, tous deux de l'ordre des Minimes, avaient contresigné l'acte.

— *Ragazzi*, vous m'êtes vraiment sympathiques, ce n'est pas tous les jours que j'ai des clients comme vous. Voulez-vous que je vous montre le portrait de la jeune mariée et celui de son époux ? Vous méritez ça.

Coiffée sur ses cheveux bien peignés d'une couronne de petites roses, l'épouse tient une rose à la main, caresse de l'autre un jeune chat, sourit de ses dents blanches et respire la candeur par tous les pores de l'ovale parfait d'un visage aussi clairet que son prénom. Le mari, c'est autre chose ! Pas *époux* pour un sou. Il a l'air d'un chenapan. Décoiffé, bouffi, la bouche entrouverte, la barbiche provocante, le regard torve, les yeux injectés de sang, il ressemble plus à un de ces voyous qu'on rencontre au coin d'une rue qu'à un peintre assis devant son chevalet.

— Comme elle est fade, me dit Igor à voix basse pendant que le sacristain s'éloignait pour remettre le registre dans un meuble à tiroirs. Ton peintre s'est rattrapé avec son David, qu'en dis-tu ?

Le retour du sacristain m'évita de répondre. Il se crut obligé de nous fournir quelques explications qu'un billet de cent lires abrégea.

Paolo Alaleone, ou Alaleoni, était le maître des cérémonies du cardinal Maffeo Barberini, et le resta lorsque celui-ci fut « monté sur le trône de saint Pierre », le 6 août 1623, sous le nom d'Urbain VIII, un mois et demi avant que ne fût signé le contrat avec Simon Vouet (qu'il prononçait « Vouette ») pour la décoration de la chapelle. Étaient accordés au peintre cinq cents écus et un délai de six mois pour ornementer le plafond et peindre deux tableaux destinés aux côtés.

Le plafond brillamment éclairé attira d'abord notre regard. Igor se montra déçu.

— Tout cela a été refait, lui dis-je, et bien maladroitement. Ne le juge pas sur ces repeints qui alourdissent et défigurent son œuvre.

Nos yeux s'étant habitués à la pénombre, nous découvrîmes les deux tableaux latéraux.

Igor, avant moi, en fut émerveillé.

Ils illustrent deux épisodes de la vie de François d'Assise. L'un représente la conversion du jeune homme. Né dans l'aristocratie, habitué jusque-là à une vie insoucieuse et brillante, Francesco Bernardone reçut un jour la grâce divine. Impatient de ne plus

Vouet, *La Vêture de saint François*, 1624, Rome, église San Lorenzo in Lucina, chapelle Alaleoni.

rien devoir à son père, il se dépouilla de ses vêtements sur la place publique du village, en plein jour. Acte symbolique, par lequel il répudiait sa famille, renonçait à ses privilèges, rejoignait les pauvres, rompait avec sa vie passée. L'adolescent nu, à genoux, de profil, occupe le fond du tableau : je m'attendais à ce qu'Igor appréciât cette silhouette, mais je n'aurais jamais imaginé une telle excitation. Soudain, comme s'il tenait à me dérouter :

— François était le fils d'un riche marchand. Ce tableau est une allégorie de tous les nouveaux mondes en train de naître, et en particulier une préfiguration de celui qui éclot en Russie. Examine bien les détails. Les seigneurs, au fond – sans doute les amis de son père et les pères de ses anciens amis –, ramassent les vêtements abandonnés par le néophyte. L'un a l'air étonné, un autre contrarié, un troisième indigné. Ils lèvent les yeux au ciel, montrent du doigt le renégat. Ils ne comprennent pas, les valeurs auxquelles ils croyaient se trouvent chamboulées. Tout est sens dessus dessous dans leur tête. « En voilà un, se disent-ils, qui trahit sa classe et s'allie avec les pauvres. Il se moque pas mal, le félon, que son père ait trimé toute sa vie pour lui amasser une fortune ! Et nous, de quoi aurons-nous l'air, dans nos belles tuniques, nos chaussons de velours, nos fourrures ? »

L'explication était curieuse, mais, à tout prendre, plausible.

— Au premier plan, à gauche, tu as ce portefaix, symbole du monde du travail et de la peine ; à droite, une mère accroupie avec son enfant, qui tend la main pour demander l'aumône. Songe à ce qui se passe en URSS : les travailleurs et les mères de famille ont été reconnus comme les vraies forces de la nation, au détriment des propriétaires et des banquiers. Regarde les muscles du portefaix : ce n'est plus l'argent qui compte, c'est le travail. La mère de famille ne sera plus contrainte à mendier, le portefaix le lui annonce en tournant vers elle une tête émue par sa misère.

Pour ma part, je voyais surtout la magnifique épaule nue du portefaix, alors que son visage, où Igor lisait de la compassion, était si encrassé par trois cents ans de patine que les traits en étaient devenus indistincts.

— Et qu'est-ce qu'il y a, exactement au centre du tableau et au premier plan ? Une sorte de plate-forme, faite de trois marches dont chacune est assez large pour qu'un homme s'y tienne commodément ; et ces trois marches, qui s'étalent devant nous, blanches au milieu de la pénombre, sont vides, nues, abstraites. Elles ressemblent à trois tables superposées en ordre décroissant de grandeur. N'est-ce pas extraordinaire que dans un tableau d'histoire, qui grouille de personnages – je n'en compte pas moins de onze –, le peintre ait réservé, au beau milieu, un espace vide, où il n'y rien, personne, pas le plus petit objet ? Pourquoi François est-il au fond, et pas au premier plan ? Pourquoi le sujet du tableau n'est-il qu'une partie du tableau ? Pourquoi le premier plan reste-t-il vide ?

Je convins que le peintre avait voulu surprendre, ménager un *effet*. Mais quel paradoxe allais-je encore entendre ?

— Cette plate-forme constituée de trois marches vides, c'est une table rase. « Faisons du passé table rase », tu connais les paroles de *L'Internationale* ? Eh bien, Vouet a été prophétique. Son François, c'est quelqu'un qui non seulement se dépossède de sa fortune, mais fait table rase du passé et invite ceux qui ont l'intention de le suivre à en faire autant. Ces trois marches, c'est *L'Internationale* de Vouet. Si François a été proclamé saint, que diras-tu des Russes qui se sacrifient aujourd'hui pour un avenir meilleur ? Mon père, tu sais, est obligé de ménager ma mère. Sinon, je suis sûr qu'il m'approuverait.

34

Le destin

N'importe qui à ma place aurait dénoncé l'absurdité de ces anachronismes. J'étais si empressé à lui plaire que je ne dis rien.

Le second tableau me glaça par la violence du message. Une femme de belle prestance, drapée de façon provocante dans une ample robe qu'elle écarte à moitié devant lui, entre chez François et le surprend nu. Il se jette par terre en repoussant l'intruse dans un geste d'horreur. L'éloge de la continence ne pouvait être plus explicite, l'anathème sur le corps plus brutal, l'apologie de la chasteté plus fatale à mes vues.

En général, pourtant, j'aimais beaucoup François d'Assise. Au contraire des autres saints du Moyen Âge, et en particulier de l'abominable saint Dominique, ce sectaire qui créa le tribunal de l'Inquisition, ce fanatique qui alluma les premiers bûchers pour nous brûler vifs, François avait le goût de la vie. Il marchait sur les routes d'Ombrie en chantant. Il parlait aux oiseaux, aux fleurs, aux loups. Chaque homme était son frère. Il a écrit le premier poème en langue italienne, cet admirable *Cantique du soleil*, hymne enflammé à tout ce qui existe. Gourmand des pâtisseries que sainte Claire lui confectionnait, il les mangeait sans cacher son plaisir.

Nous autres, historiens d'art, avons une dette toute particulière envers lui : la peinture moderne est née de sa prédication. Avant lui, la peinture en était au même stade où elle était encore en Russie au dix-huitième siècle. Même refus du monde, même dénégation du réel que dans les icônes. On se limitait à de raides effigies peintes en brun et en ocre, on dénigrait la nature, on n'en voulait pas. Aux formes vivantes étaient substituées des figures figées. Pas un animal, pas une fleur dans la peinture du haut Moyen Âge. Pas un homme en mouvement. Seulement des postures hiératiques. Aucun enfant. Il n'y avait pas jusqu'au ciel qui ne fût nié et remplacé par un fond d'or artificiel.

François, amoureux de la nature dans toutes ses manifestations, la fit accepter par les peintres. Le verrou qui interdisait de célébrer la nature sauta. Libéré du tabou par sa parole, Giotto fut le premier à mettre, dans les fresques de Padoue et d'Assise, des animaux, des arbres, des fleurs. Il peignit des fleuves, des vallées, des montagnes, des villages, des maisons, des laboureurs, des artisans ; répandit des couleurs sur la terre, sema du vert sur les prairies ; trempa ses pinceaux dans le lapis-lazuli pour que le bleu du ciel entrât dans les églises et vînt baigner d'azur les paysages peints sur les murs. Grâce à François, la peinture occidentale s'est émancipée de la tutelle ecclésiastique, gagnant cinq siècles sur la peinture russe et byzantine.

Sur un seul point, il resta affreusement rétrograde. Le sexe continua à être exclu de la prédication de François. Le sexe demeura banni et maudit.

Logique avec lui-même, François aurait dû libérer le sexe également, célébrer aussi la joie du sexe. Il aimait la musique, la poésie, les paysages d'Ombrie, la marche sous le soleil, les haltes sous les oliviers, les gâteaux, mais, cramponné au préjugé biblique, il maintint l'interdit sur le corps. En condamnant le désir, il avalisa le discours catholique sur la répression sexuelle et engagea l'Europe pour des siècles de misère puritaine. En avance dans tous les autres domaines, il ne remit pas en question les lois édictées par Moïse ni l'enseignement de l'horrible saint Paul. Comme on l'écoutait et qu'on le vénérait pour la liberté qu'il apportait au monde, on crut justifiée cette proscription.

J'avais emporté un *Manuel de la peinture au XVIIe siècle*, où le tableau de la chapelle Alaleoni est analysé sous le titre : *La Tentation de saint François ou Le Renoncement aux plaisirs de la chair*.

— Que dit encore ton petit livre ? me demanda Igor. Je serais curieux d'entendre le commentaire.

« Cette œuvre illustre un des *fioretti* inspirés par la vie du saint. Alors que celui-ci prêchait au Soudan afin de convertir les infidèles, une Sarrasine chercha à le séduire et à l'attirer chez elle. Pour échapper au péché, il se jeta sur des charbons ardents. Il avait déjà rejeté les honneurs du monde, il repoussait maintenant le péril féminin. »

Igor éclata de rire.

— Et voilà ce que ton auteur appelle « le renoncement aux plaisirs de la chair » ?

— Mais... Je ne vois pas comment on pourrait commenter autrement une scène très fréquente dans la peinture chrétienne.

Vouet, *La Tentation de saint François*, 1624, Rome, église San Lorenzo in Lucina, chapelle Alaleoni.

— La chair !... La chair !... Que vois-tu, dans ce tableau ?

— Une femme du peuple aux joues et aux lèvres fardées, vêtue avec une richesse supérieure à sa condition, chargée de bijoux. Une courtisane, comme on disait alors. Elle avance entre les pans de sa robe une jambe nue chaussée d'une sandale compensée qui se termine par un nœud de fleurs sur l'empeigne.

— Ta... ta... ta... ta... Une femme... et saint François la repousse avec horreur ?

Mais oui, rien de plus évident.

— Il repousse donc une femme ?

— Si résolument qu'il préfère se jeter sur des charbons ardents.

— En résulte-t-il qu'il repousse « la chair » ?

— Le mot est désuet mais dit bien ce qu'il veut dire.

— Il n'y aurait donc, en fait de « chair », que de la chair féminine ?

— À cette époque, on disait « chair » pour désigner la femme.

— Mais à la nôtre, Romano ?

Je me sentais de plus en plus embarrassé, lorsque nous entendîmes approcher le sacristain. Il venait en boitant nous prévenir que la chapelle allait être refermée. Dans cinq minutes, il éteindrait les projecteurs, dont les commandes se trouvaient dans la sacristie, puis, quand il aurait rangé les chaises après le grand désordre causé par l'inauguration du matin, il remettrait les chaînes aux grilles de la chapelle.

— Dans un quart d'heure au maximum. Profitez bien, *ragazzi* !

— À notre époque, reprit Igor quand le bonhomme se fut éloigné, crois-tu qu'il n'y ait de chair que de la chair de femme ?

En même temps, il m'avait pris par les épaules et rapproché de lui.

— Idiot…, murmura-t-il. *Dourak*, répéta-t-il, cette fois en russe, comme chaque fois que le français ne lui semblait pas descendre assez profondément dans l'émotion.

— François repousse une femme, il repousse *la femme*. *La femme* lui fait horreur. Beau et nu comme il est, il ne va pas se laisser séduire par une femme.

Son visage était maintenant tout près du mien.

— Il se réserve pour *quelqu'un d'autre*.

À ce moment les projecteurs s'éteignirent, l'obscurité nous enveloppa. Igor m'attira vivement à lui et appliqua sa bouche sur la mienne mais du bout des lèvres seulement. La sacristie se trouvait à l'autre bout de l'église. Le pas claudicant résonnait sur les dalles. Il ne nous restait que quelques minutes à être debout dans le noir. Plus tard j'ai pensé au rôle que ce boiteux avait tenu dans notre aventure. Les Anciens attribuaient un défaut physique à ceux qu'ils honoraient comme des dieux. Je reconnais dans le sacristain une figure d'Héphaïstos, de Vulcain, dieu du feu, de la foudre, dieu de la passion, dieu bancal, dieu infirme. L'homme allait et venait en clopinant.

J'étais si égaré que je saisis Igor par le cou et cherchai sa bouche pour un vrai baiser.

Il se recula et dit :

— Pas avant que tu me promettes de m'obéir.

— Tu peux compter sur moi, chuchotai-je.

— Pour n'importe quel service ?

— Tu peux compter sur moi pour n'importe quel service.

Le pas tantôt s'éloignait, tantôt se rapprochait. Le bruit des chaises traînées sur le dallage retentissait dans la nef vide.

— J'ai ta parole, dit-il.

— Je te le jure, Igor.

— Pour n'importe quel service ?

— Promis et juré.

Il écarta mes vêtements.

— Maintenant ou jamais, dit-il.

— C'est le destin, chuchotai-je, comme si mon désir avait besoin d'une justification.

Lui, plus directement :

— C'est l'amour.

Il me donna dans les ténèbres ce que je désespérais d'obtenir.

— Je t'aime, me répétait-il entre deux baisers, tu ne t'en es pas encore aperçu ?

35

Promenades dans Rome

Le lecteur aura trouvé long d'avoir attendu la page 246 pour voir se produire ce qu'il souhaitait, ou déplorait, qu'il dût arriver – mais de tout façon s'y attendant depuis longtemps.

Très timide, voire nigaud, je l'étais certainement ; mais d'abord victime de mon éducation et asservi à l'opinion publique de mon pays. J'avais grandi dans l'impossibilité non seulement de manifester ma nature, mais encore d'oser me l'avouer à moi-même. Tel était le legs de ma jeunesse : la peur mêlée si intimement au désir que le bonheur auquel j'aspirais si passionnément ne pouvait m'apparaître que comme une chimère, aussi délicieuse qu'improbable.

— Paria tu es né, paria tu resteras.

Pour réparer le temps perdu, je sautai à pieds joints dans la « seconde vie », la vraie vie. Ceux qui ont trouvé d'emblée la voie aplanie devant eux et n'ont jamais subi ni la terreur d'être démasqués ni la honte de se découvrir tels qu'ils sont, ignorent ce que j'ai éprouvé. Des jours qui suivirent l'événement de la chapelle Alaleoni je me rappelle chaque instant, chaque détail, tant il est vrai que le bonheur a une histoire pour ceux qui n'en ont pas hérité en naissant.

Alaleoni : je me répétais ces drôles de syllabes, auxquelles je trouvai une saveur si prophétique qu'elles devinrent mon talisman. Les « ailes » (*ale*, pluriel de *ala*) m'avaient poussé, et, de mouton soumis, j'étais devenu un « lion » (*leone*).

Nous nous abandonnâmes sans frein à tout ce qui nous passait par la tête. C'étaient souvent des choses folles, qui auraient pu nous coûter cher, comme de choisir une nuit de pleine lune pour nous baigner tout nus dans la fontaine de Trevi, d'où nous nous sauvâmes juste à temps, poursuivis par les carabiniers que nous réussîmes à semer en jetant derrière nous une partie de nos vêtements qu'ils se baissèrent pour ramasser.

Cet exploit ne nous parut pas suffisant, car il avait eu lieu la nuit, sans témoins. Nous voulions narguer en plein jour la police et la ridiculiser publiquement. Un jour que nous passions devant le commissariat de piazza Barberini, Igor remarqua que la clef de la porte était restée à l'extérieur. Notre plan fut vite arrêté : donner un tour de clef, ôter la clef de la serrure, la prendre avec nous, nous sauver à toutes jambes, jeter la clef dans la fontaine du Triton et assister de loin à la scène qui s'ensuivrait. Il fallait que personne ne nous vît opérer. Après plusieurs essais infructueux, nous arrivâmes à subtiliser la clef sans être surpris et à la jeter dans la fontaine où nous l'entendîmes résonner contre la queue d'un dauphin avant de tomber dans l'eau. Excités par ce tintement ironique, nous n'eûmes pas longtemps à attendre. Les policiers enfermés à l'intérieur essayèrent de sortir du commissariat. Ils donnaient de grands coups de botte dans la porte, vacarme qui attira l'attention des passants. Enfin, ils ouvrirent les fenêtres du premier étage et sautèrent sur la place, en uniforme, si maladroitement que plusieurs roulèrent sur le pavé. Ils sautillaient sur place et se frottaient les pieds. Le lieutenant gémit de s'être démis la cheville. Quolibets, cris de joie dans la foule.

Une autre provocation fut de nous rendre le 1er janvier au restaurant fasciste Garibaldi de Mastro Galluzzo, notre vieille connaissance. J'avais invité Igor, dont l'évidente supériorité financière m'obligeait à saisir çà et là l'occasion de paraître devant lui moins pauvre. Devant tous les clients, je commandai à voix haute, pour fêter la nouvelle année, une bouteille de champagne. L'an I du fascisme avait commencé le 29 octobre 1922, et depuis il était défendu de fêter le jour de l'an et d'échanger des vœux un autre jour que le 29 octobre. Le chiffre I de l'an I correspondait en plus à la lettre majuscule I de Idéal, Idéalisme, Invincibilité, Impero (Empire), Idrovolanti (Hydravions), Icare (symbole de l'héroïsme aéronautique), Italia. Le 1er janvier avait été aboli, le vénérable *Capodanno* supprimé des réjouissances publiques.

Mastro Galluzzo hésita entre l'appât du gain et le respect de l'interdiction. Un milicien d'une trentaine d'années, en chemise noire, le menaça de représailles puis se tourna vers nous et nous avertit qu'il nous dénoncerait au GUF. Mastro Galluzzo, que sa corpulence accusait d'enfreindre la loi proscrivant les pâtes ailleurs que dans les cantines où leur bon marché en autorisait la consommation, nous jeta un coup d'œil suppliant. J'interrogeai Igor du regard. Il me fit signe de ne pas insister.

— Excusez-nous, dis-je au milicien, nous n'étions pas au courant.

La commande d'une bouteille de champagne avait été une rodomontade de ma part, car j'aurais dû retourner le fond de mes poches pour trouver la somme nécessaire, et je fus bien aise de ne pas avoir à faire cette dépense.

Le milicien parut déçu de nous trouver si dociles. Bartolomeo m'avait prévenu : loin d'interdire aux étudiants toute liberté d'expression, le régime avait intérêt à encourager leurs critiques, leurs railleries, par une tolérance sournoise qui lui assurait le moyen de contrôler la jeunesse. Quantité de journaux et de revues paraissaient sous le manteau sans rencontrer d'obstacles : sous l'œil bienveillant de la police régulièrement informée, contestataires et opposants avaient la bride sur le cou. On puérilise et rend inoffensive une subversion en lui permettant de s'afficher.

Mastro Galluzzo, sur un signe du milicien, nous versa deux verres de vin rouge des marais Pontins, du cru que Mussolini, lors de la « Fête du raisin », avait comparé aux meilleurs vignobles du Chianti.

— Un authentique « fruit de Bacchus » !

Le milicien nous invita à boire aux « 140 millions ».

— Les 140 millions ?

— Jeunes gens, à votre accent je devine que vous êtes des étrangers. Votre contribution n'en aura que plus de prix.

Nous ne répondîmes pas.

Les Italiens avaient décidé de jeter au feu, lors de « bûchers symboliques », 140 millions de titres de la dette publique, présent « volontaire » du peuple au Trésor.

— Naturellement, sont acceptés tous les dons versés librement à l'État.

Igor mit la main à sa poche et tendit cent lires au milicien ébahi.

— J'inscris ton nom, dit celui-ci. Le Duce n'oublie pas ses amis.

Il mit sur la colonne de droite : 100 lires. Les autres sommes inscrites ne dépassaient pas deux chiffres.

Craignant que le milicien n'eût deviné quelque chose à notre sujet, Igor voulait-il acheter son silence ? Précaution inutile. Nous avions soin de nous conduire partout avec la plus extrême prudence et en « hommes ». Fortunio nous dit bien un jour : « On ne vous voit jamais l'un sans l'autre », mais cette remarque n'impliquait pas de sous-entendu. À part la nuit, où chacun devait regagner sa chambre – les deux nôtres se trouvaient aux deux bouts opposés du couloir –, il nous était permis de travailler ensemble, soit dans ma chambre, soit dans la sienne. Que nous visitions Rome ensemble ne prêtait à aucun commérage. On savait que nos sujets d'études étaient voisins, que les deux peintres de nos mémoires avaient vécu à la même époque, dans les mêmes lieux, membres, à quelques années près, de l'Académie de Saint-Luc, et il n'y avait donc rien d'extraordinaire à nous voir mener nos recherches parallèlement. Ils appelaient cela : « fraternellement ». La ville où ils vivaient – la Rome de Virgile, d'Ovide, d'Hadrien, de Michel-Ange – leur mettait sous les yeux une apologie vivante de l'homosexualité, mais ils n'avaient pas l'idée que ce pût être une disposition qui existât de leurs jours, qui se rencontrât en l'an X, à côté d'eux, une coutume pratiquée par de simples citoyens, jeunes ou vieux, qui n'étaient ni poètes, ni peintres, ni sculpteurs. Ils la coudoyaient tous les jours sans le savoir.

L'homosexualité, pour eux – comme pour tous les Romains –, n'avait été qu'une excentricité des temps antiques, une fantaisie qui n'avait eu cours que sublimée par l'art. L'homosexuel « réel », ou bien ils en niaient l'existence, ou bien ce n'était pour eux qu'un cas pathologique, un malade à guérir de son « vice ». Cependant, ils le désignaient avec moins de méchanceté que dans d'autres pays, qui le traitent des noms laids, méprisants et cruels de « *Schwurtel* », « *Tunte* » en allemand, « fiotte », « inverti », « tapette », « tantouze » en français, « *sissy* », « *fag* » en anglais. En Italie, ni la compassion ni l'humour ne laissent la réprobation sans contrepartie, puisqu'on le nomme *finocchio*, en souvenir du « fenouil » que, lorsqu'on en brûlait un, on jetait sur le bûcher pour qu'il eût le bonheur d'une mort parfumée.

Nous nous amusâmes à compter, dans les musées, le nombre prodigieux de *finocchi* célèbres : pas moins de cinquante-trois Hadrien, quarante-six Antinoüs, quarante et un Apollon, vingt-cinq Ganymède, quinze Achille, quinze Patrocle, six Endymion, six Alcibiade, quatre Faunes en érection caressant l'éphèbe à qui ils enseignent la flûte, douze Narcisse, quatre Hyacinthe, deux Cyparisse – et la plupart se trouvent dans les diverses collections du Vatican, où, pourvus du label

« civilisation de l'Antiquité », ils narguent les pèlerins. Les Dioscures place du Quirinal, Harmodios et Aristogiton dans les thermes de Caracalla, Oreste et Pylade sur l'Aventin se sont même installés en pleine ville, au vu et au su de tous. Les Romains, les touristes, qui les photographient sous tous les angles, crieraient au scandale s'ils les croisaient dans la rue.

Ah ! ces modernes qui clament leur enthousiasme pour les sculpteurs grecs tout en condamnant les sentiments auxquels s'abreuvait leur génie !

— Il y a dans l'art occidental, me dit Igor, quelque chose qui m'intrigue. Le nu masculin disparaît de la statuaire au Moyen Âge mais, à peine disparu, il réapparaît dans la peinture.

— Parce que la statuaire est trop exacte. Les détails anatomiques d'un corps ne peuvent être éludés par le ciseau, sinon au moyen de la ridicule feuille de vigne qui ne fait que les souligner et attirer sur eux l'attention. La censure ecclésiastique, avertie du péril, a donc proscrit le nu sculpté.

— Quand il est peint, au contraire ?

— La peinture est moins précise, accuse moins les détails, permet de les esquiver par des accessoires vestimentaires. Elle autorise l'à-peu-près, aplatit ce qui devrait être en relief, fond la protubérance dans le flou. Un morceau de linge qui flotte, un bout de tissu qui tombe où il faut, et le tour est joué. Là-dessus, les catholiques sont très forts. On cache, tout en mettant en évidence. On montre, tout en escamotant. Pour le Christ, on baptise cette espèce de loque, qui entortille comme par hasard la saillie problématique, d'un nom pompeux coupant court à la raillerie : *périzonium*.

Nous fîmes nos délices des centaines de Saint Sébastien exposés dans les églises. Dans un retable, à côté de personnages graves habillés de pied en cap, apôtres, évêques, abbés, il y en a toujours un, presque entièrement dévêtu. Les flèches n'auraient-elles pu traverser une chemise ? Pour s'enfoncer dans la peau, avaient-elles besoin d'une poitrine, d'un ventre nus ? Le pagne retenu à peine par une ficelle nous donna le plaisir de dénoncer l'hypocrisie romaine.

36

Sur le Janicule

Nous ne connaissions pas encore le Janicule. Après avoir traversé le fleuve sur le pont Sisto, nous montâmes par la via Garibaldi jusqu'à la petite église San Pietro in Montorio. Du parvis qui domine la ville, la vue embrasse les principaux monuments. Les longues lignes du palais du Quirinal, le prieuré de Malte au sommet de l'Aventin, la pyramide de Caius Sextius, les jardins du Pincio sur les hauteurs, les trois palais couronnant le Capitole, plus loin le tombeau de Cecilia Metella, les stèles de la via Appia et les vestiges des aqueducs, les allées bordées de pins parasols, tous les endroits que nous avions visités s'étageaient jusqu'à l'horizon. Baignés de lumière et transfigurés par la perspective, ils nous apparurent sous un aspect neuf. Igor m'embrassa. Seul le dôme de Saint-Pierre, que nous apercevions en nous penchant vers la gauche, posé comme un couvercle sur les toits, nous déplut. Ce pays qui avait été autrefois celui de la liberté était passé sous le pouvoir de nos ennemis, et nous n'avions pas envie d'avoir sous les yeux le symbole de l'hégémonie pontificale. Du coup, nous déclarâmes que la

Rome moderne ne valait pas la Rome antique. Que la ville eût gagné sans ces coupoles qui l'étouffent ! Une colonne s'élance et libère, une coupole coiffe et pèse.

Michel-Ange avait dû enrager de devoir mettre son génie au service des papes. Nous avions l'un et l'autre, Igor par son éducation orthodoxe et l'habitude de fréquenter un clergé qui, obligatoirement marié, n'a pas à lutter contre l'obsession sexuelle, moi par dégoût des prêtres qui avaient palpé mon jeune frère à l'école religieuse où ma mère l'avait sottement inscrit pour « pallier l'absence du père » par l'autorité « virile » d'un « père supérieur », des raisons particulières pour détester l'Église catholique ; mais celle qui nous était commune était que, au temps du paganisme, nous aurions pu nous aimer librement, sans nous cacher.

Le soir, tantôt Igor me rejoignait dans ma chambre, étouffant ses pas dans le corridor ; tantôt, avec les mêmes précautions, je me glissais jusqu'à la sienne. Il fallait attendre que tous nos camarades fussent endormis. Puis nous devions nous séparer avant l'aube. À mi-chemin du couloir éclairé par une veilleuse se trouvait une niche, ancien oratoire reconverti après 1870 en placard à balais. Les accords du Latran avaient rendu le local à sa destination première. À la place des balais, un crucifix ornait le mur du fond. Le gardien de nuit décida de faire une ronde ; je me réfugiai sous le crucifix ; il passa devant la niche sans me voir.

Nous étions sans cesse sur nos gardes ; ce qui était permis en plein jour nous aurait dénoncés la nuit. Fascistes, antifascistes, droite, gauche, tous unis dans l'apologie de la « morale » et le rejet de la « décadence », auraient demandé et obtenu notre renvoi.

Il est impossible, quand on déborde de bonheur, de ne pas avoir envie de le partager.

— Tes parents au moins, nous pouvons compter sur eux. Ils nous feront bon accueil. Ils sont si larges d'esprit, si généreux…

— Sauf *là-dessus.* Ne demande pas ça à un Russe, quel qu'il soit.

— Mais…

— Mon père est l'homme le plus tolérant du monde, sauf sur cette question. Inutile d'essayer de le raisonner. Il pense que c'est contagieux et que je donnerais le mauvais exemple à Serioja.

— Vous êtes si différents, ton frère et toi !

— Il craint que la lignée des Sermalov ne s'éteigne.

— Mais justement, puisqu'il a un second fils…

— Le fils aîné compte seul pour un Russe. S'il savait, il me répudierait.

— Brave-le !

— Mon père, je l'adore.

Il y avait des jours où l'obligation de nous cacher m'excitait ; qui dit exclu dit élu ; la clandestinité a pour contrepartie la jouissance de se sentir à part et au-dessus du commun ; on respire sur des hauteurs auxquelles les autres n'atteindront jamais. D'autres fois, je trouvais pénible de devoir dissimuler aux yeux du monde ce qui faisait ma vie et de garder pour moi la joie dont j'aurais voulu rayonner. Igor se montrait des plus tendre ; il lui arrivait de narguer le danger pour passer toute la nuit dans ma chambre et de ne réintégrer la sienne qu'au risque de tomber sur un des premiers domestiques levés tôt pour préparer le petit déjeuner.

Un reste d'anxiété venait troubler pour moi ces moments d'exception : je n'oubliais pas que je lui avais donné ma parole de lui « obéir » en quoi que ce fût qu'il me demandât. Une promesse signée en blanc, dont le contenu m'inquiétait. Quand j'y faisais allusion, il me fermait la bouche de sa main, et, tout en me caressant la joue, se contentait de me dire :

— Le moment n'est pas encore venu.

Quel moment ? Il refusait absolument de s'expliquer là-dessus. Il devait attacher une grande importance à ce qu'il ne voulait pas encore me dire, pour juger qu'il fallait d'abord m'y préparer.

Ce jour-là, le panorama du haut du Janicule sous le ciel sans nuages était si beau que je ne pensai qu'à regarder. À nos pieds un couvent de capucins étageait ses terrasses sur le flanc de la colline ; les parfums de leur jardin d'orangers montaient jusqu'à nous. Mon regard descendit du jardin jusqu'à la Farnesina, au bord du fleuve. De l'autre côté du Tibre, j'aperçus la loggia du palais Falconieri.

— Tu souris ?

— Je repense à l'époque où je me croyais obligé de promener cette dinde de Giulia. Comment ai-je supporté cette fille que seule la voracité des glaces arrachait à son apathie ?

Derrière nous, je savais que la modeste église San Pietro in Montorio avait servi longtemps d'écrin à la *Transfiguration* de Raphaël, avant qu'on eût transporté le chef-d'œuvre dans la pinacothèque du Vatican. Mais elle avait gardé une fresque de Sebastiano

Sebastiano del Piombo, *La Flagellation*, vers 1521, Rome,
San Pietro in Montorio.

del Piombo qu'on disait de grand prix, peinte sous l'influence et même d'après un dessin de Michel-Ange, qu'il avait connu sur les échafaudages de la chapelle Sixtine.

Je fus comblé au-delà de toute attente. Quel modèle de ce que j'avais expliqué à Igor sous le nom de *double langage* ! Au milieu de colonnes alignées dans un décor symétrique, dont la majesté froide fait ressortir le pathétique de la scène, ce qui est en principe une *Flagellation du Christ* représente (il faudrait dire : exhibe, sans la révérence due au sujet) un superbe nu masculin qui s'affaisse, s'alanguit et se pâme sous le fouet de quatre valets d'œuvre aux rudes mines populaires et aux jambes nues. Celui qui n'est vêtu que d'un caleçon moulant se montre le plus acharné. Le Christ, dont une bande de tissu ne cache que le sexe, défaille sous leurs coups. Jamais on n'a peint avec plus de tendresse et de sensualité un torse, des épaules, un ventre, des jambes d'homme dans la force de l'âge. Il cède, il ne se défend plus, il s'abandonne, moins victime de la brutalité de ses tortionnaires qu'enivré de son propre supplice ; le corps penche de côté, la tête est prête à tomber sur l'épaule. Devant un tel consentement au martyre, on se demande si le prisonnier attaché à la colonne et livré à la cruauté de ses bourreaux souffre réellement de la flagellation ou y découvre une sorte d'extase dont il frissonne voluptueusement.

Igor me parut mal à l'aise. Il ne resta que quelques instants devant la peinture et ressortit à l'air libre. Peut-être croyait-il, sur la foi des livres de médecine et de psychanalyse qu'il avait lus pendant sa maladie, que les relations entre hommes aboutissent fatalement à des scènes de violence et de sadisme.

Un autre jour, après avoir monté l'escalier de la Trinité-des-Monts dont Igor s'amusa à compter les cent trente-sept marches, et contourné l'obélisque planté au sommet comme le doigt de Dieu à l'intention des pèlerins qui entreprennent l'ascension, nous longions le mur qui soutient les jardins de la villa Médicis. Rome s'étendait à nos pieds, de la place d'Espagne au « mausolée d'Hadrien », comme nous persistions à appeler, en souvenir du bel Antinoüs, le monument que pour plaire au pape après les accords du Latran Mussolini avait fait rebaptiser « château Saint-Ange ».

Notre attention fut soudain attirée par le manège d'une femme qui faisait des génuflexions, soupirait, multipliait les signes de croix, devant un buste fixé dans le mur et sous lequel elle avait déposé un bouquet de roses de la même couleur fade que les festons de sa robe bleue. Nous nous approchâmes : c'était le buste de l'écrivain français Chateaubriand, fameux par ses écrits sur Rome. La femme avait la trentaine et montrait cette beauté majestueuse que les Romaines exposent à cet âge où leur cœur averti de son déclin s'inquiète de la perdre. Notre inconnue, à qui la consommation quotidienne de pâtes ne donnait plus que quelques mois pour plaire, implorait le grand homme de lui trouver un moyen pour continuer à séduire. Ses deux mains s'étaient jointes pour soulever sa poitrine et lui présenter deux seins encore fermes.

Un Français, dans la cinquantaine, en complet veston et cravate, qui n'était donc pas un élève de l'Académie de France, mais peut-être son directeur, sortit de la villa Médicis, s'arrêta à côté de nous et posa sa serviette par terre pour regarder aussi.

— Ah ! jeunes gens, quel exemple ! Imprégnez-vous de ce spectacle et d'une dévotion si touchante. Nous pouvons être contents, pour le souvenir de René qui eût aimé cette amoureuse, qu'elle soit une Romaine tellement émouvante, dans sa robe bleu et rose.

LIVRE III

37

Le Stade de marbre

Comme tous les amants à leurs débuts, nous nous racontions l'un à l'autre notre passé, aussi curieux de le savoir qu'inquiets de le découvrir.

— Dans notre culture, me disait-il, l'homosexualité n'a pas de place ; je n'avais qu'une idée très vague de ce que c'était avant de te rencontrer ; mon père fait comme si elle n'existait pas. Il la nie, à tel point qu'il ne me reconnaîtrait pas pour son fils s'il savait à mon sujet. Mais toi, qui viens d'un pays où on n'en fait pas mystère, tu as sans doute eu un ami avant moi ?

Je lui racontai ma jeunesse, le poids des tabous, l'impossibilité d'être soi, la tyrannie d'une morale ne sachant qu'interdire.

— Je l'adore, cette morale, s'écriait-il, puisqu'elle t'a obligé à rester libre et m'a permis d'être le premier. Et maintenant je te garde à jamais, car tu es à moi pour toujours, n'est-ce pas ?

— Pour toujours.

Les gestes suivaient les paroles, et la nuit se passait à dire des bêtises et à les effacer par des actions.

Un matin, avant de me quitter pour regagner sa chambre, il me dit :

— Si nous allions voir, cet après-midi, au pied du Monte Mario, le Stade de marbre ? Les journaux ne parlent que de cela.

Au travertin gris, classique, utilisé jusqu'à présent pour les édifices publics de la capitale, on avait préféré le marbre de Carrare. Le sport, nouvelle divinité, rebaptisée, sous peine d'amende, *diporto*, réclamait son temple. La race italienne, si souvent méprisée à l'étranger, devait se montrer telle qu'elle était *vraiment*, belliqueuse dans l'âme, infatigable dans les muscles, avide de prouesses et de records, digne de ses ancêtres romains, prête. Les footballeurs italiens avaient remporté la Coupe du monde, le boxeur Locatelli conquis la couronne européenne des poids légers, Marina Rosmarino atteint la demi-finale de Roland-Garros. Le principal sujet d'orgueil restait l'aviation, après l'exploit triomphal d'Italo Balbo, qui, parti de la côte toscane à la tête d'une escadrille de vingt-quatre appareils, s'était posé à Chicago, vainqueur du premier raid transatlantique.

« Suprématie italienne dans les airs », titraient les journaux. « Nos ailes règnent sur le monde. » La preuve en était une recrudescence de l'espionnage industriel. On avait arrêté dans l'usine aéronautique de Brescia deux ingénieurs allemands qui se faisaient passer pour brancardiers à l'infirmerie. « L'étranger s'attaque aux secrets de nos moteurs. »

De nombreuses disciplines sportives, toutefois, avaient été négligées trop longtemps. Il restait beaucoup à faire en vue des prochains Jeux olympiques.

Pour ce « rendez-vous avec la gloire », athlètes et gymnastes devaient éviter la *brutta figura.* Le Stade de marbre, appelé par un raccourci emphatique le Stade (interdiction de le mentionner sans y mettre la majuscule) préparerait les balillas, les avant-gardistes, les sauteuses à la perche et les lanceuses de poids à devenir des champions et des championnes. Le Duce donnait l'exemple en pratiquant l'escrime, le cheval d'arçons, le deux cents mètres haie, le pancrace. On l'avait photographié en plein effort dans la brasse papillon, lançant les bras hors de l'eau avec des moulinets harmonieusement symétriques, et soumettant ses jambes musclées à un superbe battement ondulatoire.

« Vaincre, vaincre, vaincre », c'était le mot d'ordre, à respecter dans les plus petites circonstances. Un coureur cycliste avait été disqualifié parce qu'il s'était présenté sur la ligne de départ en poussant tranquillement son vélo : il aurait dû arriver en le portant au pas de course sur l'épaule. Même disgrâce fut infligée à un joueur de tennis entré sur le court sans brandir sa raquette. Il la tenait serrée sous son bras, enveloppée dans du papier journal comme un jambon. On recommandait de marcher en ville pieds nus. « L'Italien des temps nouveaux se moque d'avoir mal aux pieds. Il préfère les durillons et les ampoules aux bourgeoises chaussures qui trahissent une aspiration fâcheuse au confort. »

Quelques mois auparavant, un incident politique, sujet d'innombrables plaisanteries, avait marqué le début des travaux au Stade. Le sous-secrétaire d'État à l'Éducation nationale, chargé du projet, avait envoyé à la presse le communiqué suivant :

« Son Excellence le secrétaire d'État Sebastiano dell'Orso, à peine installé dans ses fonctions, a posé la première pierre du Stade, nouvelle, coûteuse et magnifique réalisation du régime. »

Mussolini avait réagi aussitôt.

« Un ministre ne *s'installe* pas dans ses fonctions. Qu'un haut dignitaire donne l'impression qu'il commence par *s'asseoir*, par *se caler* dans son fauteuil, non. S'il veut occuper une sinécure et se prélasser dans le confort d'une vie sédentaire, qu'il poursuive sa carrière politique dans une démocratie à ronds-de-cuir. Il fallait dire : *ayant à peine assumé sa charge*, ou : *pris à peine sur ses épaules ses lourdes responsabilités.*

« Seconde faute : un ministre ne *pose* pas la première pierre. Quand on est un chef, on ne pose pas la première pierre dans un chantier qui va donner un nouveau visage aux hommes et aux femmes d'Italie aussi négligemment qu'une femme du monde pose sa tasse à café en porcelaine sur le plateau du domestique. Ce qui est élégant dans un salon devient criminel dans un chantier de travaux publics. Le Fascisme, par l'intermédiaire de son ministre, se doit de lancer une annonce dynamique et concrète. On n'impressionne les esprits qu'*en frappant le sol d'un coup sonore de pioche*. Ce geste transmettra la première image de l'homme viril et de la femme énergique que le Stade en construction a le devoir de former pour la substituer à l'image des Italiens spongieux et résignés, viciés par des siècles de despotisme et de soumission aux volontés de l'étranger, telle que nous l'ont léguée les gouvernements parlementaires de MM. Giolitti et Orlando.

« Un prochain arrêt décrétera la boxe, l'escrime, la lutte gréco-romaine et le lancement du javelot moyens d'expression typiquement fascistes. En foi de quoi, le *signor* dell'Orso est démis de ses fonctions, que j'ai confiées à Son Excellence Renato Ricci, champion de nage sur le dos en bassin couvert. »

— C'est loin, ce stade ?

— Tout au nord. Il faut remonter la via Flaminia puis traverser le Tibre sur le pont Milvio.

En route, nous rîmes beaucoup de voir des passants ôter leurs chaussures et marcher pieds nus devant les bâtiments publics, puis les remettre à peine s'estimaient-ils hors de vue des gardiens.

— Je ne t'aurais pas proposé cette visite si on ne venait de compléter le stade par des statues inaugurées il y a quinze jours.

— La presse s'est excitée sur elles, je me souviens.

— Mais par des éloges si elliptiques et des allusions si alambiquées que je ne m'étonnerais pas que quelque chose d'inouï nous attende. La seule chose qu'elle ait soulignée, c'est que ces statues sont au nombre de soixante, qu'elles ont quatre mètres de hauteur, et leur socle un mètre vingt. On n'a pas lésiné sur le marbre ! Pas un mot sur la qualité artistique de ces statues, ni sur ce qu'elles représentent. Chaque ville en a offert une, par souscription, ce qui fait du stade, en plus de sa mission éducative, un symbole d'unité nationale. Il est d'autant plus étonnant que le Duce et son ministre aient prétexté un déplacement en province pour ne pas assister à l'inauguration.

— Oui, je me rappelle. Le sacrifice consenti par les citoyens pour acheter le marbre et commander les statues à des sculpteurs en renom a été cité comme une preuve exceptionnelle de leur attachement au Duce.

— L'absence de Mussolini en ce jour solennel, l'embarras des journaux à parler de ces statues ne t'ont pas intrigué ? Aucun ministre, aucun secrétaire ou sous-secrétaire d'État, aucun hiérarque n'était présent.

— Elles seront si laides…

— Des femmes nues, peut-être ?

— Ça m'étonnerait. Wanda a appris de son marchand de tableaux qu'on vient sur réclamation du Vatican de retirer de la vente une traduction de Baudelaire qui reproduisait en couverture *Le Bain turc* d'Ingres.

— Qu'en dit Wanda ?

— Qu'il n'y a qu'en Pologne où l'Église serait aussi bête.

38

Un épisode sous les tsars

Un certain nombre d'étudiants étrangers résidaient à l'Institut. Sa qualité de Russe n'attirait pas à Igor plus de sympathie ou d'attention qu'à ceux des autres nationalités. Bartolomeo était le seul qui eût pour lui des gentillesses. De temps en temps il l'invitait à boire un café sur le Corso ou à la buvette de la Galleria Colonna. J'attribuais ces prévenances à un calcul politique : un Russe blanc, dont les parents ont échappé à la terreur, devait être plus facile à exciter contre la dictature fasciste.

Un jour où nous planchions sur Vouet, il entra dans sa chambre. Il brandissait, outré, *Il Popolo d'Italia*. Jamais, nous dit-il, il n'aurait cru le gouvernement capable d'autant d'ingratitude. Quel déni de justice ! Quelle mesquinerie ! Il apportait à Igor le témoignage de sa solidarité avec les Russes et de son indignation contre Mussolini. L'affaire le touchait d'autant plus qu'elle concernait sa propre famille.

En 1908, comme nous le savions, un tremblement de terre suivi d'un raz de marée avait détruit Messine, la ville de ses parents, qui s'étaient enfuis et relogés à Syracuse. Le 28 décembre, à 5 h 20 du matin, la mer s'était soulevée pendant quelques minutes jusqu'à six mètres. Messine, en plein sommeil, fut rasée au sol. Les neuf dixièmes des maisons s'écroulèrent, il y eut soixante mille morts. La sœur de Bartolomeo séjournait chez une tante à Catane pour les vacances de Noël. Lui-même n'était pas encore né. Une partie de sa famille périt. Son oncle était mort en couvrant ses deux frères aînés de son corps. Aucun de ses cousins ne survécut. Sa mère, couturière à l'opéra, fut épargnée par un concours de circonstances miraculeux. Elle avait passé la nuit au théâtre car les costumes pour la représentation de gala du *Capodanno* n'étaient pas encore prêts. On s'était aperçu à la dernière minute que les étoiles manquaient sur le manteau du père Noël. La fameuse négligence sicilienne la sauva. Le théâtre Victor-Emmanuel fut un des rares bâtiments à résister au séisme.

Les secours furent lents à arriver d'Italie. Un navire militaire russe qui participait aux manœuvres franco-anglaises en Méditerranée dévia pour apporter son aide et fut le premier à débarquer des sauveteurs. Une centaine de marins se mirent à l'œuvre. Grâce à leur courage et à leur abnégation, car ils couraient le risque d'être ensevelis sous les décombres, on n'eut pas à déplorer plus de victimes. Le propre père de Bartolomeo avait été tiré des ruines juste à temps pour être réanimé.

En reconnaissance de leur dévouement, la municipalité avait fait élever aux sauveteurs russes, sur l'avenue qui longe la mer, un monument en lave de l'Etna. Sur le bas-relief on voyait un matelot qui fouillait de ses mains au milieu des gravats. Un autre transportait dans ses bras un enfant blessé. Mais aujourd'hui on annonçait que ce monúment allait être démoli. On mettrait à sa place une statue de marbre de monseigneur Letterio d'Arrigo, archevêque à l'époque du tremblement de terre. « Dès le 10 janvier », il avait célébré la première messe après la catastrophe, « sans craindre de dire l'office au milieu des baraquements de fortune » ; et, « par déférence envers son esprit de sacrifice », on le décorerait à titre posthume de la grand-croix de la Couronne de Savoie.

Bartolomeo, étouffé par la colère, nous donna à lire la conclusion de l'article. « Le Duce, dans sa magnanime sollicitude pour le valeureux peuple sicilien, a pensé qu'il fallait mettre un terme à une situation choquante. Les habitants de cette cité si durement éprouvée ne méritent pas d'être offensés, quand ils se promènent en famille sur leur bord de mer si magnifique, par l'éloge de ressortissants d'un pays qui menace notre civilisation. »

— Je souffre, j'enrage, *m'incazzo* avec toi, dit Bartolomeo. Sache qu'aucun Sicilien n'oubliera jamais la part qu'ont prise les Russes dans le sauvetage de leurs parents.

— Tu sais qui commandait ce navire ? dit Igor. Un cousin de mon père.

— Qu'est-il devenu ?

— Les Rouges l'ont fusillé.

— Il avait dérouté son navire pour porter secours aux victimes ?

— Spontanément.

— Les autres commandants, français et anglais, de l'escadre se montrèrent-ils aussi coopérants ?

— Non. Ils n'intervinrent que le lendemain. Lui n'attendit pas le feu vert de Saint-Pétersbourg, comme le code de la marine militaire l'eût exigé. Il prit l'initiative de désobéir. Mais il y avait urgence. De toute façon, Stolypine lui en aurait donné l'ordre. Le télégramme du Premier ministre arriva quelques heures après.

— Tu ne m'avais jamais parlé de cet épisode ! m'exclamai-je.

— Bah ! Je suis si habitué à voir mon pays calomnié.

39

Les marbres du Stade

La via Flaminia était longue et nous arrivâmes fatigués. Mais à peine entrés dans le stade :

— Ça alors !

— Incroyable…

Tout était si extraordinaire en effet, si inattendu, que j'excuse les exclamations convenues qui nous échappèrent, les cris poussés ensemble, la fébrilité un peu sotte dont nous fûmes saisis. Ce fut de l'ahurissement, de l'éblouissement, de l'enthousiasme, enfin une course pour faire le tour des gradins et prendre un premier aperçu des colosses. Tous jeunes, très beaux, entièrement nus, pourvus de formes avantageuses, de muscles développés, de thorax larges, de seins bombés, de tétons saillants, de sexes volumineux, de poils abondants, sous les bras et au pubis. Cette pilosité exubérante était le plus inouï : toisons de toutes les formes, pour toutes les fantaisies, en fleur, en feu follet, en torche, en éventail, en coquille, en couronne.

Pas une seule femme, comme Igor l'avait deviné. J'en éprouvai d'abord quelque gêne. Un monde d'où les femmes sont absentes glisse vite, comme un ves-

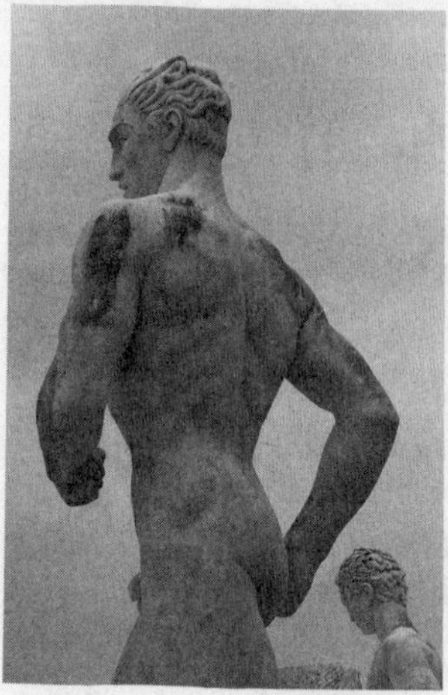

Marbres du Stade

Marbres du Stade

tiaire de footballeurs, à la vulgarité. La qualité des statues, heureusement, ôtait tout caractère grossier à cette exhibition de jeunes mâles triomphants. Elles offraient une parenté manifeste avec le *David*, le *Persée* de Florence. La référence au plafond de la chapelle Sixtine était encore plus évidente. Loin d'être de niais Hercules alignés pour un défilé culturiste, ces nus descendaient tout droit de la plus haute Renaissance, possédant le caractère d'œuvres d'art sans lequel notre emballement serait aussitôt retombé. Ils étaient beaux de leur corps, mais, grâce au talent des sculpteurs (je me promis de les identifier un par un), ils n'avaient pas l'air de poser pour un concours de mannequins. Cette résurrection des *Ignudi* de Michel-Ange, d'une virilité encore plus franche, plus épanouie, plus agressive, dépassait tout ce que nous aurions pu imaginer dans nos rêves les plus fous.

Au début, nous ne vîmes que des anatomies stupéfiantes, soixante gaillards à la parade, soixante nus intégraux, puis, quand notre excitation se fut un peu calmée, nous nous rendîmes compte que ce conclave d'apollons, en plein régime de puritanisme fasciste et d'homophobie officielle, était encore plus incongru du fait que l'état adamique, naturel pour certaines disciplines, la nage, la plongée – mais on connaît quand même les caleçons de bain, en Italie, et les piscines comme les plages naturistes y sont interdites ! –, acceptable pour le discobole, par référence à celui illustre de Myron, s'étendait à toutes les catégories de sport, y compris celles qui exigent une tenue décente ou un équipement spécial. Non seulement le footballeur, le joueur de tennis étaient tout nus, mais aussi le skieur, le patineur sur glace, l'alpiniste !

Autre étrangeté : ces jeunes hommes n'étaient pas représentés *en action*, comme des sportifs pressés d'accomplir un exploit, mais au repos, la mine rêveuse, le regard perdu, le geste las, l'air mélancolique. Je lisais dans leurs yeux de la torpeur mêlée de mépris, la majesté hautaine, triste, désabusée de dieux tombés du ciel et condamnés à errer sur la terre. Rien dans leur attitude n'évoque le dynamisme qu'on escompterait d'un athlète. Le nageur ne nage pas mais s'essuie avec une serviette, le coureur ne court pas mais frotte nonchalamment son ventre avec le strigile, ce racloir antique, l'alpiniste ne grimpe pas mais mesure du regard la hauteur de la paroi, le skieur porte sa vue au loin, l'archer s'appuie sur son arc, le footballeur tient son ballon à la main, le pugiliste médite. Aucun ne montre d'impatience, aucun ne se prépare à la compétition.

— Mais qu'attendent-ils ? demandai-je à Igor.

— Ils attendent d'être aimés ! Ils attendent de recevoir le prix de leur beauté ! Ils ont hâte de savoir qui remportera la palme !

Et tous deux, sans craindre de paraître suspects aux quelques visiteurs du stade, de recommencer à courir çà et là, comparant les culs, les seins, les ventres, les sexes et leur toison luxuriante, crépue pour les aînés, finement peignée pour les juniors.

Cependant, ces rares visiteurs se montraient surpris de nos exclamations. Je me rendis compte qu'il y aurait eu danger à ne pas leur donner le change. Aussi, comme nous nous trouvions au pied du skieur dont la corde pend lâchement à son bras sans même se rabattre sur la queue – le sculpteur aurait pu se servir de cet accessoire pour la masquer –, je récitai, en m'efforçant de ne pas en rire, ce poème d'un ami de Dante :

« Avoir besoin de cacher révèle qu'il y a quelque chose à cacher, et que tout n'est donc pas pur dans le cœur. Le cœur noble aime et révère la beauté sans ornements alors que le cœur vulgaire se délecte de l'ornement grossier. »

Igor avait du mal à garder son sérieux.

Je ne sais ce que les quatre ou cinq personnes qui m'entendirent pensèrent de ce sophisme du quatorzième siècle. Un couple avec un garçonnet s'était arrêté à l'entrée du stade. La mère semblait curieuse de le visiter, mais le père la tira sèchement par la manche, non sans lui faire des reproches, on le devinait à ses gestes irrités. La famille fit demi-tour et disparut, au désespoir du gamin, fort intrigué par ces géants à qui il était permis de se montrer en public dans une tenue qui lui était défendue à la maison.

Deux hommes nous écoutaient en souriant. Le plus âgé, dans la cinquantaine, enveloppé d'un imperméable flottant – alors que le temps était au beau fixe –, avait les traits mous, le visage fripé, le sourire mielleux. L'autre, son cadet de quinze ans, portait une serviette de cuir d'où le premier lui demanda de tirer une liasse de photographies attachées par un ruban. Il défit le nœud et, suivi de celui qui avait refermé la serviette, s'approcha de nous, avec l'intention évidente de nous les montrer. Le côté bas et cauteleux de ses gestes et la servilité de son compagnon me déplurent. Igor manifesta de la répugnance. Nous nous éloignâmes vivement à l'autre bout du stade.

Un milicien qui nous observait sortit un calepin de sa poche et prit des notes. Il nous aborda, exhiba une carte ornée d'un faisceau et nous demanda : « *Documenti* » sans même dire « *per favore* », les formules de politesse ayant été abolies. Par chance, nous avions nos papiers sur nous. Il les examina et nous les rendit sans un mot.

Entrèrent alors dans le stade deux ouvriers qui portaient une échelle double et une grande boîte de métal. Ils dressèrent l'échelle devant la statue envoyée par Trente. Cette ville du Haut-Adige, où s'était tenu le fameux concile qui lança la Contre-Réforme, devait être restée prude, car celui qui tenait l'échelle ouvrit la boîte et tendit à l'autre perché sur le dernier barreau une feuille de vigne en cuivre que celui-ci appliqua et fixa tant bien que mal – plus mal que bien, à cause de leur volume – sur les *pudenda* du lutteur.

À peine fûmes-nous seuls :

— Reconnais, me dit Igor, que ton Poussin, ton Guido Reni et ton Tiepolo sont enfoncés.

Je reconnus tout ce qu'il voulut, ayant terriblement envie de l'embrasser sous le lanceur de poids qui écartait ses jambes musculeuses de manière à donner le maximum d'expansion à ses bijoux sur lesquels la nature n'avait pas mégoté.

Dans le stade vide, il se laissa faire avec grâce, au-delà de ce que j'avais désiré. Nous nous assîmes, un peu haletants, au pied de celui que l'aventure nous souffla de baptiser du nom sonore, magnifique, narquois et railleur de *phallophore*. Que se trouvât, dans la ville assujettie à la double domination du pape et de Mussolini, un lieu qui portât avec autant d'insolence à l'amour interdit, que Rome abritât au su et au vu de tous, accessible à n'importe qui, une Académie de Platon, que soixante athlètes exhibant en plein air leurs parties qui avaient cessé par magie d'être honteuses eussent immédiatement démodé les centaines de saint Sébastien en pagne, cela me stupéfiait, moi qui venais d'un pays où la moindre allusion à l'homosexualité n'était avancée qu'avec prudence. Les *Ignudi* de la Sixtine planent à des hauteurs vertigineuses ; il faut, pour les examiner, pencher la tête en arrière et attraper un torticolis. Ici, les marbres sont tout près de nous, à portée de la main ; nous pouvons, en nous hissant sur le socle, si nous n'avons pas peur du ridicule – mais je crains, avec le recul des années, que ce récit ne flatte guère les jeunes écervelés que nous étions –, les toucher, glisser le doigt entre leurs fesses, prendre leurs couilles à pleines mains, tirer sur leur bite, caresser leurs muscles, leur peau, leurs poils, nous repaître de leur jeunesse et de leur virilité.

Mussolini leur avait refusé l'honneur d'une inauguration officielle, mais comment expliquer qu'il n'en ait pas interdit l'étalage ?

— Lequel préfères-tu ? me demanda Igor.

Je n'avais pas osé lui en faire le premier la demande. Il est toujours périlleux, pour un couple, de jouer à *De qui es-tu le plus amoureux ?* même s'il ne s'agit que de statues. Le jeu que me proposait Igor dévoilerait nos préférences sexuelles, sujet que la pudeur, la timidité, la crainte de déplaire à l'autre nous avaient fait jusque-là éluder.

Mon choix fut vite arrêté. Celui qui m'attirait semblait très jeune : dix-huit ans peut-être. Je l'avais remarqué d'emblée, avec son strigile dont il se frotte délicatement le nombril, inclinant la tête vers le bas de son corps, contemplant non sans une complaisance étonnée les formes de son torse, de son ventre, de ses cuisses, le tout soigneusement épilé ou encore imberbe, sauf le sexe fourni d'une riche parure. De cet éphèbe, à peine sorti de la puberté, surpris et enchanté de lui-même, de ce Narcisse, indifférent à ce qui n'est pas lui, j'aimais la moue, les cheveux rejetés en arrière, épais, ondulés, flottants, la mèche, une seule, rebiquée contre sa joue, les lèvres boudeuses, tristes de ne pouvoir se baiser elles-mêmes, les yeux en amande sous les paupières abaissées, les arcades sourcilières creusant une zone d'ombre de part et d'autre du nez droit, les joues d'enfant, encore pleines. Fier de se découvrir unique de son espèce, il s'abandonne à une stupéfaction ingénue.

— C'est celui-là, dis-je à Igor, en prenant le risque de le contrarier en lui révélant que je l'aimais, lui, parce qu'il réalisait le type parfait de ce type de beauté.

L'allusion lui échappa, occupé qu'il était à choisir entre plusieurs statues. Il hésitait entre des athlètes plus mûrs, le joueur de football, fort et musclé, aux seins plus développés, qui tient son ballon des deux mains et semble rêver, les yeux perdus au loin, à quelque plaisir tout à fait étranger au sport ; le lanceur de fronde, au thorax puissant, nouveau David qui a enroulé autour de sa main, pour envoyer le caillou, une forte lanière ; et le lanceur de marteau, dont les deux bras levés au-dessus de la tête, la chevelure ébouriffée, les sourcils cannelés paraissaient avoir sa préférence. Les poils en forme de flammèches sous les bras le décidèrent. Il est rare que des sculpteurs s'attachent à représenter ce qui se cache dans le creux axillaire : les aisselles, dernier tabou de l'érotisme. Cette zone du corps était celle, avec les tétons, auquel il se montrait le plus sensible.

40

Lettres d'amour

La promesse faite à Igor continuait de me tourmenter. Il me la rappela en deux occasions. La première fois à l'intérieur de la basilique Saint-Pierre, devant les deux anges nus du tombeau des Stuarts, dont les têtes jumelles sont penchées sous le poids de l'affliction. Ils n'ont pas songé que la parfaite beauté de leur corps suggère au spectateur d'autres rêveries que des pensées de deuil. La seconde fois, pour donner plus de solennité à ma promesse et la dissocier de notre vie privée, il me la réclama en haut des marches du Capitole, devant la ville étendue à nos pieds.

Il ne m'avait encore rien demandé. J'attendais, je guettais, de plus en plus inquiet. La sincérité de mes serments, renouvelés par une simple inclination de tête « avec un simple et dévotieux silence », comme eût dit Poussin, m'ôterait, le moment venu, toute possibilité de ne pas les tenir.

Poussin était devenu notre mot de passe, notre porte-bonheur, notre talisman. Il m'arrivait de devoir m'absenter une semaine ou deux de Rome pour aller chercher à Florence quelque trace du séjour que le peintre y avait fait. Les historiens d'art ne savent absolument rien de ce séjour, comme je l'ai dit, ni combien de temps il a duré, ni pourquoi il a été écourté, et ce vide dans sa biographie reste pour eux un sujet d'étonnement majeur. Si, dans ses *Bacchanales*, ils peuvent relever l'influence de Titien et de Venise où il n'est jamais allé, aucun de ses tableaux ne reflète celle des nombreux peintres florentins dont il n'aura pas manqué de faire l'étude.

Poussin s'est enveloppé de mystère, dans ses œuvres comme dans sa vie, écartant de ses tableaux toute référence à ce qu'il avait pu voir et vivre, et cachant ce qui lui tenait à cœur sous un air cérémonieux et impersonnel, dont il ne se départait jamais, même dans ses échanges épistolaires avec ses meilleurs amis.

Plutôt que d'envoyer à Igor de ces lettres d'amour qui sont toujours vagues, interchangeables, ou du moins n'expriment qu'avec le langage de tout le monde ce qu'on voudrait n'écrire qu'avec des mots uniques, j'empruntais à la correspondance du peintre ses tournures protocolaires, savoureuses et désuètes. Nous utilisions souvent le français entre nous, le maniant avec moins d'aisance que l'italien, mais heureux d'avoir à notre disposition un code secret qui nous isolait d'une partie de nos camarades.

« La bonne inclination que vous avez pour votre serviteur m'assure, Monsieur, de votre gracieuse bénignité. Si journellement je reçois de vous de nouvelles faveurs et si mon peu de pouvoir n'y peut correspondre, au moins ma bonne affection est devenue si grande qu'elle ne pourra jamais être surmontée d'aucune autre. »

Une autre fois :

« Que Votre Seigneurie illustrissime le croie bien : chaque fois que je mets la main à la plume pour Lui écrire, je soupire, je rougis et je me trouble non pour autre cause que de me retrouver son serviteur, et il est vrai que le joug que je me suis mis sur le cou m'empêche de témoigner ma dette et mon affection envers V. S., mais j'espère le secouer bien vite pour servir encore une fois en toute liberté mon cher seigneur et patron. »

Nous nous amusions de détourner ainsi, par des allusions personnelles comprises de nous seuls, le sens parfaitement clair et « honnête » des missives de Poussin. Rien de plus piquant, ensuite, que d'utiliser pour correspondre et multiplier nos hérétiques déclarations d'amour les services postaux de l'État qui fonctionnaient à nouveau très bien depuis que Mussolini en avait ordonné la réorganisation.

Une lettre par jour était désormais possible. J'étais sûr qu'elle arriverait le lendemain ; accompagnée, le plus souvent, d'une reproduction que j'avais achetée d'un tableau ou d'une sculpture. Après lui avoir marqué ma préférence pour le *Saint Jean Baptiste* d'Andrea del Sarto à la galerie Pitti, dont le torse dénudé jusqu'au nombril émerge d'une fourrure entrouverte, et la main semble prête à la descendre plus bas, je fus un peu dépité qu'il me priât de lui envoyer un ange de Fra Angelico du couvent Saint-Marc.

Grâce à Poussin et à ses formules de politesse surannées, nous avions le plaisir malin et la fierté puérile de braver Mussolini, qui avait interdit le *Lei*, équivalent du « Votre Seigneurie » resté en usage depuis la domination espagnole sur le modèle du *Usted* castillan. La volonté de substituer à ce vestige de l'occupation étrangère un *voi* plus patriotique n'avait connu qu'une réussite incertaine en dehors des familles ayant intérêt, comme les Falconieri, à mettre de l'ostentation dans leur fascisme.

« J'adresse ces lignes à Votre Seigneurie parce que je crois que c'est largement de mon devoir et afin qu'Elle sache que partout où je me retrouve, Elle peut bien penser avoir le plus fervent serviteur de ceux qui se sont jamais donnés à Elle. Par ce respect de mon dévouement je prie V. S. de me maintenir dans l'honneur de Ses faveurs, et pour finir je Lui baise les mains. »

Ce style plaisait à Igor qui avait appris le français avec des émigrés de Iaroslavl où on l'enseigne avec des circonvolutions obsolètes et des euphémismes archaïques, selon les règles d'une langue abandonnées dans le reste de l'Europe mais toujours à l'honneur dans les écoles russes.

de l'autre. Il portait dans la partie supérieure et à l'intérieur de la cuisse une cicatrice, reste d'une blessure reçue lors d'une bagarre mystérieuse avec des marins d'Ostie, quand il avait seize ans. Un de ses tétons avait éclos, l'autre resté enfantin se distinguait à peine sur son torse plat. Nous nous disputions pour savoir s'il devait ou non l'épiler. Un peu plus de souplesse aurait achevé de fondre en lui le masculin et le féminin, alliance dont il tirait la plus grande partie de son charme.

Après l'orgasme il s'endormait aussitôt. Je pouvais alors le serrer plus librement dans mes bras et promener mes doigts sur la surface de sa poitrine, de son dos, le long de ses membres, non sans ressentir la déception et l'amertume de n'étreindre qu'un corps absent, de ne caresser qu'une peau insensible. Il reniait si vite, en s'endormant, le plaisir éprouvé ! J'avais envie de continuer l'amour, et il m'échappait, il s'enfuyait loin de moi dans le sommeil.

Comme je lui reprochai un matin de m'avoir abandonné avec si peu de façon, il me dit :

— Tu sais ce que j'ai appris en France ?

Je ne savais presque rien du passé d'Igor. Le silence qu'il gardait sur sa vie d'autrefois me rendait avide du moindre épisode qu'il voulait bien m'en confier.

— Beaucoup d'hôtels, en province, surtout dans les petites villes, dans les villages, s'appellent « Au lion d'or ». Un lion peint en jaune leur tient lieu d'enseigne. Le nombre de ces enseignes, inconnues dans les autres pays que j'avais traversés, m'a surpris. Y a-t-il tant de lions en France ? On m'a expliqué que c'était un jeu de mots. « Au lit, on dort. » Alors, tu vois, si la sagesse populaire elle-même…

Il n'aurait pu me dire plus élégamment quelle était pour lui la fonction première du lit.

Mortifié, j'ai réagi assez sottement. Passant la main dans sa chevelure couleur du ginkgo biloba à l'automne, je lui dis :

— Tu es mon lion d'or !

Ce calembour d'un calembour ne fut pas de son goût. Il referma les yeux et fit semblant de s'endormir à nouveau.

Une nuit où je voulus le forcer à me procurer une satisfaction à laquelle il s'était toujours opposé, il s'exécuta de si mauvaise grâce que je n'en retirai aucun plaisir. Comme j'avais peur qu'il ne mît fin à nos relations aussi brusquement qu'il les avait commencées, je me gardai de renouveler l'expérience. Dans notre couple, j'étais *celui qui aime le plus*, et par conséquent vit dans la crainte d'être lâché. Je ne dis pas cela comme une excuse pour ce qui est advenu par la suite. À deux hommes que par définition aucun pacte ne lie, qu'aucune institution sociale ne protège, qui ne peuvent compter sur aucun appui extérieur, solliciter ni recevoir aucun conseil – puisqu'ils doivent se cacher de leurs meilleurs amis –, qu'aucune entrave n'enchaîne, que rien n'empêche de se quitter du jour au lendemain, qui n'ont en commun que leur désir mutuel, que ne soude que l'adhésion du moment, nulle sécurité n'est offerte. Si l'un cesse de plaire à l'autre, il n'a aucun moyen de le retenir. Tant que tu me plais, je reste avec toi ; dès que tu ne me plais plus, adieu. Nous n'avons pas fait de pacte avec l'éternité, ce ciment qui joint les mariés le plus mal assortis. Le ciel ne nous a pas bénis. Nous n'avons que des moments à partager, une harmonie précaire, un bonheur révocable à chaque instant, parce qu'il n'est fondé sur rien d'autre que le goût *actuel* de chacun pour l'autre.

Si dure qu'elle soit, cette loi a un aspect positif, parce qu'elle oblige les partenaires du même sexe à ne jamais relâcher l'effort de plaire à son compagnon. Il faut chaque jour donner le meilleur de soi-même : impossible de se reposer sur l'acquis, de trouver, dans ce qui a été, une raison de rester ensemble. Nous vivons dans le présent : chaque jour peut être le dernier. Aussi les couples de notre espèce n'offrent-ils que par exception le spectacle si fréquent, communément admis mais lamentable, de deux êtres liés par une pluralité d'intérêts communs – les enfants, les belles-familles, le logement, la carrière, le compte en banque, le patrimoine – qui garantissent la solidité de leur union ou en retardent l'effritement, de sorte qu'il leur est permis de prolonger sans la remettre en question une existence de routine et d'ennui. J'étais sûr que nous ne resterions jamais l'un en face de l'autre comme ces vieux ménages qui ne tiennent que par l'impossibilité ou la trop grande difficulté de se dissoudre. Un mari qui à table lit le journal devant son épouse silencieuse et résignée, une épouse non coiffée qui traîne chez elle en charentaises et considère que la maison est faite pour le relâchement des contraintes, le laisser-aller dans la toilette, l'incurie dans le ménage, ces archétypes de la vie conjugale sont épargnés à notre race.

Pour le moment, cependant, je ne voyais que le revers cruel de ce devoir de plaire à tout prix.

Les arts plastiques, toujours discrets sur ce qui se passe entre deux corps dans un lit, ne m'étaient d'aucun secours pour justifier l'acte dont il me rendait coupable et auquel seule la littérature a conféré des lettres de noblesse.

Les romans me fournissaient maint exemple qu'entre deux hommes une pareille exigence est légitime, et que ne pas y répondre dénote un reste d'immaturité. Il ne connaissait ni Oscar Wilde ni Marcel Proust. Je délibérai si je devais ou non le tirer de son ignorance, et pris le parti de m'en tenir à des allusions prudentes, ne voulant ni renier mon admiration pour ces auteurs, ni feindre, pour lui complaire, de ne pas les admirer, au cas probable où il aurait détesté l'insolence frivole du premier et les descriptions crues du second.

En Russie, me dit-il, personne n'a encore osé mettre en scène des amitiés particulières, à part une exception, au tout début du siècle, avant la guerre. Il me donna à lire le seul écrivain qui se fût compromis avec un tel sujet, Mikhaïl Kouzmine, mais sous un titre si délicatement poétique, *Les Ailes bleues*, et, comme je m'en aperçus vite, de façon si allusive et en termes appartenant à un âge si éloigné (« l'esprit palpitant de l'amour… », « l'extase aérienne… », « l'antique patrie, inondée de soleil et de liberté, réservée aux argonautes assez audacieux pour traverser les brumes du mensonge… ») que je compris toute la maladresse qu'il y aurait à mettre sous ses yeux des réalités moins fardées.

— Ne te moque pas de Kouzmine, me dit-il en me reprochant le sourire ironique avec lequel je lui rendis le roman. Il a payé durement une hardiesse que même les milieux littéraires de Saint-Pétersbourg ne lui pardonnèrent pas. Tu sais combien j'admire Akhmatova, mais ce qu'elle a dit de Kouzmine la déshonorerait si l'on oubliait les persécutions qu'elle a subies elle-même.

« Le livre a paru en 1905, soutenu par un petit cercle d'admirateurs, mais attaqué publiquement pour "pornographie". Tu n'imagines pas ce qu'était dans mon pays la sévérité de la censure avant la Révolution.

— Et aujourd'hui ?

— Je t'ai déjà averti de ne pas prêter foi à ce qu'on raconte de l'Union soviétique dans les reportages des journalistes occidentaux.

Il ne voulut pas en dire plus. Que de mystères, encore, entre nous…

Ma chambre et la sienne n'étaient séparées de celles de nos camarades que par de simples cloisons, mais la nécessité de ne faire aucun bruit dans l'Institut endormi, la crainte que le gardien de nuit ne vînt frapper à la porte, la honte à l'idée qu'un de nos voisins pût nous entendre, ne suffisaient pas à expliquer ses faux-fuyants, ses dérobades.

42

Tout art est de propagande

Je m'interrogeais en vain sur le secret d'Igor, quand l'occasion me fut fournie d'en découvrir une partie. Nous étions partis visiter l'Exposition de l'an X, organisée pour le dixième anniversaire du fascisme dans le palais de via Nazionale reconstruit à neuf. La rue si laide nous était devenue chère depuis qu'y avait eu lieu notre rencontre.

L'édifice se présenta à nous comme un immense cube dont « la pureté géométrique » était censée offrir « la synthèse de la conception totalitaire et exhaustive du régime fasciste », tandis que sa couleur ponceau amorti voulait évoquer aussi bien l'esprit révolutionnaire que la tradition du rouge pompéien. À la fois mémorial de l'épopée mussolinienne et programme assigné aux nouvelles générations, le palais, orné d'un péristyle métallique et du chiffre romain – deux énormes X peints en noir sur la façade –, offrait le quadruple aspect d'un bâtiment industriel, d'une forteresse de guerre, d'une cathédrale laïque et d'une université populaire.

Nous franchîmes le portail entre deux haies de miliciens en tenue de combat et porteurs d'une torche allumée. Une inscription en haut de l'escalier avertissait le visiteur : « Ici, tu es un pèlerin d'amour et de foi. Que ton âme soit saisie (*rapita*, "enlevée", comme par un rapt) et ton cœur exalté ». Les quatre sections thématiques : l'État, le Travail, les Armes et l'Esprit étaient réparties sur deux étages, dans un bric-à-brac d'objets et d'images disparates. Encadrés par des drapeaux tricolores et des épées romaines, éclairés par des flambeaux de bronze (appelé « airain » sur les dépliants), ce n'étaient que tableaux et bustes à la gloire du Duce, photographies de ses exploits sportifs, forêts de bras et de mains tendus sur son passage, affiches géantes des succès économiques et des réalisations d'urbanisme à mettre au crédit du régime. Ces vantardises s'étalaient dans les trente-huit salles de l'énorme édifice. Je notai une fois de plus l'accent mis sur l'aéronautique. Usines d'avions, hydravions à l'amerrissage, escadrilles de chasseurs, vols en piqué, en chandelle, en rase-mottes, télégramme du Duce au roi annonçant le modèle d'un nouveau bombardier, morceau de fuselage envoyé à Mussolini par les ouvriers turinois de l'Aeromotore, hélice du monoplan d'où D'Annunzio avait inondé Fiume de tracts belliqueux : on ne pouvait douter de la prédilection du régime.

Une colossale, grimaçante, hideuse tête humaine incitait à la haine contre la « *bestia ritornante* » – comme Mussolini avait défini le bolchevisme. J'attendais une réaction d'Igor, soit d'amusement pour la naïveté de cette image, soit de dégoût pour sa grossièreté. Il accéléra le pas et passa devant sans la voir. À un mouvement de tête indécis qu'il fit après l'avoir dépassée, comme pour revenir en arrière, je compris qu'il l'avait vue et remarquée. J'en conclus qu'il ne voulait ni entendre mon commentaire ni me faire part du sien.

Toutes ces œuvres n'étaient ni belles ni laides, elles ne relevaient pas de l'art, ce n'était que du matériel de propagande, on ne pouvait les juger moins bonnes ou meilleures que du point de vue de leur efficacité.

Dès que nous fûmes ressortis, j'en fis la remarque à Igor. Il ne dit rien d'abord. Je le voyais hésiter.

— Propagande... Propagande... Y a-t-il une œuvre d'art qui ne soit de propagande ? Les icônes dont je me suis occupé si longtemps ne sont que des *illustrations* du dogme. Dans l'espoir d'étudier enfin de vraies œuvres d'art, et pas seulement des réclames, je t'ai demandé de m'indiquer pour mon mémoire un peintre italien ou français. J'étais persuadé que j'allais découvrir des œuvres qui ne *propagent* ni une idée extérieure à l'art, ni une consigne du pouvoir, ni une quelconque directive à laquelle il soit impossible de ne pas obéir. Or, qu'ai-je trouvé ? La Sixtine qui vante l'Histoire sainte, et qui a été peinte, si je ne me trompe, sur l'ordre d'un pape ; les fresques où Raphaël s'est fait le porte-parole de l'Église ; et partout, dans Rome, ces tableaux, ces retables, ces voûtes qui nous racontent la vie des apôtres et des saints. Toutes ces œuvres, me diras-tu, en sont-elles moins des chefs-d'œuvre ? Mais je peux te retourner la question : tous ces chefs-d'œuvre n'en sont-ils pas moins des réclames ? Ne cherchent-ils pas à *instruire,* à *édifier,* à *propager* une leçon ?

« J'ai voulu en savoir plus, et ce que je soupçonnais est si vrai qu'à un certain moment l'Église, qui avait le monopole artistique, a théorisé l'art comme *instrument de propagande*. La Contre-Réforme, c'est ainsi que vous appelez cette croisade lancée par les Jésuites à la fin du seizième siècle contre les protestants, a utilisé sciemment les tableaux et les statues pour répandre, disséminer, rendre plus aimable la doctrine catholique et ramener à la religion romaine ceux des croyants qu'attirait la prédication de Luther et de Calvin mais rebutait l'austérité des temples. Les églises se sont remplies d'œuvres d'art particulièrement attrayantes : colonnes salomoniques, baldaquins dorés, anges en stuc, chérubins en vol, saints en lévitation, saintes en pâmoison, et nos chers Saint Sébastien, clin d'œil à notre minorité, aucune clientèle n'étant à négliger. De la propagande… Toujours de la propagande…

Il cherchait les exemples le plus aptes à me convaincre.

— En admirons-nous moins la *Sainte Thérèse* du Bernin ? Le *Saint Michel archange* de Guido Reni ? Les tombeaux de Canova à Saint-Pierre ? Mais ne serait-ce pas d'une mauvaise foi insigne que de considérer de telles œuvres comme de l'art pur, en en méconnaissant le caractère publicitaire ?

« Eh bien, en quoi la démarche de Mussolini diffère-t-elle de celle des papes ? Ils ont la même ambition de faire servir l'art à une fin politique, la même volonté de contraindre l'artiste à sacrifier la plus grande part de sa liberté à un principe plus haut que celui de la liberté individuelle, ils partagent la même certitude qu'il est plus important pour la communauté des hommes et plus profitable à la civilisation de forcer le peintre et le sculpteur à annoncer une *bonne nouvelle* que de lui permettre d'exprimer son *moi*.

« Je t'accorde que ce que nous venons de voir n'est pas bien fameux. Mais qui nous empêche de rêver que, même sous un régime totalitaire, de grands artistes apparaissent, pénétrés de leur mission, heureux de renoncer à ce que vous appelez les droits sacro-saints de la subjectivité, émerveillés de découvrir un horizon plus large que celui de leur fantaisie particulière ? Comme les architectes des pyramides, comme les sculpteurs du Moyen Âge, comme Raphaël et Michel-Ange puis les peintres de la Contre-Réforme, comme Bernin dont la fontaine place Navone exemplifie le rayonnement de l'Évangile par les quatre fleuves qui symbolisent les quatre continents, ils renonceront de bon cœur à ne travailler que pour eux-mêmes.

Il ajouta, après un instant de silence, comme s'il avait craint une réaction trop vive de ma part :

— Simon Vouet et les peintres que tu m'as fait connaître, et que j'aime d'ailleurs beaucoup, sont les exemples mêmes d'artistes qui exécutent des commandes pour les églises.

— Mais pas Nicolas Poussin ! protestai je. Poussin a fui les commandes officielles, il a renoncé au grand chantier du Louvre, il n'a décoré ni église ni palais, il s'est enterré dans sa petite maison du Pincio pour se consacrer uniquement aux sujets qu'il avait envie de peindre. La grande carrière, alors, c'étaient le retable, le tableau d'autel, la coupole, la galerie. Il fallait être fou, ou très sage, pour choisir le tableau de chevalet, à l'intention d'une poignée d'amateurs.

— Cite-m'en un autre, en dehors de Poussin. Les Madones, les anges et les saints propagent la doctrine catholique, les athlètes propagent la doctrine fasciste. Où est la différence ? On peut discuter s'ils le font avec le même bonheur artistique, mais non douter que leurs auteurs aient accepté d'obéir. Ils se sont soumis à ce qu'on leur ordonnait. L'Église romaine se vante des trois millions de fidèles arrachés en Bavière à la Réforme, exactement comme le Duce se glorifie des douze mille tonnes et des quatre mille mètres cubes de marbre employés à la construction du stade.

Curieusement, il me sembla, au ton de sa voix, que cette assertion ne l'avait pas conduit à la conclusion attendue. L'art, s'il est dans une position subordonnée, cesse d'être la divinité que nous révérons en Occident : je ne pensais pas qu'on pût être d'un autre avis. Igor ne l'entendait pas ainsi. Pour lui, l'art instrumentalisé n'était pas déchu de sa noblesse. Il ne perdait pas de son excellence en acceptant de ne plus être indépendant. Au contraire, cette identification entre l'art et la propagande, Igor l'établissait *en faveur de la propagande,* pour rehausser la place de l'art dans la société. Il était juste, paraissait-il penser, que l'art se mît *au service* d'une cause, qu'il remplît une fonction, politique ou sociale, qu'il ne restât pas oiseux, cantonné dans le domaine privé, *sans emploi public.* Au fond, s'il avait étudié si longtemps les icônes, c'est bien parce que le peintre est soumis chez les orthodoxes à un programme. Cette idée lui plaisait. La rigidité du code des formes et des couleurs avait fini par le lasser, non le principe lui-même de la subordination de l'artiste au pouvoir. Il mettait l'art de propagande plus haut que l'art libre, voilà ce qui ressortait de son discours. L'art laissé à la fantaisie de chacun, l'art gratuit devait s'effacer devant l'art *utile*.

S'il ne me l'avait pas encore dit en clair, c'était pour me ménager, connaissant les préjugés de l'Occident contre les œuvres de commande. Or, comme il n'avait aucune sympathie pour le fascisme et détestait Mussolini, mais que l'idée de l'art *à la solde du pouvoir* n'était pour lui ni choquante ni blâmable, j'en vins à me demander si… Mais non, l'hypothèse était trop terrible pour être retenue même un instant.

43

Le coffret

Wanda, qui n'était pas la discrétion même, ne tarda pas à répandre dans l'Institut certains bruits sur Son Excellence Pasquale Filiberti qui n'étaient pas précisément à l'honneur du secrétaire d'État. Celui qui paradait en public n'était pas en privé une si bonne affaire que cela. Il débordait de jactance mais manquait du reste. Elle devait se donner beaucoup de mal pour ne lui procurer que des demi-satisfactions. Et encore, si médiocre fût-il, un tel résultat pouvait être considéré comme passable. Le plus souvent une heure de travail aboutissait à l'échec. Pour des raisons évidentes, elle ne pouvait en dire plus, mais tout le monde comprit qu'elle n'avait évité de prononcer le mot fatal, infamant et comique que pour ne pas donner aux fascistes l'occasion de la dénoncer pour « sabotage idéologique ».

Il « faisait flanelle », deux fois sur trois, selon la tournure si expressive, ironique et délicieuse que Bartolomeo m'apprit à cette occasion.

Se sentait-elle mortifiée ?

— Pas le moins du monde, disait-elle en secouant sur ses épaules aspergées de Shalimar les boucles de sa chevelure à laquelle une goutte de brillantine avait donné ce lustre velouté qui faisait perdre la tête aux hommes.

— Quand il se dit éprouvé par une trop longue journée de travail, le ministre renonce aux exercices auxquels la nature ne l'a destiné que parcimonieusement. Il se contente alors des sensations que je peux lui offrir de ma main, et quant à moi, *Dio mio*, ses doigts à lui sont tout à fait suffisants pour me rendre heureuse.

Et même, ajoutait-elle en me regardant avec insistance, il n'y avait pas beaucoup d'hommes dont elle aurait voulu obtenir un bonheur plus complet. Pendant la semaine, ses divers amants la fatiguaient par leurs exigences excessives. Aux antipodes des gentils agneaux qu'étaient les Slaves de son pays, c'étaient des brutaux, selon elle, de vrais Latins, des forcenés toujours à craindre de ne pas se montrer assez virils. Ils cherchaient sans cesse des preuves qu'ils étaient de « vrais hommes ». La nuit du samedi avec Son Excellence était donc une pause bienvenue dans sa vie surchargée.

À ma stupéfaction, Igor parut très intéressé par ces récits. Ni l'impudeur phénoménale de Wanda ni la gaieté vulgaire de nos camarades qui se tapaient sur les cuisses à chaque détail plus croustillant ne semblaient lui déplaire. Non seulement les allusions à certaines pratiques lui étaient parfaitement claires, mais de telles précisions n'avaient pas l'air de le choquer, lui que j'aurais cru dégoûté de propos aussi lestes. Il rit de bon cœur en apprenant que, le lendemain d'un fiasco, pour se venger d'une déception si cruelle, au lieu de mettre pour sortir un seul panache sur son bonnet comme les autres jours, le matamore en arborait deux.

Tandis qu'elle parlait, il m'étudiait du coin de l'oeil, de l'air songeur de quelqu'un qui médite un plan sans savoir encore si le moment est venu.

Les choses se précipitèrent après que Wanda nous eut révélé que le ministre venait de recevoir en dépôt des documents secrets. Faute d'un endroit plus sûr on avait pensé les mettre à l'abri chez lui, dans sa maison privée de la villa Paganini. À l'appartement conjugal, où sa femme aurait pu les découvrir, on avait même préféré le logis de deux pièces qu'il avait aménagé au rez-de-chaussée pour ses « visites ». La chambre à coucher et le petit bureau attenant ouvraient directement sur le jardin, par deux portes-fenêtres fermées à clef. La boîte qui contenait les documents en question avait été placée sur la table du bureau. Par précaution on avait choisi un coffret à bijoux, de manière à donner le change.

— Les domestiques croiront que le ministre y serre les cadeaux qu'il distribue à ses maîtresses. Il a établi le tarif avec une précision comptable : une médaille si l'échec a été complet, une bague pour une issue heureuse au bout d'une heure, un bracelet si l'affaire a été menée en moins de trente minutes, un collier en cas de victoire éclair, ajouta-t-elle en riant.

Elle secoua, pour nous faire admirer sa bravoure, plusieurs rangs de perles sur sa poitrine largement décolletée.

Par précaution encore, on avait fixé à la porte du bureau sur le jardin une barre intérieure, et remplacé la porte de communication entre les deux pièces, qui était en bois de chêne, par un panneau en vitrail, dont les carreaux pâles, créés expressément à Murano pour Son Excellence, avaient cette propriété rare d'être opaques du côté du bureau (indispensable paravent si d'aventure un gardien faisait sa ronde pendant la nuit), mais transparents du côté de la chambre à coucher, en sorte que de son lit le chef de la flotte aérienne pût tenir à l'œil la table où trônait le coffret.

Encore fallait-il, pour garder les vitraux transparents, qu'une lumière fût allumée dans la chambre : condition remplie d'office, étant donné que brûlait jour et nuit au-dessus du lit la fameuse torche au gaz dite *fiaccola*, destinée à rappeler au ministre ses devoirs même dans les circonstances qui le poussaient à les oublier. Il pouvait couper le courant dans le reste de l'appartement, éteindre les autres lampes, plonger la chambre dans une pénombre charitable pour son amour-propre, la flamme emblématique de sa fidélité au Duce et de son ardeur à le servir ne s'éteignait jamais. *Lux perpetua*, elle était emprisonnée dans un globe d'albâtre qui avait la forme d'une grenade de combat. Le précieux coffret demeurait donc en permanence sous le regard vigilant de celui qui en avait la garde.

Informations confidentielles, qu'il n'avait livrées à Wanda qu'après une séance épuisante qui s'était terminée par l'insuccès définitif des efforts de la jeune femme. Honteux de sa défaillance, le ministre avait cru redorer son blason en se vantant de la confiance exceptionnelle dont Mussolini l'honorait par le dépôt de ces papiers qu'il avait reçus de la main même du Duce. Elle avait juré, bien entendu, de garder le secret, mais nous savions bien, ajouta l'espiègle Wanda, ce qu'étaient les femmes ! Et puis, qui diable aurait pu faire profit de ces renseignements ?

Le coffret, d'ailleurs, ne devait pas rester plus de quelques jours dans la villa Paganini. On attendait des usines de la Ruhr un coffre-fort en acier fabriqué par les établissements Krupp et plus résistant que les vieux « Borletti » du gouvernement. Seulement, la livraison tardait à arriver, toute l'industrie métallurgique allemande étant mobilisée pour le réarmement, sous la pression d'un parti d'extrême droite de plus en plus insolent et avide de revanche sur la France et l'Angleterre. Malgré la barre et les rondes de gardiens, il devenait urgent de trouver pour le dépôt d'une telle valeur une cachette plus sûre qu'un rez-de-chaussée ouvert sur un jardin.

— On aimerait savoir, dit Igor d'un air détaché, ce qu'il y a dans ce coffret.

— Oui, oui ! firent en chœur nos camarades.

— Rien de plus facile que de vous contenter ! dit la rusée, qui avait compris le mécanisme psychologique du bonhomme. Je me débrouillerai pour lui faire honte une nouvelle fois, en sorte qu'il craigne que je ne revienne plus, s'il ne me donne pas une preuve supplémentaire de son importance politique.

Un tel cynisme ne révoltait pas Igor. Il s'arrangea pour être présent dans le cercle de plus en plus restreint où Wanda se laissait aller à ces indiscrétions. Consciente des risques courus, pour nous comme pour elle, elle s'assurait avant de reprendre ses bavardages que Fortunio ni aucun des autres fascistes ne pût les entendre.

À quelque temps de là, le ministre dut être très fatigué de sa « longue journée de travail », ou Wanda très habile à faire échouer ses espoirs de bonheur, car elle nous apporta les révélations attendues. Le fameux coffret – nous fûmes très peu à l'apprendre – contenait les plans d'un avion révolutionnaire, à la fois chasseur et bombardier, armé de mitrailleuses dernier cri et capable de transporter des bombes dans un rayon d'action deux fois plus étendu que les appareils actuellement en service.

Là-dessus, Igor disparut pendant une nuit et un jour, aussi mystérieusement que les autres fois. À son retour il nous réunit, Bartolomeo, Pietro et moi.

— Exigeons de Wanda des précisions supplémentaires. Qu'elle profite d'une nouvelle humiliation du ministre pour qu'il se vante auprès d'elle des données exactes de cet avion, avec des détails chiffrés, les caractéristiques du ou des moteurs. Combien de cylindres, combien de chevaux, quelle distance pour le décollage, etc. Enfin, qu'elle lui tire les vers du nez. Il sera trop content de faire à nouveau *bella figura.* Nous pourrons ensuite démasquer publiquement sa légèreté. N'est-ce pas que ce sera amusant de jouer ce tour à une Excellence ? Le scandale rejaillira sur le gouvernement.

— La plaisanterie n'est-elle pas un peu grosse ? objecta Pietro. N'est-il pas à craindre que le ministre, découvrant qu'il a été manipulé, ne cherche à s'en prendre à Wanda ? Il pourrait même la faire arrêter.

Igor reconnut le danger pour Wanda.

— Nous aurons peut-être du mal à la convaincre.

— Lequel parmi nous, demandai-je naïvement, est le mieux placé pour la persuader de courir ce risque ?

— Mais toi ! dit Bartolomeo. Tu es le seul à qui elle ne le refusera pas.

Pietro approuva. J'eus le sentiment qu'Igor nous avait réunis par souci de ne pas sembler avoir échafaudé lui-même ce moyen de renforcer mon intimité avec la Polonaise. J'étais désigné, en quelque sorte, par un vote démocratique.

— Elle te chouchoute, reprit Bartolomeo. Fais-nous ce plaisir. Tu te rends compte, réussir à berner un ministre !

Wanda, moyennant le droit de s'asseoir sur mes genoux dans le club et de passer son bras autour de mon cou, accepta d'entrer dans ce petit complot. Je dus supporter ses caresses. Ce n'est pas ma faute si ce premier plan échoua. Les circonstances ne furent pas favorables. Le ministre se trouvait ce soir-là en forme. Elle dut recourir à mille artifices pour refroidir son ardeur et l'humilier par un nouveau fiasco puis argua de sa propre déconvenue pour le menacer de le quitter définitivement s'il continuait à avoir des secrets pour elle. Ces simagrées ne servirent à rien, car le ministre, au moment où il allait donner les caractéristiques de l'avion, tourna les yeux vers la *fiaccola* et se souvint des serments faits au Duce.

44

La mise à l'épreuve

Le soir même, Igor, plus docile que d'habitude, se mit de lui-même dans la position qu'il savait m'être agréable. Au lieu de s'endormir après l'amour, il se redressa dans le lit, pour me déclarer que le moment était venu de tenir ma promesse.

— N'ai-je pas juré de t'obéir ?

— Quoi qu'il m'arrive de te demander ?

— Je t'en ai fait le serment.

— La dernière fois, c'était sur le Capitole, sous la statue de Marc Aurèle, entre Castor et Pollux.

— Les deux Dioscures qui se sont dévoués l'un à l'autre…

— Au-delà de ce qui est attendu de deux amants.

— Je me rappelle.

— Eh bien… Mais prépare-toi à quelque chose qui ne sera pas du tout de ton goût.

— Parle.

— Je ne sais par où commencer…

— Tu te défies donc de moi ?

— Romano !

— J'irais au bout du monde pour toi, tu le sais.

— Ce que je vais te dire va te surprendre tellement... Tu dois...

— Ah ! tu hésites encore !

— Tu dois... tu dois te montrer moins rétif à l'égard de Wanda.

— Moins rétif ?

— Elle brûle de coucher avec toi.

— Comme tu dis ça !

— Je dis ce qui est et je t'invite à en tirer la conclusion qui s'impose.

— La conclusion ?

— Tu veux vraiment m'obéir ?

Il se renversa dans le lit, m'attira contre lui et me proposa pour la seconde fois ce qu'il avait toujours refusé de m'accorder deux fois de suite. Je restai étendu près de lui, sans forces, dans cet état de félicité qui naît de l'épuisement, oublieux qu'il ne s'agissait que de préliminaires à l'exécution de ma promesse. Jamais, peut-être, nous n'avions atteint à une fusion aussi parfaite.

Il me chuchota alors à l'oreille :

— Fais-lui ce plaisir, à Wanda. Couche avec elle. Elle en meurt d'envie.

Je fis un bond hors du lit et me couvris du premier vêtement que je trouvai, si grandes étaient ma stupeur et mon indignation de l'entendre, juste après qu'il m'eut donné une preuve exceptionnelle de son amour et du goût qu'il avait de mon corps, de ma peau, de ma bouche, de mon sexe, me demander de les offrir à la première venue.

— Je sais, reprit-il, que je te réclame un grand sacrifice. Je t'expliquerai plus tard pourquoi ce sacrifice est nécessaire. J'ai besoin qu'elle me rende un immense service, et ce service, il m'est absolument impossible de l'obtenir sans ton entremise.

— Non, Igor, non, balbutiai-je.

Puis j'éclatai en sanglots. La situation me paraissait sans issue, quel que fût le parti que j'adopterais. J'allais de toute façon trahir Igor, l'éloigner de moi, le perdre, soit en refusant de lui obéir, soit, si j'obtempérais à son ordre, en lui permettant de croire que j'avais plaisir à le tromper. D'ailleurs, n'était-ce pas un piège qu'il me tendait ? Si je me récusais, il me traiterait de parjure ; mais si j'obéissais, il me reprocherait d'accepter trop facilement de lui être infidèle.

— Il faut faire vite, Romano. Ne perds pas ton temps, *notre temps*, à réfléchir. Tu as entendu comme moi que ce coffret ne resterait que quelques jours villa Paganini, chez le ministre. Tout délai compromettrait la réussite de l'opération.

Je le comprenais de moins en moins. Quel rapport y avait-il entre ce coffret et l'ordre de coucher avec Wanda ? De quelle opération s'agissait-il ?

— Il faut faire vite. Elle ne te refusera rien une fois que tu auras couché avec elle. Les filles faciles ont ceci d'avantageux qu'avec elles c'est donnant donnant. D'ailleurs, conclut-il avec un dédain qui me glaça, un serment ne se discute pas.

Sa pupille se rétrécit, son œil bleu, dont j'aimais tant les nuances béryl et aigue-marine, prit la teinte froide de l'acier.

— Mais je t'aime, Igor ! Et toi, tu m'aimes ! Notre amour est sacré. Ce serait un crime que de le profaner !

Il haussa les épaules.

— Idiot ! Je ne te demande pas d'aimer Wanda, ni même de lui faire croire que tu l'aimes. Elle ne serait d'ailleurs pas dupe. Je te demande seulement d'aller au lit une fois, une seule fois, avec elle. Nous ne sommes plus aux temps préhistoriques où l'on se croyait obligé d'engager son cœur à la personne qu'on emmenait au lit. Wanda aime les hommes comme Bartolomeo les pâtes. Elle veut goûter de chaque variété, ça l'amuse, elle n'a aucune arrière-pensée en tête. Elle apprécie en Filiberti qu'il ne l'oblige pas à renoncer à ses autres amants. L'amour fasciste, il faut le reconnaître, présente cette supériorité sur l'amour romantique qu'il se revendique comme un pur exercice physiologique, un travail musculaire, un prolongement sportif, dans le lit, du cent mètres dans le stade. C'est de l'érothérapie ! Laisse ton cœur de côté pour une fois, troque ton romantisme pour un quart d'heure de fascisme. Tu seras expéditif avec elle, ça la changera d'ahaner avec son bonhomme.

— Non, non, Igor ! Rien ne serait plus entre nous comme avant !

— Si tu as si peur de coucher avec une fille, pour une petite fois seulement, c'est que tu crains d'en tomber amoureux.

Il continuait à me transpercer de son regard. J'en étais malade.

— Je te dirais mieux : si tu crains qu'un épisode aussi insignifiant puisse nous séparer, c'est que tu ne m'aimes pas vraiment. Non, tu n'as pas foi dans notre amour. Notre amour est-il si fragile qu'un petit saut de côté puisse le mettre en danger ?

— Un saut de côté… Un saut de côté… Est-ce si simple que cela ? Je ne suis pas fait pour ce rôle, dis-je en secouant la tête, espérant lui faire comprendre que mon corps n'était pas à mettre à l'encan, ni ma virilité à vendre comme une marchandise dont on dispose sans tenir compte des sentiments. Il comprit tout autre chose, à savoir que je redoutais un fiasco avec Wanda.

Son regard se radoucit. Il sourit avec bonté.

— Tiens, je te donne un truc, que j'ai lu dans Dostoïevski. Quand tu seras au lit avec elle, insulte-la, si tu veux, injurie-la, traite-la de tous les noms, peut-être n'arriveras-tu à tes fins qu'en la giflant et en pensant à moi comme à la seule personne que tu aimes. Je ne te demande qu'une petite opération mécanique, un effort élémentaire, un minuscule déplaisir qui te coûtera très peu à toi et la rendra, elle, si heureuse.

Je commençai à trouver insupportable la situation où il me mettait.

— Pourquoi, lui dis-je avec aigreur, ne couches-tu pas toi-même avec Wanda ?

Il rit.

— Elle ne me trouve pas suffisamment homme. Il les lui faut bruns, poilus, vigoureux, bien qu'elle se plaigne de leur brutalité. C'est pour toi qu'elle en pince, tout le monde le voit. Elle s'assied sur tes genoux. Elle te *chouchoute*, a dit Bartolomeo. Oh ! à la fin, je constate que tu ne m'aimes pas, si tu me refuses ce service de rien du tout. Que d'embarras pour une minute de désagrément ! Quand tu sauras la raison de ma demande, tu regretteras de n'avoir pas accepté tout de suite.

45

Préparatifs

À minuit, le lendemain, je frappai à la porte de Wanda. Elle ouvrit immédiatement. Igor l'avait donc prévenue ? Ce ne fut pour moi ni facile ni sans embarras, et je ne m'en tirai que parce que l'experte Wanda prit l'initiative de tous les gestes. Je n'avais qu'à me laisser guider, elle fit les mouvements à ma place.

— Ce n'est qu'une séance d'*érothérapie*, me répétais-je, une charité faite à une hystérique. Tu remplis le rôle impersonnel et neutre du docteur appelé d'urgence auprès d'une nymphomane. Ton action se borne à la calmer par une potion.

Je m'exagérais le côté grotesque de la situation, pour m'empêcher d'y prendre du plaisir. « Tu fonctionnes comme une mécanique, en sorte que tu n'as pas lieu de t'accuser de le tromper avec cette fille. » À force de vouloir ne rien éprouver, je n'éprouvai rien. Je n'arrivai à jouir qu'en pensant à Igor. Son orgasme à elle fut violent. Elle s'arc-bouta sur le lit et me laboura les épaules de ses doigts crispés. J'avais craint qu'elle ne cherchât à m'embrasser, à passer sa langue dans ma bouche, j'aurais eu l'impression d'être tâté par une limace. L'énorme soupir qu'elle poussa à la fin flatta ma vanité. Elle me complimenta, s'étira, bâilla, m'indiqua le lavabo, me conseilla de prendre une serviette propre dans le placard à linge, déclara qu'elle avait sommeil. Je redoutais qu'elle ne me fixât un nouveau rendez-vous, mais elle me dit que lorsqu'un homme l'avait comblée, elle ne voulait jamais tenter une seconde expérience. À quoi bon répéter ce qui avait été réussi ?

Ce mot « réussi » était bien dans sa manière.

— Tu as eu longtemps Giulia à la colle, reprit-elle. Je te plains, va ! Tu n'auras pas toujours vingt ans. Si tu veux, je t'indiquerai les filles qui ne demandent pas mieux que de coucher avec toi. Moins on aime, mieux on baise, ce n'est pas ton avis ?

Une telle désinvolture me sidéra, moi à qui mon éducation, ma culture, mon tempérament, mes premières expériences interdisaient de dissocier le plaisir et le sentiment.

Elle me congédia sur ces mots qui me confirmèrent qu'elle était de mèche avec Igor :

— Dis à ton ami qu'il ne se fasse pas de souci. Tout ira comme il le souhaite.

Quel pacte avaient-ils conclu ? Je me rendis le lendemain dans la chambre d'Igor. Il était allongé nu sur son lit, m'attira à lui, me couvrit de baisers. Comprenant quelle épreuve j'avais eu à subir, il commença par me contenter de la manière qu'il m'accordait si rarement.

Le plan était le suivant : il s'agissait de déjouer la surveillance du ministre et d'entrer en possession du coffret.

Il prit le ton le plus grave pour me dire :

— Voler ces documents rendra un immense service à notre cause. Des intérêts supérieurs sont en jeu. Il faudra beaucoup de temps aux ingénieurs de Mussolini pour reconstituer toutes les données de l'avion.

Est-ce que je n'étais pas d'accord ? Il me chargeait donc de m'introduire de nuit dans le bureau, de m'emparer du coffret et de m'enfuir dans le jardin par le chemin qui me serait indiqué.

Prévenant mon geste de surprise, il ajouta qu'il devait se garder d'exécuter lui-même la mission, pour une raison idiote : ayant été attaqué autrefois en Belgique par un loup, dans une forêt de l'Ardenne, aventure dont il ne s'était tiré que par l'intervention d'un braconnier, il avait si peur des mammifères en liberté qu'il craignait, s'il se trouvait tout à coup en face du daim, de se trahir par un cri qui eût réveillé les gardes et compromis l'entreprise. C'était donc à moi de faire réussir celle-ci.

L'explication me parut bizarre, Igor n'étant pas un garçon à confondre un loup et un daim. L'organisation pour laquelle il travaillait attachait tant d'importance à sa personne, je l'ai su depuis, qu'elle ne voulait pas risquer de livrer à la police un auxiliaire si précieux.

— Mais, dis-je, que vient faire Wanda dans toute cette affaire ?

— C'est parce que la Polonaise nous est indispensable que je t'ai demandé ce sacrifice. Je ne sais pas comment tu t'y es pris, ajouta-t-il d'un air pincé, feignant pour nous amuser une jalousie dont il savait que je n'étais pas dupe, mais le fait est qu'elle est maintenant entièrement à notre dévotion. Elle ne jure plus que par toi. Quel chef tu as été, pour mettre à tes pieds une pareille garce ! C'était absolument nécessaire, étant donné les difficultés et les risques de l'opération. Elle nous a raconté, tu te rappelles, qu'une barre est fixée à l'intérieur du bureau, sur la porte du jardin. Elle s'arrangera pour faire enlever cette barre, sous un prétexte ou un autre, et te permettre d'entrer dans la pièce. Je crois qu'elle invoquera la chaleur précoce du printemps pour demander qu'on laisse les deux portes ouvertes, celle du jardin et celle qui donne du bureau dans la chambre, de manière à faire un courant d'air entre le dehors et les deux pièces. Ce qui est contradictoire, remarque bien, avec la nécessité de fermer la porte de communication. Enfin, elle se débrouillera, astucieuse comme elle est…

« Elle-même aura la tâche la plus délicate : occuper le ministre, l'enjôler, l'entortiller si bien qu'il n'entende aucun bruit quand tu marcheras dans le bureau jusqu'à la table. Le plus important est qu'il ne songe pas à regarder sous la porte de communication, car tu auras une lampe de poche pour te guider, et, quelque précaution que tu prennes, un rai de lumière peut être aperçu du lit. Cela dit, avec ce que nous savons des capacités du ministre, il sera aisé pour Wanda de le concentrer sur l'effort de ne pas faire trop piètre figure.

— Mais Wanda ne nous a-t-elle pas dit aussi que ce vitrail est transparent du côté de la chambre ?

— À condition qu'il y reste une lumière allumée. Elle aura soin d'éteindre toutes les lampes. La seule difficulté sera pour la *fiaccola*, sacrée même pour une crapule. C'est incroyable comme ils tiennent tous à cette flamme. On dirait qu'ils n'ont pas d'autre moyen de garder quelque estime pour eux-mêmes. Elle s'y cramponne, l'Excellence, à cette preuve de son honneur ! Mais je fais confiance à Wanda qu'elle saura tourner aussi cet obstacle. Lorsque plus une seule lumière ne filtrera du petit appartement – de ce côté de la maison il n'y a que des remises pour les outils de jardinage et une écurie pour le daim –, tu entreras à pas de loup dans le bureau et… et tu pourras te dire que grâce à toi le fameux bombardier qui devait équiper les forces aériennes fascistes et leur donner la supériorité dans le ciel européen ne sera pas construit de sitôt.

46

Le vol

La nuit était sombre. Des nuages noirs couraient dans le ciel orageux. Je pénétrai dans le parc de la villa Paganini par une brèche qu'avait pratiquée dans la clôture, du côté de la petite rue Capodistria dépourvue d'éclairage, un jardinier soudoyé par Wanda. Celle-ci m'avait fourni un plan des lieux et l'horaire des rondes. Muni d'une lampe de poche, d'une serviette-éponge pour envelopper le coffret, d'une cagoule pour le cas où je tomberais sur les gardes, de chaussures à semelles de caoutchouc, de gants pour ne laisser aucune trace, je repérai sans difficulté le petit appartement à l'arrière de la maison. Me faufilant de buisson en buisson, je n'en étais plus qu'à une dizaine de mètres, quand je vis sortir du bureau par la porte-fenêtre Wanda appuyée à l'épaule du ministre. Je n'eus que le temps de me jeter derrière un magnolia.

Ils s'arrêtèrent devant le seuil. En déshabillé de mousseline, elle s'éventait avec un mouchoir de batiste, feignant d'être incommodée par la chaleur. Le ministre était un homme grand et fort, au cou de taureau, aux lèvres épaisses et sensuelles, nu sous une robe de chambre de cachemire. Il en écarta les pans, toucha d'une main sa bite, très petite pour sa corpulence. Elle pendait inerte et molle, malgré la jolie femme serrée frissonnante contre lui. Il se signa à trois reprises, porta à ses lèvres la corne de buffle en corail suspendue par une chaîne à son cou, baisa cette corne avec dévotion. Il répéta plusieurs fois cette mimique, enfin appliqua la corne à sa bite, mais n'obtint pas plus de succès de ce sortilège que du contact de la jeune femme.

Je n'entendis pas ce qu'ils se dirent, mais, quand ils rentrèrent pour se diriger vers la chambre à coucher, Wanda avait obtenu que la porte du bureau restât ouverte. La première manche était gagnée. La seconde le fut aussi, car le ministre, soit qu'il fût désireux d'intimité, soit que, habitué à la tenir fermée, il eût oublié que Wanda s'était plainte de la chaleur, tira derrière lui la porte de communication entre les deux pièces.

Une à une les lampes de la chambre à coucher s'éteignirent. Il ne resta qu'une dernière lumière. Wanda avait-elle bien compris ce qu'on lui demandait ? Je me dis que le ministre avait voulu s'exciter en regardant Wanda nue sur le lit. Au bout d'une heure, la lampe était toujours allumée. Je n'osais m'aventurer dans le bureau, à cause de ce vitrail qui, du lit, permettait de voir le coffret posé sur la table.

Les minutes, les heures s'écoulaient silencieuses. Accroupi derrière un buisson, je commençais à être transi. Dans la demi-veille où j'étais, des questions écartées jusque-là se pressèrent à mon esprit.

Cette aventure me paraissait de plus en plus étrange. Quel intérêt Wanda avait-elle de duper un homme qui la comblait de cadeaux et l'entretenait sur un tel pied ? Il s'apercevrait dès le lendemain que le coffret avait disparu, se rappellerait les diverses circonstances de la nuit, et mettrait le vol en relation avec la porte du bureau laissée ouverte sur les instances de sa maîtresse.

Pourquoi celle-ci était-elle entrée si facilement dans le complot ? Pas pour le seul plaisir de coucher avec moi, assurément. Je ne m'accordais pas un pouvoir de séduction assez fort pour croire que mon rôle avait été déterminant. Wanda n'aurait pas pris de tels risques sans obéir à des raisons plus sérieuses. En outre, elle et Igor ne pouvaient avoir agi seuls, sans travailler pour un organisme clandestin. Je n'avais été qu'un instrument entre leurs mains. Je m'en doutais bien, mais, en réunissant les divers éléments de l'affaire, j'en vins à cette conclusion que, selon l'hypothèse le plus probable, Igor m'avait employé, non pour décider Wanda à coopérer avec lui – l'accord ayant été conclu *avant* mon intervention –, mais pour la récompenser, *par anticipation*, du concours qu'elle lui avait déjà promis de lui apporter. Leur complicité datait de longtemps. Quelle était la vraie personnalité de Wanda ? Le film *Mata Hari* venait de sortir sur les écrans et faisait fureur. Wanda offrait une vague ressemblance avec Greta Garbo. Peut-être qu'elle n'était pas du tout le personnage qu'elle passait pour être, et que, cachant son jeu sous une apparence de fille délurée, écervelée, à la recherche du seul plaisir, elle n'était qu'un rouage au service d'un ensemble mystérieux.

On m'avait poussé dans un engrenage dont je n'avais plus la possibilité de me dégager. De terribles soupçons me vinrent au sujet d'Igor. À quelles activités se livrait-il ? Dans quel but louche utilisait-il mes services ? Une seule chose était claire : il me sacrifiait à des intérêts qui n'étaient pas les miens, dont j'ignorais tout et que j'aurais désapprouvés sans doute.

Il faisait bon marché de ma personne !

Je me redressai aussitôt, je me secouai. Au risque de me faire entendre des gardes, je sautillai sur place en me frappant la poitrine de mes bras croisés. Suspecter Igor ! Une pensée aussi impie ne pouvait être venue qu'à un cerveau engourdi par cette longue station immobile, quand la terre froide souffle son haleine humide et enveloppe le cœur de ténèbres. J'aurais voulu me jeter aux pieds d'Igor et lui demander pardon. Il m'aimait, j'en avais tant de preuves ! N'était-il pas libre d'avoir des activités en dehors de l'Institut ? Je ne pouvais lui reprocher que de m'en avoir tenu à l'écart. Et encore, ce n'était pas vrai. Ce vol, m'avait-il dit, porterait un coup sévère à l'aviation italienne et ruinerait l'ambition fasciste de garder la suprématie dans les airs. Il militait donc pour une cause qui avait mon adhésion. Elle demandait autant de courage que d'aptitude à garder le secret.

Vers minuit, deux hommes faisant leur ronde s'aperçurent que la porte du bureau était restée ouverte. Ils entrèrent, vérifièrent que le coffret était à sa place. Je les entendis assujettir la barre intérieure puis ressortir par une porte du fond. Ils réapparurent par la porte de l'écurie, libérèrent le daim qui se mit à gambader sur les pelouses et s'éloignèrent dans le parc. Je n'avais plus qu'à m'esquiver, en prenant les précautions nécessaires pour effacer la trace de mes pas.

Wanda nous raconta ce qui était arrivé. Ils avaient entendu un grand cri dans la nuit : « Pasquale ! Pasquale ! » suivi d'un gémissement angoissé : « Oh ! *Pasqualino mio* ! » C'était l'épouse qui, réveillée en sursaut d'un cauchemar, appelait du premier étage son mari. Les fenêtres ouvertes et le silence dans le parc donnaient du relief à chaque bruit. Un enfant s'était mis à pleurer. Le ministre s'était souvenu que la place d'un fidèle de Mussolini et d'un pilier du régime est le lit conjugal. Il ne songea pas pour autant à rejoindre sa femme, mais, conscient d'être parjure à l'idéal fasciste, voulut réaffirmer son attachement au Duce. Quand Wanda l'avait supplié de couper le gaz qui alimente la *fiaccola* au-dessus du lit, il refusa catégoriquement. Elle n'avait réussi qu'à l'irriter et à se rendre suspecte.

Igor convint qu'il fallait rester très prudent dans cette affaire, et nous débattîmes tous les trois sur ce qu'il convenait d'imaginer. J'étais fier maintenant de prouver que le rôle de conspirateur ne m'effrayait pas.

Voici ce qui fut décidé pour le samedi suivant. Comme le temps était revenu au beau, Wanda commencerait par tirer sur le seuil du bureau un fauteuil, sous prétexte de s'asseoir quelques instants sous les étoiles. Puis elle se relèverait et demanderait à voir l'intérieur du coffret, comme si elle croyait qu'il renfermait effectivement des bijoux. Le ministre s'opposerait bien entendu à cette demande et reprendrait le coffret, mais elle s'arrangerait, à force de caresses et de minauderies, pour le lui faire poser et oublier sur le fauteuil, qui resterait dehors, sur le seuil, hors de vue du lit. La manœuvre était risquée. Elle réussit pleinement.

De ma cachette, je vis le coffret à portée de ma main. L'ayant enveloppé rapidement dans la serviette, je m'enfuis sous les arbres et ressortis du parc par la brèche.

Comment le ministre avait réagi en découvrant le vol du coffret, nous ne le sûmes que de manière indirecte, par la vengeance qu'il exerça sur un innocent. Il convoqua plusieurs hiérarques de ses amis pour une chasse à courre. Le daim fut lâché entre les arbres et assassiné. La presse félicita Son Excellence d'avoir remis à l'honneur le plus antique et noble des sports italiens. La photo de la bête morte fut publiée à la une des journaux. Ce n'était pas le daim, mais un cerf de dix cors tué dans les Abruzzes.

Le ministre ne put ni accuser Wanda ni la faire arrêter, pour la bonne raison que, à peine rentrée à l'Institut, elle avait entassé quelques affaires dans une valise et disparu la nuit même, abandonnant la plus grande partie de sa garde-robe et la totalité de ses articles de toilette. Nous ne la revîmes jamais. Igor me laissa entendre qu'elle était passée « à l'étranger » – profitant donc, me dis-je, d'un réseau de complicités assez efficace pour déjouer la surveillance des gardes-frontières. C'était bien la « belle espionne », manipulée par une organisation internationale.

Le coffret ne passa que quelques heures dans la chambre d'Igor. La police le retrouva dans un fossé des thermes de Caracalla.

Pendant une semaine on vit la limousine aux vitres fumées parcourir en tous sens les rues de Rome. À la fin de la semaine, Pasquale Filiberti fut destitué sans pension, privé de son titre d'Excellence, envoyé en exil dans la petite île de Ponza, ses meubles et sa voiture confisqués. Un camion de déménagement vida la villa Paganini.

47

La révélation

La valeur stratégique des papiers dérobés – étaient-ils si précieux que le disait Igor, pour avoir été mis là en dépôt ? –, l'identité des gens qui lui avaient confié la mission de les voler, le rôle qui m'avait été attribué, la complicité et la disparition de Wanda…, que de mystères là-dessous ! De plus en plus troublé, j'attendais une explication, qu'il n'avait pas l'air pressé de me donner. Il faisait comme s'il ne s'était rien passé d'extraordinaire. Je m'en voulais presque de remâcher cet épisode. Pourquoi mêler des arrière-pensées politiques, des doutes, des soupçons à ce que nous vivions chaque nuit ? Nous nous aimions, avec la même intensité qu'avant ces événements. À quoi rimaient ces inquiétudes ?

Elles se réveillèrent brusquement, un soir où, impatient de le rejoindre, j'entrai dans sa chambre une heure avant l'heure prévue. Penché sur sa table de travail, occupé à écrire, il ne m'entendit pas entrer. Pour lui faire la surprise, je m'approchai tout doucement dans son dos et plaquai mes deux mains sur ses yeux. Il sursauta, posa ses mains avec violence sur la feuille de papier étalée devant lui. J'avais eu le temps de voir qu'il écrivait en caractères cyrilliques. Jamais il ne les utilisait. Je pensais même que son père ne les lui avait pas appris.

— Igor, ce n'est pas la peine de me cacher ce que tu écris, lui dis-je avec une pointe d'aigreur. Je ne peux pas lire ces caractères, tu le sais bien.

Il se leva, me serra avec effusion, m'embrassa.

— Eh bien ! Ce ne sera plus mon secret. Tant mieux ! Car je me reprochais depuis longtemps de t'avoir tenu à l'écart. Il ne doit plus y avoir d'ombre entre nous. Tu vas tout savoir.

Avec un geste théâtral, il porta la main à son cœur.

— Je n'en peux plus d'avoir ce poids ici.

Je retenais mon souffle.

— J'écris à Moscou.

— À Moscou ? Je croyais que les relations postales étaient interrompues.

— Je n'écris pas par la poste ! Ma lettre sera transmise par un diplomate polonais qui est dans le coup.

— Dans le coup ?

— Ce diplomate emportera à Moscou les plans de l'avion.

— Mais…

— Je comprends ta stupeur. Assieds-toi. La révélation va être rude pour toi.

Il marcha de long en large dans la chambre, s'arrêta brusquement devant moi.

— Romano, je ne sais comment tu vas prendre la nouvelle… Il vaudrait peut-être mieux…

Il recommença à marcher.

— Ne m'épargne pas, murmurai-je.

Alors, de but en blanc, il me dit :

— Je travaille pour le Komintern.

— Tu...

— Je suis un agent soviétique. On m'a infiltré. Je crois t'avoir fait allusion à cette possibilité dès le premier jour, quand nous sommes sortis du restaurant fasciste.

— Tu voulais te disculper de ta conduite servile envers le Galluzzo. Mais le moyen n'était-il pas risqué ? Tu pouvais éveiller mes soupçons... Nous nous connaissions à peine...

— Je voulais te tester, guetter ta réaction... Tu n'as rien dit, tu n'y as pas cru un seul instant... Tu te faisais déjà de moi une image idéalisée ! C'était pourtant vrai... J'avais dix-huit ans lorsqu'ils m'ont abordé. Je présentais le double avantage de savoir le russe et d'être un Russe blanc. Pour les autorités italiennes un Russe blanc ne peut être que farouchement hostile à l'Union soviétique. J'ai accepté, après beaucoup d'hésitations, dues surtout aux épreuves qu'avait endurées ma famille, à la peine que je causerais à mes parents s'ils venaient à l'apprendre. Et puis... Ma patrie au-dessus de tout, me suis-je dit, quel que soit son régime politique !

— Tu es donc entré dans...

— Oh ! Ça n'a pas été facile d'être admis. Un agent évaluateur, le *razrabotchik*, m'a soumis à plusieurs épreuves, pour s'assurer que je serais une recrue fiable. Il en a référé à son supérieur, le *rezident*, paravent du GPU à Rome, qui malgré mon nom et mon origine a finalement donné son accord.

— GPU ?

— Que tu es ignorant ! Le Guépéou, c'est la police politique soviétique. Ils n'ignorent rien de moi et m'ont attribué comme nom de code *Mädchen*. J'en aurais préféré un autre, mais, dans leur intention, ce n'est qu'une allusion ironique, sans méchanceté particulière, à une chose qu'ils ne comprennent pas mais sans la condamner. Ils la tolèrent, elle leur est d'ailleurs bien utile, car elle leur donne un moyen de contrôle et de pression. Oui, ils me tiennent par là : impossible de leur échapper. C'est pour cette raison aussi qu'ils m'ont contacté. Ils ont leurs fiches à jour. Omnivoyants, omniscients, ils savent tout sur chacun, sa vie privée, ses goûts, ses habitudes. Ils sont diaboliquement habiles. La meilleure proie pour eux, le type le plus facile à manœuvrer, l'agent le plus docile, c'est celui qui est forcé de se cacher de la société sous peine d'être mis en prison. Un hors-la-loi dont ils connaissent le secret a le profil idéal de l'espion. Quelle aubaine pour eux ! Jamais ils ne lâcheront prise. S'il me venait l'envie de rompre et de reprendre ma liberté, ils auraient ce moyen de chantage. Lettre anonyme au professeur Mancusi, tribunal d'honneur, expulsion de l'Institut, enquête de police, raccompagnement aux frontières, et tout ce qui s'ensuit. Mais ils peuvent compter sur moi. Je me suis engagé.

— Et tes parents ?

Une ombre passa sur son front, il baissa la tête.

— Mes parents ignorent tout de cette décision. C'est mon seul chagrin. Tu es la première personne à qui j'avoue ma double vie.

— Merci bien ! Et si je refuse de m'en faire le complice ?

— Tu ne peux pas. Tu es embrigadé, désormais. Wanda t'a infiltré auprès du *rezident*. C'est toi qui as volé le coffret. Te voilà taupe, que tu le veuilles ou non.

— Il y en a d'autres… taupes, à l'Institut ?

— Il n'y avait avec moi que Wanda. Elle était peu sûre, trop bavarde, mais elle nous a bien aidés.

De sombres pensées m'assaillirent. J'étais devenu, malgré moi, un agent soviétique. Je travaillais pour ce « Guépéou » dont les activités ne pouvaient être qu'odieuses. Impossible de revenir en arrière. Igor m'avait compromis, sans m'avertir. Moi qui me tenais éloigné de la politique, je me trouvais soudain aux mains d'une organisation tentaculaire, dont les ramifications s'étendent par mille canaux souterrains. La police de Staline, Argus aux cent yeux, dont cinquante restent toujours ouverts, me tenait à sa discrétion.

Mais là n'était pas mon principal sujet de trouble et d'angoisse. Je m'interrogeais sur l'attitude d'Igor. « Jure-moi d'abord de m'obéir », m'avait-il murmuré dans la chapelle Alaleoni, profitant de l'obscurité, du temps très bref dont nous disposions, du désir qu'il avait lu dans mes yeux, pour m'arracher ce serment. Il savait donc sur quelle pente il m'entraînait. Son plan, il l'avait déjà dans la tête. Était-ce *à moi* qu'il s'était donné dans la pénombre ? Il servait avant tout sa cause, dont il me faisait l'instrument. Tout, dans sa conduite, avait-il été pesé et combiné d'avance ? M'avait-il embrassé, non de lui-même, mais sur l'ordre de ses supérieurs ? Sous ses baisers, aurais-je pu être *un autre* ? Devais-je me révolter ?

— Tu m'as indignement joué, je ne veux plus rien avoir à faire avec toi !

Ou :

— Tu es fou d'agir comme tu le fais, ne compte pas sur moi pour te suivre !

J'étais pris dans la nasse, ferré.

Bien des années après, Arturo, il me reste ce doute affreux : avait-il jeté son dévolu sur moi par calcul politique ?

Je l'aime trop pour ne pas chasser aussitôt cette supposition affreuse.

— Wanda, repris-je, est repartie pour l'URSS ?

— En me laissant les papiers. Ils sont là.

Il ouvrit son tiroir et en sortit une enveloppe des plus ordinaire sur laquelle il avait écrit, en italien : *Opere di Simon Vouet a Roma.*

— Je suppose que l'histoire de l'art n'est pour toi qu'un prétexte ?

— Ne te fâche pas. Tu peux me livrer si tu veux. Tu sais maintenant où se trouvent les pièces à charge.

Il se leva, recula de quelques pas dans la chambre, m'attendit le dos à la porte.

— Gifle-moi si tu veux.

Je n'eus qu'un moment d'hésitation. Je me jetai dans ses bras et enfouis mon visage dans son cou.

— Je ne douterai jamais de toi, Igor. Je suis à toi pour la vie.

Il ferma la porte à clef et m'entraîna sur le lit. Par délicatesse, il se laissa dominer aussi complètement que je le souhaitais. Mortifié de n'avoir peut-être servi que de pion sur l'échiquier, je défoulai dans cette violence une partie de mon ressentiment. Quand il ralluma la lampe, il lut sur mon visage que je lui étais acquis.

— Je n'en attendais pas moins de toi. J'ai tout de suite vu que tu méritais notre confiance. (Ce « notre » me brûla comme un fer rouge.) Le fascisme est horrible. Le pire est que l'Angleterre, la France, appuient Mussolini. La Rome véritable se trouve désormais à Moscou. L'espoir des peuples, que les démocraties ont trahi, se réveille à Moscou. Dostoïevski l'avait prédit : la troisième Rome y ressuscitera !

48

L'appel messianique

Il décrocha du mur, où il l'avait pendue en face de son lit, pour l'avoir sous les yeux dès son réveil, la reproduction du *Narcisse* de Poussin que je lui avais donnée. Il approcha le tableau de ses lèvres et posa un baiser, non sur le visage, mais sur les narcisses dont un bouquet, formé du prolongement des cheveux, fleurit autour de la tête dans l'herbe où elle repose.

— Est-il plus belle image de la résurrection que ce jaillissement végétal ? Il semble que le monde entier renaisse avec ces fleurs. En peignant Narcisse comme il l'a peint, Poussin a mis fin à la légende du narcissisme. Le narcissisme n'est pas une impasse stérile, il est lui-même ressourcement et rajeunissement.

Cette interprétation, j'avoue que je n'y avais jamais pensé.

— L'appel messianique de la Russie, reprit-il, est semblable à cet épanouissement de la terre. Tu ne peux pas y rester insensible. Notre amour sortira grandi de ta participation à ce renouveau.

Il continua sur sa lancée, avec une détermination et une ardeur croissantes.

— L'Italie court à sa perte. Que reste-t-il de ses anciennes et belles traditions ? Mussolini n'est qu'un tyran, grossier et inculte. S'il était seul en Europe, encore ! Mais les Anglais et les Français, en l'appuyant, favorisent l'obscurantisme, la discrimination sociale, la domination des banques, les abus criants.

Il revenait, avec une insistance obsessionnelle, sur le drame de cette reconnaissance officielle du fascisme par les démocraties.

J'entrevis sur un coin de son bureau une pile de ces tracts d'inspiration soviétique, mal imprimés, que nous trouvions dans nos casiers, déposés la nuit par une main anonyme. Il suivit mon regard, ne chercha pas à les soustraire à ma vue, en prit un et me le mit sous les yeux.

— Toi, Romano, tu étais des nôtres, sans le savoir. Je l'ai compris tout de suite, sinon je ne t'aurais pas embarqué dans une aventure qui t'aurait semblé à juste titre une tromperie. Je t'ai aimé pour cela aussi, ajouta-t-il en m'embrassant à nouveau, parce que tu es de cette race d'hommes qui ne supportent ni la tyrannie ni la domination sociale d'une classe sur l'autre.

Comme il y allait ! La fougue de Raskolnikov et des héros de romans russes se mêlait dans son emphase à la grandiloquence de *L'Internationale*. Je lui avais raconté, mais sans y mettre autant de conscience politique qu'il m'en attribuait, mes goûters d'enfant pauvre chez M. Doris, banquier, et Madame.

— Sais-tu comment j'ai eu la certitude que tu étais des nôtres ?

— Nous n'avons pour ainsi dire jamais parlé politique ensemble.

— Je te le donne en mille !

— Peut-être quand nous avons écouté la *Neuvième* dirigée par Toscanini ? C'était dans ce restaurant de ton ami, au lendemain du scandale de Bologne. Je m'en souviens comme d'hier. Il a mis le disque dès qu'il t'a vu entrer.

— Il a été arrêté il y a trois jours.

— Sur dénonciation d'un client ?

— Oui. Tel est le pays où nous vivons.

Après un instant de silence :

— Je ne vois pas, dis-je, dans quelle autre occasion j'aurais pu...

— Ne cherche pas plus longtemps. Le grand révélateur de ton âme a été pour moi... Nicolas Poussin.

— Poussin !

— Tu m'as expliqué qu'il s'était retiré à Rome, et avait refusé de jouer le rôle important qu'on lui proposait pour la décoration du Louvre, afin ne pas avoir à recevoir d'ordres, ni du cardinal de Richelieu ni du roi de France. À Rome il a vécu isolé, en marge des milieux influents, *unus inter pares*, sans croire que cela pouvait nuire à son travail. Il n'a même pas voulu portraiturer le pape ou les cardinaux, comme tous les peintres le faisaient alors. Aucun de ses tableaux n'orne une église. Il détestait tout ce qui est pouvoir, autorité. Homme libre, c'est le seul peintre qui n'a pas travaillé sur commande – sur commande ! quelle formule éloquente, si tu ne t'arrêtes pas au premier sens ! –, le seul dont aucun puissant n'a obtenu la soumission.

« N'est-ce pas de la politique, cela ? Tu n'aurais pas choisi ce peintre pour ses seules qualités de peintre. Il avait, pour te plaire, ses qualités morales, son isolement, sa fierté, son indépendance, son dédain de l'argent, son mépris des puissances financières.

— C'est vrai, dis-je, tant de peintres, si je les compare à Poussin, n'ont pas eu honte de se conduire en courtisans. Même les plus grands… Titien, Bronzino, Rubens, Vélasquez… Lui, hostile à toute ostentation, dans ses vêtements comme dans son intérieur, ne se mettait jamais en frais. Visité un jour en son atelier par un prélat du Saint-Siège, Poussin s'entretint avec lui, montra ses tableaux, exposa ses projets, avec une simplicité exempte aussi bien de prétention que d'humilité, puis, la nuit venue, raccompagna l'éminence, une lampe à la main, par l'escalier qui était fort raide, jusqu'à son carrosse attelé de deux chevaux caparaçonnés à ses armes. Un laquais était assis sur le siège, un autre ouvrit la portière et abaissa le marchepied. Ce seigneur lui disant alors : « Combien je vous plains de n'avoir aucun serviteur », le peintre lui répondit : « Je plains bien plus Votre Illustrissime Seigneurie d'en avoir tant. »

Cette anecdote plut à Igor. Il en tira aussitôt parti.

— Ne pas vouloir exploiter le travail d'un inférieur, protester par l'ironie contre l'usage des riches de se faire servir, supprimer le rapport de dépendance que suppose l'affreux mot de *domestique*, obliger un cardinal à le suivre par un escalier abrupt éclairé d'une seule lampe, voilà, si je ne me trompe, le précoce éveil d'une *conscience du prolétariat*.

49

L'argument décisif

Il m'exposa une fois de plus les effets pervers du fascisme : échec des programmes économiques, paupérisation de l'Italie, déplacement des populations, massacre du décor urbain, tyrannie de la censure, puis, sautant à un autre ordre d'idées, s'étendit sur « la responsabilité des intellectuels », l'obligation pour « le clerc » de laver sa « culpabilité originelle » dans « les eaux de l'action » (d'où tenait-il cette métaphore banalement alambiquée ?), les privilèges de classe à expier pour ceux qui se consacrent à l'art et à l'histoire de l'art (sans s'aviser que, à propos de Poussin, il m'avait précédemment vanté son détachement des affaires du monde).

Il trouva enfin l'argument décisif, qui effaça pour moi la timide objection que je m'apprêtais à faire en écho aux rumeurs qui se renforçaient à propos de Staline : l'URSS ne serait pas un pays aussi idyllique que dans son imagination exaltée.

— Songe en particulier à la condition des homosexuels, à *notre* sort, Romano. Le fascisme nous persécute, avec un acharnement redoublé depuis qu'il s'est réconcilié avec l'Église. Ce qui m'étonne d'ailleurs de l'Église. Elle devrait se montrer plus compréhensive. L'Évangile, n'est-ce pas une religion d'amour ?

— Quelquefois avec excès.

Je lui racontai ce qui était arrivé à mon frère dans l'école religieuse où notre mère l'avait inscrit.

— Voilà qui m'explique la situation en Italie ! Machisme plus fascisme plus ce jésuitisme catholique qui croit réparer par l'homophobie les faiblesses de ses prêtres, égalent tolérance zéro. Mais l'anathème qui pèse sur nous est indépendant du fascisme et ne date pas des concessions faites à Pie XI. En quoi les démocraties soi-disant libérales sont-elles plus ouvertes ? Elles restent cléricales, dogmatiques, bornées. Celles qui se prétendent laïques obéissent comme les autres au tabou judéo-chrétien. Depuis des siècles, sous tous les régimes, on nous stigmatise et on nous brime. Monarchies, républiques, dictatures, toutes s'entendent pour nous empêcher d'exister, toutes continuent d'obéir à Moïse et à saint Paul.

Où voulait-il en venir, lui qui m'avait affirmé son ignorance de la question avant de m'avoir rencontré, ignorance, disait-il, commune à la plupart des Russes ? Il insista sur les méfaits de l'intolérance, sur les innombrables histoires de chantage, sur la vulnérabilité de chacun d'entre nous, sur les passages à tabac dans les parcs, sur la fréquence du suicide chez les jeunes. N'aspirais-je pas, comme lui, à l'époque où nous pourrions nous aimer librement ? Sans nous cacher, sans mentir, sans craindre d'être dénoncés ? Raser la nuit comme des voleurs les murs du corridor dans les ténèbres de l'Institut, il en avait assez, lui. Nous n'étions d'ailleurs pas à l'abri d'une dénonciation. Paolo, qui nous avait devinés, mille indices le lui prouvaient, pouvait nous vendre, pour se venger de sa propre frustration. Il nous voyait jouir d'un bonheur auquel, trop lâche, il avait renoncé pour lui-même.

— Comme lui, aucun des homosexuels de l'Institut – il en avait repéré une dizaine – n'a le courage de s'assumer. Nous deux nous partageons un semblant de vie commune. Eux se contentent de rencontres derrière les buissons du Capitole ou dans les parages de Stazione Termini. Est-ce une solution qui puisse les satisfaire ? Ils ne sont à l'abri ni d'une descente de police ni de maîtres chanteurs, et, de toute façon, peut-on apprendre à s'aimer, à être heureux, dans des conditions aussi hasardeuses et précaires ?

Il y avait des lieux encore plus sordides, de quoi changer son plaisir en dégoût. Voilà où les amenait la nécessité de se dissimuler.

— En plus du danger qu'ils courent, ils doivent compter sur un obstacle intérieur, le plus pernicieux. Le sentiment d'être en faute ne les lâche jamais. Ils s'accusent de ce qu'ils sont, la haine de soi les paralyse.

Paolo, d'accord. Mais Raf ?

— De quoi est fait son fascisme, crois-tu, sinon du besoin de payer la dette dont il se sent redevable à la société ? Il compense par la servilité politique la mauvaise conscience de sa vie privée.

— Je l'ai surpris une nuit à se masturber devant les Dioscures du Quirinal.

— On gâche sa vie par le manque de confiance en soi-même.

À ces mots, le mettant dans l'impossibilité de poursuivre, je le jetai sur le lit. S'ensuivirent des acrobaties, qui démontraient clairement à quel point, pour notre compte, nous avions tiré un trait définitif sur la culpabilité, la honte, la peur, et donné congé une fois pour toutes à ces vieilleries déprimantes.

Une heure s'écoula ensuite en paresseuse volupté. J'aurais volontiers fini la nuit dans cet alanguissement silencieux. Parce que le militant reprenait le pas sur l'amant, Igor fut le premier à recouvrer ses esprits. Il se leva, remit son pantalon, en boucla énergiquement la ceinture, reprit la discussion.

— Après tant de siècles de misère ininterrompue, la terre promise, Romano, s'ouvre enfin devant nous. Dès le mois de décembre 1917, le gouvernement soviétique jugea qu'il entrait dans ses priorités de supprimer toutes les lois dirigées contre nous, selon le principe que la Révolution ne doit pas seulement aboutir à la libération économique du peuple mais aussi à la libération sexuelle de l'individu. Le professeur Grigori Batkis, directeur de l'Institut d'hygiène sociale de Moscou, membre de la Ligue mondiale pour la réforme sexuelle, publia en 1923 *La Révolution sexuelle en Russie,* où il préconisait l'absolue non-ingérence de l'Etat dans les vies privées, pourvu que personne ne soit lésé et que les intérêts de chacun soient respectés. Tiens, j'ai son livre. Voici ce qu'il dit à notre sujet.

Il avait souligné le passage qu'il me lut.

« Pour ce qui est de l'homosexualité, de la pénétration buccale, de la sodomie (ce mot le fit rougir) et des autres formes de gratification sexuelle que les législations européennes définissent comme des crimes contre la moralité publique, la législation soviétique les considère exactement de la même manière que le rapport dit naturel. »

— Cette opinion a été homologuée par la loi et ratifiée par la *Grande Encyclopédie soviétique*, qui, dès sa première édition, vers 1925, a salué les efforts de Magnus Hirschfeld pour faire révoquer en Allemagne l'abominable paragraphe 175 permettant de mettre en prison les « déviants » et responsable de tant de suicides. L'*Encyclopédie* a repris les arguments du Dr Batkis et légitimé toutes les formes d'amour, quelque préjugé que soulève la nôtre. Cette publication officielle se félicite que la loi soviétique ne retienne plus aucun délit contre les « relations non traditionnelles », comme on les appelle en Russie.

J'étais stupéfait. Jamais je n'aurais cru qu'un pays réputé intraitable sur les mœurs, aux prises avec de gigantesques problèmes économiques, pût être le premier au monde à abolir les lois discriminatoires et à cesser de nous considérer, soit comme des dépravés à mettre en prison, soit comme des malades à guérir, soit, après l'intervention faussement bienveillante de Freud distillée en amphigouris doucereux, comme des « handicapés », victimes d'un « retard » dans le développement de l'instinct.

Jeune, forcé de me cacher de ma mère, de mon frère, sans amis à qui me confier, sans modèles où trouver un encouragement, me croyant victime d'un « destin » mystérieux, j'avais fait l'apprentissage des chagrins que le monde réserve à ceux qui contreviennent à ses usages. Tel Oreste poursuivi par la vindicte divine, je me croyais condamné au déni social. J'avais l'impression qu'une clochette me précédait dans la rue, comme les pestiférés autrefois. Au moindre faux pas, elle se mettrait à tinter, on s'écarterait avec horreur, la vie me deviendrait impossible.

Et voilà que, pour la première fois, dans cette *Encyclopédie soviétique*, on parlait de nous comme de gens sur lesquels il n'y a pas à statuer, puisque nous ne présentons aucun trait distinctif. La Révolution ne s'attaquait pas seulement à l'inégalité sociale et à la dictature de l'argent, elle mettait en pièces les interdits prononcés par l'Église, adoptés par la bourgeoisie capitaliste, entérinés par l'État. L'URSS, enfin, rétablissait la justice. Elle étendait son pouvoir messianique à la réhabilitation des parias. Nous n'étions plus coupables d'être blonds parce que la majorité des hommes sont bruns, nous étions des égaux, nous avions les mêmes droits que les autres.

Toi, Arturo, qui n'as pas connu l'existence du hors-la-loi, le chagrin de mentir à tes parents, la crainte des provocations, l'angoisse de te sentir exclu, comprendras-tu de quelle émotion je fus saisi ?

— Tu sais, reprit Igor, combien j'aime l'Italie, mais ce qui m'énerve, c'est leur méthode pour se donner bonne conscience de leur lâcheté. Antonio, par exemple, y va de ses préjugés stupides. Je l'ai entendu dire qu'on reconnaît les homosexuels à quatre traits : ils rejettent en arrière leur mèche, ont un faible pour la couleur verte, portent des costumes gris sombre avec une cravate bleue, craignent la pluie. Il se forge de nous une image fantaisiste et ridicule, pour constater qu'elle lui est étrangère, et s'autoriser par conséquent à nier ce qu'il est en réalité, c'est-à-dire un sur cinq ou six des jeunes Italiens.

La nuit s'acheva comme on peut se l'imaginer. Nous avions le sentiment de donner une dimension politique à notre vie privée.

Je ne me doutais pas que l'aspect rocambolesque du vol classait Igor parmi les espions amateurs, tenus en piètre estime, presque en suspicion, par le sévère Guépéou, malgré l'avis favorable du *rezident* de Rome.

50

Fin d'une chimère

Comment se débrouillait-il, avec ces idées dans la tête, ses engagements politiques, son rôle de confiance auprès du *rezident* – ce mot me fascinait, par le contraste entre ce qu'une façade d'ambassade suggère de respectable, neutre, au-dessus de tout soupçon, et ce que j'entrevoyais de ténébreux dans les activités de ce diplomate –, oui, dans quelles dispositions Igor se sentait-il pour continuer son mémoire sur Vouet ? Faisait-il semblant ? Lui avait-on ordonné d'avoir un alibi ? Étudiait-il avec conviction la peinture française du dix-septième siècle ? Qu'y trouvait-il de plus intéressant qu'aux icônes ? En quoi pouvait-elle nous aider à comprendre notre siècle ? Je me posais ces questions, car j'étais entré moi-même dans une phase de perplexités, de doutes au sujet de Nicolas Poussin.

Nous flânions un jour dans les parages de piazza Navona – dont je continuais à dédaigner la fontaine des Fleuves, surchargée à mon goût –, quand l'envie nous prit d'entrer à S. Agostino, église fameuse pour abriter une fresque de Raphaël contemporaine de celles de la chapelle Sixtine : un Isaïe, et j'avais lu que le « doux » Raphaël, voulant pour une fois concurrencer Michel-Ange, avait égalé en puissance les prophètes du célèbre plafond. Michel-Ange avait été le premier à le reconnaître et à en féliciter son jeune rival. Au commanditaire, riche et puissant seigneur, qui se plaignait du prix que lui réclamait un peintre de vingt-sept ans, il répondit que le genou d'Isaïe valait à lui seul la somme demandée.

À l'intérieur de l'église, très sombre, des ouvriers étaient en train d'installer un éclairage électrique dans la première chapelle de gauche. Je m'enquis de ce qui motivait une telle dépense.

— *È il nostro quadro*, me répondit un homme qui était entré derrière moi, pauvrement vêtu.

La femme qui l'accompagnait, en fichu et robe de toile grise, ajouta :

— On s'est cotisé dans le quartier pour mettre en valeur le seul tableau de Rome qui parle de nous.

Il solo quadro che ci parla di noi... Notre curiosité fut tout de suite éveillée. Oubliant d'aller regarder le Raphaël, nous nous mêlâmes au groupe des ouvriers. Ils plaisantaient entre eux, d'égal à égal. Aucun contremaître ne dirigeait l'opération : ils s'étaient spontanément associés. Perchés sur les échafaudages, ils essayaient tant bien que mal de diriger vers le tableau posé au-dessus de l'autel le projecteur qu'ils avaient attaché à un pilier par une courroie de charron. Je ne sais combien de temps ils bricolèrent les fils. Enfin ils mirent le courant, la lumière tomba sur le tableau.

Je vis deux paysans à genoux devant une Madone à l'Enfant.

Caravage, *La Madone des pèlerins*, 1605, Rome, S. Agostino.

La femme qui m'avait renseigné avait apporté elle-même, griffonné d'une écriture appliquée, maladroite, le rectangle de carton que son mari lui prit des mains pour le déposer sous l'autel.

IL CARAVAGGIO
MADONNA DEI PELLEGRINI.

Surprise de ma part, émerveillement, interrogations sans fin. C'étaient de vrais paysans, de vrais pèlerins, venus de loin sur des chemins poudreux pour vénérer la Madone. Ils s'étaient jetés à ses pieds sans prendre le temps de se rajuster. Des braies rustiques, rapiécées, qui s'arrêtaient au-dessus du genou, une casaque de futaine sur une chemise grise et une cape mise de travers habillaient l'homme, une robe défraîchie et froissée sa compagne. Des chiffons entortillés lui tenaient lieu de bonnet. Corps déformés par le travail, mains fatiguées, têtes précocement vieillies, cheveux sales, existences sacrifiées. La Madone et l'Enfant dans ses bras, visages purs, apparitions célestes descendues du haut de l'empyrée, restaient conformes aux exigences du beau idéal, mais le couple à leurs pieds participait de la réalité la plus immédiate, la plus brute, la plus crue.

Il y avait en fait deux tableaux en un, deux styles, deux visions du monde : d'un côté la Madone, élégante, mince, aux longs doigts effilés, peignée soigneusement, habillée de velours, pouponnant un enfant blond, potelé, propret, qui n'avait jamais joué dans la poussière ; de l'autre côté les « damnés de la terre ». Le premier style prolongeait la tradition idéaliste de la

Renaissance, tandis que la physionomie douloureuse des pèlerins ne répondait à aucun langage connu.

Igor lisait sur mon visage l'étonnement.

— Il est évident, dis-je, que le peintre a suivi deux méthodes de travail différentes. Alors que la Madone et l'Enfant nous rappellent des figures vues cent fois dans les églises et les musées, il a pris dans la rue les modèles de ces deux paysans. Deux individus pêchés au hasard, deux passants quelconques, sans valeur esthétique, sans prestige, mais vrais.

— Je n'ai jamais vu, dit Igor, une figuration plus précise, plus authentique, de la condition prolétaire.

— C'est peut-être le premier tableau au monde à avoir osé la montrer.

En un raccourci instantané je fis défiler dans ma mémoire l'immense patrimoine artistique italien, et d'emblée m'apparut ce qui lui avait toujours manqué : une approche réaliste du peuple, la curiosité pour ses moyens d'existence. Chez Masaccio, chez Michel-Ange, chez Raphaël, chez Botticelli, on est toujours bien habillé, récuré avec soin, net de souillure sur le corps comme de tache sur l'habit. Comment vivaient la majorité de leurs contemporains, ils ne se sont jamais préoccupés de le savoir. Même constat pour les maîtres de moindre envergure : impossible de surprendre, dans un tableau ou dans une fresque de Florence, de Rome, chez Ghirlandaio, chez les Lippi, chez Gozzoli, la moindre marque d'intérêt pour un homme ou une femme qui ne soit pas d'un milieu aisé.

— Je ne te le fais pas dire, remarqua Igor. Si tu me passes l'expression, leurs personnages ont l'air de sortir de leur salle de bain et d'avoir fini à l'instant leur toilette.

Que le quartier de S. Agostino se fût cotisé pour valoriser le tableau du Caravage cessa de m'étonner : le petit peuple romain, connu pour son goût spontané de l'art, mais habitué à des œuvres qui lui décrivent un univers d'où il est exclu, n'avait pu être que conquis, touché par un tableau qui lui renvoyait, non déformée par le souci de la *bella figura*, mais telle quelle, sans fard, véridique, sa propre image. Pour une fois, on lui prêtait attention, on l'accueillait, on le jugeait digne du traitement dont seuls bénéficiaient jusque-là les dieux de l'Olympe, les saints du Paradis, les princes et leurs courtisans, les gentilshommes plus ou moins huppés, les damoiseaux, les pages au service de leurs seigneuries, les riches marchands. Les gens du quartier se reconnaissaient enfin dans ces deux pèlerins.

« *È il nostro quadro.* »

C'est notre tableau.

Un tableau qui méritait un éclairage spécial, une coûteuse « illumination ». De même qu'ils avaient *leur* paroisse, *leur* lieu de rencontre, *leur* espace de prière, ils avaient *leur* artiste, *leur* tableau, le témoignage fidèle de *leur* condition. L'art n'était plus seulement le miroir d'un monde inaccessible pour eux, il reflétait leur dénuement et par là même leur en offrait le rachat.

— Nous avons déjà discuté du mot de Poussin, tu te rappelles ? dit Igor en sortant. *Caravage a détruit la peinture*. Je crois que nous pouvons donner ici à son opinion un sens auquel lui-même n'a sans doute pas pensé. Ce qu'a détruit le Caravage, ce n'est pas la peinture, mais l'illusion que la beauté, la propreté, l'hygiène, la bienséance vestimentaire sont le bien de tous. Beauté, propreté, hygiène, noblesse dans le maintien, dignité dans les manières, correction dans les vêtements, de telles valeurs ne sont pas universelles, elles sont un luxe qui n'appartient qu'à certaines classes de la société.

51

Les pieds sales

La « noblesse », elle était dans chacun des tableaux de Poussin, assortie d'une complète indifférence aux accidents de la vie ordinaire. Je ne m'étais jamais arrêté sérieusement à ce fait – ou je n'en avais pas tiré les conséquences nécessaires. N'avoir peint que des personnages au-dessus du commun, des visages d'une beauté régulière, des traits impassibles, des gestes harmonieux, des orgies mesurées, des colères contenues, des morts solennelles, bref, toujours et partout, des attitudes empreintes d'une dignité impossible pour des gens affairés à gagner leur pain, c'était exclure de la peinture les neuf dixièmes de l'humanité. Chez Poussin on ne fraie jamais avec des manants, on plane au-dessus des misères humaines, on ignore la pauvreté, la faim, les rides, les callosités, les courbatures, les arthroses, on ne rencontre, outre le Christ et les acteurs des Évangiles, que des Apollon, des Vénus, des Adonis, des Bacchus, des Moïse, des Salomon, des Zénobie, des Scipion, des Rébecca. On est toujours pieds nus, sur la pointe des orteils ou sur la plante posée à plat ; on s'habille de tuniques et de toges, tout en ignorant cet autre accessoire du vestiaire antique :

la sandale. À quoi bon, puisqu'une grâce du ciel permet à ces pieds de rester propres en toute circonstance ? La poussière ne s'y attachant jamais, penser à les laver serait aussi malséant qu'inutile.

Le jeune garçon qui boit dans sa main au bord d'une rivière, dans le *Paysage avec Diogène*, et s'appuie de son autre main sur la rive, n'est pas un enfant qui a couru dans les bois et s'est amusé aux jeux de son âge : les doigts qu'il écarte sur la rive sont aussi nets que s'il venait d'ôter ses gants.

Et Rébecca, dans le célèbre tableau du Louvre[1] ? La fille de Bétuel est venue chercher de l'eau au puits, entourée de villageoises, dans sa bourgade de Harran, en Mésopotamie. Elle a posé par terre sa cruche, pour écouter un voyageur de passage qui lui demande à boire. Ses compagnes réunies autour d'elle ont apporté aussi leurs récipients, mais on les prendrait en vain pour des paysannes courbées par l'habitude du fardeau. Droites comme des colonnes, ayant les proportions des statues grecques, le port fastueux de l'ordre corinthien, elles pourraient soutenir l'entablement d'un temple. Combien d'heures ont-elles passées à tresser leurs cheveux en nattes aussi savantes ? Le décor d'architecture est fait lui-même de rangées d'arcades vides, de « fabriques » intemporelles, de palais nus, de monuments inhabités, inhabitables. On remarque en particulier un pilastre isolé, surmonté d'une boule de pierre, laquelle n'a d'autre emploi que de satisfaire l'œil par une forme parfaite. Du récit de la Genèse dont il s'est inspiré pour cette scène, Poussin a éliminé

1. Voir illustration p. 502.

les détails qui auraient introduit de l'irrégularité, de la vérité. Ainsi a-t-il supprimé les chameaux avec lesquels le voyageur était arrivé au puits. Cette omission délibérée d'un élément qui aurait apporté du réalisme et témoigné que le manque d'eau et la nécessité de la transporter à dos de bêtes sur de longues distances rendent difficile la traversée du désert, cette éviction des chameaux confirment le dédain de Poussin pour les moyens d'existence de ses personnages.

Chacun des dix récipients apportés par les jeunes filles est différent de l'autre ; celui-ci a les flancs plus rebondis, celui-là le col plus large ; cruches, vases ou amphores, ils ont tantôt une anse sur le dessus, tantôt deux anses sur le côté, tantôt pas d'anse du tout ; ils sont en terre cuite ou en métal guilloché. On fait grand mérite au peintre de cette variété de types, de formes, de matières, sans s'aviser que, dans le peuple, on ne dispose que d'ustensiles faits en série.

Où sont les moutons dans *Les Bergers d'Arcadie* ? Sur les corps parfaitement lisses des bergers, où est la fatigue des longues veilles dans les champs ? Ces jambes et ces bras nus exposés au soleil ont-ils jamais dégouliné de sueur ? La poussière s'est-elle jamais accrochée à leurs poils ?

Il se trouve qu'au moment où je découvrais le Caravage de S. Agostino, j'étudiais avec un soin particulier *La Chute de la manne*, le seul tableau de Poussin qui évoque la pauvreté et la dénutrition. Le drame de la faim s'y trouve résolu par une pluie tombée miraculeusement du ciel dans le désert. Bon, c'est dans la Bible, et Poussin n'avait pas d'autre choix. Mais il aurait pu traiter l'épisode d'une autre manière. Il a fait de son tableau une allégorie de l'altruisme et des bons sentiments. Les personnages rendent grâce au ciel ou s'entraident pour se répartir la manne, sans que nul d'entre eux porte à sa bouche une de ces bouchées providentielles. *Personne n'est en train de manger*, comme si manger était trop trivial pour fournir un sujet à un peintre.

D'ailleurs, quel crédit faire à la compassion de celui-ci, quand on sait que le groupe des affamés dans le coin gauche n'a pas été peint sur le vif ? La femme qui donne le sein est inspirée d'un motif qu'on trouve fréquemment dans les églises de Rome, la « Charité romaine » allaitant un vieillard. Quant à l'autre vieil homme, couché, qui tend les bras d'un geste pathétique, il est copié sur une statue de Sénèque décorant le jardin des Borghese.

Poussin, *La Chute de la manne*, 1639, Paris, Louvre.

Le détail le plus étonnant dans le tableau du Caravage, c'est la saleté des pieds. On voit très bien les plantes des deux pèlerins agenouillés, méticuleusement peintes, et sales, très sales. La poussière du chemin s'est incrustée dans la peau. Chaque sillon en est imprégné. Les ongles liserés de noir ont gardé la crasse de la route. J'ai compté dans *La Chute de la manne* pas moins de quinze pieds nus. Tous sont d'une propreté irréprochable, comme si les Israélites n'avaient pas été chassés par l'Exode et contraints de cheminer dans le sable du désert. Ils ont manqué de nourriture, mais toujours disposé, apparemment, d'installations sanitaires.

Chez Poussin les pieds ne servent pas à marcher, pas plus que les bouches ne servent à manger.

— Tu as attendu si longtemps pour t'en apercevoir ? Moi, s'il y avait eu des Van Gogh à Rome, mais il n'y en a pas un seul, c'est ce peintre que j'aurais étudié. Il a peint des mangeurs de pommes de terre, des semeuses au travail dans les champs, des lieurs de gerbes, des tondeurs de moutons. Il a fait des gros plans de godillots. Toute la peine des hommes est entrée dans ses tableaux, toute la misère sociale.

« Sais-tu quel serait un sujet épatant ? On pourrait comparer la *Chaise jaune* de Van Gogh, une chaise de paille, une vraie chaise de paysan, avec la chaise si distinguée de Raphaël dans la *Vierge à la chaise* du palais Pitti. J'aime Van Gogh parce qu'il a donné, après des siècles de déni, sa revanche à l'artisanat populaire et mis fin à l'hégémonie des fauteuils curules, des cathèdres à haut dossier, des niches à baldaquin, des trônes en gloire.

52

Historien et espion

Mon problème à présent était le suivant. Avec la conscience sociale qu'Igor avait éveillée en moi, pouvais-je achever mon travail sur Nicolas Poussin ? Comment continuer à étudier un peintre intemporel dans un monde livré aux convulsions de l'histoire ? Autre sujet de perplexité : Poussin concevait la peinture comme une activité indépendante du pouvoir, libre, désintéressée, gratuite, et Igor m'avait mis au service d'un régime qui range l'art au dernier rang de ses préoccupations, sauf à l'utiliser pour les besoins de sa propagande. Ceci encore, beaucoup plus grave : le sérieux, les scrupules d'érudition, la méticulosité scientifique, la probité absolue, toutes ces qualités requises pour l'historien d'art étaient elles compatibles avec la déloyauté, la rouerie, la duplicité, la traîtrise inhérentes au métier d'espion ?

— Tu es fou, me dit Igor, lorsque je me fus ouvert à lui de mes doutes. Tu ne dois à aucun prix abandonner Poussin. Pas plus que moi Simon Vouet. Nous avons besoin d'une couverture. Plus les peintres que nous étudions se sont tenus à l'écart de leur temps, moins la police italienne, le professeur Mancusi, Fortunio, Raf, Aldo, Paolo et autres possibles mouchards nous soupçonneront de menées politiques.

Il se frappa le front.

— Suis-je sot ! Tu dois présenter bientôt une partie de ton mémoire au professeur Mancusi. Le directeur de l'Institut est un fasciste militant. Voilà une occasion excellente de lui montrer que tu sais lire dans un tableau du dix-septième siècle des signes prémonitoires. Fais-lui croire que Poussin aurait accueilli avec joie ce qui se passe aujourd'hui en Italie, et que ses tableaux reflètent *notre* actualité. Ah ! écoute-moi, avant de protester. Je vais te montrer la manière de respecter l'impartialité scientifique nécessaire dans notre métier sans renoncer aux accommodements que notre époque exige. Tu me diras ensuite si je n'ai pas bien fait de t'enseigner à transiger avec ta conscience professionnelle par un opportunisme qui loin de nuire à ton crédit de savant mettra en valeur ta bravoure.

« Choisis bien les tableaux que tu monteras en épingle, quitte à passer quelquefois sous silence ceux que tu préfères. Évite le *Narcisse*, qui pourrait être interprété comme une invite à ce *farniente* si contraire à la morale combative des avant-gardistes du ministre Tagliaferro.

« Laisse de côté *Tancrède et Herminie* : il n'est pas convenable de montrer un guerrier blessé abandonné sur le champ de bataille et soigné par une femme. Elle le panse avec les cheveux qu'elle se coupe, comme si l'armée italienne manquait d'ambulances, d'infirmiers, de compresses et de bandes Velpeau.

« Si tu ne peux t'empêcher d'attirer l'attention sur un tableau, reste prudent dans tes commentaires. Je sais que tu as aussi une prédilection pour *L'Empire de Flore*, peuplé de ces beaux garçons que nous aimons. Pour éviter tout démêlé avec la police des mœurs, ne dis pas qu'Apollon avait deux amants à la fois, Hyacinthe et Zéphyr, et que celui-ci a assassiné celui-là. Escamote le fait que le charmant mais jaloux et perfide Zéphyr a soufflé sur le palet pour le détourner de sa course et en heurter Hyacinthe sur le front, opte pour la version hypocrite selon laquelle le rival de Zéphyr a été frappé par accident au cours du jeu. Je crois d'ailleurs que cette falsification du mythe a été entérinée au Louvre par un cartel prude.

« Étends-toi sur les *Sept Sacrements.* Il en a fait deux séries. Aubaine inouïe pour toi. Dis que la première a été faite par dévotion à l'enseignement du Christ, dévotion pour ainsi dire routinière et dépourvue d'arrière-pensée politique, puis qu'il a repris la série en ayant la prémonition des accords du Latran. Les tableaux de cette seconde série sont plus précis, plus *parlants* : le souvenir de l'Évangile n'en est plus le seul moteur, il s'y superpose la grande pensée qu'a eue Mussolini de rendre à l'Italie sa place de fille préférée de l'Église.

« Prends plusieurs exemples. D'abord, *Le Mariage.* Le premier *Mariage* a pour cadre une pièce fermée, sombre, soutenue par des colonnes austères. La composition est des plus rigide. Au milieu des assistants compassés, le grand prêtre pose ses mains sur les épaules des deux époux agenouillés devant lui. Sans la colombe peinte au centre du tableau, celui-ci manquerait d'*envolée*. Le seul détail un peu gai est la longue verge fleurie que tient l'époux, mais le jeu de mots sur *verga*, en italien comme dans les autres langues, n'est peut-être pas du meilleur goût. Poussin s'est rattrapé dans la seconde version, plus colorée, plus vive, exempte de sous-entendu équivoque. En plaçant cette fois le mariage dans une pièce ouverte sur l'extérieur par trois fenêtres qui laissent entrer à flots la lumière, et en faisant assister à la cérémonie une douzaine de jeunes filles et de jeunes gens qui laissent paraître leur joie d'entourer le couple, il a revalorisé le mariage en tant que réunion de famille, fête innocente et événement joyeux, conformément à la volonté du Duce de rendre noblesse, entrain et sérieux à l'acte fondateur d'une lignée de nouveaux balillas.

« Un autre exemple pourrait être *Le Baptême* I et *Le Baptême* II. Poussin a inscrit le premier dans un paysage normand. Le bouquet d'arbres est normand, et on reconnaît dans le fond, juste au-dessus de la tête du Christ, et par conséquent à un endroit qui la met particulièrement en valeur, la ruine du château des Andelys dont tu m'as parlé. La seconde fois, le décor est fait de collines plates et pelées : c'est devenu un paysage romain, avec des stèles et des cippes.

« Enfin, insiste sur *L'Ordre*. Le sens religieux de ce titre (ordination du prêtre) est recouvert aujourd'hui par le sens politique (« obéir », une des devises du fascisme). Poussin nous montre le Christ remettant les clefs à saint Pierre. Entre les deux versions, les différences sont considérables. Souligne-les. Dans le premier tableau, saint Pierre, à genoux, reçoit les clefs que lui tend le Christ. Le Christ abaisse le bras vers

Poussin, *L'Ordre* I, vers 1640, Grantham, Belvoir Castle.

lui. Dans le second tableau, même position de saint Pierre, mais le Christ, au lieu de lui tendre les clefs, les brandit à bout de bras, au-dessus de sa propre tête. Et le panneton, partie de la clef qui entre dans la serrure et agit sur le pêne, est dirigé vers le haut d'un pilastre. Rien de plus insolite que ce gros pilastre qui ne soutient rien, isolé comme une tour, inutile, renflé vers le faîte, et gravé à son sommet d'un *E* majuscule des plus énigmatique, vers lequel est pointé le panneton. Que signifie cette lettre ? On s'est perdu en conjectures. Selon l'explication généralement acceptée, *E* serait le début d'*Ecclesia.* Les clefs seraient tournées vers l'Église. En lui remettant les clefs tournées dans cette direction, le Christ indiquerait à son disciple la valeur sacramentelle de cette lettre.

Poussin, *L'Ordre* II, 1647, Édimbourg, National Gallery of Scotland.

« Discute cette thèse, en avançant hardiment toutes les raisons qu'a eues Poussin d'introduire ce *E*, non comme emblème de l'Église, mais à la gloire du système politique de l'Italie contemporaine. Le *E* est au centre de la mythologie fasciste, il en est *la clef*. Comment s'appelle la sœur de Mussolini ? *Edvige*. Et sa fille aînée ? *Edda*. Comment s'appelle un des premiers compagnons de Mussolini, qui a l'honneur de s'entraîner dans la même unité aérienne que les deux fils du Duce ? *Ettore* Muti. Le secrétaire du Syndicat national fasciste des journalistes ? *Ermanno* Amicucci. La femme du maréchal Italo Balbo ? *Emanuela*. Le propre chauffeur de Mussolini ? *Ercole* Boratto. Le ministre de la Guerre ? *Enrico* Caviglia. Le théoricien du fascisme et de l'État corporatiste ? *Enrico* Corradini. Et le ministre des Colonies ? *Emilio* De Bono. Et le chef de la police ? *Eugenio* Cerutti. Je te réserve le plus beau *E*, apanage d'un des plus fidèles séides de Mussolini, qui a même été un temps ministre de l'Économie nationale : *Epicarmo* Corbino. Poussin ratissait large, avec son *E* majuscule.

— N'est-ce pas un peu énorme, ce que tu me conseilles là ?

— Le professeur Mancusi est si servile, il a tellement peur de perdre son poste, qu'il n'osera pas te contredire, même si tu lui débites ces conneries.

« Retire de ton choix le *Paysage avec Diogène* : faire l'éloge d'un philosophe qui se débarrasse de son écuelle, parce qu'il a honte de voir un enfant à qui le creux de sa main suffit pour boire à la rivière, serait perçu comme une critique indirecte de l'insuffisance des installations hydrauliques et de la pénurie d'eau à partir du troisième étage dans la Rome de l'an X.

« Porte au contraire une attention spéciale au *Jugement de Salomon* : nulle part il n'est plus évident que ton peintre, si étranger qu'il puisse paraître aux problèmes de société, aurait applaudi aux initiatives du fascisme. La politique éducative du régime est ici prévue, approuvée, encouragée. Souligne dans ton mémoire que cette querelle devant le roi entre deux femmes qui se disputent la possession d'un enfant serait impossible dans l'Italie de Mussolini où les bébés sont enlevés à leurs mères pour être confiés à l'État. Il faut que ton examinateur comprenne qu'à la place de Salomon sur son trône tu imagines le Duce rendant la justice dans son bureau du palais de Venise : cet enfant qu'une des femmes est prête à laisser couper en deux plutôt que de l'abandonner à l'autre, Mussolini décide de le placer d'urgence dans une crèche, entre les mains d'éducatrices spécialisées, assermentées, dévouées à la formation des futurs balillas, exemptes de passions destructrices.

« Tu as cette chance de pouvoir mettre en valeur deux autres tableaux, *La Victoire de Josué sur les Amorites* et *La Bataille de Josué contre les Amalécites*, où l'on voit des guerriers de race blanche combattre contre des tribus indigènes. De telles œuvres cadrent exactement avec les ambitions coloniales de Mussolini, et pourraient servir de réclame pour le désir qu'on lui prête d'envahir un de ces jours l'Éthiopie. Il se trouve que Poussin a équipé les soldats de Josué de cuirasses et de casques romains, à gorgerin et à cimier, et que leurs adversaires sont presque nus, conformément à l'imagerie fasciste selon laquelle sur l'autre rive de la Méditerranée ne vivent que des sauvages. Et pour répondre à l'objection qu'il n'y avait pas besoin pour ces guerriers de mêler tant de cruauté à leur héroïsme, ne crains pas d'affirmer qu'au début de toute grande œuvre civilisatrice quelque violence est nécessaire. Cite Bugeaud en Algérie, Wellesley en Inde, l'assassinat au Canada du chef indien Pontiac par le gouverneur britannique.

« Insiste sur les nombreuses *Bacchanales*, sur les Pans et les Silènes, la bonne chère, le déballage des provisions sur l'herbe, les bamboches champêtres, les polissonneries anodines, c'est d'excellente démagogie populiste et va dans le sens de la politique fasciste de développement des loisirs de plein air.

« Fais un sort particulier, enfin, à *L'Enlèvement des Sabines* : la louange de ce tableau sera perçue comme un hommage à la Rome des premiers temps. Les soldats avaient fondé l'Urbs en observant une discipline et une chasteté toutes militaires. Ensuite, pour se procurer les épouses dont ils avaient besoin pour leur faire des enfants, ils méprisèrent les singeries de la civilité bourgeoise et prirent de force leur dû. Poussin a transformé avec génie un rapt brutal en apologie de la natalité.

En vain essayai-je de protester contre des manipulations aussi grossières. Devenu espion, je tenais d'autant plus à mon honneur d'historien.

— D'ailleurs le Mancusi ne croira pas à de telles inepties.

— Il y croira, parce qu'il aura intérêt à y croire.

Igor me répéta qu'il était essentiel de nous protéger des tracasseries de la police par une activité donnant à la fois toutes les apparences de la neutralité scientifique et toutes les garanties quc nous *pensions bien*. Puis, comme chaque fois qu'il voyait l'ombre d'un désaccord s'étendre entre nous, il se hâta de la dissiper par le moyen qu'il savait infaillible.

53

Double vie

Igor continuait à me cacher une partie de ses occupations. Il disparaissait plusieurs jours, puis revenait à l'Institut sans m'informer de ce qu'il avait fait. J'étais habitué à ces éclipses, que ne suivait aucune explication, mais la situation avait changé : j'étais désormais au courant, je savais qu'il avait une double vie. Puisqu'il m'avait obligé à la partager, je souffrais qu'il ne me fît pas plus confiance, et gardât pour moi des secrets. Me sentant en droit de lui demander des comptes, je me plaignis à lui de ce qu'il me tînt dans l'ignorance des endroits où il s'était rendu et des personnes qu'il avait rencontrées.

— Ne suis-je pas ton ami ?

J'avais pris un ton emphatique, entre geignard et outré. Il rit, me prit dans ses bras, me chuchota à l'oreille :

— Plus que jamais, Romano. Mais ne t'attends pas à ce que je te dise tout. Je suis lié moi-même par la loi du silence à ceux qui m'emploient. Je ne sais pas ce qu'on attend au juste de moi, et ne suis prévenu de ce que j'ai à faire qu'au dernier moment, sans qu'on m'éclaire sur le sens de ce qui m'est demandé. J'ai juré au *rezident* obéissance complète et discrétion absolue. J'ignore l'identité des autres agents qu'il utilise. Il ne nous a jamais mis en rapport. Il sait le rôle que tu as joué dans le vol du coffret, et sans doute pense-t-il à toi pour une autre mission, mais il ne me consultera pas là-dessus. Tu es mon grand amour, mon unique amour, mais il y a des choses qu'un espion n'a pas le droit de dire même à celui pour lequel il donnerait sa vie.

Une autre fois, pour calmer mon impatience :

— Songe que, de toute façon, nous n'avons jamais été libres, toi et moi, d'être *d'un seul tenant.* Ta mère n'ignore-t-elle pas la vérité sur son fils ? N'es-tu pas obligé de mentir à ton frère ? Mon père pourrait-il recevoir ma confession ? Notre nature nous oblige à la duplicité. Nous ne pouvons être *entiers* pour personne. Ce n'est pas notre faute si on nous a réduits à cette existence tronquée et truquée. L'interdit qui pèse sur notre vie privée nous empêche de la manifester. On nous force à cacher aux autres ce qui est essentiel pour nous. Habitués à ne leur présenter qu'un visage faux, nous sommes des hommes de l'ombre. Ici même, à l'Institut, nous ne pouvons nous rejoindre qu'à onze heures du soir, quand nos camarades dorment, et nous devons nous quitter avant l'aube. En ville, la plus grande dissimulation nous est prescrite. Un geste, un sourire imprudent nous trahirait. Le souterrain est notre lieu naturel.

« Voilà un bon entraînement pour les activités politiques clandestines. Le *rezident* est au courant de tout ce qui nous concerne, et il en informe régulièrement la structure dont il dépend. Mystérieux département de la police, « le Centre » en question est rattaché directement à l'État soviétique. Cet organisme coordonne le réseau mondial de « surveillance et prévention stratégique », c'est le nom officiel de cette branche du Komintern. Ils savent jusqu'au moindre détail de notre situation particulière et misent sur notre habitude du secret pour nous confier des tâches qui exigent prudence et bouche cousue.

À quelques jours de là, je compris, au sourire de complicité qu'il m'adressa pendant le dîner, qu'une de ces tâches avait été décidée pour moi. La crème caramel fut avalée en vitesse. À peine enfermé avec moi dans sa chambre :

— Trouve un prétexte quelconque, me dit-il, pour te lier à un photographe, ce ne sera pas un problème pour toi, tu as besoin pour illustrer ton mémoire de te procurer des photos de certains tableaux.

Il réfléchit un moment, puis, comme frappé d'une pensée soudaine :

— Il me semble qu'un des brocanteurs de via dei Coronari, celui qui nous a vendu le *Saint Jean Baptiste* imité de Cavallino, avait dans le fond de sa boutique un apparcil à trépied.

— Tu te rappelles son nom ?

— Attends… Dommage que tu ne sortes plus avec Giulia. Elle est du quartier et aurait pu t'aider à retrouver notre homme… Mais oui, c'était bien via dei Coronari, entre le palais Lancellotti et l'église San Salvatore. Je me souviens qu'il avait un gros ventre, des yeux saillants, une barbiche, tu le reconnaîtras facilement.

— Mais je n'ai pas de tableaux à faire photographier !

— Ne me force pas à te fournir des éclaircissements qu'il m'est impossible de te donner. Tu dois obtenir de ce type qu'il te photographie, toi, dans un format cinq par cinq centimètres, ce qui est interdit par la loi, car il y a recrudescence de faux papiers, et la police est très sévère sur ce chapitre. Emmène-le à la pinacothèque du Vatican, tu auras un laissez-passer que nous te procurerons, certifiant que ton travail sur Poussin nécessite plusieurs clichés du *Martyre de saint Érasme*. Fais-lui prendre d'abord des clichés du tableau seul, puis de toi à côté du tableau, comme un souvenir, puis de toi seul, tu diras que c'est pour les envoyer à ta mère, le *rezident* prétend que c'est un moyen infaillible pour attendrir les Italiens. Tiens, voici quelques billets que tu lui glisseras dans la poche s'il renâcle. Apporte-moi ensuite tes photos, qui doivent être nettes, deux de face et deux de profil… Cinq par cinq centimètres, rappelle-toi bien les dimensions… Du genre photos d'identité en somme, conclut-il d'un air dégagé. De celles qu'on glisse dans une enveloppe.

— Mais que de complications ! objectai-je. Ne serait-il pas plus simple de payer directement le photographe dans sa brocante ?

Igor s'obstina dans son plan. Je découvris à cette occasion que, dès qu'on fait partie d'un réseau d'espionnage, on complique tout inutilement, parce qu'on est entré dans une culture du mystère. On croirait déchoir en agissant simplement.

Moi-même je me piquai au jeu. J'eus du mal à retrouver le brocanteur, car il avait rasé sa barbiche et l'avait remplacée par une paire de moustaches retroussées en croc. Marinetti, l'ancien poète futuriste nommé récemment par Mussolini à l'Accademia d'Italia, avait adopté cette coupe belliqueuse pour compenser son ralliement servile. Le rebiquage gominé des moustaches était devenu à la mode.

Le bonhomme n'était point sot. Il devina d'emblée où je voulais en venir.

— Eh *ragazzo* ! pourquoi déranger saint Érasme ? On serait beaucoup mieux chez moi, pourvu que tu te montres compréhensif.

Il frotta son pouce contre son index dans un geste qui le dispensait d'être plus explicite. En même temps, il me fixa d'un air qui m'embarrassa. Je n'aimais pas la petite lueur de plaisir allumée dans son œil globuleux.

— Je risque gros pour te rendre service, mon mignon. C'est la rue des photographes, ici. La police fait des rondes fréquentes. On nous tient à l'œil. Un de mes confrères serait trop heureux de me dénoncer. Je perdrais ma patente si on me voyait tirer ton joli portrait.

— Vous pourriez fermer votre boutique pendant un quart d'heure.

— Ah ! le perdreau ! Boutique fermée, clientèle perdue ! Alors, c'est convenu ?

Il m'indiqua une somme rondelette. Je lui dis que je ne l'avais pas sur moi, et que je reviendrais le lendemain.

— Je t'attends. Viens vers quatre heures. Non, plutôt à trois heures, quand les Romains font la sieste. Ce sera plus tranquille. Nous serons seuls.

54

Chez le photographe

« Avec cette somme, pensai-je en m'éloignant, je pourrais acheter le tableau ovale que j'ai vu sur le chevalet. Il me semble bien que c'est la copie d'un faux Poussin que les propriétaires du château de Chenonceaux essaient de faire passer pour un des nombreux tableaux perdus. Un exquis petit *Enlèvement de Ganymède*, bien mieux en copie du faux que le faux lui-même. »

Ce ne fut qu'une pensée fugitive. Je n'étais plus seulement historien d'art, j'étais d'abord espion. Igor, à qui je racontai mon entrevue, déplaça les dictionnaires de sa bibliothèque et tira d'une cachette une enveloppe. Il en préleva les quelques centaines de lires réclamées. Le tout sans commentaire, comme s'il allait de soi qu'un agent du Guépéou ne dût jamais manquer d'argent.

Quand je revins à la boutique, à trois heures pile, par les rues en effet désertes, je vis affiché à l'entrée un parchemin calligraphié en lettres gothiques. Son Excellence Roberto Farinacci, secrétaire général du PNF, certifiait que le *signor commendatore* Amadeo Bartoletto était inscrit au *Fascio*.

Il m'accueillit « à bras ouverts », et ce n'est pas un cliché, Arturo, que de décrire ainsi l'ample geste calculé à dessein. « À bras ouverts », pour écarter les pans de sa blouse et mettre en évidence le faisceau de licteur, insigne des membres du Parti fasciste.

— Diable, me dis-je, il craint vraiment une inspection, pour se protéger ainsi.

Pendant qu'il installait dans l'arrière-boutique son appareil – sans prendre, me sembla-t-il, beaucoup de précautions, tout le monde pouvait nous voir de la rue –, il me dit :

— Eh, mon mignon ! On fraude, à ce qu'il paraît.

— Mais non, bredouillai-je, inquiet de ce préambule.

— Allons ! Tu sais bien que c'est interdit, sans une autorisation écrite de la questure.

Et si c'était lui qui allait me dénoncer à la police ? Il me dégoûtait, avec son gros ventre qui débordait de sa ceinture. Je lui trouvais un air faux, et me repentis d'être venu.

— *Signor commendatore*, protestai-je d'un air pénétré, je suis étranger, et je voudrais envoyer à ma mère un petit portrait de moi.

— La *mamma* ! La *mamma* !

Il sautillait autour de moi en piaillant.

— Ce culte de la *mamma*, auquel, vous autres étrangers, avez réduit l'image que vous vous faites des Italiens, nous n'en voulons plus. N'essaie pas de me faire ce coup-là ! Tu ne m'auras pas avec la *mamma* !

Sa voix monta à l'aigu.

— La *mamma* ! La *mamma* ! Trois *m* pour mieux nous ramollir. Le premier *m* comme mamelle, le deuxième *m* comme marmelade, le troisième comme *mammalucco* [sot, niais, ganache]. C'est un culte abêtissant, aussi indigne des descendants de Jules César que l'habitude de jouer de la mandoline sous les balcons. Plus jamais de ça, *mai più*, au pays de Dante, de Verdi et de D'Annunzio !

« En revanche, nous proclamons le droit à la fraude, et même le devoir de la fraude. La fraude grandit l'homme qui la pratique et le hisse au-dessus du vulgum pecus. Tourner la loi est la preuve de son sang-froid, de sa détermination, de son courage. Dans le temple de Zeus, un autre qu'Alexandre aurait cherché respectueusement à démêler les fils embrouillés du nœud gordien. Alexandre le trancha d'un coup d'épée. Il était défendu de franchir le Rubicon, et Jules César l'a franchi ! Poupée de mon cœur, tu n'es pas un mouton, et je sens que nous sommes faits pour nous entendre. Tu as la trempe des braves. Je suis fier de toi, tu me plais. La loi fasciste est au-dessus des lois. Elle nous ordonne de désobéir ! Nous voilà deux à transgresser l'interdit !

Il plaisantait sans doute. Ou alors il voulait me mettre à l'épreuve. Devais-je protester ? Je ris, pour me donner une contenance, d'autant plus gêné que, tout en déblatérant contre le pouvoir contre-révolutionnaire des mères – « elles nous empêchent de grandir, elles nous gardent sous leurs jupes, nous en avons assez de leur tutelle, nous voulons être des hommes ! des hommes ! » –, il me prenait par la taille pour faire pivoter de quelques centimètres le tabouret où il m'avait fait asseoir. Une main descendit vers ma cuisse et, enhardie par ma passivité, palpa la chair sous l'étoffe du pantalon. J'étais pâle, tremblant, cloué sur le tabouret par la peur d'être dénoncé si j'esquissais un geste de résistance.

Il retourna à son appareil, régla la hauteur du trépied, regarda dans le viseur, vissa la poire à la boîte noire, décida de corriger une fois de plus ma position sur le siège. Debout derrière moi, pressant son gros abdomen mou contre mon dos, il me tournait la tête à droite et à gauche, sans autre motif, me parut-il, que de me tripoter les joues avec une insistance de plus en plus suspecte. Il se dirigea ensuite vers la porte d'entrée, tourna la clef dans la serrure et ajusta les volets.

— Il faut que ce soit bien noir autour de toi, me dit-il, afin que sous le rayon du projecteur que je vais allumer, tu sois comme un chérubin dans son auréole de lumière.

Je craignais maintenant qu'il en vînt à me réclamer un salaire que, sous la menace du chantage, j'eusse été dans l'impossibilité de lui refuser. « Être faits pour nous entendre » : avait-il jeté son dévolu sur moi pour que je devienne son « chérubin » ?

Il me caressa les épaules dans l'obscurité, murmura à mon oreille « *Che bel ragazzo* », puis, avec un soupir, regagna sa place derrière l'appareil, vérifia le cadrage et alluma le projecteur.

Il opéra en silence puis m'annonça d'une voix devenue très triste que les photos seraient prêtes le lendemain.

Je lui tendis les billets. Il repoussa ma main d'un geste magnanime.

— Non, seulement à la remise des photos. Pour qui prends-tu un fils de la Louve ?

La visite prit fin sans autre incident. Il replia les volets, la lumière du jour envahit de nouveau la boutique, il ouvrit la porte, je me sauvai dans la rue. Il regrettait peut-être de n'avoir pas osé « tourner la loi » avec un client si accommodant, ni franchi le Rubicon en ma compagnie.

55

Je poursuis mon instruction

— Excellentes, me dit Igor, en examinant les photos et en vérifiant leurs dimensions à l'aide du double décimètre qui servait à son père pour fabriquer les présentoirs de cigarettes.

Il avait souri lorsque je lui avais raconté les protestations de loyauté fasciste du photographe, et ri de la diatribe contre la *mamma*.

Je lui avais tu les manèges louches du bonhomme, de peur qu'il ne me reprochât une attitude trop soumise.

— Excellentes, c'est juste ce qu'il me fallait.

— Peux-tu me dire à quoi elles vont servir ?

— Nous allons partir pour la Russie.

Je le regardai, stupéfait.

— Le temps de te faire établir un faux passeport.

— Et toi ?

— Je l'ai déjà.

Il me montra un passeport établi au nom de Boris Prokofitch Evdokine.

— Comment t'es-tu procuré cette photo ?

— Crois-tu que nos bureaux ne soient pas équipés d'un studio ?

— Pourquoi n'en ai-je pas profité, moi ?

— Le *rezident* voulait te mettre à l'épreuve. Il avait besoin de savoir comment tu te débrouillerais dans une situation un peu délicate. C'est un test qu'il fait passer aux recrues.

— Si délicate, m'écriai-je, qu'elle a failli se terminer très mal pour moi.

Je lui racontai alors les manœuvres d'approche du brocanteur.

— Ah ! Ah ! Il t'a peloté dans le noir ?

— C'est tout ce que ça te fait ?

— Nous l'avions prévu. Le *rezident* est parfaitement au courant des mœurs du *signor* Bartoletto.

— Tu savais donc son nom !

— Son nom, son état civil, ses antécédents, son curriculum vitae. Pour tout te dire, j'ai étudié sa fiche. Il a fait deux ans de prison après avoir été pris dans les jardins près de la gare, et n'a été autorisé à rouvrir sa boutique qu'au bout d'une période probatoire de deux autres années.

— Tu aurais pu me prévenir ! Je suis du genre timide, tu le sais bien… Et surtout, à l'idée que la police, s'il m'avait dénoncé, serait remontée jusqu'à toi, je me trouvais dans l'impossibilité de me défendre. Il me tenait… Lui résister aurait été fatal pour nous deux. Si tu l'avais vu, empressé, patelin, suppliant, voilant ses menaces sous des appellations mielleuses… Mon mignon par-ci, poupée de mon cœur par-là… Quand je pense que c'est toi qui me l'as recommandé !

— Moi, non. La décision est venue du *rezident*. S'il a choisi ce type, c'est précisément pour mesurer ta capacité de résistance à ce genre d'avances. Le

Komintern a besoin d'agents sûrs. Tu vas être exposé, en Russie comme ici, à des tentatives peut-être moins timorées que celles de ce *commendatore*, qui étale son titre pour impressionner mais a une frousse bleue de passer à l'acte, depuis qu'il a été pincé et fourré en tôle. N'oublie pas que tout le monde nous prend pour des lopes et nous croit vulnérables. Les services du contre-espionnage jouent là-dessus. Ils utilisent des agents provocateurs qui chercheront à t'appâter et à t'attirer dans quelque guet-apens. Nous traînons la réputation de gens sans famille, sans foyer, sans honneur, sans moralité. Dans l'opinion du *rezident* lui-même, nous sommes des proies faciles, prêtes à tomber dans le piège et par conséquent à livrer des secrets. Une pédale, c'est bien connu, *n'en a pas.*

— Tu aurais pu lui dire, protestai-je indigné, que tu répondais de moi !

— Je peux te l'avouer, désormais. Tu te souviens de mes premières absences de l'Institut ? Il m'avait placé chez un antiquaire de via Giulia connu pour se taper ses commis. Un certain Guido Cavalloni. Protégé en haut lieu, il ne se gênait pas, celui-là, pour arriver à ses fins ! Tout le monde dans sa boutique y passait. Je n'ai jamais vu un tel cynisme. Il me mit le marché en main : « Ou tu marches, ou je te dénonce pour m'avoir fait des avances. »

— Tu t'en es sorti comment ?

— Oh ! Ça été compliqué. Il avait un culot, des mains baladeuses, fallait voir. Je voulais lui casser la gueule. Le *rezident* a jugé que cette réaction serait trop violente. Je devais, me dit-il, réagir comme si je ne comprenais pas ce qu'il me voulait. Faire l'imbécile. Rester de glace. Car, selon lui, une réaction trop violente laisse entendre qu'on a été tenté. Quand tu seras abordé par des agents provocateurs, m'a-t-il dit, adopte la même tactique. Seule une froideur totale leur signifiera que tu ne seras jamais leur proie.

— Combien de temps as-tu travaillé dans ce magasin ?

— Le temps de prouver que ma cuirasse était sans défaut.

— Tu pensais à moi ?

— Romano !

— Il aurait pu t'épargner cette comédie.

— Le Centre n'accepte jamais une recrue homosexuelle sans la soumettre à cette sorte d'épreuve. Il y a eu des cas de trahison chez des agents qu'on avait embauchés sans prendre assez de précautions. Un hétéro est moins facilement donneur, non qu'il ait un sens plus développé de l'honneur, mais parce que, n'étant pas sous le coup de la loi, il offre à la police moins d'occasions de le confondre. Celui d'entre nous qui se fait pincer dans un pays dont les lois restent sévères, comme l'Angleterre, l'Allemagne, les États-Unis, buts possibles de nos missions, lâche tout ce qu'il sait en échange de l'impunité.

Je le serrai dans mes bras, pour m'assurer et nous assurer ensemble de la solidité de notre amour : ce qui était peut-être vrai pour les autres ne l'était pas pour nous. Il répondit doucement à mon étreinte, puis d'un geste brusque se dégagea.

— Romano, à partir de maintenant, apprends à séparer ta vie privée et ta vie d'agent secret. Tu t'appelleras désormais Ettore Romagnolo, et ce qui sera demandé à Ettore restera ignoré de Romano. Le Romano du sentiment n'aura plus rien à voir avec l'Ettore de l'action. Ton passeport certifiera que tu es Italien, né à Turin, ce qui justifiera que tu ne roules pas les *r* comme un Toscan ou un Romain. En Russie, tu pourras reprendre ton vrai nom, sauf, bien entendu, si on t'emploie pour infiltrer l'ambassade d'Italie ou un des groupes industriels italiens.

— Mettra-t-on, au moins, comme profession : « chercheur en histoire de l'art » ?

— Je t'en donne ma parole. Le Centre a prévu les formalités à remplir devant la police italienne. À l'aéroport de Rome, on t'interrogera sur les motifs de ton départ pour Moscou. Ne m'as-tu pas dit qu'il y a de nombreux Poussin en Russie ?

— Quinze tableaux à l'Ermitage, plus quarante et un dessins.

— Tu vois, tout colle à merveille. Ce voyage profitera aussi à tes études.

— Irons-nous à Leningrad ?

— Je m'arrangerai pour t'y faire envoyer.

— Je comprends qu'il me faille un nom d'emprunt. Mais toi, pourquoi ne pars-tu pas sous ton vrai nom ? Les Italiens n'ont aucune raison de s'opposer au départ d'un Russe. Et même, n'ont-ils pas intérêt à se débarrasser de gens toujours suspects à leurs yeux ?

— C'est du côté russe que ça clocherait. Les Sermalov possédaient de grands biens en Russie, leur nom, lié à l'ancien régime, est resté très connu. Beaucoup de ceux que j'aurai à contacter risquent de faire mauvais accueil à un Russe blanc.

— Au fond, pourquoi ce voyage ?

— Ah ! tu poses trop de questions ! Tu le sauras bien à temps.

56

Addio Roma

Dans les quinze jours qui restaient, je parcourus les endroits de Rome qui avaient ma prédilection, seul le plus souvent, car il avait à faire de son côté. Sans l'excitation d'examiner quinze des plus beaux tableaux de Poussin, j'aurais cédé à l'angoisse et au découragement. Je n'avais pas encore la souplesse d'esprit suffisante pour suivre le conseil d'Igor. Cette facilité qu'il avait de séparer notre vie sentimentale de ses activités politiques était ce qui me peinait le plus. La fusion totale, but de tout grand amour, était-elle donc impossible entre nous ?

Les arbres se couvraient de bourgeons. Les premières feuilles pointaient. Les buissons du Pincio s'endimanchaient des boules jaunes du mimosa. Le Canova avait ressorti quelques tables sur la chaussée. Une douceur printanière flottait dans le ciel de Rome. Je fis mes adieux à la chapelle Alaleoni, où la vraie vie avait commencé pour moi, puis à tous les lieux où j'avais été heureux avec lui. Je m'asseyais au soleil, engourdi. L'amour produit une apathie corporelle en harmonie avec la contemplation intérieure dans laquelle on tombe.

Qu'allions-nous devenir en Russie ? Je ne cessais de me le demander.

Je m'étais mis au russe, après une discussion où il m'avait incité, non sans un accent de reproche, à déchiffrer au moins les caractères cyrilliques. En réalité, mais ce n'était pas un fantasme à lui avouer, mon rêve était d'arriver dans un pays dont j'ignorais la langue et jusqu'à l'écriture. Incapable de me débrouiller seul en Russie, de sorte à compter sur lui uniquement, je serais devenu, pour ainsi dire, *sa chose*. Sans doute devina-t-il ce rêve de dépendance absolue, qui était contraire à sa conception de l'amour. Il me voulait indépendant, autonome, fort.

Le soir, il m'aidait dans l'apprentissage d'une langue si difficile que je ne tardai pas à ressentir les bienfaits d'une étude qui fixe l'esprit. J'apportais les livres de grammaire et de vocabulaire au bord du *Giardino del lago*. En me souvenant de l'époque où je m'asseyais sur le banc avec Giulia, je mesurais le chemin parcouru – quitte à penser, avec tristesse, que l'avenir se présentait trop incertain pour que rien ne pût être tenu pour acquis.

— Pourquoi t'inquiètes-tu ? me dit-il un soir, en constatant que je revenais de mes promenades de plus en plus anxieux. Ne t'ai-je pas expliqué qu'en URSS la législation nous est favorable, et que nous n'aurons plus à nous cacher ? Imagine le bonheur de pouvoir partager un appartement sans rendre de comptes à personne.

— Nous aurons un appartement ?

— Au début, nous irons à l'hôtel.

— En prenant une seule chambre ?

— Peut-être pas. Il faudra se montrer prudent, éviter de s'afficher, respecter une opinion peut-être encore hostile. Mais la loi désormais est pour nous. Voilà qui me met dans la joie, moi, acheva-t-il feignant un air piqué comme s'il ne savait pas que cet argument effaçait dans mon esprit toutes mes réticences contre ce voyage.

Le dernier soir fut occupé aux bagages. La municipalité de Rome avait organisé au pied du Palatin une grande fête pour célébrer la fin des travaux dans les sites archéologiques. Tous nos camarades s'y rendirent, attirés par les feux d'artifice promis. Les antifascistes avaient hésité. Pour ne pas manquer le spectacle, ils se décidèrent à y aller.

Igor inspecta ma valise.

— Oh là là ! quelle imprévoyance ! Tu n'as mis que des vêtements légers. Le mois de mars russe n'est pas comme le mois de mars italien. Il peut faire très froid jusqu'en mai, certaines années jusqu'en juin. Même quand le printemps sera arrivé, la température peut changer d'un jour à l'autre. Ce sera peut-être l'hiver lorsque nous atterrirons. Ton manteau, vite, et tes pull-overs les plus chauds.

Il m'aida à refaire complètement mon bagage. Sa sollicitude, son insistance, quand la valise était déjà fermée, pour la rouvrir afin de rajouter une paire de gants, calmèrent mes alarmes. Je gardais la priorité dans son cœur, s'il descendait dans d'aussi petits détails malgré les soucis de sa mission. Je l'entendais se réciter à mi-voix des chiffres et des pourcentages ; de temps en temps il consultait à la sauvette un bout de papier qu'il rempochait aussitôt.

À la fin il me dit :

— Le diplomate polonais sur lequel nous comptions s'est récusé, sous prétexte que lui-même n'échapperait pas à la fouille. Le *rezident* m'a enjoint de transmettre à sa place les données de l'avion miraculeux. Pour éviter de me faire pincer à la douane, je dois apprendre par cœur les formules avant de les brûler, pour qu'il n'en reste aucune trace.

— Si je peux t'aider... murmurai-je d'une voix timide, car je craignais une rebuffade.

— Je n'osais pas te le demander ! Les choses les plus simples sont pour moi les plus difficiles à mémoriser.

Il sortit de sa poche un brouillon griffonné d'une écriture à jambages verticaux et parallèles, volontairement contrefaite : « *BXZ Tr. Caproni C. 133, mot. Piaggio P.VII radiali 7 cil. 450 CV.* »

— Tu as bien retenu ? L'ennui c'est que Fortunio, ce soir, est le seul à être resté à l'Institut. Si je vais lui demander une allumette, il se doutera, sachant que je ne fume pas, que j'ai quelque chose à brûler.

— Ne t'inquiète pas.

Je pris le bout de papier, le roulai en boule, le mit dans ma bouche et l'avalai, comme je lui avais vu faire le premier jour, derrière le kiosque à journaux de via Nazionale. Après quoi, remonté par l'idée de partager avec lui le secret, transporté de bonheur d'avoir une telle preuve de sa confiance, je lui répétai chaque mot et chaque chiffre du grimoire.

— *Addio Roma*, se mit-il à fredonner.

C'était un air ancien de Monteverdi qui venait d'être remis à la mode.

— Sais-tu, me dit-il, que j'ai obtenu du Centre que notre mot de passe en Russie soit *Addio Roma* ? Ainsi serons-nous toujours par la pensée là où nous nous sommes connus, où nous nous sommes aimés pour la première fois, où nous avons appris à être heureux, où nous nous sommes engagés l'un envers l'autre pour la vie.

De telles paroles achevèrent de m'apaiser. J'aurais cru que notre dernière nuit serait pour moi gâchée par les doutes et les craintes. En attendant le sommeil à ses côtés, pendant que blotti dans le creux de mon épaule il dormait déjà, ses jambes enlacées aux miennes, je songeai sans trop d'appréhension à l'avenir qui s'ouvrait devant nous. Son souffle régulier soulevait sans bruit son torse épilé sur mes instances. Il avait gardé sa main sur moi, à l'endroit qu'il savait le plus sûr pour me plaire.

LIVRE IV

57

Dans l'avion

Jusqu'à l'escale de Vienne, il somnola. À Varsovie, on changea d'avion. La moitié des passagers montés à Rome continuaient jusqu'à Moscou. À chaque escale, bien qu'ils ne fussent qu'en transit, des inspecteurs venaient examiner leurs passeports et confronter leurs visages avec les photos.

— Tâche de te dominer, me dit Igor. Par tes hésitations, ta gaucherie, tu donnes l'impression de présenter un faux document. Lorsque tu tends ton passeport à l'officier, regarde-le franchement. Ne rougis pas.

— As-tu des souvenirs de Russie ? lui demandai-je, quand le pilote nous informa que nous venions de franchir la frontière.

— Lorsque la Révolution éclata, mes parents s'enfuirent de leur palais, avec Tania, la vieille nounou que tu as vue à Rome, et qui avait pensé à coudre dans sa robe les diamants. Ils quittèrent Moscou par le dernier train et s'établirent sur la mer Noire, d'abord à Odessa, puis à Yalta, où une colonie de Blancs en exil vivota pendant trois ou quatre ans. La veille de l'arrivée des Rouges en Crimée, ils furent recueillis par un navire britannique qui les conduisit à Nice, d'où la plupart gagnèrent Paris.

« Je ne me rappelle à peu près rien de ce séjour en Crimée, sinon un sentiment de liberté et de bonheur. Pour un enfant de la ville, qui ne connaissait que la chaleur étouffante des gros poêles de faïence et le froid glacial dans les rues, Yalta fut un paradis ensoleillé. Je jouais au bord de la mer avec une bande de cousins, pendant que ma mère cultivait sa neurasthénie, causée ou ravivée par la perte de nos biens. Je la revois, assise sur le banc mentionné par Tchekhov, à l'ombre de son chapeau enveloppé de tulle, lisant *La Dame au petit chien*. Elle ne voulut jamais monter dans le canot que mon père avait loué pour nous promener le long de la côte, jusqu'à un promontoire en forme d'ours. Le soir, elle assistait dans le port au retour des pêcheurs. En voyant les poissons se débattre dans les filets, elle fit le serment, qui nous parut à mon père et à moi suprêmement illogique, de ne plus jamais manger de viande.

« Si, pourtant, continua-t-il après un moment d'hésitation, j'ai un souvenir personnel plus précis. Mon père adorait les bains de vapeur, qu'on trouve partout en Russie, jusque dans les moindres villages. Soit qu'il eût confiance dans les vertus de la vapeur bouillante, selon la vieille croyance populaire que l'eau grésillant sur le poêle libère les forces emprisonnées dans le feu et dégage une torpeur bienfaisante qui protège de toutes les maladies, soit que, dans sa prévoyance du sort qui nous attendait, il estimât nécessaire pour son fils de s'exercer à un travail difficile et fatigant, il me plaça comme garçon de bain dans le bania public.

« Je reçus des sandales d'écorce et ce qu'ils appellent une serviette. Attachée par une ficelle à la taille, elle ne cache que le sexe. Cet équipement sommaire était le même pour tous les clients. On m'apprit d'abord à nouer des branches de bouleau pour en faire une sorte de fouet. Je devais ensuite, de toutes mes forces, par une température avoisinant les quatre-vingts degrés, frapper les corps nus étendus sur une claie de bois. J'avais ordre de les fouetter jusqu'au sang, pratique indispensable, paraît-il, pour que la peau se détende, que les humeurs malsaines soient expulsées et la circulation des sèves vitales facilitée. "Plus fort, plus fort", susurraient d'une voix fade les habitués. "N'aie pas peur, petit, d'y aller à fond." Je me demandais pourquoi ils s'infligeaient cette torture. Certains me trouvant trop débile se fustigeaient eux-mêmes avec les verges qu'ils m'avaient arrachées, puis, à demi mourants, sur le point de perdre connaissance, ils s'inondaient d'eau glacée et revenaient à la vie.

« Ils me demandaient aussi de les savonner et de les frictionner sur le dos et sur le ventre, avec du vinaigre de miel, des huiles aromatiques et du savon d'Alep à la fleur d'oranger. L'atmosphère était saturée d'odeurs où la sueur se mêlait aux parfums, sans compter un relent âcre que j'étais trop innocent pour identifier. On entendait des soupirs, des râles. Le sentiment de fortifier mes muscles enflammait mon zèle. J'étais fier de contenter les clients. Tandis que je m'efforçais de les satisfaire, au prix d'un effort physique épuisant, un plaisir, une ivresse plus trouble se propageaient dans mon corps. Je bandai pour la première fois, accident dont je ne tirai aucune vanité, croyant que c'était un effet de la vapeur.

« Le prince Chourakov, ami de mon père, dernier chambellan de Nicolas II, me fit étendre à côté de lui sur la claie. Après avoir d'une main négligente palpé dans la pénombre ma poitrine imberbe, il me dit de ne pas m'inquiéter si elle n'était pas couverte de poils comme la sienne, car dans quelques années j'aurais tous les attributs nécessaires. Je me gardai de rapporter à mon père ces paroles pour moi mystérieuses, qui me hantèrent longtemps. Elles correspondaient au désir vague mais poignant que faisait monter en moi le spectacle de ces dizaines de corps abandonnés à l'extase de la friction balsamique, les bras en croix sur le sol brûlant. Je ressentais autant d'impatience que d'appréhension. Mais rassure-toi, Romano, il ne m'arriva rien de fâcheux, j'avais soin de coincer ma serviette entre mes cuisses et de ne jamais me mettre à quatre pattes. Le bain de vapeur public de Yalta, centre renommé de villégiature, passait d'ailleurs pour être bien famé.

« Cette expérience du bania fit aussi mon apprentissage social. Parmi les habitués on comptait des princes en exil, des propriétaires terriens des environs, des notables appartenant à la bourgeoisie locale, fonctionnaires, avocats, médecins, gérants de magasins. Ceux des officiers de la garnison qui n'avaient pas rejoint le général Wrangel, et d'anciens agents du tsar bloqués par la guerre complétaient la clientèle. Je reconnus le jeune homme qui aidait son père dans le restaurant de la jetée. Il louait sur la plage des chaises longues et des parasols. Une autre fois, le patron de la plus grande entreprise viticole de la région se coucha sur le ventre, écarta les jambes et me demanda de lui malaxer l'intérieur des fesses. Le gouverneur de la province et le pilote du garde-côte affecté à la surveillance douanière vinrent tour à tour s'allonger sous mes doigts. Nus, tous les corps se confondaient pour moi dans une sensation de mollesse et un vertige de moiteur.

« J'aurais pu croire que la vapeur brouillait les différences sociales et que toutes les origines étaient aplanies dans le bain, toutes les classes confondues, si l'architecture du bania et la répartition des baigneurs selon les étages ne m'avaient instruit du contraire. L'édifice occupait deux étages. Le directeur avait affecté d'office à l'étage supérieur, l'étage noble, un fils de prince. Dans le décor de mosaïques romaines qui revêtait les murs, je distinguais des sirènes, des chevaux marins, des naïades, des tritons, des dauphins brillamment coloriés. L'eau qui avait irrigué sous les doigts des masseurs puis rincé le corps des clients le plus riches s'écoulait par les canalisations vers l'étage inférieur, où elle était jugée encore assez bonne pour les commis, les soldats, les matelots, les étudiants, les cochers, les domestiques, les ramasseurs de coquillages. Le billet d'entrée ne leur avait coûté que cinq kopecks, contre les cinq roubles payés à l'étage supérieur. Ils se baignaient entre des murs passés à la chaux, salis et sans décoration. Deux étages, deux Russies.

« Mon père fut mécontent de l'apprendre, quand je lui fis le récit de ma journée. Conscient des tares du régime impérial, il se berçait de l'illusion que je serais initié par le nivellement de l'étuve à l'égalité démocratique. Il se mit en colère, quand je lui eus rapporté que le banchik avait refoulé de l'étage supérieur vers l'étage inférieur le cuisinier du prince Chourakov, sur dénonciation du prince lui-même.

Quel lieu étrange pour un enfant, pensai-je, quand Igor eut terminé son récit. Le jeune garçon, qui avait sept ou huit ans, s'était formé alors la vision du monde qu'il garderait adulte. Il avait déjà pris à cet âge la mesure de l'injustice sociale, de la discrimination entre les classes, le dégoût de l'argent et le goût du sexe. Mais je n'eus garde de lui faire part de ma réflexion. Il me semblait que c'eût été inconvenant, et même pas tout à fait juste. Peut-être le dégoût, à la fois de l'argent et du sexe ? Ou plutôt la capacité de dissocier le sexe et le sentiment ? Avantage que je lui enviais, moi à qui cette liberté faisait défaut.

L'avion, en vue de son proche atterrissage, avait perdu de la hauteur et survolait des champs enneigés, des lacs gelés, des cours d'eau encombrés de glaçons.

— Tu vois, me dit Igor. C'est encore l'hiver, ici.

Le contrôle de police, long et minutieux pour les autres passagers, nous fut épargné. Un homme nous accosta dans le hall des bagages. Sans nous avoir demandé nos noms, il nous dit de le suivre et nous fit passer par un guichet prioritaire. Dehors nous attendait une voiture, dont le chauffeur nous déposa, une heure plus tard, en plein centre, dans une petite rue sombre, cinquante mètres avant une avenue brillamment éclairée.

— C'est tout de suite après l'angle, nous dit-il.

58

Premières impressions

— Où allons-nous ? demandai-je à Igor. Pourquoi nous a-t-il plantés là ?

— À partir de maintenant, aucun signe ne doit nous distinguer. Nous ne sommes plus que deux étrangers quelconques en visite à Moscou. Nous devons nous confondre dans la foule et ne prêter à aucun soupçon sur le but de notre voyage. Le passage prioritaire et la voiture particulière qui est venue nous chercher ont été notre seul et dernier privilège. L'auto ne pouvait nous déposer juste devant la Voks, c'eût été trop voyant.

— La Voks ?

— V-O-K-S. C'est l'organisation qui accueille, renseigne et dirige les voyageurs de passage et les étrangers vers le logement qu'ils souhaitent.

Le rez-de-chaussée de la Voks ressemblait à un bureau de poste. Derrière une paroi de verre, les employés de trois guichets posaient des questions et remplissaient des formulaires. Nous prîmes rang dans une des queues. Quinze personnes empaquetées dans des vêtements informes pataugeaient devant nous dans des flaques de boue. Quand notre tour fut arrivé, l'employé leva à peine la tête.

— C'est pour quoi ? demanda-t-il sans répondre au salut poli d'Igor.

— Un appartement, s'il vous plaît.

— Pas de chance… On inaugure cette semaine l'usine de roulements à billes. Les 12 500 travailleurs ont la priorité.

Un homme derrière nous dans la queue dit fièrement :

— C'est Davidenko, un ancien ouvrier de Poutilov, qui la dirige. Elle produira 24 millions de billes par an.

L'employé ouvrit un registre, déploya un plan de Moscou et, pointant le doigt sur chacun des endroits qu'il nous proposait, énuméra ce qu'il appelait les dernières « occasions ».

— J'ai un studio là, mais c'est très loin. Un sous-sol, plus près, mais très humide, à cinq minutes de la future station de métro. Je te conseillerais une chambre dans un appartement communautaire, près des Étangs purs… Il y a aussi quelque chose vers le mont des Moineaux… Non, ça vient d'être pris…

Le téléphone sonna au fond de la salle. Il se leva, s'éloigna sans se presser, décrocha l'appareil, hocha la tête, revint en traînant les pieds.

— Ah ! T'es verni. On vient de me libérer un quinze archines cubes, au bout de la Nouvelle Arbat. Tu prends ?

Une heure d'autobus. C'était un logement minuscule, calculé non en mètres carrés mais en cubage, équipé d'une douche, d'un fourneau à gaz, d'un évier et d'un réfrigérateur qui mordaient d'un quart sur la surface habitable. WC collectif, à l'autre bout du couloir. Nous nous présentâmes au Soviet de maison installé dans une pièce glaciale du rez-de-chaussée. Le président fumait un gros cigare. De haute et corpulente stature, enveloppé dans une houppelande fourrée qui le grandissait encore, il examina nos passeports et nous demanda notre permis de séjour qu'il timbra. Une chevalière en or brillait à son index. Il remit ses moufles. Quantité de questions nous furent posées. Quand il sut que nous étions chercheurs en histoire de l'art, il se radoucit. Indiquant le portrait de Lénine accroché entre les deux fenêtres, il nous rappela que la sauvegarde du patrimoine artistique avait figuré parmi les priorités du nouveau chef de l'État. À peine arrivé au pouvoir, il avait pris un décret pour interdire le vandalisme.

Le secrétaire du Soviet, aussi chétif et falot que le président était gros et fort, flottait dans des vêtements trop grands. Il devait sans cesse remonter ses manches pour en dégager deux mains rougies par le froid, sauf les dernières phalanges, d'une blancheur cadavérique. Il nota avec peine nos deux noms et le numéro de nos passeports puis nous expliqua le fonctionnement de la sonnette. Notre logement portait le numéro 6, au troisième étage. Fixée à la porte d'entrée de l'immeuble, la sonnette était commune aux six étages. Pour sonner chez nous, on devait pousser le bouton d'abord trois fois, par une pression insistante, puis six fois, en appuyant plus brièvement. L'explication était confuse, mais, pour éviter au petit homme malingre une remontrance du président, nous fîmes semblant d'avoir compris.

Vint ensuite la question de la cuisine : voudrions-nous faire cuisine à part, ou bénéficier de la cantine ? Pour gagner les locataires à ce système, l'État leur vendait les vivres à prix réduits.

— Au Prodmag, dit le secrétaire, le pain est vendu 24 kopecks le kilo, mais on n'a droit qu'à une quantité limitée. Au marché kolkhozien, pas de restrictions, mais c'est plus cher : deux roubles. Il y a aussi le Torgsin, mais on n'y accepte que les devises étrangères.

— Ici, dans notre cantine, dit le président en écartant les pans de sa houppelande pour montrer par son torse large et robuste à quel point le régime de la cuisine collective lui réussissait, les deux repas vous reviendront à 55 kopecks.

— Non merci, dit Igor. La cuisine individuelle, s'il vous plaît.

Ce choix fit très mauvais effet. Cessant d'être aimable, le président nous interrogea d'un air rogue.

— À quelle coopérative êtes-vous inscrits ?

— Nous n'avons pas encore pensé à ça.

— Comment ? Vous n'avez pas vos cartes de rations ?

— Où fallait-il les prendre ?

— À la Voks.

— On ne nous a rien dit.

— C'était à toi de les demander.

— On y retourne. Pouvons-nous déposer nos valises dans la chambre ?

— Je ne peux donner le bon de logement qu'après avoir visé les cartes de rations.

Nous dûmes reprendre l'autobus, en traînant nos valises, et, au bout d'une heure de trajet, nous présenter à nouveau devant un des trois guichets où cette fois une trentaine de personnes attendaient. Le quinze archines cubes fila devant nous.

— Ce sera donc l'hôtel, dit Igor.

— T'aurais pu le dire plus tôt, dit l'employé.

Il tira d'une pile un autre registre, tourna les pages, défit l'élastique d'un paquet de fiches, inscrivit sur une des fiches l'adresse d'un des trois seuls hôtels où les étrangers avaient le droit de descendre, reporta dans le registre le nom de l'hôtel et nos deux noms, remit l'élastique, timbra la fiche et la tendit à Igor.

— Tverskaya, me dit celui-ci. Épatant, c'est en plein centre de Moscou.

À force d'allers et de retours, il était déjà trois heures de l'après-midi.

— Nous ne trouverons plus rien à manger ! Tu n'as pas faim ?

— Les restaurants sont ouverts toute la journée à Moscou.

— Malgré leur bureaucratie tatillonne ?

Il avait dit vrai. Nous entrâmes avec nos valises dans un local indiqué *stolovaya*. Quelques clients, installés devant des tables recouvertes de toiles cirées, mangeaient avec une cuiller. Fatigué, je voulus m'asseoir tout de suite.

— Camarade, d'abord à la caisse !

À côté de la caisse, équipée d'un boulier pour rendre la monnaie, le menu était épinglé. Aujourd'hui : soupe à la betterave, bouillie de sarrasin, harengs marinés, salade de pommes de terre. La liste des aliments manquants complétait le menu. « Pas de sucre », avait-on précisé en grosses lettres. En plus petit, on signalait que le lait, le beurre, la semoule, l'orge, le riz, les macaronis, la viande étaient en cours de réapprovisionnement.

Soupe ? Bouillie ? Harengs ? Il fallait indiquer le plat choisi, payer le prix inscrit, payer en plus le morceau de pain si on voulait du pain. On recevait en échange des bons. Nous eûmes alors la permission de nous asseoir. La servante prit nos bons et nous apporta au bout d'un quart d'heure la bouillie de sarrasin qu'Igor m'avait recommandée. Le pain arriva quand nous avions déjà terminé. Le verre de thé nous fut offert.

59

À l'hôtel

Puisque c'était un des hôtels réservés aux étrangers, je me disais que nous y serions reçus avec certains égards. La nature de l'équipement, le niveau des prestations, la qualité de la nourriture devaient correspondre au standard européen. L'hôtel Maroussia était classé trois étoiles.

Le directeur, appelé par le concierge, nous refusa une chambre commune. J'avais fait de grands progrès en russe, mais cette langue est si difficile à comprendre quand on la parle rapidement que, de la discussion animée qui s'éleva entre l'hôtelier et Igor, je ne saisis que des bribes.

— N'insistons pas, me dit Igor, en se retournant vers moi, découragé. Il est ancré dans l'opinion que deux garçons ne peuvent dormir dans un même lit. Pour lui, ce droit est réservé à un couple formé d'un homme et d'une femme. Il jure qu'il ne nourrit aucun soupçon à notre sujet, mais répète sur tous les tons qu'il ne peut prendre sur lui de donner une apparence de légitimité à un vice bourgeois importé d'Occident. « Mais la nouvelle loi soviétique ? » lui ai-je dit. Il invoque Marx et Engels pour la contester. Il dit que Staline a fait cette concession aux pays capitalistes pour obtenir du blé à de meilleurs taux, mais qu'il ne tardera pas, une fois le marché conclu, à faire machine arrière. Ça ne tient pas debout, puisque les États capitalistes, et en tête les États-Unis, qui fournissent les plus grandes quantités de blé à l'exportation, ne peuvent qu'être horrifiés de cette loi et la condamner. Les Américains répriment l'homosexualité par des peines de prison encore plus sévères que l'Angleterre ou l'Allemagne.

— Qu'ont dit Marx et Engels ?

— D'après ce type, mais j'ai peine à le croire, que les Grecs se sont enfoncés dans « la répugnante pédérastie » et « déshonorés » avec le mythe de Ganymède. Quelque chose comme ça.

L'hôtelier, après avoir consulté longuement le registre et fait mine de réfléchir, nous donna pour finir deux chambres contiguës.

— C'est quand même une faveur ! m'exclamai-je ironiquement.

— Marx et Engels ne sont pour lui qu'un prétexte. Il a son intérêt à nous donner deux chambres séparées. Deux petites chambres lui rapportent plus qu'une grande.

Le concierge nous remit à chacun un petit rectangle de carton. Nous devions l'échanger à l'étage contre la clef de notre chambre, que nous remettrait une certaine Marina, la *babouchka* chargée du troisième étage.

— Tu verras, me prévint Igor, c'est la vieille placée d'office auprès des clients. Elle tient de la grand-mère, de la gouvernante et du flic. Il y en a une par étage, et elles se relaient afin que le couloir ne soit jamais sans surveillance. Elles sont jour et nuit à leur poste, et notent sur un registre les entrées et les sorties, avec le numéro de la chambre.

L'ascenseur refusa de démarrer. Le concierge nous conseilla d'insister en sautant sur le plancher à pieds joints. En vain. Nous montâmes au troisième par un escalier sale, qui débouchait sur le palier juste en face de cette Marina, dont l'aspect me surprit. L'impression était à la fois agréable et désagréable. La trentaine, bien en chair, une belle bouche, des yeux clairs, des joues pleines, un teint pâle, jolie dans l'ensemble, la jeune femme était appelée par routine *babouchka* bien qu'elle ne fût nullement en âge d'être grand-mère. Mais pourquoi se mettre si peu en valeur ? Froide, revêche, méprisante, habillée de noir, sans aucun maquillage, la tête prise dans un fichu d'où s'échappaient des mèches tirebouchonnées, elle proclamait par la répudiation de toute coquetterie la volonté polémique du régime de rompre avec la femme-objet des magazines occidentaux.

— Changement de stratégie, me dit Igor. On l'a choisie jeune et potable, pour que la proclamation, justement, ait du poids, et qu'on ne puisse soupçonner le régime de prêcher l'austérité et le renoncement à des laissées-pour-compte.

De sa table placée au milieu du couloir, Marina pouvait sans se pencher observer ce qui se passait à l'étage. Elle prit mon carton et me tendit ma clef, geste accompagné de recommandations débitées d'une voix monocorde.

— Qu'a-t-elle dit ?

— Tu devras lui remettre ta clef en sortant, en échange du carton qu'elle te rendra et que tu devras conserver tout le temps avec toi. Si tu ne présentes pas ce carton au portier en rentrant à l'hôtel, il t'en refusera l'accès, et tu passeras la nuit sur le trottoir. Ça, c'est normal, si je puis dire. Mais la suite ! Elle a énoncé la liste de ce qui est défendu. Je n'en reviens pas. Interdiction de recevoir personne dans ta chambre ; d'apporter de la nourriture dans ta chambre ; d'y introduire des livres non approuvés par le Soviet de l'hôtel ; d'ouvrir la fenêtre de ta chambre pour parler à l'occupant de la chambre d'en face ; d'indiquer à celui-ci, par aucun signe intelligible, qui tu es et ce que tu es venu faire à Moscou ; de cogner sur le mur de ta chambre pour communiquer avec ton voisin. Non, vraiment, je ne m'attendais pas à un règlement aussi draconien. Le pire, c'est cette impossibilité de nous rendre visite. Un client n'a le droit de faire entrer personne dans sa chambre.

La mienne n'était guère engageante. Une véritable cambuse, me dis-je, en déposant mon bagage sur un coffre recouvert d'une sparterie élimée. Minuscule, elle était encore rapetissée par un énorme réfrigérateur placé à gauche de la porte, vide, et d'ailleurs inutilisable, faute de prise de courant. À droite, à l'équerre avec une penderie, le lit, à une personne, très étroit. J'estimais sa largeur à soixante-dix centimètres, dimension inférieure au gabarit en usage dans les pays où les lits ne servent pas uniquement à dormir. Sous la fenêtre, qui donnait sur une cour grise, nue, sale, la table et la chaise étaient aussi affreuses et vieillottes que le reste du mobilier. Sous la table, dans le panier à papier, je découvris la carcasse d'un demi-poulet, enveloppée dans du papier journal et abandonnée depuis je ne sais combien de temps.

Ces meubles en contreplaqué, de fabrication rudimentaire, ce bureau écorné aux coins, cette chaise dure, sans coussin, ces cintres en fil de fer et cette tringle cabossée dans la penderie, cette carpette jaunie qui montrait la trame, ces taches d'humidité au plafond, cette incurie dans l'entretien, ce laisser-aller dans le ménage, cette austérité, cet inconfort, correspondaient-ils à une pauvreté réelle du pays ? Voulait-on donner une leçon aux étrangers ? Dénoncer, par une affectation de rigueur, le confort de leurs démocraties pourries ? À moins que ce vieux fond de puritanisme des Russes, dont Igor m'avait souvent parlé et dont il constituait lui-même un vivant exemple, joint à leur paresse proverbiale, n'eût trouvé à s'épanouir dans le refus de ce qui rend la vie plus agréable mais nécessite un minimum d'effort.

Un robinet unique, à longue tige mobile, desservait dans la salle de bain à la fois le lavabo et la baignoire. L'eau marron qui coula dans le fond de la baignoire à l'émail écaillé me dissuada de prendre un bain. J'eus beaucoup de mal à me laver les mains avec un morceau de savon qui se délitait à peine humide, puis à me les essuyer. La serviette était si rêche qu'elle râpait les doigts.

— Eh bien ! pensai-je en regardant par la fenêtre les murs lépreux de la cour, le régime montre en quel mépris il tient les Occidentaux.

J'étais partagé entre le déplaisir d'être si mal logé et une sorte de respect admiratif pour un pays qui ne compte pas sur le tourisme pour se développer.

60

Dourak !

Igor, qui disparut aussitôt ses affaires rangées, m'avait recommandé de sortir le moins possible de l'hôtel, car il n'était pas exclu que, prévenu de notre arrivée malgré les mesures de précaution exceptionnelles décidées par le Guépéou, un agent d'une puissance étrangère cherchât à me contacter. Du reste, j'avais à transcrire dans un cahier les renseignements que j'avais appris par cœur dans les derniers temps de mon séjour à Rome. Il me tardait de me débarrasser des cylindres et des chevaux-vapeur du Caproni C. 133 qui revenaient en boucle dans mes rêves, entre d'autres chiffres non moins cabalistiques. Je devais aussi décrire le plus précisément possible ce que je croyais savoir de l'industrie aéronautique fasciste. Le tout à l'encre sympathique. Travail fastidieux, avait reconnu Igor, mais très important pour la cause.

— Tu ne me verras pas de quelques jours, ou tu ne me verras que brièvement, au petit déjeuner. Je dois aller faire mes rapports, prendre les consignes et te chercher une occupation qui n'éveille pas les soupçons. Pour ma part, je suis chargé officiellement d'étudier avec le commissaire du peuple à l'Instruction publique le moyen de développer l'enseignement du russe en Italie. Toi, tu ne peux pas rester là, inactif, sans justifier ton séjour par une activité plausible. En attendant, améliore le plus possible ton russe. N'oublie pas que tu t'appelles Ettore et moi Boris. Surtout, que la gardienne d'étage ne nous entende pas nous appeler de nos vrais noms. Ces vestales silencieuses notent tout sur un cahier et font leurs rapports à la police des étrangers, indépendante du Guépéou, et rivale de celui-ci.

J'étais si interloqué que je ne profitai même pas, le premier jour, de la liberté de sortir qu'Igor ne m'avait pas positivement interdite. J'entendais sonner les cloches du Kremlin, sans me permettre d'aller jeter un coup d'œil sur la fameuse place Rouge. Les indicateurs y fourmillent, et il n'y a pas de lieu où un étranger tombe plus facilement dans le piège. Je me promis, quand j'en aurais le courage, de faire le tour du quartier par des rues secondaires où l'on fait moins souvent de ces rencontres.

Le soir, je pris seul mon dîner dans la salle à manger de l'hôtel, aussi mal entretenue et lugubre que les chambres. Des relents de poisson pané flottaient sur les tables. Les nappes en papier n'étaient pas changées après le départ des clients. De l'eau trouble stagnait dans la carafe. Sous l'ampoule unique qui pendait du plafond au bout d'une ficelle enveloppée de papier huileux, je songeais, abattu, qu'après ce repas déprimant j'irais dormir seul dans ma chambre. Marina interdirait à Igor d'entrer. Elle n'était pas du genre qu'on soudoie.

Je dus attendre un quart d'heure avant qu'un garçon qui traînait les pieds ne m'apportât une carte graisseuse où la mouche qu'on y avait écrasée était restée collée sur le mot « poisson ».

La plupart des plats indiqués sur la carte étant indisponibles, je dus me contenter de concombres au sel, d'une soupe où nageaient des restes de viande bouillie et d'une assiette de médiocre *kacha*, servis par une maritorne au tablier crasseux, renfrognée et feignante, qui apportait les plats déjà froids.

Au petit déjeuner, je me plaignis à Igor. Il reconnut que cette négligence était une des tares du régime.

— Cependant, ne crois pas que ce soit notre qualité d'étrangers qui nous vaut ce traitement. À la coopérative, tu verras, les acheteurs ne sont pas mieux lotis. Il y a dans les restaurants, dans les magasins, dans les administrations, partout, un laisser-aller excessif, auquel on n'a pas trouvé encore le remède. Dans une économie d'État où manque le stimulant de la concurrence, personne ne croit indispensable de plaire à la clientèle.

— Quand le salaire est assuré et la place inamovible, le je-m'en-fichisme triomphe.

— Allons, ne te braque pas. Je vais te faire rire. Ce matin, à six heures, je suis réveillé par un grand bruit. Je me frotte les yeux, et qu'est-ce que je vois ? Un homme qui, ayant forcé ma fenêtre, enjambe la rambarde et s'introduit dans ma chambre avec un seau et un chiffon. Je lui demande ce qu'il vient faire. Il me dit qu'il a été envoyé par le Soviet de l'étage.

— À six heures du matin ?

— Pour laver les carreaux.

— Tu l'as cru ?

— Ce peut être un agent du Guépéou ou d'une police parallèle, mais aussi, c'est plus probable – nous ne devons pas céder à la psychose de l'espionnage ! –, un véritable ouvrier. Le Soviet de l'étage lui aura dit hier soir : « Va laver les carreaux de la 37 à la première heure, ils sont vraiment trop sales », et il aura pris l'ordre au pied de la lettre.

Je trouvais curieux, quand même, qu'un homme eût le moyen de se hisser jusqu'à une fenêtre du troisième étage, et de la forcer du dehors, un seau à la main.

— On est paresseux, reprit-il, en Union soviétique, mais on y travaille jour et nuit, ceci pour compenser cela… Tu as vu, nous avons une nouvelle *babouchka.* La trentaine, comme l'autre, et très jolie elle aussi. Elle m'a dit qu'elle avait pris son service à quatre heures du matin !

— Nous devrions essayer de changer d'hôtel. Le Maroussia sera une exception. Il y en a sûrement où la surveillance est moins stricte.

— Tu demandes une chose impossible. Les fiches qui nous concernent sont déjà remontées à travers des dizaines de bureaux et arrivées sur les tables de plusieurs commissariats du peuple. D'ailleurs, ce serait la même chose dans un autre hôtel, le système est général.

— La situation est donc pire qu'à Rome ! À l'Institut, au moins, nous pouvions nous retrouver la nuit.

— En risquant de finir en prison.

— Est-ce mieux ici ? Cette liberté que tu m'avais promise, où est-elle ? Nous ne l'aurons donc jamais ?

— Ah ! tout de suite les grands mots ! Ce règlement, c'est vrai, est d'une sévérité que je ne m'explique pas. Mais notre amour ne peut en sortir que grandi. Né à Rome et d'emblée contrarié, n'a-t-il pas puisé sa force dans les obstacles ?

Je baissai la tête, blessé qu'il acceptât si aisément, à l'aide d'un sophisme éculé, ce qui me déchirait le cœur. Tout à coup, je crus avoir trouvé la solution.

— Tu es forcément en relations avec des gros bonnets du Guépéou ?

Il acquiesça à contrecœur, d'un hochement de tête hésitant.

— Ils sont si puissants ! Ne peux-tu en trouver un qui intervienne pour nous ? Puisque la loi le permet, explique-lui que nous avons besoin de vivre ensemble. Ne peut-il comprendre que si on sépare deux êtres qui s'aiment on les rend moins efficaces dans le travail ?

— Ce serait tout à fait inutile. Et même jugé d'un mauvais œil. En Union soviétique on a décrété l'abolition de la vie privée, qualifiée de « production parasitaire du capitalisme » et de « luxe bourgeois ». Je ne suis pas d'accord, bien entendu, mais c'est comme ça. Avoir une « âme » est très mal vu. Le « cœur » fait partie des tares à éradiquer. Le mot « psychologie » est une insulte, et le simple fait d'être « amoureux » passe pour un symptôme de maladie mentale. Liberté sexuelle, mais interdiction de sentiments. La deuxième chose est en quelque sorte la rançon de la première.

— C'est absurde, ce que tu me dis.

— Oui, c'est absurde.

Nous nous regardâmes un moment en silence. Les larmes me montaient aux yeux.

— Mais toi, tu n'as pas honte de m'aimer ? Tu continueras à m'aimer ? Tu m'aimeras toujours ?

— Idiot ! *Dourak* ! Je suis dans l'impossibilité de t'en donner les preuves, mais n'en profite pas pour te faire du mal inutilement !

61

Dans la rue

Les jours suivants, j'explorai le quartier. Pour éviter la place Rouge, je remontais vers le nord, puis obliquais par les rues transversales, de plus en plus loin de l'hôtel, une fois jusqu'à l'étang du Patriarche, pris dans les glaces, un autre jour jusqu'à l'église de la Grande-Ascension, où Pouchkine s'était marié. J'aimais la ville encore déserte : alors sa structure se dessine, chaque immeuble se dresse comme jailli du sol, et l'œil plonge sans obstacles jusqu'au fond des perspectives. Je partais très tôt de l'hôtel, emmitouflé dans la veste doublée de peau de mouton qu'Igor avait empruntée pour moi à son père. Séparé d'Igor par les occupations mystérieuses qui l'accaparaient, je me blottissais, heureux, dans son amour prévoyant.

— Quand tu auras un moment de libre, j'aimerais bien qu'on se promène ensemble.

— À deux, nous serions plus facilement repérés. Il faut que nous écartions les soupçons. Plus tard, ce sera peut-être possible. Pour l'instant, nous devons aller chacun de notre côté. Ils guettent les étrangers.

Ne leur donnons aucun motif de supposer la moindre connivence entre nous.

Il me montra sur un plan de Moscou les principales curiosités et ajouta que ce serait excellent pour mon russe de demander mon chemin aux passants.

Les « curiosités » ne m'attiraient guère, et je préférais prendre le pouls de la ville. Partout des ouvriers, montés sur des échelles, changeaient les plaques toponymiques. La rue de notre hôtel, un des principaux axes de circulation, bénéficiait de l'innovation la plus spectaculaire. La rue de Tver était rebaptisée « Maxime Gorki ». À cause de sa longueur, changer toutes les plaques demanderait plusieurs jours. Les ouvriers avaient commencé par la section la plus septentrionale, au-delà de la seconde ceinture de boulevards. N'était-ce pas de bon augure que le nom d'une ville de province, choisi du temps des tsars par pure commodité géographique, parce que cette rue était l'amorce de la route en direction de Tver, fût remplacé par celui d'un grand écrivain ?

À droite et à gauche de cet axe je me perdais dans un labyrinthe de ruelles. Étroites, sinueuses, percées sans aucun plan d'urbanisme, tantôt goudronnées, tantôt pavées de pierres disjointes, tantôt en terre battue, elles longeaient des jardins, des cours de fermes, des fabriques de tuiles, des lavoirs, des fours à pain. Un abreuvoir, une grange à foin, un puits sous son auvent, une mare les obligeaient à de brusques détours. Étais-je bien dans une des plus grandes villes d'Europe ? Une rue se terminait parfois en impasse et butait contre la palissade d'une chaumière abandonnée, comme si Moscou n'avait été, peu de temps encore auparavant, qu'un ensemble de villages éparpillés sans cohésion. Staline avait décidé de les réunir pour improviser une capitale moderne, sans réussir à ôter à cette métropole de plusieurs millions d'habitants le charme d'une campagne aérée, provisoire, sauvage et poétique.

Au milieu d'un carrefour, à l'embranchement de deux lignes de tramway, deux femmes assises sur des pliants manœuvraient l'aiguillage sans lâcher leur tricot. Elles m'assurèrent que le 15 me mènerait aux Étangs purs. Je voulus sauter dans un wagon en marche. Un voyageur me repoussa. On ne pouvait monter qu'à l'arrêt, et seulement par l'arrière. Il fallait ensuite confier l'argent du billet à son voisin qui le faisait passer de main en main, dans le couloir bondé, par-dessus les têtes jusqu'au receveur assis à l'avant. Le billet et la monnaie revenaient par le même chemin. Ayant payé, je me dis que je resterais à l'arrière et descendrais par l'arrière. On mit beaucoup d'énergie à m'en empêcher. Je dus me frayer péniblement un passage dans la cohue, et, quand j'arrivai à l'avant, le tram avait déjà redémarré.

Pour revenir, je choisis l'autobus. Il y avait place Tourgueniev, non loin des Étangs purs, l'arrêt de trois lignes, la 3, la 7 et la 11, qui toutes aboutissaient rue de Tver. On devait prendre son rang dans une des trois files, avec interdiction d'en changer. La ligne 7 me mettait plus près de l'hôtel. Après dix minutes d'attente, l'autobus de la 3 déboucha, à moitié vide. Je me précipitai, les voyageurs me laissèrent monter, mais le receveur, assis à l'arrière dans les bus, ayant vu que j'avais changé de file, m'obligea à redescendre. Ô désordre latent, que me révélait cette discipline excessive !

Le trafic était dense quand je me retrouvai rue de Tver, et mon impression poétique du matin fut passablement écornée. Dans cette artère commerciale très fréquentée, je sentais battre le cœur de Moscou : un cœur lourd, amer, désappointé. Partout des foules très pauvres, quinze ans après l'Octobre libérateur, des magasins vides, de longues queues à leurs portes, des passants transis par le froid dans des vêtements trop légers, des visages émaciés, des enfants chétifs dans des habits étriqués. Dans cette rue rebaptisée « Maxime Gorki », quel désenchantement ce devait être pour le vieil écrivain, installé non loin de là dans une maison qu'on disait très belle, que d'assister à la débâcle de son rêve ! Jeune, il avait partagé le destin des classes pauvres dans la Russie d'Alexandre III et de Nicolas II. À dix ans, il ramassait des chiffons, volait des planches, demandait l'aumône, halait des péniches, déchargeait des marchandises sur les docks de la Volga. Par leur témoignage, ses livres avaient appelé à l'avènement d'un « homme nouveau ». Que pensait-il à présent ? Son œuvre, très vite populaire, avait préparé la révolution, dont ces masses faméliques incarnaient l'échec.

J'assistai à plusieurs scènes qui achevèrent de me démoraliser. Un mendiant, bien vu des passants, tendait la main sous un porche. Prélevant sur leurs maigres ressources, ils lui remettaient un ou deux kopecks accompagnés d'un signe de croix et d'une bénédiction. « Que Dieu soit avec toi et te protège », formule rituelle à portée de mon entendement. Et le mendiant, fort de cet appui céleste, souriait de sa bouche édentée à chaque nouveau donateur. Soudain, un fourgon de police se rangea contre le trottoir. Deux énergumènes sautèrent du véhicule, matraquèrent le vieux puis l'embarquèrent ensanglanté. Personne ne protesta. La foule se dispersa comme si elle n'avait rien vu, coupable et honteuse d'avoir cru que la charité, vertu répudiée par l'optimisme économique de rigueur, pouvait servir de remède à la détresse individuelle.

J'étais curieux de savoir ce qu'on pouvait se procurer dans une de ces coopératives qui monopolisent le commerce alimentaire. Sous l'enseigne « *Prodoukti* », désignant une épicerie en demi-gros, une vingtaine de gens qui faisaient la queue sur le trottoir furent refoulés sans ménagement à l'intérieur du magasin par deux policiers. Une femme qui se trouva mal fut enlevée à bout de bras, extraite de la cohue et transportée jusqu'au seuil. On ne lui permit pas de s'asseoir sur les marches. Ceux qui essayaient de la secourir furent repoussés à coups de matraque. Peu après, un cortège de limousines luxueuses aux vitres fumées, des Zis et des Lincoln, passa en trombe en direction de l'aéroport. Je n'avais rien vu de semblable en Italie. Les massues du Guépéou, courts bâtons plombés, renvoyaient le *manganello* au rang de jouet pour enfant.

Dans une librairie, deux inspecteurs saisirent plusieurs livres exposés dans la vitrine, interrogèrent le gérant, l'insultèrent, le frappèrent puis l'emmenèrent menotté. J'avais eu le temps de voir qu'un de ces livres était la traduction d'un recueil de Paul Morand, saisi, je n'en doutais pas, à cause d'une nouvelle où cet auteur français évoque la résistance de la population russe à la campagne d'athéisme. Un autre était le roman récent, très bien accueilli par le public, d'un jeune écrivain moscovite à la mode. Igor m'expliquerait plus tard que les autorités ne lui pardonnaient pas d'avoir donné à son livre, qui traite d'un épisode de la guerre civile des années 1920, un titre qui prête à confusion et de toute manière doit être banni du vocabulaire. *La Défaite*, avait-on idée d'égarer ainsi le lecteur ? La brutalité des deux inspecteurs, la soumission du libraire, pis encore, la lâcheté des clients qui s'empressèrent de quitter la boutique et de s'éparpiller dans la rue : j'avais là assez de preuves qu'un climat d'oppression et de peur s'était abattu sur le pays.

Je descendis jusqu'à la place du Manège. Les crieurs de la *Pravda* brandissaient le journal avec cette nouvelle retentissante : « Deux renégats démasqués. » X et Y (noms fort connus), membres de la vieille garde bolchevique, jouissant jusqu'à présent de la confiance de Staline, étaient « passés aux aveux ». On les avait immédiatement fusillés.

De retour dans ma chambre, je me laissai aller aux idées les plus sombres. Pourquoi avoir volé ces documents, si le régime auquel nous les transmettions était de la même nature ou encore pire que celui qui nous inspirait tant de dégoût ? Igor ne s'était-il pas laissé abuser par une chimère ?

— Nous avons été manœuvrés, me répétais-je, le nez collé contre les carreaux encrassés de la fenêtre que je n'osais ouvrir, de peur qu'on ne m'attribuât l'intention d'envoyer des signaux. Ce « nous » préservait l'innocence d'Igor. Il avait été joué comme moi. L'omniprésence des contrôles, l'impunité des brimades et des exactions, l'hégémonie de la police, la suppression de l'État de droit, l'écrasement des libertés civiques, l'exécution arbitraire d'anciens compagnons de Staline corroboraient les rumeurs qui circulaient à l'Ouest, auxquelles il n'avait pas cru et continuait à ne pas croire.

Nous aidions la Russie à se doter d'une forte aviation militaire en lui livrant les secrets de l'industrie aéronautique italienne, alors à l'avant-garde des industries européennes et une des plus performantes dans le monde. Ne pas mesurer le danger d'une dictature en comparaison de laquelle le fascisme mussolinien semblait libéral et bonasse, contribuer à la renforcer, n'était-ce pas mettre en péril nos valeurs, les trahir, devenir traîtres à nous-mêmes ? À présent nous étions pris dans l'étau. On ne nous laisserait pas repartir. Enfin, mes idées n'étaient pas aussi nettes que je les formule aujourd'hui ; mais, pour ajouter à mon trouble, je savais qu'il me serait difficile d'avoir avec Igor la discussion nécessaire. Soit qu'il se cramponnât à ses illusions, soit qu'il m'accusât de vouloir le lâcher, il ne me laisserait pas exposer mes doutes. De toute façon, à cause des micros disséminés dans l'hôtel, impossible d'y trouver un coin sûr. Chaque matin, quand je lui demandais si je ne pouvais pas l'accompagner à l'endroit où il devait se rendre, il me répétait, avant de s'enfuir sans me dire où :

— Je te l'ai déjà dit, nous ne devons pas nous montrer ensemble dans la rue.

Le septième soir, à minuit, je commençais à m'assoupir sur le premier tome du *Don paisible* lorsque j'entendis gratter à la porte. « Le voilà, me dis-je, enfin lui ! » Une voix féminine, dans laquelle je crus reconnaître la voix, mais devenue suave, de Marina, susurra dans l'épaisseur du silence le seul mot qu'elle avait appris des touristes français :

— M'sieur… M'sieur…

Je m'approchai à pas de loup de la porte et regardai par le trou de la serrure. C'était bien elle, maquillée avec soin, peignée à son avantage, attifée d'une robe de satin rouge au large décolleté, moins *babouchka*, moins grand-mère que jamais, et encore moins vestale.

— M'sieur… M'sieur…

Elle s'obstinait, pathétique dans son effort d'être aimable et dans son espoir d'arrondir son salaire. Je regagnai sans bruit mon lit, enfouissant ma tête sous l'oreiller pour ne plus entendre cette voix. L'appel guilleret s'était changé en gémissement.

62

Une visite

Un matin, le téléphone sonna dans le couloir. Il n'y avait qu'un appareil par étage, posé sur le bureau de la *babouchka.*

— C'est pour le 36 ! cria-t-on.

Je sortis de ma chambre. Nastasia, une nouvelle, me tendit le récepteur.

— Ai-je le grand honneur de parler au professeur Romagnolo ?

Ce ton cérémonieux m'intrigua. L'homme s'exprimait dans un français choisi.

— Professeur Hector Romagnolo, n'est-ce pas ?

À « Ettore », prénom italien accentué sur la première syllabe et difficile à prononcer, il avait substitué, non sans habileté ni finesse d'oreille, un « Hector » qui sonnait mieux, ma foi, accentué sur la dernière syllabe. Ouvert et vibrant, le *o* final se prolongeait par un léger roulement. « Ettore » faisait fasciste, « Hector » faisait grec.

« Boris et Hector », pensai-je en moi-même, on dirait un peu « Achille et Patrocle ».

— Ici professeur Vladimir Borissenko, fonctionnaire du peuple, conservateur des peintures au musée des Beaux-Arts. Excusez-moi de vous déranger de si bonne heure. J'avais peur de ne plus vous trouver. Les étrangers partent tôt se promener dans Moscou ! Je suis en bas, dans le salon de l'hôtel. J'aimerais avoir quelques minutes d'entretien avec vous, si vous le permettez.

— Je descends.

De quelle police dépend-il ? me demandai-je en passant une veste. « Quelques minutes d'entretien... » De quoi peut-il s'agir ? Je m'apprêtais, plein de méfiance, à devoir jouer au plus fin, avec ce type qui parlait le français sans accent.

— Devant chaque inconnu qui t'aborde, m'avait dit Igor, demande-toi si ce n'est pas un agent envoyé pour te sonder.

Un autre soupçon me vint : n'avait-il pas articulé le nom de Romagnolo sur un ton légèrement ironique, pour me faire comprendre qu'il n'était pas dupe du pseudonyme ?

Le salon, où je m'aventurais pour la première fois, occupait un sous-sol sans fenêtre. Une copie du célèbre portrait de Staline ornait le mur : sanglé dans une vareuse militaire blanche, il fume la pipe sur les remparts du Kremlin, en conversation avec un ouvrier et un paysan couverts de médailles, à qui d'un geste large, dominateur et paternel il montre la mégapole étendue jusqu'à l'horizon.

Autour d'une table basse où un cendrier en métal, offert par les usines Poutilov, débordait de cendres et de puants mégots froids, quatre fauteuils offraient le confort d'un rembourrage troué et d'une moleskine devenue mate par l'usure. Dans cette cave, aussi chaleureuse et hospitalière que la salle à manger, sous l'éclairage blafard d'un lustre auquel manquaient deux sur trois des ampoules de 25 watts, m'attendait debout un homme d'une cinquantaine d'années, long et maigre comme un personnage du Greco. Tiré à quatre épingles dans un costume bleu marine qu'il ne devait porter que dans les grandes occasions, il inclina le buste. Pochette de rayonne, chemise blanche dont le col bâillait sur un cou osseux, cravate orange à pois bleus. Au fil de la conversation, il se révéla des plus courtois et sensible. Il entra en matière en regrettant que la peinture russe n'eût commencé qu'au dix-huitième siècle, par la faute de l'Église orthodoxe.

— On dit que Pierre le Grand a ouvert la Russie sur l'Europe, mais de la part des conservateurs de musées, il a droit à une gratitude spéciale. Il est celui qui a libéré les beaux-arts, en les soustrayant à la tutelle du patriarche.

Il me questionna ensuite sur « Nikolaï » Poussin (d'où tenait-il que je travaillais sur ce peintre ?), me félicita de m'intéresser aussi jeune à un artiste considéré en général comme difficile, m'assura que dans l'Union des républiques socialistes soviétiques on faisait confiance aux chercheurs jeunes sans attendre que leur âge et le succès de leurs travaux eussent refroidi leur enthousiasme.

— Nous les saisissons en plein élan, avant le fatal rétrécissement qui provient du souci de la carrière.

J'étais si heureux de revenir à Poussin après ces journées de cafard, que je sentis mes préventions fondre à mesure que s'imposait à moi l'évidence d'avoir affaire à un vrai connaisseur, dont les compliments excessifs étaient à mettre au compte de l'emphase communiste. Il feignit d'admirer que je puisse lui citer le sujet des quinze tableaux de l'Ermitage et le nombre exact des dessins, quarante et un, sur les quatre cent cinquante répertoriés dans le catalogue général. Satisfait de ce qu'il avait entendu, il alluma une cigarette et m'exposa les raisons de sa visite.

— Vous pourriez nous être très utile et nous tirer d'embarras, professeur.

Je m'inclinai, avec une moue interrogative, doutant qu'un simple apprenti en histoire de l'art pût être d'aucun secours aux dirigeants d'un grand musée.

— Si, si, vous allez comprendre tout de suite pourquoi. Notre musée des Beaux-Arts, qui vient d'être rebaptisé Pouchkine pour lui donner une assiette nationale, n'était riche, jusqu'aujourd'hui, que de moulages en plâtre. On y trouve reproduites en grandeur naturelle et avec une exceptionnelle minutie dans les détails les plus célèbres statues de l'Antiquité et celles italiennes de la Renaissance. Nos jeunes gens peuvent venir étudier dans les meilleures conditions les chefs-d'œuvre de la sculpture grecque et de la sculpture florentine. Le département des peintures est en revanche très pauvre. L'Ermitage possède la quasi-totalité des peintures étrangères, à commencer par les collections de Catherine II, ce qui est bien naturel. Mais les collections privées, de Morozov, de Chtchoukine, de Youssoupov, nationalisées après la Révolution, sont restées aussi ou ont été envoyées à Saint-Pétersbourg, même après que la ville a été rebaptisée Leningrad et la capitale transférée à Moscou. Le gouvernement a jugé indécent et nuisible à la réputation de la nouvelle capitale le manque de tableaux importants. Le décret vient d'être publié, qui fait obligation à l'Ermitage de nous céder une partie de ses collections.

Il s'interrompit pour allumer une autre cigarette. Je me fis la réflexion qu'il ne poussait pas la courtoisie jusqu'à me demander si la fumée ne me gênait pas. Le directeur de l'hôtel et un officier de l'armée Rouge entrèrent en bavardant. Sans nous en demander la permission, ils prirent place dans les deux autres fauteuils et se mirent à tirer sur de gros cigares, sous notre nez. Le salon, qu'il était impossible d'aérer, empesta de l'odeur du tabac.

— Pour la section moderne, nous aurons une dizaine de Gauguin, des Renoir, des Cézanne, la *Ronde des prisonniers* de Van Gogh, bon témoignage de l'inhumanité du système carcéral en régime capitaliste, la série des Matisse peints à Tanger – les fameuses fenêtres bleues. On nous accorde une demi-douzaine de Picasso des époques bleue et rose. J'ai choisi en priorité *Les Deux Saltimbanques* et *L'Acrobate à la boule,* on apprécie beaucoup le cirque à Moscou. J'ai mis aussi une option sur *Le Vieux Juif*, ce tableau bouleversant, vous savez, où un garçon aux grands yeux qui lui mangent le visage croque une pomme, accroupi près d'un vieillard décharné. La presse étrangère nous accuse d'antisémitisme. Je trouve important de répondre à de telles attaques en prouvant que nous sommes exempts de ce préjugé. Ce tableau est plein de compassion pour les Juifs.

« Ah ! j'oubliais une pièce de choix, *Le Déjeuner sur l'herbe*. Non pas celui de Manet, évidemment, mais celui de Monet. Je trouve que le tableau de Manet, tellement plus célèbre, est forcé, artificiel, provocant. À Paris, on se croit tout permis ! Zola, que nous admirons tant lorsqu'il parle des mines ou de l'exploitation des employés dans un grand magasin, a été rattrapé par le snobisme parisien quand il a pris inconsidérément la défense de ce tableau. Nous autres Russes, nous voulons avant tout du *naturel*. Avez-vous jamais vu une femme s'asseoir nue dans l'herbe entre deux messieurs habillés ?

« Monet, lui, peint ses personnages comme ils seraient apparus à tout peintre de bon sens, par une journée de printemps, sous les feuillages, dans les taches lumineuses du soleil. Je suis sûr que Tchekhov a vu ce tableau chez son ami Morozov et qu'il l'a adoré, au point d'en faire le cadre de plusieurs de ses nouvelles, et d'en adopter les chapeaux, les voilettes, les ombrelles, accessoires indispensables de l'élégance féminine dans une époque que nous jugeons dépassée mais dont nous savons apprécier le charme.

« Pour les sections classiques, le choix est plus délicat. J'ai obtenu personnellement que sur les quinze Poussin, cinq nous soient attribués. Mais pour lesquels nous décider ? Je vous avouerais que nous n'avons en Russie aucun connaisseur sérieux de ce peintre. Voilà pourquoi vos conseils nous seront précieux. Je sais que Poussin s'est illustré dans de nombreux sujets : religieux, historiques, mythologiques, littéraires, sans compter les paysages et les natures mortes.

— Excusez-moi, professeur Borissenko, mais, sauf erreur de ma part, Poussin n'a peint aucune nature morte.

— Ah ! vous voyez, professeur Romagnolo, je vous le disais bien que nos lumières sont insuffisantes.

Il faudrait que vous nous aidiez à choisir, dans sa production abondante, des échantillons qui en reflètent la variété. Sur les cinq tableaux que nous allons avoir, deux ont déjà été retenus par notre directeur, le professeur Katarsky, fonctionnaire du peuple : *La Bataille de Josué contre les Amorites*...

— Nous appelons ce tableau, en Occident, *La Victoire de Josué*...

— La victoire ! Encore mieux ! Parfait ! Le professeur Katarsky l'a retenu justement pour donner à nos jeunes un exemple de courage militaire et leur apprendre que les peintres du passé ne se limitaient pas à un culte de la forme étranger aux préoccupations du peuple et sans utilité pour son éducation. Ils s'entendaient, le cas échéant, à exalter les vertus civiques, guerrières et patriotiques. Le premier propriétaire de ce tableau fut d'ailleurs un maréchal de France, Anne Jules de Noailles. C'est une réclame pour le métier des armes... Il vous paraîtra bizarre que le professeur Katarsky ait jeté également son dévolu sur *Nymphe et Satyre buvant*, qui prône les valeurs exactement contraires, le vin, la nudité, l'amour libre, la gaieté libertine, l'insouciance... Mais il fallait bien illustrer l'aspect festif, joyeux de notre peintre, non ? Pour nos étudiants, il sera agréable d'avoir sous les yeux un tableau qui soit d'une lecture immédiate, et leur offre un spectacle qui corresponde à leur âge et démente la réputation de peintre érudit faite à Nikolaï Poussin. Quoi de plus charmant que cette jeune fille qui tient une carafe entre ses jambes ? Elle regarde le faune couronné de feuilles de vigne boire directement à la cruche qu'élève au-dessus de sa tête un *putto* innocemment complice de cette orgie. Une orgie ? Même pas : une partie de campagne arrosée, qui leur rappellera leurs baignades du dimanche dans la Moskva. Il n'y a rien là que de léger, anodin, d'une fine ironie.

« Restent les trois autres tableaux à choisir. Vraiment, nous comptons sur vous pour nous donner un coup de main. *La Sainte Famille* ou *Moïse frappant le rocher* sont des sujets trop sévères, sans compter que ce serait un peu gênant pour nous, vous me l'avouerez, de les exposer au moment où débute une deuxième phase dans la campagne d'athéisme.

Je répondis que j'étais embarrassé de la confiance qu'ils me faisaient, et que je ne croyais pas en être digne.

— Mais si, mais si. Vous connaissez votre Poussin sur le bout des doigts, et les quelques jours que vous avez passés dans notre ville vous auront sûrement donné une première idée de ce qui peut convenir au public de Moscou. Je reviendrai, avec votre permission, recueillir votre avis.

63

Quels tableaux choisir ?

En fin d'après-midi du même jour, Igor rentra à l'hôtel. La nouvelle surveillante avec qui, me fiant à son joli prénom, j'avais essayé de négocier, ne se laissa pas attendrir. Il me semblait impossible qu'on eût un cœur de pierre lorsqu'on s'appelle Aglaé. De la table où elle était assise, elle refusa à Igor, par un *niet* péremptoire, l'accès de ma chambre. Le personnel d'étage changeait très souvent, pour éviter un contact prolongé avec des étrangers. Seule Marina semblait fixe : tantôt le soir tantôt le matin, mais chaque jour, elle passait quelques heures dans le couloir.

Nous ne nous retrouvâmes qu'au dîner, dans cette salle à manger qui décourageait les effusions. J'eus le temps de lui murmurer, entre deux portes :

— Après X et Y l'autre jour, d'autres bolcheviques de la première heure ont été fusillés. N'est-ce pas affreux ?

Il me remit sèchement à ma place.

— C'étaient des traîtres, des renégats.

Figurait au menu le « poulet à la Kiev », préparation redoutable, car lorsqu'on a planté à l'étourdie sa fourchette dans la chair, un jet de beurre fondu jaillit d'une poche invisible. Peu s'en fallut qu'un giclement graisseux n'éclaboussât le dossier que j'avais apporté. Il contenait les reproductions en noir et blanc des tableaux que je comptais soumettre à l'approbation d'Igor, avant de les proposer au professeur Borissenko. Mais d'abord, je voulais savoir si sa démarche ne cachait pas un piège.

— Sois tranquille de ce côté-là. Le milieu des musées et des artistes reste en dehors de la politique. Je suis sûr que cet homme a été parfaitement sincère.

— Mais pourquoi le directeur de l'hôtel et un officier de l'armée Rouge sont-ils venus s'asseoir à côté de nous ? N'était-ce pas pour sonder celui qui me sondait ? Admettons que le professeur Borissenko n'agisse pas pour le compte de la police. Peut-être fait-il lui-même l'objet d'une surveillance ? Et puis n'est-il pas étrange qu'il soit au courant de mes travaux ?

— Je t'avais déjà mis en garde ! dit Igor en riant. Pas de psychose de l'espionnage ! Comment a-t-il su que tu travaillais sur Poussin ? Mais par moi, Romano, qui ai eu soin de faire passer dans la presse une annonce disant qu'un « grand spécialiste de Poussin », descendu à l'hôtel Maroussia, était prêt à offrir sa collaboration pour le projet de transfert de certains tableaux de Leningrad à Moscou. Tu dois avoir une couverture pour justifier ton séjour. Propose-toi aussi pour aider à l'accrochage. L'éducation du peuple est une des préoccupations majeures du régime, il faut jouer à fond cette carte. La conscience pédagogique des communistes est la qualité qui me plaît le plus en eux. Ils sont soucieux de faire entrer la culture dans les milieux qui en étaient jusque-là privés. Le nouveau musée Pouchkine sera une de leurs réussites le plus spectaculaires. Les journaux consacrent presque chaque jour une tribune à ce qui est devenu un problème national. « Aurons-nous un Léonard ? Un Raphaël ? Quels Rembrandt nous cédera-t-on ? Est-il vrai que nous aurons *L'Annonciation* de Botticelli ? » Tu juges par cette excitation, qui serait impossible aujourd'hui en Occident, quelle place occupent dans la société russe les questions artistiques.

« Montre-moi les tableaux que tu as choisis. J'espère que tu as mis l'accent sur le Poussin moralisant, le Poussin adepte du stoïcisme.

« Ah ! excellent, reprit-il, devant *La Continence de Scipion.* Si je lis bien ce tableau dont tu m'as souvent parlé, le général romain Scipion, vainqueur des Carthaginois, remporte une nouvelle victoire, cette fois sur ses propres passions...

— En abandonnant une part de son butin.

— Cette belle captive aux yeux baissés ? Renonçant à la garder pour lui-même, il la restitue au fiancé de la jeune fille.

— Bravo, tu as bien retenu l'histoire. Scipion est assis sur son trône, drapé dans une toge jaune. Allucius, le fiancé, un manteau rouge jeté sur ses épaules, s'incline devant lui. Légèrement en retrait, Briséis, vêtue de bleu, porte la main à sa poitrine pour manifester sa reconnaissance. Les quatre soldats romains groupés à droite regardent la scène avec déférence et admiration.

— Voilà exactement les valeurs prônées par le régime : domination de ses instincts de la part du chef, soumission de chacun au chef dont les compétences, l'esprit d'équité, la bienveillance sont unanimement reconnus, gratitude des sujets pour les bienfaits

Poussin, *La Continence de Scipion*, 1640, Moscou, musée Pouchkine.

qu'ils reçoivent du pouvoir, esprit général de sacrifice et d'humilité, discipline fondée sur la confiance dans le chef.

— Le chef… Le chef… Mussolini pourrait souscrire à ce programme !

J'espérais amener la conversation sur le problème qui me tourmentait. Sans relever la pointe, Igor examina le *Paysage avec Hercule et Cacus*. Il admira le paysage, les frondaisons touffues, le rocher imposant, les pêcheurs dans la barque, les baigneurs dans le lac, les nymphes sur l'herbe, mais tiqua sur le sens général de la scène et fronça le nez sur un détail.

— Qu'est-ce qu'il fait là, Hercule, contre la paroi de cette montagne, avec ce type renversé à ses pieds, la tête en bas ?

— Ce type, comme tu dis, est le géant Cacus, « monstre effroyable » selon Virgile, qui habite « une grotte inaccessible aux rayons du soleil » et cache dans sa caverne creusée dans la paroi du mont Aventin le troupeau qu'il a dérobé à Hercule, « quatre taureaux d'une puissance remarquable et autant de génisses d'une beauté magnifique ». Hercule, furieux, est monté jusqu'au repaire de Cacus, a extrait le géant de sa caverne, l'a jeté au sol et assommé avec sa massue. Sujet hautement moral : Poussin illustre la victoire du bien sur le mal. Justice est faite. Le voleur est puni, le volé récupère ce qui lui appartient. La scène est d'autant plus édifiante que c'est à l'emplacement du mont Aventin que serait fondée plus tard la cité de Rome, siège de toutes les vertus.

— Mais ce détail, Romano, tu me jures qu'il est dans Virgile ?

Poussin, *Paysage avec Hercule et Cacus*, détail, 1649,
Moscou, musée Pouchkine.

Il me montra le pied d'Hercule posé sur le sexe de Cacus entre ses jambes largement écartées. Les deux personnages sont tout nus, Hercule debout, impérieux, et le géant, tombé à la renverse, étendu sous lui.

— … Non, je ne crois pas.

— Étrange, cette invention de Poussin, tu ne trouves pas ? J'ai peur qu'elle ne soit pas du goût des Russes. Ce pied posé sur le sexe entre les jambes écartées signifie qu'Hercule prend une possession érotique de son adversaire.

— Diderot notait avec gourmandise qu'Hercule presse son pied sur « les parties génitales » de Cacus.

— Diderot, oui…

La dernière œuvre que je voulais proposer pour le musée Pouchkine était *Renaud et Armide*, le tableau qui avait ma préférence.

Cette fois, il protesta énergiquement.

— Ah non ! C'est de la même veine que ton *Narcisse*… Je vois bien pourquoi tu l'aimes, mais pense au public auquel il est destiné. Un beau jeune homme aux jambes nues jusqu'au haut des cuisses, assoupi ou alangui… Une femme qui se penche au-dessus de lui et caresse son épaule avec concupiscence… La main qui s'apprête à dénuder la poitrine… Le jeune homme, qui avait les genoux relevés, et qui étend les jambes à ce contact… Une atmosphère de mollesse, de démission morale, de volupté…

— Évidemment, si tu le prends ainsi…

— Reconnais-le que c'est impossible. Tu n'as pas songé à ce qu'attendent de toi les dirigeants du musée.

À minuit, seul dans ma chambre, j'entendis Aglaé frapper à la porte d'Igor, réciter, exactement

Poussin, *Renaud et Armide*, 1637, Moscou, musée Pouchkine.

comme l'avait fait Marina à ma porte, une litanie de « M'sieur... M'sieur... » de plus en plus suppliants, gratter avec insistance et soupirer en vain. Moins scrupuleuse que Marina, ou protégée par l'hôtelier, elle quitta son poste à une heure du matin, trois heures avant la relève. Il se glissa aussitôt dans ma chambre et ferma à clef derrière lui.

Ce ne fut pas une mince affaire que de nous accommoder, après une aussi longue frustration, de la largeur ridiculement petite du lit. Plusieurs fois nous roulâmes par terre, sur la carpette élimée, partagés entre le feu de l'action et son ridicule. Je sortis si courbaturé, si moulu, si épuisé de ces ébats, que je m'endormis aussitôt après.

Il me réveilla, juste à temps pour un dernier baiser, à quatre heures moins dix. Nous reprîmes la conversation au petit déjeuner.

— J'ai veillé sur ton sommeil, me dit-il, comme Armide sur celui de Renaud. Après tout, ce tableau est trop beau pour que tu ne tentes pas le coup. L'ayant examiné plus attentivement pendant que tu dormais, j'y ai découvert des éléments qui lui serviront de passeport. Il y a dans le ciel un char, tiré par deux chevaux. Explique au professeur Borissenko qu'Armide est accourue sur ce char au secours de Renaud qu'elle a aperçu du ciel et cru blessé. Dis-lui qu'elle ne caresse pas son épaule, mais écarte un peu la cuirasse pour trouver la blessure et panser la plaie. Armide est une magicienne, donc experte dans l'art de guérir. Elle ne couve pas le héros d'une convoitise sensuelle, elle établit son diagnostic avec une sollicitude d'infirmière. Cette explication collera tout à fait avec la politique de développement des hôpitaux mise en œuvre par le commissaire du peuple à la Santé dans le cadre du plan quinquennal.

« Ah ce Poussin ! Comme tu as raison de dire qu'il se prête à une double lecture ! Comme il s'entend à proposer dans le même tableau, à la fois une scène bandante et ce qui peut très bien passer pour une séance de réanimation dans le service des urgences !

— J'ai hâte de voir le tableau accroché au musée Pouchkine.

— Nous irons le voir ensemble, dit Igor en baissant la voix. Les visiteurs s'attendriront sur le zèle d'Armide accourue sur son char en soignante dévouée, comme l'indiquera le cartel dont tu auras suggéré la rédaction au professeur Borissenko. Pendant ce temps, devant cette apologie de la volupté, nous nous délecterons au souvenir de nos retrouvailles et du pied de nez envoyé aux *babouchkas*.

— C’est pour toi que je l’avais choisi, ce tableau.

64

Le langage des chiffres

Ce musée Pouchkine, bâti au fond d'un jardin derrière un portique à six colonnes, me plut beaucoup, par son atrium central, sa structure aérée, le volume et la distribution des salles. Ce que je vis à l'intérieur m'enchanta. Dans l'immense salle des moulages où elles étaient rassemblées, les étudiants dessinaient les copies des statues grecques et italiennes. Figures blanches, lisses, à la musculature satinée, d'où se dégage un pouvoir érotique d'autant plus intense qu'elles semblent n'avoir été raidies dans une carapace de plâtre que pour remédier par un maintien guindé à l'absence de tout voile.

Je remarquai que les élèves, en prédominance masculins – l'art n'étant pas considéré en Russie comme la salle d'attente du mariage –, se regroupaient devant le *David* de Michel-Ange, le *Persée* de Benvenuto Cellini, l'*Hercule* de Baccio Bandinelli. Crayon à la main, mais plus souvent nez en l'air et mine rêveuse que penchés sur leur cahier, ils tournaient autour de ces trois colosses, modèles spectaculaires de beauté, de force et d'énergie viriles. La *Vénus de Milo*, la *Diane au bain*, les nymphes et les naïades n'avaient aucun succès. En voyant leurs regards revenir obstinément mais en biais, par en dessous, freinés par la prudence et l'hypocrisie, sur le même détail anatomique – mais ce n'était pas un détail pour les sculpteurs florentins, qui le mettaient en valeur, avec son volume réel, son épaisseur suggestive, son opulence explicite, sa pilosité flamboyante, contrairement à leurs ancêtres grecs, plus discrets sur cette partie du corps, comme timides et ne l'indiquant par honnêteté que sous forme d'appendice anodin –, je me réjouis à l'idée que la nouvelle doctrine de l'URSS en matière de sexualité et d'homosexualité, dont Igor ne cessait de me vanter la modernité, la hardiesse, permettrait à beaucoup de dépasser le stade infantile du fantasme et de conformer leur conduite à leur goût. Quand ils oseraient mettre en acte leur désir, forts de l'appui trouvé dans la loi, la société serait purgée d'un de ses plus vieux mensonges.

Igor s'était rendu compte que mes premières impressions de Moscou n'avaient pas été bonnes. Ou bien il n'avait assisté à aucune des scènes qui m'avaient bouleversé, ou bien il avait fait semblant de ne pas les voir, par loyauté envers ses engagements politiques ou par aveuglement. Inquiet de ma déception devant le communisme, il entreprit de corriger mon opinion. J'interprétai ainsi l'entorse qu'il fit à sa règle de ne pas nous promener ensemble.

Parti un matin avec moi pour le musée où je devais avec un mètre mesurer exactement la salle 31 avant d'aider le professeur Borissenko à y répartir et accrocher les Poussin, il m'emmena visiter l'énorme chantier de démolition qui, presque en face du musée, soulevait un nuage de poussière au-dessus des palissades, dans un fracas incessant de marteaux piqueurs et de camions.

Nous nous faufilâmes, par un portillon entrouvert, entre les baraquements provisoires. Les ouvriers affluaient pour reprendre le travail. Avant de se coiffer du casque et de gagner leur poste, ils s'arrêtaient et se poussaient du coude devant une affiche qui, placardée à l'entrée du bâtiment principal, alignait six pictogrammes naïvement dessinés sous lesquels étaient disposées six colonnes de noms. De gauche à droite : un avion, une locomotive, une automobile, un âne, un chameau, une tortue. Classées selon un ordre de vitesse décroissante, ces images, m'expliqua Igor, indiquent le mérite respectif des équipes cataloguées d'après leurs moyennes de travail et le rendement fourni. L'avion glorifie les ouvriers diligents, la locomotive salue ceux simplement méritoires, l'automobile stimule les consciencieux, l'âne sermonne les distraits, le chameau tance les mous, la tortue stigmatise les paresseux.

— Comme c'est ingénieux ! dis-je bêtement.

— Ne souris pas de ce procédé d'émulation. Il a fait ses preuves. Les pictogrammes ont remplacé les icônes et jouent le même rôle : surveillance, encouragement, direction de conscience, intimidation. Les gens du Caucase, les Ouzbeks, les Bouriates, souvent ne savent pas lire. Nous sommes dans la cinquième et dernière année du plan quinquennal, et il faut que les prévisions soient confirmées avant Noël. Tout le monde doit se plier au contrôle : ingénieurs, contremaîtres, agents d'entretien, le directeur du chantier lui-même. Tableau d'honneur pour les uns, avertissement pour les autres. Les ouvriers disposent aussi d'un « journal mural » où chacun peut exprimer ses critiques, ses suggestions, ses doléances.

— À quoi travaillent-ils ?

— À démolir la plus grande cathédrale de Moscou, pour la remplacer par une piscine géante, qui aura la forme circulaire et le diamètre du monument détruit. Cette initiative a été prise en haut lieu, dans le cadre du développement de la politique sportive et d'hygiène. Alors que les églises, les couvents, les monastères se comptent par centaines à Moscou, songe qu'il était impossible de nager, sinon l'été dans la Moskva. Ce sera la première piscine publique, proposée au peuple à des prix très bas. Dans la Russie des tsars, seuls avaient le droit de se baigner et de nager, dans des clubs privés, les enfants des familles fortunées.

« Et ce n'est qu'un début, Romano. Le sport est une priorité pour le gouvernement, comme la santé, l'hygiène, les loisirs, la culture. On construit des stades, des gymnases, des centres aquatiques, des hôpitaux, des dispensaires, des crèches, pour un pays qui en était dépourvu, on envoie en vacances à Yalta, au bord de la mer, les ouvriers avec leurs familles, par des trains qui les transportent gratuitement. À Moscou même, pour soixante-dix kopecks, quarante-cinq pour les enfants, on peut passer la journée, avec accès libre au buffet, dans le « parc de culture, d'attraction et de repos » aménagé sur les bords de la Moskva sous les contreforts boisés du mont des Moineaux.

— Dans l'Italie de Mussolini aussi, dis-je, le sport, l'encouragement à l'athlétisme, les jeux collectifs, la santé, l'hygiène, les vacances, les voyages à prix réduits sont des priorités.

— Ah ! tu ne vas pas recommencer ! Une politique de poudre aux yeux n'a rien à voir avec l'effort sérieux entrepris pour réduire les inégalités sociales et donner à tous l'accès aux soins, aux loisirs, aux livres, aux théâtres !

En matière de culture, je me laissais plus volontiers convaincre. Maintenant que le temps était devenu un peu plus clément – par un de ces revirements soudains du climat, qui obligent les Russes à placer, entre les vitres de leur double fenêtre, un thermomètre qui leur indique chaque matin comment s'habiller –, je voyais des lecteurs de tout âge profiter du premier rayon de soleil pour s'asseoir sur un banc, tirer un livre de la poche de leur veste doublée de papier journal et tourner de leurs doigts gourds pour lesquels tous n'avaient pas les moyens de s'acheter des gants, les pages non de magazines ou de romans de gare mais d'écrivains de première grandeur, classiques ou contemporains, dont je vérifiais discrètement le nom sur la couverture – Pouchkine, Gogol, Tolstoï, Babel, Pilniak. Boris Pasternak, dont *La Seconde Naissance* venait de paraître, et Ossip Mandelstam, un poète hermétique dont ils se répétaient les vers à mi-voix, figuraient parmi leurs auteurs favoris. Dans les pays que j'avais connus, lisait-on dans les squares Henri Michaux, Stefan George, Thomas Eliot ? En Italie, qui eût ouvert sur un banc un recueil de Montale ou d'Ungaretti ?

Igor triomphait. Il m'emmena au concert écouter les plus grandes stars, sans que leur statut, comme il le souligna, se reflétât dans le prix du billet. Je me souviens qu'en sortant de la salle du conservatoire Tchaïkovski, après un récital en matinée de la pianiste Maria Youdina, nous croisâmes un défilé de komsomols en foulard rouge et treillis militaire. Ils remontaient la rue Herzen. Nous leur emboîtâmes le pas, curieux de savoir où ces garçons de seize à dix-huit ans, roses et imberbes, se rendaient aussi crânement. L'étroitesse du trottoir les forçait à marcher en file indienne et à zigzaguer entre les passants, ce qui faisait un contraste amusant avec leur volonté de montrer de la gravité et de la discipline. Arrivés sur le boulevard, ils présentèrent les armes devant la statue de Lénine.

Il m'emmena à l'opéra, me fit constater que le billet n'y coûte pas plus cher qu'une place de cinéma.

— En conséquence de quoi, le snobisme a disparu. On ne va pas au concert ou à l'opéra pour s'y montrer, mais par amour et besoin de la musique.

— Un détail m'a frappé, qui corrobore ce que tu m'as dit. Entre les mouvements, les gens ne se mettent pas à se moucher et à tousser bruyamment, comme à Rome, où les spectateurs qui ont payé leur fauteuil un prix exorbitant croient avoir acheté avec leur billet le droit d'étaler devant leurs voisins leurs maux de gorge et de nez. Il me semble que les Russes ont à cœur de s'abstenir de tout bruit qui pourrait nuire à l'émotion.

— S'abstenir ? Non, le public ne se force pas au respect, il est immergé si profondément dans la musique qu'il l'entend encore résonner en lui pendant les quelques instants de silence.

Un autre jour, il m'arrêta devant la vitrine d'une librairie.

— Me croiras-tu si je te dis que toute usine, manufacture, pêcherie ou kolkhoz possède un « coin rouge » – ainsi appelait-on, dans une maison, le coin où l'on plaçait l'icône –, réservé à la bibliothèque et à la salle de lecture ? On compte aujourd'hui plus de trente mille salles de lecture de village et quatorze mille clubs qui proposent trois millions de livres – et encore, à cause de la planification de la production du papier, les nouveautés sont-elles épuisées en quelques jours.

— Mais il y a beaucoup de livres que la censure interdit, et la police brutalise les libraires qui ont le courage de les mettre en vente.

— Tu répètes les ragots de la presse internationale... Va voir plutôt le dernier film d'Eisenstein. Il va être projeté ces jours-ci. Tu verras dans *La Ligne générale* comment un sujet aussi ingrat que le plan quinquennal peut être transfiguré en fresque épique.

« Tu as de fortes réserves contre certains aspects de la vie soviétique. Mais cite-moi un autre pays qui favorise autant la création, qui se donne autant de mal et dépense autant pour l'éducation et l'instruction du peuple. Ce poste absorbe près de dix pour cent du budget national.

65

Le mystère de la croix

Je le croyais impulsif, fantasque, attaché à ses rêves plus qu'à la réalité des choses. Étonné de le voir recourir à des arguments aussi prosaïques, calculs et pourcentages à l'appui :

— Bon, dis-je, je te concède que les communistes ont mis en route une politique de culture véritablement populaire, et que les résultats en sont déjà remarquables. Mais la grisaille de la vie quotidienne ? La pénurie de vivres et de vêtements ? Les enfants en guenilles qui vont en bandes ramasser dans les coopératives, cinq minutes avant la fermeture, les nourritures de rebut ? La fatigue sur le visage des adultes ? Le vieillissement précoce de la population ? Ces figures émaciées, hâves, qui essayent de masquer comme elles peuvent leur détresse ? Avoue que ce qu'on voit dans la rue n'est pas une réclame bien fameuse pour le régime.

Il ne nia pas l'évidence, mais répondit qu'une ou deux générations étaient prêtes à se sacrifier pour le bonheur des suivantes.

— Essaie de comprendre…

Dans le tramway, le receveur fit payer une amende à un passager qui était monté du côté interdit. Des lycéens, qu'il ne voyait pas ou feignait de ne pas voir, voyageaient gratis accrochés à l'arrière des wagons ou debout sur les marchepieds. Au bout de la perspective Karl Marx, nous descendîmes place de la Révolution, devant le Métropole, palace réservé aux hommes d'affaires et aux visiteurs d'État. Igor tenait à me faire visiter la salle à manger, « musée de l'Art nouveau ».

— Toi qui as envie de découvrir la peinture russe, tu vas constater qu'on en trouve jusque dans les lieux publics. Y a-t-il un seul restaurant, à Rome, qui soit décoré, comme ici, par de grands artistes ? Mosaïques de Vroubel... Panneaux ornementaux de Roerich... Vases et appliques de Fabergé...

— Mais... nous laissera-t-on entrer ?

— T'inquiète pas.

Le portier, en livrée galonnée, essaya de nous barrer le passage, mais, après un coup d'œil sur la carte de visite que lui présenta mon compagnon, sorte de passe dont la possession me donna une idée troublante de ses relations avec des personnages influents, il ôta sa casquette, s'inclina respectueusement et actionna pour nous le tambour. C'était l'heure du déjeuner. Presque toutes les tables étaient occupées. Je n'oublierai jamais la scène dont nous fûmes les témoins, dans cette salle richement ornée en effet, mais dont je ne songeai pas, sous le coup de l'émotion, à examiner le décor.

À peine un ou plusieurs clients se levaient-ils après avoir fini leur repas que des gamins en haillons, qui s'étaient insinués par les entrées de service, se jetaient sur la table laissée vide, avalaient gloutonnement les reliefs, léchaient le fond des assiettes, vidaient les verres, suçaient le goulot des bouteilles, s'essuyaient hâtivement la bouche avec la serviette sale jetée sur la chaise, puis s'égaillaient dans les sous-sols. Le policier de garde, les serveurs, le maître d'hôtel observaient cette razzia sans intervenir. Un garçon plus âgé dirigeait les pillards. Il se chargeait de rançonner lui-même les clients encore à table. La somme était fixée d'après l'âge, la corpulence, les signes de richesse. Un gros Allemand qui protestait contre l'insolence du petit gueux fut taxé du double et obligé de s'exécuter.

Igor nota ma surprise, mais sans me demander si je m'indignais de l'incursion des jeunes bandits ou de l'inertie d'un gouvernement qui condamne des enfants à brigander pour survivre.

Nous rentrâmes à pied à l'hôtel. Tout à coup, avec un emportement qui tranchait avec le langage des chiffres et le ton appliqué de ses exposés précédents, il se lança dans un dithyrambe de l'« âme russe ». Le « consentement au sacrifice » devint son seul argument. J'y reconnus l'écho de ce que m'avait dit son père. Exilé, pauvre, ayant tout perdu dans une révolution qu'il aurait pu condamner, le prince Sermalov ne concevait aucune aigreur de la gêne où était tombée sa famille. Chacune de ses paroles retentissait encore en moi : « Celui qui ne sait pas se sacrifier n'est pas un vrai Russe… Nous avons une culture différente de la vôtre… Après tout, 1917 était peut-être légitime… Avec d'autres chefs pour meneurs… »

Igor m'arrêta sous la statue de Sofia Perovskaïa, fille du gouverneur de Saint-Pétersbourg, instigatrice de l'attentat contre Alexandre II, pendue après l'assassinat du tsar, première martyre de la cause révolutionnaire. Il me certifia que cet exemple et ceux cités par son père n'appartenaient pas à un passé révolu. Mikhaïl Frounzé, commandant de l'armée Rouge et commissaire du peuple à la Guerre, était entré volontairement à l'hôpital pour se faire opérer d'un banal furoncle, tout en sachant que Staline profiterait de son hospitalisation pour ordonner aux médecins de lui injecter une dose mortelle de poison.

— En démocratie, on croit que tous ont droit, ensemble et au même moment, au progrès ; que le progrès doit être un bien de consommation disponible pour tous, et disponible sans attendre ; que tout travail mérite un salaire équitable, tout effort une compensation immédiate. Chacun revendique pour soi les mêmes avantages, les mêmes facilités, la même considération, au nom de l'égalité. Si tu t'estimes plus mal loti que ton voisin, tu réclames, tu protestes, tu ameutes ton syndicat. En Russie, qui est pénétrée d'esprit prophétique, on se méfie de la justice distributive. On mise, pour rendre l'existence meilleure, sur le renoncement aux avantages immédiats. Chacun servira l'intérêt général au détriment de ses intérêts personnels. La patrie ne renaîtra que de la soumission, librement consentie, de l'individu à la collectivité. Tu te rappelles les frères Boris et Gleb ? Les meilleurs sont tenus de donner l'exemple, sinon le sacrifice aurait moins de valeur. La « vie privée », qui vous est si chère, n'a aucun sens pour nous. Personne ne trouve scandaleux ni même critiquable d'habiter à plusieurs familles dans des appartements qui n'abritaient autrefois qu'une famille de bourgeois, gens repliés sur eux-mêmes, soucieux de délimiter leur espace, à cheval sur leurs prérogatives. Cette catégorie sociale est étrangère au véritable esprit russe. Aujourd'hui, quatre familles ont une cuisine et une salle de bain en commun. Certaines ont poussé l'abnégation jusqu'à ôter les portes entre les pièces. Ne plus avoir de « chez soi », quelle conquête !

« Tu as pu constater que cet idéal se répercute dans l'architecture des nouveaux immeubles : plus de balcons aux fenêtres, le balcon étant un reste d'individualisme, incompatible avec la nudité qui convient aux façades, où tout doit n'être que vitres et ciment.

— En présentant ces nouveaux immeubles à ses lecteurs, un journaliste américain a intitulé son reportage : « Des casernes, et dedans des dortoirs ».

— Ah ! défie-toi de la presse internationale, je te l'ai déjà dit. Les articles émanent de types non seulement mal informés, mais prévenus, timorés, toujours à comparer avec leur démocratie étriquée le bouillonnement des idées russes. Ces journalistes ont raison, sans doute, de critiquer et de dénoncer, sauf que leur « raison » est devenue un instrument de mesure obsolète. On sent dans leurs attaques et dans leurs blâmes la conviction que le régime politique de leur pays est un modèle universel, sans équivalent, supérieur à tout autre, une panacée, applicable à une nation dont ils ne connaissent ni la superficie immense, l'étendue sans limites, ingouvernable sans un principe autoritaire, ni le climat dévastateur, ni l'histoire semée continûment de crimes et d'assassinats. Ils en ignorent les souffrances passées, les épreuves et les difficultés actuelles, incommensurables avec celles de l'Occident. Encore moins en soupçonnent-ils la grandeur messianique.

Son éloquence était communicative. En l'écoutant exalter la Russie et son destin tragique, j'eus honte d'avoir cru, même fugitivement, à l'image négative de son pays que nos propagandes essaient d'imposer.

— Justes en partie, sur des questions ponctuelles, les critiques de vos journaux restent superficielles dans l'ensemble, tendancieuses, et ceux qui nous blâment font preuve de mesquinerie. Myopie mentale et préjugé politique ne sont pas les meilleurs instruments pour descendre au fond de l'âme russe. Ces foules, continua-t-il, te semblent abattues. Elles resplendissent d'une lumière morale qu'elles tirent de la certitude de travailler à leur rédemption. Regarde dans quel abîme sans fond les tsars avaient enfoncé la patrie. Elle n'avait ni perspectives, ni espoir. Le peuple russe était laissé dans les ténèbres de l'ignorance et de la misère. À peine libéré du servage, resté à demi analphabète, il payait de ses souffrances le confort et l'oisiveté de quelques privilégiés. Il continue à souffrir aujourd'hui, mais cette souffrance a un sens, un but, une direction, un avenir. Des sacrifices qu'il endure, naîtra une Russie nouvelle. Le monde en sera étonné. Je suis athée, comme tu sais, mais si je me moque qu'on démolisse une cathédrale, ce n'est pas pour me réjouir qu'on la remplace par une piscine. Je place mon idéal au-delà des établissements sportifs comme au-delà des lieux de culte. Tu te rappelles ce personnage de Dostoïevski qui ramasse par terre une petite croix d'or et baise le sol où il l'a trouvée ? Le Russe met une valeur symbolique, universelle, dans le mystère de la croix.

66

Déconvenue et consolation

Le chef des services secrets dont nous dépendions cherchait un émissaire à envoyer à Paris puis à Londres. D'importants renseignements lui seraient livrés ; ou plutôt : d'importantes corrections aux renseignements rapportés de Rome. Car il fallait être un enfant pour croire que les données du Caproni C. 133 n'étaient pas largement connues des états-majors européens. Aussi le message qu'on m'avait confié avait-il été truqué, l'ordre des chiffres et des lettres brouillé à dessein, une grille secrète d'équivalences et de substitutions mise en place, pour égarer les recherches et dissimuler l'existence d'un autre avion bien plus redoutable, en cours de montage à Turin. Seuls des relais postés en France et en Angleterre possédaient le code nécessaire à sa fabrication.

La mission serait délicate : le contre-espionnage avait placé des hommes partout, et en plus grand nombre dans ces deux pays où les recherches en aéronautique absorbaient une part importante du budget militaire. Quiconque arrivait de Moscou était aussitôt repéré, suivi, tenu à l'œil. Par ma connaissance des langues étrangères j'aurais été tout indiqué pour partir si j'avais pu fournir aux autorités de Paris et de Londres un prétexte plausible.

Les accords conclus avec le Louvre et la National Gallery tombèrent à pic. Chacun de ces musées, après de longues négociations avec l'ambitieux professeur Katarsky, acceptait de prêter un Poussin pour l'inauguration du musée Pouchkine. Cette faveur exceptionnelle donnerait un retentissement international à l'événement.

Lorsque le professeur Borissenko eut proposé ma candidature pour choisir les tableaux et les convoyer jusqu'à Moscou, Igor vit tout de suite le parti à tirer de cette offre.

— Voilà l'alibi qui te manquait. Tu as de la chance. Il est inattaquable.

La venue d'un spécialiste de Poussin ne donnant pas l'éveil, je passerais inaperçu. Mon hôtel et mes déplacements ne feraient l'objet que d'un contrôle de routine. « On » profiterait de cette occasion pour me contacter sans danger et me transmettre les informations, sans doute à l'intérieur même du musée par un agent déguisé en gardien.

Une jalousie inattendue mit fin au projet. Katarsky ayant déclaré que j'étais trop jeune pour aller choisir les Poussin, ce beau rêve s'éloigna. Il avait pris ombrage de l'importance que Borissenko me donnait, et l'insistance de celui-ci à m'envoyer à l'étranger, rêve de tous les Russes, n'en irritait que davantage le susceptible directeur privé lui-même de passeport.

Pendant qu'Igor intriguait pour tourner l'obstacle et faire aboutir ma candidature, je passais mes journées au musée Pouchkine, alors en pleine rénovation. On avait replâtré les colonnes du portique, brossé le fronton, apporté et roulé dans un coin un tapis rouge pour le grand escalier, mis de nouvelles cimaises dans les salles, repeint les murs. Tout était prêt pour l'accrochage. J'espérais encore, mais sans trop y croire, dans cette mission à l'étranger rendue plus excitante par sa contrepartie clandestine.

Les caisses expédiées de l'Ermitage commencèrent à livrer leurs trésors. La curiosité et l'excitation effacèrent ma déconvenue. Un camion étiqueté « École française des dix-septième et dix-huitième siècles » apporta quelque cinquante tableaux. J'étais présent quand on les déchargea. Borissenko m'envoya par son secrétaire l'autorisation écrite d'assister et d'aider au déballage.

Je pus tenir entre mes mains des chefs-d'œuvre que la négligence des collectionneurs français avait laissé filer en Russie. Je ne connaissais ni le Chardin ni les Hubert Robert, ce peintre dont les Russes raffolent parce qu'il a peint les ruines dont ils sont eux-mêmes dépourvus, n'ayant commencé à construire en pierre qu'à partir du règne de Pierre le Grand. Leurs plus vieilles maisons de bois ne datent que d'un siècle. Je découvris une belle *Annonciation* de Simon Vouet, deux François Boucher surprenants – et scandaleux pour le public auquel ils étaient destinés –, un *Hercule* embrassant Omphale à pleine bouche, cuisses entrelacées, et un *Jupiter* déguisé en femme pour séduire, caresser et déshabiller la nymphe Callisto. Cette incursion en territoire lesbien attira pour une fois ma sympathie à ce peintre de fadeurs galantes.

Je revins également sur mes préjugés contre Greuze, devant le tableau de ce vieil aveugle dont la jeune femme et son amant guettent le décès et convoitent la succession avec tant de hâte sournoise que le jeune homme renverse son pot de bière, une scène de genre qui transpose dans la catégorie bourgeoise la cupidité obscène de l'héritage, telle que Titien l'a immortalisée dans le tableau des deux neveux du pape penchés vers leur oncle mourant.

Pendant que je démaillotais les cinq Nicolas Poussin et les trois Claude Gellée dit le Lorrain (que les Russes, quittes à estropier effroyablement son nom, s'obstinent à appeler « Guélé »), Borissenko sortit de son bureau. Au lieu du costume bleu marine de la première fois, il portait un vêtement de travail en lainage. Après m'avoir félicité pour *La Continence de Scipion*, il me demanda ce que je pensais d'une *Sainte Famille* vers laquelle il m'entraîna. Était-elle vraiment de Poussin ? Le directeur de l'Ermitage lui avait conservé cette attribution, mais les spécialistes les plus autorisés commençaient à la mettre en doute.

— Autant que je vous expose tout de suite le problème, ajouta le professeur. Vous me donnerez votre avis. J'ai le choix entre deux solutions : ou présenter ce tableau comme étant de Poussin, ce qui me fera un sixième Poussin et rehaussera l'éclat de notre musée, ou le retirer du catalogue des Poussin, ce qui montrera le courage dont nous faisons preuve face au laxisme de l'Ermitage.

— Dans les deux cas vous êtes gagnant ! m'écriai-je, incapable de me prononcer sur le fond. Six Poussin à Moscou ! Ce serait le quatrième ensemble du monde.

Vouet, *Annonciation*, 1632, Moscou, musée Pouchkine.

La seconde solution aurait l'avantage de renforcer votre prestige scientifique international déjà grand. Vous montreriez que vous êtes à l'avant-garde de la recherche.

Le professeur se rengorgea, par une saillie accentuée de sa pomme d'Adam sur son long cou osseux.

Je revins le lendemain avec Igor pour lui montrer le Simon Vouet.

— L'ange est nettement masculin, dit-il après avoir examiné le tableau. Si tu lui ôtes les ailes, c'est un jeune homme qui tombe à genoux devant une jeune femme. Comme il la regarde avec attention ! Comme il la dévore des yeux ! Il tend le bras vers elle, il allonge les doigts, elle aussi tend le bras et allonge les doigts dans sa direction. Ils sont sur le point de se toucher mais ne se touchent pas. Elle regarde le ciel, lui regarde la femme. Le regard de la femme est céleste, mais le regard de l'ange est *humain.* J'y vois le désir, la peur, le refus de se laisser attirer. Le décor autour d'eux est irréel. On ne sait pas si on est dehors ou à l'intérieur d'une maison : le socle sur lequel est assise la Vierge ferait pencher pour la scène d'intérieur, mais les angelots et les rayons qui pleuvent du ciel suggèrent le contraire. Décor irréel, car histoire de tous les temps, rencontre miracle, archétype de la relation amoureuse. Le thème de l'Annonciation était rebattu. Vouet l'a renouvelé *pour nous,* Romano. J'ai bien retenu ce que tu m'as dit de la *double lecture* des grands peintres. L'émotion que nous inspirent les femmes et qui nous dicte notre conduite envers elles est ici magnifiquement illustrée : nous leur vouons une estime et une admiration silencieuses, où rien de physique ne se mêle. On dit de nous que nous n'aimons pas les femmes. C'est faux. Nous les aimons mais de l'autre côté d'une barrière. Nous les aimons sans les toucher. Elles ne souffrent pas de notre dédain puisqu'elles trouvent leur consolation dans le ciel. Nous ensevelissons dans nos cœurs une adoration qui ne les lèse pas. Nous les plaçons au-dessus de nous comme cet adolescent agenouillé contemple d'en bas celle qu'il révère et se défend d'approcher, au point qu'il hésite à lui offrir le lis qu'il lui a apporté mais garde serré sous son bras.

67

Alerte

Après une absence de quelques jours, Marina était revenue dans le couloir.

— Bizarre, me dit Igor, ces filles ne tombent jamais malades et n'ont jamais un jour de congé.

Le concierge nous le confirma : Marina occupait ce poste de manière fixe, contrairement au reste du Soviet de l'étage. Aglaé et les deux ou trois autres n'avaient été que des remplaçantes.

— De plus en plus louche, reprit Igor. Personne à Moscou n'est titulaire de sa place. Il faut qu'une raison supérieure justifie cette exception. On estimera en haut lieu que Marina nous espionne mieux. Ça ne m'étonnerait pas qu'elle relève directement du Guépéou.

À minuit, ce soir-là, quand on frappa à ma porte, je me cachai sous la couverture. On insista. Je me dressai dans mon lit.

— *Niet* ! criai-je, exaspéré.

Mais une voix, une voix d'homme, inconnue, murmura par le trou de la serrure deux mots en italien. Je ne les reconnus pas tout de suite.

— *... Dio... Oma...*

Je m'approchai sans bruit et collai mon oreille à la serrure.

On me répéta plus distinctement :

— *Addio Roma.*

Je tressaillis. Notre mot de passe ! J'entrouvris la porte, à demi nu. L'homme me tendit une boîte enveloppée dans du papier cadeau.

— *Terzo, nella terza fila sinistra*, dit-il dans un mauvais italien.

Je pris la boîte. Il avait disparu.

Je regardai dans le couloir. Marina n'y était pas. Ni Aglaé. Personne derrière la table. Le couloir n'était pas surveillé. Sur le moment, je ne songeai pas à m'en inquiéter, enchanté au contraire de pouvoir faire entrer Igor dans ma chambre dès qu'il serait de retour.

Dans le paquet, il y avait une boîte de chocolats. Dans la boîte, six rangées de chocolats. Dans la troisième rangée de gauche, *nella terza fila sinistra*, en soulevant le troisième, *terzo*, chocolat, j'aperçus un billet plié en quatre.

« *Domani, nel giardino di Alessandro, terza panca prima del Maneggio.* »

J'étais tout excité. Les chocolats étaient bons, avec un léger goût amer. Comme je n'aime pas trop les sucreries, ce correctif ne me déplut pas. Igor entra en coup de vent – j'avais oublié de refermer la porte – et se précipita sur le billet que j'avais laissé ouvert sur le lit.

Puis il flaira les chocolats.

— Où est Marina ?

— Elle n'est pas derrière sa table ?

— Personne dans le couloir. Qui t'a apporté cette boîte ?

Je lui racontai les coups frappés à minuit, ma méprise, la visite de l'inconnu à qui j'avais ouvert sur la foi du mot de passe, les quelques mots qu'il m'avait adressés en italien.

— Dois-je aller demain au jardin Alexandre, troisième banc avant le Manège ?

Il marcha de long en large dans la chambre, comptant sur ses doigts.

— Nous irons ensemble. Mais pas sur le banc. Nous observerons de loin, cachés. Je ne m'explique ni ce rendez-vous, ni la répétition du chiffre 3. Troisième rangée, troisième chocolat, troisième banc. Il y a là-dessous un mystère qui m'échappe. Trois ajouté à trois, ou trois multiplié par trois. Six ou neuf. Ou six par neuf, ce qui fait cinquante-quatre.

Il sauta à une autre idée.

— Comment était habillé ton inconnu ?

— Veste de cuir, gants de cuir, grosses lunettes de motocycliste.

— Comme un garçon de courses ?

— Si tu veux.

— Je suis sûr que ce n'était pas un garçon de courses. Ils ne se fient à personne pour transmettre ce genre de message. Essaie de te rappeler. N'as-tu pas eu l'impression que c'était un déguisement ?

— Mais il savait notre mot de passe. N'est-ce pas rassurant ?

— C'est ce qui m'inquiète le plus. Quatre personnes savent notre mot de passe. Toi, moi, le chef et son adjoint. Ce billet ne vient ni du chef ni de son adjoint. Une organisation rivale ou ennemie nous aura infiltrés. Dans quel but ? Qui nous a trahis ?

— Ils ne sont pas si bien renseignés que cela, puisqu'ils me prennent pour un véritable Italien. Le billet aurait dû être écrit dans la langue de mon pays, j'aurais été plus impressionné.

— Je crains, Romano, que ce ne soit une feinte supplémentaire. Un billet écrit dans ta langue t'aurait immédiatement alerté. En constatant que ta véritable identité leur était connue, tu aurais su qu'on t'avait démasqué.

Marina absente et le couloir vide, Igor pouvait rester. Il jugea plus prudent de regagner sa chambre.

— Ferme la boîte, dit-il avant de me quitter. Ne prends pas d'autres chocolats. Je les ferai examiner par le pharmacien. Combien en as-tu pris ?

— Deux ou trois, je crois.

— Le type qui a apporté la boîte espérait peut-être que nous la viderions à nous deux.

Du seuil de la chambre il m'envoya de la main un dernier baiser. On voyait les veines sous la peau diaphane. Il referma la porte avec précaution, mais la poignée en tournant grinça avec un bruit funèbre dans le silence de l'hôtel endormi. Je l'entendis marcher de long en large dans sa chambre et remuer les livres sur ses étagères. Tu trouves ces remarques déplacées ? mièvres ? sans intérêt pour le récit ? Songe à quelle pression nous étions soumis. Chaque détail laissait en nous une marque profonde, comme si quelque menace y était cachée. Je tressaillais, je tremblais pour un rien.

Le pharmacien confirma les craintes d'Igor. La poudre de chocolat mélangée dans une éprouvette avec quelques gouttes d'un réactif vira au violet puis à l'écarlate. Il me donna un antidote, mais se montra formel : la dose de poison avalée était tellement faible que je n'en sentirais pas les effets.

Nous nous rendîmes au jardin Alexandre, sous les murs du Kremlin, un des plus jolis endroits de Moscou, lieu de rendez-vous des amoureux et des retraités, carrefour des policiers et des espions. Les amoureux et les retraités apprécient le charme des ombrages, les policiers montent la garde sous le rempart, les espions peuvent s'esquiver par la Moskva, en contrebas de la place Rouge. De loin, en nous faufilant derrière les arbres, nous aperçûmes, assis sur le troisième banc, deux hommes en imperméable occupés à lire le journal, mais d'une façon si peu naturelle qu'Igor me poussa du coude. Ils tenaient la feuille devant eux à bout de bras, en sorte qu'elle leur dissimulait le visage. La foule, indifférente, passait devant eux.

— Ils t'auraient arrêté, me dit Igor. Je voudrais bien qu'ils posent leur journal. Peut-être aurais-je une chance de les reconnaître.

Ils baissèrent si vite leur journal, le coup d'œil qu'ils jetèrent à la ronde fut si rapide, qu'Igor n'eut pas le temps de les reconnaître. Mais la simultanéité des deux gestes, exécutés dans un parfait ensemble, avait suffi. Ils étaient coiffés du même feutre mou, rabattu de la même façon sur leurs yeux. Ni l'un ni l'autre n'avait de cou. Igor sut ce qu'il voulait savoir.

À l'hôtel, Marina n'était toujours pas revenue. Aglaé prit les cartons et nous tendit les clefs, en affectant la plus profonde indifférence. Igor redescendit chez le concierge s'enquérir de ce qui était arrivé à Marina.

Il ne reçut qu'une réponse évasive. Nous nous perdîmes en conjectures. Un voisin de chambre, un Américain de passage à Moscou pour vendre un stock de chaussures, nous apprit enfin la vérité. Il avait assisté par l'entrebâillement de sa porte à l'arrestation de la jeune femme. Deux policiers en civil étaient montés à l'étage et l'avaient emmenée en plein jour.

Le professeur Katarsky, au bout d'une semaine, se rallia à ma candidature, aussi abruptement qu'il s'y était naguère opposé. Igor, loin de s'en réjouir, fut alarmé de ce revirement, qui n'était pas dû, m'assura-t-il, à son intervention. On avait forcé la main au professeur.

— Mais qui s'intéresse à Poussin en haut lieu ?

— Personne. Poussin ne sert que de paravent. Beaucoup de gens à Moscou tiennent à entrer en possession des plans du nouvel avion de combat : les scientifiques de l'armée de l'air, les généraux impatients d'étendre leur influence politique et de faire contrepoids à celle du commissaire du peuple à la Défense, le tout-puissant Vorochilov, les intrigants du Kremlin poussés par la même ambition. Tiens compte aussi de la jalousie des divers réseaux impatients de s'assurer la primeur, ou qu'amuse l'occasion de faire un coup.

Igor me procura un nouveau passeport, établi à un nouveau nom. Nous profitâmes de ce qu'Aglaé, dont nous découvrîmes qu'elle couchait avec le directeur de l'hôtel, quittait son poste à minuit, pour nous rendre visite et passer ensemble quatre heures chaque nuit.

Il continuait à s'interroger au sujet de Marina. Elle ne pouvait avoir été arrêtée sans motif grave. Qui avait pris la décision ? De quoi l'accusait-on ? Était-elle de mèche avec le faux motocycliste ? Quelle main plus puissante fallait-il incriminer ? Autre hypothèse, qui parut plus vraisemblable à Igor : on l'avait fait disparaître de l'hôtel pour la protéger.

— Il devenait dangereux pour elle de rester ici. Elle savait trop de choses à notre sujet.

Par exemple, ne pouvait-on craindre que, en notre absence, elle n'eût fouillé dans nos bagages ?

Je me portai garant que, dans les miens, elle n'eût rien trouvé de compromettant.

— Mais un type de la police, Romano, sait dénicher le moindre indice à charge.

68

Prénoms

Il m'accompagna à l'aéroport avec les recommandations suivantes :

1° Ton passeport est au nom de Palmiro Bentivoglio. Retiens bien ce nom.

2° Tu dois choisir les deux Poussin d'après l'orientation idéologique du régime : c'est-à-dire qui puissent recevoir une interprétation politique « conforme ». Katarsky et Borissenko jouent leur place sur cette exposition. N'oublie pas que ta présence à Moscou dépend de leur bienveillance. S'ils te retirent leur protection, tu es réexpédié en Italie.

3° Le « Chef » t'envoie à Paris et à Londres pour y recueillir des secrets militaires. Ils te seront remis, en langage codé, par un homme posté dans les deux musées à l'entrée des salles Poussin. Mais attention : quand tu auras repéré le tableau susceptible d'être envoyé à Moscou, évite de t'arrêter devant. Tu feindras de t'intéresser à celui qui sera accroché *le deuxième à sa gauche*.

Suivirent d'autres instructions. Surtout, apprendre par cœur ce qu'on me dirait, sans rien noter par écrit.

Le message serait extrêmement bref, communiqué en une seule fois, par un chuchotement rapide qu'il faudrait saisir au vol et retenir sans possibilité de vérification. Exercice de mémoire, auquel il m'invitait à me préparer en apprenant par cœur des poèmes que j'aimais, pourquoi pas *Booz endormi*, inspiré à Hugo par *L'Été* de Poussin. Puis discuter avec le conservateur du musée, sans avoir l'air d'attacher une importance exceptionnelle au tableau déjà choisi.

— Fais semblant d'avoir hésité longtemps avant de te décider. Change d'avis plusieurs fois.

— À quoi bon, Igor, ces faux-fuyants ? Pourquoi faire semblant d'hésiter ? Pourquoi regarder le deuxième tableau à gauche, au lieu de celui que j'aurai choisi ? Cette affaire est officielle, je préfère la traiter au grand jour, elle n'a aucun rapport avec la mission secrète.

— Ah ! tu n'es pas encore entré assez profondément dans la *psychologie de l'espion.* Principe fondamental : sur tous les sujets, quels qu'ils soient, n'agir que de biais, atermoyer, tergiverser, louvoyer, ne jamais dire une chose directement, ne jamais la voir de face. Fixer les yeux à côté de ce que tu as envie de regarder. Dans la rue, intéresse-toi à ce qui t'est indifférent. Au café, aie l'air de ne pas savoir si tu aimes mieux la limonade ou le Dubonnet.

« D'ailleurs, si tu choisissais d'emblée les bons tableaux, ceux conformes à l'idéologie soviétique, on t'identifierait tout de suite comme « l'homme de Moscou ». La petite ruse que je te conseille est le seul moyen d'endormir les soupçons.

« Ton séjour à Paris, réduit heureusement à deux jours, sera le plus risqué. Les services du contre-espionnage sont en état d'alerte, depuis le rapt du général Koutepov, un des chefs en exil de l'armée Blanche. Nous l'avons enlevé en pleine ville, devant les Invalides, roulé dans un tapis, embarqué à Marseille. Il est mort, étouffé dans le tapis, pendant le trajet en mer.

Les affaires sérieuses étant réglées, ce fut le moment de nous détendre. Dans la salle d'embarquement enfumée, pendant l'attente devant les guichets, il me posa une colle sur un usage russe qui l'intriguait. N'avais-je pas lu assez de romans pour remarquer que les prénoms russes masculins ne s'utilisent, dans les familles et avec les amis, que sous une forme féminisée ? Non pas Nicolas, mais Kolia. Non pas Piotr mais Petia.

— Ton frère Sergueï, tu ne l'appelles en effet que Serioja.

Nous nous amusâmes à établir la liste des doublets.

En dehors des actes officiels ou des présentations à des inconnus, il est vrai qu'on emploie rarement :

Anatole, au lieu de Tolia.

Ivan, au lieu de Vania. (Tchekhov : *Oncle Vania.*)

Vladimir, au lieu de Volodia (ou Vova).

Mikhaïl, au lieu de Micha (ou Michka).

De même, on substitue :

Sacha (ou Choura) à Alexandre.

Vassia à Vassili.

Vitia à Victor.

Kostia à Constantin.

Lioka à Lev.

Andrioucha à Andreï.

Valia à Valery.

Pacha à Pavel.

Genia à Evgueni.

Youra à Youri.

Dima (ou Mitia) à Dmitri.

Slava à Sviatoslav ou à Mstislav.

Boria (plus rarement) à Boris.

Enfin, la désinence pouvait être directement féminine :

Ilia (diminué lui-même en Ilioucha), Gavrila, Nikita, Venia, Afonia, Senia.

Comme il y a beaucoup moins de prénoms dans l'Église orthodoxe que chez les catholiques, nous avions presque épuisé la nomenclature.

Tous des garçons avec des noms de filles. Et ces doublets ne s'appliquent pas seulement aux enfants, aux adolescents. Toute sa vie Nicolas Rostov reste Kolia, Constantin Levine Kostia, Rodion Raskolnikov Rodia, Alexis Karamazov Aliocha.

Moi :

— L'explication est facile. Sous cette forme détournée s'exprime une aspiration inconsciente à l'androgynie. Les Russes n'ont pas abandonné l'utopie platonicienne de la totalité retrouvée, le mythe du retour à la félicité originelle.

Lui :

— Je te passe ta manie. Dis-moi plutôt pourquoi un seul des prénoms courants échappe à cet usage.

— Un seul ?

— Le mien. Igarichka existe bien, mais c'est un diminutif, ce n'est pas un doublet. Il n'y a pas de doublet pour Igor. Je suis fier qu'il n'y ait pas de doublet pour Igor, répéta-t-il avec un accent d'ironie.

J'étais tombé sur le seul garçon russe dont le prénom ne peut être transposé au féminin. Igor, avec sa dure consonance masculine.

Moi (in petto, pour ne pas encourir son persiflage) : tu es à vingt ans si parfaitement androgyne que le destin, prévoyant, a pensé qu'un prénom féminisable serait *l'indice de trop*. « Igor » te protège, te cache, comme la nuée qui enveloppa Ganymède quand il fut ravi au ciel.

Tout à coup, il me saisit par la manche.

— Nous avons oublié un prénom.

Inquiet, il regarda à droite et à gauche, scruta les recoins de la salle, surveilla les portes, crut que l'officier du contrôle des frontières nous dévisageait.

— De quoi as-tu peur ?

— Ce prénom, Romano, c'est le tien. En russe : Roman.

— On le trouve souvent ?

— Très souvent. Tu as des Roman chez Tolstoï, chez Dostoïevski, chez Tchekhov.

— Eh bien ?

— Peut-être n'est-ce pas l'usage, mais s'il n'y a pas de doublet, on peut en fabriquer un.

— Un doublet féminin ?

— Roma.

— Roma, comme la ville.

— Non, comme toi.

— Comme moi ?

— Est-ce que ?... Non... Rien...

Il ne voulut pas en dire plus, mais je le voyais très agité. Il feignit de consulter le tableau des départs. Quand il se retourna vers moi, il avait les yeux humides.

— Comment avons-nous pu oublier que tu t'appelles Roman ?

— Pour toi, oui. Mais à Moscou, ils ne le savent pas. À Moscou, je suis Ettore.

— Ils savent tout. Je me demande si… Mais non, ce serait trop terrible…

— Dis-le quand même…

— Je me demande si cet homme qui a forcé ta porte en t'appelant « Roma » n'apportait pas un message à l'intention de « Roman ».

— Ah ! Je commence à comprendre.

— Il s'adressait directement à toi, Roman, Roma.

— Et avec ça ?

— Il t'a dit : « *Addio Roma.* »

— Le mot de passe, oui.

— Pour te mettre en confiance.

— J'y ai cru. N'ai-je pas bien fait ?

— Sauf que ce pouvait être aussi : « Adieu, Roman. »

— Bon voyage à Paris et à Londres ! Il savait que Katarsky avait dû céder. Ce n'était pas un secret.

— Pourquoi ne t'aurait-il pas appelé Ettore, alors ? Ah ! tu es trop naïf ! Quelquefois décrypter le code, c'est lire le mot à la lettre. « À Dieu », tu sais ce que ça veut dire ? On dit « au revoir » pour saluer le voyageur. On ne lui dit pas « à Dieu ». Il aurait dit « au revoir » à l'historien d'art Ettore. « À Dieu » s'adressait à l'espion Roman… Mais non, je me refuse à le croire.

— Selon toi, il voulait me dire…

— Que tu es de trop ici. Va-t'en, Roman, dégage, déguerpis. Nous te disons adieu. Nous ne voulons plus te voir, et si tu t'obstines… Adieu, ne reviens plus, ce sera mieux pour toi.

— Un congé, en quelque sorte ?

— Ou quelque chose de plus brutal. Fiche le camp, Roman, ton compte est bon. Remercie-nous de te prévenir.

— Via les chocolats empoisonnés.

— Premier avertissement.

— Tu crois que…

— J'en suis presque certain… Romano, dit-il en me prenant dans ses bras devant la foule surprise, dis-moi que ce n'est pas vrai, que je rêve…

Il ne cessait de se retourner pour voir si nous n'étions pas suivis et si on n'allait pas au dernier moment trouver un obstacle pour m'empêcher d'embarquer. Enfin on appela pour Paris. Nous n'étions plus qu'à quelques pas de la ligne de démarcation. L'officier du contrôle des frontières s'arrêta de tamponner les passeports pour nous écouter soupçonneux. Il devenait imprudent de continuer à nous parler dans une langue qu'il ne comprenait pas. Quand ce fut à mon tour de présenter mon passeport, je dis à haute voix et en russe :

— À bientôt, Boria. N'oublie pas de faire recoudre la doublure de ma veste.

— Je n'y manquerai pas. À bientôt, Palmiro.

De l'autre côté du poste de contrôle, je me retournai en agitant la main.

Il me cria encore :

— Bon voyage. Rapporte-moi de Paris une bouteille de cognac ! Et un porte-clefs avec la tour Eiffel pour le Chef !

69

Parenthèse

Arturo :

— Ces derniers mots insipides n'avaient pour but que de tromper l'officier. Vous ne vous êtes pas séparés sur un échange de conseils aussi plat et de salutations aussi conventionnelles. Deux amants savent se communiquer leur secret. Ce que vous ne pouviez vous dire devant lui, vous vous l'êtes dit par un regard ?

— Oui.

— Comment fut-il, ce regard ?

J'hésitai à répondre. Tant de craintes, d'appréhensions, de souffrance y étaient concentrées ! Je balbutiai enfin, honteux du cliché :

— Déchirant.

— Déchirant ? Vraiment déchirant ?

— Mais oui. Pourquoi ce ton sceptique ?

— Je voudrais me tromper. Vos débuts ont été si extraordinaires ! Et maintenant, à l'époque où nous en sommes, quand tu es parti de Moscou pour Paris et pour Londres, il me semble que quelque chose avait changé entre vous. Oh ! Rien de bien grave. Une légère modification de vos rapports, légère mais significative.

Un demi-siècle après cette histoire, je ne permettrai à personne de jeter le moindre soupçon sur la pureté, l'intensité, l'élan de mon amour, *inchangés* depuis le jour de notre rencontre. Igor reste à jamais la grande passion de ma vie. Un trait de beauté nous fixe, nous détermine, et, quoi qu'il arrive par la suite, ce moment inaugural est le moment qui illumine l'existence entière. Nous avons touché l'absolu, ce qui suivra sera l'occasion de hauts et de bas, de difficultés passagères, de variations provisoires, mais laissera intact l'éblouissement de la première fois.

Je ferme les yeux, cinquante ans après, il *est* là, devant moi, dans chaque image que j'ai gardée de notre séjour à Rome. La Rome que j'habite aujourd'hui ne m'est chère que parce que j'y retrouve à chaque pas l'ombre de ce qu'il fut. Je ne dis pas cela par un pieux devoir de mémoire, après les événements qui se sont produits. L'histoire ne grave dans nos cœurs que ce qui y était depuis longtemps imprimé.

— J'ai eu, c'est vrai, quelques dissentiments avec Igor… En bref, nous n'étions plus aussi bien accordés… Tu vois ce que je veux dire ? À Rome, il préférait les caresses, ce qui se fait en douceur, mais vite… D'abord réticent, je m'étais habitué à ces demi-satisfactions, les trouvant en fin de compte moins dépendantes du modèle conjugal historique et donc plus spécifiques de ce que nous sommes. Or, depuis son arrivée à Moscou, il avait changé complètement de dispositions, s'obstinant à le singer, ce modèle, et même à renchérir sur ce qu'il en imaginait. Lui, si fluet, si frêle d'apparence, voulut être traité de manière brutale et en user avec moi sans ménagements. Il m'arrivait de me refuser à ce qu'il prétendait me faire, il m'arrivait de refuser ce qu'il voulait que je lui fisse.

— Des querelles, parfois ?

— Non. L'occasion de bagarres dans le lit, qui étaient une autre façon de jouer. Il me disait en riant :

« Zeus n'a pas enlevé Ganymède uniquement pour lui servir d'échanson. »

Je me souviens d'une autre de ses boutades :

« Même les envoyés du ciel en visite à Sodome ont été renversés de leur piédestal angélique. »

C'est la seule fois où il a risqué une allusion à un acte qui n'avait jamais été un sujet de conversation entre nous. Nous l'avions souvent pratiqué, mais avec une sorte de gêne, comme un devoir dont nous n'avions pas envie de parler. On y va, mais sans commentaire. Pour lui, à Moscou, c'était devenu la part essentielle. *L'acte.*

Arturo :

— Puisque tu évoques Ganymède, c'est en référence à ce mythe que quelque doute m'est venu. Il ne me semble pas qu'Igor ait été très flatté d'être comparé à ce jouvenceau qui n'était pas encore devenu une des icônes de notre milieu, mais déjà, sans doute, relevait d'un genre où il ne se reconnaissait pas. Il renâclait au rôle où tu aurais souhaité l'enfermer.

— L'éphèbe qui était en lui aurait voulu être aimé, non pour son corps svelte et la fraîcheur de sa peau, mais pour « le bronze de ses muscles », selon un vers de Maïakovski qu'il me citait, écrit à la gloire d'un champion olympique de natation. Je me demande si, plus jeune, il n'avait pas été victime de sa beauté si parfaitement céleste. Une simple hypothèse, mais qui jetterait un jour nouveau sur sa personnalité, restée au fond énigmatique pour moi. Sais-tu ce qu'il m'a appris un jour ? Ses fréquentes absences, d'abord à Rome, puis à Moscou, qui me faisaient tant souffrir, n'étaient pas seulement commandées par les rendez-vous politiques avec les dirigeants du réseau. Il se rendait à la piscine, dans l'espoir de les fortifier, ses muscles, et d'être plus apte à en user avec moi, la nuit, de la manière qu'il entendait. À Moscou, les piscines sont si rares qu'il devait faire une heure de métro pour en trouver une. Il voulait être « un homme », dans la plénitude du terme, et moi… Enfin, tu me comprends.

— D'où son agacement, aussi, chaque fois que tu revenais sur l'« androgynie », l'indifférenciation des sexes, le rêve d'une fusion par-delà les contraintes biologiques.

— Oh ! Il me disait cela si gentiment. « Je te passe cette manie. » Cette utopie, pour lui, n'était qu'une de mes marottes.

— Tandis que pour toi…

— Ne te moque pas d'une chimère qui ferait rire les jeunes, aujourd'hui.

— Ils ne savent même plus qui est Platon !

— À Moscou, il s'est braqué sur ce sujet. Les autorités soviétiques avaient accepté et dépénalisé l'homosexualité, mais sous condition. Elle n'était admise que comme une relation entre ce qu'il est convenu d'appeler de « vrais hommes ». Pas d'attendrissements à la grecque. Pas d'éducation par l'amour. Du sexe, rien de plus. Du sexe brut, physique, animal, élémentaire. Sans morale, mais privé aussi de sentiment. L'effusion de cœur était aussi réprouvée qu'autrefois.

L'« amour » entre hommes restait proscrit : seul ce qui était nécessaire à leur « hygiène » devenait légitime. Une variante, en somme, des activités sportives faite pour entretenir la santé. Igor approuvait à cent pour cent cette façon de voir. Elle allait dans le sens de ce qu'il cherchait à devenir. Il était entièrement pris par la « Realpolitik » : espionner au service de l'URSS, apporter des renseignements volés à « l'ennemi », servir utilement sa patrie. Je crois qu'il avait transposé cette religion de l'efficacité dans le domaine érotique. On baise, on ne se dit pas des mots tendres. Quelle frustration pour moi ! Quel mécompte sur l'image que je m'étais faite du jeune Russse ! À Rome, déjà, je lui en voulais de ne pas s'attarder dans les préliminaires, les douceurs, mais maintenant je trouvais quelque chose de vexant dans sa hâte. Faire l'amour, c'était de plus en plus, pour lui, se presser d'arriver au but, comme si ce qui précède était du temps perdu.

— J'ai remarqué aussi que lorsqu'il t'a recommandé de bien choisir les Poussin, afin de garder la confiance des conservateurs du musée Pouchkine, il a ajouté qu'en cas de bévue tu serais réexpédié en Italie. Réexpédié : le mot n'est-il pas un peu dur ? Il te considérait donc comme un paquet ?

— « Realpolitik », Arturo. Tu parles de cette époque comme si les sentiments ne passaient pas alors au second plan des préoccupations. Il m'aimait autant que le premier jour, j'en suis certain, mais je n'exclus pas, comme je viens de te le suggérer, qu'un épisode arrivé dans son adolescence, peut-être même dans son enfance, l'ait déterminé à vouloir se conduire en « homme ». D'où la voie surprenante qu'il a choisie, le passage d'historien des icônes à passeur de secrets militaires. Peut-être, à douze ans, à quinze ans, avec son visage fin, ses cheveux blonds, l'avait-on comparé lui-même à un *ange* et avait-il échappé de justesse aux caresses annoncées par cette flatterie. Par la politique, par la « Realpolitik », il pensait se débarrasser définitivement de son passé – changer l'image qu'il avait pu donner de lui-même et dont d'autres avaient cru pouvoir profiter.

— Y avait-il d'autres sujets de désaccord entre vous ?

— La musique, peut-être. Il ne voulait pas reconnaître qu'il l'aimait. Il prétendait qu'il ne m'emmenait au concert que pour me montrer, dans les salles toujours pleines, le public populaire gagné aux loisirs par la politique de billets à bas prix. Quant à moi, j'avais longtemps hésité, adolescent, entre le piano et l'histoire de l'art. Mais un jour où je l'ai vu essuyer une larme pendant l'attaque du troisième concerto de Rachmaninov, j'ai compris le pourquoi de cette insensibilité apparente. Ce n'était qu'un refus calculé, conforme à la stratégie du personnage qu'il cherchait à se construire. Une autre fois, au conservatoire, quand débuta la canzonetta du concerto de Tchaïkovski, il se couvrit le visage de ses mains.

70

Le poète

À Paris, mon embarras fut extrême. Les Poussin étaient des tableaux savants, de lecture difficile.

Une *Bacchanale* ? Malgré les efforts de la propagande soviétique pour vanter le sport et la vie de plein air, n'y aurait-il pas quelque indécence à donner aux Moscovites, obligés de faire la queue pour un kilo de pommes de terre, le spectacle de bombances gratuites, de libations à volonté, d'orgies sans frein ? « Bacchanale », ils ignoraient ce nom, mais le sujet du tableau n'était que trop clair : un pique-nique géant, le bonheur de manger et de boire à satiété, l'ivresse de l'abondance. Devant un peuple qui se serrait la ceinture, impossible de vanter cette ripaille, même ennoblie par une guitare.

— Vous n'êtes pas journaliste ? me demanda, soupçonneux, le conservateur de service. Le cou serré dans un nœud papillon, M. Englebert, parfait érudit, poussait le respect des œuvres jusqu'à s'en interdire la compréhension. L'idée d'isoler un tableau de son milieu historique, de le relire en le rapprochant de notre époque, lui paraissait une hérésie. Vous ne cherchez pas, reprit-il, à *actualiser* Poussin pour le rendre plus accessible ? (Ce mot *actualiser*, impossible sous Louis XIII, lui tordait la bouche.) Vous êtes d'accord qu'un tableau ne peut avoir qu'un sens, celui que l'auteur lui a donné ? Notre époque est folle. Mon fils, qui étudie le grec à la Sorbonne, a entendu M. Taillon, auteur d'une nouvelle traduction de l'*Iliade*, expliquer Homère à la lumière de la guerre de 14. Tout ça pour plaire à ses étudiants. Mon fils a été révolté. Il aime Achille pour Achille, et non parce qu'il annonce le maréchal Foch.

Poussin, *L'Inspiration du poète*, vers 1630, Paris, Louvre.

Je me décidai pour *L'Inspiration du poète*, puisque les Russes ont un tel amour de la poésie. Je mis quelque malice dans ce choix, car, racistes comme je les connaissais, ils seraient fâchés d'admettre, devant ce jeune homme aux joues roses et aux longs cheveux blonds, qu'il incarne bien mieux la beauté russe que celui pour lequel ils ont une vénération, leur Homère, leur Shakespeare. Arrière-petit-fils d'un esclave éthiopien, Pouchkine garde les empreintes de l'Afrique et n'a pas l'air slave pour un sou. Au lieu du visage clair, de la peau fraîche et des yeux bleus qui s'harmoniseraient selon eux avec son génie, leur poète national a les cheveux crépus, le front bas, la lippe, les larges narines, le teint sombre du nègre. Le tableau de Poussin soulignerait ce qui lui manque pour satisfaire entièrement à leur idéal.

M. Englebert me rappela que Bernin en visite à Paris avait exprimé son admiration pour ce tableau dont il avait comparé le coloris à celui de Titien. Puis il prit congé et regagna son bureau pour signer les papiers autorisant le prêt. Le document me serait apporté à l'hôtel dans la soirée. Fidèle aux instructions d'Igor, je me plaçai devant le deuxième tableau à gauche du *Poète*. Un homme qui était assis sur une banquette à l'autre bout de la salle presque vide, se leva, feignit d'examiner un à un les tableaux, puis, lorsqu'il passa à portée de voix, murmura sans s'arrêter ni me regarder :

— CX 2012 AJ 3000.

Il s'éclipsa aussitôt. Je m'attardai dans la salle assez longtemps pour ne pas être soupçonné par un des rares visiteurs présents de n'y être venu que pour attendre cet homme.

71

Le veau d'or

Pour Londres, j'avais choisi le tableau dès Moscou, après avoir relu le passage de la Bible dont Poussin s'était inspiré.

Adoration du veau d'or.

« Aaron leur dit : "Arrachez les boucles d'or qui sont aux oreilles de vos femmes, de vos fils et de vos filles, apportez-les-moi !" Tous ceux du peuple s'arrachèrent les boucles qui étaient à leurs oreilles et les apportèrent à Aaron. Il les prit de leurs mains et les façonna au burin, il en fit un veau de métal fondu.

« Ils dirent alors : "Voici ton dieu, peuple d'Israël, qui t'a fait monter de la terre d'Égypte !"

« Alors Iahvé dit à Moïse : "Va ! Descends, car ton peuple s'est corrompu, lui que j'ai fait monter de la terre d'Égypte ! Ils se sont détournés de la voie que je leur avais prescrite, pour se faire un veau de métal fondu. Prosternés devant lui, ils ont dit, après lui avoir offert un sacrifice : Voici ton dieu, peuple d'Israël, qui t'a fait monter de la terre d'Égypte !"

« Moïse descendit de la montagne et dit : "Ce n'est pas un bruit de guerre que j'entends, c'est un bruit de chants et de danses !" Lors donc qu'il s'approcha du camp et qu'il aperçut le veau et les danses, la colère de Moïse s'enflamma, il prit le veau qu'ils avaient fait et le brûla au feu, il le pila jusqu'à le réduire en poudre. »

Poussin, *L'Adoration du veau d'or*, vers 1633, Londres, National Gallery.

Poussin avait condensé ce chapitre de l'*Exode* en ramassant dans un même tableau les deux moments du récit. Le peuple en liesse gambade et folâtre autour d'un veau d'or hissé sur un socle, et Moïse, drapé dans une robe blanche, surgit au milieu de la fête pour manifester son courroux. Le bovin, à qui le piédestal orné de guirlandes comme un autel et le métal précieux de son corps enlèvent l'aspect de bête, parade, sacralisé, sur son trône. Transfiguré en dieu, il lève la patte antérieure droite et se laisse adorer par une foule d'hommes, de femmes et d'enfants qui ont perdu toute retenue. Ils chantent, crient, sautent, dansent, se trémoussent, se déchaînent. Certains, à moitié nus, s'abandonnent à une bamboche effrénée.

Jamais le capitalisme n'a été présenté sous une allégorie plus apte à susciter le dégoût. La répétition des mots « terre d'Égypte » collait très bien avec la politique stalinienne axée sur la révolution agricole. Il n'était question que de terre, de champs de blé, de kolkhoz, on fustigeait les paysans attachés à la propriété individuelle. Le culte de l'argent, la dénaturation du sentiment de la vie qu'il entraîne, les débordements de bas instincts auxquels il donne lieu, la vulgarité de la satisfaction qu'il procure, l'arrogance des banquiers qui exploitent la crédulité populaire, tout était dit dans ce tableau. Le constat était net, le jugement impartial, le verdict sans appel : le fric tourne la tête à ses victimes qu'il étrangle.

Enfin, dernier détail qui parlerait aux citoyens de l'Union soviétique et rendrait le message plus direct : Staline, pourfendeur des koulaks et de leur égoïsme de classe, aimait se vêtir tout de blanc. Pour les portraits officiels, comme celui accroché dans le salon du Maroussia, il ne posait que sanglé dans une vareuse blanche. Il présidait les réunions du Komintern habillé d'une veste et de culottes blanches. Quand il sortait dans Moscou, il descendait du Kremlin en uniforme blanc, comme Moïse était descendu de la montagne dans une robe blanche pour morigéner son peuple égaré dans l'idolâtrie.

Le Développement du capitalisme en Russie de Lénine étant une œuvre trop ardue pour le lecteur moyen, celui-ci trouverait chez Poussin une illustration amusante de la pensée du Chef. Mettre en bande dessinée une analyse économique, voilà ce que Staline et son commissaire à l'Instruction et aux Beaux-Arts demandaient à la peinture. *L'Adoration du veau d'or* offrirait aux Russes l'exemple d'une *sévérité objective*, ni partisane ni outrancière. Loin de se réduire à une vignette de propagande, le tableau serait d'autant plus efficace qu'il émanait d'un homme libre, d'un sage. Satisfait de sa vie retirée dans sa petite maison à l'écart de l'agitation mondaine, Poussin, comme on l'expliquerait au public, ne condamnait pas la Bourse de parti pris idéologique, il jetait un regard lucide sur le brigandage organisé par les puissances d'argent.

Pendant que je regardais *La Route sablonneuse*, deuxième tableau à gauche du *Veau d'or*, un homme me frôla en me disant à l'oreille :

— Youth 24 Z 608.

La foule était dense dans la salle, il avait pris moins de précautions que celui de Paris. Les musées, gratuits en Angleterre, attirent beaucoup plus de visiteurs. En sortant de la National Gallery, j'allai faire un tour à la City, dans les rues envahies d'employés de banque, d'agents d'affaires, de courtiers. Bien habillés, cravate assortie à la chemise, tous ces hommes qui se pressaient à la porte des banques et des compagnies d'assurances adoraient le veau d'or. Ce n'étaient pas de gros pachas ventrus, comme dans les films caricaturaux d'Eisenstein, des ploutocrates obèses, déformés par la graisse et l'outrecuidance, une chaîne d'or à gros maillons en travers de leur panse, un lorgnon vissé sur leurs vilains yeux de crapaud, c'étaient de jeunes cadres, soucieux d'efficacité et de rendement, élégants, dynamiques, dignes de respect en somme, sauf qu'ils se trompaient de divinité, adressant leur dévotion à une idole qui fait le malheur des peuples.

Chez Fornum & Mason, devant une tasse de thé, j'osai à peine mâcher les scones, de crainte de faire une bouillie des deux codes, celui de Paris et celui de Londres, que je m'efforçais de différencier en remuant les lèvres. Et si c'était « CX 24 AJ 608 » ? Ou « Youth Z 2012 » ? Je posai le scone, perplexe et inquiet. Le mouvement de mes lèvres m'aida à mémoriser l'ordre juste. « CX 2012 AJ 3000 » pour Paris. « Youth 24 Z 608 » pour Londres. Quel piètre espion je faisais ! Dans l'avion, mon voyage fut gâché par l'obligation de me répéter sans cesse : « CX 2012 AJ 3000 », « Youth 24 Z 608 », en prenant garde de ne pas prononcer à haute voix ces combinaisons de lettres et de chiffres qui renfermaient le secret de l'avion.

72

L'inauguration

Pour l'inauguration du musée Pouchkine, une longue file de curieux, dès dix heures du matin, malgré le retour d'un froid piquant, s'était formée dans le square qui précède le bâtiment. Des centaines de personnes, pendant une heure ou deux, piétinèrent dans la neige et la boue jusqu'à la fin des discours officiels. Battant la semelle et soufflant dans leurs mains, ils pouvaient se consoler par la banderole fixée au-dessus de l'entrée :

LIQUIDATION DE L'IGNORANCE
DES BEAUX-ARTS

Vers midi, les portes s'ouvrirent, et la foule frigorifiée se rua à l'intérieur. On l'avait exhortée par haut-parleur à commencer la visite par le premier étage consacré aux impressionnistes et à la peinture du vingtième siècle. « Terminez par les peintres classiques groupés dans les salles du rez-de-chaussée. » On les avait invités aussi à ne pas négliger les reproductions de nombreux tableaux de l'Ermitage ou des musées étrangers qu'on n'avait pu faire venir. « Grâce au nouveau procédé en fac-similé mis au point par le professeur Orlov, médaille d'or de l'Académie des sciences, ces reproductions en couleur donnent une illusion parfaite. Un seul musée contient tous les musées. Dans les pays capitalistes, où les riches ont les moyens de voyager et ne se gênent pas pour accaparer ces moyens, on soutient que la vue directe des originaux est indispensable. N'en croyez rien, c'est un mensonge, inventé par les agences de voyage et encouragé par les États qui tirent de gros bénéfices du tourisme. »

Tous se précipitèrent au premier étage. Le mot « classique » avait suffi à rebuter un public fait de gens simples, choisis par les comités d'entreprise. On avait donné un congé exceptionnel aux ouvriers qui démolissaient la cathédrale. Ils n'avaient eu qu'à traverser la rue pour accourir au musée.

Tant mieux, pensai-je, il est de bonne pédagogie, surtout si l'on veut promouvoir une culture populaire, de les initier à l'art en commençant par les peintres qui peuvent les toucher immédiatement sans les dépayser par des décors et des costumes d'un autre temps – et non, comme on le fait chez nous, en suivant l'ordre chronologique qui embête déjà les élèves. On n'accède pas à la peinture d'avant 1850 sans une préparation sérieuse, surtout en Russie, qui n'a jamais fait partie de la zone d'influence grecque et latine. Devant ces tuniques à plis raides, ces toges qui tombent jusqu'aux pieds, ces péplums sans manches agrafés sur l'épaule, ces brodequins lacés jusqu'à mi-jambe, ces cothurnes à semelles exagérément épaisses, ils se diraient :

— Ces gens s'habillaient avec des devises et ils devaient manger bien, ce n'est pas comme nous.

Je ne m'inquiétais pas trop. Une fois qu'ils auraient l'œil habitué à de la bonne peinture, ils découvriraient avec plaisir les maîtres d'autrefois.

Je les suivis à l'étage. Matisse, Picasso, Degas, les fenêtres bleues, les poissons rouges, les personnages du cirque, les danseuses qui leur rappelaient une soirée au Bolchoï plurent beaucoup. Le commissaire du peuple à l'Instruction publique et aux Beaux-Arts s'était lourdement trompé en écrivant dans la *Pravda* que ces peintres, choisis pour offrir aux citoyens soviétiques « un témoignage de la décomposition de l'art bourgeois », les dégoûteraient de l'Occident. Simples phrases de précaution, peut-être ? Anatole Lounatcharski étant un homme intelligent, je pouvais supposer qu'il ne les avait fait imprimer que pour prouver qu'il pensait bien.

Gauguin, trop exotique pour les premiers visiteurs, ne retint guère leur attention. Leur horizon maritime se bornant à Yalta, Tahiti n'était pas pour eux.

Je remarquai qu'on avait ôté du mur *La Ronde des prisonniers* de Van Gogh, cette marche à la queue leu leu entre les murs verdâtres de leur pénitencier. Les bruits d'arrestations arbitraires avaient commencé à courir. La liste des « ennemis du peuple » s'allongeait chaque jour. Sans doute avait-on estimé que ce tableau, choisi d'abord en hommage aux *Souvenirs de la maison des morts* de Dostoïevski pour rappeler les horreurs de la déportation en Sibérie sous les tsars, ne s'appliquait que trop bien aux récentes disparitions suspectes. Ce rappel des conditions affreuses du bagne pourrait donner lieu à des commentaires peu amènes sur la police, voire à des insinuations contre le gouvernement.

Enfin, ce fut le tour du rez-de-chaussée. Les Rembrandt furent de leur goût, car, en dépit des cartels savants – *Assuérus, Haman et Esther*, *Danaé sous la pluie d'or* –, on n'a pas besoin de connaître le sujet et les personnages de l'histoire dépeinte pour goûter la qualité purement picturale des tableaux, la pâte épaisse des couleurs, les tons rouges et bruns, le clair-obscur. La scène est noyée dans une pénombre mystérieuse, atmosphère qui plaît toujours, et spécialement en Russie, où, l'électrification des campagnes n'étant pas achevée, beaucoup de citadins s'éclairent à la bougie pendant leurs vacances. Devant *L'Incrédulité de saint Thomas*, le conférencier leur expliqua que l'homme qui met le doigt dans la plaie du blessé est un médecin visitant son patient. Un des ouvriers du chantier de la cathédrale hocha la tête : il avait reçu dans la poitrine le coin d'un moellon et pouvait témoigner qu'à l'hôpital où il avait été très bien traité, le chirurgien, après lui avoir fait enlever sa chemise, avait procédé avec lui de la même façon que dans le tableau. Il ouvrit sa veste et souleva sa chemise pour nous montrer, fier de ce qu'il appelait sa blessure de guerre, la ligne rouge des points de suture.

Les vues de Venise par Guardi et Canaletto, si ennuyantes pour nous, les paysages du Lorrain eurent du succès, mais quand ils arrivèrent dans la salle des Poussin, ils prirent une mine gauche, empruntée. Quel embarras sur leurs visages ! Les premiers écoutèrent poliment les explications, mais leur esprit était ailleurs. Un coup d'œil leur avait suffi pour constater que ces peintures n'étaient pas pour eux. Que faisait ce géant avec sa massue à flanc de montagne ? Pourquoi, parmi ces soldats qui se battaient avec acharnement, les uns étaient-ils nus ? Pourquoi ces femmes criaient-elles l'une contre l'autre en secouant un bébé sous leur bras ? Avait-on jamais vu un nourrisson téter directement au pis d'une chèvre ? Et un poète muni d'une lyre à laquelle manquaient toutes les cordes ? *Renaud et Armide* ou *La Continence de Scipion* : des sujets proprement incompréhensibles. Ils demandèrent si la cruche de deux litres du satyre était remplie de vodka et s'il la buvait d'un trait au goulot.

Un plaisantin s'écria : « Pardi, avec des jambes de bouc j'en ferais bien autant ! »

Ils prirent un peu plus d'intérêt à *L'Adoration du veau d'or*, mais seulement parce que ce bovin exposé sur un socle au milieu d'une foule en liesse leur rappelait l'atmosphère du kolkhoz les jours de comices agricoles. Qu'il y eût des bambins à la fête leur rendit le peintre sympathique. Encore critiquèrent-ils la patte levée du veau, geste qu'on ne voit qu'au cheval.

Ils passaient devant les tableaux, l'œil vide. Le mot courut vite qu'ils pouvaient « sauter » les Poussin. *Cette salle n'en valait pas la peine.* Ils la traversaient sans s'y arrêter, allant droit, dans la salle suivante, à des scènes de genre qui leur renvoyaient une image familière, une *Rixe de buveurs*, par Mathieu Le Nain, *La Vendeuse de fleurs*, par Jean-Baptiste Charpentier.

Je revins tous les jours au musée. Dans la foule, désormais plus variée, on voyait beaucoup d'employés, de commis, de soldats, d'officiers, de professeurs, de représentants des classes moyennes, de cadres. Malgré cet élargissement du public, je devais chaque fois me rendre à l'évidence : les visiteurs passaient devant les Poussin sans même les regarder. La salle restait désespérément vide. Désespérément pour moi, que ce fiasco obligeait à m'interroger sur le sens de mon travail et à douter de la légitimité de mes études. Je devais me remettre en question, puisque des gens simples, honnêtes, qui n'avaient que le tort d'avoir été mis très tôt au travail sans être suffisamment instruits, n'étaient pas en mesure d'apprécier ce peintre.

73

Qu'est-ce que l'art ?

Ma réflexion me conduisit à examiner les trois points suivants.

1° Le sujet d'un tableau. Les visiteurs du musée Pouchkine, quel que fût leur milieu d'origine, s'intéressaient d'abord, sinon exclusivement, au sujet représenté. *Est-ce que cette scène me dit quelque chose ? Quel rapport a-t-elle avec la vie que je mène ? Pour Degas, d'accord : je vois des danseuses à l'opéra. Tutus, jambes nues, je prends. J'aimerais bien déshabiller les jeunes filles que je vois se baigner dans la Moskva au ponton du parc Gorki : voilà pour Renoir. Comme j'aime me promener dans la forêt le dimanche, il ne me déplairait pas de tomber sur les pique-niqueuses de Monet. Mais Poussin ? Je ne rencontrerai jamais personne drapé dans des étoffes rouges ou jaunes et chaussé de semelles qui ne tiennent au pied que par des lacets noués jusqu'au milieu du mollet, jamais un type tout nu sous un arbre avec des jambes de bouc. Moi, ouvrier à l'usine d'automobiles Lada, préposé à l'assemblage et au rivage des tôles, je ne peux prendre au sérieux une charrette volante, des chevaux qui planent dans les airs et n'y restent suspendus que par enchantement. Comment voulez-vous me toucher par quelque chose qui n'a aucun point de contact avec mon expérience ? Qui va même au rebours de tout ce que m'ont appris mes sens, ma raison ?*

Toutes mes idées sur l'art étaient renversées. On m'avait seriné pendant mes études : le sujet n'est rien, une Madone de Raphaël a aussi peu de rapport avec une Vierge de Saint-Sulpice qu'une *pasta* napolitaine avec des *Knödel* autrichiens, un coucher de soleil peint par Monet ou par un peintre du dimanche est le même coucher de soleil mais pas le même tableau. Regarde seulement la manière, la touche, le choix des pinceaux, l'assemblage des couleurs, comment c'est composé, comment c'est dessiné, etc. Un chef-d'œuvre ne tient que par la force du style, il ne repose que sur l'impression reçue et transmise par l'œil.

Rappelé par ses supérieurs, Igor avait une fois de plus disparu. Le soir de l'inauguration, un émissaire l'avait rejoint dans la salle des Matisse et forcé à le suivre après quelques mots glissés à l'oreille. Je pressentais que d'ici peu notre mission, après l'alerte aux chocolats et l'échec du piège qu'on nous avait tendu au jardin Alexandre, prendrait un nouveau tournant. En attendant le retour d'Igor, avec qui discuter de la réaction du public ? J'étais devenu assez intime avec le professeur Borissenko pour aller le trouver dans son bureau et lui faire part de ma déconvenue.

Confus lui-même du fiasco des Poussin dont l'accrochage nous avait demandé tant d'heures et de soins, il entreprit de m'en expliquer la raison.

— Vous croyez que la culture de vos pays est universelle. Est-ce vraiment le cas ? Votre culture est celle de l'Occident bourgeois, scolarisé depuis des siècles, instruit. La culture russe est celle d'hommes qui n'ont fait que des études sommaires. Très peu ont eu accès à l'Université. Excusez-moi de vous parler aussi franchement, vous constatez d'ailleurs que je n'idéalise pas la Russie.

« Prenez nos grands écrivains : leur souci a toujours été d'être compris par le premier venu. La seule condition est qu'on sache lire. Et encore, il suffit qu'un seul sache lire dans l'immeuble ou dans le village et lise à ceux qui ne savent pas lire. Tous chez nous peuvent aimer Pouchkine, Tolstoï, Tchekhov, parce qu'un personnage d'*Eugène Onéguine*, de *Guerre et paix*, de *La Steppe* éprouve *leurs* sentiments, parle *leur* langage. Ils s'identifient à Tatiana, à Lenski, au prince André, à Natacha, au petit Iégorouchka et au cocher qui l'emmène au lycée. Ils revivent des émotions identiques, partagent avec eux les mêmes bonheurs, les mêmes soucis, les mêmes peines. Ces écrivains écrivent pour être compris immédiatement de leurs lecteurs, sans les obliger à ouvrir une Bible, une mythologie, un manuel d'histoire ou simplement un dictionnaire. Ils les emmènent en pays de connaissance, ils leur rappellent des souvenirs, ils font écho à leurs problèmes.

« Pour la même raison, ils s'efforcent à un style simple, sans effets particuliers. L'art pour l'art, si prisé chez vous, n'a aucun sens pour nous. De Pouchkine à Pasternak, notre poésie ne brille pas par les recherches formelles, elle vaut par la sincérité des sentiments. Que demande le public ? Rien d'autre que de la justesse dans la façon de les exprimer. Il veut du *naturel*, voilà tout. Oh ! Comme je regrette qu'un Mallarmé, un Stefan George, un Lorca, un Yeats, que je goûte fort pour ma part, soient impossibles en Russie ! Je connais par cœur *Le Cimetière marin*, mais nous ne sommes qu'une petite coterie à Moscou pour nous en réciter les vers.

« Pardonnez-moi ce détour par la littérature. C'est sur la peinture que vous m'attendiez. Allez donc faire un tour à la galerie Tretiakov, qui n'expose que les peintres russes. Regardez les tableaux et regardez le public : il y a parfaite coïncidence entre les deux. Étroite symbiose, si j'ose dire. Cette jeune fille qui voit une jeune fille mordre dans une pêche se reconnaît en elle, et son fiancé s'écrie : "C'est toi !" Cette famille qui voit un soldat rentrer sain et sauf du front passe par les mêmes sentiments qu'elle a éprouvés lorsque leur fils est revenu indemne du service militaire. Ces haleurs qui tirent péniblement une péniche sur la Volga rappellent à chacun un spectacle mille fois vu. D'ailleurs, Ilia Repine, qui a peint ce tableau dans les années 1870, n'a pas voulu l'exposer dans les galeries de Moscou ou de Saint-Pétersbourg, devant un public occidentalisé, qui juge une œuvre en la remettant dans le contexte général de l'histoire de l'art. Il voulait avoir des réactions spontanées, fût-ce des réactions d'ignorants. Il fonda avec ses amis le groupe des *Ambulants*, nommé ainsi parce qu'ils entendaient n'exposer que dans les villages et ne soumettre leurs tableaux qu'au jugement des paysans. Vous trouvez cette initiative puérile ? Elle correspond à l'ambition de plaire d'abord à des gens sans culture artistique, sans la culture que possède, même à l'état embryonnaire, la population des villes. Ce germe de culture s'accompagne trop souvent, excusez-moi, d'une dose excessive de snobisme : on veut montrer qu'on est à la mode, on évite de juger par soi-même, on a l'opinion qu'on pense qu'il faut avoir pour ne pas sembler trop idiot.

2° La légitimité du point de vue russe. La franchise du professeur Borissenko me plut. J'eus envie de regimber, bien sûr, d'objecter que les Russes en étaient restés à une étape rudimentaire de l'art, et que, lorsque leur système éducatif serait plus développé, ils seraient à même d'apprécier des tableaux plus complexes, leur jugement étant alors plus *désintéressé.* Condamner un peintre parce qu'il nous éloigne des spectacles de notre vie quotidienne, n'est-ce pas une opinion de béotien ? Toutefois, il me suffisait de repenser à la National Gallery, à la Gemäldegalerie de Berlin, au Louvre, à la Galleria Borghese, pour reconnaître que nos musées ne sont fréquentés que par un pourcentage infime de la population. Notre culture n'est pas universelle, comme m'avait dit Borissenko, puisqu'elle ne s'adresse qu'à une seule catégorie de citoyens. Les paysans, les ouvriers, les employés, les petits commerçants en sont exclus. Sans aller jusqu'à penser, comme Marx, que l'art est *toujours* un luxe réservé aux classes supérieures, je devais bien admettre qu'il en était ainsi dans notre système social.

Un roman français que j'avais beaucoup aimé me revint en mémoire. Les invités de la noce, dans *L'Assommoir*, ouvriers du quartier populaire de la Goutte-d'Or à Paris, se rendent au Louvre après le festin et se tapent les cuisses bruyamment devant les dondons de Rubens. Font-ils preuve de sottise, ou de bon sens ? J'avais toujours cru que Zola avait voulu stigmatiser l'épaisse vulgarité des petites gens, mais, à présent, j'étais tenté de revenir sur ce point de vue. Il me sembla que le romancier avait pris leur parti, et qu'il lui avait fallu du courage pour le faire. C'était la santé de leur jugement qu'il avait tenu à signaler. Ces femmes de Rubens sont laides, et il faut être déjà être arrivé à un stade supérieur d'instruction pour ne pas être dégoûté de ce déballage adipeux sous prétexte qu'elles sont *bien peintes*, *peintes avec génie.* L'homme sain, sensé, indépendant de ce qu'il faut ou ne faut pas penser, rit de leur corpulence et de leur épanouissement graisseux, et il a raison de trouver comique cette surabondance de chair et inquiétante pour leur cœur cette surcharge de poids.

— La peinture russe, m'avait dit encore Borissenko, est moins riche, moins innovatrice, plus sommaire, mais n'est-elle pas plus universelle ? Reconnaissez qu'elle offre à tous les hommes le miroir de ce qu'ils sont ou de ce qu'ils voudraient être.

3° Qu'est-ce que l'art ? Cette question qui m'avait assailli dès mon arrivée à Rome me revenait avec d'autant plus de force que le verdict brutal des foules devant les tableaux du musée Pouchkine qui me paraissaient le sommet de l'art jetait bas mes convictions les plus chères.

Mon trouble pouvait se résumer dans cette interrogation, à laquelle la réponse n'était que trop évidente : est-ce bon pour l'art de n'être qu'un domaine clos, une chasse gardée, inaccessible à la masse de ceux qui ne disposent pas du bagage nécessaire ?

J'aimais trop la Russie, désormais, j'étais trop solidaire de ces foules affamées pour ne pas sentir quelle déloyauté ce serait que de les regarder de haut, au nom d'une « culture » qui n'était pas plus un signe de ma valeur personnelle qu'un habit de soirée ne témoigne des qualités morales et intellectuelles du privilégié qui en a l'usage.

74

Rébecca

Quelle place, dans cette débâcle de ce qui me tenait à cœur, devais-je conserver à Poussin ? Quelle confiance devais-je garder dans mes études ? Ici mes réflexions prirent un tour accablant. Trop d'allusions historiques, mythologiques et littéraires éloignent le spectateur des tableaux de Poussin. Trop de références à Athènes et à Rome le rebutent. Il s'en détourne, intimidé par une érudition qui est hors de sa portée et le restera toujours. On doit lire ces tableaux avant de les sentir, les déchiffrer avant d'en comprendre la beauté. De quoi est fait mon plaisir en les regardant ? D'apprécier une belle peinture ? Ou de me dire : « Comme tu es cultivé ! », à moins de penser – ce qui revient au même : « Que de choses ne sais-tu pas ! De combien d'autres vas-tu t'enrichir après examen du tableau ! » Tu as repassé ta Bible pour apprécier les histoires de Moïse, pour ne pas t'étonner de la mort subite de Saphire, ton histoire ancienne pour t'émouvoir de ce qui arrive à Germanicus, à Coriolan, ton *De viris illustribus* pour comprendre quelque chose à Phocion, à Diogène, à Scipion, ta mythologie pour savourer les amours de Diane et d'Endymion, ton Tasse pour suivre les aventures de Tancrède ou de Renaud.

Je tombai dans un découragement si noir que je crus n'avoir jamais aimé le *Narcisse* que par référence à ce que j'en avais lu chez Ovide.

Igor me trouva dans ces dispositions le soir où il ressurgit à l'improviste.

— Petit sot ! Est-ce que les plus belles toiles de Poussin ne parlent pas immédiatement au cœur ? Ne m'as-tu pas fait aimer le tableau que tu préfères précisément parce qu'aucun peintre n'a rendu comme lui le type physique qui nous touche ? À notre amour sans bornes il fallait quelque chose d'infini. As-tu jamais vu un jeune homme qui réponde mieux à notre idéal de beauté ? Et crois-tu que je me serais mis à l'étude de Simon Vouet sans la conviction que tous les publics peuvent être sensibles à ses tableaux ? Son *David* n'est-il pas, en version plébéienne, costaude et guerrière, de la même veine que ton *Narcisse* ?

Il profita d'un moment où une nouvelle gardienne, moins stoïque à son poste que Marina, était allée au *bagno* à l'entresol pour se glisser dans ma chambre et me forcer à rouvrir mes albums.

— Tiens, me dit-il, en m'embrassant et en m'enlaçant par le cou, moyen infaillible de me ranger à ses vues, est-ce que la plus célèbre toile de Poussin, peut-être, ne plaît pas à tout le monde, immédiatement ? Dommage que le Louvre ne nous l'ait pas prêtée ou que le professeur Orlov n'y ait pas appliqué son procédé magique.

Ayant tourné la page à *Éliézer et Rébecca,* il me fit observer que ce que nous aimons dans ce tableau est absolument indépendant du sujet qu'il représente.

Poussin, *Éliézer et Rébecca,* 1648, Paris, Louvre.

— Tu t'es mis en devoir de me l'expliquer un jour, ce tableau, et déjà, tu te rappelles, j'ai haussé les épaules en protestant que tu m'en gâchais la jouissance. D'après toi, en voici le sujet : Abraham a décidé de marier son fils Isaac à une fille de Chaldée, son pays d'origine. À cette fin il envoie en mission son fidèle serviteur, Éliézer. La première jeune fille qui lui offrira à boire en Chaldée sera l'élue. Poussin aurait choisi le moment où, ayant identifié la future épouse d'Isaac, Éliézer présente au nom de son maître la demande en mariage. Eh bien ! ce n'est pas du tout ça que le tableau met sous nos yeux. Ce que les doctes nous disent qu'il faut y voir n'a aucun rapport avec ce que nous y voyons. Ils abîment par leur érudition, et toi aussi quand tu leur emboîtes le pas, le témoignage de notre œil. Nous voyons des jeunes filles qui portent des cruches à la fontaine et l'une d'entre elles, vêtue de bleu, en conversation avec un bel homme en turban. Celui-ci cherche à la convaincre de quelque chose et pour appuyer son éloquence tend les bras dans sa direction et lui offre des bijoux.

« Pour nous, c'est une rencontre d'amour, entre un homme et une femme qui se voient pour la première fois et s'éprennent aussitôt l'un de l'autre, au milieu d'un chœur de jeunes filles surprises et ravies, qui s'arrêtent de remplir leurs vases pour encourager leur amie. Une seule est jalouse et tourne le dos. Voilà qui est vrai, voilà qui est humain et ne sent pas la poussière ! Nous oublions Abraham, nous oublions la mission d'Éliézer, nous oublions que la scène se déroule aux portes de Nakhor en Chaldée. Le bel homme en turban n'est plus un émissaire qui agit pour le compte de son maître, c'est un voyageur qui drague pour son propre compte, jette son dévolu sur une belle jeune fille et se trouve récompensé sur-le-champ de son audace. *Coup de foudre* pourrait s'intituler le tableau. Nous assistons à l'irruption d'un amour, *punto e basta*. Le choc est réciproque et si violent que Rébecca effrayée relève le bas de sa robe d'une main et plaque l'autre contre sa poitrine, comme si elle cherchait à se défendre d'un événement qui a déjà changé sa vie. Le sourire recueilli qui plisse légèrement sa bouche est à la fois un aveu et une réserve. "Oui, mais n'est-ce pas trop rapide ?" Elle hésite à se rendre, bien qu'elle soit déjà vaincue. "Dois-je croire à ce qui m'arrive ?" se demande-t-elle par ce geste et par ce sourire qui essaient en vain de retarder la capitulation.

« Dis-moi, Romano, si ce n'est pas un miracle : un coup de foudre sans pénombre ! Un aveu en pleine lumière ! Une chapelle Alaleoni sous le soleil de Mésopotamie ! Et la preuve que, même pour Poussin, il ne s'agissait pas d'illustrer un épisode de la Bible mais de chanter la passion qui surgit où elle veut et quand elle veut, sujet universel, c'est qu'il a supprimé de son tableau la référence proprement biblique, les chameaux avec lesquels Éliézer avait traversé le désert. En effet, selon le récit de la Genèse, Rébecca a non seulement tendu sa cruche au messager, mais lui a dit : “Bois et j'abreuverai aussi tes chameaux.” Où sont les chameaux dans le tableau ?

— Les cuistres lui ont-ils assez reproché leur absence ! Il y eut une grande controverse à l'époque pour savoir si Poussin n'avait pas manqué gravement de respect au récit de la Genèse et faussé la vérité historique.

— Assurément qu'il l'avait faussée, pour faire un tableau de tous les temps, adressé à tous les publics. Le tableau avec chameaux eût été un tableau connoté, codé, inexplicable sans une connaissance précise du récit biblique. Le tableau sans chameaux est un tableau de partout, de toujours, un hymne à la jeunesse et à l'amour, plébiscité par tous ceux qui ont du sang dans les veines, un cœur, une âme. Le spectateur italien le situe dans la campagne romaine, le spectateur russe dans le parc nationalisé d'Arkhangelskoïe, où il y a des colonnes et des fausses ruines semblables aux bâtisses peintes dans le fond du tableau.

75

Oncle Kostia

Réfugié chez un de ses domestiques, le prince Constantin Sermalov, grand-oncle d'Igor, avait réussi à échapper aux poursuites et à survivre sous un faux nom à Moscou. Qu'il y eût un Simon Vouet au musée Pouchkine donna l'idée à Igor d'essayer de retrouver ce parent.

— Pourquoi n'as-tu pas tout de suite cherché à le contacter ?

— Oncle Kostia est resté ancré dans les idées d'avant la Révolution. Garçon d'honneur au mariage de Nicolas II, il avait ses entrées à la Cour. Jamais il n'eût accepté de me recevoir si je ne lui avais certifié que je me trouve ici pour raisons de travail. Sans un motif *scientifique*, qui nécessite ma présence à Moscou, je n'aurais pas trouvé grâce à ses yeux. Il sait très bien que les Soviétiques n'accordent un visa d'entrée qu'aux visiteurs politiquement sûrs, donc favorables, pense-t-il avec raison, au régime qu'il exècre. Il m'eût traité de renégat et condamné sa porte. Avec le prétexte de Simon Vouet et de recherches pour mon diplôme, je puis me présenter devant lui.

— Tu vas le voir ?

— Il m'attend mardi.

— Mais pourquoi, tout à coup, cette envie de connaître des gens dont tu ne partages pas les opinions ?

— Pouchkine disait à un juge : « Examine qui a raison, qui a tort, et ensuite punis-les tous les deux. »

Ce parent, sa femme et leurs quatre petits-enfants, beaucoup plus jeunes que leur cousin, vivaient dans un immeuble excentré, du côté de la gare de Leningrad, près de l'avenue du Cuirassé Potemkine, derrière la place des Komsomols, trois noms qui faisaient horreur à ce fidèle des tsars. L'immeuble était une barre de quinze étages, où la famille s'entassait dans trois pièces. L'ascenseur tombait souvent en panne. L'eau n'arrivait dans les robinets que trois heures par jour. On se lavait à l'eau froide dans des bassines.

Igor revint transporté de sa visite.

— Si tu avais vu ces enfants ! Deux filles et deux garçons, gentils, bien élevés, d'une propreté impeccable, malgré ces conditions difficiles. J'avais envie de jouer avec eux, mais l'atmosphère qui règne dans cet appartement est si tendue qu'on y observe malgré soi une certaine gravité. Il faudra que nous les emmenions en promenade. J'y tiens beaucoup. Ces enfants ont besoin de gaieté. Tu m'aideras ? Songe qu'on leur interdit de sortir par crainte des mouchards. Ils vivent confinés dans l'appartement. Nous les ferons sortir, avec les précautions voulues. Les Russes adorent les enfants, n'exagérons pas le danger.

Pour recevoir son petit-neveu, oncle Kostia avait revêtu son uniforme d'officier des armées impériales :

un dolman à brandebourgs, râpé, mais encore d'un bleu vif, avec des boutons de cuivre astiqués par sa femme et des galons de tissu le long des coutures. Ces passepoils descendaient sur sa vaste culotte de cavalerie avant d'être engloutis dans des bottes à hautes tiges. Il étalait sa barbe blanche sur sa poitrine constellée de rubans et de croix.

Cette barbe était à elle seule un manifeste. Pierre le Grand, sous prétexte de moderniser la Russie, avait ordonné de couper les barbes et d'avoir le menton rasé. Le vieillard haïssait Pierre le Grand, dont un des crimes était d'avoir ouvert par les bateaux la Russie à l'Occident, d'où serait arrivé, deux siècles plus tard, Lénine par le train.

Tante Eudoxia, aussi âgée que son mari, ne devait pas être d'un caractère plus souple. Un col de guipure était la seule coquetterie dont elle relevait une robe noire coupée strictement. Son bonnet de laine tenait par une bride serrée sous le cou.

Oncle Kostia était vieux-croyant. Dans chaque pièce on voyait des icônes, des portraits de saints, de martyrs, de religieuses qui avaient subi la persécution de l'Église officielle. Sous l'effigie grandeur nature de l'archiprêtre Avvakoum, fondateur du *raskol*, la secte schismatique, un cierge brûlait dans la salle à manger.

— L'accueil a été plutôt froid. Il ne m'a posé aucune question sur ma vie à l'étranger, sur les activités de mon père à Rome. Mon père est pourtant son neveu ! Il m'a dit seulement à son sujet : « Pourquoi s'est-il enfui à l'étranger comme un criminel ? N'avait-il donc aucun sens de ses devoirs envers son frère et les enfants de son frère ? » Ce que nous sommes devenus, comment nous nous en tirons, si nous sommes heureux ou malheureux, il n'a pas pensé à me le demander. Il n'a pas eu un mot pour ma mère. J'ai eu l'impression que je ne comptais guère à ses yeux. Il ne m'avait invité, au fond, que pour me faire voir ce qu'est un vrai Russe, qui a su se garder pur de toute compromission.

Sa femme qu'Igor était allé rejoindre à la cuisine où elle préparait le thé lui avait confirmé l'intransigeance du vieux prince.

— Pour lui, les Russes qui ont fui à l'étranger ne sont que des lâches. Il prône une seule forme de résistance contre l'hérésie communiste : le culte des saints et des martyrs. Il faut ou mourir ou rester sur place, caché sous la protection des icônes.

— Mais vous, tante Eudoxia, vous admettez…

Elle le coupa sèchement.

— Du temps de Pierre le Grand, les vieux-croyants préféraient se faire brûler vifs. Ils ont péri par centaines dans des isbas auxquelles ils mettaient le feu pour ne pas tomber aux mains des soldats.

— Tante Eudoxia, il y a une question qui me tracasse. Ces enfants sont-ils orphelins ? Leurs parents ont-ils, comme les miens, émigré ?

— Oh ! Tu ne les connais pas, pour faire peser sur eux un tel soupçon !

Elle resserra la bride de son bonnet en tirant sur les deux bouts par un geste énergique.

— Ils vivaient cachés dans la partie opposée de Moscou. Un voisin les dénonça. La police perquisitionna l'appartement, emmena Mitia et sa femme, qui furent déportés nous ne savons où. Comme la perquisition eut lieu le soir de Noël, les policiers leur accordèrent une heure de grâce. Les amis qu'ils avaient invités nous ont raconté qu'ils l'employèrent à donner leurs dernières recommandations à leurs enfants puis à payer de vieilles factures. À la fin, au lieu de chercher ce qu'ils pourraient emporter de plus précieux et d'entasser des provisions dans leur valise, ils ne songèrent qu'à observer les rites du départ. Tout le monde se rassembla dans la pièce commune et prit place sur les chaises ou dans les fauteuils. Pendant plusieurs minutes ils gardèrent le silence, les mains posées sur leurs genoux. Fais raconter la scène aux enfants, ils en ont gardé une impression inoubliable. L'aînée des fillettes voulut ajouter une paire de gants chauds au maigre bagage de sa mère, mais comprit d'elle-même, honteuse de son geste, que le souci de l'utile détonnait dans cette cérémonie des adieux.

— Les policiers n'emmenèrent pas les enfants ?

— Le même voisin qui avait dénoncé les parents sauva les petits en les faisant descendre par l'escalier de service. Il les emmena au cimetière, les cacha dans un caveau vide et leur fournit des vivres, jusqu'au jour où, dénoncé à son tour, il fut lui-même arrêté.

Ce récit avait été fait sobrement, d'une voix sèche exempte de pathos, comme si c'était une chose naturelle, quand on préfère le bûcher à la compromission, que de voir disparaître son fils pour une destination inconnue et de n'en avoir plus jamais de nouvelles.

Elle remplit d'eau chaude la théière, mit les tasses et une assiette de biscuits sur le plateau et revint auprès de son mari. L'interrogatoire commença. Igor mangeait-il à l'hôtel ? La nourriture n'était-elle pas détestable ? Trouvait-il une seule qualité au régime ? Dieu ne châtierait-il pas bientôt les communistes ? Igor répondit comme il put. Sa gêne était si visible que le grand-oncle coupa court aux questions et l'invita à déjeuner un des prochains dimanches, jour où, fidèle à une habitude contractée sous l'empire, il « recevait » et aurait des personnes « intéressantes » à lui montrer. Igor, enchanté de pouvoir revoir les enfants, avait promis de revenir.

76

Les évadés

Il rentra sans la bonne humeur et l'entrain de sa première visite. Des idées sombres l'agitaient. L'accueil avait été pourtant plus cordial que l'autre fois. La grand-tante lui avait tendu sa vieille joue sèche à embrasser. Oncle Kostia présidait une longue table où douze couverts étaient mis, bien qu'ils ne fussent que sept convives. Un aigle à deux têtes en filet doré ornait le fond des assiettes. Les quatre enfants s'assirent à gauche de leur grand-père, en ordre d'âge décroissant. Ils restèrent muets pendant tout le repas. Igor fut prié de s'asseoir à la droite du grand-oncle, tandis que tante Eudoxia allait et venait de la cuisine à la salle à manger. Au bout de la table, dans le coin resté vide, elle avait préparé pour les retardataires une carafe de vodka, des raviers de hors-d'œuvre, un pot de crème, des concombres au sel et une corbeille remplie de tranches de pain noir.

— C'est comme chez ton père ! dis-je à Igor, avec qui j'étais allé jusqu'à l'étang du Patriarche. Le même sens de l'hospitalité.

Assis sur un banc, nous causions hors de portée

des oreilles. Il enfonçait les mains entre ses genoux et les serrait avec force. J'entendais craquer les jointures.

Je repris, du ton le plus enjoué que je pus :

— Que j'aime cette habitude russe de tenir table ouverte pour des invités de dernière heure !

Je ne l'avais jamais vu aussi démoralisé. Pendant tout le trajet il n'avait cessé de se mordre les lèvres, en proie à une lutte intérieure dont j'attendais l'explication.

— Oui… Oui… Sauf que ces invités-là, dit-il enfin, me parurent d'une espèce bien particulière. Ils se laissaient tomber sur la première chaise venue, sans en demander la permission, n'ayant salué le maître de maison que par un signe de tête d'où toute expression était absente. Oncle Kostia, si sourcilleux sur les formes, semblait approuver ce sans-gêne, au nom d'une justice supérieure qui leur en donnait le droit.

« Ce n'étaient, Romano, ni des parents ni des parasites comme à Rome. Deux hommes, à un quart d'heure d'intervalle, sonnèrent en espaçant les coups selon ce qui était de toute évidence un code. Tante Eudoxia leur ouvrit de confiance et s'effaça pour les laisser entrer. Ils prirent place au bout de la table sans avoir desserré les dents. Le premier était un étudiant, efflanqué, très beau, enveloppé dans une touloupe de cocher de fiacre. Brûlé aux sourcils et marqué par un coup de fusil qui avait produit sur la pommette l'entaille caractéristique de la balle, il sursauta au bruit de la sonnette, regarda autour de lui apeuré et ne se calma qu'après avoir reconnu le signal. Le nouveau venu, géant loqueteux de deux mètres, portait un bonnet de lapin dont la visière lui cachait la moitié du visage. Il posa sa besace usée et crasseuse sur la nappe brodée, sans que ma grand-tante protestât. Puis il ôta son bonnet. Une de ses narines manquait. J'essayais de ne pas fixer mon regard sur ce trou qui le défigurait horriblement. Il avait dû être beau lui aussi, avant cet accident ou cette mutilation. Je notai que l'étudiant était nu-pieds, tandis que l'autre avait les pieds roulés dans des chiffons. Malgré leur état misérable, ils affectaient une mine hautaine et un air farouche propres à décourager la compassion. Tous deux avaient une longue barbe et une tignasse hirsute. Sans être des barbes de vieux-croyants, elles signifiaient quelque chose d'héroïque qui m'échappait encore mais que je commençais à soupçonner.

« Bien que très maigres et affamés, les enfants contenaient leur envie de se jeter sur le plat de choux et de pommes de terre apporté par leur grand-mère. Ils attendirent que leur grand-père eût bu un verre d'eau fraîche, fait le signe de croix, tourné son assiette de gauche à droite, dans le sens du soleil, de manière à placer en position verticale devant lui l'aigle à deux têtes estampillé dans le fond. Seulement alors ils tendirent leurs assiettes. Tante Eudoxia prit soin de faire des parts égales entre les enfants et un peu plus copieuses pour les deux inconnus. Oncle Kostia s'était signé avec deux doigts seulement, au lieu des trois doigts prescrits par le rite orthodoxe.

« Vieux-croyant et schismatique, il l'était resté jusque dans ses habitudes alimentaires. Comme Pierre le Grand le tsar maudit avait importé d'Occident les pommes de terre, il n'en mangeait jamais. Il regarda avec dégoût ses petits-enfants se gaver du féculent honni. Tante Eudoxia retira les pommes de terre de l'assiette de son mari et n'y laissa que les choux. Elle purifia également sa propre portion. Ayant mis de côté dans un poêlon les pommes de terre retirées des deux assiettes, elle ajouta pour son mari un plat de champignons et de baies rouges.

« J'aurais bien voulu savoir, continua Igor, qui étaient ces deux étrangers. Silencieux, affamés, exténués, anxieux, dédaigneux, ils ne regardaient personne. Visiblement inconnus d'oncle Kostia, ils ne relevèrent la tête qu'après avoir vidé, saucé et nettoyé à fond leur assiette. Oncle Kostia leur fit signe de se taire en m'indiquant du regard. Ma qualité d'historien d'art n'avait pas effacé sa méfiance.

« L'étudiant, à peine la dernière bouchée avalée, se leva. Avant de partir, il tira de la poche de sa touloupe et fixa au mur une photographie en couleur. Je m'aperçus alors qu'un grand nombre de photos et de cartes postales plus ou moins semblables couvraient déjà une partie de ce mur, les unes jaunies, d'autres plus récentes. Deux fois plus longues que hautes, elles suggéraient par ce format inusuel l'immensité de paysages déserts. Des fleuves tantôt coulant entre deux berges très distantes l'une de l'autre tantôt figés par la glace s'étalaient entre des forêts de pins qui couvraient la plaine à l'infini. Aucune embarcation, aucune maison sur les rives, aucun signe de présence humaine. Mon imagination me peignit aussitôt les étendues gelées de la Sibérie... Dans quelle autre partie du monde des cours d'eau aussi larges pourraient-ils traverser une nature aussi vide ?

« Entre les cartes postales, je vis des portraits, entourés d'un liseré noir, comme ceux qu'on met dans les cimetières. Une fleur séchée était parfois coincée entre la photographie et le mur. Plusieurs de ces visages portaient des ecchymoses noirâtres ou violettes, moins horribles pourtant que le nez amputé du géant. Une autre photo, très floue parce qu'elle avait dû être prise clandestinement, montrait des types en uniforme s'acharnant à coups de bâton sur un corps recroquevillé à terre.

« Le géant fouilla dans sa besace et en tira la vue d'un monastère. Il la tint dans ses mains et la contempla longuement avant de la fixer au mur par une punaise prise dans le cendrier qui en contenait une provision. Il rabattit sur son nez la visière de son bonnet de lapin, emporta sa besace et sortit.

« Alors j'ai commencé à comprendre… Je connaissais par mes études ce monastère, bâti dans une île de la mer Blanche. Je reconnus les deux tours de l'église coiffées d'un toit conique et le clocher surmonté d'un bulbe. Beaucoup d'icônes sont conservées à Solovetski, si précieuses qu'elles sont répertoriées dans un catalogue. J'avais entendu dire que, dans les bâtiments religieux désaffectés, on avait installé le centre administratif de l'île transformée en camp de travail. Mais je n'y croyais pas… Ou plutôt je croyais qu'on n'enfermait là que des prisonniers de droit commun, des voleurs, des falsificateurs de cartes alimentaires, des trafiquants du marché noir, des alcooliques dangereux. Gorki avait visité le pénitencier et fait publiquement l'éloge du nouveau système carcéral. Il l'avait trouvé plus "humain" qu'au temps des tsars. On y veillait, affirma-t-il, au "redressement moral" et au "reclassement professionnel" des délinquants.

— Gorki est honnête, dis-je à Igor. Il ne peut avoir menti.

— N'est-ce pas à lui qu'on avait menti ? Ces deux évadés à bout de forces… Ce visage défiguré… Ces traces de sévices et de tortures… Ces morts affichés sur le mur…

Devant de telles preuves, tout avait basculé dans son esprit.

— Le régime est-il si fragile qu'il ne peut supporter la moindre contestation ? À qui sont destinés ces camps ? Qui cherche-t-on à punir ? La victoire du communisme n'est-elle pas payée trop cher ?

— Tu me parles de preuves, mais tu n'as que des indices…

— Je m'interroge… Je rapproche des faits qui pourraient donner raison à nos détracteurs… On a arrêté l'autre jour et expédié en Sibérie un journaliste sur le simple motif qu'il avait mis en doute la compétence de Staline en matière agricole.

— Pourquoi te tracasses-tu autant ? Le bagne en Sibérie est dans les habitudes russes. Dostoïevski y a été envoyé et en a fait un récit minutieux dans *Souvenirs de la maison des morts*, Tchekhov est parti en visiter un dans l'île de Sakhaline et en a rapporté une description accablante... Tolstoï aussi a dénoncé l'enfer du bagne… C'était bien avant la Révolution…

À l'air de plus en plus sombre d'Igor qui ne me répondit pas tout de suite, je m'aperçus que j'avais dit une sottise. Il s'emporta soudain.

— Ah ! Romano, comme ta foi dans le communisme est encore faible, si tu ne te révoltes pas contre ces persécutions ! Ce qui était d'usage courant sous les tsars devrait te scandaliser aujourd'hui ! Je te croyais plus fidèle à notre idéal. Nous sommes partis de Rome par dégoût du fascisme et des démocraties qui s'en font les complices. Décidés à en finir avec les injustices et les abus, nous avons choisi le camp de ceux que Dostoïevski appelait les offensés et les humiliés. Je ne suis pas devenu communiste pour encourager une nouvelle dictature et revenir à l'époque des tsars déguisée sous un autre nom. Être vraiment communiste, c'est croire à la possibilité d'un monde enfin délivré de l'arbitraire, de la tyrannie, de toutes les formes de domination. Notre devoir est de veiller à la construction d'une société qui laisse à chacun sa place et respecte les opinions et la dignité de chacun. Je refuse d'admettre la légitimité du bagne. De quoi ces hommes qui trouvaient refuge chez mon grand-oncle étaient-ils coupables ? Ce n'étaient de toute évidence ni des traîtres ni des saboteurs. Y a-t-il une faute qui mérite qu'on vous arrache la moitié du nez ?

Le retour au Maroussia fut aussi morne que l'aller. Igor ne dit plus mot. J'étais fort contrarié d'avoir pris rendez-vous avec le professeur Borissenko pour une journée entière de visite à la galerie Tretiakov, au lieu de rester avec lui et de le soutenir au moment où je le sentais si profondément atteint. Mais lui-même, en arrivant à l'hôtel, apprit qu'il devait s'absenter jusqu'au lendemain soir.

LIVRE V

77

Qu'est-ce qu'un chef-d'œuvre ?

Il n'y a rien de plus impassible qu'un homme foudroyé, et j'aurais pu me laisser prendre au calme avec lequel il me quitta pour s'enfermer dans sa chambre. Le lendemain il partit avant l'aube, sans avoir pris son petit déjeuner. Très inquiet des suites que pourrait avoir sur lui et sur sa position à Moscou le bouleversement de ses idées politiques, prêt moi-même à me remettre en question avec lui, doutant à présent du bien-fondé de ma mission, je ne trouvai guère de réconfort dans mon travail. Du communisme, un seul aspect restait indiscutable à mes yeux : la politique culturelle, véritablement populaire, mise en œuvre en Russie (et cinquante ans après, Arturo, il faut la garder au crédit du régime soviétique, malgré l'envie que nous avons de le vomir en entier). La foi dans mon métier, chancelante après l'inauguration du musée Pouchkine, fléchissait de plus en plus. La carrière, soit de conservateur dans un musée européen, soit de professeur dans une université, ne me souriait plus autant. La désillusion sur Poussin, qu'Igor n'avait pas réussi à m'enlever, la conscience d'être entré dans une époque où la culture, l'art « de masse » étaient devenus une nécessité dont on se moquait à l'Ouest mais par un mépris qui trahissait l'égoïsme de privilégiés assez puissants pour façonner l'opinion et discréditer tout ce qui est facile à comprendre, simple, d'un abord immédiat, le dégoût des snobs, des marchands, des vernissages concouraient à une réforme complète de mes idées sur l'art.

Le professeur Borissenko m'accompagna lui-même à travers les salles de la galerie Tretiakov.

— Cher ami, vous allez sans doute tomber de haut en découvrant la peinture soviétique. Le réalisme n'a pas bonne presse chez vous. Vous n'aimez pas qu'on montre les gens au travail, à l'usine, au fond des mines, dans leur vie quotidienne. Même Zola, il paraît qu'on ne le lit plus en Occident. Saviez-vous que Lénine, quand il était en exil en Sibérie, gagnait sa vie en traduisant des romans français ? Il a commencé par *Germinal* et *L'Argent*.

Nous parcourûmes rapidement le premier étage de la galerie, consacré à la peinture russe du dix-neuvième siècle.

— Vous reviendrez voir ces tableaux tranquillement, et j'espère que vous aiderez vos collègues de l'Ouest à réviser leur jugement et à combler l'énorme lacune de vos musées. J'ai été sidéré de constater qu'aucun grand musée d'Europe ou d'Amérique ne possède un seul tableau de l'école russe de cette époque. Vous croyez qu'on n'a rien peint en Russie entre Roublev et Malevitch, entre les icônes et l'abstraction. Revenez et découvrez des noms qui ne vous sembleront pas indignes à côté de ceux de Delacroix, de Corot, de Courbet, de Blake, de Constable, de Böcklin, de Füssli, même si les tableaux russes vous paraîtront refléter de trop près les expériences et les préoccupations de la vie quotidienne. Non seulement par leur sujet mais jusque dans leur style, ils présentent un degré, comment dire ? de *familiarité* inconnu de vos peintres. Le peuple russe constituait alors une masse arriérée, écrasée par l'esclavage, abrutie par l'alcool, sans éducation artistique. La question du langage, la nécessité de trouver un moyen de communication avec des gens sans culture étaient donc primordiales. Vous nous trouvez puérils ?

Je niai. Et c'était sincère. J'aurais voulu m'attarder dans ces salles du dix-neuvième siècle. Scènes d'intérieur, cortèges de mariage, processions pour invoquer la pluie, isbas sous la neige, chemins défoncés sous la débâcle du printemps, églises au bord des rivières, forestiers sur un traîneau, chasseurs au bord d'une mare, épisodes de guerre, hécatombes de soldats, paysans au travail, serfs exploités, prolétaires à la peine, ces tableaux du bonheur ou de la misère populaires sont peints dans le même langage et avec la même simplicité qui mettent les paysages et les personnages de Tolstoï, de Tourgueniev, de Tchekhov à la portée d'un enfant. Et cela, sans faiblesse stylistique, sans déperdition de qualité. Cessant d'être un royaume d'élection à l'usage du petit nombre, soucieuse de constituer un trésor à la disposition de tous, la peinture russe du dernier siècle est un immense réservoir d'émotions collectives. J'étais en admiration devant ces tableaux, avec le sentiment de culpabilité de celui qui se sent devenir traître à sa jeunesse, à sa voca-

Ilia Repine, *Les Bateliers de la Volga*, 1870-1873, Saint-Pétersbourg, Musée russe.

Youri Pimenov, *Vive l'industrie lourde*, 1927, Moscou, galerie Tretiakov.

tion, à son premier idéal, car ce qui m'émerveillait ici m'éloignait de plus en plus du monde mythologique, historique, savant, costumé de Poussin.

Borissenko avait hâte de continuer sa démonstration.

« Allons directement à la peinture soviétique. Ce dont je voudrais vous persuader, c'est de la continuité de l'idéal russe de peinture. La peinture russe a toujours été réaliste et socialiste, bien avant le dogme du réalisme socialiste. Entre les haleurs de la Volga peints par Ilia Repine en 1873 et les mineurs de l'Oural peints par Youri Pimenov en 1927, vous ne relèverez aucune différence ni de programme ni de ton. La confiance dans la réalité et dans son pouvoir de toucher, d'émouvoir, d'instruire, n'a pas changé en cinquante ans. Comme je vous l'ai dit une fois, l'art russe, aux antipodes de “l'art pour l'art”, a toujours été narratif et pédagogique, n'ayant pour but que l'éducation du peuple. Le culte d'une forme qui ne signifie rien est ce qu'il y a de plus étranger à nos peintres. Contrairement à ce que prétend votre propagande, Staline n'a aucun ordre à leur donner, parce qu'ils ressentent d'eux-mêmes la nécessité d'être accessibles à tous.

« Vous condamnez notre art soviétique, seulement parce qu'il est soviétique. N'est-il pas temps de dépasser cette vue un peu simpliste ? J'ai assez confiance en vous pour que vous reconnaissiez la continuité de la tradition russe. L'art soviétique n'a fait que reprendre l'idéal russe de toujours et perfectionner le rêve d'une grande peinture à portée du premier venu.

« Tenez, poursuivit-il quand nous fûmes arrivés dans les salles du vingtième siècle, vous tombez en

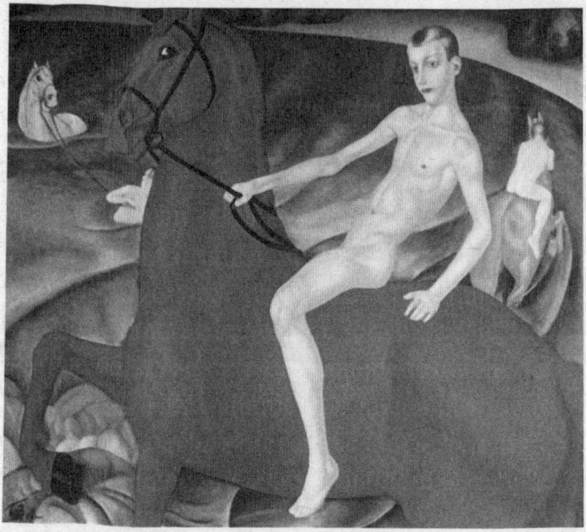

Pedrov-Vodkine, *La Baignade du cheval rouge*, 1912, Moscou, galerie Tretiakov.

Pedrov-Vodkine, *La Mort du commissaire*, 1928, Saint-Pétersbourg, Musée russe.

arrêt devant ce tableau de Kouzma Pedrov-Vodkine. Je l'aime beaucoup moi aussi, ce garçon nu sur un cheval rouge. Dans cette figure étirée, peinte à plat en couleurs crues et violemment contrastées, n'y a-t-il pas du Pontormo, du Rosso Fiorentino ? Cela a été peint en 1912. Vous vous dites peut-être : en voilà un qui s'était mis à l'école de l'Occident, par une composition un peu *dérangeante* pour le peuple ? Le sujet est pour le moins bizarre en effet. Eh bien, voici, du même Pedrov-Vodkine, le *Soviet de Petrograd* (1920), *Trois ouvriers en discussion* (1926), la *Mort du commissaire* (1928), trois tableaux politiques mais peints dans le même style. Vous y retrouvez l'obstination à résoudre par la couleur les problèmes de l'espace. A-t-il fait la moindre concession à la peinture de commande ? (Mais il n'a cessé, pensai-je en moi-même, devant cet *Enfant au bain*, devant cette *Lutte entre adolescents*, de continuer à peindre des garçons tout nus.) Il est passé d'une époque politique à une autre époque politique sans se laisser influencer par les événements.

« Je vois que vous restez sceptique parce qu'il a peint deux fois et sous deux aspects dissemblables *Mère et enfant*, une fois avant et une fois après la Révolution. En 1915, le bébé tète au sein sa mère, en 1927 il boit au biberon. Il y a là une publicité, pensez-vous, pour la nouvelle politique d'allaitement et le programme national de développement des tétines. C'est vrai, mais pourquoi lui reprocher comme un acte de servilité politique ce qu'il serait plus généreux d'attribuer à une initiative personnelle ? Il voulait témoigner de sa solidarité avec les mères qui travaillent.

« Même indépendance chez Malevitch, dont vous appelez l'évolution “retour en arrière”, alors que nous y voyons, nous, un bond en avant. Je ne peux exposer actuellement son *Carré noir* de 1915, mais avouez qu'il n'a rien perdu de sa qualité artistique en revenant, à partir des années 1918-1920, à la figuration, moyen qui lui a permis d'évoquer en images saisissantes des personnages du monde paysan ou sportif. Il a même célébré notre grande Révolution ! Regardez cette ligne de cavaliers sur l'horizon : *Cavalerie rouge,* est-ce que ce n'est pas aussi bien que des exercices purement géométriques ? Comme ils galopent dans la plaine ukrainienne ! Quelle énergie victorieuse ! Malevitch avait pris conscience que l'expérimentation, l'abstraction, dites chez vous art de gauche, n'attirent qu'un public de droite, et qu'en voulant se mettre à l'avant-garde de l'art, on ne plaît qu'à des nantis.

« Qui fréquente chez vous les galeries ? Qui s'entiche de tableaux qui ne signifient rien ? Qui s'extasie devant des œuvres vides, en dehors d'une minorité de privilégiés ? Ils sont manipulés par quelques propriétaires de galeries, mais ne s'en aperçoivent même pas. On leur impose sous le nom d'*art contemporain* des productions dont ces marchands font monter la cote et assurent par là même le succès auprès des snobs et des riches. Ils se sont emparés de la peinture pour la réserver à leurs clients et en majorer les prix, sous la condition expresse, imposée aux artistes, qu'elle devienne de plus en plus difficile à comprendre et serve de signe de ralliement social pour les seules classes capables de l'apprécier.

« Nous n'entrerons jamais dans ce système qui soumet la peinture aux lois du commerce et prend pour critère du chef-d'œuvre le prix auquel on le vend.

78

L'aigle et la tortue

Comme je n'avais pas l'air entièrement convaincu, il crut que je le supposais hostile à tout ce qui s'était fait de beau en Europe depuis trente ans.

« Non, non, reprit-il, je ne suis pas ennemi de la peinture contemporaine. Si je vous parle ainsi, c'est en connaissance de cause, et après avoir apprécié ce qu'il y a de valable dans l'art abstrait et le cubisme. J'ai fait acheter des Braque, des Picasso, des Juan Gris cubistes, des Max Ernst et des Paul Klee, pour les mettre dans les réserves à côté du *Carré noir* de notre Malevitch jusqu'au moment où le public russe sera en mesure de les apprécier. L'auteur du premier tableau abstrait dans le monde est quand même un Russe de Moscou, Vassili Kandinsky. Il l'a peint en 1910, après avoir découvert, devant un de ses tableaux encore figuratif accroché à l'envers, que les « objets », comme il a dit, nuisaient à sa peinture. Un tableau accroché à l'envers ! Soyez sincère, cher ami. Est-ce vraiment sérieux que de bâtir une théorie sur une erreur de perception ?

« Chez tous ces peintres, si obstinés soient-ils à inventer des formes sans rapport avec le monde existant, passe comme un regret de la figuration honnie. Les collages de Marx Ernst, les astres, les fleurs, les animaux introduits par Paul Klee dans ses compositions géométriques, les éléments de la réalité mis par les cubistes au cœur de leurs tableaux sous une forme brute, journaux, caractères graphiques, boîtes d'allumettes, cartes à jouer, témoignent de leur nostalgie pour une conception de l'art jugée par eux périmée. Mon regret éternel sera que Kandinsky ait quitté définitivement l'URSS en 1921 pour s'installer en Allemagne et prêter l'oreille aux sirènes de l'Occident. Pendant la période révolutionnaire il était revenu à la figuration. Connaissez-vous cette aquarelle où une bouteille renversée qui se vide symbolise magnifiquement la libération de l'âme russe ?

« Permettez-moi de vous dire, après vous avoir exprimé mon intérêt et souvent mon admiration pour les œuvres de ces peintres, que je trouve pathétique cet effort de reprendre coûte que coûte pied dans la réalité, de réintégrer par n'importe quel moyen, par des lettres de l'alphabet, par des clous, par des morceaux de ficelle, par un manche de guitare, par un couteau de cuisine, par une bouteille, le monde des hommes. Quelle preuve de déconvenue ! Quel aveu d'échec ! Que n'ont-ils médité l'aphorisme énoncé par un grand poète de l'Occident. C'était pourtant le contraire d'un réaliste. Il passe même pour le dernier romantique, et le plus échevelé !

— De qui voulez-vous parler, professeur ?

— Mais d'Isidore Ducasse, comte de Lautréamont, un Uruguayen qui écrivait en français. Il eût été un adversaire acharné de l'art soviétique, et c'est néanmoins lui qui a prononcé cette sentence : « *La poésie doit avoir pour but la vérité pratique.* » Cette recommandation, vous n'en avez tenu aucun compte. Elle a été si peu entendue qu'un autre poète de langue française, Louis Aragon, qui vient heureusement de passer de notre côté, avoue qu'il se vantait jusqu'à une date récente d'avoir traversé la guerre de 1914-1918 sans écrire un mot sur elle. Condamnant au passage « l'abaissement patriotique » d'Apollinaire, coupable d'avoir « roulé à l'égout tricolore », il ne trouvait pas que le massacre de millions d'hommes fût digne de sa littérature. La parole de Lautréamont, c'est nous, les Soviétiques, qui l'avons recueillie. Nos peintres ne se contentent pas de boîtes d'allumettes et de cartes à jouer pour rappeler l'existence du monde. Le monde, ils le mettent au centre de leurs tableaux.

La révélation, pour moi, ce furent des peintres dont j'ignorais jusqu'au nom. Par exemple, ce Youri Pimenov auquel mon guide avait fait une première allusion, en le comparant à Repine. Je découvris Alexandre Deïneka, dont les sujets sont pris tantôt dans la vie économique ou militaire (locomotives, chariots d'usines, ouvrières du textile, demoiselles du téléphone, mécanos, meetings, soldats, ballets aéronautiques, parachutistes), tantôt dans l'actualité politique (défense de Petrograd, défilés de volontaires, arrestations d'officiers de l'armée Blanche, procès pour sabotage), mais toujours dans la réalité de son pays, qu'il ramène, par un style dépouillé, austère, réduit à quelques lignes essentielles qui gomment l'anecdote, à la peinture du Quattrocento.

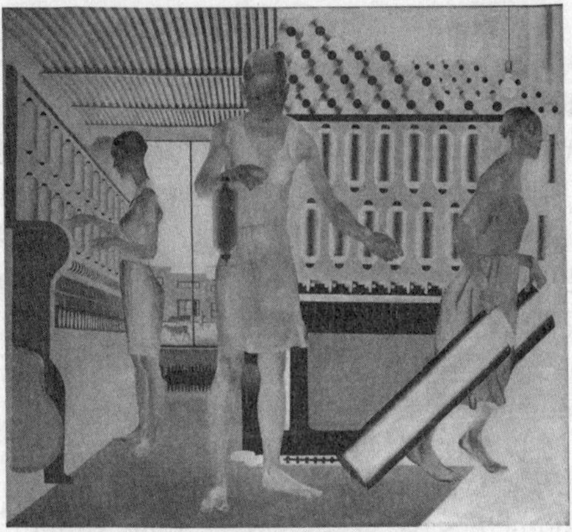

Deïneka, *Les Ouvrières du textile*, 1927, Saint-Pétersbourg, Musée russe.

Deïneka, *La Défense de Petrograd*, 1928, Moscou, Musée central des Forces armées.

— N'est-ce pas, me dit Borissenko par des mots auxquels je ne pus que souscrire, que la mise en valeur de la structure, la monumentalité des volumes, la parcimonie dans les couleurs, l'usage fréquent du noir sur blanc remplacent chez lui l'aspect pittoresque des épisodes qu'il traite par ce qu'il nous en suggère de force, de grandeur épiques ?

J'aurais dû, en tant qu'historien de l'art classique et spécialiste de Poussin, repousser le schématisme de ces peintres, souvent excessif et pénible à force de rechercher l'acquiescement immédiat des masses. Mais, justement, l'idée de ce *devoir* m'abandonnait, à mesure que j'admettais la nécessité de cette simplification. Notre art n'est pas universel : le professeur Borissenko ne cessait de vouloir m'en convaincre.

— La culture nous parle-t-elle de l'homme ? Soyez sincère, encore une fois : elle ne nous parle que de l'homme cultivé. Et comment a-t-il eu les moyens de se cultiver, sinon grâce au rang de sa famille et au privilège d'avoir pu étudier ? Vous ne pouvez pas approuver sans réserve l'évolution d'un art qui s'est éloigné de plus en plus d'un public sans culture pour ne plus s'adresser qu'à une certaine classe de la société. Il faut avoir ses diplômes pour s'intéresser à un tableau historique de Rubens, à une allégorie de Bellini, à une mythologie de Titien, au plafond des Carrache, à cette *cosa mentale* qu'est une bataille de Piero. (Par délicatesse, je pense, il ne mentionna pas Poussin.) Bien entendu, je ne discute pas la qualité de ces œuvres, je regrette qu'elles soient destinées à un public si limité.

— En effet, professeur. Pour retrouver en Occident un art *pur* – antérieur au besoin d'avoir étudié pour le comprendre – on doit remonter aux tout premiers peintres, Cimabue, Giotto, Duccio, Simone Martini.

— Qui s'en tenaient, eux aussi, et pour la même raison, à des formes *élémentaires*, c'est-à-dire immédiatement perceptibles et compréhensibles pour des gens à peine sortis du Moyen Âge et dépourvus d'instruction. Convenez-en : le vingtième siècle russe ressemble à la première Renaissance italienne.

Poussin, l'intègre et loyal Poussin, qui ne songeait ni à faire carrière ni à s'enrichir, était tombé dans le piège, quand il avait résumé, par une formule extrêmement méprisante pour les gens sans culture, son intention de ne plaire qu'au petit nombre assez fortuné pour avoir les moyens d'acheter une de ses toiles. « La tortue ne saurait suivre l'aigle. »

79

Banquet

En rentrant à l'hôtel, je trouvai Igor qui m'attendait dans le hall. Il se dressa dès qu'il me vit et m'entraîna dehors.

— Regarde, me dit-il, en me tendant un billet.

Le concierge l'avait fait appeler pour le lui remettre en mains propres.

Le billet était signé « X-403 », le seul nom qu'on connaissait au « Chef ». Celui-ci le convoquait à dîner, en compagnie d'agents secrets appartenant à diverses organisations, pour un « tour d'horizon » consacré au « devoir de vigilance bolchevique ».

— J'ai peur, Romano. Pourquoi cette réunion ? Que vais-je apprendre de terrible encore ?

J'essayai comme je pus de le rassurer.

— Ce ne sera qu'une séance de routine.

— Dans ce cas, tu aurais dû être convoqué aussi.

— Nous appartenons à deux services différents, voilà qui explique que tu doives aller seul au dîner.

— J'ai peur qu'ils ne m'aient filé quand je suis allé visiter mon grand-oncle. Ils auront interrogé le portier de l'immeuble et découvert sa cachette.

Je l'accompagnai jusqu'à l'adresse indiquée sur le billet. À l'entrée du bâtiment, un édifice cossu de cinq étages, nous fûmes bousculés par le commis d'un fleuriste qui franchit la porte en courant, les bras chargés de roses. Le lendemain matin, Igor était si pâle, si tremblant, que je fus saisi d'effroi à mon tour. Il ne voulut pas me raconter tout de suite la soirée. Je n'en eus le récit complet que dans la rue.

Des dirigeants de la Police politique, des membres du Comité urbain, des membres du Comité régional, des membres de divers Soviets de quartier assistaient au repas. Tous étaient inconnus de lui.

Il fut d'abord choqué de l'extraordinaire abondance de victuailles étalées sur la table. Il y avait là, pour une vingtaine de convives, autant de hors-d'œuvre, de viandes, de poissons, de salaisons, que ce que pouvait s'en procurer pendant un mois une famille moyenne. Ils ne semblaient nullement gênés de cette débauche de vivres ; plusieurs se vantèrent de s'approvisionner dans des magasins spéciaux grâce aux tickets qui leur avaient été remis dès qu'ils étaient entrés dans le service.

Tandis que les domestiques arrangeaient les fleurs livrées en retard, chacun prit place au hasard ou selon ses goûts. Un personnage de forte corpulence, dont les yeux globuleux, la peau couperosée, les joues flasques, le crâne rasé, le cou de taureau et les deux bourrelets de chair sur la nuque répugnèrent d'emblée à Igor, semblait jouir d'une autorité particulière. On s'inclinait devant lui pour lui serrer la main. Agent du Guépéou pour les quartiers nord-est de Moscou, il ne montrait aucun embarras d'un physique aussi rebutant.

— Alors que je cherchais où m'asseoir, il écarta brutalement les autres invités pour s'installer à côté de moi.

— Anatole Tarouzov, dit-il en s'emparant de ma main qu'il écrasa dans la sienne.

— Boris Evdokine, répondis-je brièvement en cherchant à me dégager.

— Camarade Evdokine, je suis heureux de faire ta connaissance.

Le tutoiement était d'usage parmi les communistes, mais la familiarité de l'agent du Guépéou semblait empreinte d'une nuance qui inspira de l'inquiétude à Igor. Quel plaisir ce butor, titulaire d'une des plus hautes charges de la police à Moscou, pouvait-il prendre à rencontrer un jeunot dépourvu d'expérience comme de relations ? En plus, d'après le ton narquois avec lequel « Evdokine » avait été prononcé, il eut la certitude que son voisin connaissait son vrai nom, tenait à lui faire savoir qu'il le connaissait, et lui glissait sans avoir l'air d'y toucher un avertissement. Flatterie dans le regard, menace dans la voix : ce contraste augmenta la répulsion d'Igor.

« X-403 », au contraire, lui fit une impression favorable. Il ne cherchait pas à plaire. Son aspect rude annonçait un caractère loyal. Âgé d'une quarantaine d'années, vêtu d'une stricte vareuse militaire couverte de décorations, celui qu'on n'appelait que le « Chef » était un homme maigre, de haute taille, aux traits ascétiques. Moustache en brosse et cheveux ras. De ses yeux très clairs émanait une lumière glaciale. Son père, malgré la réputation d'avoir participé à la révolution de 1905, ne s'était jamais inscrit au Parti communiste.

Lui-même avait réparé cette faute en se montrant d'un zèle intraitable dans la direction du réseau. Il présidait au bout de la table, et, après le rituel toast à Staline applaudi bruyamment, prit la parole pour expliquer les raisons qui l'avaient amené à organiser ce repas.

— Chers camarades et gardiens de la sécurité de notre pays, les chiffres sont mauvais. Nous approchons de la fin du plan quinquennal, et tous les objectifs ne sont pas atteints. Le salaire moyen, fixé pour 1932 à 994 roubles, stagne encore à 850. Les industries et les commerces alimentaires donnent le plus de souci à l'État. Le rationnement a dû être établi pour la plupart des produits, mais, en marge du secteur collectivisé, se développe de plus en plus un commerce privé, organisé dans des conditions inadmissibles. Diverses marchandises, introuvables dans la distribution rationnée, se vendent en grande quantité aux prix commerciaux, et cela, dans les magasins mêmes de l'Union des consommateurs. Le trafic de lait dans les coopératives de Moscou et de Leningrad est particulièrement honteux. Le litre de lait, proposé à 0,36 rouble sur le marché rationné, atteint 1,10 rouble à la vente commerciale. La main des saboteurs est visible dans ce scandale, qui compromet le développement des jeunes enfants et impose aux mères les plus durs sacrifices.

« Tous les secteurs de l'économie sont touchés. Le pays est infesté d'éléments étrangers, d'opportunistes, de profiteurs, d'intrigants, qui cherchent à mettre en échec les efforts de notre peuple. Les carences dans l'approvisionnement des usines, le dysfonctionnement de nombreuses chaînes de montage, les impuretés constatées dans l'acier fourni par les fonderies de

Kharkov, les défectuosités de l'outillage signalées à la centrale hydro-électrique d'Ivankovo, les calculs erronés dans la construction du barrage de Zigoulevsk sur la Volga, l'insuffisance des livraisons de pétrole, le ralentissement des cadences, l'absence répétée du personnel dans de nombreuses industries, voilà les principaux manquements relevés. Que de graves infractions à la discipline ! Nous ne tolérerons plus des désordres aussi nuisibles à la sécurité nationale. Ils ne s'expliquent que par les manigances de ces traîtres. Notre devoir est donc de traquer partout et sans relâche les suppôts de l'ennemi coupables de retarder par des actes de malveillance la réalisation du plan quinquennal.

« Ici même, ajouta-t-il après une pause pendant laquelle il scruta un par un le visage de ses invités, ici même se cachent des spécialistes du double jeu, des fourbes qui agissent dans l'ombre, des apostats qui ont renié leur patrie. Je lève une nouvelle fois mon verre au camarade Staline, afin qu'il nous aide à dépister cette bande de cyniques et de malfaiteurs.

Tout le monde se mit debout et vida un verre de vodka. Anatole Tarouzov, l'agent du Guépéou, en profita pour prélever d'un plat posé devant lui sur la nappe une tranche de veau froid qu'il attrapa de sa main velue et engloutit en trois bouchées avec des clappements de langue. Igor le vit avec dégoût lécher un par un ses doigts boudinés.

Le « Chef » examina à nouveau chacun des convives avec une attention si soupçonneuse qu'il n'y en eut aucun qui, transpercé par ce regard, ne se sentît coupable.

80

Procès

— Sergueï Saskine, dit-il enfin, viens ici me remettre ta carte du Parti, qui ne te sera rendue que si tu réponds de manière satisfaisante à l'interrogatoire auquel nous allons te soumettre.

Un homme d'une quarantaine d'années, au teint gris, à la mine insignifiante, obéit puis resta debout à la droite du « Chef ».

— Présente-toi, camarade.

— Je suis secrétaire du Comité de surveillance de l'Oural-Sud.

— Tu es marié, camarade Saskine.

Celui-ci acquiesça.

— Dis-nous comment tu t'es marié.

— Avec ma femme Prascovia.

Les convives s'esclaffèrent.

— Je ne t'ai pas demandé avec qui tu t'es marié, mais comment.

Le secrétaire pour l'Oural-Sud avoua dans un souffle :

— Je me suis marié à l'église.

— À l'église, voyez-moi ça ! Avec un pope en grande tenue qui balançait l'encensoir ! Les témoins ont tourné trois fois autour de votre couple en tenant la couronne au-dessus de vos têtes !

— C'est l'habitude, camarade.

— Tu n'as donc pas pris part à la campagne d'athéisme ? Tu es resté solidaire d'un passé désapprouvé par le peuple soviétique ?

— Ni ma femme ni moi n'attachons d'importance à ces momeries. Mais elle ne voulait pas mécontenter ses vieux parents, gens arriérés de la campagne, qui ne m'auraient pas donné leur fille sans un mariage religieux.

— Et tu nous avais caché jusqu'ici cette grave insulte à la volonté maintes fois réaffirmée du peuple soviétique ! Vois-tu, t'être marié à l'église est moins coupable que de ne pas en avoir fait l'aveu. On peut s'attendre à n'importe quelle déloyauté de la part d'un homme qui dissimule, ne serait-ce qu'un coin infime de sa vie privée. Le chien enragé cache sa queue. Va, tu peux te rasseoir. Je confisque ta carte. Tu n'es plus membre du Parti.

Vint ensuite le tour d'un chef d'équipe dans le bassin du Donbass.

— Sais-tu, camarade Grichka Korolenko, que tu travailles dans le plus grand bassin houiller de l'URSS ? Le Donbass, alimenté par le minerai de fer de Koursk et de Krivoï-Rog, fournit à notre pays plus du tiers de sa production minière et métallurgique. Aussi tes responsabilités sont-elles particulièrement élevées.

— Je n'ai rien à me reprocher, camarade, répondit l'interpellé, un petit homme râblé, au regard droit et énergique. Mon père était déjà ouvrier, mon grand-père aussi.

— Précise-nous, camarade, le statut social de tes parents avant la Révolution.

— Mon père était monteur à l'usine Petrovski d'embouteillage de la bière. Comme il ne touchait du prince Eglov, propriétaire de l'usine, qu'un salaire misérable, ma mère était forcée de faire des ménages chez les riches. Né dans le prolétariat, j'ai toujours été fidèle au prolétariat. À dix-huit ans, je suis entré dans le Parti communiste, et n'ai jamais manqué aucune réunion de cellule ni failli à aucun de mes engagements. Mes états de service m'ont valu de devenir contremaître à vingt-huit ans, poste que j'occupe depuis à la pleine satisfaction de mes supérieurs. Je ne vois pas quel grief on pourrait retenir contre moi.

Le « Chef » ouvrit un dossier posé à côté de son assiette et en tira une feuille de papier qu'il parcourut du regard.

— Tiens ! fit-il d'un air négligent. On me signale l'existence d'un certain Victor Korolenko.

— C'est mon frère, camarade.

— Est-il lui aussi membre du Parti ?

— Il l'a été, mais il ne l'est plus.

— Pourquoi l'a-t-il quitté ?

Le prévenu baissa la tête.

— Dis-nous pourquoi il l'a quitté. Tu es un bon communiste, toi, tu n'as rien à craindre. Sois sincère avec nous.

— Il en a été expulsé.

— Ah ! voilà qui commence à être intéressant. Et où est ton frère, maintenant ?

— En prison.

— En prison ?

— Il a été arrêté pour avoir participé au Mouvement d'opposition ouvrier.

— De mieux en mieux ! Mais ce n'est pas tout, n'est-ce pas ? Ton frère, tu lui rends visite en prison, régulièrement, dès qu'on te le permet.

— C'est mon frère, camarade.

— Et pourquoi vas-tu le voir si souvent ?

— Pour lui porter du linge, de la nourriture, des cigarettes.

— Personne d'autre ne peut se charger de cette activité criminelle ?

— Si, sa femme. Elle fait chaque jour une heure de queue au guichet, sauf le dimanche. La pauvrette, elle a besoin de se reposer le dimanche.

— Tu prends alors le relais ?

— Oui.

— Tu n'éprouves donc aucun remords à venir en aide à un saboteur ?

— Puisque c'est mon frère, camarade. Je ne partage absolument pas ses idées, je le lui ai dit, il le sait, nous nous sommes disputés souvent au sujet de la politique, si souvent que nous n'en parlons plus entre nous. Il me raconte la vie du camp, je lui donne des nouvelles de l'usine. La dernière fois, le perfectionnement des tuyaux métalliques a fait le sujet de notre conversation. Nous nous sommes réjouis qu'on ait décidé l'augmentation des cadences pour rattraper le retard dans le plan quinquennal.

— Il me semble, camarade Korolenko, que tu ignores quelle lutte acharnée nous devons mener contre les déviationnistes de toute espèce. Il t'est égal, n'est-ce pas, que ton frère pactise avec des ennemis notoires du socialisme ? Tu ne trouves pas contraire aux intérêts du peuple qu'il appartienne à la meute de ceux qui cherchent avec l'argent venu de l'étranger à briser la formidable impulsion communiquée à notre nation par le camarade Staline ? Tu te moques pas mal de…

La nouvelle ovation qui salua le nom de Staline obligea le « Chef » à s'interrompre.

— Camarade Grichka Korolenko, puisque tu as l'air de croire que d'étroites considérations personnelles, des relents d'égoïsme familial et des scrupules mal placés de parent ont plus d'importance que le respect de la ligne du Parti et la sécurité de notre peuple, tu n'es plus digne d'être un de nos agents. Je confisque ta carte.

Le malheureux regagna sa place, accablé. Il savait ce que signifiait l'expulsion du Parti : suppression de la confiance qu'on lui avait accordée jusque-là, perte des avantages liés à cette confiance, retrait de ses bons d'achat à la coopérative de l'usine, menace sur son logement, contrôle permanent de chacun de ses actes.

— Camarade David Sondermann, toi aussi tu travailles dans le Donbass. En accueillant l'an dernier un Juif de Munich, chassé par les persécutions antisémites qui ravagent la Bavière, nous étions fiers de montrer aux pays capitalistes que chez nous de tels préjugés n'ont pas cours. Tu nous as apporté sur les méthodes employées par les bandes nazies des renseignements si précieux que je t'ai engagé dans mes services. Comment se fait-il donc qu'il ressorte de mes informations, poursuivit le « Chef » en tirant une nouvelle fiche de son dossier, que lors d'une précédente enquête sur le comportement du camarade Grichka Korolenko tu as pris sa défense ? Est-ce vrai ?

— Oui, camarade, je n'ai pu que fournir un témoignage favorable sur un membre du personnel du combinat connu pour sa foi communiste, son zèle au travail et ses capacités directives. Dans son secteur, la production a augmenté de dix pour cent.

— Mais tu étais au courant de l'existence de Victor Korolenko et de son comportement asocial ?

— Tout le monde était au courant.

— Et ce comportement asocial ne t'inspirait aucune répulsion ?

— Nous ne voyions rien de mal à l'affection du camarade Korolenko pour son frère. J'ai même organisé une collecte pour que Grichka apporte à son frère une bouteille de vin le jour anniversaire de celui-ci.

— Bravo, camarade Sondermann. Jamais geste plus touchant n'a été enregistré dans les annales du prolétariat. Vraiment, nous sommes tous attendris ! Je note pour ma part qu'en prenant la défense d'un élément suspect tu as sciemment refusé de coopérer à la campagne dirigée contre les saboteurs et les provocateurs. Je pense qu'aucun de vous, camarades, ne sera de l'opinion que le camarade Sondermann mérite de rester dans le Parti. Y a-t-il quelqu'un qui veuille lever la main et intervenir, avec des arguments fondés, en faveur du camarade Sondermann ? Il se vante, camarades, d'être Allemand et Juif. Je croirais plutôt qu'il est un chien fasciste, qui se fait passer pour Allemand et pour Juif, afin de vous apitoyer, de surprendre votre bonne foi et de vous espionner.

Puis un membre du Soviet de l'Arbat, assis à califourchon sur sa chaise retournée, les coudes appuyés avec désinvolture sur le dossier, fut invité à comparaître. Igor l'avait remarqué pour sa figure ronde, ouverte et légèrement moqueuse. Il était le seul qui, tout en écoutant respectueusement les remontrances adressées à ses camarades, ne fît pas montre de servilité. Son blouson de laine était renforcé par des coudières de cuir. Une paire de lunettes rondes pendait de son cou par un cordon tressé. À l'énoncé de son nom il parut stupéfait. Ses yeux s'agrandirent. Il se dressa, rectifia la position et prit l'air piteux d'un coupable. Il remit sa chaise à l'endroit et vint se placer à côté du « Chef », raide, les mâchoires contractées.

— Camarade Serge Radeck, tu enseignes dans un collège, il me semble ?

— Le collège Rosa Luxemburg.

— La noble tâche ! Quelle chance tu as de contribuer à la formation de notre jeunesse ! Le collège Rosa Luxemburg est réservé aux enfants des cadres du Parti, et il faut être très bien noté pour faire partie du personnel enseignant.

Le professeur se garda de prendre pour un éloge ce compliment dont l'ironie était flagrante. Pas un muscle de son visage ne se détendit.

— Quelle chance pour toi, reprit le « Chef », mais aussi, quelle responsabilité !

— J'essaie de faire le mieux possible mon métier.

— En faisant jouer à tes élèves une pièce de théâtre où ils chantent à la fin de chaque acte : « Que Dieu sauve le tsar. »

— Mais c'est un classique, camarade. Et j'avais pris soin de placer dans un coin de la scène un ivrogne dont les mimiques grotesques tournaient en dérision les paroles du chœur.

— De mieux en mieux ! Un ivrogne ! Belle idée de ne trouver qu'un ivrogne pour combattre la propagande contre-révolutionnaire ! Nos enfants auront été édifiés. Les camarades apprécieront la haute idée que tu te fais de tes devoirs civiques.

— J'ai exposé devant ma classe les conséquences de la crise dans les États capitalistes, sans cacher la disette dont souffrent les couches les plus pauvres de la population.

— Je suis au courant. Je sais aussi qu'un enfant s'est levé et a dit : « Camarade professeur, dans les pays capitalistes où il y a la crise, peut-on avec de l'argent acheter du pain ? » Et à cette question qu'as-tu trouvé à répondre ?

— J'ai dit que c'était vrai.

— Un autre enfant a demandé alors : « Camarade professeur, dans les États capitalistes où il y a la crise, peut-on avec de l'argent acheter un manteau ? » As-tu répondu « oui » également ?

— Je ne vois pas ce que je pouvais faire d'autre.

— Un troisième enfant s'est levé. Était-il nécessaire de lui donner la parole ?

— Le commissaire du peuple à l'Instruction publique nous a recommandé de favoriser le dialogue avec nos élèves.

— Dis-nous ce que ce troisième enfant a demandé.

— Le faut-il vraiment, camarade ? Comment aurais-je pu m'attendre à une telle question ?

Il était devenu blême. Ses mains tremblaient. Le « Chef » prit une fiche.

— Il a demandé, ce troisième enfant, encouragé par ton inqualifiable propension à répandre des informations mensongères : « Camarade professeur, peut-on espérer que la crise vienne bientôt en Russie ? » Vous autres, je vous interdis de rire ! La corruption de la jeunesse est un délit particulièrement grave, et je proposerai au Soviet de l'Arbat de déférer le coupable à la justice. Ta carte est confisquée.

81

Chantage

Le « Chef » referma son dossier et donna le signal du festin. Piochant dans les plats et les assiettes posés devant eux, ils se passaient de l'un à l'autre les filets de sterlet, les pinces de homard, les ailes de faisan, sans compter le saladier de caviar où ils puisaient à pleine louche. Quant aux quatre exclus du Parti, ils touchèrent à peine à la nourriture, ne se servant qu'une fois, de salades et de concombres à la crème, ce qu'il y avait de moins coûteux.

— Pendant ce temps, reprit Igor pour achever son récit, le gros porc de Tarouzov, sous prétexte de prendre ses aises, rapprochait sous la table sa jambe de la mienne et bientôt s'y frotta avec insistance.

— Mange, petit, profite bien, c'est un jour de ripaille patriotique. Tu n'as pris que quelques bouchées. Mange, c'est gratuit. Tu n'as rien à cacher, toi au moins, continua-t-il d'un air engageant. Ah ! Ah ! Pas de passé honteux, ni de secret compromettant. On a les mains nettes et le cœur pur. Je te considère comme un de nos agents les plus sûrs, les plus attachés à l'accomplissement de la Grande Tâche. Camarade Evdokine, tu es à mon goût et je sens que nous allons pouvoir devenir amis.

Une pression supplémentaire de la jambe et une main posée sur sa cuisse éclairèrent définitivement Igor sur les intentions de son voisin.

— J'ai souvent été abordé par des hommes mûrs, que j'ai toujours su remettre à leur place, mais jamais avant ce jour je n'avais éprouvé tant de dégoût et, en même temps, après cette affreuse séance d'inquisition, si peu de confiance dans les moyens de me défendre.

Nous étions arrivés dans le jardin Alexandre, désert à cette heure de la nuit. Assis sur le banc à côté d'Igor, je fis un geste pour l'embrasser. Il se recula avec effroi.

— Non, Romano, laisse-moi le temps de me laver de la souillure que j'ai éprouvée au contact de ce type.

— Que lui as-tu répondu ?

— Je vais bientôt me marier, lui ai-je dit, croyant me mettre ainsi à l'abri de ses avances. C'était une première faute : l'agent du Guépéou était aussi bien renseigné que le « Chef » sur la vie privée de chacun d'entre nous.

— Voyez-moi ça ! fit-il avec un gros rire. Tu as certainement le souvenir de la camarade Marina.

— Marina ? Celle qui surveillait le couloir dans mon hôtel ?

— Précisément. Elle me faisait chaque matin son rapport sur les clients placés sous sa surveillance. Je fus intrigué par le fait qu'elle n'avait jamais rien à déclarer à ton sujet.

— Parce que je respecte scrupuleusement le règlement de l'hôtel.

— Nous l'avons tarabustée un peu, histoire de lui rafraîchir la mémoire. Elle a fini par avouer.

— Avouer quoi ?

— Que tu avais un petit ami.

— Ce n'est pas défendu ! La loi soviétique est formelle à cet endroit. Le Dr Grigori Batkis a été décoré de l'ordre de Lénine.

— Mais ce qui était défendu à la camarade Marina, c'était de nous avoir caché cette information à ton sujet. Elle en pinçait pour toi, et pensait que si elle tenait l'information secrète, *tu n'en étais pas vraiment*. La sotte ! elle s'imaginait qu'elle finirait par t'avoir. Les femmes sont si bêtes, tu es bien de mon avis ? Elles prennent leurs désirs pour des réalités. Un homme qui leur plaît ne peut être de la jaquette. Nous l'avons arrêtée, cette renégate. Elle purge en prison son manque de loyauté.

Il s'interrompit pour mordre dans une cuisse de canard.

— Maintenant que les choses ont été tirées au clair, je crois que nous pouvons nous entendre. Si tu as un petit ami, camarade Evdokine, pourquoi refuserais-tu de venir me voir au Savoy ? La salle de bain est en marbre.

— Quel horrible chantage ! m'écriai-je. Heureusement que tu n'avais rien à te reprocher et qu'il n'avait aucun moyen de pression sur toi.

— Attends. Il se pencha vers moi, me souffla au visage son haleine empestée et me dit, sur un ton doucereux qui me glaça :

— Camarade Boris Evdokine, nous savons que ton vrai nom est Igor Sermalov. Ton père est un traître qui a déserté sa patrie.

— Camarade Tarouzov, les nobles de sa classe étaient fusillés sans jugement. Les parents de ma mère, ses frères ont été fusillés. Jugez-moi sur mes opinions, non sur ma naissance. L'éducation soviétique n'apprend-elle pas qu'on ne se rend responsable que de ce qu'on fait de son plein gré ? Je me suis toujours battu contre les idées de mon père. À Rome, où ma mère essayait de m'y attirer, j'ai évité les milieux de l'émigration. J'ai rompu avec la Russie des tsars, et la preuve, c'est que je me suis mis, dès que j'ai pu le faire, au service de votre organisation.

— Brave petit ! Et dans quel but ce brave petit a-t-il osé défier les idées de son père et de sa mère ? Pourquoi as-tu quitté Rome pour venir à Moscou ?

— Mais… pour transmettre au gouvernement des informations secrètes sur l'avion miracle dont se dotent les fascistes. Tout cela est bien connu de la Police politique, et je peux fournir la preuve des risques que j'ai courus.

— Nous savons cela. Ton petit ami t'a suivi à Moscou, vous filez le parfait amour, nous avons observé avec attendrissement les progrès de votre idylle. Le banc sous les tilleuls au bord de l'étang du Patriarche est votre lieu de retraite favori.

Parlez-moi d'amour,
Dites-nous des choses tendres,
Votre beau discours,
Je ne suis pas las de l'entendre.

— Ah ! Romano ! Il fut plus immonde que jamais, en fredonnant en français cette chanson. Je me sentais profondément humilié.

— Mais nous savons aussi, reprit-il, que tu avais, toi, un autre motif, une raison personnelle dont tu t'es bien gardé de nous informer.

— Un autre motif ? Non. Je n'avais d'autre motif que l'amour du peuple russe et la volonté de contribuer au renforcement de la société communiste.

Tarouzov écarta alors sa jambe, changea de ton et dit à Igor de la voix, sèche et péremptoire, qu'il devait employer lors de ses interrogatoires dans son bureau du Guépéou :

— Un certain Sermalov se cache à Moscou avec cinq membres de sa famille.

Igor fut si saisi qu'il ne trouva rien à répondre.

— Et, comme par hasard, c'est un proche parent de ton père.

— Pour lequel je n'éprouve aucune sympathie. Je l'ai évité autant que j'ai pu.

— Ah vraiment ?

— Je ne lui ai rendu que deux visites, tardivement. C'est mon grand-oncle, camarade Tarouzov.

— Pourquoi nous as-tu dissimulé ces visites ?

— Je ne pensais pas qu'aller voir un parent constituât un délit, et qu'il fallût encombrer les dossiers de la police d'une fiche supplémentaire.

— Mais si ce parent reçoit chez lui et aide à se nourrir, à se vêtir, à se cacher des prisonniers ou des déportés évadés ? Es-tu assez naïf pour penser que nous ignorons les menées subversives de ton grand-oncle ? Nous ne les tolérons que pour avoir à notre disposition un vivier de traîtres et de renégats où nous pêcherons un jour quelque gros poisson.

Igor se vit perdu. Tarouzov était l'agent du Guépéou pour les quartiers nord-est de Moscou, là où précisément, près de la gare de Leningrad, habitait son grand-oncle.

— Alors, dit-il en appuyant de nouveau en éventail ses gros doigts sur ma cuisse, tu marches, petit ?

— Il n'eut pas besoin d'être plus explicite, j'avais compris tout seul, cette pression et ce « petit » étaient déjà assez abjects. Il me mettait le marché en main : ou tu couches avec moi, ou je déporte en Sibérie ton grand-oncle avec toute sa famille.

— Le salaud !

— Retirant sa main de ma cuisse pour ôter l'épine dorsale d'un omoul dont il commença par sucer avec application chaque arête, il ajouta :

— Je dois m'absenter un mois, pour surveiller le personnel du barrage sur le Dniepr. Dès mon retour, je t'appelle, et tu décides alors, en pleine connaissance de cause, et selon ta conscience. À toi de choisir, petit, je ne suis pas un bourreau !

Sur ces mots horribles, il mangea tranquillement son poisson. Il se leva ensuite et, sûr de son affaire, sans même dire au revoir à celui sur lequel il avait jeté son dévolu, roula en titubant vers la sortie sa masse graisseuse imbibée d'alcool.

— Que dois-je faire, Romano ? Jamais je n'irai chez lui, tu peux en être sûr. Je préfère me tuer. Mais ne se vengera-t-il pas sur mon grand-oncle et les enfants ?

Nous passâmes le reste de la nuit à déambuler dans les rues. Igor pleurait sans arrêt. Il se sentait pris dans une nasse d'où il n'arriverait pas à s'échapper. Je pleurai aussi. La situation paraissait désespérée, les deux issues étant aussi honteuses et impossibles l'une que l'autre. Il me semblait que le sacrifice de ce parent qu'il connaissait à peine lui coûterait moins que l'autre solution, mais, pensai-je en moi-même, si je me risque à l'orienter vers ce choix, il m'accusera de ne parler que dans mon propre intérêt. Enfin, nous essuyâmes nos larmes. Honteux de ma faiblesse, je ne songeais plus qu'à mettre à profit le délai d'un mois qui nous était accordé.

— Je n'accepterai jamais ce pacte, me répétait Igor, obsédé par le fantasme d'une nuit avec celui qu'il n'appelait plus que « l'ordure ». Dois-je donc condamner mon grand-oncle si bon, si généreux ?

Ayant repris mes esprits, je pus le raisonner.

— De toute façon, qui nous garantit que ce type, s'il obtenait de toi ce que tu ne lui donneras jamais, ne procéderait pas *aussi* à l'arrestation de ton grand-oncle et de sa famille ? Il possède son secret, il peut organiser quand il veut une descente de police, ou même *contre sa volonté*, car tu as compris que chaque agent du Guépéou est surveillé par un autre et risque sa tête s'il donne l'impression de remplir mal sa tâche. Montrer de l'indulgence pour un ennemi du peuple est déjà un crime.

« De tout cela il ressort que :

« 1° La tolérance vis-à-vis de ton grand-oncle et de sa famille ne tient qu'à un fil. Elle peut être révoquée d'un jour à l'autre, soit que Tarouzov soit averti qu'un évadé de marque doit transiter par l'appartement, soit qu'il juge dangereux pour sa propre sécurité d'ajourner une arrestation que le "Chef" pourrait très bien lui reprocher d'avoir retardée si longtemps.

« 2° Il ne reste par conséquent qu'un seul problème : essayer d'écarter de cette famille le danger qui la menace. Mais par quel moyen ? La faire déménager ? L'immeuble est surveillé, et d'ailleurs la crise du logement rend cette solution impossible. Avertir ton grand-oncle de ne plus servir de refuge aux proscrits ? La rémission des péchés n'existe pas en Union soviétique. Ce que tu as fait une fois te colle à la peau pour toujours. Un Sermalov est d'ailleurs marqué d'une tache originelle qui le condamne même s'il se comporte en parfait communiste.

« 3° Nous n'avons qu'une mission, difficile mais non impossible à remplir : sauver les enfants. Retrouvons la trace de la famille de cet homme qui les a cachés autrefois, contactons ceux de nos amis que nous estimons sûrs, allons à la recherche de voisins compatissants. Nous emmènerons les enfants en promenade, selon le vœu que tu m'as toi-même exprimé, mais un par un, pour ne pas donner l'éveil. Notre qualité d'agents secrets nous protège pour quelque temps encore, nous les placerons ici ou là, les Russes aiment trop les enfants pour ne pas nous aider à mettre en sûreté ceux qu'ils savent en danger.

Cette possibilité de « sauver les enfants » rendit courage à Igor. Il m'avait souvent reparlé de ces deux petits garçons et de ces deux petites filles pour lesquels il avait éprouvé une tendresse immédiate. Comme il arrive souvent à ceux qui savent qu'ils n'auront eux-mêmes pas d'enfants et mourront sans postérité, Igor avait un sentiment paternel plus développé que beaucoup de pères biologiques. Il me répétait sans cesse les prénoms de ses petits cousins, auxquels il trouvait une saveur particulière, bien qu'ils fussent on ne peut plus communs : Arkadi l'aîné, puis Katia, puis Serioja, enfin Tania.

Le jour même nous nous mîmes en chasse. Igor voulut d'abord leur acheter des cadeaux, mais, lorsqu'il s'aperçut que le plus grand magasin de jouets de Moscou, Dietski Mir, se trouve au coin de la place dont un côté est occupé par les huit étages de la Loubianka, le voisinage du « Monde des enfants » et du siège de la Police politique lui parut une sinistre collusion.

Puis la difficulté des obstacles à surmonter pour trouver des cachettes aux enfants nous occupa assez pour qu'il cessât de penser exclusivement au retour de « l'ordure ».

82

Le langage des affiches

— Puisque vous n'êtes pas trop hostile à notre art, me dit le professeur Borissenko un jour où j'étais retourné au musée Pouchkine pour essayer de me convaincre que le *Renaud et Armide* de Poussin peut être admiré et aimé indépendamment du Tasse, il vous reste à découvrir la forme la plus originale que la culture visuelle a prise chez nous.

— Vous piquez ma curiosité, professeur.

— Mais vous allez sursauter.

— Allez-y quand même.

— En vérité, je crains…

— Ne sommes-nous pas devenus assez amis pour nous parler franchement ?

— Cette forme, c'est l'affiche.

— L'affiche ?

— Vous voyez bien ! Avant de me traiter de vieux fou, accepterez-vous de m'accompagner à un nouveau musée, rue Herzen ?

— Un nouveau musée ?

— Consacré à l'affiche.

Je lui demandai la permission d'amener avec nous

Igor. Depuis le repas chez le « Chef », il comptait les jours avant l'expiration du délai, vérifiait le nombre sur un calendrier, marquait chaque début de semaine d'une croix noire. Je devais à tout prix le distraire de ses idées affreuses. Aucune occasion ne me sembla meilleure. Le souvenir de nos discussions à Rome sur les rapports de l'art et de la propagande m'était resté à l'esprit. Avec quelle vigueur avait-il combattu mon préjugé !

On avait désaffecté le monastère de l'Icône-de-la-Vierge-de-Tikhvine pour y installer le musée Herzen. Borissenko prit les devants.

— Je sais ce que vous pensez, nous dit-il dès le vestibule. Ce que nous appelons, nous autres Soviétiques, un musée n'est, pour vous, hostiles comme vous êtes à toute ingérence de l'État, qu'un hall de propagande. Certes, ce n'est pas ici que se poursuit l'histoire de la peinture. Et pourtant… Et pourtant… Jusqu'à la fin du dix-huitième siècle, les tableaux faisaient la propagande de l'Église. (Igor me sourit : ne nous étions pas dit à peu près la même chose à Rome ?) Le lieu naturel des tableaux était donc l'église. Quand la peinture se laïcisa, au dix-neuvième siècle, et devint la propriété des bourgeois, elle fit la propagande des valeurs bourgeoises, et son lieu naturel fut le salon. De nos jours, en Russie, la peinture est devenue la propriété du peuple, elle véhicule les valeurs du peuple, et son lieu naturel est donc la rue. Retables pour les églises, tableaux de chevalet et aquarelles pour les salons, affiches pour la rue : l'évolution du support de l'œuvre artistique répond à l'évolution du public à laquelle elle est destinée et au changement du lieu qui lui sert de cadre. L'affiche de rue, qu'on colle sur le premier mur, succède dignement au retable enterré par la Révolution française et à l'objet de salon enterré par la Révolution soviétique.

Commença alors une visite détaillée du musée. Il me parut d'emblée que le professeur s'était montré trop modeste. Tout de suite après la révolution d'Octobre, la même incroyable explosion de liberté dont avaient bénéficié Essenine et Maïakovski pour la poésie, Chostakovitch pour la musique, Eisenstein pour le cinéma, avait profité aux créateurs d'affiches. La guerre civile leur avait inspiré des chefs-d'œuvre. Tel ce travailleur, esquissé par quelques traits anguleux. Il scie une planche à côté de son fusil à baïonnette planté dans le sol (1920). Légende : « Travaille, ton arme à portée de main. » Audacieuse façon de mêler, dans un savant *contrappeso* de lignes obliques, l'épure géométrique et la tâche sociale, l'abstrait et le concret. Auteur : Vladimir Lebedev. Selon Borissenko, il avait eu pour maîtres rien de moins que Malevitch et Tatline.

Autre affiche de 1920, signée de Lazar Lissitzky, élève aussi de Malevitch, et devenu ensuite un grand nom de la peinture et de l'architecture constructivistes : un triangle aigu rouge s'enfonce dans une sphère blanche. « Battons les Blancs avec le Coin rouge. » Ici, aucune figure humaine. L'œuvre est entièrement abstraite, bien que la signification en soit claire.

Je ne cachai pas ma surprise.

— Peut-être, dit le professeur en souriant, tout ne s'est-il pas aussi aisément passé. Tac ! Les partisans foncent et l'armée Blanche est culbutée. Propagande militaire, mais moins éhontée que celle dont l'Occident nous a donné des exemples. Rappelez-vous le tableau de David qui représente Bonaparte en train de franchir le Grand-Saint-Bernard dans les Alpes : quelle allure fière et héroïque sur un destrier fringant ! L'animal qui se cabre et le cavalier qui tend le bras vers le ciel affichent la même assurance victorieuse que vous verrez à Pierre le Grand et à sa monture le jour où vous irez, comme je le souhaite pour vous, à Leningrad. À croire que David a copié sur la statue équestre de Falconet. Mais au prix de quelle contrevérité historique ! L'imposture n'est-elle pas flagrante ? La vérité, nous la savons par un tableau de Paul Delaroche, qui nous montre le Premier consul passant le col à dos d'un mulet fourbu. Il est emmitouflé dans une vieille redingote grisâtre, frigorifié et l'air soucieux d'un homme qui doute de son entreprise.

Nous passâmes dans les salles suivantes, qui refroidirent mon admiration. À partir des années 1925, je ne reconnus plus la hardiesse qui m'avait plu.

— Quand la manière cubo-futuriste de l'époque postrévolutionnaire parut trop téméraire pour les nouvelles réalités sociales, changement de style dans les affiches et retour à une figuration qui vous paraît, je le vois à votre mine, trop littérale. On demanda aux artistes d'exalter les *héros de notre temps* : moissonneurs avec une gerbe d'épis sur l'épaule, pompiers sur la grande échelle, moniteurs de colonies de vacances, mineurs, marins, aviateurs. Ils durent illustrer des scènes peu propices à l'*estro* créateur mais typiques du renouveau national : distribution de lait à la coopérative du kolkhoz, emmaillotage des enfants

Vladimir Lebedev, *Travaille,*
ton arme à portée de main, affiche, 1920.

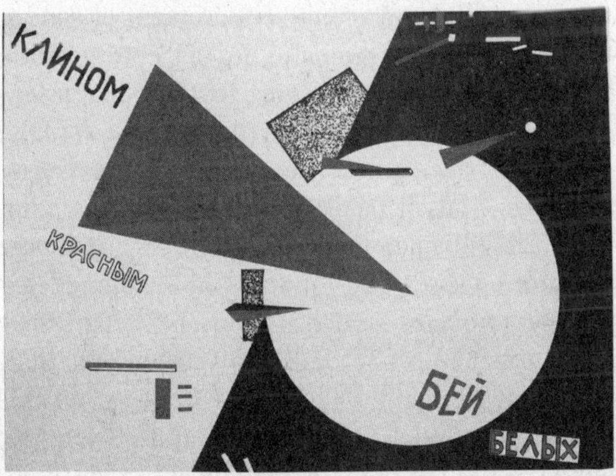

Lazar Lissitzky, *Battons les Blancs*
avec le Coin rouge, affiche, 1920.

à la pouponnière, remise de l'ordre du Mérite à une quadragénaire laissée veuve par un coup de grisou, accueil des orphelins dans un camp d'été.

« C'est de ce temps, ajouta l'honnête Borissenko, que date l'art qu'on peut appeler vraiment soviétique, c'est-à-dire chargé de répandre la politique du régime, directement et sans trop de ces recherches…

— Que vous condamnez sous le nom de « formalisme bourgeois », complétai-je en riant.

— Vous avez donc le droit de vous poser le problème : des œuvres aussi manifestement soumises aux directives du Parti ont-elles encore le droit d'être considérées comme des œuvres d'art ? Je vous concède qu'il y a des chromos dans ce lot d'affiches. Vos musées et vos lieux publics sont-ils exempts de croûtes ? Raphaël n'a-t-il pas dégénéré en Puvis de Chavannes ? Ingres en Cabanel ? David en Bouguereau ? Corrège se retrouve-t-il en Prud'hon ? Mais quand ces affiches vantent sérieusement et sans tomber dans le slogan primaire les aspects positifs du socialisme, je vous crois assez loyal pour réviser vos préventions. Beaucoup de travailleurs, de soldats, de pionniers, d'assistantes sociales, de secouristes, me direz-vous. Mais il faudrait être de parti pris pour les tourner en ridicule. Pourquoi admirer les bourgeois de Renoir entassés au Moulin de la Galette et ricaner quand les modèles sont des ouvriers sortant en cortège de l'usine ou une délégation d'Ouzbeks défilant sur la place Rouge ?

« Mais peut-être en avez-vous assez ? Votre ami voudra s'asseoir et prendre quelque chose, dit-il en me montrant Igor qui se rongeait les ongles à trois mètres derrière nous. C'est curieux comme les affiches, parce qu'elles manquent de profondeur, sont plus fatigantes à regarder que des tableaux… La cafétéria du musée n'est pas encore ouverte, mais il y a un café de l'autre côté de la rue, allons-y, voulez-vous ?

83

L'iconostase laïque

Borissenko voulut tout payer, les cafés, les gâteaux et la glace au chocolat commandée par Igor.

— À la bonne heure, murmura-t-il en voyant le jeune homme vider sa coupe avec plaisir.

Nous retournâmes au musée. Les affiches plus récentes témoignaient d'un regain d'invention. Une main gigantesque et une multitude de petites mains dressées sur fond rouge : « Nous allons réaliser le plan de grands travaux. » Un paysan aux yeux bandés marche au bord d'une falaise : un faux pas et il tombe. « L'analphabète est comme un aveugle qu'attendent l'échec et le malheur. » Une main saisit par le col et déchire la chemise d'un ivrogne buvant au goulot une bouteille de vodka. « Stop, dernier avertissement. »

— Avouez que c'est moins abêtissant que la réclame pour un apéritif que j'ai vue dans les tunnels du métro parisien : « Du bon… Du beau… Dubonnet ! » Chez nous la publicité pour l'alcool est rigoureusement interdite. Nos affiches n'ont rien de vénal ni de mercantile. Propagande pour des idées, oui. Publicité pour des produits, non. Nous ne sommes pas des étala-

Affiche du plan quinquennal, 1930.

Paysan au bord d'une falaise, affiche.

gistes. Nous ne proposons rien à acheter. Comme une bonne peinture, l'affiche soviétique est *désintéressée.*

Nous continuâmes la visite par les salles consacrées au travail et au sport. Un tractoriste se penche à la portière de son engin dont le phare éclaire la campagne, et voilà illustrée la nécessité de travailler même la nuit. Un ouvrier en casquette sort d'une banque radieux : il a été averti qu'il aurait moins d'impôts à payer. « Quel bonheur ! » souligne naïvement la légende. Deux gracieux baigneurs torse nu, un jeune adulte et un adolescent, se frottent les épaules avec une serviette en échangeant un sourire entendu. « Ne négligez pas un salutaire entraînement physique. » En Occident on rirait sous cape, on trouverait ce conseil des plus équivoque. Pas ici, où tout respire santé et droiture. Le corps n'inspire que des pensées diététiques. De deux femmes du même âge debout côte à côte sur la même affiche, l'une, mince et jolie, déclare : « Je mange beaucoup le matin, au petit déjeuner », l'autre, grosse et beaucoup moins avenante, avoue la cause de son précoce embonpoint : « Je mange beaucoup le soir, au dîner. »

Nous étions sans conteste dans la peinture de ces « bons sentiments » dont il est convenu qu'il faut se moquer à l'Ouest, en oubliant qu'ils ont toujours été à l'honneur dans la culture russe, bien avant le communisme, j'étais d'accord avec Borissenko sur ce point.

Igor était toujours à la traîne. Pour essayer de le ramener dans la conversation, je me hasardai à dire que les vieilles icônes pouvaient être considérées comme les affiches du Moyen Âge.

Tractoriste, affiche.

Baigneurs, affiche.

— Lénine et Staline sont reproduits à satiété, mais pas plus que ne l'étaient le Christ, la Vierge, les anges et les saints. Un mur couvert d'affiches remplit le même office qu'une paroi d'icônes dans une église. Qu'en penses-tu ? lui demandai-je. N'est-ce pas une sorte d'iconostase laïque ?

— Joli mot ! s'exclama Borissenko. Mais pourquoi, ajouta-t-il en se tournant vers moi, votre ami a-t-il l'air aussi triste ? Comme il est pâle ! Se sent-il bien ?

Pour éviter de répondre, je continuai à plaisanter.

— La sainteté est passée aux ouvriers modèles et aux champions sportifs. Le Pantocrator des églises s'est mis la casquette du cycliste.

Même en blaguant, je m'en voulais d'acquiescer aussi vite au sacre d'un art avant tout publicitaire. L'affiche a-t-elle plus de valeur que la vignette d'un timbre-poste ? En quoi diffère-t-elle du message qu'un industriel de l'Ouest commande à un graphiste pour vanter ses produits ?

Devant un poster différent des autres je ne fus plus si sûr de ma réponse.

— Niez-vous, reprit Borissenko, piqué de mon ironie, qu'une vérité pénible pour vous soit exprimée ici ? J'ai lu une statistique sur le chômage des musiciens en Occident. À faire dresser les cheveux sur la tête ! Il en va tout autrement chez nous.

L'affiche bipartie n'était que trop véridique. Dans la partie gauche un jeune violoniste, prostré, erre dans la rue et s'adosse à une maison sous la réclame pour un whisky. Il serre d'une main crispée son instrument inutile. Vêtu d'un veston trop léger, il n'a qu'une écharpe pour se protéger du froid. Une mèche retombe triste-

Jeune violoniste, affiche.

ment sur son front. Dans la partie droite, le même virtuose, bien habillé, bien peigné, joue avec un orchestre devant une salle comble. Il a pu s'acheter une montre-bracelet que dégage sa manche descendue quand il lève le bras pour empoigner son violon. « Dans les pays capitalistes, le talent n'a pas d'avenir… En pays socialiste, la voie est grande ouverte ! »

— Avez-vous toujours envie de railler ?

Enfin, je crus pouvoir tenir ma revanche. Au bout du musée, dans la salle du fond, un grand tableau à l'huile m'intrigua. Staline assis dans le palais du Kremlin présidait une table de hauts dignitaires. Je reconnus Boukharine, Yagoda, du Guépéou, Vorochilov, commissaire à la Défense, Ordjonikidze, commissaire à l'Industrie lourde, Mikoyan, commissaire aux Affaires économiques du Caucase, Dzerjinski, chef de la Police politique, Kirov, secrétaire du Parti à Leningrad, mais, à droite de Staline, un personnage avait été effacé et remplacé par un autre. Sous la figure ronde et moustachue de Molotov, on distinguait nettement des restes de la barbiche de Trotski.

— Eh professeur ! Vous m'accorderez, cette fois, que l'artiste n'a pas été très courageux devant le pouvoir, en éliminant de son tableau celui qui venait d'être expulsé de l'Union soviétique !

Sans se démonter, il me répondit :

— Nous n'avons pas inventé ce tour de passe-passe. Un peintre français en a donné l'exemple. Le même David dont nous parlions tout à l'heure n'a-t-il pas retouché, sur l'ordre de Napoléon, *La Distribution des aigles* ? Dans la première version de ce tableau, l'empereur avait à sa droite l'impératrice Joséphine. Napoléon l'ayant répudiée cinq ans plus tard pour se remarier avec Marie-Louise, le peintre effaça la première épouse. D'où un vide dans le tableau, qu'il essaya de combler en partie par la jambe d'Eugène de Beauharnais étirée au-delà du raisonnable. En admire-t-on moins le tableau ? Si Trotski…

Mais aussitôt, ayant remarqué que deux hommes l'écoutaient, il se tut sans terminer sa phrase. Ce brusque accès de servilité devant des inconnus, cet aveu implicite qu'il pouvait être dangereux de seulement mentionner le nom de l'ancien compagnon de Staline tombé en disgrâce, jetèrent un froid dans notre discussion. Après quelques banalités hâtives sur le temps, le professeur prit congé de nous. On le suivait et on le surveillait depuis le début de notre visite, il venait de s'en rendre compte. Le seul fait de rester si longtemps avec des étrangers ne suffisait-il pas à le rendre suspect ?

Igor fut très affecté de cet incident. Borissenko lui était devenu sympathique. Constater que le titulaire d'un poste aussi élevé dans la hiérarchie des personnages d'État, un directeur de musée, un homme aussi indépendant, qui avait acheté des Picasso et des Max Ernst, se mettait à ramper dès qu'il croyait avoir dépassé les limites permises, raviva son angoisse.

Il restait moins de deux semaines avant le retour de Tarouzov. Des diverses personnes auxquelles nous nous étions adressés pour cacher les enfants aucune ne s'était dite prête à courir un tel risque. Igor en vint à craindre que nos interventions pour sauver ses cousins ne fissent que les exposer davantage. Il luttait comme il pouvait contre le désespoir. Impuissant à l'aider, je l'entendais, la nuit, de l'autre côté de la cloison, se retourner dans son lit en proie sans doute à d'affreux cauchemars.

84

Leningrad

La nouvelle se répandit dans le monde. Tous ceux qui s'intéressaient à la peinture et aux musées de peinture en furent stupéfaits : sous prétexte que la moisson avait été mauvaise, qu'il devait acheter du blé pour ses compatriotes et que l'Union soviétique manquait d'argent, Staline vendait à un ressortissant américain une vingtaine des tableaux de l'Ermitage. Entamer le patrimoine de l'État, c'était commettre une forfaiture ; appauvrir un des plus grands et beaux musées du monde, un véritable sacrilège. Le Louvre eût-il annoncé la vente de *La Joconde* à un milliardaire que le choc dans l'opinion internationale n'eût pas été plus fort. L'événement soulevait une telle émotion que le gouvernement soviétique voulut donner à la transaction un caractère scientifique : il demanda à des experts d'orienter le choix des tableaux et de répartir entre les diverses écoles le démembrement du musée.

En tant que spécialiste de Poussin et de l'art français du dix-septième siècle, je reçus l'ordre de me rendre à Leningrad, où, en marge de mon ambassade officielle, le « Chef » me confia la mission de contacter et d'interroger discrètement les étrangers de passage, pour repérer ceux qui se livraient à l'espionnage sous couleur d'établir des relations économiques ou de faire du tourisme.

L'acheteur des tableaux était un riche industriel de Washington, nommé Andrew Mellon. Il avait communiqué la liste des peintres qu'il excluait de la négociation : les impressionnistes, les Van Gogh, les Gauguin, les Matisse, les Picasso achetés à Paris au début du siècle quand personne en France ne s'y intéressait. Leur valeur avait décuplé en trente ans. M. Mellon, pensant être original, et l'étant en effet, ne voulait puiser pour sa collection privée que dans le « classique », c'est-à-dire dans ce qu'il y avait de moins à la mode.

La presse de l'Ouest, inquiète de la montée du nazisme en Allemagne et du durcissement de la politique fasciste en Italie, n'informa que brièvement les lecteurs du désastre artistique qui allait frapper la Russie. Elle ménageait Staline et son régime, au point de ne faire que des allusions circonspectes à la rumeur insistante selon laquelle le blé ne manquait en si grande quantité en URSS que parce que la campagne de collectivisation avait ruiné l'Ukraine, grenier de la Russie. Stigmatisés sous le nom devenu tristement fameux de *koulaks*, les paysans ukrainiens avaient été fusillés dans des proportions massives, presque exterminés. On parlait de millions de morts, de centaines de milliers de fermes en ruine, de districts entiers à l'abandon, chiffres auxquels Igor, si affreusement qu'il se heurtât lui-même à la violence du pouvoir, ne voulait pas encore prêter foi.

J'entrepris des démarches pour lui obtenir l'autorisation de m'accompagner. Je craignais que le « Chef » ne voulût le retenir à Moscou, ou que Tarouzov n'eût laissé des ordres pour ne pas le laisser s'éloigner. Au contraire, pour parfaire son œuvre de séduction, celui-ci avait prescrit de faciliter tous les souhaits du jeune homme. Du barrage sur le Dniepr, il téléphonait chaque jour au siège du Guépéou pour s'enquérir de ce qui ferait envie à son protégé. Un officier de la Loubianka passait tous les matins à l'hôtel. Il repartait bredouille dans sa Zis aux vitres opaques, sauf le jour où je lui remis la demande de laissez-passer. Igor obtint celui-ci en vingt-quatre heures. Je me gardai de lui dire comment je le lui avais procuré. Il eût repoussé avec horreur une faveur due à « l'ordure ».

Nous partîmes au mois de juin. Amaigri, il dépérissait. Nulle diversion ne me paraissait plus indiquée qu'un séjour dans l'ancienne capitale des tsars. Elle passait pour la plus belle des grandes villes du monde ; il y avait longtemps que je désirais y aller ; la période des nuits blanches ajouterait à son éclat.

Peut-être. Mais le plan en éventail, les rues tracées au cordeau, les canaux parallèles, la perspective Nevski droite sur plusieurs kilomètres et bordée d'immeubles de même hauteur, la majesté des palais construits dans un style uniforme, les cadences harmonieuses des portiques répétées indéfiniment, les flèches en or dont la pointe se perdait dans le brouillard, la monotonie d'une architecture invariablement noble, rien de cela n'était fait pour un caractère passionné rongé par le tourment.

Il se lassa vite. Cette ville trop ordonnée, trop sereine, l'irritait. Il critiqua l'alignement méthodique de ces édifices homogènes.

Tous mes efforts échouèrent. Il préféra s'enfermer avec moi dans la galerie de porphyre du palais d'Hiver aménagée en salle de conférences. On y avait dressé, devant les deux *Madone* de Léonard de Vinci et le *Jeune garçon accroupi* de Michel-Ange, la table des pourparlers, qui durèrent plusieurs jours, entre les conservateurs du musée et les envoyés d'Andrew Mellon, placés sous la direction du colonel Samuel Kress.

— Vingt et un tableaux, précisèrent les Américains, en exhibant une lettre signée de Staline. Quatre millions de dollars seront versés en échange. Voici les titres de nos banques et leurs certificats de garantie.

Ce décompte froid prouvait la volonté de traiter cette affaire comme s'il s'agissait d'acheter du manganèse de Nikopol. Pourquoi le gouvernement n'avait-il pas songé à vendre une partie de la production de caoutchouc synthétique, ou à se défaire des surplus industriels qui encombraient le carreau des usines ? La Russie avait besoin de blé, mais Staline visait un autre but en le troquant contre des tableaux : punir les tsars, qui les avaient achetés et accumulés en si grand nombre, de n'avoir pas employé cet argent à soulager les misères du peuple.

Karl Marx : « Fruit de l'oisiveté et de l'égoïsme des classes riches, l'art ne constitue pas une priorité pour le prolétariat. »

Le directeur et les conservateurs de l'Ermitage étaient consternés. Le professeur Larski, directeur du musée, rappela aux Américains l'histoire des collections, dans l'espoir qu'ils feraient leur choix à bon escient, en évitant de dépareiller un ensemble unique non seulement par la qualité des œuvres mais encore par leur origine. Elles avaient été rassemblées, dès le dix-huitième siècle, par Catherine II sur les recommandations de Diderot. Invité à Saint-Pétersbourg et promu conseiller officiel de la Cour, le philosophe français avait eu à cœur de faire acheter à l'impératrice la fine fleur de la production européenne. Les tableaux mis en vente par un financier parisien formèrent le noyau du musée : douze Rubens, sept Van Dyck, quatre Raphaël, un Giorgione, quatre Véronèse, une demi-douzaine de Titien, huit Rembrandt, trois Watteau, cinq Poussin, quatre Le Nain, six Lorrain...

— Et deux Simon Vouet, se hasarda à dire Igor, qui n'était pas invité officiellement à la conférence.

Tous se tournèrent avec étonnement vers ce jeune homme pâle et ardent et crurent qu'il était dûment accrédité.

— L'impératrice avait partout des émissaires, reprit le professeur Larski, à Dresde, à Vienne, à Londres, à Berlin, porteurs de grosses sommes d'argent et d'ordres d'achat illimités.

— Le prince Galitzine, son ambassadeur à Paris, acheta pour elle deux autres Poussin, *Tancrède et Herminie* et *Renaud et Armide*, dit le professeur Andreïev, conservateur du département français.

Comme il y avait parmi les membres de la commission un fonctionnaire du Guépéou, il m'entraîna dans l'embrasure d'une fenêtre pour me confier son chagrin.

— L'Ermitage reflétait le goût, la volonté d'une femme, on avait là un exemple unique de collection réunie par une seule personne. Catherine II intervint dans toutes les ventes européennes. Comme l'école espagnole n'était que pauvrement représentée, elle insista pour acquérir à la vente Choiseul deux Greco, huit Murillo, deux Vélasquez, trois Ribera, deux Zurbaran.

Il baissa encore la voix.

— C'est déjà une première faute que d'avoir envoyé à Moscou le *Renaud et Armide* en le séparant du *Tancrède et Herminie.* Poussin avait conçu en pendants les deux scènes du Tasse. Ce sera un crime que de réaliser l'opération qu'on nous demande aujourd'hui...

— Bah ! Les Italiens ont fait de même, lui dis-je. Les Offices manquant de certains peintres, la direction a prélevé des tableaux dans la galerie personnelle des Médicis, où pendant plus de deux siècles leur famille les avait rassemblés. Il y eut une émeute à Florence, quand on vit partir du palais Pitti *La Madone au long cou* de Parmigianino, les Pontormo, les Rosso Fiorentino. Les gens se couchèrent à l'entrée du Ponte Vecchio pour en obstruer le passage. Les autres ponts furent défendus par des barricades qui ne furent enlevées que par les sapeurs-pompiers sous la protection de la police.

— Comment voulez-vous que nous protestions, nous ? Tout se décide en haut lieu, me dit le professeur. Bouleversé à l'idée que des tableaux de son département allaient sans doute grossir le butin des visiteurs, il en oubliait la prudence à observer avec un étranger.

85

Du blé contre des tableaux

Je lui serrai la main derrière le rideau, et nous retournâmes à la table des discussions. J'avais préparé mes arguments. Quand j'eus la parole, ce fut pour dissuader les envoyés américains de porter leur choix sur les Lorrain et les Poussin. Je n'avais oublié ni les salles désertes du musée Pouchkine, ni mes conversations avec le professeur Borissenko.

— Je crains, leur dis-je, que les allusions historiques et mythologiques dont les tableaux des peintres français sont *excessivement* alourdis soient trop *étroitement* européennes pour intéresser un amateur américain. Il faut être *spécifiquement* initié à la culture gréco-latine et avoir gardé intacts ses souvenirs scolaires pour comprendre les sujets traités et en apprécier la valeur artistique. Notre Europe est trop *égoïstement* repliée sur elle-même ! Elle croit, la pauvrette, que les références sur lesquelles elle s'appuie sont *forcément* universelles ! Que comptent les 130 000 km^2 de la Grèce et les 300 000 km^2 de l'Italie auprès des 9 millions de km^2 des États-Unis ?

Cette pléthore d'adverbes, soulignés à dessein, ce

mea culpa hypocrite et ce chiffrage géométrique de l'importance culturelle de leur nation eurent un effet inespéré. Les envoyés de M. Mellon me remercièrent par de larges sourires : ils considéraient comme une supériorité des États-Unis l'ignorance complète d'un passé aussi lointain que localisé dans de minuscules territoires. Je réussis à sauver l'ensemble de l'école française, de Louis XIII à Louis XVI, qualifiée par moi d'« archéologique » : outre les Poussin, les Lorrain et les Simon Vouet, le Bellange aux noirs si mystérieux, les Chardin, les Fragonard, les Greuze. Pour les cinquante Hubert Robert, j'avais trouvé un argument imparable :

— Il n'a peint que des ruines.

— Oh ! Vieux ou neuf, nous n'aimons que ce qui est entier ! Le Colisée serait plus beau s'il avait été terminé, nous a dit M. Rockefeller junior en revenant de Rome. Il se propose de débloquer des fonds pour son achèvement.

— Quelles seraient les préférences en peinture de M. Mellon ?

— M. Mellon prend tout ce qui est signé d'un grand nom, sauf les nus et les crucifixions, genres pour lequel il ne cache pas son aversion.

Personne n'étant là pour défendre l'école italienne, quelques-uns de ses fleurons sont partis pour les États-Unis. L'absence de ces tableaux déséquilibre les collections de l'Ermitage. Tu serais surpris, Arturo, de la place plus faible occupée par les Italiens en comparaison des départements français, flamand ou hollandais. Catherine II aimait tant la peinture italienne !

Furent vendus :

De Raphaël, la *Madonna Alba*, qui atteignit la cote la plus élevée, 233 000 dollars, « Sainte Famille » aux courbes délicates, médaillon aux tons fondus, la plus suave et accomplie de ses « Sainte Famille », dans un décor de montagnes bleutées.

De Raphaël encore, *Saint Georges et le dragon*, apologie du dévouement chevaleresque et du courage viril, vertus très appréciées des compatriotes de George Washington.

— *Well* ! Il monte comme un cow-boy ! s'exclama le colonel.

De Botticelli, *L'Adoration des mages.*

— Épatant ! s'écria celui qui semblait être un ami intime de M. Mellon. Le peintre a oublié qu'un des trois était nègre.

Le colonel répondit que ce n'aurait pas été une objection.

De Giovanni Bellini, *Orphée.*

De Véronèse, *Moïse sauvé des eaux.*

Ainsi que plusieurs portraits de jeunes hommes, genre apparemment plus du goût de M. Mellon.

Bien que ce tableau ne fût pas de mon ressort, j'intervins pour sauver l'unique Caravage. Les Américains manifestèrent l'intention d'ajouter à leur lot *La Joueuse de luth.*

Comme j'avais gagné leur confiance, je me permis de leur dire :

— Je crois que le cartel est erroné.

— Le tableau ne serait pas de Caravage ?

— Si, l'authenticité ne peut être mise en doute.

— Nous le prenons, dans ce cas.

— Le personnage qu'il représente est un peu… particulier.

— Une jeune femme qui joue du luth sera tout à fait agréable à M. Mellon qui vient de fonder un ensemble de musique médiévale.

— Mais ce n'est pas une jeune femme.

— Que dites-vous ?

— « La joueuse » est en réalité « le joueur ».

— Comment est-ce possible ?

— Une récente expertise l'a établi.

Le professeur Larski, horriblement gêné, acquiesça.

— *My God* ! Ce n'est pas une femme ?

La commission décida de se transporter sur place avec les Américains.

— Les yeux fardés, les lèvres peintes, les joues maquillées, l'air alangui, la tenue négligée, dis-je, ont longtemps fait croire qu'il s'agissait d'une femme. Mais regardez l'attache du cou, regardez la clavicule, regardez les poignets, là où on ne peut tromper la nature. C'est un cou, c'est une clavicule, ce sont des poignets, c'est une ossature de garçon.

— *Shocking* ! Un garçon fardé comme une femme !

— Jamais M. Mellon ne voudra mettre à son mur une telle dégoûtation !

M. Larski approuva.

— Le public russe est lui aussi d'une saine moralité. C'est pourquoi, ajouta-t-il en rougissant de sa lâcheté, je n'ai pas rectifié le cartel.

— *God bless you*, dit le colonel.

— La vérité scientifique n'est pas toujours bonne à proclamer.

— À votre place, reprit le colonel, si vous m'autorisez à exprimer ma très humble opinion, je retirerais le tableau de la cimaise et le déposerais dans les réserves, là où il ne serait accessible qu'à un public averti et avec un permis spécial. En Amérique, nous devons jurer sur la Bible, avant d'exposer un tableau, qu'il ne contrevient pas aux bonnes mœurs.

Nous revînmes dans la salle de conférences.

— Je sais que M. Mellon ne veut pas de nus, dit M. Larski. Mais peut-être fera-t-il exception pour celui-ci, ajouta-t-il en indiquant dans le catalogue des reproductions un petit Cupidon ailé intitulé *Amour dans un paysage*. Regardez, le garnement n'a pas plus de trois ou quatre ans. Un enfant aussi jeune ne saurait prêter à de mauvaises pensées. N'est-il pas le plus candide et gentil des bambins ? L'état de nature ne convient-il pas à cet âge ?

— À la rigueur… Nous avons lu Jean-Jacques Rousseau, ami de Benjamin Franklin et référence pour les quakers. M. Mellon éprouve beaucoup de sympathie pour leur doctrine… Jusqu'à quatre ans, il faut que les membres de l'enfant restent libres, sans les habillements ridicules qu'exige le séjour dans les villes… Nous savons que l'homme est né bon, et que si la société ne vient pas le gâter…

— Justement, ce garçonnet encore à l'abri de la civilisation reflète dans la naïveté de sa pose enfantine et la fraîcheur de son petit corps potelé l'innocence du paysage qui l'entoure.

— Intéressant… Intéressant… Mais le nom du peintre, s'il vous plaît ?

M. Larski, soudain mal à l'aise, marqua un temps avant de répondre.

— Giovanni Antonio Bazzi.

Aucun des Américains n'en avait entendu parler.

— Bazzi, dites-vous ? M. Mellon n'est à la recherche que de célébrités.

— À vrai dire, il est très connu, mais seulement par le surnom que ses habitudes lui ont valu.

— Quelles habitudes ?

— Son surnom vous les dira.

— Eh bien ?

— … Sodoma…

Le colonel sursauta.

— Un sodomite ! Par respect pour le peuple russe, dit-il d'un ton sévère, je ne rapporterai pas à M. Mellon la tolérance que trouve chez vous un suppôt de Satan. L'Éternel ne vous est-il jamais apparu pour vous ordonner de brûler ses tableaux ?

— Andrew, renchérit l'ami du mécène, vit dans la crainte du Tout-Puissant.

Après quelques minutes d'embarras réciproque, la discussion reprit. Les Russes voulaient se débarrasser, par ordre du commissaire du peuple à l'Instruction publique et aux Beaux-Arts, de deux tableaux dont les Américains ne voulaient pas : la *Vénus au miroir* de Titien et une *Crucifixion* de Pérugin.

— Pas de nus, pas de crucifixions, répétèrent les Américains. Les nus choquent M. Mellon, les crucifixions lui donnent le cafard.

La transaction fut pourtant conclue, les Russes menaçant de ne pas céder un Rembrandt, *La Femme de Putiphar*, que M. Mellon tenait absolument à acquérir, pour donner à la jeunesse américaine, qu'il accusait de s'adonner au jazz, à l'alcool et au sexe, l'exemple du jeune, biblique et pur Joseph. Sommé par la femme de son maître, qui lui ouvre son lit, de coucher avec elle, le jeune esclave refuse les avances de l'épouse adultère. Rembrandt l'a représenté les mains croisées pieusement sur sa poitrine, dans un geste plein de modestie et de dignité.

— Écoutez-nous, dit avec une certaine solennité le chef de la délégation américaine, M. Mellon n'a engagé toute cette négociation que pour entrer en possession de ce tableau de Rembrandt.

— Auquel nous tenons beaucoup aussi, et sans doute pour les mêmes raisons, répliqua le directeur de l'Ermitage. Trop de nus provocants, trop de figures douteuses encombrent notre musée.

— Selon la Bible, renchérit l'ami de M. Mellon, Joseph était « beau de tournure et beau de figure », mais le jeune homme, pénétré de sa mission, ne voyait pas autre choses dans ces avantages qu'un piège tendu par le Malin.

Cet assaut de vertu puritaine prépara le dernier marchandage. Les Américains demandèrent si, nu pour nu, ils ne pourraient pas emporter la *Judith* de Giorgione de préférence à la *Vénus* de Titien. Bien que sensuelle et provocante, la *Judith* n'est pas tout à fait nue, en vérité, mais tout comme, sa robe en voile transparent étant fendue jusqu'au haut de la cuisse. Elle aurait cet immense avantage, aux yeux de M. Mellon, d'être peinte une épée à la main, foulant au pied la tête d'Holopherne qu'elle vient de décapiter ; plutôt mince de surcroît, comme il convient à une guerrière, qui n'a séduit le général ennemi que pour sauver sa ville qu'il assiégeait ; une véritable héroïne, qui a sacrifié son corps par abnégation patriotique ; une sainte, qui s'est prostituée pour la bonne cause ; contrairement à la *Vénus*, image de la volupté ; grasse, païenne, couverte de bijoux ; ramenant la main sur son cou pour mieux mettre en valeur une mamelle ronde, florissante et pulpeuse ; et quel nombril doucement vallonné au creux d'un bassin opulent !

Les Américains furent unanimes.

— Un attentat à la pudeur.

— Un outrage à la chasteté.

— Un danger pour nos jeunes gens, qui auront moins d'entrain au base-ball.

Les Russes tinrent bon : ou il fallait emporter la *Vénus au miroir* de Titien, ou le Rembrandt ne serait pas cédé. Les Américains s'inclinèrent. Pour ne pas avoir l'air de reculer, ils dirent que M. Mellon ne leur avait pas positivement interdit d'acheter des tableaux qui n'étaient pas de son goût ; s'ils ne lui plaisaient pas, leur avait-il confié magnanime, ils plairaient peut-être à ses héritiers.

Afin de corroborer leurs dires, ils acceptèrent la *Crucifixion* de Pérugin, les Russes affirmant que celles de Rubens, de Rembrandt et de Zurbaran suffisaient pour le musée d'une société laïque.

— Le paysage à l'arrière-plan est vraiment magnifique, dirent les Américains, pour cacher le dépit d'avoir eu la main forcée.

Le merveilleux et pathétique portrait par Van Dyck d'Isabelle Brant, première femme de Rubens, déjà malade quand Van Dyck l'avait peinte, et l'*Annon-*

ciation de Jan Van Eyck dans son décor de cathédrale gothique, autre joyau de l'Ermitage, furent du nombre des chefs-d'œuvre emportés par le colonel.

— Enfin, dit celui-ci en s'adressant à son secrétaire, combien reste-t-il sur la somme ?

— Près de deux cent mille dollars.

— Nous prendrions bien, pour compléter les quatre millions, le portrait du pape Innocent X par Vélasquez. Quel regard droit chez cet homme ! Quelle volonté inflexible ! M. Mellon appréciera l'image de fermeté morale qu'il nous donne, bien qu'il n'ait pas suivi la Réforme et soit resté le chef des hérétiques.

86

Présages

De retour à Moscou, nous apprîmes, stupéfaits, l'arrestation d'Anatole Tarouzov. Cueilli au petit matin dans son luxueux appartement de l'hôtel Savoy, un des deux palaces de Moscou, et déféré devant un tribunal spécial, l'agent du Guépéou pour les quartiers nord-est avait été condamné à cinq ans et expédié dans un camp. Informé par le « Chef », qui s'abstint de tout commentaire, je revins en courant à notre hôtel, appelai Igor dans le couloir, le prit dans mes bras. Il pleura contre mon épaule, et nous allâmes dans un café voisin fêter sa libération.

Quelle faute avait pu motiver l'arrestation de Tarouzov et la sévérité du tribunal ? Les hypothèses les plus diverses furent passées en revue : manque de zèle, insuffisance de « rendement » (c'est-à-dire liste trop maigre de suspects présentés à la justice), critiques à l'adresse du « Chef », réserves sur la politique de Staline, enrichissement illicite, truquage sur les notes de frais.

— Pourquoi feignons-nous de chercher ? dit Igor, très inquiet. La non-dénonciation d'un prince Sermalov et de sa famille aura suffi à accabler Tarouzov. Ah ! les pauvres enfants !

— Réfléchis un peu. Tarouzov n'avait pas besoin de *dénoncer* tes parents. Le « Chef » était parfaitement au courant de leur existence. Le Guépéou les avait fichés depuis longtemps. Tarouzov était couvert de ce côté. Son silence faisait partie d'une tactique et lui valait des compliments. L'explication est ailleurs.

— Ivresse publique, peut-être ? Le régime a voulu faire un exemple. La campagne de tempérance a succédé à la campagne d'athéisme.

— Peut-être n'y a-t-il pas eu de motif du tout, me hasardai-je à dire. Marina, de quoi s'était-elle rendue coupable ? Le grief avancé par Tarouzov ne me semble pas suffisant.

— En effet… Elle n'a pas été arrêtée pour si peu… Il m'aura menti… L'argument du « petit ami » n'était qu'une grossière manœuvre. Il voulait exercer sur moi son chantage… Elle a sûrement commis quelque faute grave… Par exemple, faire du marché noir avec les provisions de l'hôtel…

— Pas besoin de chercher si loin. Tu n'as pas encore compris comment fonctionne le système ? Elle a peut-être un frère qui n'a pas rempli ses obligations en vue de la réalisation du plan quinquennal, cela suffit pour passer en jugement. Le « Chef » a démis de ses fonctions et envoyé dans les mines un agent sur le simple soupçon qu'un de ses oncles avait combattu en 1919 avec les Blancs. Un autre a été arrêté parce que le village dont il est originaire et où il n'est pas retourné depuis plusieurs années n'a livré à la Centrale des grains que trois cents tonnes de blé.

— Tant d'injustice est impossible.

— Non seulement un prétexte n'est pas nécessaire pour qu'on t'arrête, te juge sommairement et te condamne, mais l'absence de prétexte renforce le prestige du régime et son pouvoir occulte d'intimidation. L'arbitraire le plus absolu est la meilleure arme de gouvernement. Il faut inculquer aux deux cents millions de Russes, par des descentes de police régulières et des arrestations fréquentes, décidées au hasard, exécutées sans préavis, la conviction que personne, même le serviteur le plus méritant, n'est à l'abri d'une disgrâce. La force du système repose sur la menace suspendue en permanence au-dessus de chacun. La simple dénonciation imaginaire d'un collègue suffit pour t'envoyer sans preuves derrière les barreaux.

— J'ai peine à le croire, mais tu as peut-être raison, finit-il par admettre.

Peu nous importait après tout de savoir de quelle faute l'ordure avait été inculpée. L'horrible chantage ne pesait plus sur Igor. Ni lui ni moi n'étions habitués à l'alcool. Nous bûmes plusieurs bières jusqu'à ce que la tête nous tournât. Igor était libre, notre amour était sauf ! Arrosons sa victoire ! Autre sujet de nous réjouir : puisqu'Anatole Tarouzov s'était vanté de surveiller en personne le grand-oncle et les allées et venues dans l'appartement, il était possible qu'à la suite de son remplacement par un autre chef de secteur on eût relâché la surveillance. L'arbitraire avait ceci de bon que ce qui avait été mis en place par le responsable d'un poste pouvait être annulé par celui qui lui succédait.

Nous résolûmes d'aller sur-le-champ rue Porivaïevoï. Aucune faction à la porte de l'immeuble. Nous montâmes à l'appartement, craignant d'y rencontrer le vieillard toujours soupçonneux à l'égard de son petit-neveu. Tante Eudoxia nous ouvrit. Pour la décider à nous confier les enfants, je lui dis que nous voulions les amener sur la tombe de saint Basile. Nous partîmes en promenade, non sans nous retourner souvent pour voir si nous n'étions pas suivis. Aucun policier sur nos traces. La famille, les enfants étaient provisoirement sauvés ! L'ordure n'avait sans doute brandi la menace de l'arrestation que pour arriver à ses fins avec Igor. Miracle ! C'était lui qui se trouvait maintenant en prison, hors d'état de nuire. À cette idée, nous fûmes pris d'un nouvel accès de gaieté. Devant l'étang du Patriarche, j'achetai au marchand de glaces installé sous les tilleuls des cornets pour les enfants et pour nous. Les glaces au lait, blanches, sans parfum, étaient un des rares délices de la Russie communiste. Ils jouèrent avec les canards de l'étang et s'enfuirent devant le cygne qui s'approchait d'eux le bec ouvert, pendant qu'Igor, assis à côté de moi sur un banc, pleurait de soulagement et de joie.

Nous étions si heureux, que, bravant le voisinage de l'odieuse Loubianka, nous décidâmes de leur acheter des jouets, dans le grand magasin presque contigu. Igor se rappelait les goûts de chacun. Arkadi, l'aîné, reçut un modèle réduit d'une locomotive du Transsibérien ; pour Katia, qui souhaitait une poupée, on avait un large choix de corps et de costumes, mais la seule tête à visser sur ces corps était celle de Nadejda Kroupskaïa, la veuve de Lénine. Serioja hésita entre deux animaux en peluche : un ours blanc du cercle polaire et un renne de la taïga. La petite Tania opta pour un fichu à carreaux comme en portaient les conductrices de tracteur.

Nous rentrâmes par l'église Saint-Nicolas et le boulevard des Étangs purs. Au bord de l'eau, un étudiant récitait des poèmes devant ses camarades.

— Attends, me dit Igor. Mettons-nous là sur ce banc. Il faut que je triture la Kroupskaïa jusqu'à rendre son visage méconnaissable, sinon la grand-mère se fâcherait et déciderait de ne plus nous les confier.

Il aplatit le nez, coupa la mèche et m'envoya acheter au kiosque de la place Tourgueniev un crayon de couleur gras pour barbouiller les joues d'un enduit écarlate.

Les enfants une fois raccompagnés, nous échouâmes dans un autre café. Je sortis un billet pour convaincre le gérant de nous servir, en dehors de l'horaire prescrit, cent grammes de vodka.

Est-ce sous l'effet de l'alcool ? Est-ce que parmi toutes les hypothèses envisagées au sujet de l'arrestation de Tarouzov notre ignorance de ce qui se tramait en haut lieu et notre confiance dans les acquis de la loi nous avaient fait écarter celle qui aurait dû se présenter la première ? Toujours est-il que, lorsque je fus rentré dans ma chambre, je ne m'aperçus pas tout de suite qu'elle avait été « visitée ». Les preuves de la fouille ne m'apparurent que peu à peu. On avait remué la literie, soulevé le matelas, entassé dans le tiroir les objets posés sur le bureau, bousculé les vêtements dans l'armoire, remis en désordre les livres dans la bibliothèque. Igor se voulut rassurant. La police n'avait fait qu'obéir aux vieilles habitudes tchékistes de vérifier de temps à autre si un étranger ne cachait pas des livres ou des documents proscrits.

Je n'avais rien à craindre de ce côté-là. Ma bibliothèque d'art s'était enrichie d'une étude sur le peintre Alexandre Deïneka en deux volumes et d'un album sur les affiches soviétiques, et, dans le coin des livres, à côté de classiques russes, anglais ou français du siècle dernier, ne se trouvaient que quelques romans russes récents revêtus de l'estampille officielle. Igor m'aidait à en faire la lecture sur les bancs du jardin Alexandre ou, s'il faisait trop froid, dans le hall de l'hôtel (le « salon » ne s'ouvrant qu'aux visiteurs de marque). *Terres défrichées* de Mikhaïl Cholokhov et *Le Ciment* de Fedor Gladkov trônaient en bonne place sur l'étagère, cornés et annotés de remarques attestant mon intérêt pour la littérature soviétique. Mon respect pour les souffrances et les luttes du peuple russe évoquées dans ces livres, mon attachement littéraire aux principes du réalisme socialiste, étaient prouvés. Le réceptionniste de l'hôtel, à l'affût derrière son comptoir, espion qui parlait trois langues, cerbère auquel nous avions soin de laisser des pourboires, pourrait témoigner qu'il ne nous avait jamais entendus interrompre notre lecture par un propos subversif ou moqueur.

Perquisition de routine, me dis-je, en remettant en ordre mes affaires sur la table et les couvertures sur le lit. Dans la chambre d'Igor, rien n'avait été dérangé. Qui aurait pu nous donner des éclaircissements, sinon la gardienne du couloir ? Elle abaissa les yeux en nous voyant approcher et feignit de s'absorber dans le décompte des clefs. Nous comprîmes que nous n'en tirerions rien et qu'elle nous soutiendrait n'avoir vu personne entrer dans ma chambre.

— Que cherchaient-ils chez moi ? demandai-je à Igor. Que signifie cette inspection ? Toi, ils t'ont laissé tranquille !

Il me répéta que les étrangers étaient soumis à des visites plus ou moins régulières, et qu'aucun danger n'était à redouter pour moi. De toute façon, ajouta-t-il, nous n'allions pas nous tracasser pour si peu, après la fantastique nouvelle de l'arrestation de l'ordure.

Comme il était impossible de bavarder dans l'hôtel et d'y fêter une nouvelle fois l'événement, nous ressortîmes et longeâmes les boulevards verts jusqu'à un café de l'Arbat, assez distant pour calmer par les bienfaits de la marche notre excitation. Tenant à payer cette tournée, Igor soudoya le garçon pour un flacon de vodka, cent grammes encore, que nous bûmes en trinquant plusieurs fois.

Sans doute étions-nous éméchés quand nous fîmes retour dans nos chambres, car, apercevant un policier en uniforme qui m'attendait devant la mienne, je crus qu'il venait me donner un avertissement pour abus de consommation alcoolique.

— Camarade Ettore Romagnolo ? me demanda le policier.

À mon signe de tête, il me tendit un papier marqué d'une signature et d'un tampon. J'étais convoqué à la police pour le surlendemain.

— Avec ton passeport, camarade.

— Opération courante, me dit Igor, tu dois le faire renouveler. Il n'y a pas de quoi t'inquiéter.

87

Place Pouchkine

Le lendemain matin, je voulus repérer les lieux avant de me rendre chez l'inspecteur, visite au sujet de laquelle, après réflexion, je n'étais plus aussi optimiste.

Igor tint à m'accompagner. L'en-tête de la convocation indiquait la rue du commissariat, « Tverskaya », et un numéro très éloigné dans cette rue, qui pouvait être « 195 ». Le mot « Tverskaya » avait été biffé d'un trait de plume et remplacé, juste au-dessous, par « Maxime Gorki », le nouveau nom de la rue, griffonné au stylo et presque illisible. Le numéro aussi, raturé par mégarde, n'était déchiffrable qu'avec peine. N'avait-on pas eu le temps de renouveler le papier à lettres ? Ou la pénurie de papier contraignait-elle à ce rapiéçage ?

Nous remontâmes la rue vers la place Pouchkine, non sans remarquer qu'une foule plus nombreuse que d'habitude prenait la même direction. L'adresse indiquée devait être plus ou moins à hauteur du grand journal *Izvestia,* au-delà de la place Pouchkine et du boulevard vert.

Sur le côté droit de la rue, on avait repeint la façade de l'épicerie Elisseïev, vestige de la Belle Époque. J'y étais allé deux ou trois fois par curiosité de la décoration. Savoureux mélange de baroque alambiqué et d'Art nouveau, amalgame de colonnes torses, de rosaces en vitrail, de présentoirs en mosaïque, de caisses enregistreuses à volutes, éclairé par des globes en albâtre, fleuri de stucs de lierre au plafond, le magasin avait été fondé au début du siècle par un riche marchand de Saint-Pétersbourg, auquel on avait imposé d'installer le rayon des vins et des alcools au fond de l'épicerie, quand la loi ordonnait, sous l'influence du patriarche, de ne vendre aucun produit spiritueux à moins de quarante-cinq mètres de l'église la plus proche. Cette mesure, restée en vigueur après la Révolution, n'avait été rapportée que lors de la campagne d'athéisme. Les gérants de l'épicerie, nationalisée sous le nom de « Gastronome n° 1 », s'étaient empressés de réinstaller les bouteilles à l'entrée, aucun caractère sacré ne s'attachant plus aux églises. Puis, la campagne de tempérance ayant rétabli l'interdiction, nouveau revirement : nous vîmes les commis s'affairer à retransporter les bouteilles hors de vue des passants, auxquels cette comédie semblait indifférente. Magasin de grand luxe, le « Gastronome n° 1 » n'était fréquenté que par les dignitaires du régime et leurs familles. De longues et belles voitures de marque américaine, des Packard, des Lincoln, stationnaient en épi contre le trottoir. Le chauffeur en livrée attendait au volant, sans couper le moteur. Nous constatâmes que les Moscovites passaient devant les étalages de pâtés en croûte, de volailles en gelée, d'ananas entiers, de magnums de champagne, sans même jeter un coup d'œil sur ces victuailles hors de leurs moyens.

La foule devint si dense aux abords de la place Pouchkine que nous eûmes du mal à nous frayer un passage. Sans doute rendait-on un nouvel hommage au poète national, et devrions-nous attendre la fin des discours pour traverser la place et remonter la rue jusqu'au commissariat. Des discours, il y en eut en abondance, selon la coutume soviétique, mais cette fois en l'honneur de Maxime Gorki, présent. On l'avait hissé sur le socle de la statue de Pouchkine, et, de loin, enveloppé frileusement dans une capote d'hiver malgré le soleil déjà chaud, il nous parut vieux et las, répondant aux vivats de la foule par un geste de main fatigué.

Nous avions assisté, dans les débuts de notre séjour, au changement des plaques toponymiques de la rue de Tver, rebaptisée au nom du romancier. Je me rappelais les échelles appuyées contre les murs et les ouvriers avec leurs boîtes de clous. Aujourd'hui, avait lieu l'inauguration officielle de la « rue Maxime Gorki ». À soixante-quatre ou soixante-cinq ans, il était au faîte de sa gloire. Staline l'avait logé dans un somptueux hôtel particulier confisqué à un homme d'affaires. Le chef du Parti communiste et maître de l'URSS entourait l'écrivain de mille prévenances. Escorté du commissaire du peuple Vorochilov et de plusieurs membres du Politburo, il lui avait rendu une visite solennelle, illustrée par le photographe du Kremlin et commentée par toute la presse. L'auteur de *La Mère* était la caution intellectuelle du régime. Il écrivait régulièrement dans la *Pravda*, intervenait dans tous les problèmes, chacun de ses articles étant attendu comme un oracle.

Igor, qui admirait beaucoup son œuvre et me vantait ses qualités de styliste, voulut le voir de plus près. Il me poussa en avant jusqu'au pied de la statue. Cet hommage public lui redonnait confiance dans un régime qui montrait tant d'estime et de respect pour la littérature.

— Si l'inauguration n'avait pas eu lieu aujourd'hui, me dit-il, tu n'aurais pas bénéficié d'un sursis pour présenter ton passeport. Je suis sûr que le personnel du commissariat a été invité. Dans quel autre pays donnerait-on congé aux flics pour assister à une cérémonie littéraire ?

Les lambeaux de discours que nous réussîmes à saisir louaient l'indéfectible et infatigable engagement de Gorki envers le prolétariat.

Un orateur retraçait sa carrière.

« Celui auquel nous apportons aujourd'hui le salut de la nation était né Alexis Pechkov. Fils d'une famille très pauvre, comme était pauvre sous les tsars la classe opprimée des artisans et des employés, obligé de travailler dès l'âge de dix ans, tour à tour apprenti cordonnier, ramasseur de chiffons, débardeur de planches, garçon boulanger, balayeur de rues… »

Etc., etc. Je connaissais tout cela, je n'écoutais plus. Des bribes me parvenaient encore. « Exploité sans vergogne par les riches marchands de la Volga… », « Autodidacte adonné avec acharnement à l'étude… », « Robuste culture communiste… ». Malgré moi, pourtant, je tendais l'oreille. Bien que convenus, ces éloges me dessinaient le portrait d'un homme de cœur, à qui, si j'avais d'autres ennuis avec la police, ou si elle s'en prenait à Igor, nous pourrions demander un coup de main. « Le pseudonyme de Gorki ("Amer", me souffla Igor), devenu célèbre dans le monde, s'affiche aujourd'hui sur les plaques de la plus belle rue de Moscou… »

Des applaudissements frénétiques saluèrent ce morceau d'éloquence. Maxime Gorki répondit en soulevant lentement son chapeau.

L'orateur suivant exalta sa foi dans le communisme et sa haine du capitalisme.

« Il nous a enseigné la voie à suivre. Alors qu'en Occident les écrivains à la mode ne trouvent à raconter que les voyages en Italie, la vie de palace dans les grands hôtels, les bains de soleil sur les plages, l'agitation nocturne dans les bars, sans hésiter à mettre complaisamment en valeur les vices les plus répréhensibles, Maxime Gorki n'a cessé de nous guider dans le droit chemin. Prenez l'année 1902 : à quelques mois d'intervalle, deux œuvres littéraires ont vu le jour, l'une symbolisant la décadence de l'Occident, l'autre la santé morale de notre pays et son sens des responsabilités sociales. Un écrivain français de renom publiait à Paris un roman dont le seul titre, *L'Immoraliste*, souligne l'affront fait en France aux vertus aimées du peuple russe, pendant que Maxime Gorki faisait jouer sa pièce *Les Bas-fonds* qui met en scène des êtres déclassés par l'oppression capitaliste… »

Nouvelles acclamations.

« Vingt ans après, en 1922 exactement, les choses avaient-elles changé ? Le succès en Europe allait à un autre roman français, *La Garçonne*, répertoire de toutes les dépravations possibles dont nos jeunes filles sont heureusement protégées. Pendant ce temps, Maxime Gorki racontait dans son autobiographie par quelles dures épreuves et au prix de quels sacrifices il avait réussi à triompher de la barbarie capitaliste… »

Igor reconnut que les discours eussent été plus efficaces sans ce refrain de « oppression capitaliste », « barbarie capitaliste », servi toutes les dix lignes.

— Que veux-tu, me dit-il, tandis que nous rentrions à l'hôtel suivis par la clameur des ovations encore perceptible à l'angle de l'avenue Karl Marx, nous ne sommes plus au temps où c'était un Dostoïevski qui prononçait le discours pour l'inauguration de la statue de Pouchkine.

Nous n'avions pas réussi à percer la foule pour aller jusqu'au commissariat. Rassuré au sujet d'un État qui fêtait avec autant d'éclat un écrivain, je dis à Igor, le lendemain, que ce n'était pas la peine de m'accompagner.

J'arrivai vers onze heures du matin. Après une demi-heure d'attente (« Seulement ? me dirait Igor, c'est la preuve d'un traitement de faveur »), on me conduisit dans le bureau de l'inspecteur, une pièce carrée, froide, munie de casiers de métal qui montaient jusqu'au plafond. Sans bouger de sa chaise, l'inspecteur me demanda mon passeport, le posa sur son bureau, m'examina, vérifia si mon visage correspondait bien à celui de la photo.

— Que dites-vous de ce papier, monsieur Romagnolo ? me dit-il sans préambule. D'un signe de tête, il m'avait invité à m'asseoir.

Le papier qu'il me tendit, couvert de caractères d'imprimerie découpés dans un journal et collés sur une feuille blanche, dénonçait la carence des céréales en Union soviétique et le manque général de denrées alimentaires, pénurie imputée à l'extermination des koulaks et aux erreurs de la politique agraire de Staline.

Prudent, j'émis l'opinion qu'il s'agissait d'un de ces tracts qui, malheureusement, circulent encore dans certains milieux arriérés, avant que la police ne mette hors d'état de nuire les vils calomniateurs.

— Bien vu, monsieur. Soyez certain que nos services ne laisseront pas se répandre de pareilles infamies.

— Si vous ne vouliez qu'avoir mon opinion sur ce misérable papier, et puisque je vous l'ai donnée franche et nette, puis-je disposer, inspecteur ?

— Mais naturellement.

Il me proposa une cigarette.

— Merci, je ne fume pas.

— Je garde provisoirement votre passeport, pour vérification auprès du Commissariat central. Ce n'est pas par méfiance envers vous, mais en application d'une règle générale pour tous les étrangers qui séjournent plus d'un mois. Revenez me voir ce soir, et l'incident sera clos. Ah ! ajouta-t-il en se levant pour m'accompagner jusqu'à la sortie, je vous dois des excuses pour le désordre que mes agents ont pu causer dans votre chambre. Je leur recommande toujours de rester corrects et d'effectuer avec tact les perquisitions, mais ce sont des gens de la campagne, que nous avons dû recruter en hâte pour faire face aux besoins de la lutte contre les ennemis du socialisme, et ils se croient obligés d'opérer avec un zèle dont, sincèrement, je réprouve l'excès.

88

Humanisme prolétarien

Dès qu'il entendit mes pas dans le couloir, Igor sortit de sa chambre et, sans me demander comment s'était passée l'entrevue avec l'inspecteur, me tendit une feuille de journal.

Il était livide.

— Lis.

Pour présenter et commenter la deuxième édition, à peine sortie des presses, de la *Grande Encyclopédie soviétique*, Gorki publiait, en première page de la *Pravda*, un long éditorial, sous le titre :

HUMANISME PROLÉTARIEN

L'article commençait par un *mea culpa* de bonne tradition soviétique.

« Il faut avoir le courage de reconnaître ses fautes et de ne pas s'entêter dans l'erreur. Nous n'avons pas toujours écouté assez attentivement les conseils éclairés de notre génial camarade Joseph Vissarionovitch Staline. Nous avons imaginé parfois, bien à tort, que dans les domaines où ses charges écrasantes ne lui donnaient pas la possibilité d'intervenir, nous étions libres de proposer des solutions de notre cru, sans nous demander si elles étaient conformes à la ligne générale qu'il a sagement tracée pour le Parti. Il est regrettable, en particulier, que nous n'ayons pas mieux veillé aux intérêts de la jeunesse, trésor et orgueil de notre nation. »

Suivaient des considérations sur les dangers qui guettent l'adolescence. Gorki stigmatisait le laxisme des mœurs en Occident, rappelant qu'il avait vécu longtemps à Naples, et observé comment les jeunes laissés à eux-mêmes tombent rapidement dans des excès dont les adultes, dans leur inconscience coupable, non seulement ne se soucient pas de les protéger, mais leur donnent eux-mêmes l'exemple par une conduite inqualifiable. La fameuse « Grotte bleue » de Capri servait de cadre à des scènes dont il ne pouvait se souvenir sans en être indigné.

« Notre pays, heureusement, n'offre pas un spectacle aussi honteux, grâce à la saine constitution de notre jeunesse et par suite de la sollicitude dont elle est entourée par les pouvoirs publics. La prostitution recule : c'est à présent au tour de l'alcoolisme. La campagne de tempérance en cours est en train d'extirper ce fléau. Vous ne verrez bientôt plus dans nos villes des étudiants envahir les squares avec des bouteilles de bière et passer la soirée à boire au lieu de se plonger dans les livres et de faire leur profit des études gratuites que leur offre le gouvernement. »

Cependant, poursuivait Gorki – non sans une gêne grandissante et des détours de plus en plus tortueux, qui contrastaient avec l'aplomb de ses affirmations précédentes –, le troisième des grands maux continuait à progresser. Moins vite qu'en Occident sans doute, où il faisait des ravages avec la caution d'écrivains en vue et la complicité des pouvoirs publics, mais de façon assez continue pour devenir préoccupant. À ce propos, il avait une maladresse à confesser et une mise au point à faire.

Ayant lu sous la plume d'un critique littéraire anglais une interprétation erronée d'un passage d'un de ses livres, il s'accusait d'avoir été imprudent dans un domaine où ceux qui ont en charge l'éducation de la jeunesse ne sauraient être assez vigilants. Il avait évoqué, au début du troisième volume de sa trilogie autobiographique, ses années universitaires à Kazan, et présenté sous un jour peut-être ambigu le jeune Nicolas Evreinov, lycéen de quinze ans, dont, inscrit lui-même en sciences économiques, il avait dû, en raison de ses ressources trop maigres, partager le grenier, dans un lit contigu au sien. Ce lycéen était qualifié de « bel adolescent aux tendres yeux de femme », qui avait pour habitude de « secouer joliment sa longue crinière ». Ces paroles et la promiscuité de l'étroit logis avaient suffi au critique anglais pour suggérer, dans un article calomnieux du supplément littéraire du *Times*, qu'Oscar Wilde eût mieux fait de s'installer en Russie.

« J'aurais préféré ne pas avoir à traiter de ce problème, pour éviter de choquer le lecteur insuffisamment préparé. Sur mon compte, le critique anglais s'est grossièrement mépris ; et sans doute volontairement, par haine de la patrie du socialisme ; jamais rien d'équivoque ne s'est glissé dans ma camaraderie avec Nicolas. »

Mais le fait était connu que la Russie, hélas, n'était pas à l'abri du danger, depuis qu'elle accordait généreusement des visas aux touristes occidentaux.

« Parmi nos compatriotes eux-mêmes, se faufilent des fomenteurs de corruption, des individus sans scrupules, de bons apôtres qui profitent de la libéralité exorbitante de nos lois pour ourdir leurs machinations, tendre leurs pièges et tramer leurs ignominies. Ayons la franchise de l'avouer : comme il y a des saboteurs du plan quinquennal, que nous traquons sans relâche, il y a des saboteurs de la jeunesse, auxquels nous n'avons laissé que trop longtemps la bride sur le cou. Châtions les uns et les autres avec une sévérité égale. Je demande à chaque citoyen de dénoncer toute conduite louche dont il viendrait à connaissance. Les abords des écoles, des lycées, des universités, des gymnases, des piscines doivent faire l'objet d'une surveillance spéciale. Des désaxés pathologiques, des professionnels du vice, des dépravés sans scrupules s'attaquent à nos jeunes : la clémence envers ces agents de corruption serait une insulte aux classes laborieuses.

« Si le mal s'est propagé si rapidement, c'est en partie parce que nous n'avons pas eu le courage de l'affronter et d'en discuter dans nos réunions. Ne feignons plus d'ignorer quel fléau constitue la prolifération de cette vermine. Si une chose existe, faire semblant de ne pas la voir serait hypocrite. L'ennemi se dresse-t-il à nos frontières, ne pas le braver en face revient à faire comme l'autruche qui se met la tête dans le sable pour rendre invisible le danger au-devant duquel elle n'ose aller hardiment. Quand un vice corrompt et met en péril la jeunesse, le meilleur moyen de l'encourager est de le passer sous silence.

« La *Grande Encyclopédie soviétique*, dont la deuxième édition, soigneusement revue et corrigée, vient de paraître, a eu le courage de rectifier l'énorme erreur soutenue dans sa première édition. Trompée par la fourberie du médecin qui dirigeait alors l'Institut d'hygiène social de Moscou, l'ignoble docteur Grigori Batkis puni récemment de sa traîtrise, dégradé de l'ordre de Lénine et condamné à dix ans d'emprisonnement, cette première édition justifiait les rapports immoraux entre deux hommes au nom d'une prétendue "loi naturelle" de la pure invention de cet imposteur. Il est temps de le dire clairement et nettement, sans mâcher nos mots ni les déguiser par des périphrases : dans les pays pourris par le libéralisme démocratique ou par le fascisme qui en est l'émanation, l'homosexualité, ruineuse pour la jeunesse, fleurit impunément. Dans le pays où le prolétariat s'est emparé victorieusement du pouvoir et a imposé un nouvel humanisme, sain, lumineux, pur, l'homosexualité doit être déclarée crime social et traitée en conséquence. »

Abasourdi, je lâchai le journal.

— Il y a une chose, dis-je, passé le premier moment de stupeur, qui peut nous rassurer. Cet article expose le point de vue personnel de Maxime Gorki. Crois-tu que l'opinion d'un seul homme, si célèbre soit-il, quand cette opinion présente sous le nom de « nouvel humanisme » un ramassis d'idées reçues et de préjugés obscurantistes, puisse amener les autorités scientifiques à revenir sur leur jugement ? Les élucubrations d'un écrivain peuvent-elles avoir une influence quelconque sur les lois ?

Igor ramassa le journal tombé par terre, le tourna à la deuxième page, qu'il me tendit.

— Lis.

La *Pravda* citait un extrait de la deuxième édition, si hautement louée par Gorki, de la *Grande Encyclopédie soviétique*. À l'article « Homosexualité » on avait le choix entre une série de définitions hétéroclites, sans que le rédacteur se montrât embarrassé de se contredire. C'était une « perversion sexuelle », une « attraction contre nature », une « déviation pathologique », une « marque de dégénérescence congénitale », la « dépravation des classes riches », une « tare typiquement bourgeoise », le « sous-produit fétide du capitalisme ».

— Quel tissu d'inepties ! m'exclamai-je. Elles ne peuvent que faire hausser les épaules.

— Lis jusqu'au bout.

« Tenant compte de la propagation du fléau, du nombre croissant de cas recensés et de l'inquiétude soulevée au niveau le plus élevé de l'État, et suite à l'avis éclairé de nos plus hautes autorités médicales et scientifiques, le Soviet suprême a décidé de remédier à une grave lacune dans notre code pénal. Il s'est réuni en séance spéciale pour légiférer sur cette matière trop sensible pour que le moindre ajournement soit permis. L'homosexualité, cette turpitude importée d'Occident, sera désormais poursuivie et châtiée. Le coupable subira cinq ans d'internement en camp psychiatrique. Le but de cette peine n'est pas seulement de le punir ; cinq ans représentent le temps nécessaire pour une rééducation efficace. En Union soviétique on ne se contente pas d'infliger une juste sanction aux délinquants, on a d'abord le souci de les réintégrer dans la société afin qu'ils en redeviennent des éléments utiles. »

Dans un encadré en italique, le journal assurait qu'on avait commencé à « nettoyer les écuries d'Augias ». Personne n'échapperait à la loi : non seulement des danseurs, des artistes de cinéma, des garçons coiffeurs, des conservateurs de musée et des sportifs purgeraient leur crime en Sibérie, mais de gros bonnets de la fonction publique, de l'administration, de l'appareil judiciaire, de l'armée, de la police, ainsi que des ingénieurs, des techniciens, des dirigeants d'usine, des secrétaires du Parti, des chefs de conseils locaux et régionaux.

« Par exemple, on a arrêté à Moscou et interné à Abakan, près de Krasnoïarsk, celui qui était considéré, avant d'être démasqué, comme un de nos meilleurs agents de la sécurité. Qui aurait cru que cet homme en apparence si sûr faisait un usage immoral des fonctions qui lui étaient confiées ? S'étant révélé n'être qu'un infâme adepte des mœurs contre nature, le renégat Anatole Tarouzov a été limogé immédiatement et mis hors d'état de nuire. »

89
Menaces

— Je suis sûr que Gorki avait en vue Tarouzov quand il a rédigé cet article, murmura Igor, qui ne pouvait se résoudre à condamner un de ses écrivains préférés. Les méthodes de l'ordure devaient être de notoriété publique. Pour qu'on le cite dans la *Pravda* !

— Mais comment expliques-tu la décision du Soviet suprême ? Toi qui me présentais la Russie comme un modèle de tolérance !

— Je suis devenu communiste en partie pour cette raison.

— Et moi je suis devenu un traître *seulement* pour cette raison !

— Tu avais à te venger de tout ce que tu avais subi autrefois.

— Comme nous devenons grandiloquents !

Deux mille ans de persécutions ne nous donnaient-ils pas droit à l'emphase ? Nous disposions enfin d'un coin sur la terre où les oukases de Moïse, les imprécations de saint Paul, le fanatisme religieux, la morale bourgeoise, les préjugés populaires renforcés par la fausse science et la sottise des psychologues, psychiatres et psychanalystes ne décidaient plus de ce qui est bien ou de ce qui est mal pour les citoyens.

— J'avais, sur tes dires, repris-je, mis tous mes espoirs dans l'Union soviétique.

— N'étions-nous pas à l'avant-garde des nations ? Les progressistes de France, d'Angleterre, d'Allemagne, des États-Unis nous enviaient et citaient en modèle la révision de notre code pénal. J'étais fier pour mon pays. La Russie était entrée la première dans l'ère de la modernité. Pour les exclus, les hors-la-loi du monde entier, c'était la terre promise.

— Cet âge d'or n'a-t-il été qu'une illusion ?

— Je ne sais pas… Le nouvel article 121 est plus dur que la loi en vigueur sous les tsars.

— Plus dur que dans les pays les plus rétrogrades. En Angleterre, en Irlande, en Allemagne, tu écopes deux ans de travaux forcés, sans la tartuferie de la guérison psychiatrique.

— Romano, ce qui arrive à la Russie, je ne le comprends vraiment pas. Cinq ans de camp psychiatrique, décidés tout à coup !

— Il y a quelque chose là-dessous… On peut supposer qu'une telle mesure n'a été prise que pour faire diversion aux graves problèmes du pays, la pénurie alimentaire, la crise du logement…

Igor secoua la tête.

— Pas seulement… C'est la vieille homophobie qui a repris le dessus. Tu sais ce que disait Essenine, poète homosexuel ?

— Poète *et* homosexuel, Igor chéri. Il était d'abord poète, et incidemment homosexuel. En faisant d'« homosexuel » une épithète et en accolant cette épithète à sa qualité de poète, tu portes un jugement réducteur, tu fais de l'homophobie malgré toi.

— C'est vrai. Notre éducation nous a marqués à notre insu.

— Dirais-tu de Pouchkine : « notre grand poète hétérosexuel » ?

— Écoute ces vers d'Essenine écrits pourtant à une époque totalement libre pour lui.

N'est-ce pas toi qui pleures dans le ciel
Russie à la dérive ?
Pauvre patrie aux yeux de vache !

— Tu ne m'y aurais pas emmené si tu avais deviné la volte-face d'aujourd'hui.

— Au Maroussia, nous n'avons pas été totalement libres, tant s'en faut. Mais pourquoi ? À cause des règlements de l'hôtellerie, qui ne sont pas réservés à des catégories spéciales de citoyens. Tous les clients y sont soumis. Seule une bureaucratie absurde nous a empêchés de connaître un bonheur sans restriction. N'était-ce pas le seul pays au monde où deux hommes, sans craindre la police, avaient le droit de s'aimer ?

— Une sorte de Grèce, miraculeusement ressuscitée près du pôle Nord...

— À propos de police, comment s'est déroulée ton entrevue avec l'inspecteur ? Rien de grave, j'imagine ?

— En effet. Je ne t'en ai même pas parlé. Il voulait simplement vérifier mon identité.

— Opération de routine, je te l'avais dit.

— Il m'a demandé de repasser ce soir.

— Pour t'interroger sur le personnel de l'hôtel, sur nos voisins de chambre, sur les propos qui s'échangent dans la salle à manger ou au comptoir de la réception. Ils sont obsédés par la crainte de laisser filer entre les mailles ceux qu'ils appellent des « éléments antisoviétiques ». Veux-tu que je t'accompagne ?

— Non, l'homme est d'une courtoisie parfaite. Il m'a même offert une cigarette et présenté ses excuses pour le désordre que ses agents avaient laissé dans ma chambre.

— Tu vois.

Je reçus de l'inspecteur le même accueil que la première fois, poli, distant, froid. Mon passeport, qu'il avait rangé dans le tiroir de son bureau, fut à nouveau examiné, mon visage scruté avec insistance et comparé à la photographie. Il hocha la tête, soucieux. Enfin, il prit des mains du secrétaire qui s'apprêtait à taper à la machine notre conversation la feuille de papier sur laquelle j'avais déjà donné mon avis.

— Ce tract infâme vous révolte, n'est-ce pas ?

— Je n'ai pas changé d'opinion, inspecteur.

— Curieux... Curieux...

Il fit semblant de le relire, en suivant chaque ligne du doigt.

— Seul un renégat a pu avoir l'audace de critiquer la politique agraire du camarade Staline !

— Une audace inqualifiable, inspecteur.

— Vraiment ? En quoi vous semble-t-elle le plus criminelle ?

— Mais... Les céréales ne manquent pas en Union soviétique, seuls les traîtres et les contre-révolutionnaires répandent ce bruit. Il faut être un ennemi du peuple pour croire à cette calomnie.

— Vous n'avez jamais pensé que le camarade Staline avait commis des erreurs ?

— Jamais.

Alors, me regardant dans les yeux :

— Comment donc se fait-il, dit-il à brûle-pourpoint, que nous ayons trouvé ce tract dans votre chambre ?

— Dans ma chambre ?

— Dissimulé sous votre matelas.

Je compris alors quelle machination ils avaient ourdie contre moi.

— Je vous jure, inspecteur, que j'ignorais complètement la présence de ce tract dans ma chambre. Il ne peut s'agir que d'un malentendu. Si vous me permettez d'enquêter auprès du Soviet de l'hôtel…

Il m'interrompit avec un sourire qui se voulait cordial et rassurant.

— N'ayez aucune crainte, signor Romagnolo. En tant qu'étranger, nous ne pouvons pas vous arrêter. Que vous soyez Italien ou ressortissant d'un autre État, continua-t-il en soulignant les mots pour m'indiquer qu'il n'était dupe ni du nom ni de la nationalité inscrits sur le passeport, votre immunité est garantie par nos lois. Mais vous êtes expulsé d'un pays envers lequel vous ne vous êtes pas conduit avec la loyauté que nous attendions. Je confisque votre passeport, qui vous sera rendu après-demain à l'aéroport, pour l'avion de 15 heures 46.

J'eus beau protester, jurer que je n'avais aucune activité politique, que je ne me trouvais en Russie que pour mes études sur un peintre largement représenté dans les collections soviétiques et tenu en très haute estime, que je pouvais produire dix témoins pour corroborer mes dires, il resta inflexible.

Je changeai alors de tactique, insinuant que j'avais de hautes protections dans le gouvernement, auquel j'avais rendu des services importants dont on me récompensait bien mal aujourd'hui. Je m'étais exposé à des risques considérables, à Rome, à Paris, à Londres… Personne ne les aurait pris à ma place…

L'inspecteur ne bronchait toujours pas. Il demanda à son secrétaire de lui apporter un bloc de papier à lettres et écrivit sur une feuille qu'il en détacha et me tendit : « 15 heures 46. »

90

Désespoir

Tu imagines, Arturo, dans quel état d'hébétude et de désespoir je ressortis du commissariat. Pourquoi avait-on prononcé contre moi cet arrêt d'expulsion, et pourquoi Igor était-il épargné ? Pourquoi devais-je partir seul, et pas lui ? Quelle faute avais-je commise ? Depuis que j'étais arrivé à Moscou en y apportant les secrets de l'avion fasciste, avais-je cessé un moment de prouver mon attachement au communisme ? Les informations obtenues à Paris et à Londres ne m'avaient-elles pas valu des éloges appuyés du « Chef » ? À Moscou même, n'avais-je pas suivi chacune de ses directives et travaillé pour lui avec succès ?

Si mes brèves apparitions chez le prince Sermalov et les promenades avec ses petits-enfants avaient constitué un crime, on aurait inculpé en premier lieu Igor. L'inspecteur n'avait soufflé mot à son sujet. On n'avait pas fouillé sa chambre, il n'avait pas été convoqué, il restait donc en dehors de cette machination.

Soulagement à cette dernière idée, mais de courte durée. De sombres pensées m'assaillirent.

1° On le garde en otage, comme monnaie d'échange

contre Timothée Davidenko, l'attaché militaire à Londres, accusé d'espionnage technologique et sur qui pèsent des soupçons si graves que le gouvernement britannique ne le relâchera peut-être jamais. La presse anglaise se déchaîne autour de ce scandale, et réclame du Premier ministre une fermeté exemplaire dans une affaire où elle clame sur tous les tons que la sécurité du pays est en jeu.

2° De toute façon il reste à Moscou. Nous allons être séparés, et pour combien de temps ? Comment aurai-je de ses nouvelles ? Lui permettra-t-on de m'écrire ? Ses lettres ne seront-elles pas interceptées ? caviardées ? confisquées ? Quel sort lui réserve-t-on ? Le garderont-ils à leur service ? Restera-t-il un de leurs agents ? Fera-t-on encore confiance au proche ami de celui à qui ils ont donné quarante-huit heures pour quitter le pays ?

Place Pouchkine, un vendeur ambulant agitait sous le nez des passants la *Pravda*. En première page s'étalait en capitales ce titre : TIMOTHÉE DAVIDENKO LIBÉRÉ ! Je me précipitai sur le journal, je dévorai l'article. Le gouvernement britannique s'était contenté de faire rappeler à Moscou l'attaché militaire, en échange du remboursement d'une partie du fameux emprunt russe.

Entre-temps, j'étais arrivé à l'hôtel. Igor, qui m'attendait dans le hall, plus inquiet qu'il n'avait voulu le paraître, bondit aux premiers mots de mon récit. Nous sortîmes aussitôt. Je l'entraînai, à cent mètres derrière l'hôtel, dans le labyrinthe de ces ruelles restées campagnardes que j'avais tant aimées au début de mon séjour. Une grange à foin abandonnée nous servit de refuge.

— Quoi, on t'expulse ? Avec ce tract pour misérable prétexte ? On t'expulse ! C'est impossible, tu auras mal compris.

Je lui montrai la feuille où était indiqué l'horaire de l'avion.

— Il te l'a précisé à la minute près, remarqua-t-il, livide.

Le sec, formel, glacial « 15 heures 46 » avait fait sur lui la même impression que sur moi.

Davidenko ayant été relâché, il ne restait qu'une seule hypothèse. Je ne savais comment la présenter à Igor. Je n'osais même pas la formuler pour moi.

— Le Guépéou n'a rien à te reprocher, dit Igor, qui continuait à rechercher la cause de mon expulsion. On t'a même félicité pour ton zèle et proposé pour un avancement, après que tu as démasqué à la gare de Biélorussie le faux touriste qui prenait des photos du poste d'aiguillage et se glissait en fraude dans le dépôt de locomotives… As-tu jamais exprimé en public ce que tu critiques dans le régime ? T'es-tu laissé aller à la moindre imprudence ? D'ailleurs, connaissant nos liens, ils n'auraient pas dû dissocier nos deux cas… Pourquoi, en effet, nous réservent-ils deux traitements distincts ? Nous sommes tous les deux innocents, ou tous les deux coupables.

— Je ne vois qu'une explication possible, dis-je après un moment de silence. Elle me fait si peur que…

— Romano ! Tu n'as pas confiance en moi ?

— Je pars et tu restes… Je suis expulsé et toi on te garde… Cette discrimination ne peut avoir qu'une seule cause… La réforme du code pénal, dis-je enfin.

— L'article 121 ? Il vient à peine d'être promulgué et, de toute façon, il ne peut être appliqué qu'à des citoyens russes. Je suis Russe, mais aussi Français, mon père ayant obtenu à Paris la naturalisation pour lui et sa famille.

— Alors, dis-je, surmontant mon angoisse, il n'y a rien à craindre, tout va s'arranger. La seule petite difficulté, c'est que tu es à la fois Russe et Français. Ils vont faire semblant de ne voir en toi qu'un Russe, en escamotant ton autre nationalité. Mais tu la leur prouveras facilement. Je pars le premier, tu me rejoindras bientôt. Le nouvel article du code n'est pas valable pour toi. Français, tu es à l'abri des mesures punitives. L'intérêt que tu portes à tes parents de Moscou était la seule preuve à conviction contre toi. Tarouzov éliminé, nous respirons. S'ils ont monté ce stratagème de la perquisition dans ma chambre, c'est pour avoir un motif de me mettre dans l'avion. On n'expulse pas un étranger sans un prétexte acceptable par la presse internationale. Les cinq ans d'internement vont paraître excessifs même aux plus homophobes. L'URSS ne tient pas à braquer contre elle l'opinion des démocraties, auxquelles elle a besoin de vendre son bois d'œuvre, son nickel et son or, et qu'elle heurte déjà suffisamment par sa politique agraire. D'où la machination ourdie contre moi. On a fabriqué de toutes pièces un grief politique. L'expulsion d'un ennemi politique déclaré n'offense pas les droits de l'homme… Toi, comme tu es d'origine russe, ils sont en train d'étudier ton cas. Tu es venu avec moi de Rome, tu repartiras dans quelques jours. Laisse-les seulement se reconnaître dans leur bureaucratie embrouillée. Ils craignent de perdre la face s'ils ne te menacent pas de t'appliquer la loi. Mais ils se borneront à l'intimidation. Peut-être te causeront-ils, pour la forme, quelque désagrément, une garde à vue de quelques heures, un interrogatoire qui sera forcément grossier, mais, au bout du compte, comme ils sont soucieux de leur image, ils comprendront qu'il y a plus d'inconvénient à te garder qu'à t'expulser. Te renvoyer en Europe leur apparaîtra vite comme la meilleure solution.

J'avais dû manquer de clarté dans mon raisonnement, ou ma voix n'était pas plus assurée que cela, ou une autre idée lui était venue à l'esprit, car, blême et défait, il sortit de sa poche son passeport, l'ouvrit à la première page, et me répondit d'un air sombre :

— C'est bien ce que je pensais. Regarde.

— Il est parfaitement en règle. Pourquoi t'inquiètes-tu à ce sujet ?

— Comment leur prouverai-je que j'ai la double nationalité ? Elle n'est pas mentionnée dans ce faux passeport. Idiot que j'ai été de ne pas la faire inscrire ! Cet oubli me perdra. Le fait que j'ai vécu à Rome les raffermira dans l'opinion que le « vice » est une importation de l'étranger. Pour eux, je resterai le Russe contaminé par l'Occident, et ils pourront citer ma condamnation en exemple.

Il ajouta, après une pause :

— D'ailleurs, je ne veux pas être autre chose que russe.

— Quoi ?

— Les Russes sont homophobes, antisémites, racistes, ils ont tous les défauts mais ils sont russes.

Ah ! tu ne sais pas ce que c'est que d'être russe… Le Russe plonge ses racines dans une terre impossible à secouer. Il tient par toutes ses fibres au sol de sa lignée. Il est fier, humble, arrogant, masochiste, incompréhensible à ceux qui ne sortent pas de la même souche, bizarre, instable, faux, sincère, malheureux, indigne de leur compassion… Pardonne-moi, Romano, ajouta-t-il en se blottissant contre moi.

Il réprima un sanglot.

— Je me sens Russe. *Je suis Russe*.

Il répéta plusieurs fois, en appuyant sur les mots : « *Je suis Russe* », puis il s'arracha de mes bras et s'enfuit dans le dédale des ruelles avant que j'aie pu le retenir.

91

Sans un dernier baiser

J'avais à régler plusieurs questions avec le « Chef ». Les succès obtenus à Leningrad dans l'espionnage des hommes d'affaires et des touristes l'avaient incité à me confier une mission analogue auprès des visiteurs étrangers de plus en plus nombreux à Moscou. Il finançait les « récréations culturelles » que j'organisais : visites détaillées du Kremlin, haltes au stade Dynamo, au Palais des sports, à la bibliothèque Lénine, repas au Métropole, au Savoy, au National, à l'Intourist, soirées d'opéra ou de ballet au Bolchoï, excursions au monastère de Zagorsk.

— Nous exceptons, disait-il, ce monastère de la liste des lieux frappés d'interdit par la campagne d'athéisme, parce que son fondateur, Serge de Radonej, non moins ardent patriote que défenseur de sa religion, aida au quatorzième siècle le grand-duc Dimitri à repousser une invasion de Tatars.

Il me recommandait tout particulièrement de multiplier les visites au cimetière de Novodievitchi, où reposent les gloires nationales. On l'avait informé que les tombes de Gogol, de Tchekhov, de Scriabine étaient moins demandées que celle de Maïakovski.

— C'est un test que cette tombe. Les visiteurs y évoquent le suicide du poète et en discutent le motif. Il m'est revenu que les opinions divergent. Les uns, qui aiment notre peuple, l'interprètent comme une péripétie de sa vie sentimentale, tandis que d'autres, ennemis de notre peuple, y voient un désaveu du bolchevisme auquel il avait d'abord passionnément adhéré. Dans ce dernier cas, je te charge de remettre les pendules à l'heure, en leur rappelant la vérité, confirmée par un jugement formel du Parti : Maïakovski ne peut être soupçonné de comportement antisoviétique, il s'est suicidé à la suite d'une grave déception amoureuse.

Bien entendu, me précisait le « Chef », je devais noter le nom de ceux qui avaient contesté cette version ou qui l'avaient simplement mise en doute.

Notre principale activité, cependant, à Igor et à moi, depuis notre arrivée en URSS, avait été et continuait à être de contacter les domestiques dans les ambassades et les consulats des pays neutres. Nous devions les soudoyer pour qu'ils ouvrent les valises diplomatiques, y prélèvent les documents sur les sujets que nous leur indiquions et en prennent une photocopie dans le cabinet noir de la chancellerie. Il fallait être rapide, rusé et précis pour cette mission délicate. La méthode de persuasion était simple : leur garantir une forte somme d'argent. L'épouse d'un consul en instance de divorce, ravie de ce tour joué à son mari, m'assura de sa collaboration, à condition d'être payée « en nature ». Igor s'y opposa et, oubliant qu'il m'avait obligé à coucher avec Wanda, m'arracha la promesse de ne jamais céder à un chantage de ce type.

Plusieurs affaires restaient en suspens. Le nouveau chiffreur de l'ambassade du Canada venait de se faire surprendre en train de fouiller dans le coffre-fort de son maître. Il avait été renvoyé aussitôt. Ainsi disparaissait une de nos principales sources d'informations. Quant à la machine allemande électromécanique de décryptage « Enigma », il nous fut impossible d'introduire une taupe dans les locaux du consulat de Tchécoslovaquie et de nous procurer la fiche technique de cet appareil capable de venir à bout des codes le plus sophistiqués.

Les questions secondaires ne manquaient pas. Fallait-il, par exemple, emmener nos visiteurs voir les deux derniers films d'Eisenstein, critiqués par le commissaire du peuple aux Beaux-Arts pour excès de formalisme ?

Le « Chef » était tatillon. Avant de partir, je voulais compléter chaque rapport, laisser tout en ordre, afin qu'il ne cherchât pas à se venger sur Igor d'une négligence qu'il aurait trouvée dans mes dossiers. Je passai l'après-midi, jusqu'à une heure tardive, à vérifier les comptes. Le directeur financier me versa le restant de mon salaire, qui me servirait à solder ma note d'hôtel.

Recru d'émotions le soir de cette journée, je m'endormis profondément sans revoir Igor, car il avait promis d'aller dîner chez son grand-oncle. Tout en regrettant cette promesse qui abrégeait d'une soirée nos dernières heures avant la séparation, il était trop loyal pour se dédire. De mon côté, confiant qu'il aurait bientôt son visa pour Rome et que cette séparation n'était que provisoire, je lui avais dit qu'il n'avait pas le droit de décevoir les enfants.

Le lendemain matin, veille du jour fixé pour mon départ, je m'étonnai en sortant de ma chambre de trouver grande ouverte la porte de la sienne. J'entrai. La table de travail était vide. Cahiers, stylos, crayons, loupe, compte-fils, tout avait disparu. Pas un livre n'était resté dans les étagères, plus un vêtement dans l'armoire. Sur le lit défait, traînait une chaussette dépareillée, comme s'il n'avait pas eu le temps de s'habiller. À part cette trace de précipitation, tout était d'une netteté impeccable, plus désolante que la pagaille que j'avais trouvée l'autre jour dans ma chambre. La pièce n'était pas seulement vide, elle semblait morte. Pas un mot pour moi. Le sentiment de la destruction était exprimé dans chaque détail de cet ordre auquel avait présidé une volonté facile à reconnaître. Je regardai dans le tiroir, dans l'espoir d'y trouver un billet. Le tiroir était vide. Ne restait sur le bureau, appuyée contre le pied de la lampe, que la reproduction du *Narcisse* que je lui avais donnée en arrivant à Moscou. Quel changement dans ma perception du tableau ! Il me parut présenter un tout autre sens que celui auquel je m'étais jusque-là arrêté : dans les lèvres entrouvertes, les yeux mi-clos, les jambes raidies, le torse gris, le corps abandonné, je vis une image d'agonie. La torche allumée complétait l'allégorie funèbre.

Épouvanté, je me ruai vers la salle à manger. Pourquoi s'y serait-il trouvé, lui qui m'attendait toujours dans le couloir avant de descendre pour le petit déjeuner ? Il ne s'y trouvait pas. Les clients attablés devant leur assiette de *kacha* m'étaient inconnus. Une des deux serveuses du restaurant croyait se souvenir qu'elle avait vu Igor ce matin, l'autre la rabroua en affirmant qu'elle confondait les jours. Ce matin, non, il n'était pas descendu.

— Prendrez-vous comme d'habitude un œuf ?

Je remontai en hâte, j'interrogeai la gardienne du couloir.

— Je ne sais pas.

J'étais dans un tel état d'exaspération que je tapai du poing sur sa table en exigeant une réponse.

Elle fit un geste pour atteindre la sonnette. Je plaquai ma main sur la sienne pour l'en empêcher.

Effrayée, le poignet endolori, elle dit enfin en le massant :

— Ils sont venus à quatre heures et dix minutes du matin.

J'étais si méfiant que je crus qu'elle se moquait de moi, par une précision aussi effrontée.

— Vous mentez ! Comment êtes-vous sûre des minutes ?

— Je venais de prendre mon service.

Je redescendis dans le hall pour interroger le réceptionniste. Il ne savait rien, n'avait rien vu. Je fis réveiller le gardien de nuit. Il arriva en bâillant et en maugréant. Selon lui, la nuit avait été tranquille, personne ne s'était présenté à la porte de l'hôtel, personne n'était sorti de l'hôtel. Les femmes de ménage, questionnées à leur tour, m'opposèrent le même mutisme. Elles n'avaient rien vu, rien entendu. Celle qui s'occupait de notre étage sortit de la chambre 37 les bras chargés des draps, de la serviette de toilette et de la chaussette dépareillée d'Igor.

Pas de dernier repas, pas d'*ultima cena* entre nous, pas de dernier baiser, pas d'adieu, rien. Pas d'autre trace de son passage que le *Narcisse.* Je retournai dans sa chambre et m'assis, la tête hébétée et vide, à son bureau, devant le tableau de Poussin. Je m'en voulus d'avoir pensé brièvement qu'il avait oublié de l'emporter. Déjouant l'attention des policiers en train de tout vider, il l'avait placé là à dessein. N'était-ce pas ce tableau qui nous avait d'abord rapprochés ? Talisman, arche d'alliance, il avait incarné pour nous la douceur et le ravissement de l'amour. Il ne me montrait plus que les couleurs terreuses de la mort et l'évidence de la disparition.

92

Contre un mur

Je passai le reste de la journée, qui serait ma dernière journée à Moscou, à chercher du secours pour Igor et d'abord des renseignements sur le lieu de sa détention. Au commissariat de la rue Gorki, je demandai à voir l'inspecteur. Après une heure d'attente dans l'antichambre – vexation inutile puisque j'étais seul dans la pièce vide et qu'aucun autre solliciteur ne m'avait précédé –, le planton décrocha son téléphone et appela le milicien de garde assis dans une petite pièce à côté – je le voyais fort bien par la porte entrouverte. Le milicien se leva en bâillant, écrasa sur sa semelle le bout de sa cigarette, rangea le mégot dans une boîte d'allumettes. Il arriva sans se presser, prit une fiche sur une étagère, m'ordonna de la remplir. Je devais indiquer mon nom, la date et le lieu de ma naissance, la date de mon entrée en Union soviétique, les numéros de mon passeport et de mon visa, mon adresse à Moscou, le motif de mon séjour en URSS, la liste de mes déplacements en province – toutes choses qui étaient connues de la police –, enfin le motif de ma visite.

Je remplis la fiche, la tendis au milicien.

— Il manque les numéros du passeport et du visa.

— Je ne les connais pas par cœur. Le passeport, justement, est resté chez l'inspecteur.

— Sans les numéros du passeport et du visa, je ne peux te faire entrer.

— Écoutez-moi. L'inspecteur me connaît. Il m'a reçu hier et a gardé mon passeport. Vous pouvez aller voir.

Énervé de ne pas être tutoyé, il répéta obstinément :

— Sans les numéros du passeport et du visa, je ne peux te faire entrer.

— S'il vous plaît, ce ne serait pas une entorse au règlement, puisque mon passeport est ici, à l'intérieur de ces murs, entre les mains de l'inspecteur. Il vous sera facile de le vérifier.

Il me lança un regard torve – ne pas le tutoyer équivalait, pour lui, à une déclaration de guerre contre le prolétariat –, puis déchira la fiche en petits morceaux qu'il jeta avec dégoût dans la corbeille, et me cria en pleine figure :

— File, et un peu plus vite que ça. Tu as de la chance que je ne te dénonce pas pour tentative de corruption de fonctionnaire.

Le « Chef », chez qui je courus dans l'espoir d'avoir des nouvelles, me reçut tout de suite mais froidement. Il leva à peine les yeux de ses dossiers et m'indiqua du doigt une chaise, en me signifiant qu'il ne voulait pas être dérangé avant d'avoir fini son travail. Il consulta des fiches, eut une longue conversation au téléphone au sujet d'une base aérienne dans l'Oural, reprit ses calculs. Malgré mon impatience, je ne tirai aucune conclusion de cet accueil. Son regard clair et calme, ses épaules hautes et carrées, ses mains robustes de bûcheron reflétaient ses qualités morales. Malgré les traits odieux de son caractère, j'avais une certaine estime pour lui, car il incarnait à mes yeux, dans ses manières franches, rudes, exemptes de civilités inutiles, le style des premiers bolcheviques, avant que les luttes internes n'eussent introduit dans le Parti la méfiance, la dissimulation et la ruse. Il personnifiait des vertus qui avaient disparu en Occident : la priorité accordée aux devoirs sur les droits, une absence totale d'ego, la discipline, un sens aigu des responsabilités, gâté malheureusement par une intransigeance bornée. Je crois que sans la peur de fausser par du favoritisme la rectitude de son jugement – ou ce qu'il prenait pour de la rectitude, lui qui était soumis aux ordres de ses supérieurs – il m'eût pris en amitié, appréciant en moi le goût passionné que j'avais de son pays.

Au moins, pensai-je, il sera loyal, il ne me mentira pas.

— Parle, dit-il enfin. Je suppose que tu veux savoir pourquoi on t'expulse ? Dans ce cas, tu dois t'adresser à la Police des étrangers, quatrième étage, bureau 412.

— Je pars à regret, camarade.

— Nous te regretterons nous aussi. Tu nous as permis de démasquer les frères Soussanine.

Il se leva à demi de sa chaise et me congédia d'un geste de la main. Je pris alors mon courage et lui racontai au sujet d'Igor.

— Je ne suis pas au courant de cette affaire, mais ne t'inquiète pas. Si Boris Evdokine n'a rien à se reprocher, on l'aura déjà relâché. Tu retrouveras ton ami tout à l'heure.

— Mais sa chambre, qu'on a vidée ? Ses affaires, qui ont disparu ?

— Simple malentendu. D'ailleurs ce n'est peut-être pas la police qui a vidé sa chambre, mais le personnel du Maroussia. Tu m'as dit que tout y était en ordre. La direction de l'hôtel aura mal compris ce qui était arrivé. Croyant que Boris quittait l'hôtel définitivement, elle a pris l'initiative de préparer la 37 pour le client suivant.

Comment sait-il le numéro ? me demandai-je.

— Camarade, dis-je, il n'avait pas réglé sa note au Maroussia. L'hôtel l'aurait laissé partir sans payer ? Il n'avait pas d'argent avec lui. Je le sais parce qu'il m'avait fait promettre de lui en prêter aujourd'hui.

Je fis alors une faute que je ne me pardonne pas : je n'osai parler au « Chef » du décret prononcé par le Soviet suprême et lui demander si la disparition d'Igor n'était pas à mettre en relation avec l'article 121. Je n'osai pas, car c'eût été avouer que j'étais homosexuel (ce qu'il savait parfaitement). Mon vieux réflexe européen de tromper autrui par omission – réflexe où entraient de la pudeur, l'habitude du mystère, un reste de culpabilité, la fierté ombrageuse du paria et la crainte d'une réaction hostile – m'empêcha d'aborder le problème avec la franchise qui eût été nécessaire.

Sans doute rien n'eût été changé pour Igor, son destin était scellé, mais si l'explication avec le « Chef » avait eu lieu, je pourrais me dire aujourd'hui que j'avais tout essayé pour sauver mon ami – au lieu de garder dans mon cœur le goût amer de la lâcheté.

— Si tu veux, reprit-il, je vais appeler le bureau 320. Mais ne te fais pas tant de souci : un simple interrogatoire ne peut tirer à conséquence. J'aurais été averti si l'affaire avait été plus grave. Tiens, voilà une prime en récompense de tes services. Tu peux passer chez le comptable.

En réalité, il savait très bien de quoi il retournait. Informé sur les moindres détails de nos vies, ne connaissait-il pas jusqu'au numéro de nos chambres ? Soit pour me conserver quelque espoir, soit qu'il obéît aux instructions reçues, il me laissa partir sans me dire la vérité.

Je m'adressai ensuite aux diverses administrations susceptibles de me renseigner : le Bureau central des passeports, le Bureau de l'Agence fédérale des voyages, le Service central des ambulances, l'Administration des hôpitaux, le Bureau du Comité d'accueil des prisons. Soumis partout au même rituel bureaucratique, je me heurtais partout à la même fin de non-recevoir : une fiche à remplir, plus ou moins semblable, le passeport à présenter, l'impossibilité de présenter le passeport, le renvoi, plus ou moins brutal – et, chaque fois, l'impression de buter contre un mur.

Je me présentai au guichet de plusieurs prisons, et enfin à la porte de la Loubianka elle-même. Deux miliciens armés de pistolets-mitrailleurs m'intimèrent l'ordre de m'éloigner.

Posté au coin de la place, j'ai regardé s'engouffrer sous la voûte les fourgons cellulaires en provenance des quatre avenues qui confluent vers la prison. L'espoir insensé d'apercevoir Igor derrière les barreaux d'une de ces voitures me clouait au bord du trottoir. Il était impossible, me disais-je, qu'on l'eût arrêté *seulement* pour homosexualité ; le décret était trop récent ; l'appliquer à un citoyen à moitié français pouvait avoir des conséquences diplomatiques ; on allait essayer de lui faire avouer quelque crime plus grave, de nature à justifier une incarcération immédiate.

— N'as-tu pas été infiltré par le contre-espionnage ? Nos agents placés dans la galerie Tretiakov ont retenu deux fautes graves contre toi. 1° Tu as laissé le fonctionnaire du peuple Borissenko émettre un doute sur l'efficacité des partisans pendant la guerre civile. Il a ironisé sur leurs capacités offensives en face de l'abjecte armée Blanche. Tu as souri à ces propos criminels et opiné en silence. 2° Tu n'as pas protesté quand le camarade Romagnolo a déploré le remplacement de Trostski par Molotov dans un tableau commandé par l'État. Tu as donc de la sympathie pour cet élément contre-révolutionnaire ? Ne nous force pas à te faire dire le nom de tes complices dans le réseau anarchiste qui t'a noyauté. Si tu refuses de nous aider spontanément à purger le pays des derniers renégats qui s'y cachent, nous avons les moyens de t'y contraindre.

Devant la statue de Félix Dzerjinski, dressée au centre de la place, je songeais avec terreur aux méthodes mises au point par le fondateur de la Tcheka pour obtenir des aveux.

J'étais plongé dans ces pensées quand un coup de gourdin sur le crâne me fit chanceler.

— On t'a dit de circuler. Circule !

Une grosse voiture sortit en trombe de la Loubianka et enfila la Teatralnaïa en sens interdit. Deux vieilles femmes, assises sur le trottoir de cette avenue, essayaient de vendre aux passants des napperons de dentelle, des joints de robinets, des tasses à thé, des petites cuillers. Elles prirent peur devant la voiture et cachèrent la marchandise sous leurs jupes.

À deux pas du siège de la Police secrète, devant le magasin de jouets Dietski Mir où nous avions emmené les enfants, la fleuriste avait dressé un tréteau et commencé à disposer des tulipes et des roses qu'elle puisait dans des sceaux. La coutume veut que lorsque des enfants ont reçu de leur mère un cadeau, ils lui offrent une fleur en sortant du magasin.

— Vous n'auriez pas des narcisses ? demandai-je à la jeune fille.

C'était une Bouriate à la face ronde et plate comme la lune et à la peau tannée comme du cuir. Elle souriait sans discontinuer, comme pour s'excuser d'être aussi laide.

— Ce n'est pas la saison, je regrette.

— Quand c'est la saison, vous en avez ?

— Ce n'est pas une fleur très demandée.

Je sortis cent roubles de ma poche, les posai sur le tréteau, choisis une rose.

— Quand ce sera la saison, approvisionnez-vous en narcisses.

— *Spassiba bolchoï*, fit-elle en entortillant la tige dans un affreux papier journal. Sa gentillesse m'eût réchauffé le cœur si ce cœur avait pu être réchauffé.

À l'hôtel, un nouveau client occupait déjà la chambre 37.

93

Sacrifice inutile

Je n'ai jamais plus rien su de lui. A-t-il survécu au camp ? Je ne vois pas comment il aurait pu résister au froid, à la faim, aux privations, aux travaux forcés. À quelle source, loin de moi et sans aucune nouvelle, aurait-il puisé pour se défendre contre les sarcasmes, les violences, les humiliations ?

« *Je suis Russe.* »

Depuis cinquante ans, Arturo, ces trois mots « *Je suis Russe* », soulignés intentionnellement, ne cessent de résonner à mes oreilles. Ce sont les derniers mots que j'ai entendus d'Igor.

Je les comprends dans un sens différent de celui auquel il songeait. Je ne crois pas trahir sa pensée en affirmant qu'être « Russe », plonger par ses racines dans la terre russe, signifiait aussi, pour lui : rester *entier* en toute occasion, se sentir engagé à fond, pour la vie, au-delà de la vie, par la promesse qui a été faite, indépendamment du danger, sans tenir compte des circonstances atténuantes et au mépris des conséquences possibles. Amoureux, s'il est amoureux, sans réserve, éperdument, déraisonnablement, par l'adhésion totale de son corps et de son âme, amoureux jusqu'au sacrifice. Amoureux jusqu'à en perdre la vie.

Même pour avoir la vie sauve, il n'aura fait aucune concession. Les soldats d'escorte du train, les gardiens du camp, les criminels de droit commun enfermés avec lui dans une même baraque auront voulu profiter de celui qui est considéré, dans l'idéologie primaire des brutes qui se prennent pour de « vrais » hommes, comme un domestique à tout faire, une loque, une lope, un paillasson.

Il aura préféré se tuer.

Je divague ? Plus une nouvelle de lui, depuis cinquante ans ! Depuis cinquante ans j'attends en vain une lettre, un message, un signe de vie, le témoignage d'un codétenu. La Russie ploie toujours sous un régime totalitaire, mais moins implacable qu'autrefois. L'étau s'est desserré depuis la dictature des années 1930. Les frontières sont rouvertes, la poste circule, les lettres arrivent, ce qui n'était pas le cas. Des déportés ont été graciés et sont rentrés chez eux, chose impossible à l'époque. La guerre d'Afghanistan dévoile la faiblesse militaire de l'URSS et la détérioration du régime.

La Sibérie a englouti dix millions de morts, dont personne n'a plus eu de nouvelles. Combien sont-ils à avoir reçu une sépulture ? La proportion d'homosexuels n'a jamais été établie. Leur sacrifice a été inutile. Les historiens, qui dénombrent les koulaks, les prêtres, les Juifs, les Tsiganes, les cosaques du Don, les Baltes, les mencheviks, les trotskistes, les Tatars, les Tchétchènes, les Polonais, les Dachnaks, ignorent dans leurs comptes les victimes que nous avons été nous aussi. Leurs registres sont muets à notre sujet. Ils ne nous mentionnent même pas dans leurs statistiques, soit qu'ils jugent que des individus qui s'excluent eux-mêmes de la société n'ont eu que ce qu'ils méritent, soit qu'ils craignent, s'ils abordent cette question, qu'on ne les y croie intéressés personnellement.

94

Pour seul tombeau

Rentré à Rome pour quelques jours, puis installé à Londres, avant de revenir me fixer définitivement à Rome tout en continuant à occuper d'importantes fonctions dans la capitale anglaise, j'ai traîné une vie sans espoir.

Quatre ans après l'éditorial de la *Pravda*, Staline faisait empoisonner Gorki. Il envoya dans la maison qu'il lui avait donnée en cadeau des agents déguisés en peintres. Le vernis incolore et inodore aux vapeurs toxiques dont ils enduisirent les murs de sa chambre à coucher le tua en deux semaines. Son assassinat ne l'a pas absous. Rien ne le rachètera de son article infâme.

Pour éviter de m'enfermer dans une rumination sans fin du passé, une mélancolie stérile et un laisser-aller paresseux qui eût déplu à Igor, je me suis jeté dans le travail. Oh ! je n'étais pas assez retiré du monde pour ne pas chercher des distractions. La beauté des jeunes Romains, le hasard et la multiplicité des rencontres, les besoins d'un corps encore jeune, la chasse au plaisir qui est le dernier refuge des désespérés, m'ont poussé dans un certain nombre d'aventures. Elles duraient quelques semaines, quelques mois. Pas une ne mérite le nom de liaison. Ce n'était même pas du dégoût. J'allais d'un partenaire à l'autre comme un somnambule qui n'a pas envie de se réveiller. Je les lassais vite, quand je ne m'en allais pas le premier.

Une dizaine d'années s'écoulèrent ainsi, dans des luttes incessantes entre la volonté de rester fidèle et les exigences d'une vie encore longue étendue devant moi. Aussi sincèrement que je t'avoue ma conduite, je t'assure que jamais, au fond de mon cœur, je n'ai passé le seuil de l'infidélité. Aucune gloire ne m'en revient : je ne pouvais chasser son regard ni oublier comme ses paupières, quand il les abaissait pour me rendre confiance, se frangeaient de longs cils clairs soyeux. S'il les relève, je m'évanouis. Étant le principe de mon existence, il a tous les droits sur moi. Je ne l'ai jamais *trompé* : les fugitives et tristes concessions de l'idée à la nature, les triomphes, par surprise, des sens sur l'esprit, ne peuvent être tenus pour des trahisons.

Qui pouvait se douter de mon état de détresse, de perdition ? Apparemment, je menais une « carrière » des plus flatteuse : sous-directeur de l'Institut Courtauld à Londres, conseiller artistique du National Trust britannique, puis, après la chute du fascisme, directeur des musées d'État de Rome et conseiller de la pinacothèque vaticane, j'ai publié l'inventaire des œuvres de Poussin. Fier de ma réussite professionnelle, je pouvais me croire guéri. Paris m'offrit le couronnement. Chargé d'organiser la première grande exposition Poussin, je voyais s'accomplir mon vieux rêve.

Cent vingt tableaux réunis, sur les quelque deux cent quarante que j'avais répertoriés !

Pour la couverture du catalogue, j'avais pensé d'abord au *Narcisse*, avant de revenir sur mon choix : c'eût été exposer au grand public et souiller par le contact de la foule une image qui devait rester enfouie dans mon cœur. Comment avais-je songé à mettre ce tableau devant des milliers d'yeux indifférents ? La même horreur me saisit quand deux employés du Louvre sortirent de la caisse et posèrent le long du mur, dans une des salles du Grand Palais, *Élézier et Rébecca*.

— Non ! Non ! Attendez ! leur dis-je. Sous l'œil d'un conservateur, ils s'apprêtaient à accrocher le tableau. Je me rappelais comment Igor m'avait encouragé dans mon travail auquel j'étais prêt à renoncer, par une lecture « moderne » du couple biblique. Je n'allais pas profaner ce souvenir d'un moment cher. Du coup j'ai révisé tous mes plans. Narcisse et Rébecca faisaient partie de notre histoire. Garants de notre pacte et gardiens de notre secret, ils n'iraient pas exciter la molle curiosité des badauds. Je me suis fâché avec le directeur du Louvre en retirant de l'exposition les deux tableaux. Il se vengea en choisissant pour couverture du catalogue, magnifique volume de plus de 550 pages, la Flore de Dresde : ayant deviné ce qui m'attirait chez Poussin, il voulait mettre l'accent sur une figure féminine qui orienterait le public dans un sens plus « convenable ».

Malgré mes craintes, le succès de l'exposition fut énorme. J'avais aplani par des cartels très simplement rédigés les difficultés de lecture, et, miracle ! ce peintre cessa de faire peur à la foule qui défilait sans arrêt devant ses tableaux. Igor avait gagné son pari : Poussin n'était pas le cuistre qu'en avaient fait les érudits, il parlait à tout le monde, il appartenait à tout le monde qui avait des yeux et savait regarder. J'étendis mes recherches à l'art baroque, rédigeai un guide de Rome qui n'était qu'un récapitulatif de nos anciennes promenades, choisis pour jaquette du guide l'éléphant de la Minerve surmonté de l'obélisque, une des jolies trouvailles de Bernin. J'ai participé, souvent en tant que président, aux principaux congrès des historiens d'art. De prestigieuses récompenses ont jalonné cette carrière : l'ordre du Service distingué, conféré par la reine d'Angleterre, la Légion d'honneur, remise par le ministre de la Culture de la République française pour me remercier d'avoir servi d'intermédiaire avec un collectionneur et enrichi le Louvre d'une substantielle dation, la croix fédérale du Mérite pour l'Allemagne, l'ordre de Léopold pour la Belgique, l'Étoile polaire pour la Suède, la Rose blanche pour la Finlande, des médailles, des palmes et des titres de docteur *honoris causa* décernés par plusieurs universités dans le monde. À Rome, on m'accorda le titre officiel de *commendatore*. Je reçus l'honorariat de l'Académie de Saint-Luc, avec les prérogatives et les prébendes attachées à ces distinctions. Et, chaque fois, des mains à serrer, des compliments à recevoir, des coupes de champagne à vider, des remerciements à rendre. Chaque fois, des larmes à ravaler.

Nommé d'abord à l'*Istituto d'Arte*, j'ai accepté étourdiment. Je n'avais pas mesuré la violence du souvenir. Dans les salles de cours, le spectre d'Igor était assis au premier rang. À la bibliothèque, il me tendait un livre. Si je m'enfuyais dans les couloirs, il venait à ma rencontre. Partout, il se dressait devant moi. L'âme du mort surgissait de la tombe que j'avais voulu violer. J'ai vite demandé mon transfert à l'Université des lettres. Là, dans ces lieux sans mémoire, j'éloignais la hantise du passé. Aucun de mes étudiants n'a deviné pourquoi, usant et abusant de mon autorité, j'ai interdit toute recherche sur Simon Vouet. Je voulus rendre visite aux parents d'Igor, pour les rassurer sur le sort de leur fils en leur cachant la vérité. J'avais attendu trop longtemps. Ils n'habitaient plus sur la colline de l'autre côté du Tibre. Les voisins interrogés les avaient vus déménager mais ne surent m'en dire plus. Ils étaient partis sans laisser d'adresse, après que le « jeune homme » eut été arrêté par des miliciens fascistes. Je m'accoudai à ce qui restait de la palissade. Au fond du jardin envahi par les ronces, la maison, désertée, tombait en ruine. Un volet tournait sur ses gonds. Des corbeaux rasaient l'herbe ou croassaient sur le toit. Je redescendis la côte et enjambai dans la petite gare à l'abandon les voies du chemin de fer jusqu'au trou du grillage par où nous passions autrefois.

Mes collègues relevaient mon air distrait et absent. Le sentiment de l'« à quoi bon ? » ne me quittait pas. Plus ma réputation grandissait, plus je restais étranger à ce bruit. « La gloire, ce deuil éclatant du bonheur », ai-je lu quelque part. J'entrais peu à peu en rébellion intérieure contre les honneurs et les avantages qu'elle me valait, puisque le seul être avec qui j'aurais voulu les partager n'était plus. Vernissages, réceptions, voyages à l'étranger, discours, galas, festivités : autant de variations sur le néant de ma vie. Quel dégoût ! Mais je gardais pour moi-même ce dégoût. Rien n'en transpirait : aux yeux des autres, cette vie était pleine et enviable.

La guerre froide entre l'URSS et les démocraties occidentales s'aggravait. Survinrent la crise de Cuba, la menace des fusées soviétiques braquées sur les États-Unis, les invectives de Khrouchtchev, l'épreuve de force entre les présidents américain et soviétique. Ce fut pour moi un déclic, le signal que je ne pouvais plus continuer à jouer un personnage aussi faux. Je me persuadai que, parmi les cryptogrammes que j'avais transmis frauduleusement à la Russie, il y en avait qui touchaient à la physique nucléaire, cette nouvelle science aux effets dévastateurs que le physicien italien Enrico Fermi avait été un des premiers à étudier et à expérimenter, dans la Rome de Mussolini où nous nous trouvions habiter ensemble. Peut-être le coffret volé à la villa Paganini contenait-il une des formules du grand savant, et avais-je livré à Moscou le secret de l'arme atomique.

Vraie ou chimérique, cette hypothèse me donnait l'occasion de faire une confession retentissante. Je me sentais si coupable d'être demeuré en vie et d'occuper, aux yeux du monde, une position sociale élevée, que je me décidai à tout dire de mes années de trahison. Plus encore que ma réussite professionnelle, l'aisance matérielle que j'avais acquise me pesait. Du fond de la Sibérie, Igor me demandait des comptes. J'aurais voulu endurer la faim comme dans les camps, souffrir du froid comme dans la vallée de la Kolyma, descendre jusqu'aux derniers degrés de l'abjection morale et de l'épuisement physique, et je jouissais de tous les agréments du confort, dans un pays qui ignore l'hiver et croule sous la bonne chère. On m'invitait dans des palaces où les deux tiers de la nourriture achetée le matin sont jetés le soir.

Je convoquai la presse pour une déclaration solennelle et un récit détaillé de mes forfaitures, au moment où l'Occident se demandait comment Khrouchtchev pouvait disposer de missiles aussi perfectionnés. Cinquante journalistes répercutèrent ma confession.

Je n'eus pas longtemps à attendre le résultat souhaité de ces aveux. Les journaux titrèrent en lettres capitales : « Le savant n'était qu'un Judas », « La dignité de l'art bafouée », « Les valeurs les plus sacrées avilies », « Du fumier sur les tableaux ». La presse populaire anglaise, encore plus virulente, rappela que j'avais fait acheter des tableaux à la reine. « Sa Majesté atteinte dans son honneur. » On releva que j'avais été souvent appelé par des musées ou par des collectionneurs privés pour authentifier leurs acquisitions, et on protesta que tout le travail était à recommencer, car il était devenu impossible de prêter foi aux expertises faites par un homme qui avait menti et trahi dans un domaine autrement plus important. On me soupçonna d'avoir reçu des sommes d'argent élevées pour souscrire à de fausses attributions.

L'Osservatore romano, organe de la Curie, exigea que fût retiré de la pinacothèque du Vatican le *Couronnement de la Vierge* de Fra Angelico que j'avais fait acheter à un propriétaire viticole de Pérouse et bénir par le pape, retable qui ne pouvait être, recommandé par un pécheur aussi éloigné de la grâce de Dieu, qu'une copie sans valeur.

La droite se demanda s'il ne fallait pas traîner en justice « la taupe du KGB ». Elle émit l'hypothèse que la perversion de ma vie privée avait joué un grand rôle dans cette affaire. Les traîtres se recrutent toujours parmi les désaxés. L'absence de scrupules en politique découle de la dépravation dans les mœurs. Ne respectant pas les lois naturelles du sexe, pourquoi aurais-je reculé devant la violation de mes devoirs civiques ?

Les psychologues, les psychiatres, les psychanalystes emboîtèrent le pas : qu'un « sujet » comme moi eût glissé à la trahison, ils ne s'en étonnaient pas, ayant souvent observé que le sentiment de leur infériorité prive les homosexuels de leurs « défenses » contre les comportements délictueux. Faute d'estime de soi, on est prêt à tout. Quand on ne s'aime pas, on tourne le Bien en dérision. Ils fouinèrent dans ma biographie, soulignèrent que j'avais été élevé par une mère seule, et, sans tenir compte que mon frère, qui avait grandi dans les mêmes conditions, s'était marié, se trouvait père de trois enfants et occupait un poste de première importance dans l'agroalimentaire, rabâchèrent à qui mieux mieux leur credo : sans l'autorité du père ou d'un substitut du père, un garçon dévie fatalement de la ligne droite. Il porte en lui une « faille originelle », le « complexe de Néron », qui le prédispose à une conduite amorale nuisible à la société.

Enfin, l'acharnement médiatique comme le verdict scientifique peuvent se résumer dans un mot : homophobie. Forcé de battre en retraite après l'explosion libérale de 1968, réduit au silence dans une partie de l'opinion, on pouvait croire ce sentiment éradiqué. Tapi au fond des cœurs, il se déchaîna à nouveau. L'Église, les familles, la médecine s'allièrent une fois de plus, avec le soutien d'une gauche qui freine toujours sur les mœurs pour faire accepter par la bourgeoisie les réformes sociales. Je ne sais lequel de mes personnages me valut plus d'opprobre, le transfuge de son sexe ou le traître à sa patrie. Les syndicats de libraires, en Italie, en France, en Angleterre, firent retirer mes livres de la vente, les historiens d'art de leurs bibliographies. Aux États-Unis, on les pilonna. Il ne s'écoula pas un mois sans que le Judas eût été destitué de ses fonctions, démis de ses titres, radié des ordres nationaux. Mon nom ne fut plus cité qu'en termes réprobateurs ou grossiers. Je me jetai chaque matin sur les journaux dans l'espoir d'une nouvelle insulte encore plus cinglante. Je ne fus heureux et réconcilié avec le destin que lorsqu'on eut arraché, en ma présence et devant le corps professoral réuni pour ce simulacre d'autodafé, la page du Livre d'or que j'avais signée à Cambridge.

Ma vie s'achève comme elle a commencé : en paria. Dans mon entourage, l'indignation l'a emporté le plus souvent sur l'amitié. Le vide s'est fait autour de moi. La pauvreté s'est ajoutée à la honte. J'ai dû vendre ma bibliothèque pour subvenir à mes besoins. J'ai loué une chambre qui donne sur un terrain vague borné par un mur aveugle, au fond d'une banlieue. L'agent immobilier s'étonna de voir un « professeur » (comme j'avais indiqué sur ma fiche) accepter un logis aussi minable avec l'empressement d'un lycéen. Il ne pouvait pas savoir. Personne ne pouvait savoir sur les ordres de quelle ombre invisible je réglais ma conduite. Ses bourreaux l'avaient humilié dans le camp : je m'humiliais moi-même. Inégaux dans le bonheur, la dégradation nous unissait à nouveau. Le fantôme et le vivant roulaient dans la même abjection. Si j'avais pu, je serais tombé plus bas. Traîné en justice, j'aurais plaidé coupable, réclamé la peine maximale et supplié de mourir en prison.

Avec le scandale dans ma vie l'apaisement entrait dans mon âme. J'apparaissais calme aux yeux de mes quelques amis restés fidèles. Ils crurent que c'était de la « sagesse », et que je l'avais puisée dans la fréquentation de Poussin. Selon eux, le peintre à qui j'avais consacré ma vie me communiquait la force de supporter ma disgrâce, sans protester contre les accusations calomnieuses, sans réagir aux insultes, sans regretter les honneurs et la position perdus. Avec le détachement tranquille et le stoïcisme impavide de ses derniers tableaux.

L'explication est sympathique, mais ne correspond pas à la vérité. Ma déchéance, l'abandon de mes amis, la privation de mes revenus, l'anéantissement de mes travaux, le naufrage de ma renommée, la ruine de mes projets, me rapprochaient d'Igor, de ce qu'il avait subi. Lynché par la presse, lâché par l'Université, renié par le monde scientifique, seul, sans protection, je m'enfonçais un peu plus bas dans l'abîme dont il avait touché le fond. Plus les anathèmes dont on m'éclaboussait étaient ignobles, plus je me repaissais de cette fange. Merci, John Junor, rédacteur en chef du *Daily Express*, pour m'avoir craché au visage. Sur la première page de votre journal un photomontage retouché a montré un dandy décadent penché sur le *Saint Sébastien* nu de Guido Reni, avec au-dessous cette légende : « La tapette vendue au communisme. » Je ne pouvais recevoir de plus beau cadeau que la conclusion de l'article et ce mot final qui fit le tour du monde : « Le patriotisme n'est pas le fort des enculés. » Dans les camps on vivait dans la boue.

Parmi mes anciens élèves, les rares qui ne se soient pas joints à la meute sont des étudiants que j'avais collés à l'examen. Solidarité des exclus. Toi, Arturo, tu es l'unique à avoir pris publiquement ma défense. Tu m'as proposé, après notre brève aventure interrompue de mon fait, de rester mon secrétaire bénévole. Sans toi, je n'aurais pas eu la force d'écrire ce livre.

Ce livre que je dédie à celui qui n'aura pas d'autre tombeau, pas d'autre main pour lui fermer les yeux.

95

On a sauvé le monde

— Non ! Non ! Je m'oppose à ce finale désolant. Relisez Shakespeare.

So long as men can breathe or eyes can see,
So long lives this, and this gives life to thee.

Tant qu'un souffle respire et tant qu'un œil
[regarde,
Ce que j'écris va vivre et te donner la vie.

(Trad. Giraud d'Uccle, Charlot, 1942, collection « Poésie et Théâtre » dirigée par Albert Camus.)

Tant que les hommes respireront et tant que les
[yeux verront,
aussi longtemps ceci vivra, ceci donnera vie à toi.

(Trad. Pierre Jean Jouve, Club français du livre, 1955.)

Tant que vue ou haleine aux hommes n'est ravie,
Ce poème doit vivre, et te donner la vie.

(Trad. Jean Fuzier, Gallimard, Pléiade, 1959.)

Aussi longtemps qu'un homme aura souffle et
[regard,
Ceci vivra, ceci qui te donne la vie.

(Trad. Henri Thomas, Formes et Reflets, 1961, puis dans *Œuvres complètes*, Club français du livre, tome 12.)

— Non, vous n'avez pas été le traître que vous croyez avoir été, et ceux qui se sont acharnés contre vous n'appartiennent qu'à deux catégories : celle des ignorants ou celle des ingrats. Tant qu'il y aura des hommes, ils vous béniront et rendront un culte à Igor. Et Igor vivra par ce que vous en avez écrit.

— Une consolation sans fondement, une couronne que seule la pitié décerne. Un éloge outré passe son but.

— Qui a gagné la guerre ? Qui est venu à bout des armées de Hitler ?

— Les Alliés.

— En premier lieu les Russes. S'ils n'avaient pas retenu par leur résistance héroïque puis par leurs offensives victorieuses les Allemands sur le front est, jamais le débarquement en Normandie n'eût été possible, et l'Europe fût restée allemande.

— Les Russes ont été admirables, en effet.

— Mais qui leur a permis de gagner ? Leur aviation. Désuète au début des années 30, équipée d'appareils trop lourds et trop lents, elle n'a été reconstituée et rendue performante qu'après qu'Igor et vous-même leur avez transmis les secrets de l'industrie italienne.

— Les soldats russes se sont fait tuer au front par millions. Il n'y a pas d'autre exemple qu'un peuple se soit sacrifié avec autant d'abnégation.

— Sans l'aviation, le courage n'aurait pas suffi.

— Tu veux rire ? Comment croire une seconde que le vieux Caproni C. 133 de 1932 ait pu être d'une utilité quelconque pendant la guerre ?

— Pas le vieux Caproni, évidemment. Mais c'était le nom fictif d'un appareil révolutionnaire. En réalité, les historiens l'ont maintenant établi, sous ce nom de « Caproni » vous avez livré aux Russes les plans du bombardier bimoteur rapide Fiat BR 20, d'où ils ont tiré le quadrimoteur TB 7 qui a sauvé Moscou lors de la première avance allemande, puis gagné la bataille de Stalingrad, enfin appuyé la percée jusqu'à Berlin.

— Tu le crois vraiment ?

— Ce n'est pas tout. La formule de l'avion de chasse Mig-3 à carlingue fermée, qui pouvait voler à 570 km/h et atteindre l'altitude de 7 000 mètres, était contenue dans les deux messages qu'on vous a remis à Paris et à Londres. L'un concernait le moteur, l'autre les pièces du fuselage. On avait par précaution dissocié les éléments. Cet avion a joué lui aussi un rôle capital pour assurer aux Russes la maîtrise du ciel. Il a permis aux assiégés de Leningrad de tenir pendant trois ans. Les nazis ne pouvaient lâcher leurs bombes sur la ville, ils devaient se contenter de tirer dessus au canon, ce qui causait infiniment moins de dégâts. Le chasseur allemand le plus rapide, le Stuka DO 217, ne volait qu'à 550 km/h. Pour vous donner une idée de la supériorité des Italiens, le monoplace de chasse anglais Curtiss Kittyhawk volait à 560 km/h, mais à une hauteur de 5 000 mètres seulement. C'est dire l'avance qu'avaient les ingénieurs de la Fiat.

— Tu t'es bien documenté !

— C'était le seul moyen de vous tirer de la dépression et de vous convaincre qu'au lieu de trahir l'Occident vous lui avez apporté le salut. Vous avez sauvé le monde.

Nous avons sauvé le monde ! On a sauvé le monde ! Deux « pédés » stigmatisés par l'opinion ont contribué à forger la victoire ! Je me répète ces mots, partagé entre l'incrédulité et l'espoir qu'Arturo ne m'a pas menti par compassion. Peu à peu l'espoir l'emporte sur l'incrédulité. Mon histoire avec Igor prend une dimension posthume et un essor qui rachètent le martyre des tortures endurées. Son corps a disparu, il ne « repose » nulle part. Est-ce vraiment un scandale ? Un sacrilège ? À quoi bon une tombe ? Pourquoi même une sépulture ? On ne t'a pas jeté de la terre sur la tête, puisque ton lieu est à des milliers de pieds au-dessus du sol.

Mort, où est ta victoire, si le sacrifice d'une victime a sauvé le genre humain ?

Pendant que tu agonisais en Sibérie, une part de notre amour volait dans le ciel de Moscou et préservait la capitale. Nous protégions les puits de pétrole dans le Caucase, pulvérisions les chars nazis dans la plaine de Koursk, sauvions de la destruction les usines de l'Oural. Le dernier de nos raids sur Stalingrad obligeait le maréchal Paulus à signer la capitulation. Nous avons hâté la chute de Berlin et donné par le bombardement de la Chancellerie le coup de grâce au IIIe Reich.

— Pas d'autre conclusion ? Pas d'envol plus lyrique ?

— Tu n'as rien compris à cette histoire si tu ne mesures pas ce qu'il m'en a coûté pour l'arracher au silence.

Table des illustrations

Table

LIVRE I

LIVRE II

LIVRE III

LIVRE IV

LIVRE V

ILLUSTRATIONS

Écho et Narcisse, Nicolas Poussin © RMN-Grand Palais (musée du Louvre)/Tony Querrec

La Mort d'Adonis, Nicolas Poussin © akg-images/Erich Lessing

La Lamentation sur le Christ mort © Alte Pinakothek, Munich

L'Enlèvement des Sabines, Nicolas Poussin © RMN-Grand Palais (musée du Louvre)/Thierry Le Mage

Moïse sauvé des eaux, Nicolas Poussin © RMN Grand Palais (musée du Louvre)/Daniel Arnaudet

Les Bergers d'Arcadie, Guercino (Giovanni Francesco Barbieri) © Palazzo Barberini, Rome, Italy/The Bridgeman Art Library

Les Bergers d'Arcadie, Nicolas Poussin © RMN-Grand Palais (musée du Louvre)/Stéphane Maréchalle

David avec la tête de Goliath, Simon Vouet © Palazzo Bianco, Gênes

La Vêture de saint François, Simon Vouet © akg-images/Pirozzi

La Tentation de saint François, Simon Vouet © akg-images/Pirozzi

La Flagellation, Sebastiano del Piombo © Corsham Court, Wiltshire/The Bridgeman Art Library

Photos Marbres © Ferrante Ferranti

La Madone des pèlerins, Caravage © akg-images/MPortfolio/Electa

La Chute de la manne, Nicolas Poussin © RMN-Grand Palais (musée du Louvre)/Droits réservés

L'Ordre I, Nicolas Poussin © akg-images/Erich Lessing

L'Ordre II, Nicolas Poussin © Scottish National Gallery (Bridgewater Loan)

La Continence de Scipion, Nicolas Poussin © akg-images/RIA Nowosti

Détail : *Paysage avec Hercule et Cacus*, Nicolas Poussin © Pushkin Museum, Moscow, Russia/Giraudon/The Bridgeman Art Library

L'Annonciation, Simon Vouet © Pushkin Museum, Moscow, Russia/The Bridgeman Art Library

Renaud et Armide, Nicolas Poussin © Pushkin Museum, Moscow, Russia/The Bridgeman Art Library

L'Inspiration du poète, Nicolas Poussin © RMN-Grand Palais (musée du Louvre)/René-Gabriel Ojéda

L'adoration du veau d'or, Nicolas Poussin © The National Gallery, Londres, Dist. RMN-Grand Palais/National Gallery Photographic Department

Éliézer et Rébecca, Nicolas Poussin © RMN-Grand Palais (musée du Louvre)/Tony Querrec

Les Bateliers de la Volga, Ilia Repine © akg-images

Vive l'industrie lourde, Youri Pimenov © akg-images

La Baignade du cheval rouge, Kouzma Pedrov-Vodkine © akg-images/RIA Nowosti

La Mort du commissaire, Kouzma Pedrov-Vodkine © akg-images

Les Ouvrières du textile, Alexandre Deïneka © akg-images

La Défense de Petrograd, Alexandre Deïneka © akg-images/RIA Nowosti

Travaille, ton arme à portée de main, Vladimir Lebedev © akg-images/RIA Nowosti

Battons les Blancs avec le Coin rouge, Lazar Litssitsky © akg-images/De Agostini Pict.Lib.

Affiche du plan quinquennal 1930 © DR

Affiche Paysan au bord d'une falaise © DR

Affiche Tractoriste © DR

Affiche Baigneurs © DR

Affiche Jeune violoniste © DR

Du même auteur :

RAMON, 2009, Grasset.

Romans

L'ÉCORCE DES PIERRES, 1959, Grasset.

L'AUBE, 1962, Grasset. Nouvelle édition, 2003.

LETTRE À DORA, 1969, Grasset.

LES ENFANTS DE GOGOL, 1971, Grasset. Nouvelle édition, 2003.

PORPORINO OU LES MYSTÈRES DE NAPLES, 1974, Grasset et Le Livre de Poche.

L'ÉTOILE ROSE, 1978, Grasset et Le Livre de Poche ; rééd. « Les Cahiers rouges ».

UNE FLEUR DE JASMIN À L'OREILLE, 1980, Grasset.

SIGNOR GIOVANNI, 1981, Balland. Nouvelle édition, 2002 et Le Livre de Poche.

DANS LA MAIN DE L'ANGE, 1982, Grasset et Le Livre de Poche.

L'AMOUR, 1986, Grasset et Le Livre de Poche.

LA GLOIRE DU PARIA, 1987, Grasset et Le Livre de Poche.

L'ÉCOLE DU SUD, 1991, Grasset et Le Livre de Poche.

PORFIRIO ET CONSTANCE, 1992, Grasset et Le Livre de Poche.

LE DERNIER DES MÉDICIS, 1994, Grasset et Le Livre de Poche.

TRIBUNAL D'HONNEUR, 1996, Grasset et Le Livre de Poche.

NICOLAS, 2000, Grasset et Le Livre de Poche.

LA COURSE À L'ABÎME, 2003, Grasset et Le Livre de Poche.

JÉRÉMIE ! JÉRÉMIE !, 2006, Grasset et Le Livre de Poche.
PLACE ROUGE, 2008, Grasset.
PRESTIGE ET INFAMIE, 2010, Laffont, « Bouquins ».
PISE 1951, 2010, Grasset.

Opéra

LE RAPT DE PERSÉPHONE, 1987, Dominique Bedou. Musique d'André Bon, CD Cybelia 861.

Voyages

MÈRE MÉDITERRANÉE, 1965, Grasset et Le Livre de Poche. Nouvelle édition augmentée de photographies de Ferrante Ferranti, 2000.
LES ÉVÉNEMENTS DE PALERME, 1966, Grasset.
AMSTERDAM, 1977, Le Seuil.
LES SICILIENS, en collaboration avec Ferdinando Scianna et Leonardo Sciascia, 1977, Denoël.
LE PROMENEUR AMOUREUX, *de Venise à Syracuse*, 1980, Plon et Presses Pocket.
LE VOLCAN SOUS LA VILLE, *promenades dans Naples*, 1983, Plon.
SENTIMENT INDIEN, 2005, Grasset.
LE PIÉTON DE ROME, 2015, Philippe Rey.

Voyages,
avec photographies de Ferrante Ferranti

LE BANQUET DES ANGES, *l'Europe baroque de Rome à Prague*, 1984, Plon.
LE RADEAU DE LA GORGONE, *promenades en Sicile*, 1988, Grasset et Le Livre de Poche.
AILES DE LUMIÈRE, 1989, François Bourin.
SÉVILLE, 1992, Stock.
L'OR DES TROPIQUES, *promenades dans le Portugal et le Brésil baroques*, 1993, Grasset.
SEPT VISAGES DE BUDAPEST, 1994, Corvina/IFH.
LA MAGIE BLANCHE DE SAINT-PÉTERSBOURG, 1994, Gallimard Découvertes.
PRAGUE ET LA BOHÊME, 1994, Stock.

La Perle et le Croissant, 1995, Plon « Terre humaine » et Terre humaine Pocket.
Saint-Pétersbourg, 1996, Stock.
Rhapsodie roumaine, 1998, Grasset.
Palerme et la Sicile, 1998, Stock.
Bolivie, 1999, Stock.
Menton, 2001, Grasset.
Syrie, 2002, Stock.
Rome, 2004, Philippe Rey.
Sicile, 2006, Actes Sud/Imprimerie nationale.
Villa Médicis, 2010, Philippe Rey.
Palais Sursock, 2010, Philippe Rey.
Baroque catalan, 2011, Herscher.
Transsibérien, 2012, Grasset.
Sibéries, 2013, Imprimerie nationale.
L'Algérie antique, 2013, Actes Sud.
Méditerranées, 2015, Actes Sud.

Essais

Le Roman italien et la crise de la conscience moderne, 1958, Grasset.
L'Échec de Pavese, 1968, Grasset.
Il Mito dell'America, 1969, Edizioni Salvatore Sciascia (Rome).
L'Arbre jusqu'aux racines, *Psychanalyse et création*, 1972, Grasset et Le Livre de Poche.
Eisenstein, *L'Arbre jusqu'aux racines II*, 1975, Grasset et Ramsay-Poche-Cinéma.
La Rose des Tudors, 1976, Julliard ; nouvelle édition augmentée, 2008, Actes Sud.
Interventi sulla letteratura francese, 1982, Matteo (Trévise).
Le Rapt de Ganymède, 1989, Grasset et Le Livre de Poche.
Le Musée idéal de Stendhal, en collaboration avec Ferrante Ferranti, 1995, Stock.
Le Musée de Zola, en collaboration avec Ferrante Ferranti, 1997, Stock.

LE VOYAGE D'ITALIE, *dictionnaire amoureux*, photographies de Ferrante Ferranti, 1998, Plon et Tempus.

LE LOUP ET LE CHIEN, *un nouveau contrat social*, 1999, Pygmalion.

LES DOUZE MUSES D'ALEXANDRE DUMAS, 1999, Grasset.

LA BEAUTÉ, 2000, Desclée de Brouwer.

ERRANCES SOLAIRES, photographies de Ferrante Ferranti, 2000, Stock.

L'AMOUR QUI OSE DIRE SON NOM, *Art et homosexualité*, 2001, Stock.

DICTIONNAIRE AMOUREUX DE LA RUSSIE, 2004, Plon.

L'ART DE RACONTER, 2007, Grasset et Le Livre de Poche.

DISCOURS DE RÉCEPTION À L'ACADÉMIE FRANÇAISE ET RÉPONSE DE PIERRE-JEAN RÉMY, 2008, Grasset.

DICTIONNAIRE AMOUREUX DE L'ITALIE, deux volumes, 2008, Plon.

L'ÂME RUSSE, 2009, Philippe Rey.

AVEC TOLSTOÏ, 2010, Grasset.

RUSSIES, 2010, Philippe Rey.

DICTIONNAIRE AMOUREUX DE STENDHAL, 2013, Plon.

ACADÉMIE FRANÇAISE, photographies de Ferrante Ferranti, 2013, Philippe Rey.

AMANTS D'APOLLON, *l'Homosexualité dans la culture*, 2015, Grasset.

Traductions

UNE ÉTRANGE JOIE DE VIVRE ET AUTRES POÈMES, *de Sandro Penna*, 1979, Fata Morgana.

L'IMPRÉSARIO DE SMYRNE, *de Carlo Goldoni*, 1985, Éditions de la Comédie-Française.

POÈMES DE JEUNESSE, *de Pier Paolo Pasolini*, 1995, Gallimard.

POÉSIES, *de Sandro Penna*, 1999, Grasset, « Les Cahiers rouges ».

PAPIER À BASE DE FIBRES CERTIFIÉES

Le Livre de Poche s'engage pour l'environnement en réduisant l'empreinte carbone de ses livres. Celle de cet exemplaire est de :
700 g éq. CO_2
Rendez-vous sur
www.livredepoche-durable.fr

Composition réalisée par NORD COMPO

Imprimé en France par CPI
en novembre 2015
N° d'impression : 3014026
Dépôt légal 1re publication : décembre 2015
LIBRAIRIE GÉNÉRALE FRANÇAISE
31, rue de Fleurus - 75278 Paris Cedex 06

12/8890/8